다크 플레이스의 비밀

그녀가 사라진 밤

THE NIGHT SHE DISAPPEARED

다크 플레이스의 비밀

그녀가 사라진 밤

리사 주얼 장편소설 — 이경아 옮김

한스미디어

이 책을 내 아버지께 바친다.

THE NIGHT SHE DISAPPEARED

차례

거미공포증Arachnophobia(어래크노포비아)

거미공포증이란 용어는 담긴 뜻만큼이나 어감도 나쁜 단어들 가운데 하나다. 두 번째 음절의 끄트머리에 웅크린 거센 발음의 '애크'는 역겹게 꺾여 있는 거미의 다리를 연상시킨다. 부드럽게 휘몰아치는 '포' 발음은 상상만 해도 속이 뒤집어지는, 느닷없이 벽이나 바닥을 가로지르는 거미의 움직임 같다. 중간 부분의 요란한 '노'는 혐오감으로 허우적대며 '노노노노'라고 소리치는 뇌의 비명 같다.

탈룰라는 거미공포증이 심하다.

탈룰라는 어둠 속에 있다.

제1장

2017년 6월

아이가 칭얼거린다. 킴은 의자에 앉아 숨을 가다듬는다. 저녁 내
내 아기를 재우려고 애를 썼다. 오늘은 금요일이고 지금은 후텁지
근한 한여름 밤 11시다. 평소라면 친구들과 외출해 집으로 돌아오
기 전 마지막 한 잔을 마실 시간이다. 하지만 오늘밤 킴은 조깅 팬
츠에 티셔츠를 입고 검은 머리를 하나로 묶어 올린 채 콘택트렌즈
대신 안경을 꼈다. 커피 테이블에 따라둔 포도주가 어느새 미지근
해졌지만, 아이 때문에 입에 대볼 기회도 없었다.

킴은 리모컨으로 TV 소리를 낮춘 후 다시 귀를 기울인다.

시작됐다. 큰 울음으로 번지기 전 최초의 신호이자 건조하고 불
길한 종류의 칭얼거림이.

킴은 아이를 좋아한 적이 없었다. 본인이 낳은 아이들은 몹시 사
랑했지만, 유아기의 아이를 돌보는 일 자체가 도무지 성격에 맞지
않아 힘들었다. 두 아이가 처음으로 밤새 깨지 않고 통잠을 자기 시
작한 날부터, 킴은 아이들에게 방해받지 않는 밤 시간을 몹시(편애
라고 할 정도로) 소중히 여기게 됐다. 그녀는 젊은 나이에 두 아이를
낳았으므로 아이 하나둘 정도는 더 낳을 시간과 여유를 쉽게 만들

수 있었다. 하지만 불면의 밤이 다시 시작되는 걸 감내할 자신이 없었다. 킴은 아이들이 어린 몇 년 동안 수면안대와 귀마개, 베개에 뿌리는 방향유, 친구가 미국에 다녀올 때 사다 준 대용량 멜라토닌으로 수면 시간만큼은 신경 써서 지켜왔다.

그랬는데 열두 달 전, 십 대인 딸 탈룰라가 아기를 낳았다. 그 결과 킴은 현재 서른아홉 먹은 젊은 할머니가 됐고, 집에는 또다시 아기 울음소리가 들리는 나날이 찾아왔다. 킴의 두 아이 울음소리가 멎은 게 얼마 되지도 않은 것만 같은데, 너무나 금세.

킴이 마음의 준비를 했던 시기보다 10년은 빠르긴 했지만, 손자의 탄생은 대체로 기쁨의 연속이었다. 노아라고 이름 지은 손자는 킴과 킴의 두 아이를 닮아 검은 머리다(킴은 실은 검은 머리 아기들만 좋아한다. 반면 금발머리 아기를 보면 질색을 한다). 노아의 눈동자는 빛에 따라 어떨 때는 갈색으로, 어떨 때는 호박색으로도 보인다. 다리도 팔도 튼튼하고, 통통한 손목에는 살이 몇 겹이나 접혀 있다. 노아는 걸핏하면 활짝 웃거나 까르르 소리 내어 웃는다. 함께 놀아주면 금방 기분이 좋아지고, 가끔은 한 번에 30분씩이나 투정 한 번 부리지 않는다. 탈룰라가 학교에 가 있는 동안은 킴이 노아를 돌본다. 가끔은 몇 분이나 노아 소리가 들리지 않는다는 사실을 깨닫고 배 속에서부터 미칠 듯한 공포가 치밀어 오르기도 한다. 노아가 무사한지 걱정스러워 유아용 의자나 그네, 소파 구석으로 달려가 보면 아이는 잔뜩 열중해 천 그림책을 넘기는 중이다.

노아는 마치 꿈처럼 사랑스러운 아기다. 하지만 그런 노아도 잠투정은 심하고, 그 사실은 킴의 일상에 먹구름을 드리울 정도로 힘들다.

다크 플레이스의 비밀

요즘은 탈룰라와 노아뿐 아니라 노아의 아버지인 잭까지 킴의 집에 함께 산다. 탈룰라와 잭은 더블베드 가운데에 노아를 눕히고 잔다. 킴은 귀마개를 낀 뒤 스마트폰으로 백색소음을 틀어놓고 잠을 청한다. 한밤에 요란하게 울리는 노아의 잠투정 때문에 깨지 않기 위해서다.

그런데 오늘 저녁엔 잭이 탈룰라를 데리고 둘이서 '밤 데이트'라고 부르는, 열아홉 커플치고는 묘하게 중년 부부처럼 들리는 외출을 했다. 두 사람은 평소 이 시간에 킴이 앉아 있곤 하는 펍으로 갔다. 노아가 태어난 후 두 사람이 함께 외출한 건 이번이 처음이다. 둘은 탈룰라가 임신한 후 헤어졌다가 반년 전쯤 잭이 세상에서 제일 좋은 아빠가 되겠다며 사정사정한 끝에 재결합했다. 그리고 지금까지 노아는 정말로 잭의 모든 것이었다.

마침 노아의 울음소리가 귀청을 때리자 킴은 한숨을 쉬며 일어난다.

바로 그때 휴대전화에서 문자 수신음이 울렸다. 킴이 문자를 클릭해 읽는다.

엄마, 여기 우리 학교 애들도 와 있는데 자기들 집에 가서 놀재. 한 시간 정도 더 있을 것 같아요. 그래도 괜찮아요?

킴이 답장을 보내자 이내 새 문자가 온다.

노아는 별일 없죠?

노아는 별일 없어. 킴이 문자를 친다. *너무 착해. 가서 재미있게 놀아. 놀고 싶은 만큼 놀다 와. 사랑해.*

킴은 앞으로 한 시간을 더 컴컴한 방에서 칭얼대는 아이를 어르고, 달래고, 한숨을 쉬고, 제발 좀 자라고 구슬려야 한다는 생각에 무거운 마음으로 노아의 침대가 있는 위층으로 향했다. 낮이 남기고 간 흐릿한 빛이 남은 한여름의 하늘에는 달이 휘영청 걸려 있다. 노아에게 다가가자 달빛에 곡선을 그리는 노아의 볼살이며 할머니를 보고 환하게 밝아지는 눈빛, 누군가 와줬다는 안도감에 부드러워진 아이의 숨소리, 할머니를 향해 쭉 뻗은 두 팔이 눈에 들어온다.

킴은 아이를 들어 품에 안으며 말한다. "왜 잠을 안 자고 이 야단이야, 우리 아기. 왜 이리 칭얼거려?" 문득 그 순간 노아가 킴 자신의 일부이며 킴을 사랑한다는 사실에, 이 컴컴한 밤에 자신을 다독여주기 위해 '킴'이 오자 제 엄마를 찾지 않고 안도했다는 사실에 킴의 심장이 쾅쾅 뛴다.

킴은 노아를 거실로 데리고 가 앉은 뒤 다리에 아이를 내려놨다. 노아에게 가지고 놀라며 리모컨을 준다. 노아가 버튼을 누르는 걸 좋아하기 때문이다. 하지만 지금은 너무 지쳐서 버튼을 누를 힘도 없는 듯하다. 졸린 것이다. 다리 위에 올려놓은 노아가 슬슬 무겁게 느껴진다. 이제는 아기 침대로 데려가 눕혀야 할 때이다. 하지만 지금은 킴도 너무 지치고 눈꺼풀이 무겁다. 그녀는 소파 덮개를 끌어내려 다리를 덮고 머리 뒤로 쿠션의 위치를 조정한다. 이윽고 킴도 노아도 평화롭게 달콤한 잠으로 빠져든다.

몇 시간 후 킴은 잠에서 와락 깨어났다. 짧은 한여름 밤이 거의 끝나 거실 창문으로 보이는 하늘은 뜨거운 아침 해에서 뻗어 나온 첫 번째 칼날의 빛을 받아 희미하게 빛나고 있다. 목을 똑바로 세우자 온몸의 근육이 비명을 지른다. 노아는 여전히 깊이 잠들어 있다. 킴은 손을 뻗어 전화기를 잡을 수 있도록 조심스럽게 아이의 몸을 바로잡는다. 어느새 새벽 4시 20분이다.

갑자기 짜증이 치밀어 오른다. 놀고 싶은 만큼 놀고 오라고 하긴 했지만 이건 너무하지 않은가. 킴은 바로 탈룰라에게 전화한다. 곧장 음성메시지로 넘어가자 이번에는 잭의 번호를 찾아 전화를 건다. 이번에도 전화는 음성메시지로 넘어간다.

어쩌면 딸 부부가 한밤중에 돌아왔다가 할머니가 노아를 안고 잠든 모습을 본 뒤 일부러 둘을 깨우지 않고 그대로 자기로 했을지 모른다고 생각하며 킴은 마음을 가라앉힌다. 어린 부모가 거실 문 안으로 머리를 들이밀었다가 잠이 든 두 사람을 본 후, 신발을 벗어 들고 발끝으로 계단을 올라 서로를 감싸 안고 술에 취해 장난스럽게 입을 맞추며 텅 빈 침대로 몸을 던지는 모습을 상상한다.

킴은 노아를 살며시 안아 들고 소파에서 일어난다. 계단을 올라 딸의 방으로 가니 방문은 지난밤 11시 노아를 데리러 왔다가 열어둔 그대로 활짝 열려 있다. 킴이 노아를 침대에 조심스럽게 내려놓는다. 아이는 기적처럼 뒤척이지 않는다. 이제 킴은 탈룰라의 침대 옆에 앉아 다시 전화를 건다.

이번에도 전화는 곧장 음성메시지로 넘어간다. 잭에게 걸어도 마찬가지다. 킴은 그로부터 한 시간 동안 두 사람에게 번갈아 전화를 건다. 어느새 완전히 동이 터 아침이 됐지만, 다른 사람에게 전화를 걸기에는 너무 이른 시각이다. 그래서 킴은 커피를 한 잔 내리고 빵을 한 조각 잘라 버터를 바른다. 길 끄트머리에 사는 이웃이 벌을 쳐서 집 앞에서 파는 꿀을 발라 먹는다. 그렇게 하루가 시작되기를 가만히 기다린다.

제2장

2018년 8월

"그레이 씨! 환영합니다!"

목재로 마감한 복도를 성큼성큼 걸어오는 은발의 남자가 소피의 눈에 들어온다. 아직 10피트는 더 다가와야 하지만 남자는 이미 두 사람을 향해 한 손을 뻗고 있다.

그는 손에게 다가가 그의 양손을 따뜻하게 잡아주고는, 이윽고 소피에게도 다가와 인사한다. "그레이 부인! 마침내 이렇게 만나서 정말 반갑습니다!"

"죄송하지만 그레이가 아니라 백입니다." 소피가 말한다.

"아하, 맞아요. 그랬죠. 이런 바보 같은 짓을 하다니. 알고 있습니다, 백 양. 나는 이사장인 피터 두디입니다."

피터가 소피를 향해 활짝 웃는다. 육십 대 초인 남성치고는 치아가 부자연스러울 만큼 하얗다. "듣기로는 소설을 쓰신다고요?"

소피는 고개를 끄덕였다.

"어떤 종류의 소설을 쓰시나요?"

"추리소설을 써요." 그녀가 대답했다.

"추리소설이요! 이런, 이런! 이곳 메이폴 하우스에서 영감을 잔뜩 받으시리라 확신합니다. 하루도 지루한 날이 없거든요. 다만 실명은 삼가는 걸 잊지 마세요!" 이사장이 자신의 농담에 껄껄 웃는다. "차는 어디에 주차하셨죠?" 그가 숀에게 커다란 현관 너머로 나 있는 진입로를 가리키며 물었다.

"어." 숀이 말문을 연다. "저기, 이사장님 차 옆이요. 괜찮겠죠?"

"그럼요, 괜찮고말고요." 피터가 숀의 어깨 너머로 시선을 던진다. "그런데 아이들은?"

"제 엄마와 삽니다. 런던에요."

"오, 그렇군요."

소피와 숀은 주 현관에서 갈라지는 세 갈래의 기다란 복도 중 하나를 따라 짐가방을 끌며 피터의 뒤를 따랐다. 쌍여닫이문을 지나 오래된 구관과 그 건물 뒤쪽에 지어진 신관을 이어주는 유리 터널을 통과해, 자그마한 빅토리아 양식 주택으로 향하는 구부러진 길을 따라간다. 운동장 뒤에 자리 잡은 집은 숲을 등지고 활짝 핀 장미 관목에 에워싸여 있었다.

피터는 주머니에서 열쇠 꾸러미 하나를 꺼내 놋쇠 고리에 달린 열쇠 한 쌍을 뺐다. 소피는 그 집을 전에도 본 적이 있지만, 그때는 전임 교장의 가구와 가재도구, 개들, 사진이 가득차 있었다. 피터가 열쇠로 문을 열자 두 사람은 그를 따라 판석이 깔린 복도로 들어간다. 웰링턴 부츠는 사라졌고 고리에 걸려 있던 왁스 먹인 재킷이며 개 목줄도 없다. 휘발유로 뭔가를 태운 듯한 연기 냄새가 났다. 바닥에서 올라오는 으스스한 한기 때문에 무더위가 기승을 부리는 날인데도 묘하게 겨울 같은 느낌이 들었다.

메이폴 하우스는 서리 힐즈의 그림 같은 마을인 업필드 커먼에 있다. 과거 이곳은 영주의 저택이었는데, 20년 전 전 세계에서 중등학교와 대학교를 운영하는 기업인 마젠타가 구입해 GSCE*와 A 레벨 시험**에 떨어진 16세에서 19세 사이의 학생들을 위한 사립 기숙학교로 만들었다. 한마디로 패배자들을 위한 학교였다. 그리고 소피의 남자친구인 숀은 이제 이 학교의 교장이다.

"여기 있습니다." 피터가 열쇠를 숀의 손에 쥐여준다. "전부 당신 거예요. 나머지 짐은 언제 도착하죠?"

"3시에요." 숀이 대답했다.

피터가 애플 워치로 시간을 확인하고 말한다. "그럼 펍에서 같이 점심을 들 시간은 충분하군요. 제가 대접하죠!"

"오, 실은 저희가 샌드위치를 싸 왔습니다." 숀이 발 옆에 내려놓은 캔버스 백을 가리키며 말했다. "하지만 고맙습니다."

피터는 아무렇지도 않은 것 같다. "음, 나중을 위해 미리 알려드리는데, 이곳 펍이 끝내줍니다. 스완 앤드 덕스라는 곳인데 공원 건너편에 있어요. 지중해 요리 같은 음식을 내고 메제***, 타파스**** 메뉴도 있어요. 오징어 스튜가 환상적이랍니다. 최고의 와인 셀러도 갖추고 있고요. 두 분이 누구신지 말하면 지배인이 할인을 해줄 겁니다."

피터는 다시 시계를 보더니 말을 이었다. "음, 저는 이만 가봐야겠군요. 두 분이 짐 정리를 하셔야 할 테니까요. 비밀번호는 전부

---

* 영국의 중등교육자격 시험. 중등교육을 제대로 이수했는지 평가하는 국가 검정시험이다.
** 영국의 대입 준비생들이 18세에 치르는 시험.
*** 아랍식 애피타이저.
**** 스페인의 애피타이저.

다크 플레이스의 비밀

여기에 있습니다. 이 번호는 이삿짐 트럭이 도착하면 필요할 겁니다. 이건 현관 번호고요. 실내의 문은 모두 이 카드로 열립니다." 그가 두 사람에게 목에 걸 수 있는 카드를 하나씩 건넨다. "그럼 나는 내일 아침에 다시 오겠습니다. 참고로 말씀드리는데, 주위에 옷차림이 이상한 사람들이 돌아다닐 수도 있어요. 이곳에서는 주중에 외부인들을 대상으로 입주 강좌를 진행합니다. 일종의 동호회 같은 거죠. 오늘이 강좌 마지막 날이라 참가자들은 내일 이곳을 떠납니다. 상담교사인 케리앤 멀리건 선생님은 지난주에 만나셨겠죠?"

손이 고개를 끄덕인다.

"케리앤 선생님이 참가자들을 챙길 테니 교장 선생님은 신경 쓰지 않아도 됩니다. 음, 더 알려드릴 내용은 없군요. 오, 빠진 게 하나 있네요." 피터가 성큼성큼 걸어가더니 냉장고 문을 열었다. "약소하지만 마젠타가 두 분에게 드리는 선물입니다." 텅 빈 냉장고에는 싸구려 샴페인 한 병이 들어 있었다. 피터는 냉장고 문을 닫고 양손을 푸른 바지 주머니에 넣었다가 악수를 하기 위해 다시 꺼낸다.

이윽고 피터가 돌아가자 손과 소피는 새 집에 처음으로 둘만 남겨졌다. 둘은 마주보다가 주위를 둘러본 후 다시 서로를 마주본다. 소피가 캔버스 백으로 몸을 숙이더니 포도주잔 두 개를 꺼내 잔을 싼 티슈를 벗기고 조리대에 내려놓는다. 냉장고 문을 열고 샴페인을 꺼낸다.

잠시 후 소피는 손이 내민 손을 잡고 그를 따라 정원으로 나갔다. 서향인 정원은 이 시간에는 그늘이 져 있지만, 공기는 맨팔을 드러내고 앉아 있어도 될 정도로 따스하다.

손이 샴페인의 코르크 마개를 뽑아 각자의 잔에 따르는 동안 소피는 주위 풍경을 본다. 뒷마당의 경계를 이루는 장미 관목 사이로 보이는 나무문은 진녹색 숲으로 이어져 있다. 정오의 햇살이 군데 군데 나무들 사이를 지나 숲속의 연못을 황금색으로 물들이는 게 보였다. 소피는 나뭇가지에서 뒤척이는 새소리가 들리는 것 같다. 잔에서 보글거리는 샴페인 거품 소리까지 들리는 듯했다. 폐를 들락날락하는 숨소리며 혈관을 돌아 관자놀이로 가는 피 소리마저 들릴 것 같다.

손의 시선이 느껴졌다.

"정말 고마워." 그가 말한다.

"뭐가?"

"뭔지는 당신이 잘 알잖아." 손이 소피의 양손을 잡는다. "나와 함께 있기 위해 당신이 얼마나 희생했는지 알아. 내게는 그럴 자격이 없는데. 정말로 말이야."

"당신은 그럴 자격이 있어. 나는 '문란한 여자'잖아. 기억해?"

두 사람은 서로를 보며 쓴웃음을 짓는다. 그 말은 손의 전 부인인 피파가 소피의 존재를 처음 알았을 때 한 수많은 악담 중 하나다. "그 여자는 서른넷이라더니 훨씬 늙어 보여."라거나 "엉덩이가 어쩌면 그렇게 납작한지." 같은 말도 했다.

"당신이 누구든 내게는 최고야. 그리고 사랑해." 손이 소피의 손 관절에 입을 맞추고는 잔을 들 수 있도록 손을 놓아준다.

"예쁘다, 그지?" 소피가 뒷문을 통해 숲을 보며 꿈꾸듯 말한다. "이 숲이 어디로 이어질까?"

"몰라. 점심 먹고 나서 당신이 직접 한 번 돌아다녀보면 어때?"

"그래." 소피가 대답한다. "그럴까 봐."

숀과 소피는 사귄 지 고작 6개월째였다. 두 사람은 숀이 교장으로 근무하는 식스폼[*]에서 소피가 한 출판과 글쓰기 강연을 계기로 처음 만났다. 숀은 '감사의 표시'로 소피에게 점심을 샀다. 소피는 그 식사가 잘못된 일이라도 되는 것처럼 긴장이 됐다. 연상의 남교사와 단둘만 있는 상황에서 뭔가 해서는 안 되는 행동을 하고 있다는 생각이 계속 들어서 이를 무시할 수가 없었다. 하지만 다음 순간에는 숀의 두 눈이 무척 짙은 갈색이며 어깨가 몹시 넓고, 웃음소리가 놀랄 만큼 따스하고 온화하며 입술은 부드럽고 손에는 결혼반지가 없다는 사실이 눈에 들어왔다. 그와 동시에 소피는 숀이 자신에게 추파를 던지고 있다는 사실을 깨달았다. 다음 날 그녀의 수신함에는 숀이 보낸 이메일이 있었다. 그의 개인 계정으로 보낸 메일이었는데, 강연을 맡아줘 고맙고 전날 점심을 먹으면서 이야기했던 한국 음식점에서 음식을 먹어볼 생각이 없느냐는 내용이었다. 소피는 금요일 밤 정도면 괜찮을 것 같았다. 사십 대 남자와는 한 번도 데이트한 적 없고, 직장에 넥타이를 하고 가는 남자와도 데이트해본 적 없고, 사실 지난 5년간 한 번도 데이트한 적이 없으니 이참에 새로 생긴 한국 음식점에서 식사해보는 것도 좋을 것 같았다. 안 될 이유가 뭔가?

숀이 학기가 끝나는 대로 지금 근무 중인 루이셤의 유명한 중등학교를 떠나 서리 힐즈에 있는 사립 기숙학교 교장으로 자리를 옮긴다는 이야기를 털어놓은 건 첫 번째 데이트였다. 마호가니 나무

[*] Sixth Form, A 레벨 시험을 준비하는 2년제 학교.

로 마감한 교장실을 쓰는 사립학교에서 일해보고 싶어서가 아니라, 이혼한 아내인 피파가 키우고 있는 쌍둥이를 5년 동안 다닌 더할 나위 없이 훌륭한 공립학교에서 눈이 튀어나오게 비싼 사립학교로 옮긴 후 학비의 반을 숀에게 부담하라고 했기 때문이었다.

소피는 처음엔 이 이야기의 참뜻을 제대로 알아듣지 못했다. 그런데 3월이 4월이 되고 5월이 6월이 되면서, 두 사람의 사이는 계속 가까워졌고 생활은 점점 더 복잡하게 얽혀들었다. 소피는 어느새 숀의 쌍둥이를 만나게 됐고, 아이들은 그녀를 자기 방으로 초대해줬다. 소피는 아이들에게 동화를 읽어주고 머리를 빗겨주는 사이가 됐다. 그러던 어느 밤, 템스강이 내려다보이는 루프 테라스에서 칵테일을 마시는데 숀이 이렇게 말했다. "나와 함께 가. 같이 메이폴 하우스로 가자."

소피는 본능적으로 '싫어' 하고 반응했다. *싫어, 싫어, 싫어, 싫어. 싫어.* 그녀는 런던 토박이였다. 독립해 혼자 힘으로 살고 있었고, 런던에서 경력도 쌓고 인간관계도 맺었다. 가족들도 런던에 살았다. 하지만 8월로 접어들면서 숀이 떠나는 날이 가까워지고 삶이 점점 엉망이 돼가는 기분이 들자 그녀는 생각을 바꿨다. 어쩌면 교외에서 사는 게 좋을지도 모르잖아. 바쁜 도시 생활에 정신을 빼앗기는 일 없이 글쓰기에 좀 더 집중할 수 있을지도 모르고. 교장의 배우자라는 지위를 누리면서. 배타적인 곳에서 가장 높은 여자로 사는 삶이 어떤지 살펴볼 수 있을지도 모른다. 소피는 숀과 함께 학교를 방문해 교장 관사 주위를 거닐며 발에 밟히는 테라코타 타일의 따스한 단단함을 느끼고, 야생장미와 갓 깎은 잔디, 뒷문으로 들어오는 햇살에 데워진 재스민의 육감적인 향기를 맡았다. 또 학교 전경이 눈에 들어오는 복도 창문 아래에서 마침맞게 집필용 책상이 들어갈 공간도 찾아냈다. *나는 서른네 살이야. 곧 서른다섯이 되겠지. 아주 오랜 시간 혼자였고. 그렇다면 이런 터무니없는 일도 한번 해봐야 하지 않을까.* 그런 생각이 들었다.

그래서 그녀는 제안을 받아들였다.

소피는 런던에서 보내는 마지막 몇 주 동안 숀과 함께 매 순간을 최대한 활용했다. 사우스런던 길가의 테라스란 테라스에는 다 앉아 보고, 잘 모르는 외국 음식은 다 먹어보고, 다층 주차장에서 영화를 보고, 음식 박람회를 돌아다니고, 그라임˚과 사이렌 소리와 자동차 엔진 소리를 배경음악 삼아 공원으로 소풍을 나갔다. 또 열흘간 마요르카섬의 팔마로 휴가를 떠나 보트 정박지가 내다보이는 발코니가 있는 근사한 시내 민박집에 묵었다. 주말은 숀의 아이들과 보냈다. 아이들을 데리고 사우스뱅크로 가 분수 사이를 뛰어다니고, 저 래프와 와하카의 야외석에서 점심을 먹고 나서 테이트 모던 미술관에 가고, 켄싱턴 가든의 놀이터에서 놀기도 했다.

얼마 후 소피는 뉴크로스에 있는 원룸 아파트를 친구에게 세놓고, 헬스장 회원권을 취소하고, 화요일 밤 열리는 작가 그룹에서 탈퇴했다. 그 후엔 이삿짐을 몇 상자나 쌌고 어느새 어딘지도 잘 모르는 이곳에서 숀과 함께하게 됐다.

탑처럼 서 있는 나무들 사이로 햇살이 내려와 소피가 입고 있는 짙은 색 원피스와 밟고 선 땅에 일렁이는 무늬를 그리자 소피는 행복이 서서히 시작되는 듯한 기분이 들었다. 철저하게 실용적인 관

˚ 하우스 음악과 랩, 레게의 영향을 받아 런던에서 태동한 힙합 장르.

점에서 내린 결정이 사실은 운명이 펼쳐놓은 모종의 마법이었을지도 모르며, 두 사람은 결국 이곳에 오게 될 운명이었고 그게 둘에게뿐 아니라 그녀를 위해서도 좋은 결정이었다는 예감도.

숀이 부엌에서 준비해 온 점심을 꺼냈다. 뚜껑을 열고 싱크대에서 접시를 꺼내느라 달그락거리는 소리가 들린다.

"좀 둘러보고 올게." 소피가 열린 창문으로 숀에게 외쳤다.

뒷마당을 나서며 뒷문 걸쇠를 걸려고 몸을 돌리는데, 바로 그때 나무 울타리에 못박힌 뭔가가 얼핏 보였다.

마분지 조각인데 언뜻 보면 상자에서 찢어낸 뚜껑처럼 생겼다. 거기엔 땅을 가리키는 화살표와 함께 '이곳을 파보시오'라는 문장이 매직으로 적혀 있었다.

소피는 순간 호기심으로 눈을 빛내며 그 종이를 봤다. 어쩌면 막 끝났다는 그 동호회에서 보물찾기나 파티 게임, 조별 과제 등을 진행하다 남긴 것인지도 모른다. 어쩌면 타임캡슐일 수도 있다.

그러나 다음 순간 뭔가가 그녀의 뇌리를 스쳤다. 이 모습을 예전에 본 것 같다는 느낌이 들었다. 울타리에 못으로 박아둔 마분지 표지판, 검은색 매직으로 쓴 '이곳을 파보시오'라는 글귀, 아래를 향한 화살표. 분명히 똑같은 광경을 본 적이 있다.

그런데 어디서 봤는지 도무지 기억이 나지 않았다.

제3장

2017년 6월

잭의 엄마 메그는 킴보다 연상이고, 잭은 누나가 넷이나 있는 막내다. 킴에게 문을 열어준 메그는 군복 같은 반바지에 풍성한 녹색 리넨 상의를 입었다. 선글라스는 머리 위로 올렸고 콧잔등에는 햇빛에 심하게 탄 자국이 남아 있다.

"킴." 그녀가 인사하더니 이내 노아 쪽으로 얼굴을 돌려 환하게 웃었다. "잘 있었니, 귀여운 아가." 그러면서 노아의 턱 아래를 톡톡 치고는 다시 킴에게 시선을 돌린다. "별일 없죠?"

"애들 봤어요?" 킴이 노아를 반대쪽 팔로 고쳐 안았다. 그녀는 유모차도 없이 이곳까지 걸어왔다. 날은 덥고 노아는 무겁다.

"탈룰라 말이죠? 잭이랑?"

"네." 킴이 노아의 위치를 다시 바꾼다.

"못 봤어요. 그 애들은 당신 집에 있잖아요, 안 그래요?"

"없어요. 지난밤에 펍에 갔는데 지금까지 돌아온 기색도 없고 둘 다 전화도 안 받아요. 혹시나 여기로 자러 왔을지도 모른다 싶어서요."

"아니에요, 킴. 여기엔 없어요. 나와 사이먼뿐이에요. 들어올래요? 우리도 이제 막 뒤뜰로 나왔거든요. 다시 전화해봐요."

뒷마당에서 킴은 노아를 풀밭에 내려놨다. 노아 옆에는 아이들이 끌고 다니는 플라스틱 장난감이 놓여 있다. 메그가 휴대전화를 꺼내 아들에게 전화를 건다. 메그의 남편인 사이먼이 킴을 보며 퉁명스럽게 고개를 끄덕해 알은척을 하더니 읽고 있던 신문으로 다시 눈을 돌렸다. 킴은 사이먼이 킴 자신에게 은근한 감정을 품고 있으며, 그의 무뚝뚝한 태도는 본인의 감정 때문에 어색해지는 분위기에 대처하는 나름의 방식은 아닐까 하고 의심하고 있다. 그리고 그런 생각을 할 때면 늘 소름이 끼친다.

메그가 못마땅한 표정을 지으며 전화를 끊는다. "바로 음성메시지로 넘어가네요. 닉에게 전화해볼게요."

킴이 의아한 표정으로 메그를 쳐다봤다.

"몰라요, 덕스의 바텐더? 잠깐만요." 메그가 푸른색 매니큐어를 바른 손톱으로 휴대전화 스크린을 톡톡 친다. "닉, 나야 메그. 잘 지내지? 어머니는 어떠셔? 잘 지낸다고. 다행이네. 있잖아, 지난밤에도 근무했지? 혹시 거기서 잭 못 봤어?"

킴은 메그가 고개를 끄덕여대는 모습을 유심히 지켜보며 "응응" 하는 소리에 귀를 기울인다. 마침 노아가 흙을 한 주먹 파 입에 넣으려고 하는 바람에 아이의 손에서 흙을 털며 참을성 있게 기다렸다.

마침내 메그가 통화를 끝내고 입을 연다. "잭이랑 탈룰라가 펍을 나가서 누구네 집으로 갔대요. 탈룰라가 대학에서 알게 된 사람이래요."

"네, 그건 나도 알아요. 그 사람이 누군지 알아요?"

"스칼렛 뭐라던데. 다른 사람도 두 명 더 있었다네요. 닉은 그 애들이 마을 밖으로 가는 것 같았대요. 차를 타고 갔다니까."

"스칼렛?"

"네. 닉 말로는 그 여자애가 메이폴에 다니는 상류층 애들 중 한 명이래요."

킴이 고개를 끄덕였다. 그녀는 스칼렛이라는 이름은 한 번도 듣지 못했다. 하지만 탈룰라는 학교에 대해 이야기를 많이 하지 않는다. 집에서는 노아가 둘의 거의 유일한 대화 주제다.

"다른 이야기는 없어요?" 킴이 노아를 다시 안으며 물었다.

"못 들었어요." 메그가 노아에게 미소를 지으며 아이를 향해 양팔을 뻗는다. 하지만 아이가 제 외할머니 품으로 더 파고들자 표정이 일그러졌다. 킴은 그 모습을 놓치지 않는다. "우리가 걱정해야 하는 거예요? 그렇게 생각해요?"

킴이 어깨를 으쓱했다. "솔직히 잘 모르겠어요."

"탈룰라 친구들한테 전화해봤어요?"

"아는 번호가 없어요. 친구들 번호는 걔 휴대전화에 다 저장돼 있거든요."

메그가 한숨을 쉬며 의자에 다시 등을 기댔다. "이상하네요." 그녀가 말한다. "노아가 없다면 둘이서 그냥 단순히 외박을 했다고 생각할 거예요. 그렇잖아요. 아직 어리니까. 그런데 그 애들은 노아라면 껌뻑 죽잖아요. 그걸 생각하면 좀……."

"맞아요." 킴이 고개를 끄덕인다.

킴은 메그와 좀 더 가까워지기를 바라지만, 메그는 잭과 탈룰라가 커플이라는 사실을 못 믿는 듯하더니 노아가 태어난 후로는 한동안 아들 가족을 완전히 멀리했다. 그러면서 잊을 만하면 한 번씩 노아를 보러 왔는데 그럴 때조차 촌수가 먼 친척 아주머니처럼 아이를 대하기 일쑤였다. 지금은 노아와 함께 보낸 시간을 그리워하지만, 정작 노아는 메그를 알아보기는 해도 그녀가 자신과 가까운 사람인 건 모른다.

"아무튼." 킴이 말문을 뗐다. "나는 가서 스칼렛이라는 앨 좀 더 알아볼게요. 할 만큼은 해봐야죠. 하지만 그럴 필요가 없었으면 좋겠어요. 내가 집에 돌아갈 즈음에 애들이 멋쩍은 표정을 지으며 돌아오면 좋겠어요."

메그가 미소를 짓는다. "있잖아요." 그녀가 밝은 어조로 말한다. 말투에서 한시바삐 뒷마당에서 느긋하게 하던 일광욕으로 돌아가고 싶고, 지금은 그런 걱정을 할 기분이 아니라는 속내가 읽힌다. "분명히 그럴 거예요."

탈룰라의 방에 들어온 킴이 딸의 책가방에 든 내용물을 샅샅이 살폈다. 탈룰라는 사회복지학을 전공하고 있고 장차 사회복지사가 되고 싶어 한다. 공부는 대체로 집에서 하고 학교는 일주일에 세 번만 가면 된다. 킴은 가끔 앞 창문으로 편한 옷차림에 머리를 뒤로 묶고 교재 폴더를 가슴에 안은 채 앳된 얼굴로 버스 정류장에 서 있는 딸을 지켜봤다. 그렇게 앳된 아이가 아기 엄마라는 사실은 아무도 짐작하지 못하리라.

킴은 가방에서 다이어리를 찾아 넘겨본다. 다소 못생긴 필체로 적힌 메모가 빼곡하다. 탈룰라는 원래 왼손으로 글을 쓰다가 초등학교에서 오른손으로 쓰는 법을 억지로 배워야 했다. 다이어리에서 연락처를 찾아봐야 소용은 없을 것이다. 요즘 누가 전화번호를 따

다크 플레이스의 비밀

로 적어두겠는가. 그래도 시간표나 다른 메모에 스칼렛의 이름이 등장할지도 모른다.

짐작대로 다이어리 표지 안쪽에 풀로 붙여 접어둔 '학생 연락처'가 있다. 손가락으로 이름들을 짚으며 빠르게 훑어내리다가 '스칼렛 자크 : 학생 행사 기획 위원회'라는 메모에서 멈춘다.

거기엔 스칼렛의 이메일 주소가 있다.

킴은 재빨리 문자를 친다.

스칼렛, 나는 탈룰라 머레이의 엄마 킴이에요. 탈룰라가 지난밤 외출한 뒤 아직 집에 오지 않았어요. 전화도 안 받고요. 혹시 그 애가 어디 있는지 알고 있어요? 내 친구 말로는 탈룰라가 스칼렛이라는 사람과 함께 있었대요. 가능한 빨리 이 번호로 연락 줘요. 고마워요.

킴은 전송 버튼을 누른 후 한숨을 쉬며 휴대전화를 다리 위에 내려놓았다.

아래층에서 현관문이 딸각 닫히는 소리가 났다. 벌써 오후 2시니 아들인 라이언이 퇴근해 돌아오는 소리일 터였다. 라이언은 토요일마다 마을 마트에서 일하며 8월에 친구들끼리 로도스 섬으로 떠날 여름 휴가비를 모으는 중이다.

"두 사람 왔어요?" 라이언이 2층까지 들리도록 킴에게 큰 소리로 물었다.

"아니." 킴이 아래층에 대고 말한다.

라이언이 뒤죽박죽으로 놓인 신발들 위로 운동화를 벗어 던지며 열쇠를 내려놓고 위층으로 올라왔다.

"정말요? 전화도 없고요?"

"그래. 전혀 없어."

킴이 아들에게 메그가 펍에서 일하는 닉에게 전화한 이야기며, 스칼렛이라는 여학생에 대해 이야기하는 중에 모르는 번호로 전화가 온다.

"여보세요?"

"안녕하세요. 룰라 어머님이세요?"

"그래요, 내가 킴이에요."

"저는 스칼렛이에요. 보내신 이메일을 방금 받았어요."

갑자기 심장이 미친 듯이 뛴다.

"어." 킴이 말문을 연다. "스칼렛, 고마워요. 내가 궁금한 건……."

스칼렛이 말을 끊었다. "두 사람은 우리 집에 왔었어요. 그런데 새벽 3시쯤 돌아갔어요. 저는 그것밖에 몰라요."

킴은 고개를 뒤로 살짝 젖힌 채 눈을 깜박였다. "그러면 둘이…… 그러니까…… 어디로 간다고 하던가요?"

"택시를 불러서 집으로 갈 거라고 했어요."

킴은 스칼렛의 말투가 마음에 들지 않는다. 사주식 침대와 자유분방한 사립학교, 자갈이 깔린 저택의 진입로를 떠올리게 하는 딱 부러지고 쌀쌀맞은 목소리다. 동시에 킴과 이야기를 나누는 일은 안중에도 없다는 듯 무심함도 느껴진다.

"그때 두 사람은 괜찮았어요? 내 말은 술을 많이 마셨나요?"

"아마 그럴 거예요. 룰라가 속이 안 좋았어요. 그래서 집에 돌아갔거든요."

"토했어요?"

"네."

자그마하고 상냥한 딸이 꽃무늬 침대 위로 몸을 숙이는 모습이 그려진다. 그러자 킴의 심장이 다시 철렁한다.

"두 사람이 가는 모습을 봤어요? 택시를 타던가요?"

"아뇨. 그냥 우리 집에서 나갔어요. 그게 다였어요."

"미안한데 어디에 살아요, 스칼렛? 동네 택시 회사에 문의해보려고요."

"다크 플레이스." 스칼렛이 대답했다. "업플레이 폴드 근처예요."

"번지수는요?"

"번지수는 없어요. 말씀드린 대로예요. 다크 플레이스. 업플레이 폴드 근처."

"아하." 킴은 종이에 주소를 받아적은 후 그 주소에 동그라미를 두 번 그리며 말한다. "알았어요. 고마워요. 혹시 둘 중 누구라도 소식을 들으면 내게 전화해줄래요? 탈룰라와 얼마나 친한 사이인지 모르긴 하지만요……."

"잘 몰라요." 스칼렛이 불쑥 말한다.

"그렇군요. 탈룰라는 집에도 오지 않고 갑자기 사라지는 짓을 하는 아이가 아니에요. 알겠지만 아이도 있고요."

수화기 반대편에서 잠시 말이 끊겼다. "아뇨, 그건 몰랐어요."

킴이 고개를 살짝 흔들며 잭과 탈룰라가 노아에 대해 아무 말도 하지 않으면서 이 아가씨와 밤새 시간을 보낼 수 있을지 잠시 생각해본다. "음, 아이가 있어요. 탈룰라와 잭의 아이요. 아들인데 지금 12개월이죠. 그러니까 집에 오지 않는 건 보통 일이 아니에요."

전화기에서 또다시 침묵이 흐르더니 마침내 스칼렛이 말문을 연다. "네, 그렇겠네요."

"혹시 소식을 들으면 꼭 연락 줘요."

"네, 그럴게요. 안녕히 계세요."

그녀는 대답하자마자 전화를 끊었다.

킴은 잠시 전화기를 물끄러미 바라본다. 그러고는 호기심에 찬 눈빛으로 전화 통화를 지켜보던 라이언에게로 시선을 돌렸다.

"이상해." 킴이 아들에게 통화 내용을 자세히 들려준다.

"거기 가볼까요?" 라이언이 말한다. "그 집이요."

"스칼렛의 집?"

"네. 다크 플레이스에 가봐요."

제4장

2018년 8월

숀은 이튿날 아침 일찌감치 집을 나섰다. 소피는 관사의 문가에 서서 숀이 유리 터널로 들어가는 모습을 지켜봤다. 그가 여닫이문 앞에서 몸을 돌려 그녀에게 손을 흔들더니 이내 사라진다.

학교는 앞쪽에 있는 주차장을 향해 작은 여행 가방을 끌고 가는 사람들로 가득했다. 입주 프로그램 과정이 끝나고 여름도 막바지를 향해 가는 중이다. 내일부터 기숙학교 학생들이 학교로 돌아올 것이다. 참가자들이 비운 방으로 들어가 새 학기에 맞춰 방을 준비하기 위해 청소부들이 그늘에서 대기 중이다.

소피는 다시 집으로 들어갔다. 아이비와 등나무 덩굴이 작은 창문마다 빼곡하게 자라 빛이 잘 들어오지 않았다. 실내 공기는 눅눅하고 시원하다. 여전히 다른 사람들의 냄새가 남아 있다. 게다가 복도를 지날 때마다 판석 틈새로 올라오는 듯한 눅눅하고 기묘한 연기 냄새도 난다. 복도 바닥에 기다란 깔개를 깔고 사이드보드에 방향제를 뒀는데도 냄새는 좀처럼 사라지지 않았다. 이 집이 진짜 소피의 집처럼 느껴지려면 시간이 걸리겠지만, 곧 그렇게 될 거라고 소피는 확신한다. 다음 주말에는 숀의 아이들이 올 예정인데, 아이들의 존재가 이 집에 생기를 불어넣으리라.

소피가 반쯤 물건을 꺼낸 이삿짐 상자로 몸을 돌리는데 문을 두드리는 소리가 났다.

"누구세요?"

"어머나, 안녕하세요! 나는 케리앤이에요. 상담교사요!"

소피가 문을 열자 연한 파란색 눈동자에 가슴골이 햇볕에 살짝 탄 여자가 서 있다. 숱 많은 금발은 뒤로 넘겨 선글라스로 고정했다. 치맛단이 바닥까지 내려온 풍성한 원피스에 반짝이는 장식이 달린 조리 샌들을 신고 있어 좀처럼 상담교사로는 보이지 않았다.

"안녕하세요." 소피도 손을 내밀며 인사했다. "만나서 반갑습니다."

"나도요. 소피 맞죠?"

"맞아요."

케리앤의 손에는 커다란 열쇠 꾸러미가 들려 있다. "집 정리는 잘되고 있어요?" 그녀가 한 손에서 다른 손으로 열쇠를 바꿔 쥐며 묻는다. "필요한 건 다 있고요?"

"그럼요. 아무 문제 없어요. 오늘은 숀이 처음 출근하는 날이라 10분 전에 벌써 학교로 갔어요."

"네, 방금 봤어요. 인사도 나눴고요! 아무튼 혹시라도 필요한 게 생길지 모르니까 내 번호를 알려줄게요. 내 주 업무는 당연히 학생 복지지만, 당신이 잘 지내는지도 신경 쓰려고요. 당신이 지금 모든 게 얼마나 낯설고 어색할지 잘 알아요. 그러니까 내가 당신 상담교사라고 생각해요. 집이 그리워서 기대 올 어깨가 필요할 때 말이에요……."

　　　　　　　　　　　　다크 플레이스의 비밀

소피는 상대의 말이 진심인지 농담인지 알 수 없어서 눈을 깜박 거린다. 그러자 케리앤이 소피를 보고 활짝 웃으며 말한다. "농담이 에요. 하지만 솔직한 심정이기도 하고요. 필요한 게 있으면, 또 이 마을이나 직원, 아이들한테 궁금한 게 있으면 뭐든 물어보세요. 그 냥 문자를 주면 돼요. 나는 알파 동 2층에 살아요……." 케리앤은 정 원 주위로 드리워진 나무 틈새로 밖을 내다보기 위해 몸을 살짝 굽 힌다. "저기 창문 보이죠? 발코니 달린. 거기예요. 205호요." 그녀는 단정한 필체로 자세한 사항을 기록한 종이를 소피에게 건넸다.

"혼자 지내세요?"

"대체로 그래요. 가끔 딸인 렉시가 지내러 오기도 하는데, 그 애 는 여행 블로거라 왔다 갔다 해요. 그렇지만 보통 나 혼자예요. 가 끔 아이들이 여기로 올 거라고 들었어요."

"네. 잭과 릴리요. 쌍둥이죠. 이제 일곱 살이고요."

"어머나, 귀여울 나이네요. 음, 궁금한 게 있으면 뭐든 좋으니까 주저 말고 연락해요. 난 이 학교에서 근무한 지 20년이나 됐어요. 이 마을에서 산 지는 60년이 다 됐고요. 그러니 업필드 커먼에 대 해선 모르는 게 없어요. 오늘밤에 손과 함께 포도주 한잔 하러 들러 요. 궁금한 건 다 말해줄게요."

"정말 재미있겠어요. 고맙습니다." 소피가 다시 인사를 하고 집 으로 들어가려는데, 정원 너머로 이어진 숲의 나무 꼭대기에서 휙 날아오르는 까치 한 쌍이 눈에 들어왔다. "저 숲은 어디로 나 있나 요?"

"오호, 저 숲은 너무 깊이 들어가지 않는 게 좋아요." 케리앤이 대 답한다.

소피는 의아한 표정으로 케리앤을 쳐다봤다.

"몇 마일이나 뻗어 있거든요. 길을 잃을지 몰라요."

"그렇군요. 그런데 숲을 다 지나면 어디로 가나요?"

"그건 어느 방향으로 가느냐에 달렸죠. 저쪽으로 1마일 반 정도 가면 작은 마을이 나와요." 케리앤이 왼쪽을 가리킨다. "업플레이폴드라고 하죠. 교회와 마을 회관, 집 몇 채가 있어요. 꽤 예쁘답니다. 그리고 1마일 정도 곧장 가면." 그녀가 앞쪽을 가리킨다. "저택 뒤쪽이 나와요. '다크 플레이스'라고 하는 곳이죠. 지금은 아무도 안 살아요. 소유주는 채널 아일랜드에 사는 헤지펀드 매니저와 엄청 화려한 그 사람 아내죠." 케리앤이 눈을 살짝 굴리며 말한다. "그 부부의 딸이 이 학교에 잠시 다녔어요. 스칼렛. 재능이 아주 많은 학생이었죠. 어쨌든 그쪽으로는 안 가는 게 좋을 것 같아요. 가끔 학생들이 그 저택으로 가곤 해요. 거기 오래된 수영장이랑 테니스 코트가 있거든요. 그런데 정작 돌아오는 길을 못 찾아요. 숲에는 이정표가 없으니까요. 한 번은 경찰까지 개입했다니까요."

소피는 고개를 끄덕였다. 호기심과 흥분이 차오른다. 런던에 살 때 그녀는 영감이 필요해지면 덜위치나 블랙히스까지 걸어가 그곳에 서 있는 웅장한 고택들을 보며 거기엔 어떤 이야기들이 잠들어 있을지 상상하곤 했다. 어느새 소피는 등산용 지팡이와 나침반, 물통을 떠올리는 중이다. 거기다 피트니스 앱에서 지정해준 적절한 걸음수를 채울 수 있는 기회까지. 태양은 흐릿하고, 현재 기온은 약 22도로 걷기에 완벽한 날씨였다. '오래된 수영장'과 '테니스 코트'라는 단어가 머릿속에서 넘실거린다. 소피는 기나긴 여름 내내 버려진 채 서 있었을 집의 분위기가 얼마나 황량할지 상상한다. 누렇

다크 플레이스의 비밀

게 시든 풀밭이며 먼지가 쌓이고 삐걱거리는 판석들, 추레한 여닫이창에 보금자리를 튼 새들.

소피가 케리앤을 보며 미소를 짓는다. "충동을 억제해볼게요."

제5장

2016년 9월

구내식당에서 줄을 선 탈룰라 옆에 스칼렛 자크가 서 있다. 스칼렛은 5피트 10인치° 정도 되는 키에 막대기처럼 말랐고, 탈색해 연한 푸른색으로 염색한 머리를 정수리에 틀어 올렸다. 광대뼈에는 작은 무지개가 그려져 있다. 남성용 후드티 차림이라 소매가 손가락 관절까지 내려왔고, 커다란 저지 반바지에 목이 긴 운동화를 신고 있다. 손가락마다 묵직한 반지를 끼고 손톱은 녹색으로 칠했다. 그녀는 작은 시리얼 상자들 주위를 맴돈다. 손가락이 춤을 추듯 상자의 등을 훑다가 마침내 라이스 크리스피에 단호하게 내려앉았다. 스칼렛은 그 상자를 집어서 쟁반에 이미 놓여 있는 초콜릿 두유와 사과 한 알 옆에 내려놓는다.

탈룰라는 스칼렛이 계산대로 향하는 모습을 지켜봤다. 스칼렛과 어울려 다니는 아이들도 일단 스칼렛이 앉을 자리를 정하면 그 옆자리를 확보하려고 중력에 끌리듯 그 뒤를 졸졸 따르고 있다. 탈룰라는 햄 샌드위치와 오렌지 주스를 골라 돈을 냈다. 그리고 스칼렛

●약 178센티미터.

의 자리와 가까운 테이블에 앉았다.

스칼렛은 기다란 두 다리를 쭉 뻗어 맞은편 의자에 올려놓았다. 훤히 드러난 정강이는 여름 햇살에 잘 태워 실크처럼 자르르 윤기가 흘렀다. 그녀는 초콜릿 두유를 시리얼에 붓고 고개를 숙인 채 숟가락으로 떠먹기 시작했다. 그녀는 늘 친구들과 함께 있다. 탈룰라는 그 아이들의 이름도 모른다. 스칼렛과 그녀의 패거리는 모두 탈룰라가 사는 마을의 상류층 학교인 메이폴 하우스에 다녔다. 그 학교는 품행에 문제가 있거나, ADHD가 있거나, 약물 남용 문제가 있는 부잣집 자제들이 다니는 학교로 유명하다. 이 아이들은 자신의 컨버터블 미니 클럽맨을 몰고 굉음을 내며 마을을 돌아다니고, 위조한 신분증으로 동네 펍을 드나들고, 부잣집 아이들 특유의 헤어스타일과 소란스러운 목소리로 떠든다. 협동조합 마트에 가면 보이기도 전에 소리부터 들린다. 신선한 모짜렐라 치즈가 없다며 큰 소리로 떠들고, 계산대에서 일하는 동네의 십 대들은 존재하지도 않는다는 듯 그들 머리 위로 수다를 떨기 때문이다.

그런데 그중 몇몇이 알 수 없는 이유로 이 마을에서 가장 가까운 도시인 맨턴에 있는 칼리지에 입학했다. 그들은 대부분 미대 1학년에 재학 중이다. 둘은 패션을 공부한다. 그 아이들은 좋은 대학에 들어가리라는 기대를 가족에게서 듬뿍 받았지만 결국 맨턴 칼리지에 입학했다. 그 결과, 그 아이들에게선 패배감의 기색이 떠돈다.

탈룰라는 자기 배를 만져본다. 여전히 힘없이 늘어지고 군살도 남아 있다. 아이를 낳은 지 석 달이 다 돼가는데도 내장의 반이 여전히 아기로 차 있는 것만 같다. 모유수유는 일주일 전에 그만뒀는데, 가끔 모유가 새는 바람에 요즘은 브라 안에 패드를 댄다. 탈룰라는 전화기를 켜고 홈 화면에 저장해둔 노아의 사진을 본다. 억제할 수 없는 애정과 두려움이 뒤섞여 속이 울렁거렸다. 지난 석 달 동안 그녀와 노아는 도저히 떨어질 수 없는 사이가 됐다. 탈룰라가 몇 분 넘게 노아와 떨어져 보낸 건 지난주 대학교에 등교하기 시작한 날이 처음이었다. 지금 노아는 버스를 타면 30분, 거리로는 6마일 반 떨어진 곳에 있다. 두 팔에는 아무런 무게가 느껴지지 않고 가슴은 젖이 차올라 묵직하다. 탈룰라가 엄마에게 문자를 보낸다. *별일 없죠?*

엄마의 답장이 금방 도착한다. *방금 오리를 보고 왔어. 별일 없어.*

옆 테이블에서 자신의 패거리와 이야기하던 스칼렛은 어느새 입을 다문 채 실제로는 아무것도 보고 있지 않다고 넌지시 알리는 듯한 태도로 휴대전화를 뚫어져라 보고 있다. 그녀는 비어 있는 손으로 연신 사과를 빙글빙글 돌린다. 옆에서 본 스칼렛의 얼굴은 흥미롭다. 콧잔등에는 약간 튀어나온 부분이 있고, 코는 턱을 향해 살짝 휘어져 있다. 입은 가느다란 선 같다. 그런데도 어쩐지 예쁘장하게 느껴진다. 이 대학의 어떤 여학생들보다, 심지어 완벽한 코에 입술이 도톰한 여학생들보다 더 예쁘다. 스칼렛이 고개를 돌려 그녀를 바라보는 탈룰라를 정면으로 쳐다본다. 스칼렛은 탈룰라를 향해 눈을 가늘게 뜨더니, 이내 시선을 돌리고 사과를 집어 후드티 주머니에 넣고는 함께 있던 친구들에게 인사도 없이 자리를 훌쩍 뜬다. 그녀가 탈룰라 옆을 지나가며 다시 눈을 가늘게 뜨자, 탈룰라는 아주 잠깐 스칼렛의 얼굴에 미소가 스치듯 지나간 것 같다는 생각이 든다.

　　　　　　　　　　　　　　　　　다크 플레이스의 비밀

제6장

2017년 6월

킴은 노아를 카시트에 태워 안전벨트를 채운 뒤 가지고 놀라고 천 그림책을 쥐어줬다. 라이언이 노아와 함께 뒷좌석에 앉았다. 킴은 운전석에 앉자마자 휴대전화를 열어 구글에 주소를 찍는다.

"다크 플레이스." 그녀가 중얼거렸다. "여기서 1마일만 가면 돼. 왜 지금까지 한 번도 못 들어봤는지 신기하네."

킴은 휴대전화를 홀더에 끼우고 시동을 건 후 스물한 살부터 살고 있는 막다른 골목에서 차를 뺀다. 그녀는 심란한 마음에 노래를 흥얼거린다. 노아가 자신의 불안을 알아차리게 하고 싶지 않고, 오늘 아침에 느낀 괴로움과 두려움을 라이언도 느끼게 하고 싶지 않다.

세 사람을 태운 차는 업필드 커먼과 그곳에서 가장 가까운 도시인 맨턴을 연결하는 도로를 달린다. 마을이 끝나는 지점인 넓은 로터리에 진입하기 직전, 구글은 우회전해 급커브를 돌라고 알려준다. 표지판은 무성하게 자란 부들레아 관목에 가려졌지만 '업플레이 폴드 1/2마일'이라는 글자를 알아보는 데는 문제가 없다.

도로는 차 한 대가 겨우 다닐 정도로 좁아서 킴은 반대편에서 차가 마주 올 경우를 대비해 조심스럽게 운전했다. 오후 4시지만 태양은 여전히 하늘 높이 걸려 있다. 킴이 백미러를 들여다보며 라이언에게 말한다. "노아 쪽 창문에 햇빛 가리개 좀 쳐줄래? 햇빛이 애한테 그대로 닿잖니."

라이언이 몸을 기울여 햇빛 가리개를 쳤다. 노아가 천 그림책에 나온 뭔가를 가리키며 삼촌에게 알려주려고 하지만 아이는 아직 말을 배우지 못했다. 그래서 라이언은 그림책을 보며 맞장구를 쳐준다. "그래, 돼지 맞아. 잘하네. 돼지!"

구글이 킴에게 다음 갈림길에서 오른쪽으로 가라고 알린다. 킴은 오른쪽으로 갈 갈림길이 있기나 한지 의심스럽다. 하지만 잠시 후 길이 갈라진다. 한가운데 왕포아풀이 자라는 좁은 길이다. 생울타리가 낮아서 킴은 환상적인 유채꽃 들판과 저 멀리 형체만 알아볼 수 있는 소 몇 마리, 옹기종기 모여 있는 집들까지 볼 수 있다. 몇 분을 더 달리자 한 쌍의 금속 대문과 멀리까지 곧장 뻗은 진입로, 연철로 만든 '다크 플레이스'라는 명패가 나타난다. 킴은 시동을 끄고 휴대전화를 핸드백에 넣었다.

"뭘 하시려고요?" 라이언이 묻는다.

킴은 초인종이나 인터폰 같은 것을 찾아 문을 훑어봤지만 보이지 않았다. 하지만 조약돌이 깔린 진입로를 따라 오솔길이 나 있다. 그녀는 트렁크에서 유모차를 꺼내 조립하며 얼굴로 달려드는 각다귀를 손으로 쫓는다. "가자." 킴이 노아의 카시트 버클을 열며 라이언에게 말한다. "걸어가야겠어."

라이언은 휴대전화로 '다크 플레이스'를 검색해 걷는 동안 위키피디아에서 얻은 정보를 엄마에게 읽어줬다. 킴은 걱정 어린 잔넘

다크 플레이스의 비밀

에서 벗어날 수 있다면 뭐든 환영이었다.

"그 집은 1643년에 지어졌어요." 라이언이 말한다. "와우. 1643년이라니. 그 건물은 다 지은 지 몇 년 만에 거의 다 타버려서 70년 가까이 비어 있었는데, 새까맣게 탄 나무들로 둘러싸여 있어서 '다크 플레이스'라고 부르기 시작했대요. 1721년에 조지 양식의 부속 건물을 지었고, 1800년대 후반에 프레드릭 드 템스라는 커피 농장주가 빅토리아 양식의 부속 건물을 또 추가로 지었어요. 이 농장주는, 세상에." 라이언이 잠시 설명을 멈추고 스크롤을 내렸다. "콜롬비아에서 최소 서른여덟 명, 영국에서는 일곱 명의 자식을 얻었는데 겨우 마흔한 살에 스페인 독감으로 사망했어요. 저택은 그 사람의 마지막 아내가 물려받았는데, 남편이 죽었을 때 고작 스무 살이었대요. 그 여자는 저택을 다시 아들인 로렌스에게 물려줬고요. 1931년에 로렌스의 배다른 형 세 명이 그를 암살할 계략을 꾸몄지만, 청부 살인을 위해 고용한 남자가 '다크 플레이스' 영지에 설치된 여우 덫에 걸렸어요. 그 사람은 엿새 후에야 발견됐는데, 여우들에게 먹히고 두 눈은 까마귀에게 쪼인 상태였대요. 로렌스 살해를 공모한 세 형제는 감옥에 갔고, 로렌스는 1998년까지 그 저택에서 살았어요. 그 후에는 생존해 있는 상속자가 없어서 매물로 나왔고, 2002년에 약 이백만 파운드에 알려지지 않은 구매자에게 팔렸어요."

걸어가는 동안 킴은 부지 너머로, 지평선 너머로, 주변으로 시선을 던지며 혹시 있을지 모를 딸의 흔적을 찾았다. 그녀는 집에서 나오기 전 현지 택시 회사 세 군데에 문의했는데 지난밤 다크 플레이스에서 손님을 태웠다는 기사는 한 명도 없었다.

10분 가까이 걸었을까, 마침내 저택이 눈에 들어왔다. 라이언의 설명을 들으며 킴이 상상한 모습 그대로다. 다양한 건축 사조로 지어진 세 동의 건물이 조화롭게 이어져 중앙 정원을 에워싸듯 서 있다. 왼쪽 건물에서는 다이아몬드 형태의 납유리창이 햇빛을 받아 반짝이고, 오른쪽 건물에는 더 큰 빅토리아 양식의 여닫이창과 내리닫이창이 있다. 말만 들으면 엉망진창일 것 같지만 전혀 그렇지 않다. 뒤죽박죽인 요소들이 서로 절묘하게 어우러져 아름답다.

진입로에는 자동차 네 대와 골프 카트 한 대가 서 있다. 수영장에서 사람들이 첨벙거리는 소리가 들린다. 킴은 라이언의 도움을 받아 노아를 태운 유모차를 현관 계단으로 끌어올린 후 초인종을 눌렀다.

젊은 남자가 나온다. 그 뒤로 거대한 세인트버나드 한 마리가 따라와 헐떡거리며 무너지듯 남자의 발치에 엎드린다. 상의를 입지 않은 남자는 한 손에는 맥주 여섯 병, 다른 손에는 마른행주를 들고 있다.

그가 킴과 노아, 라이언을 차례로 보더니 다시 킴에게로 시선을 돌린다. "안녕하세요!"

"안녕하세요. 나는 킴이라고 해요. 스칼렛이 여기 있나요? 아니면 스칼렛의 부모님이라도?"

"어, 있어요. 네, 있고말고요. 잠시만 기다려주세요." 그가 몸을 돌려 소리쳤다. "엄마! 손님 오셨어요!"

남자 뒤로 연한 색깔의 돌계단과 계단 중앙에 깔린 기다란 줄무늬 깔개가 보인다. 현대 미술품과 디자이너가 만든 비싼 조명도 보였다. 잠시 후 헐렁한 흰색 선드레스를 입고 조리 샌들을 신은 여자가 나왔다. 개는 그 여자를 몹시 반기고, 여자는 호기심 어린 시선

다크 플레이스의 비밀

으로 문 앞의 킴을 본다. 젊은 남자는 킴에게 미소를 지은 후 자리를 떴다.

"무슨 일이시죠?" 그 여자가 묻는다.

"이렇게 토요일에 불쑥 찾아와서 실례합니다."

여자는 킴의 어깨 너머로 조약돌 진입로를 보더니 물었다. "여기까지 어떻게 오셨어요?"

"문 앞에 차를 세우고 걸어왔어요."

"반 마일이나 되는데요! 거기서 초인종을 누르시지 그러셨어요."

"음, 찾아봤는데 보이지가 않더라고요."

"어머나, 그러셨군요. 죄송해요. 그 문에는 동작 센서가 설치돼 있어요. 그 위에 서 있기만 하면 되는데……. 미처 못 찾는 사람들이 많아요. 전화를 하지 그러셨어요."

"그게, 번호는 있는데 문에서 집까지가 이렇게 멀 줄은 몰랐어요. 어쨌든 그건 괜찮아요. 나는…… 나는 딸을 찾고 있어요."

"미미 어머니신가요? 미미는 오늘 아침에 돌아간 줄 알았는데요……."

"아니에요." 킴이 말한다. "미안하지만, 나는 탈룰라의 엄마예요. 그 애가 어젯밤에 여기 왔었나요?"

"탈룰라?" 여자가 약지에 띠가 넓은 반지 하나만 낀 손으로 무심하게 개의 머리를 쓰다듬는다. "모르겠어요. 탈룰라라는 아가씨는 잘 모르겠네요."

"룰라요?" 킴이 묻는다. 킴은 룰라라는 애칭을 싫어하지만 딸의 친구들은 늘 이름을 줄여서 부르곤 했다. 그건 싫어도 받아들여야만 하는 사실이었다.

여자가 고개를 가로저었다. "룰라란 이름도 들어본 적 없어요. 여기 온 건 확실한가요?"

킴은 덥고 불안하다. 뒷덜미로 햇볕이 사정없이 떨어진다. 온몸에서 열기를 머금은 땀이 뿜어져 나오자, 문득 빳빳한 하얀 선드레스 차림에 막 다듬은 머리, 차분한 표정으로 얼굴에서 땀 한 방울 흘리지 않으며 킴이 착각해서 엉뚱한 곳에 와 있다고 암시하는 듯한 여자의 딱딱한 억양에 화가 발끈 났다.

킴은 고개를 끄덕이며 밝은 어조를 유지하려 애쓴다. "네. 댁의 따님과 두 시간 전에 이야기를 나눴어요. 제 딸이 어젯밤 남자친구인 잭과 함께 이곳에 왔다가 새벽 3시에 택시로 떠났다고 하더군요. 그래서 이 지역 택시 회사에 전부 문의를 했는데, 이 주소나 이 주소 근처에서 손님을 태웠다는 기록이 없더라고요. 벌써 오후 4시가 다 됐는데 내 딸은 아직 돌아오지 않았어요. 그리고 이 아기가." 킴은 이렇게 말하며 유모차에 타고 있는 노아를 가리킨다. "탈룰라의 아들이에요. 내 딸은 절대 자식을 멋대로 버릴 사람이 아니에요. 절대로요."

킴은 목소리가 갈라지기 시작하자 울음을 터트리지 않으려고 힘껏 숨을 들이쉰다.

여자는 킴의 생생한 감정을 보면서도 아무렇지 않은 것 같다. "죄송하지만, 성함이 뭐라고 하셨죠?"

"킴이에요. 이 아이는 제 아들 라이언이고, 이쪽은 제 손자 노아예요."

"세상에. 할머니라고요! 이렇게 젊은데 할머니라니. 아무튼 나는 조스예요." 그녀가 킴에게 손을 내밀고 악수하더니 킴에게 말한다.

다크 플레이스의 비밀

"그러면 스칼렛이 이 일에 대해 뭐라고 말하는지 들어보죠. 이리로 오세요."

조스는 킴 일행을 이끌고 정원을 가로지르더니 담쟁이가 빼곡하게 자란 오래된 벽돌 담장에 난 높직한 연철대문으로 들어간다. 거대한 개가 쿵쿵거리며 뒤따른다. 퍼스펙스° 대좌 위에 세워놓은 자그마하고 하얀 석상들이 정원에 점점이 흩어져 있다. 킴의 가족은 조스를 따라 조각처럼 다듬은 나무를 심은 화분이 쪼르르 놓인 판석 길을 따라가 다가가 모퉁이를 돌았다.

눈앞에 수영장이 나타났다.

수영장은 크림색의 대리석 테라스에 있다. 한쪽 끝에 서 있는 커튼을 친 정자에는 거대한 크림색 소파가 놓여 있다. 똑같이 크림색 쿠션을 댄 선베드가 수영장의 긴 면을 따라서 직각으로 늘어서 있다. 풀장 중앙에 둥둥 떠 있는 핫핑크색 플라밍고 튜브 보트에는 라임그린색 머리카락에 끈 없는 검은색 비키니를 입은 키가 크고 호리호리한 아가씨가 있다. 그녀가 킴 일행을 호기심 어린 눈빛으로 바라보더니 말문을 연다. "어머나." 마치 동전이라도 하나 떨어트린 것처럼 미미한 반응이다.

"탈룰라 말이야." 조스가 손을 들어 수면에 반사된 햇빛을 가리며 말문을 연다. "그 아가씨가 어젯밤에 우리 집에 왔었다는데. 어디로 갔는지 혹시 아니?"

스칼렛이 양손으로 물을 저으며 풀장 가장자리로 오더니 플라밍고 보트에서 내려 돌계단을 올라온다. 검은색 수건으로 몸을 감싼

° 유리 대신 쓰는 아크릴 수지.

그녀가 향초로 뒤덮인 원형 티크 탁자에 앉는다.

킴이 스칼렛의 맞은편에 앉으며 물었다. "아까 아가씨가 두 사람이 어디로 갔는지 모른다고 한 거 알아요. 탈룰라가 속이 안 좋아서 두 사람이 택시를 탔다고 이야기한 것도 기억하고요. 그런데 여기서 손님을 태웠다고 말하는 택시 회사가 한 군데도 없더라고요. 그래서 말인데, 두 사람이 지금 어디에 있는지 설명해줄 만한 일이 지난밤에 일어난 건 아닌지 궁금해졌어요."

스칼렛은 녹은 촛농을 쿡쿡 찌르며 킴과 눈을 마주치지 않는다. "정말로 제가 아는 건 그게 다예요."

"그럼 두 사람이 택시에 타는 모습을 직접 봤어요?"

"아뇨, 저는 여기 있었어요. 미미와 함께요. 그런데 잭이 와서 룰라가 속이 안 좋으니 집으로 데리고 가겠다고 했어요. 택시가 올 거라고 하던데요."

"잭이 그렇게 말했어요? 택시가 오고 있다고? 아니면 택시를 부를 거라고 말했어요?"

스칼렛이 어깨를 으쓱한다. "잭은 택시가 오고 있다고 했어요."

"혹시 잭이 택시를 부르려고 했는데 아무도 오려고 하지 않아서 결국 걸어갔을 가능성은 없나요?"

"네?" 스칼렛이 되묻는다. "어쩌면요."

킴은 스칼렛의 형제 쪽으로 몸을 돌렸다. 그는 무릎 사이에 맥주병을 끼운 채 수영장 건너편에 놓인 의자 가장자리에 걸터앉아 있다. "그쪽은 지난밤에 파티에 있었나요?" 킴이 그에게 소리치듯 물었다.

그가 한 손을 내저으며 대답한다. "아뇨. 저는 없었어요. 집에는 오늘 아침에 왔거든요."

킴이 한숨을 쉰다. "두 사람이 걸어가기로 했다면 대체 어디로 갔을까요?"

스칼렛이 다시 어깨를 으쓱한다. "상황에 따라 다르겠죠. 어느 길로 갔느냐에 따라서요. 만약 진입로 방향으로 갔다면 큰길로 나갈수 있었을 거예요. 엉뚱한 방향으로 접어들었다면 업플레이 폴드로 갔겠죠. 이 집 뒤로 난 오솔길로 갔다면 업필드 커먼으로 돌아갔을 거예요."

"뒷길요?"

"네." 스칼렛은 한 손을 들어 애매하게 호를 그리듯 뒤쪽을 가리켰다. "저쪽이요."

킴이 그녀의 어깨 너머를 바라본다. 보이는 풍경은 풀밭과 화단, 울타리와 자갈이 깔린 좁은 통로들, 구멍이 숭숭 난 돌계단, 여기저기 서 있는 해시계와 정자뿐이다.

"어디요?"

"저 너머요. 뒤쪽이에요. 숲을 지나서 업필드 커먼 뒤편으로 가는 길이 있어요. 메이폴 하우스 근처죠. 제가 거기 다닐 때는 가끔 그 길로 등교를 하기도 했어요."

"거리는 어느 정도죠?"

그때 조스가 끼어든다. "1마일이나 조금 더 될 거예요. 하지만 그 길은 권하지 않아요. 특히 아기를 데리고는 더욱요. 어디로 가고 있는지 정확히 모르면 분명 길을 잃을 거예요."

"탈룰라가 그 뒷길을 알았나요?"

스칼렛이 어깨를 으쓱한다. "아마 모를걸요. 우리 집엔 어제 처음

왔으니 그 길을 알았을 리 없어요."

"그러면 또 누가 있었나요?" 킴이 질문을 계속한다. "어젯밤에 여기 또 누가 있었죠?"

"우리 셋뿐이었어요." 스칼렛이 대답한다. "그리고 미미. 아, 두 사람이 돌아가기 전에 렉시 멀리건이 왔었어요. 렉시는 메이폴 하우스에 살아요. 엄마가 그곳 상담교사거든요. 아시죠, 케리앤 멀리건?"

킴이 고개를 끄덕인다. 케리앤이라면 아주 잘 안다. 업필드 커먼에서는 허풍쟁이 케리앤을 모르는 사람이 없다.

"네, 그분 딸이요. 렉시는 이십 대인 것 같더라고요. 그런데 렉시는 일찍 돌아갔어요. 차를 가지고 왔거든요. 갈 때 제 친구인 리엄을 태우고 갔죠."

"그러면 그 후에 아가씨, 탈룰라, 잭…… 그리고 미미만 남았다는 거죠?"

"넵."

"그리고 아가씨 부모님도요?"

"엄마는 여기 계셨어요. 주무셨죠. 아빠는 출장 중이시고요."

킴이 뒤쪽 계단에 앉아서 두 사람의 대화에 귀를 기울이는 조스쪽으로 몸을 돌렸다. "혹시 여기 보안 카메라는 없나요? 부지 어디든?"

조스가 고개를 끄덕이며 말한다. "있죠. 수도 없이 있어요. 그런데 우리는 그걸 어떻게 확인하는지 전혀 모르는데 어쩌죠." 그녀가 아들을 쳐다본다. "렉스, 혹시 보안 카메라 영상을 어떻게 확인하는지 아니?"

렉스가 얼굴을 찡그렸다. "잘 몰라요. 아빠 서재에 조작하는 장치 같은 게 있는 건 알아요. 하지만 사용해본 적은 한 번도 없어요."

"우리가 한 번 해봐도 되지 않을까요?" 킴이 이렇게 묻는 순간 분위기가 급격히 달라졌다. 지금까지 스칼렛의 가족에게 킴은 사소한 불상사였고, 그녀는 기꺼이 그들의 조건에 맞춰줬다. 그런데 이제는 그들에게 집으로 들어가 문을 열고 장비를 어떻게 작동하는지 알아봐달라고 부탁하고 있다. 킴은 세 사람이 시선을 교환하는 모습을 놓치지 않았다.

조스가 일어서서 킴에게 다가와 말한다. "말해둘 게 있어요. 우리가 마틴의 서재에 들어가서 어정거리는 일만은 피하게 해주세요. 일단 렉스가 가서 한 번 살펴보면 어떨까요. 마틴에게 전화해서 장치가 어떻게 작동하는지 물어보라고 할게요. 스칼렛이 당신 전화번호를 알고 있으니 뭔가 알게 되면 연락할게요."

킴은 여전히 묻고 싶은 것들이, 대답을 들어야 할 질문들이 너무 많다. 이렇게 물러날 생각도 없다. "스칼렛, 탈룰라가 여기 온 적이 한 번도 없다고 했죠?" 캐묻는 킴의 목소리에서 필사적인 기색이 느껴진다. "그리고 아까 전화에선 탈룰라를 잘 모른다고 했고요. 그러니까 그 애가 애 엄마인 줄도 몰랐다고 했잖아요. 그렇다면……탈룰라는 왜 여기 온 거예요?"

스칼렛이 수건을 어깨 위로 끌어올려 망토처럼 덮더니 모서리로 귀를 문지른다. "우리는 가끔 수다를 떠는 사이에요." 그녀가 대답한다. "대학에서요. 그런데 어젯밤 펍에서 그 애를 우연히 만났어요. 같이 술을 몇 잔 하다 보니 저절로 이렇게 됐어요." 킴의 시선이 탈룰라와 가끔 수다를 떨었다는, 흐느적거리듯 움직이는 깡마른 여학생과 다시 부딪쳤다. 킴은 좀 더 자세히 스칼렛을 살펴본다. 빛을 받아 반짝이는 피어싱이며 견갑골의 문신, 완벽하게 페디큐어를 한 발톱까지. 그리고 스칼렛의 발에 있는 까만 반점 같은 데에 시선이 멎었다. 작은 문신인데, 언뜻 봐서는 확실히 알아볼 수 없는 알파벳 두 글자였다. 다시 보니 트레이드마크라는 단어의 약어다. 스칼렛이 얼른 손을 뻗어 그 문신을 가렸다. 파리를 찰싹 치듯이 빠르고 강하게. 두 사람은 잠시 서로의 눈을 똑바로 바라봤다. 그때 킴의 시선이 스칼렛의 얼굴에 스쳐 지나가는 방어적이고 생생한 감정의 흔적을 포착한다.

킴이 가방을 어깨에 멘다. "혹시 미미라는 학생과 이야기할 수 있을까요? 미미의 전화번호 알아요?"

"그 애는 저보다 더 아는 게 없을 거예요."

"뭐라고요?"

"미미한테 그쪽에 전화를 드리라고 할게요." 스칼렛이 말한다.

잠시 후 킴과 라이언이 노아의 유모차를 밀며 연철대문을 통과해 앞 정원으로 나가자, 조스가 거대한 개와 함께 시계꽃 그늘에 서서 그들을 향해 손을 흔들었다. 진입로를 향해 걸어가는 킴의 귀에 수영장 물에 누군가 풍덩 뛰어드는 소리와 깔깔거리는 웃음소리가 언뜻 들렸다.

제7장

2018년 8월

소피의 가족은 야외활동을 좋아한다. 그들은 휴가철만 되면 트레킹을 하고 항해를 하고 스키를 타러 갔다. 아버지는 마라톤을 즐기고 어머니는 골프와 테니스를 치며, 남자 형제 두 명은 스포츠 산업 분야에서 일한다. 소피는 한때 수영선수였다. 부모님 집 다락에 있는 커다란 상자에는 선수 시절 받은 메달과 우승컵, 상장이 들어 있고, 최근에는 수영을 거의 하지 않는데도 여전히 수영선수 같은 체격을 유지하고 있다. 어린 소피 남매가 감당이 되지 않을 때면, 어머니는 아이들에게 코트를 입혀 뒷마당으로 내보냈다. 아이들은 처음에만 징징거리고 이내 놀 거리를 찾아냈다. 키가 높은 나무에 올라가고 타는 용도가 아닌 것들을 그네처럼 타고 놀기 일쑤였다. 그래서 소피는 야외활동이 몹시 익숙하다. 또한 혼자 힘으로 길을 찾거나 장애물을 해결하는 자신의 능력을 굳게 믿고 있다. 그리하여 소피는 야외활동에 적합한 옷을 입고 물과 에너지바, 휴대전화 충전기, 나침반, 반창고, 선크림, 모자를 챙긴 채 숲으로 출발했다. 물론 돌아가는 길을 찾아야 하는 경우를 대비해 땅바닥에 떨어트려둘 수 있는 밝은 붉은색 플라스틱 표지 한 봉지를 챙기는 것도 잊지 않왔다.

숲으로 들어가니 나무가 울창하게 자라 8월의 햇살이 거의 들어오지 않았다. 겨우 몇 피트 들어갔을 뿐인데 기온이 뚝 떨어진 듯한 느낌이다. 그녀는 오른손에 나침반을 들고 바늘이 가라고 일러주는 방향으로 발길을 재촉한다.

20분 후 숲의 중앙에 가까워지자 빽빽하던 나무들이 다시 줄어들기 시작하더니 나무들 사이로 구불거리며 이어진 오솔길과 사람들이 드나드는 흔적, 쓰레기, 개똥이 든 비닐 봉투 등이 보였다. 휴대전화 신호가 잠깐 다시 잡히기에 지도를 확인해보니, 소피는 지금 사람과 짐승만 다니는 길로 접어들려는 참이었다. 손가락으로 화면에 뜬 지도를 이리저리 돌려보니 그녀 오른쪽에 커다란 건물이 직선으로 표시돼 있다.

잠시 후 시야에 작은 탑과 풍향계가 들어왔다. 이윽고 오래된 벽돌 벽과 커튼처럼 드리워진 밝은 붉은색 담쟁이덩굴이 보였다. 벽 곁에서 자라고 있는 나무들 사이를 비집고 들어가니 빗장에 부러진 맹꽁이자물쇠가 걸려 있는 녹슨 금속 대문이 나타났다. 그 문으로 들어가 다시 나무가 많은 땅을 지나자 머리 위로 푸른 하늘이 어른거리듯 나타나고, 소피는 어느새 태양에 바짝 시들어 볼품없는 풀밭 위로 들어섰다. 풀밭은 엉겅퀴가 무성히 자란 널찍한 돌계단을 지나 팀 버튼 영화에나 나올 것 같은 저택을 향해 아래쪽으로 이어져 있다.

소피는 숨을 헉 들이쉬며 한 손으로 목을 감싼다.

저택을 향해 계단식으로 조성된 풀밭을 따라 내려가니 수영장이 나타났다. 짙은 녹색의 수영장은 지난겨울에 쌓인 낙엽으로 뒤덮여

다크 플레이스의 비밀

있다. 수영장의 한쪽 끝에 서 있는 정자는 요란한 낙서로 뒤덮였다.

수영장과 저택 사이의 테라스엔 빈 맥주캔과 담배꽁초, 마약을 하고 버린 물건들, 콘돔과 포장 용기 등이 버려져 있다.

이렇게 웅장한 저택이 어떻게 이 지경까지 방치될 수 있는지 소피는 의아할 따름이다. 아무도 살지 않는다 해도 왜 관리하는 사람이 없는 걸까?

그녀는 조심스럽게 저택 주위를 돌아보며 창문 덧문 틈으로 저택 내부를 들여다보려 했다. 저택 앞쪽에는 장식물로 꾸민 정원이 있고, 정원 너머로는 사이프러스를 양쪽에 심은 진입로가 1마일은 더 됨직하게 뻗어 있다. 소피는 저택 현관문을 보기 위해 돌아섰다. 문에 달린 채광창 위, 짙은 색 벽돌에 AD 1721이라는 연도가 새겨져 있다.

공기가 텁텁하고 사위는 고요하다. 게다가 저택 외에는 아무것도 보이지 않아서 저택은 마치 섬처럼 이곳에 서 있다. 소피는 이곳에 살았다는 일가, 즉 헤지펀드 매니저와 그의 화려한 아내와 재능 많은 십 대 딸에 대해 궁금증이 인다. 그들은 지금 어디에 있으며, 대체 뭐에 홀렸기에 이곳을 황폐하게 내버려두고 있을까?

소피는 휴대전화로 시간을 확인했다. 어느새 정오가 다 됐다.

그녀는 정원에서 가장 높은 곳으로 가 저택의 웅장함을 다시 한번 눈에 담은 뒤 휴대전화로 사진을 찍는다. 그러고선 아까 왔던 길을 지나 숲으로 발길을 돌린다.

제8장

2016년 10월

"잭이 또 전화를 했어."

탈룰라가 엄마를 힐끔 본다.

"한 시간 전쯤. 네가 어디 있는지 아느냐던데. 전화를 안 받는다고."

탈룰라는 어깨를 으쓱하고는 부엌 조리대에 달린 베이비 모니터°로 다가가 아들이 잠자는 숨소리를 유심히 들었다. "잠든 지 얼마나 됐어요?"

"35분 정도."

시계를 보니 4시 30분이다. 노아는 언제 깨더라도 배가 고플 것이다. 탈룰라에게는 옷을 갈아입고, 차를 한 잔 마시고, 과제를 살펴볼 짬이 조금 있다. 대학에 다닌 지 4주째, 이제 이런 생활이 익숙한 일상이 됐다.

"전화할 거니?"

"누구한테?"

° 영아의 소리를 원격으로 듣는 장치.

다크 플레이스의 비밀

"잭." 엄마가 초조한 말투로 대답한다. "전화할 거니? 영원히 없는 사람 취급할 수는 없어."

탈룰라가 고개를 끄덕였다. "나도 알아요. 안다고요." 그녀는 끈을 풀고 운동화를 벗으며 한숨을 푹 쉰다. 잭은 노아를 보러 온 토요일에 자신들이 재결합할 수 있을지 물었다. 탈룰라는 임신했을 때만 해도 잭과 재결합하는 것 외에는 아무것도 원하지 않았다. 하지만 지금은 그렇지 않다는 사실을 생각하면 기분이 묘하다. 지금 그녀는 아이 엄마고, 대학을 다니고 있다. 그녀는 다시는 그때와 같은 사람이 될 수 없다. 또 누군가와 인생을 함께하고 싶지도 않다. 지금 탈룰라가 침대를 함께 나누고 싶은 사람은 노아뿐이다.

탈룰라가 임신을 했을 때, 그녀와 잭은 3년 차 연인이었다. 탈룰라는 임신 4개월이 돼서야 비로소 임신 사실을 털어놨다. 이를 안 잭은 기겁을 하며 마음을 정할 시간이 필요하다고 했다. 잭은 이제야 자신의 마음을 확실히 알게 된 듯한데, 탈룰라는 자신도 그런지 잘 모르겠다.

"잭은 좋은 애야, 너도 알다시피." 엄마가 계속 말한다.

"네, 알아요." 탈룰라는 발끈했지만 애써 감정을 감췄다. 지금 당장은 엄마에게 신세를 지고 있기에 배은망덕한 소리는 하고 싶지 않다. "걔한테 뭐라고 해야 할지 몰라서 그래요."

"그러면 그렇게 말하면 되잖아."

"그렇긴 하죠. 하지만 그러면 잭은 나를 설득하려 할 테고 나는 지금 그런 걸 받아줄 힘이 없어요."

탈룰라는 줄곧 너무 피곤하다. 여름에는 괜찮았다. 신생아인 노아는 하루 중 대부분을 잤고, 덕분에 그녀는 밀린 잠을 보충할 시간이 많았다. 하지만 아이가 조금 자라면서 깨어 있는 시간이 늘어났다. 탈룰라는 일주일에 사흘은 대학에서 오전 수업을 듣고, 집에 오면 해야 할 공부가 있다. 낮잠은 과거의 일이 됐다.

"잭이 눈물을 보이거나 매달리기 시작하면 나는 항복하겠죠. 뻔해요."

엄마가 그녀에게 차 한 잔을 건네며 맞은편 의자를 꺼내 앉는다. "그게 왜? 혹시 확신이 서지 않는 거니?"

"나는 그냥…… 잘 모르……." 마침 베이비 모니터에서 낮잠에서 깬 노아의 소리가 들려 탈룰라는 설명하기 힘든 걸 설명할 단어를 찾는 수고를 덜었다. 엄마가 바로 일어나지만 탈룰라는 포근한 이불에 폭 싸여 있던 아이를 꺼내 두 팔로 안아 가슴에 꼭 대고, 아이의 향긋하고 따스한 숨결이 쇄골에 닿을 때의 환희에 잠겨 잠시 근심을 잊고 싶다.

"내가 갈게요." 탈룰라가 말한다. "내가 가요."

이튿날은 오전 수업이 있는 날이다.

탈룰라는 자신이 늦는 바람에 라이언이 교복 차림으로 노아의 우유를 전자레인지에 데우고 엄마가 노아를 안고 있는 모습을 각인처럼 마음에 새긴 채 집에서 나와 막다른 골목길 맞은편 버스 정류장에 서 있다. 버스가 좀처럼 오지 않았다. 서둘러 나오느라 노아에게 작별 인사도 제대로 못 했기에 짜증스럽게 한숨을 쉬었다. 그녀는 그제야 옆에 누군가가 있다는 사실을 알아차리고 그쪽으로 고개를 돌렸다. 스칼렛 자크가 플라스틱 벤치에 앉더니 미끄러지듯 탈룰라 쪽으로 다가온다.

　　　　　　　　　　　　　다크 플레이스의 비밀

"놓친 건 아니지?" 스칼렛이 숨도 쉬지 않고 물었다.

탈룰라는 순간 스칼렛이 자기에게 말을 걸었다는 사실을 알아차리지 못해 가만히 있었다.

"응이라는 대답으로 받아들일게."

"미안해." 탈룰라가 사과한다. "그래. 아니 그러니까, 놓친 게 아니라고. 버스가 늦는 거야."

"휴." 스칼렛이 오버사이즈 레인코트의 주머니에서 이어폰을 꺼내 귀에 꽂다가 묻는다. "나 너 알아. 그렇지? 너 맨턴 칼리지 다니지?"

탈룰라가 고개를 끄덕였다.

스칼렛도 고개를 끄덕이며 말한다. "근처에서 봤어. 전공이 뭐야?"

"사회복지. 1학년."

"아하, 너도 신입생이구나?"

"그래, 수업 들은 지 몇 주 됐어. 너는?" 탈룰라는 스칼렛이 뭘 전공하는지 알지만 묻는다.

"미대야. 1학년."

"멋지다." 탈룰라는 그렇게 말하고선 이내 괜히 그런 말을 했다고 후회한다.

"음, 그런가. 그런데 사실은 형편없어. 나는 런던에 있는 미대에 가고 싶었거든. 그런데 부모님이 허락해주지 않으셨어. 런던까지 왔다갔다해야 하니까. 그래서 내가 그러면 작은 아파트를 얻어달라고 했더니 절대 안 된다는 거야. 결국 A 레벨 시험에서 명문대에 들어갈 만한 점수를 받지 못했어. 미술에 재능이 없어서가 아니라 필요한 공부를 하지 않았거든. 이게 내가 살아온 인생이야."

바로 그때 구식 녹색 버스 특유의 요란한 소리가 들리자 두 사람이 고개를 돌린다. 버스가 공원 반대편 끝에서 막 모습을 드러냈다.

"그러면 이 근처에 살아?" 탈룰라가 물었다.

"아니. 음, 비슷해. 2마일가량 떨어진 곳. 그런데 잠은 남자친구집에서 자. 남자친구가 메이폴에 있거든." 그녀는 광장 맞은편에 서있는 웅장한 건물을 어깻짓으로 가리킨다.

"거기서 자도 된다는 허가를 받았어?"

"아니. 절대 아니지. 하지만 나는 그곳 상담교사와 '특별한' 관계거든. 그분이 나를 아주 좋아해. 그 선생님 딸과 친구 비슷한 사이기도 하고. 그래서 모른 척 봐주시는 거야."

버스가 다가오자 둘은 일어섰다. 탈룰라는 이제 무슨 일이 일어날지 짐작도 할 수 없다. 나란히 앉아서 가는 걸까? 계속 이야기를 나누게 될까?

하지만 결정은 그녀의 몫이 아니다. 스칼렛은 버스 뒷자리에 앉은 친구를 보자 탈룰라를 두고 성큼성큼 걸어가 가방을 좌석에 툭 던지더니 그 자리에 털썩 앉았다. 요란한 그녀의 목소리가 통로를 지나 탈룰라가 혼자 앉은 버스 앞쪽까지 흘러온다. 딱 한 번 스칼렛을 보려고 고개를 돌린 순간, 탈룰라를 똑바로 바라보는 스칼렛과 탈룰라의 눈이 마주쳤다.

제9장

2017년 6월

옷을 벗은 킴은 물이 미적지근해지기 전에 얼른 샤워 부스로 들어갔다. 스칼렛의 집에서 있었던 일은 그녀에게 불쾌하고 피곤한 감정만 남겼다. 그녀는 스칼렛의 엄마가 내내 헐떡거리는 거대한 개를 데리고 현관에 서서, 킴과 라이언이 유모차를 밀며 진입로로 들어가는 모습을 지켜보던 순간을 떠올린다.

"내가 태워드리면 좋겠지만." 그녀가 소리쳤다. "술을 몇 잔 해서요! 정말 미안해요!"

킴이 차로 돌아갔을 즈음 차는 오븐처럼 후끈거렸고, 노아는 지치고 배가 고파서 진입로 끄트머리부터 킴의 집 밖 주차 공간에 도착할 때까지 내내 큰소리로 울부짖었다. 정작 아이는 집에 도착하자마자 곧 잠들었다. 라이언은 지금 노아를 데리고 차에 앉아 있다.

샤워기에서 쏟아진 물이 얼굴을 쓸어내린다. 물에서 짭조름한 땀맛이 나는 것 같다.

킴은 혹시라도 전화나 문자를 놓치지 않도록 세면대에 아슬아슬하게 세워놓은 휴대전화를 샤워 커튼 틈으로 매초 내다보며 확인했다.

샤워를 끝낸 후 다시 휴대전화를 보는데 여전히 아무 소식도 없다.

두려움이 다시 파도처럼 왔다가 밀려난다. 그녀는 침대 끄트머리에 걸터앉아 스칼렛의 집 뒤로 펼쳐진 숲을 떠올렸다. 잭과 탈룰라가 어둠 속에서 오지 않는 택시를 기다리다가 결국 포기하고 둘 중 한 명이 이렇게 말하는 모습을 그려본다. "저 숲을 지나가면 업필드 커먼으로 돌아갈 수 있어. 숲을 질러 가면 갈 수 있을 거야." 밤에도 따뜻했으니 그 생각이 그럴듯하게 느껴졌을 수도 있다. 어쩌면 탈룰라의 두통이 신선한 바람을 쐬면 사라질 거라고 생각했을지도 모른다.

킴이 메그에게 전화를 건다. "괜찮다면 노아를 잠시 맡겼으면 해요. 잭과 탈룰라가 있을 만한 곳을 알고 있어요. 가서 확인해보고 싶어요."

잠시 침묵이 이어지더니 메그가 대답했다. "아이들이 아직도 돌아오지 않았어요?"

킴은 눈을 감았다. 이런 상황에 아들이라면 부모의 반응이 다르다는 걸 킴도 안다. 하지만 그렇다고 해도 메그가 애들에게 너무 관심이 없어서 불만스럽다.

"네. 아직도 안 왔어요. 택시 회사에도 지난밤에 그 애들을 태웠다는 기록이 전혀 없어요. 생각해보니 그 집 뒤쪽에 있는 숲에서 길을 잃었을 수도 있겠더라고요. 가서 직접 확인해보려고요."

"아하." 메그가 대꾸한다. "알겠어요. 그런데 그럴 리는 없을 것 같아요. 내 말은, 벌써 오후 5시가 다 됐잖아요. 그건 아이들이 열두 시간 가까이 그 숲에 있었다는 뜻이에요. 그 숲에서 그렇게 오랫동안 헤매고 다닐 수 있을까요?"

"음, 혹시 사고를 당했다면요? 어디에 빠졌을 수도 있잖아요. 잘 모르지만 오래된 우물이나 뭐 그런 거요. 잠시 후에 노아를 데리고 갈게요. 이따 봐요."

킴은 메그의 답을 굳이 듣지 않고 그대로 통화를 끝낸다.

킴과 라이언은 두 시간 동안 숲을 돌아다녔지만 두 사람은 흔적도 보이지 않았다. 우물도 없다. 구덩이도 없다. 덫도 없다. 숲에 떨어져 있는 실마리도 없다. 아무것도 없다. 메이폴 하우스 부지에 세워진 기숙사 건물을 지나가다가 킴은 고개를 들어 창문을 봤다. 문득 케리앤 멀리건의 딸이 지난밤 집에 왔었다는 스칼렛의 이야기가 기억난다. 렉시, 스칼렛은 케리앤의 딸을 그렇게 불렀다. 킴이 라이언과 함께 보안 장비가 설치된 문으로 다가가 버저를 누르자 여자 목소리가 들린다. "기숙사 사감입니다."

"어, 안녕하세요. 혹시 케리앤인가요?"

"그런데요."

"안녕하세요. 저는 킴 녹스예요. 공원 맞은편에 살고요. 당신 어머님이 스프링데일에 계셨을 때 제 엄마가 그분을 돌봐주셨어요."

"오, 당신을 알아요. 당신 어머니도 기억해요. 엄마와 차를 마시려고 찾아갔을 때 그분이 자메이카 생강빵을 가져오신 적이 있어요. 폴라, 맞죠?"

킴이 엄마의 이름을 듣고 미소를 지었다. "네! 맞아요. 당신 어머니 성함은 반다셨고요!"

"맞아요. 아직 기억하고 있군요. 어떻게 지내요? 들어올래요?"

"음, 네, 고마워요. 아들과 같이 왔어요."

"잘됐네요." 케리앤이 말한다. "이층이에요. 205호요."

집에서는 요리를 하는지 뭔가를 끓이는 냄새가 났다. 킴이 방금까지 헤매고 다닌 숲을 향해 난 테라스의 맞은편에 놓인 일자형 소파에는 케리앤보다 젊은 여성이 앉아 있다.

"들어와요!" 케리앤이 말한다. "이 애는 내 딸 렉시예요. 며칠 나와 지내려고 와 있어요. 렉시, 이분은 킴이야. 스프링데일에서 할머니를 돌봐주신 분의 따님이야. 그런데 어머님은 정정하세요?"

킴이 고개를 젓는다. "아뇨, 2년 전에 돌아가셨어요."

"어머, 유감이에요. 아직 젊으셨잖아요?"

"예순둘이셨죠." 킴이 대답한다.

"오, 세상에. 어떻게 그런 일이. 정말 유감이에요."

"괜찮아요. 그런데 어머님은요? 어떠세요?"

"4년 전에 돌아가셨어요. 하지만 엄마는 여든여덟이셨죠. 그래서 마음에 맺힌 건 없어요. 엄마가 당신 어머니를 아주 좋아하셨어요. 정말이에요."

두 사람은 이제 죽고 없는 각자의 어머니를 떠올리며 잠시 서로를 향해 서글픈 미소를 지었다. 이윽고 케리앤이 기운을 차리고 말한다. "그런데 무슨 일로 오셨어요?"

"음." 킴이 운을 뗀다. "실은 내가 이야기하고 싶은 사람은 렉시예요."

렉시가 자기 이름이 들리자 고개를 돌리고 말한다. "네?"

예쁘장한 얼굴의 렉시는 적갈색 단발머리에 커다란 까만 테의 독서용 안경을 꼈다. 스키니진에 빈티지 티셔츠 차림이다.

　　　　　　　　　　다크 플레이스의 비밀

"지난밤에 스칼렛의 집에 갔었죠?"

"네!" 렉시가 유쾌하게 대답했다. "어떻게 아셨어요?"

"음, 내 딸도 거기 있었거든요. 탈룰라 기억해요? 그리고 그 애 남자친구인 잭은요? 실은 두 사람이 아직 돌아오지 않았어요. 새벽 3시에 그곳을 떠난 건 확실해요. 방금 그 저택 뒤쪽에 있는 숲에서 막 오는 길이에요." 킴이 유리 미닫이문을 가리킨다. "혹시 숲으로 돌아오다 길을 잃었을지도 모른다고 생각했거든요. 그런데 아무 흔적도 없었어요. 당신은 거기서 일찍 돌아왔다는 건 알아요. 하지만 혹시 뭐든 알아차린 게 있나 해서요. 뭔가를 알았다거나, 봤다거나. 이제 더는 시도해볼 만한 일이 없어서 그래요!" 평소처럼 말하려고 애를 쓰지만 말을 끝낼 즈음 목소리가 갈라지기 시작하더니 결국 눈물이 터졌다. 케리앤은 얼른 티슈를 찾아 오고, 렉시는 걱정스러운 표정으로 킴을 본다.

"어머나 세상에, 정말 큰일이네요. 걱정이 많겠어요."

킴이 고개를 끄덕이며 티슈를 받아 볼에 갖다 댔다.

"그러니까." 킴이 말문을 연다. "별일 아닐 거예요. 그 애들이, 알잖아요. 애들이, 그저⋯⋯." 하지만 더는 말을 잇지 못했다. 이제 아무것도 자신할 수 없기 때문이다. 그녀가 유일하게 자신할 수 있는 사실은 탈룰라가 절대 노아를 스스로 버리지 않으리란 것, 딸에게 분명 끔찍한 일이 일어났으리라는 것뿐이다.

케리앤이 킴과 라이언을 커다란 소파로 데려가 앉힌다.

"진심으로." 렉시가 말문을 연다. "뭐든 말씀드릴 게 있으면 좋겠어요. 그런데 정말 아무것도 없어요. 저는 동창생과 펍에 갔어요. 스완 앤드 덕스요. 거기에 그 애들이 있더라고요. 십 대 후반도 있고 이십 대 초반도 있었는데 꽤 소란스러웠어요. 그중 한 명이 아는 애였어요. 스칼렛이요. 스칼렛은 예전에 이곳 학생이었거든요. 우리는 줄곧 꽤 친했어요. 그래서 가서 인사를 했고, 어쩌다 보니 저도 같이 어울리게 됐어요. 좀 어색했어요. 저는 그 애들보다 나이가 좀 많으니까요. 게다가 저는 술을 마시지 않았는데, 그 애들은 많이 취한 상태였어요."

"그때 거기에 탈룰라가 있었어요?"

"네, 거기에 같이 있었어요. 어떤 남자애 옆에 앉아 있었는데, 그 남자친구인가 보죠?"

킴이 고개를 끄덕인다.

"다들 처음에는 얌전한 듯했어요. 제가 봤을 때는 그랬죠. 그런데 스칼렛이 일행에게 술을 잔뜩 돌렸어요. 다들 취해서 점점 더 시끄러워지더니 폐점시간이 되니까 스칼렛의 집까지 숲으로 걸어가니 마니 하더라고요. 그러다가 사고가 나겠구나 싶었죠. 그래서 애들에게 그곳까지 태워주겠다고 했어요."

"전부 다요?"

"아뇨, 전부는 아니에요. 다섯 명만요. 차가 꽤 비좁았거든요. 그만큼 태우는 게 불법이기는 해도, 술에 취해서 숲으로 걸어가는 것보단 안전할 것 같았어요."

"그 집에 도착해서는 어떻게 됐어요?"

"음, 아시다시피 지난밤은 따뜻했잖아요. 저택 수영장에 조명이 다 켜져 있었어요. 그래서 다들 옷을 벗고 수영장으로 뛰어들었죠."

"탈룰라도요?"

"네. 탈룰라는 상의에 팬티 차림이었어요. 주위 시선을 의식하는 것처럼 보이더라고요."

"맞아요. 아이를 낳고 나서 아직 살이 다 빠지지 않았거든요."

"아이가 있어요?" 렉시가 놀란 표정을 짓는다.

"네. 노아라고, 이제 한 살이에요."

"어머나, 너무 어려 보이던데."

"어려요." 킴은 또 터지려는 눈물을 애써 참으며 간신히 미소를 지었다. "모두 다 수영장으로 뛰어들었다고요. 그러고는 무슨 일이 있었어요?"

"음, 그쯤 되니까 아무래도 그 애들이 뭘 하는지 지켜봐야 할 것 같았어요. 스칼렛의 어머니는 이미 잠이 드신 것 같았거든요. 보니까 거기서 술에 취하지 않은 사람은 저밖에 없더라고요. 그래서 모두를 잘 지켜봤어요. 저는 1시까지 머물렀어요. 그 무렵에 모두 물에서 나와서……." 렉시가 곁눈으로 재빨리 킴의 눈치를 살폈다. "대마초도 좀 하고, 보드카도 조금 마시고, 음악도 들었어요. 그런데 금세 분위기가 가라앉아서, 탈룰라는 남자친구와 같이 저택 안으로 들어갔어요. 잠시 후에 미미도 들어갔고요. 그래서 전 이제 그만 집에 가야겠다고 생각했어요. 오는 길에 같이 있던 리엄이 학교로 태워달라고 부탁했어요. 걔는 이 학교에서 일하거든요. 그게 다예요."

"혹시 겉으로 드러나지는 않았지만, 심상치 않은 일이 벌어지고 있다는 느낌을 받을 만한 일은 없었나요?"

렉시가 아랫입술을 쑥 내밀고는 고개를 흔들었다. "없었어요."

"그곳을 떠날 때 누가 남아 있었죠?"

"탈룰라, 그 애의 남자친구, 스칼렛과 미미요."

"음." 킴은 어느새 엉거주춤하게 일어서며 말한다. "고마워요, 렉시. 이렇게 시간 내줘서 정말 고마워요. 지난밤에 그 아이들과 함께 그곳까지 가고, 안전하게 지켜봐줘서 정말 고마워요. 수영장의 술 취한 아이들이라니, 상상만 해도 끔찍해요."

"그렇죠." 렉시가 맞장구를 친다. "저도 그런 생각이었어요."

"음, 고마워요. 그리고 리엄이라는 사람요. 그 사람과도 이야기를 해보는 게 좋을까요? 뭔가 아는 게 있을까요?"

"없을 거예요." 렉시가 미안하다는 듯 대답했다. "리엄은 저보다도 더 본 게 없을 거예요."

킴이 휴대전화로 시간을 확인한다. 6시가 다 돼 간다. 그녀는 케리앤을 돌아본다. "경찰에 신고해야 할까요? 벌써 열다섯 시간이 지났어요. 당신이라면 어떻게 하시겠어요?"

케리앤이 한숨을 쉰다. "음, 나라면 상황이 다를 거예요. 교사 입장에서 책임을 지고 있잖아요. 그러니 학교에서 누가 실종됐다면 좀 더 빨리 조치를 취했을 거예요. 실제로 두 아이가 실종됐다면 몇 시간 안에 수색팀과 구조팀을 요청하겠죠. 하지만 엄마의 입장이라면." 그녀가 잠시 말을 멈춘다. "모르겠어요. 그러니까 탈룰라와 잭은 엄밀히 말해 성인이잖아요. 그 아이들은 술을 마셨고, 약물도 했어요. 평범한 십 대가 책임져야 할 범위를 넘어서는 책임을 지고 있는 것 같고요. 나라면 좀 더 크게 상황을 바라볼 것 같아요. 내 말은 두 사람이 그냥 집을 나갔을 수도 있지 않을까요? 한순간 이성을 잃고 충동적으로요."

킴이 눈을 감고 가만히 생각에 잠긴다. "아니에요. 그건 절대 아니에요."

다크 플레이스의 비밀

"그렇다면 둘 사이는 어때요? 뭔가가 있었을 수도 있잖아요. 싸웠다던가, 무슨 일이 있었을지 모르잖아요?"

실은 뭔가 있다. 그날 내내 킴의 머릿속을 갉아대던 뭔가. 전날 킴이 잭에게 빌려줬던 예비 현관 열쇠를 찾다가 우연히 그의 재킷 주머니에서 찾아낸 작은 상자였다. 작지만 누가 봐도 다이아몬드가 분명한 보석이 박힌 반지가 든 상자. 킴은 지난밤 두 사람이 펍에서 돌아오면 약혼 소식을 알릴 거라 짐작했다. 그녀는 자신의 짐작이 맞는다면 어떻게 해야 할지 착잡했다. 두 사람은 아직 어린데다 킴은 딸이 남자친구를 온전히 사랑하는지 확신이 서지 않았다. 그래도 마음의 준비를 하고 있었다. 놀랍고 행복한 표정을 지으며 두 사람을 꼭 안아주고 무척 신난다고 말한 뒤, 탈룰라의 아빠에게 문자로 소식을 전하고 페이스북에 사진을 올리는 등 기뻐하는 모습을 보여줄 준비 말이다. 그녀는 각오가 돼 있었다. 설령 그 결정이 잘못이라 생각되더라도. 왜냐하면 그래야 하니까. 그렇지 않은가? 아기가 생겼다. 나를 사랑하는 남자가 있다. 그러면 결혼을 하는 것이다.

하지만 다음 순간 킴은 탈룰라가 노아를 낳은 후 다시 합치자는 잭의 말을 받아들이기까지 얼마나 오랜 시간이 필요했는지 떠올렸다. 딸이 어깨나 팔을 만지는 잭의 손길을 슬며시 뿌리치는 모습이며, 가끔 뒤에서 그를 향해 눈을 굴리던 모습도 생각이 난다. 지난 몇 주 동안 킴은 딸과 대화를 나눠보려고 계속 마음을 먹고 있었다. 딸이 돌아온 잭을 받아들여서 행복한지 알고 싶어서, 확인하고 싶어서 말이다. 그렇지만 결국 하지 않았다. 그런데 두 사람이 불쑥 지난밤 외출 계획을 세웠고, 킴은 그게 둘 사이가 좋아지고 있다는 증거라고 받아들였다. 그 와중에 그 반지를 발견한 것이다.

그때 한 가지 의문이 떠오른다. 잭이 탈룰라에게 청혼했는데 거절을 당했다면? 잭은 착하기는 하지만 욱하는 성격이다. 킴은 가끔 잭이 TV로 운동 경기를 볼 때나 실수로 물건을 떨어트려 다쳤을 때, 운전 중에 누군가 끼어들었을 때 불같이 화를 내는 모습을 봤다.

청혼을 거부당했다는 사실이 방아쇠가 돼 분노를 터트렸을 수도 있지 않을까? 그 상황에서 잭은 어떻게 반응했을까?

다크 플레이스의 비밀

제10장

2018년 8월

소피와 숀은 차게 해둔 포도주를 챙겨서 그날 저녁 8시에 케리앤의 아파트에 도착했다. 아파트로 들어가니 지는 해를 곧장 바라보는 거실에는 그 폭과 맞먹는 유리 미닫이문이 달려 있었다. 실내는 무덥고 숨이 막히는데, 더위를 조금이라도 가시게 하는 건 벽에 설치된 커다란 은회색 선풍기뿐이다.

"미안해요." 케리앤이 소피와 숀에게 말한다. "이 집은 해가 쨍쨍한 날은 너무 더워요. 열이 집안에 갇히거든요. 들어오세요. 테라스로 나가요."

테라스에는 고리버들로 만든 소파가 있고, 테이블에는 향초와 감자칩 그릇, 포도주잔들이 차려져 있다.

소피가 먼저 앉자 숀이 그 뒤를 따른다. 눈앞에 펼쳐진 숲의 풍경은 아름답고, 간간이 산호색 줄무늬가 그려진 터키색 하늘에는 막 그림자에서 모습을 드러낸 반달이 떠올랐다.

"정말 아름다워요." 소피가 감탄한다. "우리 집에서 보던 세상과 완전히 다른 세상 같아요."

"그렇죠. 지금 사시는 관사도 아름답지만 이런 풍경은 볼 수 없죠. 하지만 덕분에 여기만큼 덥지도 않을 거예요." 케리앤이 잔 세 개에 포도주를 따르고 자신의 잔을 손을 향해 든다. "건배. 나의 다섯 번째 교장 선생님을 위해! 그리고 내 교장 선생님의 연인으로는 첫 번째인 소피를 위해!"

"결혼을 안 한 커플은 우리가 처음인가요?" 소피가 묻는다.

"네, 그렇답니다."

"그 사실이 추문이 될까요?"

"아니에요, 그럴 리가요. 아마 20년 전이었다면 다들 눈썹을 추켜올렸겠지만 지금은 아니죠. 게다가 숀, 당신의 전임이었던 야신타 크로프트는 부부로 왔다가 혼자 떠났어요. 남편이 집을 나가 버렸거든요. 흔한 '우유 사러 갔다 올게' 같은 이야기들 중 하나죠. 왜 집을 나갔는진 아무도 몰라요. 그분이 학교를 관둔 건 그 일이 추문이 됐기 때문이에요. 그렇지만 두 분에 대해서 쓸데없는 소문이 일지는 않을 거예요. 내가 장담해요."

그들은 숀이 학교에서 보낸 첫날이며 루이셤에서 가르쳤던 학교, 두 지역과 두 학교의 차이점에 대해 두런두런 이야기를 나눈다. 잠시 후 케리앤이 소피를 보며 물었다. "피터 두디 말이 당신은 작가라면서요, 소피? 추리소설을 쓴다고."

"맞아요." 소피가 미소를 짓는다. "제 소설을 읽어보셨을 것 같지는 않지만요. 실은 의외의 독자층을 파고들었거든요. 제 소설은 스칸디나비아 반도에서 인기가 많아요." 그렇게 말하면서 웃음을 터트린다. 사람들이 왜 자신의 소설을 들어보지 못했는지 설명하면서 늘 짓는 바로 그 웃음이다.

"딸에게 당신 이야기를 해야겠어요. 우리 집에서 독서가라면 그 애거든요. 나는 아니고요. 당신 책을 주문하라고 할게요. 그런데 제목이 뭐라고 하셨죠?"

"〈리틀 히더 그린 탐정사무소〉 시리즈요. P. J. 폭스라는 필명으로 쓰고 있어요."

"내 말 좀 들어봐요." 케리앤이 종이에 방금 들은 제목을 얼른 쓰며 이야기를 시작한다. "혹시 글을 쓸 때 영감이 필요하면 이 지역에 대해 몇 가지 들려줄 이야기가 있어요. 그러니까 정말로 뒷덜미 털이 바짝 서는 이야기들 말이에요. 경찰이 작년에만 두 번이나 이곳에 출동해서 저 숲에서 실종자들을 수색했답니다."

소피는 문득 숲 너머에 버려진 저택을 떠올린다. "와우. 무슨 일이었는데요?"

케리앤이 맞은편의 손을 보더니 운만 뗀다. "흠. 좀 생각 없이 보일지도 모르겠네요. 아닐 수도 있고요."

그러더니 그녀는 나중에 기회가 생기면 말해주겠다는 듯 곁눈으로 소피를 힐끔 본다.

다음 날 소피와 숀은 6시에 일어나 함께 정원에서 아침을 먹었다. 아름다운 8월 말의 황금색 햇살이 나무를 뚫고 들어와 테이블보를 환하게 비췄다.

"오늘은 뭐 할 거야?" 숀이 다 먹은 접시와 식기를 모아 한데 쌓으며 묻는다. "또 모험을 떠날 거야?"

"아니. 오늘은 안 가. 마을 구경이나 할까 해. 그 악명 높은 스완 앤드 덕스에서 점심을 먹을 수도 있고."

"시간이 나면 나도 합류할게." 숀이 말한다.

"그러면 너무 좋지."

숀이 출근한 후 소피는 다시 이삿짐을 푸느라 시간을 보냈다. 커피를 한 잔 더 탄 후 노트북을 식탁으로 가져가 이메일 몇 통에 답장을 쓴다. 그녀는 일주일 후면 덴마크로 날아가 P. J. 폭스로 범죄 페스티벌에 참석할 예정이다. 그런데 마지막 순간에 일정이 더 추가돼 현지 방송국과 인터뷰가 잡혔다. 그 말은 출발하기 전에 미용실에 다녀와야 한다는 뜻이다. 소피는 당일치기로 런던에 가 단골 미용실에서 머리를 하고 지인과 점심을 먹는 게 좋겠다고, 또 간 김에 거래하는 여러 출판사에 방문해도 되는지 물어봐야겠다고 생각한다. 런던에 갈 생각만으로도 어쩐지 신이 나는 것 같다.

잠시 후 그녀는 가장 최근 원고 파일을 화면에 띄운다. 요 며칠 동안 원고는 들여다보지도 않았다. 온종일 상자를 포장하고 상자 포장을 뜯고 작별 인사를 하고 첫인사를 나누는 날들의 연속이었기 때문이다. 소피는 원고를 완성할 마음의 준비가 제대로 돼 있지 않았다. 하지만 이제는 변명의 여지가 없다.

마지막 문단의 끄트머리가 그녀를 멍하니 바라본다. 그녀가 런던 시민이었으며 남자친구가 루이셤의 중등학교에서 교편을 잡고 있을 때이자, 이삿날이 현실이라기보다 다이어리에 적힌 날짜에 불과했던 또 다른 세상에서 썼던 글. 그녀는 잠시 원고를 노려보다가 스크롤을 위로 올려 그 챕터의 나머지 부분을 훑으며 '런던의 소피'였던 자신으로 되돌아가려고 애를 써보지만 마음먹은 대로 되지 않는다.

대신 그녀는 검색 사이트를 열어 '메이폴 하우스'와 '실종자'를 입력한다. 검색 대상을 뉴스로만 설정한 후 결과물에서 제일 먼저 올라온 기사를 클릭한다.

현지 십 대 부모, 저녁 외출 후 행방이 묘연

업필드 커먼의 주민인 킴 녹스(39세)가 열아홉 살인 딸 탈룰라 머레이와 동갑인 그녀의 남자친구 잭 앨리스터가 행방불명이라고 신고했다. 두 사람은 토요일 오전 이후로 행방이 묘연하다. 머레이와 앨리스터는 1살짜리 아들을 두고 있으며, 전날 저녁 현지 펍인 스완 앤드 덕스에서 시간을 보냈다. 후에 이 지역에 사는 친구의 차를 얻어타고 업플레이 폴드 근처에 있는 어느 집으로 가 그곳에서 친구들과 새벽 3시까지 파티를 벌였다. 그 자리에 있었던 친구들의 말에 따르면, 두 사람은 택시를 타고 집으로 가겠다며 그곳을 나섰지만 집으로 돌아오지 않았다. 두 사람의 행방에 대해 뭐든 아시는 분은 맨턴 경찰서의 형사들에게 연락하시기 바란다.

소피는 한기가 동심원을 그리듯 등골을 따라 퍼지는 것 같아 오싹해진다. 나머지 기사들을 클릭해 새로 등록된 소식을 찾아보지만, 아무것도 없고 대신 현지 신문사가 올린 같은 기사를 다양하게 변주한 글만 나올 뿐이다.

그녀는 구글로 들어가 '킴 녹스'와 '업필드 커먼'을 입력했다. 그러자 관련 링크가 몇 개 뜨는데, 그중에는 《업필드 가제티어》라는 현지 소식지의 기사 링크 두 개도 있다. 소식지에 실린 기사 하나는 탈룰라와 잭이 실종된 지 1주년을 추모하며 지난 6월에 열린 한여름 기도회에 관한 내용이다. 기사에는 사진 한 장이 첨부돼 있다. 어중간한 길이의 검은 머리에 기다란 꽃무늬 원피스를 입고 검은색 워커를 신은, 똑같이 검은 머리카락에 분홍색 장미 한 송이를 손에 쥔 어린 남자아이를 안고 있는 매력적인 여성. 그녀 뒤로 수많은 젊은이의 얼굴이 인산인해를 이룬다. 여성과 똑 닮은, 검은 셔츠에 카고팬츠 차림의 소년이 여성 옆에 꼭 붙어 서 있다.

업필드 커먼의 게이블 클로스에 사는 킴 녹스(40세)가 지난 3월에 스무 살이 된 딸 탈룰라 머레이가 실종된 지 1년이 된 것을 기억하기 위해 모인 사람들을 이끌고 토요일 밤에 초를 밝힌 채 마을을 행진했다. 탈룰라의 파트너이자 탈룰라 아들의 아버지인, 똑같이 3월에 스무 살이 된 잭 앨리스터도 함께 기억했다. 행진은 공원에서 시작돼 세인트 브라이즈 예배당에서 끝났다. 예배당에서는 탈룰라가 2016년까지 재학했던 모교인 업필드 하이 고등학교의 합창단이 희망과 추억의 마음을 담은 노래를 불렀다. 탈룰라는 작년 6월 한밤중에 친구의 집에서 실종됐을 무렵 맨턴 칼리지에서 사회복지학을 전공하고 있었다.

나머지 링크를 타고 가자 이번에는 그보다 3개월 전인 3월, 탈룰라의 생일날에 열린 장미 나무 식수 행사가 나왔다.

'탈룰라'라고 부르는 호주 장미관목을 공원 버스 정류장 뒤에 심었다. 킴 녹스는 딸이 그 정류장에서 학교에 가기 위해 버스를 기다리던 모습을 지켜보곤 했다.

소피는 화면에서 시선을 돌린다. 커튼을 살짝 벌린 채 잃어버린 아이의 그림자를 찾아 길 건너편을 살펴보지만, 대신 장미나무만 보게 되는 킴 녹스를 상상하자 날것의 감정이 온몸을 관통하는 느낌에 오싹해진다.

제11장

2016년 12월

탈룰라는 엄마의 화장대에 앉아 있다. 엄마 화장대에는 확대 거울도 있고, 탈룰라가 지금까지 화장을 즐기지 않았던 탓에 가지고 있지 않은 화장 도구도 있다. 탈룰라는 특별한 날이면 마스카라를 하고 눈 아래 처진 살과 뾰루지를 감추는 정도의 화장은 하지만 다른 화장은 굳이 하지 않았다. 요즘 앞머리는 색이 빠진 것처럼 짙은 감색이다. 원래는 포장지에 나온 모델처럼 선명한 푸른색으로 물들이고 싶었지만, 그녀의 인생이 으레 그렇듯 기대한 대로 되지 않았다.

탈룰라는 엄마의 화장품 파우치를 열고 리퀴드 아이라이너를 찾는다. 학교의 여대생들이 항상 그리고 다니는 것 같은 완벽한 아이라인을 그려보려고 속눈썹에 선을 획 긋는다. 대실패. 그녀는 라인을 지우고 다시 그리다가 결국은 휴대전화로 엄마에게 문자를 보냈다.

엄마, 올라와서 화장 좀 도와줄 수 있어요?

탈룰라는 마음이 살짝 불편하다. 요즘 엄마는 자신을 위해 충분히 애쓰고 있다. 노아가 낮잠을 자는 덕에 엄마는 지금 좀처럼 맛

다크 플레이스의 비밀

보기 힘든 혼자만의 시간을 즐기는 중인데 내가 너무 귀찮게 했나 싶다.

하지만 엄마는 금세 엄지를 치켜든 이모지를 보내더니 얼른 위층으로 올라왔다. 그 순간 방 안이 엄마의 따스함으로 가득 찬다. "어디 보자, 뭘 어떻게 해야 해?"

"아이라인." 탈룰라는 리퀴드 라이너를 엄마에게 건네며 대답했다. "자꾸 망치기만 해."

엄마는 방 저쪽에 있는 의자를 끌고 와 탈룰라의 얼굴에 가까이 앉는다. 엄마의 목에서 향수 냄새가 난다. 바디샵 제품인데 사향 성분이 들어가 있다. 엄마는 사향 냄새가 남자에게 상대와 섹스를 하고 싶은 마음을 불러일으킨다고 말했다. 탈룰라는 말도 안 되는 소리라고 생각한다. 그 말이 맞는다면, 남자를 유혹하기 위해 특별한 향수를 뿌리기만 하면 되는데 왜 그 모든 짓을 해야 하는가?

엄마의 네크라인 위로 문신 중 하나의 윤곽이 살짝 보였다. 새의 일부인 깃털 윗부분이다. 엄마의 몸에는 문신이 여섯 개 있다. 하나를 제외하면 모두 탈룰라가 태어난 후 한 것들이다. 팔 안쪽에는 탈룰라의 아기 시절 발바닥이 연한 분홍색으로 새겨져 있다. 3인치짜리인데 문신 아래에 탈룰라의 이니셜이 장식체로 새겨져 있다. 반대편 팔 안쪽에는 아기 라이언의 발바닥이 새겨져 있다. 등에는 일본풍 물고기 문신이, 발목에는 제비 떼 문신이, 약지에는 다이아몬드 문신이 있다. 엄마는 이 다이아몬드가 엄마가 당신 자신과 결혼한 증거라고 말한다. 탈룰라와 라이언의 아빠와 헤어진 후, 엄마는 다시는 결혼을 하지 않기로 맹세했다. 그러므로 약혼반지 문신은 그녀에게 이미 짝이 있다는 의미다.

탈룰라는 눈을 감고 쭉 뻗은 엄마의 손을 향해 고개를 돌렸다.

"자." 엄마가 왼쪽 눈의 아이라인을 그려주며 말문을 연다. "무슨 바람이 불어서 화장을 하는 거니?"

오늘 밤 학교에서 크리스마스 파티가 열린다. 구내식당에서 여는 디스코 파티로, 형편없기로 유명하지만 탈룰라는 학교에서 잘나가는 아이들인 스칼렛과 그녀의 패거리가 파티에 올 거라는 사실을 안다. 왜냐하면 그들이 행사 기획 위원회 소속이기 때문이다. 그 파티에 가지 않으면 뭔가 근사한 일을 놓칠 것 같은 예감이 강렬하게 들었다. 물론 그게 뭔지는 짐작조차 되지 않지만.

탈룰라는 어깨를 으쓱했다. "그냥 하고 싶어서요."

엄마가 오른쪽 눈까지 아이라인을 그려주자 탈룰라가 몸을 돌려 거울을 본다. 완벽하다. "엄마, 고마워요. 엄마가 최고야."

"뭐 입고 갈 거니?" 엄마가 묻는다.

"그 티." 탈룰라가 대답한다. "알잖아요. 지난주에 벨프라이에서 산 그거요. 하트 그려진 거. 거기에 블랙진이요."

"그래. 그거 입으니까 정말 예쁘더라."

탈룰라가 미소를 짓는다. 그 티셔츠가 세상에서 가장 아름다운 옷은 아니지만, 아무리 애를 써도 예전 체형으로 쉽게 돌아가려 하지 않는 산후의 복부는 가려줄 것이다. 중요한 사실은 그 점이다.

한 시간 후 탈룰라가 아래층으로 내려온다. 엄마는 노아를 안은 채 함께 씨비비스*를 보고 있다. 라이언은 식탁에 앉아 헤드폰을 쓴 채 숙제를 하는 중이다.

---

* BBC가 운영하는 미취학 아동 채널.

"정말 예쁘다." 엄마가 칭찬한다. "진짜 예뻐."

탈룰라는 몸을 숙여 노아의 두 볼에 입을 맞춘다.

"거기까지 어떻게 갈 거니?"

"클로이가 태워주기로 했어요."

엄마가 고개를 끄덕인다.

"괜찮겠어요?" 탈룰라가 아기의 정수리를 어루만지며 묻는다. "엄마가 가지 말라고 하면 나도 굳이 안 가도 돼요."

"괜찮아. 조금 있으면 목욕 시간이지, 그렇지 우리 천사?" 엄마는 노아에게 말할 때면 한두 옥타브 높은 소리를 낸다. "목욕 다 하면 재미있는 이야기를 읽고 달콤한 잠을 푹 잘 거야. 그래! 우리 그러자!"

노아가 고개를 돌려 엄마를 보고 웃자 엄마는 아이의 볼에 입을 맞춘다. "어서 가봐." 엄마가 말한다. "재미있게 놀다 와. 늦으면 연락하고."

"절대 늦을 일 없어요." 탈룰라가 대답했다. "클로이 엄마가 11시까지 집에 오라고 하셔서, 그때 나도 같이 올 거예요."

탈룰라는 집 밖에 차가 멈춰 서는 소리를 듣고 얼른 현관으로 가 거기 걸린 거울에 자신의 모습을 잽싸게 비춰본다.

거울 속 모습을 보자 자신이 꽤 예쁘다는 생각이 들었다.

처음 한 시간 동안은 탈룰라가 예상했던 대로 엄청 별로였다. 거지 같은 음향 기기에서 형편없는 음악이 흘러나왔다. 점심을 배식하는 공간이 개방돼 있고 페트병 맥주와 유리잔에 따른 포도주가 놓여 있다. 탈룰라와 클로이는 맥주를 한 병씩 들고 등을 벽으로 향한 채 벤치에 앉아 사람들이 파티를 즐기는 모습을 지켜본다. 클로이는 탈룰라와 초등학교와 중등학교를 같이 다녔다. 한 번도 친했던 적은 없지만, 학교에서 첫 학기를 보내면서 서로 필요 때문에 어울리게 됐다.

이윽고 웅성거리는 소리가 실내에 퍼져 나가며 스칼렛 자크와 그녀의 패거리가 나타났다. 자기들끼리 왁자지껄하게 웃고 있다. 그들 중 누구도 파티를 위해 특별히 꾸미고 오지 않았다. 스칼렛의 색 바랜 푸른 머리는 돼지 꼬리처럼 양 갈래로 묶여 있다. 헐렁한 청바지에 표범 무늬 조끼를 받쳐 입고 커다란 인조 모피코트를 걸쳤다. 그들이 등장하는 순간 파티장 전체의 분위기가 변했다.

클로이가 혀를 찬다. "대체 저 애들은 왜 여기 왔을까?"

탈룰라가 고개를 돌린다. "왜 오면 안 돼? 이 파티가 열리도록 도왔잖아."

"이런 파티에 오기에는 저 애들이 너어어어무 세련되고 잘 나가는 거 아니니?"

까닭 없이 변호를 해주고 싶다는 생각이 탈룰라의 마음을 스치고 지나갔다. "저 애들도 그저 평범한 사람일 뿐이야." 탈룰라가 반박한다.

하지만 실은 그녀도 그렇게 생각하지 않는다. 그들은 평범한 사람 이상의 존재다. 분위기이고, 느낌이고, 바이브이고, 영감이다. 그들은 뮤직비디오나 진짜 끝내주는 영화의 예고편 같은 존재이자, 최신 유행 의류 브랜드를 광고하는 거리 포스터다. 맨턴 칼리지라는 이 자그마한 어항 같은 환경에서 그들은 기본적으로 유명인이다.

다크 플레이스의 비밀

"한 잔 더 할래?" 탈룰라가 이렇게 물으며 일어섰다.

클로이가 고개를 흔든다. "나는 여기까지야." 그녀가 운전하는 흉내를 내며 말한다.

"그럼 콜라?"

"그래. 다이어트 코크로, 혹시 있으면."

탈룰라는 하트가 찍힌 티셔츠를 끌어 내려서 청바지의 허리와 티셔츠 아랫단 사이의 드러난 곳을 덮어버린다. 아이를 낳은 후에도 여전히 남아 있는 푸딩 같은 군살을 아무도 못 보도록 말이다.

탈룰라가 음료가 놓인 곳으로 가니 마침 스칼렛과 그녀의 친구들도 그곳으로 왔다. 그들에게선 벌써 술을 마시고 온 것 같은 냄새가 난다. 그 냄새를 맡으니 그들이 맨정신으로 거울 앞에서 시간을 보낸 자신과 제 할머니의 다리에 앉아 있는 노아에게 조용히 건넨 작별 인사, 노트북으로 열심히 숙제를 하던 동생을 조롱하는 것만 같다. 파티를 시작하기 전 시간을 보내는 모습이 자신과 어쩌나 다른지.

스칼렛이 휴대전화에 코를 박고 있는 동안, 누군가 그녀에게 음료를 주기 위해 대신 줄을 섰다. 스칼렛의 모피코트가 어깨에서 툭 떨어지면서 팔뚝의 문신과 도드라진 쇄골이 드러난다. 그녀는 친구가 건네는 맥주를 받아들었다. 그 순간 탈룰라와 스칼렛의 눈이 마주친다.

"어머나!" 스칼렛이 탄성을 지른다. "버스에서 만난 탈룰라구나."

탈룰라가 고개를 끄덕인다. "그래, 맞아. 나야."

두 사람은 몇 주 전 그날 버스 정류장에서 몇 마디를 나눈 후 두 번 정도 서로 알은척을 했지만 그게 다였다.

"오늘 예쁘다." 스칼렛이 탈룰라의 얼굴을 향해 맥주병을 살짝 기울였다. 화장이 잘 됐다고 말하는 것 같다.

"고마워." 탈룰라는 하마터면 너도 그렇다고 말할 뻔했지만, 얼른 생각을 바꿨다.

바텐더 남자가 뭘 하겠느냐는 표정으로 바라보자 탈룰라는 음료를 주문했다. 그녀는 바에서 몸을 돌리면서 스칼렛이 벌써 댄스장에 나가 있는 친구들에게 가 버렸으리라 생각한다. 하지만 스칼렛은 그녀를 기다리고 있다. 탈룰라는 애써 놀라움을 감춘다.

"건배." 스칼렛이 페트병을 탈룰라의 맥주병에 부딪히며 말한다.

"건배." 탈룰라가 답한다.

"누구랑 같이 왔니?" 스칼렛이 주위를 두리번거린다.

"클로이 민터." 탈룰라는 벤치에 앉아 휴대전화 화면을 훑으며 뭔가를 보고 있는 친구를 가리킨다. "클로이는 나랑 같은 학년이야. 이 마을에 살고. 우리 집 근처. 그리고 운전을 해. 그래서……." 그녀는 클로이와 함께 온 건 순전히 편의 때문이었다는 사실을 암시하려는 듯 어깨를 으쓱한다. 어떤 면에서는 틀린 말도 아니다.

DJ가 머라이어 캐리의 〈올 아이 원트 포 크리스마스〉를 틀자 일순 열광이 파도처럼 휘몰아치더니 모두들 팔을 들고 댄스장으로 달려간다.

"오오!" 스칼렛이 흥분한다. "가자. 우리도 춤추러 가자."

탈룰라는 눈을 깜박인다. 그녀는 한창 놀던 시절에도 춤은 좋아하지 않았다. 그렇지만 불쌍하게 보이기는 더 싫기에 웃으며 말한다. "아직은 춤을 출 만큼 술에 취하진 않았는데."

스칼렛이 인조 모피코트의 주머니를 뒤적거리더니 구리로 된 휴대용 술병을 꺼냈다. "자." 그녀가 권한다. "어서 마셔."

"뭔데?"

"럼주." 스칼렛이 대답한다. "정말 정말 좋은 럼주야. 아빠가 바베이도스에서 사 왔어. 이거 정말……." 그녀는 엄지와 검지로 동그라미를 만든다. "최고 같아."

탈룰라가 술병의 입구를 킁킁거린다.

"스파이스 향을 맡을 수 있어?" 스칼렛이 묻는다.

탈룰라는 단지 술 냄새만 맡았을 뿐이지만 고개를 끄덕인다. 한 모금 마시고는 술병을 돌려준다.

"안 돼, 안 돼, 안 돼." 스칼렛이 말한다. "그 정도로는 춤이 나오지 않아! 더 마셔!"

탈룰라가 술병을 다시 입술로 가져가 네 모금이나 한껏 들이켰다.

"이 정도로 취했으면 이제 춤출 수 있겠지?"

탈룰라가 고개를 끄덕이자 스칼렛이 그녀를 댄스장으로 이끈다. 두 사람은 스칼렛의 친구들을 향해 다가갔다. 스칼렛이 탈룰라를 자기 앞으로 빙그르르 돌린다. 탈룰라는 팔을 들 때마다 티 끝단이 말려 올라간다는 사실에 신경이 쓰여 계속 팔을 내리려 하지만, 스칼렛이 팔을 자꾸 잡아 올린다.

모두 노래를 따라 부른다. 탈룰라는 학생들 사이에 끼어 있는 강사 몇 명을 알아봤다. 댄스장에서 만날 줄 몰랐던 사람들을 보고, 알코올이 혈관을 따라 온몸을 돌아다니다 뇌까지 도달하자 갑자기 처진 뱃살도, 벤치에 혼자 앉아 있는 클로이도 아무려면 어떠냐 싶다. 탈룰라는 그저 춤을 추고 싶다. 열여덟 살인 것처럼 아무것도 신경 쓰지 않고, 집에는 아기가 없고, 원래라면 오늘 밤 파티에 갈 사람이었던 고생하는 엄마도 없고, 그녀의 마음을 되찾으려고 늘 주위를 맴도는 헤어진 남자친구도 없다는 듯 몸을 흔들고 싶다. 그저 열여덟 살이고, 대학교 1학년이며, 앞으로 살아갈 미래가 기다리고 있는, 머리 위로 두 손을 맞잡고 그녀를 바라보는 세상에서 제일 멋있는 여자아이와 함께인 자신으로 돌아가 춤을 추고 싶다. 머라이어 캐리와 럼주, 천장에서 흘러내려 그녀의 발이며 머리카락에 떨어지는 반짝이 가루들.

노래가 끝나자 스칼렛이 마침내 손을 놓는다.
"이제부터." 그녀가 말한다. "공식적으로 크리스마스 시작이다!"
스칼렛이 요란하게 환호성을 지르며 친구들과 하이파이브를 했다. 탈룰라가 이제 자신은 스칼렛에게서 멀어져 다시 보잘것없는 친구들이라는 안전한 보호막 속으로 돌아가야 할 때라고 생각하는데, 스칼렛이 그녀를 돌아보며 말한다. "나랑 같이 밖으로 나가자."
탈룰라가 불편한 듯 어깨 너머로 클로이를 힐끗 본다.
"저 애는 괜찮을 거야. 어서 가자." 스칼렛이 탈룰라의 손을 끌어 쌍여닫이문으로 나가 현관 홀로 가더니 다시 주차장으로 나갔다. 공기가 순식간에 얼음장처럼 차가워진다. 스칼렛은 커다란 모피코트를 입고 있지만 탈룰라는 소매가 짧은 면티 차림이다. "들어와." 스칼렛이 코트를 벌리며 말한다. "두 사람이 들어갈 만큼 품이 넉넉하니까."
탈룰라가 망설이는 듯 스칼렛을 보더니 어깨를 으쓱하고는 미소를 지으며 스칼렛의 앙상한 몸에 자신의 몸을 꼭 붙이고 코트의 반

다크 플레이스의 비밀

대편 자락을 제 어깨 위로 잡아당겼다.

"지금 어디로 가는 거야?"

"내가 아는 조용한 곳."

탈룰라가 스칼렛을 향해 눈을 깜박거린다. 어딘지 묘하게 불편한 느낌이 든다.

"그렇게 겁먹은 표정 짓지 마."

"겁먹은 거 아니야."

"아니야, 겁먹었어."

두 사람은 커다란 모피코트라는 껍질을 둘러쓴 한 사람처럼 걸어 마침내 어느 벤치에 도착했다. 스칼렛이 코트 주머니를 뒤지더니 담뱃갑을 꺼내 열고 탈룰라에게 한 대 권한다.

탈룰라는 고개를 저었다. 그녀는 지금껏 담배를 피우지 않았고 앞으로도 그럴 생각이 없다.

"여기로 끌고 와서 미안해." 스칼렛이 담배 한 개비를 꺼내며 말했다. "내가 너무 마셨다는 걸 이제야 깨달았지 뭐야. 너무 심하게 마셨어. 신선한 공기가 필요했어. 그리고 신선한 친구도." 그녀가 눈을 굴렸다.

탈룰라가 그녀를 본다.

"내 말을 오해하진 말아줘. 나는 그 애들을 죽도록 사랑해. 정말 정말. 하지만 우리는 너무 오랫동안 붙어 다녔잖아. 너도 알겠지만 우리는 모두 메이폴 하우스에 다녔어. 그 학교는 정말 좁은 곳이잖아."

"그 학교는 왜 갔는데?"

"오, 알잖아. A 레벨 시험. 어떤 기숙학교에서 첫 학기를 다녔는데 거기서 퇴학당했어. 메이폴 말고는 아무도 나를 받아주려 하지 않았지. 그래서 우리 아빠가 근처에 집을 한 채 샀어. 그러면 통학을 할 수 있으니까." 스칼렛이 어깨를 으쓱하더니 담배에 불을 붙인다. "그러는 너는? 어느 학교 다녔어?"

"음, 너도 알 거야. 이 동네에 있는 업필드 하이."

"어디 살아?"

"공원 맞은편에 있는 막다른 골목에."

"부모님이랑?"

"응. 엄마랑. 아빠는 글래스고에 살아. 그리고 남동생."

그다음 말해야 하는 것에 다다르자 탈룰라는 숨을 삼킨다. 아들인 노아에 대한 이야기. 그 말이 목의 반까지 올라왔는데 도저히 입밖으로 낼 수가 없었다. 이유는 모르겠다. 스칼렛 같은 아이라면 고작 열여덟인데 아이가 있다는 사실을 끝내준다고 생각하리라 자신 있게 말할 수 있다. 하지만 무슨 영문인지 탈룰라는 오늘 밤은 다른 사람이 되고 싶다. 놀랄 정도로 성숙한 모습을 보여주는 소녀, 자신의 책임을 진지하게 떠맡는 소녀, 주말에도 아침 6시에 아기와 함께 일어나는 소녀, 아기가 자는 동안 과제를 하고 기저귀를 사야 한다는 사실을 기억하고, 다른 소녀들이 엄마에게 받은 용돈으로 드러그스토어에서 검은색 코팩과 인조 속눈썹을 살 때 그 돈으로 산 우유병을 소독하는 소녀가 되고 싶지 않다. 탈룰라는 지난 반년 동안 그런 소녀로 살았고 그런 소녀의 역할을 능숙하게 해내고 있다. 하지만 지금 이 순간 그녀는 적어도 서른여섯이 될 때까지 아이는 갖지 않을 것이고, 기숙학교에서 퇴학당했고, 담배를 피우고, 문신하고, 혓바닥에 보석 피어싱을 한 깡마른 소녀와 이 엄동설한에 모피코트를 함께 걸친 채 몸을 웅송그리고 있었다. 그러므로 적어도

　　　　　　　　　　　　다크 플레이스의 비밀

이 순간만큼은 다른 누군가가 되고 싶다.

"그래." 탈룰라가 말을 끝맺는다. "우리끼리."

"그러면 계속 업필드에서 살았어?"

"응. 여기서 나고 자랐어."

"그러면 네 아버지는 글래스고에서 뭘 하셔?"

"아빠는 그곳이 고향이야. 엄마와 이혼하고 나서 고향으로 돌아가셨어."

스칼렛이 숨을 들이쉬며 고개를 끄덕였다.

"그러면 너는?" 탈룰라가 묻는다. "너는 누구와 살아?"

스칼렛이 한쪽 눈썹을 올린다. "음, '표면상으로' 엄마 아빠랑 살지만, 엄마는 2차원적인 사람이고 아빠는 늘 집을 비워. 오빠가 한 명 있고. 오빠는 멋지지. 나는 오빠를 좋아해. 그리고 이 세상에서 뭐랄까 말 그대로 '최고'인 개를 키워. 세인트버나드. 크기는 빌어먹을 망아지만 하지만 그냥 개야. 그 개가 가장 친한 친구야. 말 그대로. 걔가 없으면 패닉에 빠져서 죽을지도 몰라."

"나도 개를 좋아해." 탈룰라가 말한다. "하지만 동생이 알레르기가 있어."

"어머나, 너는 개를 키워야 해. 코카푸°를 키워! 푸들과 섞인 개면 괜찮아. 카바푸°°도 좋고. 걔네는 털이 거의 안 빠져서 알레르기가 덜하거든."

탈룰라는 잠깐 자신이 한가하게 카바푸에 대한 상상을 했다는 사

° 코카스패니얼과 푸들의 잡종.
°° 카발리에 킹 찰스와 미니푸들의 잡종.

실을 깨닫는다. 아마도 털은 살구색이고 눈은 커다랗고 귀는 부드러운 품종일 거라고 말이다. 그 개를 데리고 마을을 산책하다가 숄더백에 개를 넣고 가게로 들어가는 상상을 하다가, 문득 생각을 멈추고 카바푸를 키울 수 없다는 사실을 기억해냈다. 자신은 아기가 있으니까.

"어쩌면." 탈룰라가 얼버무린다. "어쩌면."

스칼렛이 땅에 버린 담배를 힐로 비벼 끈 뒤 주머니에서 술병을 다시 꺼낸다. 먼저 한 모금 마신 후 탈룰라에게 건네자 그녀도 한 모금 마신 후 돌려준다.

"너는 너무 귀여워." 스칼렛은 진지하게 탈룰라의 눈을 바라보며 말한다. "그거 너도 아니?"

"어, 아니, 잘 모르겠어."

"정말 귀여워. 네게는 뭔가가 있어⋯⋯." 스칼렛은 손끝을 탈룰라의 턱에 갖다 대더니 얼굴을 위로 살짝 들고 꼼꼼하게 살펴본다. "아마 코 때문인 것 같아. 코끝이 살짝 위로 올라간 모양, 바로 끝부분에서 말이야. 라나 델 레이°를 닮았어."

탈룰라가 쉰 목소리로 웃음을 터뜨렸다. "놀리지 마."

"아이라인도 한몫한 것 같아. 거기에 코까지." 스칼렛이 손으로 사각형을 만들어 그 안으로 탈룰라의 얼굴을 바라본다. "앞으로도 이렇게 아이라인을 그려." 그녀는 천천히 몸을 뒤로 빼며 말한다. 하지만 눈은 여전히 탈룰라의 얼굴을 샅샅이 살펴보고 있다.

그 순간 탈룰라는 온몸에 전기가 통하는 것 같다. 계단을 내려가

° 미국의 유명 싱어송라이터. 높은 콧날과 입술 덕분에 고전적인 미인으로 인기가 많다.

다 한 칸을 놓칠 뻔했을 때 아드레날린이 온몸을 질주하는 듯한 느낌이랄까. 아니면 속이 울렁거릴 정도로 스릴 넘치는 감각이랄까.

잠시 후 어둠 속에서 손전등 불빛이 나타나더니 사람들의 목소리가 들려왔다. 이윽고 스칼렛의 패거리가 모습을 드러낸다. 단 10분도 스칼렛이라는 산소가 없으면 살아남을 수 없어 기어코 그녀를 찾아내야 하는 패거리.

"어, 여기 있었구나." 어떻게 다른 곳에 있을 수 있느냐고 화를 내기라도 할 기세로 누군가 말했다. "제이든은 네가 집에 간 줄 알더라."

"안 갔어. 그냥 여기서 버스에서 만난 탈룰라와 수다를 떠는 중."

두 소녀가 스칼렛에게 의아한 눈빛을 보냈다. 탈룰라는 그들이 스칼렛의 코트 아래에 두 사람의 몸이 밀착한 형체를 알아차리는 모습을 본다. 그들의 얼굴에 알겠다는 듯한 표정이 스치는 것도 놓치지 않는다. 뭔가를 이해하고 살짝 놀란 표정 말이다. 탈룰라는 그들이 알아차린 게 뭔지 궁금하다.

그들이 탈룰라에게 고개를 끄덕해 아는 척을 하자 그녀도 고개를 끄덕였다. 그러자 스칼렛이 소개를 한다. "이쪽이 미미고 이쪽이 루. 두 사람은 내가 백 년 가까이 알고 지낸 문란한 한 쌍이야. 이쪽은 탈룰라. 얘 예쁘지 않니? 라나 델 레이를 닮은 구석이 있는 것 같지 않아?"

그들은 멍한 눈빛으로 탈룰라를 약간 어색하게 본다.

스칼렛이 일어서자 그녀의 코트가 탈룰라의 어깨에서 떨어져 느닷없이 한기가 몰려들었다. 탈룰라는 세 소녀를 쳐다봤다. 모두 담배에 불을 붙이고 멀리 구내식당에서 쿵쿵 울리는 데스티니 차일드의 〈에이트 데이즈 오브 크리스마스〉에 맞춰 몸을 흔들고 있다. 그제야 탈룰라는 그녀가 다이어트 콜라를 가져다주기를 기다리며 혼자 앉아 있을 클로이가 떠올라 말한다. "이제 가봐야겠어. 내 친구가 나를 기다리고 있어."

스칼렛이 양손을 허리에 짚더니 짜증이 난다는 시늉을 하며 눈을 가늘게 뜨더니 이내 미소를 지었다. 그리고 인사를 건넨다. "또 보자, 버스에서 만난 탈룰라."

탈룰라도 어색하게 엄지 두 개를 들어 보인다. 무슨 말을 해야 할지 모르겠다. 몸을 돌려 건물로 들어가자 클로이가 호기심과 짜증이 뒤섞인 표정으로 그녀를 맞이한다.

"정말 미안해." 탈룰라가 친구 옆에 앉으며 사과한다. "뭐가 뭔지 도무지 모르겠어. 그 애가 마치…… 나를 납치라도 한 것 같아."

"이상해." 클로이는 코를 살짝 찡그리며 대꾸했다.

"맞아." 탈룰라는 살짝 미지근해진 맥주 페트병의 곡선을 어루만지면서 저쪽을 바라보며 대꾸한다. "맞아. 정말 그래."

제12장

2017년 6월

케리앤의 아파트를 나온 킴은 라이언과 함께 공원을 지나 노아를 데리러 메그의 집으로 발길을 옮겼다.

메그가 노아를 현관으로 데리고 왔는데, 아이는 제 카시트에서 잠들어 있다. 킴은 치밀어 오르는 짜증을 애써 삼킨다. 그녀는 메그에게 노아를 재우지 말라고 신신당부를 했다. 그도 그럴 것이 지금 잠이 들어버리면 정작 잠을 잘 시간에는 쌩쌩할 테고, 집으로 가 옷을 갈아입히려면 다시 깨워야 할 텐데 그러면 아이가 짜증을 내고 투정을 부릴 게 뻔하기 때문이다. 결국 잠자리에 들 시간에 재우려고 해도 자지 않으려 할 것이다. 그런데도 메그는 카시트에 앉아 있는 손자를 향해 속 편하게 미소를 지으며 말한다. "아이고 이 불쌍한 것. 애가 녹초가 돼서 도저히 재우지 않을 수가 없었어요."

킴이 일그러진 미소를 지으며 카시트의 손잡이를 잡는다. "괜찮아요." 그녀가 딱딱하게 대꾸했다.

"그런데……." 메그가 말문을 연다. "아이들 소식은 없어요?"

"네." 킴이 대답한다. "전혀 없어요. 그건 그렇고 혹시 잭이 지난밤에 무슨 일을 계획하고 있다는 이야기 혹시 하지 않았나요?"

"아뇨. 사실 나는 당신한테 듣기 전까지는 그 애들이 펍에 간 것도 몰랐어요. 지난 며칠 동안 잭이랑 연락한 적도 없고요."

"그렇다면 아무것도 몰랐군요……." 킴은 '깜짝 이벤트'를 말해 김을 빼야 할지 말지 망설이다가 지금 당장은 잭과 탈룰라의 행방을 알아내는 일이 깜짝 이벤트보다 더 중요하다는 데 생각이 미쳤다. "반지에 대해서요." 킴이 말을 맺는다.

"반지요?"

"네. 약혼반지. 잭이 탈룰라에게 청혼할 거라는 이야기 들었어요?"

메그가 웃음을 터트렸다. "세상에나. 아뇨!"

킴이 그녀를 향해 눈을 가늘게 뜬다. 메그가 왜 이 이야기를 우습다고 생각하는지 이해가 가지 않았다.

"잭이 거기에 대해 의논할 만한 사람이 또 있을까요? 친구? 아버지?"

"아마 친구들이겠죠. 그런데 내가 그 애들에게 다 연락을 해봤는데, 지난밤에 무슨 일이 있었는지 아무도 모르더라고요. 그리고 사이먼은 아닐 거예요. 제 아버지에게 그런 이야기를 할 리 없어요. 남편은 그런 종류의 사람이 아니거든요. 감정지능이 그리 높지 않아요, 아시다시피."

킴이 냉담한 미소를 짓는다. 그녀는 메그만큼 감정지능이 떨어지는 사람을 본 적이 없다. 킴이 한숨을 쉰다. "알겠어요. 그럼, 나는 이 꼬마를 집에 데려가 일어나라고 설득한 후에 다시 자라고 설득해야겠어요."

메그가 멍한 표정으로 미소를 짓는다. 그녀는 이 말이 무슨 뜻인지도 알아채지 못한다.

다크 플레이스의 비밀

"혹시 무슨 이야기라도 들으면 연락 줘요, 알았죠?" 킴이 당부한다. "노아가 잠들 시간까지도 탈룰라가 돌아오지 않으면 경찰에 신고하려고 해요. 당신도 그런 생각이겠죠."

메그가 어깨를 으쓱한다. "나는 지금도 그 애들이 모든 걸 다 집어치우고 어디로든 도망을 쳤다고 생각해요. 하지만 당신 말이 맞아요. 걱정해야 할 상황인지도 모르겠어요. 당신 생각이 맞을 거예요."

킴이 몸을 돌려 차를 향해 발길을 옮긴다. 그녀는 거의 표가 나지 않게 고개를 가로저으며, 엄마이자 할머니라는 사람이 이 두 역할에 대해 어떻게 그토록 무책임하게 굴 수 있는지 도저히 이해가 가지 않아 아예 생각하지 않기로 한다.

한 살짜리 아기를 재우다 보니 저녁의 반이 훌쩍 흘러갔다. 노아는 킴의 예상대로 좀처럼 자려 들지 않고, 9시가 다 돼서야 마침내 잠이 들었다.

킴은 포도주가 절실하지만 맑은 머리와 취하지 않는 정신을 유지해야 한다. 왜냐하면 그녀의 저녁은 끝날 기미가 보이지 않기 때문이다. 그녀는 거실에 앉아 있다. TV가 켜져 있지만 자신이 뭘 보고 있는지 알 수가 없다. 요란한 토요일 저녁 프로그램일 테다. 라이언은 안락의자에 앉아 휴대전화를 들여다보고 있다. 발을 위아래로 튕기는 행동만이 그가 얼마나 불안해하는지를 드러낸다.

킴이 탈룰라에게 전화를 건다, 또다시. 음성메시지로 바로 넘어간다, 또다시.

그녀가 라이언에게 묻는다. "잭한테 무슨 말 못 들었니? 탈룰라에게 청혼한다는 이야기 같은 것 말이야."

킴은 말을 듣자마자 라이언의 머리가 살짝 돌아가 멈추는 걸 보고 그가 뭔가 들었다고 확신한다. "왜요?" 라이언이 되묻는다.

"그냥 궁금해서. 이틀 전에 잭의 코트 주머니를 보니 반지가 있더라고. 그래서 어쩌면 지난밤에 청혼을 할지도 모른다는 생각이 들었어. 저녁에 네 누나에게 외식하자고 한 걸 보면 말이 되잖아."

"응, 잭 형이 청혼할 생각을 하고 있다는 식으로 말했어요. 하지만 언제 할 계획이라는 말은 없었어요."

"정확히 뭐라고 했어?"

"내 생각은 어떤지 물어보더라고요. 누나에게 청혼하면 받아줄 것 같냐고 했어요."

"그래서 너는 뭐라고 했는데?"

"짐작도 안 된다고 했어요. 왜냐하면 짐작도 안 되니까요."

고개를 끄덕인 킴이 시계를 본다. 9시가 다 됐다. 기다릴 만큼 기다렸다고 그녀는 생각한다. 이 정도면 충분하다고. 이제 때가 됐다고.

심장이 미친 듯이 뛰고 배 속이 마구 요동치는 것을 참으며 킴은 경찰에 전화해 실종신고를 한다.

다음 날 아침 현관문을 여니 몹시 매력적인 남자가 서 있었다. 회색 정장에 크림색 셔츠를 받쳐 입은 남자는 신분증을 목에 걸고 있다.

그가 재킷 주머니에서 배지를 꺼내 킴에게 슬쩍 보여준다. "도미니크 맥코이 경위입니다. 어젯밤에 실종사건을 신고하셨죠?"

킴이 고개를 세게 끄덕인다. "네, 그랬어요. 맙소사, 제가 그랬어요. 어서 들어오세요."

그녀는 지난밤 거의 잠을 자지 못했다. 노아가 한밤중에 깨어 제 침대에서 자려고 하지 않아서 결국 아이를 자신의 침대로 데려왔다. 아기와 함께 나란히 누워 천장만 쳐다봤다.

어느 순간 노아가 킴에게 돌아눕더니 뜨거운 손으로 그녀의 볼을 쥐고 이렇게 말했다. 음마. 노아가 세 번이나 더 말한 후에야 킴은 아이가 '멈마'라고 말하려고 한다는 사실을 깨달았다. 태어나 처음으로 완전한 단어를 말하려는 순간이었다.

"이리로 오세요." 킴은 형사를 거실로 안내하며 말한다. "뭘 좀 드시겠어요?"

"아닙니다. 방금 커피를 마셔서 괜찮습니다. 고맙습니다."

킴과 형사는 커피 테이블에 마주앉았다. 킴은 잠시 조용히 있어주기를 바라며 노아에게 쌀과자 봉지를 준다.

"제 동료 말로는 따님이 토요일 밤에 귀가하지 않았다고요. 맞습니까?"

킴이 고개를 끄덕였다. "딸과 딸의 남자친구요. 그 애는 우리 집에서 살거든요. 두 사람 다 돌아오지 않았어요."

"두 사람은 지금 몇 살이죠?"

"열아홉 동갑이에요. 3월에 열아홉 살이 됐어요."

맥코이 형사는 열아홉 살이나 된 커플에 대해 걱정할 필요는 없다는 듯 묘한 표정으로 킴을 본다.

"하지만 두 사람에게 아이가 있어요." 킴이 계속 설명한다. "노아라고 해요. 둘의 아들이죠. 그러니까 갑자기 변덕을 부려서 그냥 사라질 리는 없어요. 두 사람은 좋은 부모라고요. 책임감도 있고요."

형사는 생각에 잠겨 고개를 끄덕였다. "알겠습니다."

킴은 알겠다는 말이 무슨 의미인지 궁금하다. 하지만 자신의 궁금증을 푸는 대신 금요일과 토요일에 있었던 일에 대한 질문에 대답했다. 킴은 형사에게 스칼렛의 주소와 렉시의 주소, 메그의 주소를 건넸다. 반지에 대해서 말할까 고민하다가 마지막 순간에 확실한 이유도 없이 말하지 않기로 마음을 바꿨다.

30분 후 그가 돌아가려고 일어선다.

"저, 어떻게 생각하세요?" 킴이 묻는다. "두 사람에게 무슨 일이 일어났을까요?"

"글쎄요. 무슨 일이 생겼다고 믿을 만한 구체적인 근거가 없습니다. 평소 책임져야 할 일이 많은 두 젊은이가 오랜만에 처음으로 저녁에 외출을 했지 않습니까. 어쩌면 자유롭게 살기 위해 떠났을지도 모르죠."

"아니에요." 킴이 즉각 반박했다. "절대 그럴 리 없어요. 두 사람은 아들에게 무척 헌신적이에요. 둘 다요. 제 딸은 더 그랬죠. 맹목적일 만큼 아이를 사랑해요."

그가 생각에 잠긴 채 고개를 끄덕인다. "그러면 남자친구는요? 잭이라고 하셨죠? 어떤 식으로든 그 친구가 간섭이 심했나요? 혹시 폭력을 행사하는 낌새가 있었습니까?"

"아뇨." 킴이 다시 반박한다. 마음속에 조금씩 움트기 시작한 불편한 작은 의심을 무시하려 하다 보니 유난히 대답이 빨리 나와버렸다. "잭은 탈룰라를 사랑해요. 홀딱 반해 있죠. 너무 심하다 싶을 정도로."

"너무 심하다?"

킴은 자신이 무슨 말을 했는지 그제야 깨닫고 이를 주워 담으려 한다. "아뇨. 그렇게까지 심한 건 아니고요. 하지만 가끔 딸아이가 짜증을 내기도 했던 것 같아요."

"그런 식이라면 부담스러운 사랑을 받는 것도 괜찮을 것 같은데요."

킴이 눈을 감고 고개를 끄덕인다. 남자들은 아무것도 모른다고 킴은 생각한다. 여자는 아기가 생기면 자신의 피부와 몸, 공간을 지키기 위해 얼마나 방어적이 되는지 남자들은 짐작도 못한다. 하루종일 온갖 방식으로 아기에게 자신을 주다 보면 하루가 끝날 시간 당신이 아기에게 준 것과 똑같은 것을 달라고 하는 다 큰 남자만큼은 절대 원하지 않게 된다. 목덜미를 만지는 손길이 사랑의 몸짓이 아니라 요구처럼 느껴진다는 것도, 감정적 문제를 해결하려고 마음을 움직이기가 너무 버겁다는 것도, 당신을 향한 그들의 사랑이 때로는 너무 부담이라는 것도 남자들은 짐작도 못한다. 킴은 때때로 여자는 남자에게 엄마 역할을 하다가 결국에는 아내의 자리를 버리고 진짜 엄마가 되는 것 같다고 생각했다.

맥코이 형사는 잠시 후 떠났다. 그는 수사를 시작하겠다고 약속했다. 하지만 언제 혹은 어떻게 하겠다는 말은 없다. 킴은 집 앞쪽 창문에 서서 그가 경찰 표식이 없는 차에 타 백미러를 조정하고, 목에 건 신분증과 재킷, 머리를 매만진 후에야 시동을 걸고 떠나는 모습을 지켜본다.

돌아보니 노아가 아기용 의자에 앉아 쌀과자를 손바닥으로 뭉개고 있다. 킴은 흘러내리는 눈물에 노아가 관심을 보이지 않도록 억지로 서글픈 미소를 지으며 묻는다. "음마는 어디에 있니, 노아? 어디에 있을까?"

제13장

2018년 8월

소피는 몸을 숙여 버스 정류장 뒤에 자라는 장미 관목 아래에 설치된 작은 나무판에 적힌 글씨를 읽었다. 그곳에는 이렇게 적혀 있다.

'탈룰라 로즈, 다시 만날 때까지.'

그녀는 다시 몸을 펴고 주위를 두리번거리며 가여운 탈룰라의 엄마가 버스를 기다리는 딸을 지켜보던 창문을 찾아본다. 버스 정류장 바로 맞은편에는 집이 없다. 하지만 공원 반대편으로 메이폴 하우스와 매우 가까운 곳에 작은 막다른 골목이 보인다. 지금 서 있는 곳에서 햇빛을 받아 반짝이는 창문이 얼핏 보인다.

그녀는 공원을 다시 가로질러 그 막다른 골목으로 발길을 옮겼다. 골목에는 여섯 채의 주택이 작은 녹지 주위에 반달 형태로 늘어서 있다. 자동차들은 다른 차가 간신히 빠져나갈 수 있도록 인도에 반쯤 걸쳐져 주차돼 있다. 전후에 지어진 소형 주택인 듯 전면은 회반죽으로 마감을 했고 목재를 사용해 만든 포치가 설치돼 있다. 소피는 돌아서서 다시 공원을 바라보며 어느 집에서 버스 정류장이 보이는지 가늠해본다. 가능성이 있는 것 같은 집은 둘이다. 한 집은 심하게 낡은 느낌이 나고, 다른 집은 화사하고 현대적인 데다 창가에는 선인장이 자라는 구리 화분이 쪼르르 놓여 있고 뒤쪽 벽에 놓아둔 갈색 소파에는 밝은색 쿠션이 잔뜩 놓여 있다.

기사에는 탈룰라와 그녀의 남자친구가 실종된 날 밤에 스완 앤드 덕스에서 술을 마셨다고 나와 있었다. 스완 앤드 덕스라면 소피와 손이 이곳에 이사 온 날 피터 두디가 음식이 맛있다고 추천했던 펍이다. 공원을 빙 둘러 걷다 보니 어느새 펍에 도착했다. 외관이 매력적이었다. 연륜이 느껴지는 회색 계열로 갓 칠을 했는데, 자갈을 깔아놓은 가게 앞쪽에는 원형 목제 테이블과 의자, 커다란 크림색 파라솔이 놓여 있고 작은 칠판에 가게의 메뉴와 맥주가 적혀 있다.

소피가 문을 밀어 연다. 전형적인 식당 겸 펍이다. 은촉붙임*을 한 벽과 그 벽에 걸린 파격적인 추상 미술품, 디자이너 벽지, 리모델링한 마룻바닥, 할로겐 조명까지. 바 뒤쪽에 서 있는 여자 직원은 사십 대로 보이는데 정석 미인은 아니지만 독특한 매력이 있다. 그녀는 몸에 딱 붙는 짧은 소매의 검은 티와 검은 바지 차림으로 허리에는 바텐더의 앞치마를 하고 있다. 검은 머리를 뒤로 넘겨 하나로 묶었다. 소피가 다가가자 바텐더가 양손을 바에 내려놓고 미소를 지으며 묻는다. "뭘 주문하시겠어요?"

"어, 카푸치노 한 잔이요. 고맙습니다."

"잠시만 기다리세요."

바텐더가 커다란 은색 커피 기계로 돌아서는데 소피의 눈에 양쪽 팔 안쪽에 새겨진 문신이 들어온다. 처음에는 화상이나 다른 상처

---

* 널빤지가 맞닿는 면에 만든 돌기인 은촉으로 널빤지를 잇는 방법.

자국이라고 생각했는데 잘 보니 작은 아기 발바닥이다.

"문신이 정말 귀엽네요." 소피가 말을 걸었다. "아기 발바닥요."

바텐더가 돌아서는데 아까만큼 환한 미소가 아니다. 그녀는 자신의 한쪽 팔을 보며 다른 쪽 손으로 발바닥을 어루만졌다. "고마워요."

바텐더는 다시 커피를 내리기 시작한다. 기계 소리에 귀가 먹먹해질 정도라 소피는 대화를 이어나갈 엄두가 나지 않는다. 바텐더를 기다리는 동안 소피의 시선이 바텐더의 발로 향한다. 몸매는 여성적인데 왜인지 어울리지 않는 낡은 가죽 워커를 신고 있다. 그 워커를 본 순간 소피의 기억 속에서 뭔가가 꿈틀한다. 소피는 전에, 아니 최근에, 아주 최근에 그 워커를 봤다.

다음 순간 기억이 반짝한다. 지역 소식지에 실린 탈룰라를 기억하는 행진 사진. 실종 소녀의 엄마가 예쁜 꽃무늬 원피스에 워커를 신고 있었다.

바텐더가 소피의 카푸치노를 들고 돌아선다. "초콜릿 뿌려 드릴까요?" 그녀가 초콜릿 통을 손에 든 채 물었다.

그제야 소피는 바텐더가 사진 속 여자라고 확신한다. 탈룰라의 엄마 말이다. 킴 녹스.

그녀는 잠깐 말이 없다.

"뿌려요? 말아요?" 바텐더가 통을 흔들며 묻는다.

"죄송해요, 뿌려주세요. 고맙습니다."

바텐더가 초콜릿 파우더를 커피에 뿌리고 소피에게 밀어준다. 소피는 핸드백에 손을 넣고 지갑을 찾는 동안 킴 녹스를 똑바로 바라볼 자신이 없다. 그녀 주위를 캐묻고 다니다가 덜미를 잡힐 것만 같은 기분이 든다. 소피는 비접촉식 카드로 커피값을 내고는 야트막한 청동 커피 테이블 옆에 놓인 작은 보라색 벨벳 안락의자로 커피를 가져간다. 그곳에 앉아 킴 녹스를 지켜보니 피버트리 토닉 워터병을 선반에 채우고 있다. 그녀에게서는 묘한 활력이 뿜어져 나오는 것 같다. 몸무게는 9스톤®을 넘지 않을 것 같지만 움직이는 모습을 보면 그보다 더 덩치가 좋은 사람을 보는 것 같다. 젊은 남자 한명이 가게로 들어와 곧장 바에 난 통로로 향한다. "왔어, 닉." 남자가 통로로 들어오자 킴이 인사를 한다.

남자도 인사를 건넨다. "좋은 아침이에요, 킴." 그러고선 바 안쪽 문으로 사라졌다.

역시 짐작대로였다. 킴 녹스.

1분 후 그 남자가 허리에 앞치마를 두른 채 나와 소매를 말아 올린다. "도와줘요?" 그가 킴에게 묻는다.

"그럼 좋지." 킴이 그가 옆으로 올 수 있도록 얼른 비켜서며 말했다.

소피는 고개를 숙이고 휴대전화를 보는 척한다.

그녀는 킴이 언제부터 이곳에서 일했는지 궁금해진다. 딸이 사라진 그날 밤에도 이곳에서 근무했는지 궁금해진다. 알고 싶고 묻고 싶은 것이 너무나 많다. 소피는 런던 남부에 사는 가공의 탐정 듀오 수지 비츠와 타이거 유의 덩굴손이 머릿속으로 서서히 파고들기 시작하는 것을 느낀다.

소설을 쓸 때면 먼저 소피의 뇌가 미스터리를 만들어낸다. 그러면 수지와 타이거가 그녀를 대신해 그 미스터리를 풀어야 한다. 소

● 약 57킬로그램. 1스톤은 6.35킬로그램이다.

　　　　　　　　　　　　　　　　　다크 플레이스의 비밀

피의 글쓰기는 그런 식으로 진행된다. 수지와 타이거는 이 가련하고 예쁘장한 여성에게 접근해 그녀의 딸이 어떻게 됐는지 질문하는 데 거리낌이 없으리라. 왜냐하면 그게 두 사람의 일이기 때문이다. 하지만 소피의 일은 아니다. 소피는 탐정이 아니니까. 그녀는 소설가이고 저 여성의 사생활에 머리를 들이밀 권리가 없다.

잠시 후 가게를 나서는데 킴 녹스가 미소를 지으며 인사를 한다. "좋은 하루 보내세요." 그녀는 소피가 바에 올려둔 빈 잔을 치우려고 몸을 숙이며 소리쳤다.

"네." 소피가 대답한다. "당신도요."

소피는 사택에 붙어 있는 창고에서 낡은 자전거를 힘들게 꺼내 거미줄과 낙엽을 모두 치운 후 업플레이 폴드로 간다.

아침에 긴 안개가 걷히자 햇살이 구름을 헤치며 내려오기 시작한다. 생울타리에서는 파슬리와 시든 지푸라기 냄새가 나고, 공기는 무겁고 따스하다. 소피는 저택 앞에서 자전거를 세우고 내린 후 뽀드득 소리를 내며 자갈이 깔린 진입로를 걸어 현관으로 갔다. 손을 컵처럼 모아 유리에 대고 현관 홀을 들여다본다. 현관 너머에는 그간 온 우편물이 작은 부채처럼 놓여 있다. 현관문 아래쪽에는 문틈을 따라 솔이 붙어 있다. 소피는 가져간 배낭을 뒤져 바로 이런 작업을 하기 위해 미리 넣어둔 철사 옷걸이를 꺼낸다. 그녀는 무릎을 꿇은 채 솔 아래로 옷걸이를 밀어 넣는다. 옷걸이가 뭔가에 닿는다. 소피는 바닥으로 몸을 잔뜩 붙인 후 옷걸이를 이리저리 움직여 문제의 물건을 끌어오려고 해본다. 손가락을 넣으면 닿을 정도로 가까이 끌어왔다고 생각될 즈음 조심스럽게 그것을 끄집어낸다. 마침내 성공했다. 봉투 하나를 꺼낸 것이다.

마틴 J. 자크 씨 앞으로 온 편지다. 소피는 안도의 한숨을 내쉰다. 자크. 흔치 않은, 구글에서 검색하기 좋은 이름이다. 그녀는 우편물의 사진을 찍은 후 다시 조심스럽게 문 안으로 밀어 넣는다.

어느새 11시가 다 돼 간다. 소피에게는 숀과 점심을 먹으러 마을로 돌아가야 하는 시각까지 근처를 둘러볼 시간이 조금 더 있다. 그녀는 저택을 빙 돌아 뒤뜰과 수영장으로 이어진, 아치가 달린 예쁘장한 연철대문을 통과해 안으로 들어간다. 창문 안을 들여다보고, 온실로 들어가 깃털처럼 가벼운 화분을 들어보고 구석으로 후다닥 도망치는 거미들을 지켜봤다. 나무 벤치에는 녹이 슨 작은 모종삽이 있다. 소피는 그 삽을 배낭 바깥쪽에 달린 주머니에 슬쩍 집어넣는다. 어떤 생각이 떠올랐기 때문이다.

울타리에 못박힌 마분지 조각의 화살표는 살짝 왼쪽 아래를 가리키고 있다. '이곳을 파보시오'가 말 그대로 정확한 지시문인지 대충 그 일대를 파보라는 뜻인지는 잘 모르겠지만, 소피는 일단 화살표가 가리키는 곳과 최대한 가까운 곳을 파기 시작했다. 배 속이 요동치고, 두려움이 끌어낸 아드레날린이 핏속에 가득 차오른다.

15개월 전 십 대 두 명이 다크 플레이스와 이 마을 사이의 어딘가, 아마도 이 숲 어딘가에서 흔적도 없이 사라졌다. 이틀 전 슬그머니 나타나 조별 활동이나 보물찾기를 하는 과정에서 미처 치우지 못했다고 생각했던 표지판이, 여전히 어디선가 똑같은 것을 본 적 있는 것 같은 느낌을 주는 표지판이 슬슬 두려움의 그림자를 드리우기 시작했다. 혹시 찢어진 옷조각 아닐까? 작은 뼛조각일까? 빛

다크 플레이스의 비밀

바랜 새틴 리본에 묶인 머리채일까? 소피는 모종삽이 여름의 건조한 흙을 점점 더 깊이 파내는 동안 숨을 참았다. 삽이 돌멩이를 건드릴 때마다 새로 숨을 들이쉰다.

땅을 판 지 9분이 흐른 후, 마침내 삽이 작고 단단한 물건을 파냈다. 검은 정육면체. 소피는 손끝으로 그 물건을 꺼내 흙을 털어냈다. 그 육면체에는 황금색 로고가 찍혀 있는데, 정체를 도무지 짐작할 수가 없었다. 손끝으로 이리저리 만져보고 나서야 소피는 그것이 반지 상자라는 사실을 깨닫는다.

소피는 엄지손가락으로 힘을 줘 상자를 벌리듯 연다.

상자 안에는 금으로 된 약혼반지가 완벽한 상태로 빛을 발하고 있다.

제14장

2017년 1월

학교가 개강하자 탈룰라는 반가운 마음이 앞선다.

크리스마스는 즐거웠다. 노아의 첫 번째 크리스마스.

아빠가 박싱 데이°에 찾아왔다. 노아가 태어난 후 아빠가 손자를 본 건 단 두 번뿐이었다. 아빠는 스완 앤드 덕스 위층에 있는 방에서 이틀간 머물렀다. 27일에는 모두에게 저녁을 사기까지 했다. 아빠는 노아에게 완전히 빠져 경이로운 눈빛으로 무릎에 앉힌 아이를 바라보며 이렇게 예쁜 아기는 처음 봤다고 감탄을 했다. 탈룰라의 아빠는 원래 매우 자기중심적이고 데면데면한 사람이다. 그런데 할아버지가 되자 그의 심장을 두르고 있는 보호막 하나가 떨어져 나간 것 같다.

그러나 크리스마스의 마법은 금방 희미해졌고, 크리스마스 요정 옷을 입은 노아를 처음 봤을 때의 행복감도 이내 사라졌다. 그러다가 새해 전야에 혼자 집을 보게 됐다. 엄마는 친구들과 펍으로 놀러 갔고 라이언은 새해 파티에 갔기 때문이다. 그날 밤은 탈룰라가 엄

° 영국의 공휴일. 크리스마스 다음 날인 첫 평일을 휴일로 지정한다.

다크 플레이스의 비밀

마가 됐다는 책임감과 자신을 구속하는 제약을 깨닫고 처음으로 숨이 막힐 것처럼 힘든 순간 중 하나였다.

그래서 잭이 집에 와 그날 밤을 같이 보내고 싶다고 하자, 탈룰라는 그가 두 사람이 재결합을 했다고 오해하게 만드는 게 싫은 만큼이나 7개월인 아기와 그날 밤을 단둘이 보내는 게 싫어서 결국 잭의 제안을 승낙했다.

그는 친구의 집에서 곧장 왔는지 담배와 술 냄새를 살짝 풍기며 9시 정각에 도착했다. 찬바람을 피해 후드를 쓰고 주류 판매점 쇼핑백 손잡이를 손목에 걸고는 양손을 주머니에 집어넣고 있었다.

탈룰라는 잭이 들어오도록 문을 잡아줬고, 그는 몸을 숙여 그녀의 볼에 가볍게 입을 맞췄다. "새해 축하해." 잭이 말했다.

"아직은 아니야." 그녀가 대꾸했다.

"노아는 자?" 그가 위층을 바라봤다.

탈룰라가 고개를 끄덕였다. "잠든 지 한참 됐어."

"늦어서 미안해. 협동조합 마트에는 내가 원하는 게 없어서 그걸 사러 펍까지 갔어. 줄이 어찌나 길든지. 여기에 있어."

잭이 가방을 열어 탈룰라에게 안을 보여줬다.

냉장고에서 금방 꺼낸 것처럼 차가운 샴페인.

그녀가 미소를 지었다. 미소를 참을 수가 없었다. 탈룰라는 샴페인을 정말 좋아했다.

"어머님을 봤어." 잭이 그녀를 따라 부엌으로 들어가며 말했다.

"어, 그랬겠지."

"즐거운 시간을 보내시는 것 같았어."

"다행이네." 그녀는 샴페인을 냉장고에 넣고 맥주 두 병을 꺼내며 말했다.

"안주도 가져왔어." 잭이 나초 두 봉지와 살사 소스 용기를 꺼냈다. "그리고 이것도. 네가 제일 좋아하는 거잖아." 그가 캐드베리의 미니 핑거 비스킷 봉지를 건넸다.

탈룰라가 다시 미소를 짓는다. "고마워."

두 사람은 맥주와 칩을 가지고 TV 앞에 자리를 잡았다. 잭과 이렇게 둘이 시간을 보내는 일은 몇 주, 아니 몇 달 만에 처음이었다. 평소에 잭은 노아가 깨어 있는 낮에 와서 아이와 시간을 보내곤 했다. 그와 둘이 있으면 어색할 것 같았는데 전혀 그렇지 않았다. 두 사람은 원래 옆 마을의 남학교를 다니던 잭이 학교 폭력에 시달린 탓에 탈룰라의 학교로 전학 온 열네 살 때부터 알고 지낸 사이였다. 탈룰라는 잭이 잘생겼고 안됐다는 생각이 들어 친구가 됐다. 그로부터 1년 후 두 사람은 데이트를 시작했고 연인이 됐다. 두 사람은 흡사 가구의 일부 같은 십 대 커플이었다. 입방아에 오르내리거나 호기심을 끄는 타입이 아닌, 전혀 놀랄 것 없는 커플 말이다.

그러므로 그날 밤 둘이서 함께 있는 시간이 그렇게 편안하게 느껴졌다고 해도 전혀 놀랄 일은 아니었다. 두 사람은 친구였고, 연인이었고, 헤어진 연인이었고, 이제는 부모이기 때문이다. 두 사람이 다시 친구가 돼서는 안 될 이유가 없었다.

그날 밤 두 사람은 이야기를 많이 하지 않았다. TV를 보고 즐기고, 각자의 휴대전화를 보다가 서로에게 웃기는 사진이나 동영상을 보여줬다. 어느 순간 잭이 탈룰라의 손에서 휴대전화를 잡아채고 이렇게 말했다. "있잖아, 사진 앨범을 보고 싶어. 보여줘."

"그만해." 탈룰라가 웃음을 터트렸다. "그걸 왜!"

"노아 사진을 보고 싶어서 그래." 잭이 그렇게 대답하자 탈룰라는 스크롤을 내리며 사진을 보여줬다. 사진 앨범에는 거의 백 퍼센트 노아의 사진뿐이었다. 하지만 학교에서 열린 크리스마스 파티 사진이 나오자 잭은 속도를 늦추더니 그때 사진을 더 자세히 보기 시작했다.

"너 예쁘다." 그는 셀프 사진과 집에 가기 전 클로이가 찍어준 사진 속 탈룰라의 얼굴을 확대하며 말했다. "화장도 했네."

"응." 그녀가 대답했다. "아이라인만 그렸어. 엄마가 대신 그려줬거든."

"잘 어울려." 잭은 고개를 돌려 묘한 표정을 지으며 말했다. "이렇게까지 꾸미다니 너답지 않아. 이 사람은 누구야?" 그가 물었다.

크리스마스 파티 때 댄스장에서 머라이어 캐리의 노래에 맞춰 스칼렛과 함께 춤출 때 찍은 사진이었다. 그 사진에는 스칼렛도 찍혀 있었다. 두 사람은 카메라를 높이 든 채 이를 활짝 드러내며 환하게 웃고 있었다. 머리 위로 반짝이 조각이 막 떨어지기 시작할 즈음이었다.

"스칼렛이야. 우리 학교에 다니는 여학생."

"정말 즐거워 보인다." 잭이 두 사람의 미소를 확대해보며 말했다. "나는 네가 이렇게 미소를 짓는 법을 잊었나 보다 했어."

탈룰라가 건조하게 웃었다. 잭의 어조에는 어쩐지 비난하는 기색이 어려 있었다. 마치 그녀가 행복해서 실망하기라도 한 듯 말이다.

"그래, 즐거웠어." 그녀가 대답했다. "그때 머라이어 캐리 곡이 나왔거든. 너였어도 웃었을 거야."

"너는 파티 체질이 아니라고 생각했어." 잭이 자꾸 이야기를 이어가자 탈룰라는 슬슬 불편해지기 시작했다. 바로 이런 것 때문에 잭에게 되돌아가고 싶지 않은 거라는 생각이 들었다. 아기를 낳은 후 탈룰라는 변했다. 출산과 양육은 그녀의 모든 것을 변화시켰다. 학교를 떠난 일도, 3년 동안 남자친구가 있다가 혼자가 된 일도 그녀를 변화시켰다. 탈룰라는 아기를 가지기 전의, 잭이 도망치면서 그녀가 모든 일을 혼자 감당하게 만들기 전의 연약하고 낭만적인 소녀가 더는 아니었다. 그리고 그녀는 이제 잭이 진심으로 함께 있고 싶어 하는 탈룰라 머레이는 과거의 그녀라는 사실을 뼛속 깊이 안다.

"음." 그녀가 말문을 연다. "모든 건 변해, 그렇지 않아?"

"그런 것 같아." 잭이 맞장구를 쳤다. 하지만 그의 목소리는 어딘지 울적하게 들렸다.

자정을 몇 분 앞두고 두 사람은 냉장고에서 샴페인을 꺼내 잔 두 개를 챙겨서 정원으로 나갔다. 옆집에 사는 고양이가 몸을 둥글게 만 채 울타리 위에 앉아 있다가 두 사람을 호기심 어린 눈빛으로 보더니 고개를 들어 하늘을 본다. 밖이 추워 탈룰라는 몸이 살짝 떨렸다. 둘은 맥주 두 병을 마신 상태였다. 잭이 몸을 따뜻하게 해주려고 한쪽 팔로 탈룰라의 어깨를 감싸 안자 탈룰라도 그를 뿌리치지 않았다. 휴대전화로 자정까지 카운트다운을 하다가 정각에 맞춰 잭이 샴페인의 코르크 마개를 뽑았다. 주위에서 사람들이 환호하는 소리며 자동차의 경적이 들렸다. 새까만 하늘에서 불꽃이 쉭 하고 올라가 펑 터졌다. 두 사람은 샴페인 잔을 들고 서로에게 새해 축하 인사를 건네며 포옹을 했다. 서로에게서 몸을 떼는데 잭이 입을 맞추려는 것처럼 보인 순간 탈룰라는 마음속으로 '싫어' 하고 외쳤다.

싫어, 나는 네게 키스하기 싫어. 애초에 네게 또 입을 맞추고 싶은 지조차 모르겠어.

"오, 젠장, 탈룰라." 잭이 물러나며 말했다. "작년에 너에게 그렇게 행동하지 않았다면 얼마나 좋을까. 그 일은 내 인생 최대의 후회야. 내 마음 아니?"

탈룰라가 고개를 끄덕였다.

"언젠가는 나를 용서해줄 거야?" 잭이 탈룰라의 손에 깍지를 낀다.

"벌써 오래전에 용서했어." 그녀가 말했다.

"그런데 왜 그러는 거야?" 잭이 물었다. "왜 다시 시작할 수 없는 거야?"

"나는, 잘 모르겠어. 당장은 관계를 맺어 나가고 싶지 않아. 노아만으로도 충분해."

탈룰라는 깍지를 낀 잭의 손에 점점 힘이 들어가는 것을 느낀다.

"하지만 노아는 우리 아이잖아. 우리가 그 아이를 만들었고 노아는 우리를 하나로, 팀으로 만들어줘. 더는 우리만의 관계가 아니잖아, 안 그래? 이건 우리 셋의 문제야."

"노아가 보고 싶으면 언제든지 오면 돼."

"알아." 잭이 성마르게 한숨을 내쉰다. "나도 안다고. 하지만 그건 같지 않아. 노아와 늘 함께 있는 것과 가족으로 함께 지내는 것과 말이야."

"그건 맞지만 내 말뜻은 그런 게 아니야. 분명히 네가 여기에 늘 함께 있으면 노아에게는 더 좋을 거야. 하지만 나는 잘 모르겠어."

탈룰라가 말을 잠시 멈추고 자신의 마음을 정확히 표현할 말을 신중하게 골랐다. "내게도 그게 좋은 일일지."

잭이 웃음을 터트렸다. 약간 경멸이 묻어나오는 웃음이었다. "룰라." 그가 말했다. "제발. 우리는 열네 살부터 서로 알고 지냈어. 우리는 우리가 서로의 짝이라는 걸 알아. 우리가 서로의 짝이라는 사실은 모두가 알아. 제발, 내게 기회를 줘."

"그렇다고 해도 우리는 살 곳도 없잖아."

"여기서 살면 되지!" 그가 소리쳤다. "여기서 다 같이 살면 돼. 네 침대는 크잖아. 네 엄마도 나를 좋아하시고. 라이언도 나를 좋아해. 내 말을 좀 들어봐. 내 생각을." 그는 탈룰라가 그의 제안에 그리 관심을 보이지 않는다는 사실을 알아차리고 얼른 말을 잇는다. "시험 기간을 두자, 응? 하룻밤만 여기서 지내면 어떨까. 다른 짓은 하지 말고." 그가 다짐했다. "나는 바닥에서 잘게. 아침에 눈을 뜨니 거기 아빠가 있는 모습을 본 노아의 표정을 생각해봐. 노아의 아침은 내가 먹이면 돼. 그러면 너는 좀 더 눈을 붙일 수 있어. 그렇지? 괜찮을 것 같지?"

잭이 탈룰라에게 미소를 지으며 깍지 낀 손으로 그녀를 끌어당겼다. 그러자 두 사람의 배가 닿을락 말락 했다. 얼굴은 고작 1인치나 2인치가량 떨어져 있었으며, 잭의 눈은 그녀를 정면으로 응시했다. "그렇지?" 그는 다시 말하며 탈룰라 손의 관절 부분에 입을 맞춘 후 야릇한 미소를 반쯤 입술에 걸친 채 유혹하듯 그녀를 바라봤다.

바로 그 순간 탈룰라의 내면에서 뭔가가 툭 부러졌다. 배 속 깊은 곳에서 한없이 가라앉는 듯한 몽글거리는 느낌과 사타구니에서 피어오르는 황홀한 감정이 결합했다. 누군가의 애무를 받고 싶은 느낌이었지만 그 누군가가 잭은 아니었다. 누군가가 그녀를 간절하게

다크 플레이스의 비밀

원하기를 바라면서도, 동시에 철저히 혼자 있고 싶은 느낌이기도 했다. 이윽고 그녀의 입술을 향해 다가오는 잭의 입술이 보였다. 정신을 차려보니 탈룰라는 잭에게 가까이 다가갔고 두 사람은 어느새 입을 맞추는 중이었다. 어느새 그녀의 불안은 씻은 듯 사라졌고 갈팡질팡하던 마음은 하나의 갈망으로 결정화됐다. 탈룰라는 순식간에 뒤쪽 벽에 등을 대고 섰고 두 팔과 다리로 잭을 감쌌다. 잭의 조깅 팬츠가 발목으로 떨어졌고 1분도 안 되는 시간에 모든 일이 다 일어났다. 그것이 그녀가 원하는 것이었다. 너무나도 원했던 일이었다. 잠시 후 잭은 여전히 몸을 섞은 채 탈룰라를 안아 들었다. 여전히 양팔과 두 다리로 그를 감싸 안은 그녀를 정원 주위로 빙빙 돌렸다. 그러자 탈룰라가 미소를 짓는다. 아마도 미소를 지었을 것이다. 벨벳 같은 하늘에서 달빛이 환하게 주위를 밝혔다. 그때 잭이 말했다. "사랑해, 룰라. 너무너무 사랑해." 그녀는 1초도 지체하지 않고 자신도 사랑한다고 대답했다.

왜냐하면, 그때는, 바로 그 순간만큼은 정말로 그를 사랑했기 때문이다.

제15장

2017년 6월

맥코이 형사가 킴의 집을 떠난 시각은 10시였다. 그런데 11시경 모르는 전화번호로 킴에게 전화가 왔다. 킴은 그 형사가 분명하다고, 무슨 소식, 업데이트, 모종의 진전이 있다고 지레짐작한다. 그러자 심장이 쿵쿵 뛰고 온몸에 아드레날린이 치솟기 시작했다.

"여보세요."

"어, 안녕하세요. 킴 녹스 씨인가요?"

젊은 여자의 목소리다.

"네, 그런데요."

"저는, 음, 미미예요. 스칼렛의 친구요. 저와 이야기를 하고 싶어 하신다고 들었어요."

"오!" 킴은 식탁 의자를 끌어내 끄트머리에 걸터앉았다. "고마워요, 미미. 지금 통화할 수 있어요?"

"네, 물론이죠."

"내가 알고 싶은 건." 킴이 말문을 연다. "스칼렛과 그 학생 어머니와는 이미 이야기를 했어요. 렉시도 만났고요. 그런데 금요일 밤에 무슨 일이 있었는지 아는 사람이 전혀 없더라고요. 당신이 뭔가 알아차렸을지도 모른다는 생각이 들었어요. 탈룰라와 잭이 그 집을 떠난 후에 무슨 일이 있었는지 설명해줄 수 있을 만한 사소한 사실 같은 거요."

잠시 침묵이 이어진다. 그 사이로 미미가 숨을 들이쉬는 소리가 들리자 킴은 깡마른 여자아이가 두 손가락 사이에 낀 담배를 빨아들이는 모습을 떠올렸다.

"있잖아요. 말 그대로 제가 떠올릴 수 있는 가능성은 두 사람이 싸웠을지 모른다는 것뿐이에요."

킴이 머리를 살짝 뒤로 젖힌다. "싸웠다고요?"

"네. 그런 것 같았어요, 잘은 모르지만. 둘 사이에 무슨 일이 벌어지고 있다는 느낌? 긴장감 같은 거요."

킴이 식탁을 향해 몸을 돌리며 전화기를 다른 쪽 귀에 댄다. "어떤 거요? 설명해줄 수 있어요?"

미미가 한숨을 쉬며 말을 시작했다. "저는 집으로 들어갔어요. 휴대전화를 충전하려고요. 그런데 룰라와 잭이 어디 들어가 앉아 있었어요. 주방 뒤편의 작은 방 같은 곳이요. 말하자면 아지트 같은 느낌인데, 그래서 두 사람은 제가 지나가는 소리를 못 들었어요. 열린 문틈으로 슬쩍 봤는데 잭이 탈룰라의 손목을 정말 꽉 잡고 있지 뭐예요. 탈룰라는 잭의 손을 뿌리치려고 했고요. 잭이 탈룰라를 계속 찍어 누르는 것 같았는데, 탈룰라가 자기를 못 때리게 막으려는 것 같기도 하고 떠나려는 탈룰라를 붙잡는 것 같기도 했어요……. 잘 모르겠어요. 잭이 몹시 화가 난 것 같았어요."

킴은 천천히 눈을 깜박인다. 미미의 말 하나하나가 머릿속에서 의혹이 잉태된 곳으로, 잭이 거절에 어떻게 반응했을지 의아해했던 그 지점으로 딱딱 맞아 들어간다. 방금 들은 말의 의미를 곰곰이 생각하니 배 속에서 구역질이 치밀어 오르는 듯하다. '만약 그랬다면' 이 점점 형태를 갖추어가기 시작하자, 잭이 탈룰라의 실종에 모종의 역할을 했을지 모른다는 사실에 순간 정신이 아득해졌다.

"혹시 두 사람 중 누구든 반지에 대해 말하는 거 들었어요? 아니면 약혼이나?"

전화기에서는 완전한 침묵이 감돈다. "아뇨, 그런 이야기는 못 들었어요. 두 사람 다 거의 말이 없었거든요. 솔직히 저는 그 둘이 거기 왜 왔는지도 모르겠어요. 별로 있고 싶어 하는 것 같지도 않았거든요. 무슨 말인지 아시겠어요?"

일요일은 절대 끝나지 않는다.

킴은 낮잠을 재우기 위해 노아를 침대에 눕히는 대신 유모차에 태워서 마을을 한 바퀴 돌며 산책을 했다. 그러는 와중에도 그녀의 두 눈은 모든 생울타리와 모든 골목길, 집과 집 사이의 틈을 빠짐없이 훑었다. 메이폴 하우스를 지나갈 때는 학생 기숙사가 있는 부지로 자연스럽게 시선이 돌아간다. 그녀는 금요일 밤에 그곳에 있었던 사람들 가운데 유일하게 아직 이야기를 나누지 못한 스칼렛의 친구 리엄을 떠올렸다. 하지만 렉시의 말처럼 리엄은 렉시와 함께 일찌감치 그 집을 나왔으니 렉시보다 더 아는 게 없을 터였다.

잠시 후 킴이 정신을 차리고 보니 스완 앤드 덕스 앞이었다. 가게 앞쪽 테라스는 화창한 일요일 점심시간이면 늘 그렇듯 사람들로 붐볐다. 테이블 위 와인쿨러 안에 든 프로세코 백포도주, 칵테일 음료인 핌스를 담은 물병, 선글라스를 머리 위로 올리고 얇은 원피스를 입은 엄마가 잘게 잘라 준 소시지와 으깬 감자를 받아먹는 아이들, 테이블 아래 그늘에서 몸을 말고 누워 있는 코카푸.

킴은 유모차를 밀며 사람들을 헤치고 시원하고 그늘진 실내로 들어갔다. 가게 안은 손님이 적어서 곧장 바로 간다. 킴은 바 뒤에 있는 젊은 남자를 알아본다. 닉이다. 일감이 없는 배우인 그는 이곳에서 중년 남자들이 얼굴을 붉히는 모습을 보고 싶다는 이유로 그들과 시시덕거리기를 즐긴다.

"어서 오세요." 닉이 알은체를 했다. "낮에 손님을 보다니 의외네요. 뭘 드릴까요?"

"어." 킴이 말을 꺼낸다. "점심을 먹으러 온 게 아니에요. 혹시…… 금요일 밤에 근무했죠, 그렇죠?"

"늘 그렇듯이 일했죠. 저를 개처럼 부려먹으니까요."

"메그에게 들었죠? 내 딸과 메그의 아들에 대해서?"

"아, 네. 그 사람들 무사히 돌아왔나요?"

"아뇨. 안 왔어요." 킴은 힘겹게 숨을 고르고 자제력을 되찾는다. "아직도 안 왔어요. 이미 신고를 했고요. 아마 좀 있으면 경찰이 당신을 찾아와서 그날 목격한 걸 물어볼 거예요."

"그거 큰일이네요. 많이 걱정스러우시겠어요."

"네." 킴은 겨우 미소를 지으며 대답했다. "정말 걱정스러워요. 그런데 그날 정확히 뭘 봤는지 말해줄 수 있어요?"

"음, 보고 말고 한 것도 없어요. 두 사람은 저쪽에 자리를 잡았어요." 그가 가게 안쪽의 아늑한 공간을 가리킨다. "사랑에 빠진 비둘기 한 쌍이었죠. 잭이 샴페인 한 병을 샀어요. 두 사람은 시푸드 플래터를 먹었어요. 정말 귀여운 한 쌍이더라고요. 잠시 후에 그 패거리가 왔어요. 메이폴 애들 아시죠? 시끄럽고 대담하고. 분위기를 보니까 그 애들이 따님을 아는 것 같았어요. 그러더니 낭만적인 저녁을 보내고 있는 두 사람에게 끼어들었어요. 그걸 보면서 정말 짜증나겠다 싶었어요."

노아가 유모차 안에서 몸을 뒤척이자 킴이 기계적으로 유모차를 흔든다.

"혹시 이상한 일이 있진 않았어요?"

"이상한 일이요?" 닉이 몸을 돌리더니 킴 옆에 나타난 손님을 향해 미소를 날리고는 손님의 주문을 받고 바로 킴에게 돌아와 말을 잇는다. "글쎄요, 이상하다는 말은 좀 그렇고요. 술을 많이 마셨어요. 메이폴 애들이 캐시백*을 해달라길래 나는 걔네가 혹시 약이라도 하는 줄 알았어요. 그런데 그런 증거는 안 보이더라고요. 얼마후에 폐점시간이 돼서 전부 다 돌아갔고요. 그게 끝이에요." 닉이 슬픈 표정을 지으며 킴에게 말한다. "젠장, 킴. 두 사람은 금방이라도 집에 돌아올 거예요. 분명히 그럴 거예요. 십 대들이 어떤지 잘 아시잖아요."

킴은 산책을 계속한다. 탈룰라의 친구인 클로이의 집에도 간다. 그녀의 집은 마을 바로 밖에 있다. 그곳에는 현관이 주 도로를 향해 곧장 나 있는 전면이 평평한 소형 주택이 일렬로 늘어서 있는데, 클로이는 제일 끄트머리 집에 산다. 클로이는 한참 전부터 탈룰라와는 어울리지 않았다고, 어디로 갔는지 모른다고 했다. 하지만 흥미

❋ 상점에서 신용카드로 계산을 하면서 현금서비스를 받는 것.

　　　　　　　　　　　　　다크 플레이스의 비밀

로운 사실 한 가지를 알려준다. 킴이 탈룰라가 마지막으로 목격된 곳이 업플레이 폴드에 있는 스칼렛 자크의 집이라고 말하자 눈을 가늘게 뜨며 이상하다고 말했다.

킴이 되묻는다. "왜?"

클로이가 어깨를 으쓱한다. "스칼렛과 그 애들, 어딘지 께름칙한 구석이 있어요. 뭐랄까, 어둡다고 할까요. 그리고 그날 밤 일도 있고요. 작년에 학교에서 열린 크리스마스 파티요. 그날 룰라와 같이 앉아 있는데 스칼렛이 룰라를 끌고 가듯 데려갔어요. 꽤 무례했거든요. 꼬집어 말할 수는 없지만, 어쩐지 룰라가 그 애를 이미 아는 것 같다는 느낌을 받았어요. 그럴 리가 없는데도 말이에요. 둘이서 한참 춤을 추더니 밖으로 나가더라고요. 룰라는 한 10분 정도 있다가 돌아왔는데, 좀 예민해져 있었어요. 뭐가 어떻게 된 일인지 이해를 못 하겠더라고요. 그러니까 제가 아는 한 스칼렛과 그 패거리는 학교에서 제일 유명한 애들이고, 다른 애들과는 말도 섞지 않거든요. 그런데 스칼렛이 룰라에게 말을 걸었잖아요. 이상했어요. 아무튼 그날 이후로 우리는 이야기를 한 적도 거의 없어요."

킴이 인상을 쓴다. "그 크리스마스 파티 이후로?"

"네. 지나치면서 인사 정도는 하지만 어울리지는 않아요."

"그럼 지난 2월은 어떻게 된 거니? 그때…… 네가 힘들어했다던데. 그 일은 잘 해결됐니?"

클로이가 멍한 표정으로 킴을 본다.

"네가 기분이 너무 좋지 않아서 탈룰라가 네 집에서 하룻밤 같이 잤잖니?"

"제가요?"

"그래, 지난 2월에 탈룰라가 네가 너무 우울해한다고, 무슨 허튼 짓을 할지도 모르니 밤에 같이 있어줘야 한다고 그랬거든."

클로이가 고개를 가로젓는다. "맙소사, 그럴 리가요. 아니에요. 그런 일은 절대 없었어요. 저는 우울해한 적도 없고 탈룰라가 우리 집에서 자고 간 적도 없어요. 맹세하는데, 룰라와 저는 올해 거의 이야기를 하지 않았어요. 만난 적도 거의 없고요. 솔직히 말씀드리면 탈룰라가 어머님에게 거짓말을 한 것 같아요."

제16장

2018년 9월

학기가 시작하기 직전 며칠 동안, 메이폴 하우스는 서서히 그러나 확실하게 살아난다. 텅 빈 건물들이 사람들의 움직임, 목소리와 음악 소리, 문을 여닫는 소리, 벨소리와 자동차 엔진 소리, 웃음과 고함소리로 생기를 되찾는다.

소피는 기묘한 감각에 사로잡힌다. 그녀가 걱정했던 것처럼 난데없이 어딘지 모를 곳에 떨어졌다는 느낌이라기보다는, 모든 사건이 벌어지는 한복판에 떨어졌다는 느낌이다. 부엌 바깥 정원에 앉아 있으면 기숙사 학생들이 방에서 나와 아침을 먹으러 본관으로 가는 모습을 볼 수 있다. 어떤 학생들은 부지를 달리며 아침 조깅을 한다. 슬슬 자주 보는 학생들이며 서로 어울리는 학생들의 얼굴도 기억하기 시작했다. 이제는 멀리서도 누가 이 학교의 신입생이고 누가 재학생인지 구별할 수도 있다.

공식적으로 학기가 시작하는 수요일 오전이 오기 전 월요일 밤에 일명 등록일 파티가 열린다. 등록일은 새 학기를 준비하는 기간 중에서도 가장 분주한 날로, 대다수의 학생이 집에서 학교로 돌아와 강의를 등록한다. 사실 등록 그 자체는 학생들 대부분이 온라인으로 미리 처리하지만, 이 과정은 오래된 전통으로 학생들이 강의실에 들어가기 전에 동급생들을 미리 봐두는데 유용하게 쓰인다고 한다. 그리고 저녁 만찬이 열리는데, 숀은 실제로는 이 만찬이 메인 행사라고 했다.

과거에는 모두 좌석에 앉아서 식사를 했지만, 10년 전 새 기숙사 동이 완공되고 학생 수가 두 배로 늘어나면서 이 만찬은 DJ도 부르는 뷔페식 파티로 바뀌었다.

소피는 파티에서 아름답게 보일 작정이다. 단순히 예쁘다 정도가 아니라 눈이 번쩍 뜨일 만큼 환상적으로 아름답게 보여서 학생들이 모두 그녀 뒤에서 "와, 그레이 선생님 여자친구 정말 예쁘지 않니, 그렇지?" 하는 말을 수군대게 할 작정이다. 소피는 캠퍼스 주위를 조깅하던 잘생긴 남학생 일부로부터도 인정을 받기로 마음먹었다. 어린 남학생들이 아니라 구릿빛으로 태운 피부와 풍성한 머리칼, 자신만만한 걸음걸이를 자랑하며 남자로 완성돼가는 열아홉 살 청년들 말이다.

그녀는 아랫단과 등 쪽이 레이스로 마무리된 검은색 새틴 어깨끈 탑을 입는다. 상의와 어울리는 검은색 바지와 하이힐 샌들을 맞춰 신었다. 머리를 옆으로 모아 하나로 묶고 어깨로 흘러내리게 한다. 얼굴에는 '윤기가 흐르고' '환하게 빛이 난다고' 광고하던 화장품으로 화장을 했다.

소피가 현관 홀로 나가자 숀이 무심히 그녀를 보다 경탄해 마지않는다. "맙소사, 와우. 소피, 당신 정말 아름다워!" 소피가 보기에 그의 반응은 진심인 것 같다.

메인 홀에서 귀가 먹먹할 정도로 요란한 소리가 들린다. 그곳 천장은 원통형으로 나무를 배열해 마감했으며 창문은 벽 높이 나 있어서 빛은 들어오지만 바깥 풍경을 볼 수는 없다. 대신 거대한 쌍여닫이문 세 개가 풀밭을 향해 나 있다. 그 풀밭에 대형 천막이 쳐져 있고, 테이블과 의자가 초저녁 햇빛을 받으며 배치돼 있다. 소피와 숀은 팔짱을 낀 채 풀밭을 어슬렁거리며 마주치는 사람에게 미소를 짓고 발걸음을 멈춰 인사를 건넸다. 빈 테이블을 보자 숀이 소피를 앉힌 후 음식과 음료를 가지러 갔다. 숀이 돌아오기를 기다리는 동안 소피의 시선은 눈앞에서 벌어지는 일들을 가로질러 인적 없는 곳에서 옹기종기 모여 있는 사랑스러운 젊은이들에게로 향한다. 그들은 불가해하면서 살짝 무시무시한 존재이기도 하다. 힘 있으면서도 가여운 존재, 모든 것을 알면서 동시에 아무것도 모르는 존재. 그들이 반짝반짝 빛나는 이유는 젊음 때문이 아니라고 소피는 생각했다. 그 반짝임은 그들의 배경과 타고난 특권 때문이다. 그들이 머리카락을 만지는 방식과 음료를 잡는 방식, 무심히 휴대전화를 보며 스크롤을 내리는 방식에서 은연중에 드러나는 어떤 암시 말이다. 각지에서 온 그들의 배경은 일반적인 사람들과는 다르다. 아무리 꾀죄죄해 보이더라도 그들은 그 외양을 뚫고 빛을 발하는 돈이라는 광택제를 소유하고 있다.

소피는 테라스가 있는 집에서 살며 자동차는 폐차할 때까지 타고, 공립학교에 다니며 주말마다 테스코 마트에 가고, 토요일이면 할머니의 아파트에서 접시에 놓인 비스킷을 먹는 집안에서 나고 자랐다. 그녀가 누리지 못한 것은 없었다. 배를 곯지도 않았고 휴가는 외국에서 보냈으며, 옥스퍼드 거리로 쇼핑을 하러 가기도 하고 금요일 저녁에는 외식을 했다. 언제나 모든 것이 충분했다. 하지만 눈이 부신 삶은 아니었다. 광택이 없었기 때문이다.

그녀는 어느새 다크 플레이스와 자크 가족, 한때는 얼음처럼 차가운 푸른 물이 여름 햇살을 받아 반짝거렸을 수영장, 좌대에 놓여 있었을 예술품, 잘 다듬은 풀밭으로 흘러 퍼졌을 음악, 수많은 자동차와 말, 알프스산맥에 별장을 가진 사람들의 특별한 웃음소리를 생각한다. 케리앤 멀리건의 말에 따르면 그 가족의 딸 스칼렛은 한때 이곳 학생이었다.

숀이 포도주잔 두 개를 들고 돌아와 소피 옆자리에 앉았다. "미안해, 오래 걸렸지. 불러 세우는 사람들이 많아서."

"어서 이거 마시자." 그녀가 말한다. "그러면 우리도 어울릴 수 있어."

"아이고 맙소사, 꼭 그래야 해?" 그가 맨살이 드러난 소피의 어깨에 이마를 툭 떨어트리며 말한다.

소피가 숀의 뒷머리를 헝클어트리며 웃음을 터트렸다. "꼭 그래야 할 것 같은데. 당신은 기본적으로 이곳의 왕이잖아. 나가서 사람들과 어울려야 해."

"알아." 숀이 머리를 들고 한 손으로 그녀의 무릎을 짚는다. "안다고."

두 사람이 포도주를 마시는데 어느새 그들의 테이블에 각각 지리 교사와 사진학 교사인 플뢰르와 로빈 부부가 합류했다. 두 사람은 오스카라는 보더테리어와 바프타라는 토끼를 키우면서 마을 바로 바깥에 있는 주택에 사는데, 무척 수다스럽다. 한창 대화를 하는데 이번에는 웅장한 턱수염이 인상적인 트로이라는 중년 남성이 합류한다. 그는 철학과 신학을 가르치며 사택에서 사는데, 지역 맛집이며 포도주 가게, 정육점 정보가 빠삭하다. 누군가 손을 잠시 데리고 가자 테이블에는 소피와 트로이만 남겨지지만, 트로이는 함께 이야기하기 편한 사람이라 소피는 둘만 있어도 불편하지 않았다. 얼마 후 프랑스 억양을 쓰는 사람과 스페인 억양을 쓰는 사람이 찾아오더니, 어느새 테이블은 학교에서 하는 일이나 역할은 고사하고 이름조차 제대로 듣기 힘들 만큼 사람들로 붐볐다. 그렇게 정신없는 와중에 이들보다 젊은 연배의 남성에게 소피의 시선이 향한다. 그 남자는 소피의 테이블 주위에 몰려 있는 사람들과 섞이지 않고 겉돌듯 서 있다. 한 손에는 맥주를 들었고 다른 한 손은 남색 반바지 주머니에 넣고 있다. 짧게 깎은 갈색 머리카락에 하얀 셔츠 소매를 팔꿈치 바로 위까지 말아 올렸고, 맨발에 흰색 운동화를 신고 있다. 몸매가 근사하다. 외모도 출중해서 소피는 누가 누구인지 구별을 못 하는 크리스 어쩌고 하는 영화배우들 중 한 명을 닮았다.

그는 자신보다 연상인 여자와 이야기를 나누는 중이었다. 분위기를 보아하니 그는 그 여자를 잘 모르지만 어쨌든 매력적이고 정중하게 행동하려고 애쓰는 중인 것 같다. 그 순간 그 청년이 소피의 시선을 느끼기라도 한 것처럼 그녀가 있는 쪽으로 미묘하게 몸을 돌리자 소피는 얼른 시선을 돌렸다. 다시 그를 슬쩍 살펴보자 그와 대화를 나누던 여성이 몸을 돌려 다른 사람과 이야기를 시작하고 그 남자는 홀로 남겨져 있었다. 그가 맥주를 꿀꺽꿀꺽 마시다가 자신을 바라보는 소피를 보며 미소를 짓는다. "그레이 선생님의 파트너시겠군요." 그가 소피에게 다가오며 말을 건넸다.

"맞아요." 그녀가 활짝 웃으며 대답한다. "소피라고 해요. 만나서 반가워요."

그가 맥주병을 다른 손으로 바꿔 쥐더니 악수를 청한다. "만나서 반갑습니다. 저는 리엄이라고 해요. 이 학교에서 보조교사로 일하고 있어요. 특별한 도움이 필요한 학생들, 그러니까 난독증이나 통합운동장애 같은 증상이 있는 학생들을 돕고 있어요."

그의 말투는 매끄럽지만 어딘지 거친 글로스터 억양이 희미하게 느껴졌다.

"그거 정말 재미있겠어요."

리엄이 유난스럽게 고개를 끄덕인다. "네, 대단한 일이에요. 물론 이 일이 제가 꿈꾸는 목표나 야망 같은 건 아니고 임시직이긴 하지만, 지금으로서는 정말 만족스러워요."

"그렇군요. 그렇다면 당신의 인생 목표는 뭔가요?"

"아, 그거요." 그가 한 손을 목 뒤로 돌리더니 얼굴을 찡그렸다. "아직은 제대로 정하지 못했어요. 여전히 모색해봐야 할 것 같아요. 스물한 살인데 아직 열여섯 살처럼 철이 없죠. 독립도 못 했고요."

리엄이 변명투로 말하자 소피는 자신도 모르게 그의 용기를 북돋운다.

"그럴 리가요. 지금 일을 하고 있잖아요. 정말 중요한 일을. 요즘 당신 나이대의 젊은 남자들 다수보다 훨씬 대단한걸요."

"네." 그가 대답한다. "그럴지도 모르죠." 그리고 이렇게 덧붙인다. "그나저나 메이폴 하우스에 대해 어떻게 생각하세요?"

소피가 주위를 둘러보며 고개를 끄덕인다. "마음에 들어요. 지금까지 내가 지낸 곳과는 달라요. 나는 런던 토박이거든요. 그곳에서 나고 자랐어요. 지금까지 런던 이외의 장소에서 살아본 적이 없어요. 그래서 시골에서 생활하게 된 게 조금 충격이에요."

"어, 여기는 시골이 아니에요." 리엄이 말한다. "전혀 아니에요. 제 말을 믿으세요. 저희 집은 글로체스터셔에서 소를 키우는 농장을 하는데, 그런 곳이 바로 시골이죠. 이곳은 도시에서 살고 싶어 하지 않는 사람들이 사는 조용하고 아늑한 동네일 뿐이죠."

소피가 미소를 짓는다. "그 말이 맞겠네요." 그러고는 묻는다. "이곳에서 아이들을 가르친 지 얼마나 됐어요?"

"음." 그가 부끄러운 듯 웃는다. "믿지 않으셔도 상관없는데, 사실 여기 학생이었어요. 제가 열여섯 살 때 부모님이 GSCE 시험을 준비하라고 이 학교에 입학시켜 주셨어요. 그때 다니던 학교에서 공부에 집중하지 않고 다른 일에 너무 빠져들었거든요. 그런데 이 학교가 마음에 들더라고요. 그래서 A 레벨 시험공부를 하려고 남았죠. 그런데 전부 떨어지는 바람에 재수를 했는데 또 떨어졌어요. 삼수를 했고 그러다 보니 어느새." 그는 마음속으로 햇수를 세는지 눈을 가늘게 뜬다. "얼추 4년 넘게 이곳 학생이었어요. 아마 메이폴 역사상 최고 기록일 거예요. 여기 학생들은 기껏해야 2년을 넘기지 않거든요. 이제는 나를 내보낼 수가 없죠."

그가 웃자 소피도 따라 웃었다.

이윽고 그녀가 물었다. "그러면 이곳이나 이곳 역사에 대해 잘 알겠네요?"

"메이폴 하우스에 대해서라면 세계적인 전문가죠."

"그럼 손이 궁금한 게 생기면 당신에게 이야기하면 되나요?"

"네, 그러면 될 거예요. 제 쪽으로 교장 선생님을 보내시면 제가 책임지고 해결해드리죠."

"그러면 작년 여름에도 여기에 있었겠네요." 소피가 조심스럽게 이야기를 꺼낸다. "그 십 대들이 실종됐을 때 말이에요."

리엄의 얼굴에 그림자가 설핏 지나갔다. "네. 그때 여기에 있었어요. 그뿐만 아니라 그곳에도 있었죠."

소피가 되묻는다. "그곳?"

"그 저택요. 그 아이들이 실종된 밤에 마지막으로 목격된 곳이요. 저는 그 집에 사는 여학생인 스칼렛과 친구였어요. 저는 아무것도 못 봤고 아무것도 몰랐지만, 그때는 정말 충격이었어요. 충격적인 날들이었죠." 그는 재빨리 대화의 방향을 바꾼다. "그러면 당신은요? 무슨 일을 하시죠? 런던에서 사셨다면 직장을 관두셔야 했나요? 아니면……."

소피가 고개를 가로저었다. "아뇨. 나도 한때는 당신처럼 보조강사 일을 했었어요. 런던의 초등학교에서요. 그런데 지금은 말하자면 자영업자예요. 집에서도 일할 수 있죠. 그런 점에서 보면 내 생활은 크게 달라진 점이 없어요. 정말 솔직하게 털어놓자면, 정해진 규칙 같은 게 있는 삶으로는 도저히 돌아가지 못하게 됐어요. 계속 뭔가에 정신을 빼앗기거든요." 소피는 가볍게 웃지만 실은 메이폴 하우스에 온 지 일주일이 다 돼 가는데도 어째서 최신작을 단 한 글자도 쓰지 못하는지 슬슬 걱정이 몰려온다. 파일을 열고 뭔가를 쓰려고 할 때마다 그녀는 무심코 탈룰라 머레이와 다크 플레이스, 스칼렛 자크, 공원 맞은편의 장미 관목, 킴 녹스의 양쪽 팔 안쪽에 새겨진 분홍색 아기 발바닥 문신, 화장대 서랍 깊숙한 곳에 숨겨 놓은 지저분한 검은색 상자에 든 약혼반지를 떠올린다. 우편물을 몰래 훔쳐본 후 인터넷에 검색해본 마틴 자크를 떠올린다. 그러면 인터넷에서 본 키가 크고 초췌하며 은빛 앞머리는 점점 숱이 줄어들고 표정은 엄격해 보이는 남자가 떠오른다. 링크드인에 실린 소개글을 보니 그는 건지섬에 본부를 둔 헤지펀드의 CEO로, 구글에서 검색한 다른 기사를 보니 지금은 두바이에서 혼자 지내고 있다.

따로 사는 아내나 장성한 자녀에 대한 기사는 인터넷을 아무리 찾아도 나오지 않았다. 하지만 부부가 따로 살고 있다는 사실을 알고 난 후 소피는 다크 플레이스가 그렇게 버려져 쇠락해가는 이유가 이해됐다.

"어." 리엄이 말문을 연다. "일단 학교가 학기 일정을 시작하면 저절로 적응되실 거예요."

소피가 고마운 듯 미소를 짓는다. "그 문제를 그렇게 생각해보니 훨씬 낫네요. 고마워요. 정말 현명하네요."

그때 리엄의 어깨 너머로 숀이 나타났다. 소피는 명백하게 대비되는 두 남자를 보며 잠시 충격을 받는다. 두 사람을 가르는 20년의 시간이 느껴진다. 숀은 미남에 카리스마까지 뿜어내고 있지만 리엄의 아버지 나이뻘로 보인다.

"만나서 반갑네." 그가 리엄에게 한 손을 내밀며 말을 건다. "리엄 맞지?"

"네, 맞습니다. 다시 만나서 반갑습니다."

두 사람은 이미 만난 적이 있다는 사실을 확인한다. 어느새 둘의 대화는 그들에게 다가온 사람들과 새로운 대화 주제로 흘러갔다. 소피는 이내 리엄과 더 이야기할 기회를 잡지 못한다. 그는 다른 사람들과 이야기에 빠져 있었다. 정신을 차려보니 혼자가 된 소피는 풀밭을 가로질러 천막에 설치된 바로 갔다. 두 번째 포도주잔을 들고 천막 밖으로 다시 나가 보니 풀밭 반대편에서 피터 두디, 케리앤 멀리건과 한창 이야기를 나누는 숀의 머리가 보인다.

리엄은 풀밭을 가로질러 메인홀로 발걸음을 옮기는 중이다. 소피는 충동적으로 그를 따라가 보기로 했다. 그는 홀을 지나 반대편 문으로 나가더니 건물 뒤쪽 뜰을 지나 기숙사로 걸어간다. 소피는 그가 도어록에 비밀번호를 치고 건물 안으로 사라지는 모습을 내내 지켜봤다. 그녀는 뒤뜰 벤치에 앉아 떠들썩한 파티장으로 돌아가기 전 혼자만의 순간을 기꺼이 만끽했다. 저녁 햇살이 가느다란 띠 같은 보라색 구름 사이로 쏟아진다. 그녀는 눈을 감고 저 멀리서 들리는 사람들의 말소리와 웃음소리에 귀를 기울인 채 쏟아지는 햇살을 향해 고개를 든다.

소피는 잠시 후 혼자라는 사실에 살짝 오싹함을 느끼며 눈을 떴다. 바로 그때 주거동 3층 발코니의 난간 위로 툭 튀어나온 햇볕에 탄 발과 페이퍼백의 가장자리, 테이블에 올려둔 차가운 맥주가 눈에 들어온다.

리엄이다.

소피는 아주 잠깐 그의 방으로 올라가 차가운 맥주를 함께 마시며 그날 밤 다크 플레이스에서 실제로 무슨 일이 일어났다고 생각하는지 물어보면 어떨지 망설인다.

하지만 금세 고개를 살짝 흔들고는 건물을 통과해 파티로 되돌아간다.

　　　　　　　　　　　　　　　　다크 플레이스의 비밀

제17장

2017년 1월

잭은 새해 전야를 탈룰라와 함께 보낸 후 그대로 눌러앉았다. 엿새 후 탈룰라가 대학에 첫 등교를 하는 날 일어나 보니 침대에 그녀의 아기와 그 아기 아빠가 누워 있었다. 그녀와 잭은 새해 전야 이후로 한 번도 섹스를 하지 않았다. 하지만 밤이면 소파에 나란히 앉아 있고, 헤어지고 만날 때 입을 맞추고 포옹을 하고 서로의 몸을 만진다.

엄마는 그 상황을 기쁘게 받아들였다. 탈룰라는 아내가 자신을 필요로 하는 바로 그 순간에 조금의 망설임도 없이 아내와 아이들을 두고 제 엄마 집으로 도망쳐버린 남자와 결혼했다는 사실에 엄마가 늘 죄책감을 느끼고 있다는 걸 잘 안다. 탈룰라와 잭이 제대로 된 가족을 일구어갈 것이며, 잭 덕분에 탈룰라가 싱글맘으로 짊어져야 할 짐을 던다는 걸 엄마가 기뻐한다는 사실도 안다.

탈룰라는 개강하는 날 엄마에게 잘 다녀오겠다며 입을 맞춘다. 앞뜰에서 고개를 들어보니 그녀의 방 창문에 잭과 노아가 보였다. 잭이 노아의 작은 손을 들어 대신 흔들어준다. 잭의 입모양을 보니 '잘 다녀와 엄마, 바이바이 엄마.'인 듯했다. 그녀는 두 사람에게 손

키스를 보내고 돌아서서 걷는다.

탈룰라는 버스 정류장에만 가면 자신도 모르게 스칼렛이 있는지 두리번거렸다. 그날 이후 스칼렛은 다시는 버스 정류장에 나타나지 않았고, 탈룰라는 크리스마스 파티 이후로 그녀와 한 번도 이야기를 나누지 못했다. 하지만 무슨 영문인지 스칼렛은 탈룰라의 정신에 뚜렷한 흔적을 남겼다. 탈룰라는 막간극 같은 둘의 관계가 중요하다고 느껴진다. 그래서인지 일종의 결말을 의미할 제3막이 조만간 펼쳐질 것 같은 예감이 자꾸만 들었다. 버스가 도착하자 공원 맞은편에 있는 메이폴 하우스를 마지막으로 힐끔 본다. 그녀는 한숨을 쉬고 버스에 오른다.

그날 점심을 먹은 후 탈룰라는 미대 건물에 가보기로 했다. 그곳에는 지금껏 한 번도 발을 들여놓은 적이 없다. 캠퍼스 중앙에 서 있는 야트막한 사각형의 미대 건물은 좀 흉하게 생겼다. 복도로 들어가자 자화상이 줄줄이 걸려 있다. 끝까지 가보니 '1학년 미술'이라고 적힌 문이 나와 창문으로 안을 살짝 훔쳐봤다. 방은 비어 있지만 문이 잠겨 있다. 탈룰라는 더 많은 작품이 걸려 있는 복도를 돌아다니다가 마침내 '스칼렛 자크 1학년'이라는 이름표가 붙은 그림을 발견했다.

그녀는 스칼렛의 자화상 앞에 우뚝 멈춰 선다. 그 그림 속에서 스칼렛은 배꼽이 드러날 정도로 짧은 티셔츠에 헐렁한 반바지를 입고 붉은 벨벳으로 마감한 거대한 왕좌 같은 의자에 앉아 있었다. 뒤로 빗어 넘긴 머리에 티아라를 비스듬하게 쓰고는 목이 긴 운동화를 신었다. 귀에는 링 귀고리가 달랑거리고 손목에는 고무 밴드를 몇 개나 겹쳐 찼다. 발치에는 덩치가 스칼렛만한 거대한 갈색 개가 앉아 있는데 이 개도 왕관을 쓰고 있다. 두 피사체는 관람객을 정면으로 응시한다. 개는 자신만만해 보이고 스칼렛은 도전적인 느낌이다.

보는 이의 시선을 단숨에 사로잡는 그림이었다. 처음에는 스칼렛이 주목을 끌지만 이내 그림에 그려진 모든 화재畵材로 시선이 향한다. 바닥에 한 무더기로 쌓여 있는 은색과 크림색 충전기가 빛을 반사하고, 뒤쪽에 난 작은 창문은 그녀를 관찰하는 누군가의 존재를 짐작하게 한다. 테이블 위에는 총 한 자루와 애플 휴대전화, 아직도 펄떡거리며 뛰는 것처럼 보이는 붉은 심장이 담긴 접시가 있다. 다른 테이블에는 한 조각을 덜어낸 케이크가 놓여 있고, 그 케이크를 자른 칼엔 피가 한 방울 떨어져 있다.

탈룰라는 그림이 의미하는 바가 뭔지 전혀 모르겠지만 그림 자체는 아름답다고 느꼈다. 모든 사물이 탈색된 것처럼 다양한 색조로 변조된 분홍색과 녹색, 희미한 회색으로 길게 칼로 베듯 붓을 놀리는 방식으로 채색돼 있고, 흩뿌리듯 붉은 점이 가미돼 있다. 그녀는 소리를 죽여 '와우' 하고 감탄한다.

"대단하지, 그렇지?"

뒤에서 들린 목소리에 탈룰라가 얼른 뒤를 돌아봤다. 말을 건 사람은 이름은 잘 기억나지 않지만 스칼렛과 늘 어울리는 무리 중 한 명이다.

"응. 사실 스칼렛의 작품은 한 번도 본 적 없는데, 이 그림은 정말 대단한 것 같아."

"그 애가 떠난 건 아니?"

탈룰라가 눈을 깜박인다. 느닷없이 배가 꽉 죄어 오는 것 같다. "뭐라고?"

"스카는 떠났어. 돌아오지 않을 거야." 스칼렛이 터져 버린 물방울이라도 되듯, 여학생이 입으로 공기가 펑펑 터지는 소리를 냈다.

"대체 왜?"

"아무도 몰라. 계속 문자를 보내는데 돌아갈 수 있게 되면 돌아간다는 말만 해. 물론 정말로 말을 한다는 게 아니라……."

탈룰라가 그림으로 다시 몸을 돌린다. "이런 재능을 낭비하다니."

"맞아." 여학생이 맞장구를 쳤다. "스카는 정말 멍청이야. 이런 작품이며 그 재능을 다 놔두고 그냥 사라져버리다니. 하지만 원래 그래. 그게 스카야. 담요에 꽁꽁 싸여 있는 수수께끼." 여학생이 미소 짓는다. "버스에서 만난 탈룰라지, 그렇지?"

탈룰라가 고개를 끄덕였다.

"나는 미미야. 크리스마스 파티에서 봤잖아."

"오, 맞아. 안녕."

미미가 탈룰라를 향해 고개를 살짝 기울이더니 말한다. "너도 미대생이니?"

탈룰라가 고개를 저었다. "아니야, 그냥 그림 한 번 보러 온 거야. 누가 그러는데 정말 근사하다고 해서."

미미는 잠시 호기심이 든다는 표정으로 그녀를 쳐다봤다. 그러더니 발을 가지런히 모으고 똑바로 서서 말한다. "어쨌든 이제 가봐야겠어. 혹시 이 근방에서 스칼렛을 보거든 머저리 같은 짓 그만하고 연락하라고 전해줘. 알겠지?"

탈룰라가 미소를 짓는다. "그럴게. 약속해."

그 일 이후 탈룰라는 집을 나설 때마다 스칼렛의 모습이 보이지 않는지 눈으로 찾게 됐다. 스칼렛의 남자친구인 리엄이 메이폴 하우스의 학생이니 때때로 이 마을에 들를 가능성이 적지는 않다고 생각했다. 가끔 탈룰라는 휴대전화에 저장된 사진들 속에서 스칼렛과 함께 찍은 사진을 찾아본다. 그리고 스칼렛의 관심이라는 붉고 뜨거운 광채를 받았던 그때 자신이 어떤 사람이었는지 다시 느껴보려고 한다. 가끔은 구글에서 스칼렛의 이름을 찾아보기도 한다. 혹시 그녀가 신문기사에 등장하는 일이 있을지도 모르니까 말이다. 탈룰라는 스칼렛이 어디에 사는지도 모른다. 그저 마을에서 걸어서 통학할 수 있을 만한 거리에 산다고 짐작할 뿐이다. 그렇다면 그곳은 어디라도 가능했다. 업필드 커먼 근처에는 작은 마을이 적어도 세 곳이나 되고, 그 마을들을 잇는 도로에서 스칼렛이 살 것이라 짐작되는 저택으로 난 개인 진입도로들이 갈라져 나오니 말이다.

그러던 1월의 마지막 주 어느 날, 탈룰라는 드디어 마을 번화가에 있는 협동조합 마트 밖에 세워둔 스마트 카 조수석에서 내리는 스칼렛을 목격했다.

그녀는 안에 잠옷처럼 보이는 옷을 입고 인조 모피코트를 걸치고 있었다. 머리는 제멋대로 자라 있고 털이 보송보송한 양말에 낡은 운동화를 신고 있다. 운전석에는 젊은 남자가 한 명 앉아 있다. 차에서는 둔탁하게 쿵쿵거리는 음악 소리가 흘러나온다. 잠시 후 스칼렛이 산 물건을 담은 가방을 들고 나오더니 타고 온 차에 올라탄다. 운전석의 남자는 스칼렛을 흘낏 보더니 휴대전화를 끄고 맨턴으로 난 길로 차를 몰고 간다.

탈룰라는 가만히 서서 멀어지는 자동차를 보고 있다. 그러면 그 차의 목적지를 알 수 있기라도 한 것처럼. 그때 뭔가가 떠오른다. 며칠 전 엄마가 초등학교 시절 탈룰라와 가장 친했던 친구 중 한 명 인 케지아가 협동조합 마트에서 일하더라는 이야기를 했다. 케지아 를 못 만난 지도 몇 달이었다. 마지막으로 만났을 때는 탈룰라의 배 가 슬슬 불러올 즈음이었는데, 케지아는 그녀의 배에 손을 얹더니 그 배가 너무 무시무시해서 기절할 것 같다고 했다.

탈룰라가 마트로 들어가니 정말 케지아가 계산대 뒤에 있다. 친 구를 보자 케지아의 얼굴이 밝아진다. "룰라! 그동안 어디 숨어 있 었던 거니?"

탈룰라가 어깨를 으쓱하며 미소를 지으며 답한다. "요즘은 대형 마트에 주로 가. 차로. 기저귀며 분유며 짐이 많아서 그게 더 편하 거든."

케지아가 친구를 보며 따뜻하게 미소를 짓는다. "아기는 어때?"

"노아는 잘 크고 있어."

"온 집안을 돌아다니겠구나."

"아직은 아니야. 지금은 너무 어려서 못 해. 어쨌든 포동포동하게 살이 올라서 쑥쑥 자라고 있어. 꼭 작은 부처님 같아."

"지금 네 엄마랑 집에 있니?"

"응, 맞아. 엄마. 그리고 잭."

"어." 케지아가 말한다. "나는 너희가……?"

"그래, 그랬어. 그러다가 다시 합쳤어. 새해 즈음에."

케지아가 친구를 보며 환하게 웃는다. "그거 잘됐다! 정말 다행이야. 너희는 천생연분이잖아."

탈룰라가 어색하게 웃는다. "노아에게 잘된 일이지. 애를 키울 사람이 한 명 더 생긴 것도 좋고. 알잖아."

"너 좀 달라진 것 같아."

"내가?"

"응, 뭐랄까 말은 잘 못 하겠지만 어른이 된 것 같아. 얼굴도 예뻐지고."

"고마워."

"우리 저녁에 만나서 한번 놀자. 나랑 다른 여자애들이랑."

"그래. 나도 그러고 싶어." 하지만 정말 그러고 싶은지 탈룰라는 잘 모르겠다. 그녀는 초등학교 친구들과 연락이 끊긴 이유가 있다고 늘 생각했지만, 그게 뭔지는 짐작할 수가 없었다. 다만 무의식 깊숙한 곳에 도사리고 있는 뭔가, 이제 와서 그 애들을 다시 볼 생각을 하는 것만으로도 낯선 기분을 들게 하는 뭔가라고만 짐작할 뿐이다.

"물어볼 게 있는데." 탈룰라가 말문을 연다. "방금 잠옷 입고 온 여자애가 있었잖아. 그 애가 누군지 알아?"

"그 재수 없는 애 말이니?"

탈룰라는 다른 사람이 스칼렛을 보는 방식에 맞춰 그녀를 보는 척하려고 신경을 쓰면서 고개를 살짝 흔든다. "그래. 모피코트 입은 애."

"다크 플레이스에 사는 여자애잖아."

"다크 플레이스?"

"그래. 너도 알지? 업플레이 폴드에 있는 오래된 저택."

탈룰라가 고개를 흔든다.

"알 거야. 그 집은 이 지역에서 제일 큰 저택이거든."

탈룰라가 다시 고개를 흔들며 묻는다. "그 애가 뭘 사 갔어?"

케지아가 콧방귀를 살짝 뀐다. "그건 왜 물어보는데?"

"몰라. 학교에서 그 애를 봤는데 소리 소문 없이 사라졌지 뭐야. 왜 행방을 감췄는지 아무도 몰라. 그래서 호기심에 물어봤어."

"럼주랑 말아서 피우는 담배, 탐폰을 사 갔어. 정말 재수 없다니까."

"무슨 말은 안 했어?"

"농담해? '그 여자애' 같은 인간이 협동조합 마트 계산대에 있는 여자애랑 이야기를 하겠니?" 케지아가 쯧 하고 혀를 찬다. 그녀의 시선이 친구 뒤에 서서 순서를 기다리는 손님에게 향한다. "이제 가 봐. 아기에게 사랑한다고 전해줘. 다음에 꼭 데리고 와. 나도 보고 싶으니까. 알았지?"

탈룰라가 미소를 짓는다. "알았어. 그렇게 할게."

탈룰라는 천천히 집으로 발걸음을 옮기며 휴대전화로 다크 플레이스를 검색한다. 위키피디아 페이지에는 마치 동화나 유령 이야기에 나올 법한 저택이 나온다. 글을 훑어 내리며 커피 농장과 스페인 독감, 암살 시도, 까마귀에 눈이 파 먹힌 사람에 관한 이야기를 읽는다. 그녀는 왜 그 저택이 유명하지 않은지, 왜 대중에겐 개방하지 않는지 궁금하다. 어떻게 그런 저택이 한 가족의 집이 될 수 있는지, 방금 스칼렛이 담배와 술, 탐폰을 사서 돌아가는 집이 될 수 있는지 궁금할 따름이다.

다크 플레이스의 비밀

별안간 호기심이 탈룰라를 집어삼킨다. 그녀는 배낭에서 학교 수첩을 꺼내 마지막 페이지를 찾아 손가락으로 짚어가며 연락처 목록을 확인한다. 마침내 그녀의 손가락이 스칼렛의 이름에 멎는다. 그녀는 마음이 바뀌기 전에 이메일을 쓴다.

안녕 스칼렛, 버스에서 만난 탈룰라야. 잘 지내는지 궁금해서. 별일 없기를 바라. 또 보자, 잘 지내.

탈룰라는 마음이 바뀌기 전에 얼른 메일을 보내고 수첩을 가방에 집어넣은 후 아기가 기다리는 집으로 간다.

제18장

2017년 6월

킴은 맥코이 경위에게 월요일 아침 8시에 전화를 건다. 몇 번 신호가 간 뒤 그가 전화를 받는다.

"맥코이 경위입니다."

"어, 안녕하세요. 이렇게 이른 시간에 전화해서 죄송해요. 저는 킴 녹스에요. 업필드 커먼에 사는. 제 딸 탈룰라 머레이의 행방에 대해 새 소식이 있는지 궁금해서요."

"아, 네. 안녕하세요, 킴." 서류를 넘기는 듯한 소리가 들린다. "죄송합니다. 지금은 알려드릴 만한 소식이 없는 것 같습니다. 업플레이 폴드에 있는 집으로 가서 그 가족과 면담을 했습니다. 하지만 결과라고 할 만한 단서는 없었습니다. 지금 마을로 가는 중입니다. 경관 두 명이 펍에 찾아갈 예정이고요. 어." 다시 서류를 뒤적이는 소리가 들린다. "스완 앤드 덕스요. 거기서 혹시 단서가 될 만한 게 없는지 지배인과 만나 이야기해볼 겁니다."

"그러면 숲은요? 숲으로 인원을 파견하실 건가요? 아시다시피 숲 어딘가에 있을 가능성도 여전히 있잖아요. 택시를 못 잡아서 걸어서 돌아가기로 했고, 그러다…… 오래된 우물 같은 데 빠졌을 수도 있잖아요." 킴이 숨을 들이쉰다. 지금 하려는 말을 입 밖으로 꺼내기 위해 용기를 내야 한다는 사실을 견디기가 힘들다. 하지만 해야 한다. 왜냐하면, 가능성이 있으니까. 중요하니까. "어쩌면 싸웠을지도 몰라요." 일단 운을 떼자 말이 마구 쏟아져 나온다. "스칼렛의 친구인 미미에게 들었어요. 두 사람이 다투는 모습을 봤다고 했어요. 스칼렛의 집에서요. 잭이 탈룰라에게 완력을 쓰는 듯했대요. 제 딸의 손목을 세게 잡았다고요."

맥코이 경위가 그대로 미동도 하지 않는다는 걸 킴은 소리로 알아챈다. "알겠습니다. 그렇다면 폭력을 사용한 측면이 있었다는 거죠? 둘 사이에 그런 일이 벌어졌다는 증거가 많이 있었습니까? 집에서 두 사람을 지켜보실 때는 어땠나요? 토요일에 이야기할 때는 두 사람이 사랑에 빠진 비둘기 같다는 느낌을 받았거든요."

또 나왔다. '사랑에 빠진 비둘기.' 펍의 닉도 두 사람을 설명하며 똑같은 표현을 썼다.

킴이 한숨을 쉰다. "네. 문제는 잭만 그렇다는 거예요. 잭은 사랑에 빠진 비둘기죠. 낭만적이고요. 그런데 탈룰라는 그런 걸 억지로 견디는 것 같다는 인상을 가끔 받았어요. 되도록 혼자 있고 싶어 한다는 느낌 말이에요. 하지만 폭력은 없었어요. 저는 둘 사이에서 누가 폭력을 행사하는 모습은 본 적 없어요."

"닫힌 방에서 다투는 소리를 들은 적도요?"

"없어요. 그런 일은 전혀 없었어요. 사실 잭이 욱하는 성격이기는 해요. 하지만 탈룰라에게는 절대 그러지 않아요. 자기 아들에게도 마찬가지고요."

"그렇다면." 맥코이 경위가 말을 시작하자 의자가 삐걱거리는 소리가 들린다. "탈룰라의 친구가 금요일 밤에 목격했다는 두 사람의 다툼은 왜 일어났다고 생각하십니까?"

킴은 어느새 잭의 재킷 주머니에 들어있던 약혼반지와, 잭이 탈룰라에게 청혼할 작정이라고 라이언에게 털어놨다는 대화를 떠올린다. 그 이야기는 왠지 낯선 사람에게 털어놓기에는 너무 사적인 것처럼 느껴진다. 허락도 없이 잭의 속마음을 슬쩍 발설하는 것만 같다. 하지만 형사에게는 말해야 한다. 이 이야기가 모든 의문을 풀 열쇠일지도 모른다는 느낌을 무시할 수가 없다.

"며칠 전에." 킴은 우물쭈물하며 이야기를 시작한다. "잭의 재킷 주머니에서 뭔가를 봤어요. 반지요. 약혼반지 같더군요. 금에 다이아몬드가 박혔더라고요. 내 아들인 라이언 말로는 잭이 탈룰라에게 청혼할 거라고 빙빙 둘러서 말한 적이 있대요. 어제 스완 앤드 덕스의 바텐더와 이야기를 했는데, 그 사람이 잭과 탈룰라가 그날 밤 스칼렛과 그 애의 친구들과 어울리기 전에 샴페인을 마시고 있었대요. 어쩌면 잭이 청혼했을지 몰라요. 그리고 탈룰라는 아마도……" 그녀는 침을 꿀꺽 삼키며 입을 다문다. "거절했을 수도 있어요."

맥코이 경위가 잠시 잠자코 있다가 마침내 말문을 연다. "그러니까 부인은 잭이 그 대답에 부정적으로 반응했을 수도 있다고 생각하시는 거군요."

"모르겠어요……. 나도 내가 무슨 생각을 하는지 잘 모르겠어요. 하지만 가능하잖아요. 두 사람이 스칼렛의 집에서 돌아오는 길에 말다툼을 시작했고, 잭이 심하게 화를 냈어요……. 그러다가 무슨 일이 벌어지는 바람에 잭은 지금 어딘가에 숨어 있는 거죠. 그냥 그럴 수도 있다는 거예요."

하지만 일단 입 밖으로 꺼내고 나니 그 가설은 단순한 가능성이 아니라 확실히 있을 법한 일이 된다. 그런 말도 있지 않은가? '언제나 남편이 문제다.'

"알겠습니다." 맥코이 경위가 말한다. "이 정도면 수색대를 꾸릴 근거는 충분히 모인 것 같군요. 제게 맡겨주십시오, 녹스 부인."

"부인이 아니에요."

"죄송합니다. 제게 맡겨두세요. 그리고 수색 일시가 정해지면 연락드리겠습니다."

"우리가 벌써 찾아봤어요. 토요일에 우리끼리요. 숲에서. 근데 우리는 아무것도 못 찾았어요. 아무것도요. 하지만 적어도 우리는 아무것도 건드리지 않았고, 엉망으로 뒤섞어놓은 것도 없어요. 그러니까……"

"괜찮습니다." 맥코이 경위가 킴의 말을 끊는다. "괜찮을 겁니다. 어쨌든요. 세부사항이 결정되면 최대한 빨리 연락드리겠습니다. 그리고 잭의 가족과 면담을 하고 싶은데요. 혹시 전화번호나 주소 아십니까?"

"네, 그럼요." 킴이 메그의 주소를 곧장 알려주더니 이렇게 덧붙인다. "그 가족에게는 아무것도 말하지 말아주세요, 네? 아까 제가 말한 거요. 잭에 관한 이야기. 뭐랄까, 우리는 함께 손자를 키우고 있잖아요. 그러니까 우리 사이에 불화가 생기면 엄청나게 힘들어질 거예요. 아마도……"

형사가 다시 말허리를 자른다. "절대 말하지 않겠습니다. 그 점은 걱정하지 않으셔도 됩니다. 신중하게 처리할 겁니다."

"고맙습니다. 정말 고맙습니다."

킴은 통화를 끝내며 노아를 바라본다. 아이는 제 의자에 앉아 식판에 놓인 치리오스 시리얼을 우유 없이 먹고 있다. 아이가 할머니를 보며 환하게 웃는다.

"시요스." 아이가 고리처럼 생긴 시리얼을 가리키며 의기양양하게 눈을 반짝이며 말한다. "시요스."

킴이 눈을 감는다.

"그래!" 킴은 기운을 내며 말한다. "그래! 치리오스! 잘했어! 똑똑하네! 우리 아기 정말 똑똑해!"

그녀는 목이 메어서 얼른 고개를 돌린다.

노아가 태어나 두 번째로 말한 단어. 그리고 탈룰라는 노아의 말을 두 번 모두 놓치고 말았다.

그날 점심, 업플레이 폴드에서부터 숲 수색이 시작된다. 숲을 수색해달라고 한 건 킴이었지만, 막상 일이 닥치니 두려움이 몰려왔다. 수많은 시간 동안 내내 혼자 있다가 갑자기 모여든 사람들의 폭발할 듯한 에너지와 맞닥뜨리니 당황스럽다.

숲으로 다가가니 가장자리에 서 있는 메그와 사이먼이 보였다. 킴은 메그의 고집스러운 얼굴 위로 두려움 같은 게 스치는 걸 봤다. 메그가 남편에게 무슨 말을 하자 그가 고개를 든다.

"이건 너무 심하잖아요." 킴이 다가가자 메그가 말했다. "그러니까 애들이 아직도 집에 오지 않은 건 나도 이상하다고 생각해요. 이해해요. 하지만 그래도 이건……." 그녀는 눈에 잘 띄는 형광 복장을 착용하고 수색견까지 동원한 경찰 수색대를 설명하기 위해 호를 그리듯 두 팔을 활짝 벌린다. "이건 좀 너무 수선을 피우는 거 아니에요?"

킴은 우물쭈물한다. 그녀도 무슨 말을 해야 할지 모르겠다.

"그 사람들이 이야기하러 왔었나요?" 킴이 마침내 묻는다. "경찰 말이에요."

"네. 어처구니가 없어서 원. 어찌나 오래 있는지. 잭에 대해서 미주알고주알 캐물었어요. 어릴 때 어땠느냐, 학교생활은 어떻게 했느냐, 무슨 일을 하느냐. 애초에 왜 그런 질문을 하는 거예요? 마치 그 애가 무슨 나쁜 짓이라도 저지른 것 같잖아요."

메그는 깊은 생각 없이 떠들어대는 것 같지만, 강한 반감 같은 게 언뜻 비쳤다.

라이언은 노아와 함께 집에 있다. 당장은 경찰이 가족에게 수색에 참여하지 말라고 당부했다. 그래서 지금 거기 있는 건 킴과 메그와 사이먼뿐이다. 반면 형사들은 몇 미터 떨어진 곳에서 무리를 지어 어슬렁거리고, 수색팀과 수색견들은 숲을 향해 대열을 맞춰 서 있다.

오늘은 날이 다시 따뜻하다. 하지만 킴은 왠지 눅눅하고 불안한 느낌이 들었다.

"얼마나 걸릴 것 같아요?" 메그가 사복을 입은 형사에게 다가가 퉁명스럽게 물어본다. 그 질문에 맥코이 경위가 고개를 돌리더니 동료들을 슬쩍 본 후 그들에게 다가왔다.

"지금은 알 길이 없습니다. 다행히도 여름이라 낮이 우리 편이죠. 그래서 어두워질 때까진 계속 수색할 수 있습니다. 우리가 무엇을 찾는지에 달렸죠. 팀 하나를 자크 씨의 사유지 쪽에서부터 수색하도록 보낼 겁니다. 실종자들이 그쪽에서 왔다고 가정해서요. 나머지 한 팀은 이쪽 입구에서 수색해 들어갈 겁니다." 그가 숲으로 들어가는 공식적인 입구인 층계형 목재 입구를 가리킨다. "실종자들이 자크 씨의 사유지를 떠난 후에 숲으로 들어가기로 했을 경우를 대비해서요. 이렇게 두 팀으로 나뉘어서 최대한 넓은 면적을 수색하기 위해 숲으로 깊이 들어가도록 뿔뿔이 흩어질 겁니다."

"그러면 정확히 뭘 수색하는 거죠?" 메그가 뾰족한 목소리로 물었다.

"여러분의 자제분들이죠, 앨리스터 부인. 우리는 여러분의 아이들을 찾고 있습니다."

"그 애들이 이 숲에 있을 리가 없어요. 킴이 벌써 찾아봤다고요. 뭔가 있었으면 그때 찾아냈겠죠."

"저희는 두 분의 자녀들이 그곳에 '있었다'는 증거를 찾으려는 겁니다. 그들이 그곳에 있었고 무슨 불상사가 생겼다는 증거요. 그러면 그 증거들을 조합해서 금요일 밤에 무슨 일이 있었고 지금 두 사람이 어디에 있을지 종합적인 그림을 그려볼 수 있으니까요."

"그럴 거면 택시 회사에 가서 거기 사람들과 다시 이야기해보는 게 더 낫지 않아요? 내 생각엔, 그 사람들은 근무 시간 중 반은 배차기록을 제대로 하지도 않을 거예요. 맨턴에서 택시 회사를 하는 여자는 말 그대로 근무 시간 중 반은 아예 책상에 얼굴을 박은 채로 잔다고요. 내가 봤어요. 그 여자는 직업이 너무 많아서 제대로 침대에서 자지도 못해요. 그 여자랑 다시 이야기하세요. 그 여자라면 애들한테 택시를 배차해놓고 깜박해서 기록을 안 했을 수도 있으니까요."

맥코이 경위가 참을성 있게 메그에게 미소를 지었다. "캐럴 도드

　　　　　　　　　　　　다크 플레이스의 비밀

씨를 말씀하시는 거죠? 택시스 퍼스트사의? 네, 우리는 그분과 두 번이나 면담했습니다. 그분은 금요일 야간에는 근무하지 않았어요. 몸이 좋지 않아서 남편분이 대신 근무했더군요. 그리고 예약이 들어오면 곧장 컴퓨터에 기록이 된다고 합니다. 그러니까 그 컴퓨터 시스템을 거치지 않고 차를 배차할 수는 없습니다."

"컴퓨터를 아시는군요. 던질 수 있는 물건이라면 신뢰할 수가 없죠."

"그러면 여전히 두 사람이 택시를 탔다고 생각하십니까, 앨리스터 부인?"

"분명히 그랬을 거예요."

"그러면 그 택시는 두 사람을 태우고 어디로 갔을까요?"

"아직 아이들이잖아요." 메그가 언성을 높인다. "그걸 누가 알겠어요?"

맥코이 경위가 한숨을 꾹 참는다. "좌우지간, 우리는 곧 수색을 시작할 겁니다. 여기서 대기하시면서 수색 결과를 기다리셔도 되고, 수색이 끝난 후 마을에서 다시 만나실 수도 있습니다. 어느 쪽이 더 편하신가요?"

킴이 메그와 시선을 교환한다. 메그가 어깨를 으쓱한다. 그러자 킴이 대답했다. "음, 경찰이 이쪽에 있는 동안 나도 여기 있을게요. 두 수색팀이 점점 더 가까워지면 마을로 돌아가고요. 그러면 되겠죠?"

"물론이죠."

메그와 사이먼이 시선을 교환하더니 메그가 말한다. "알았어요. 우리는 업필드 커먼으로 돌아가서 그쪽 끝에서 기다릴게요. 어쩌면 덕스에 갈 수도 있고요. 거기서 봐요." 그녀가 갑자기 킴의 팔을 만지자 킴은 살짝 움찔했다. 잠시 후 메그와 사이먼은 차를 세워둔 도로로 돌아간다. 그들은 킴의 차 바로 앞 패싱 플레이스°에 주차했다.

킴은 메그와 사이먼의 차가 천천히 업필드 쪽으로 돌아가는 모습을 지켜본다. 메그가 조수석에서 천천히 손을 흔들자 킴도 마주 손을 흔들었다.

킴은 이 사태에 대한 메그의 반응에 소름이 끼쳤다. 도저히 이해가 되지 않았다. 대체로 부모들은 여자아이보다 남자아이에 대해 걱정을 덜 한다는 사실은 안다. 킴도 아들과 딸이 있고, 밤늦게 외출한다면 탈룰라보다 라이언이 덜 걱정될 것 같다. 그렇다고 해도 벌써 사흘이 지났고, 그만한 시간 동안 누군가 행방이 묘연하다면 기본적으로 걱정이 되는 건 당연한 일이다. 그런데 메그는 조금도 걱정을 하지 않는다. 순간 킴의 뇌리에 어떤 생각이 스친다. 메그가 그러는 건 뭔가를 알기 때문 아닐까? 자기 아들은 무사하지만, 모종의 이유로 그 사실을 아무에게도 말할 수 없는 건 아닐까. 하지만 아닐 것이다. 킴은 얼른 그 생각을 떨쳐낸다. 메그가 자기 아들이나 그의 실종에 책임이 있는 누군가를 보호하려고 거짓말을 하는 거라면 최소한 걱정을 하는 '척'이라도 할 것이다. 하지만 이번 수색에 대한 그녀의 반응은 너무나 솔직하고, 현실적이고, 무척이나 메그답다.

킴은 수색대와 수색견들이 마침내 숲으로 들어가는 모습을 지켜

° 좁은 도로에서 마주 오는 차가 지나가도록 잠시 비켜주는 공간.

본다. 사복형사들은 차량으로 돌아가기 전에 잠시 그곳에 머문다.

기묘할 정도로 조용했다. 잠시 후 차 한 대가 그 앞을 지나친다. 차에 탄 노년의 커플이 공원 가장자리에 줄지어 서 있는 경찰차들을 호기심 어린 눈빛으로 보더니 속도를 늦춘다.

"무슨 일입니까?" 남성 노인이 경관에게 묻는다.

"현지 경찰이 수사 중입니다." 경관이 대답한다.

"또 주거침입 사건인가요?" 여성 노인이 묻는다.

"아닙니다. 실종자를 수색 중입니다."

"이 근방에서요?" 남성 노인이 묻는다.

"아뇨, 이 근방은 아닙니다."

"다행이네." 여성 노인이 그러더니 말을 덧붙인다. "행운을 빌어요. 실종자를 꼭 찾기를 바랍니다." 그러더니 차를 몰고 간다.

휴대전화를 보니 오후 1시 45분이다. 킴은 라이언에게 문자를 보낸다.

'별일 없니?'

'없어요. 그쪽은요?'

'아직은 없어.' 그녀는 이렇게 답장한 후 웃는 얼굴과 하트 이모지를 더해서 아들을 안심시켰다.

시간이 무시무시할 정도로 천천히 흘렀다. 형사가 휴대전화를 귀에 대는 모습을 볼 때마다 피가 차갑게 식었다. 킴의 상상력은 열 개도 넘는 시나리오를 직조하고, 시나리오마다 잭이 어떤 식으로든 숲에서 딸의 목숨을 빼앗는 장면이 나왔다. 잭이 탈룰라를 땅바닥에 쓰러트려 꼼짝하지 못하게 누르면서 목을 조르는 모습이 보인다. 어디선가 칼을 꺼낸다. 칼은 어디서 구했을까. 스칼렛의 주방에서 하나 슬쩍했을 것이다. 미리 계획했겠지. 탈룰라의 뒤로 다가가 부드러운 목을 단칼에 베어버린다. 탈룰라의 피가 흙바닥에 흘러내려 끈적이는 검은 얼룩으로 변한다. 아니면 때리고 또 때려서 더는 때릴 것이 남지 않을 때까지 때렸을지도 모른다. 탈룰라의 아름다운 얼굴은 곤죽이 되고, 작은 주먹에 멍이 들고 피투성이가 된 채 숨을 헐떡이고 비틀거리며 숲을 빠져나갔을 것이다.

그리고 마침내 형사들 중 한 명이 수색원으로부터 전화를 받을 것이다. 얼굴에는 감정의 변화가 역력히 드러날 것이다. 그들이 킴의 차로 다가오면 킴은 창문을 내릴 것이다. 그러면 그들은 이렇게 말할 것이다. "뭔가를 찾았답니다." 그러면 킴은 알게 될 것이다. 자신의 사랑스러운 딸에게 무슨 일이 생겼는지 알게 될 것이다.

하지만 지금은 가만히 앉아서 밖으로 시선을 돌리고 상황을 지켜보며 기다린다.

다크 플레이스의 비밀

제19장

2018년 9월

드디어 새 학기 개학일이 메이폴 하우스에 찾아왔다. 물론 숀은 이미 며칠 전부터 근무를 시작했다. 하지만 소피는 이 화창한 수요일에 출근 준비를 하는 숀을 보고 있으니 어딘지 이날만의 새롭고 반짝이는 분위기가 감도는 것 같다.

첫날은 조례로 시작하므로, 숀은 며칠 전부터 개학일 연설문을 계속 작성했다. 그는 지난밤 사각팬티와 양말만 신은 채 침대 발치에 서서 소피를 앞에 두고 연설을 연습했다. 물론 그녀는 침대에 누워서 청중의 역할을 했다.

"훌륭해. 따스하고, 공감을 형성하고, 영감을 주는 연설이야."

"너무 짧지 않아?"

"안 그래. 완벽한 연설이야." 소피는 숀을 안심시킨다. "사람들이 등록일 파티에서 보여준 반응을 보면, 당신은 이미 모두에게 사랑받고 있어."

"그렇게 생각해?"

"애정이 눈에 보이는 것 같았어. 정말로."

사실이었다. 그녀는 그날 밤 숀이 가는 곳마다 그런 느낌을 받았다. 가는 곳마다 진정한 관심을 받는 느낌, 사람들이 그로 인해 고양되고, 그의 관심에 우쭐거리는 느낌 말이다. 조례를 열거나 연설을 하기도 전부터, 그가 그곳에 존재하는 것만으로도 곧 시작될 학기에 대해 그가 신바람을 불러일으킨다는 느낌 말이다.

이제 숀은 출근을 했고 소피는 혼자 있다. 집은 시원하고 고요하다. 식탁 위에는 노트북이 열려 있고, 소설은 스크린에서 깜박거리고 있다. 이메일 수신함은 당장 확인해야 할 업무상 이메일로 가득하다. 식기세척기에서 다 씻은 그릇도 꺼내야 하고, 아직도 다 정리하지 못한 이삿짐 상자들도 있다. 그런데 그녀는 아무것도 하지 않는다. 소피는 다른 창을 열고 검색화면으로 들어가 '리엄 베일리'를 찾아본다.

예상대로 검색 사이트는 '그' 리엄 베일리가 아닌 리엄 베일리를 백 명이나 찾아낸다. 그녀는 검색어에 '메이폴 하우스'를 추가한다. 학교 웹사이트가 뜬다.

이번에는 메이폴 하우스를 지우고 '스칼렛 자크'를 넣는다.

검색 결과 없음.

그녀는 검색어 리엄에 '잭 앨리스터'라는 이름을 더한다.

검색 결과 없음.

소피는 한숨을 쉬고 의자에 등을 기댔다. 어떻게 두 사람이 금요일 밤에 펍에 가서 돌아오지 않을 수 있을까. 그리고 어떻게 그들에게 무슨 일이 생겼는지 아무도 모를 수가 있을까? 그 수수께끼가 소피를 완전히 집어삼킨다. 숲속에 우거진 나뭇가지 사이에서, 학교 복도를 따라서, 리엄의 발코니에서, 공원 연못의 수면에서, 버스 정류장을 마주보고 있는 킴 녹스의 집 창문에서, 화장대 서랍 깊숙한 곳에 넣어둔 상자 속 반지에서 속삭이는 소리가 느껴지는 것만 같다.

반지에 생각이 미치자 그녀는 벌떡 일어나 계단을 뛰어올라 침실로 갔다. 반지 상자를 꺼내 손끝으로 뚜껑의 먼지와 흙을 다시 털어 낸다. 하지만 여전히 표면에 찍힌 글씨는 잘 보이지 않았다. 소피는 상자를 욕실로 가져가 축축한 수건 모서리로 문지른다. 닦다 보니 군데군데 숨겨진 금색이 나타나기 시작한다. 그녀는 수건에 다시 물을 축여 상자를 더 문지른다. 이번에는 글자가 확실히 드러난다. 메이슨 앤드 선 파인 주얼리, 서리, 맨턴.

심장이 마구 요동친다.

맨턴.

그곳은 업필드 커먼에서 6마일 떨어진 도시다. 스칼렛과 탈룰라가 함께 대학을 다닌 도시이기도 하다. 그곳에 가보고 싶어진다. 지금 당장 가고 싶다. 하지만 그녀는 운전을 못 한다. 업필드 커먼까지 택시를 부르는 법도 모른다. 어쩌면 학교 안내원이 알려줄 수도 있을 것이다. 하지만 어쩐지 자신이 맨턴에 가려고 한다는 사실을 아무에게도 알리고 싶지 않다. 바로 그때 탈룰라의 장미 관목 앞에 있던 버스 정류장이 떠오른다. 소피는 핸드백에 반지 상자를 집어 넣고는 학교를 통과해 공원을 가로질러 정류장으로 향한다.

30분 후 버스가 도착한다.

소피는 버스 중간 자리에 앉는다. 승객은 소피를 제외하면 두 명밖에 없다. 버스가 터덜터덜 시골 도로를 달려 1급 도로로 진입하자 소피는 탈룰라가 그녀처럼 이 버스를 탄 모습을 상상해본다. 배

낭은 다리 위에 두고 섬세한 이목구비는 수심에 잠겨 있었겠지. 얼굴을 반이나 가린 검은 머리카락은 햇빛을 받아 반짝거렸을 테고.

맨턴까지는 버스로 20분이 걸렸다. 시내 중심가 정류장이 노선 종점이라 운전기사는 불을 껐다 켰다 하면서 승객에서 어서 내리라고 재촉했다.

구글 맵에 보석상 이름을 찍고 방향 지시를 따라가니 큰길에서 조금 벗어난 곳에 작은 갈림길이 나온다.

그곳은 작고 오래된 가게로, 사람들이 들여다보기 쉽도록 창문가 진열대가 낮게 만들어져 있다. 소피는 발걸음을 멈추고 진열된 상품들을 마음껏 감상하다가 문을 밀고 들어간다. 들어가자마자 그녀는 숨을 헉 들이쉰다. 그녀의 리틀 히더 그린 탐정사무소 시리즈 중 한 권에 써먹으면 딱 좋을 만한 가게였기 때문이다. 살짝 웃기는 얼굴에 통통한 주인장이 진열대 뒤 높은 의자에 앉아서 하드커버 책을 읽고 있다. 붉은 테 안경을 끼고 하얗게 센 머리를 짧게 깎은 주인장은 체구가 매우 작다. 그가 고개를 들어 소피를 보더니 순수한 기쁨으로 활짝 미소 짓는다. "안녕하세요, 마담. 오늘 하루는 어떠신가요?"

"아주 좋아요. 고맙습니다."

"무엇을 도와드릴까요?"

"실은 좀 이상한 문의를 하려고 해요." 소피는 이렇게 말하며 핸드백에 손을 넣는다.

그 순간 주인장이 의자에서 펄쩍 뛰어내리며 양손을 위로 든다. "쏘지 마세요! 제발 쏘지 마세요! 원하는 건 다 가져가세요!"

다크 플레이스의 비밀

소피가 잠시 멍한 표정으로 그를 바라본다. "저는, 어······."

주인장이 너털웃음을 터트린다. "농담입니다."

"다행이네요." 소피는 핸드백에서 반지 상자를 꺼내 진열대에 내려놓는다. "제가 이걸 찾았는데요. 우리 집 정원 한구석에 묻혀 있었어요. 혹시 이 반지의 주인을 아실까 해서요. 판매기록 같은 걸 보관해두실지도 모르니까요."

"물론이죠. 확실하게 보관해둔답니다!" 그는 왼쪽 책상에 놓인 커다란 가죽 장정 장부 표지를 톡톡 두드린다. "1979년 이 가게의 열쇠를 손에 받아든 날 이후로 모든 거래가 여기 다 기록돼 있습니다. 그럼 이제 이걸 한 번 볼까요?"

주인장이 작은 상자를 열고 반지를 집어 든다. 그러더니 작은 외알안경을 끼고 밝은 조명 아래에서 요모조모 뜯어본다.

"음. 보자마자 기억이 난다고 말씀드리고 싶군요. 나는 내가 판매한 물건을 모두 기억하는 재주를 자랑스럽게 여기곤 합니다. 그 가운데 다른 물건에 비해 좀 더 공명하는 물건이 있어요. 이 반지는 그렇진 않지만, 그래도 골동품이 아니라 현대에 제작됐으며, 품질보증 마크를 보니 2011년이라고 돼 있다는 건 말씀드릴 수 있습니다. 금에 9캐럿이네요. 알이 작아도 광택은 몹시 뛰어나지만, 사실 큰 가치는 없습니다. 하지만." 그는 짓궂은 표정을 지으며 말을 잇는다. "천만다행으로 나는 체계적인 시스템을 신봉하는 사람이랍니다. 그래서 이 가게에서 팔리는 물건에 항상 고유 번호를 부여하죠. 강도나 절도에 대비해서요. 보험회사에 청구해야 하니까요. 아시겠죠. 그래서······." 주인장이 반지 상자를 끌어당기더니 반지 꽂는 부분 아래에 손가락을 밀어 넣어 뒤집는다. 그러자 안쪽에 작은 스티커가 붙어 있다. "여기 있네요. 8877번. 자, 이제 여기 내 성경에 적힌 기록과 대조해볼까요."

소피가 보기에 주인장은 이 순간을 온전히 즐기고 있다. 그녀는 주인장이 나지막하게 노래를 흥얼거리며 장부의 페이지를 넘기고 손가락으로 기록을 따라가는 모습을 지켜본다. 어느 순간 그가 우뚝 멈추더니 손끝으로 장부를 쿡 찌르며 말한다. "유레카! 여기 있군요. 이 반지는 2017년 6월 잭 앨리스터라는 이름의 남성이 샀습니다. 반지 값으로 350파운드를 냈고요."

순식간에 소름이 등줄기를 스쳐 지나간다. 숨도 잘 쉬어지지 않을 지경이다.

"잭 앨리스터라고요?"

"네. 업필드 커먼에 사는. 혹시 그분을 아십니까?"

"아뇨. 안다고는 할 수 없죠. 아니, 그러니까 몰라요. 전혀요. 혹시 그분 주소를 알고 계시나요? 제가 반지를 돌려드릴 수 있게요."

"음……." 주인장이 잠시 말을 멈춘다. "알려드릴 수는 있습니다. 사실 그래서는 안 되지만, 믿을 수 있는 분 같아서요. 여기 있습니다." 그는 장부를 돌려서 소피가 휴대전화로 사진을 찍게 해준다. 아는 주소다. 킴 녹스의 막다른 골목. 물론 그렇겠지. 잭은 탈룰라와 함께 실종됐을 당시에 그곳에 살았으니까.

"정말 묘한 일이군요. 이렇게 작고 예쁜 반지가 부인 집 정원에 묻혀 있었다니. 아무리 생각해도 상대 아가씨가 그분의 청혼을 거절했나 봅니다." 그는 잠시 슬픈 표정을 짓더니 다시 평정을 되찾는다. "이 반지를 주인에게 돌려주시겠죠?"

"네. 그러려고요. 이 주소를 알아요. 확실히 돌려줄 수 있겠어요."

"어쩌다가 일이 틀어졌을까요?"

"제가 꼭 알려드릴게요!"

"그렇게 해주세요. 꼭이요. 무슨 일이 있었는지 알고 싶군요."

"다시 올게요, 약속해요." 소피는 반지를 다시 핸드백에 집어넣고 가게 정문으로 발길을 옮긴다. "정말 고맙습니다."

1시간 후 버스는 소피를 업필드 커먼에 내려준다. 그녀는 시간을 확인한다. 어느새 정오가 다 됐다. 그녀는 공원을 가로질러 그 막다른 골목으로 갔다. 누군가 집에 있는 것 같다. 앞쪽 창문이 살짝 열려 있고 아이의 웃음소리와 TV 소리가 들린다.

소피는 초인종을 누르고 한 걸음 물러나서 목청을 가다듬었다. 문득 자신이 무슨 짓을 하고 있는 건가 하는 생각이 들었지만 얼른 그런 마음을 쫓아버린다. 그러고는 턱에 힘을 단단히 준 뒤 아이가 실종됐을 때 보호자는 무엇보다 정보에 목이 말라 있으며, 반지가 일종의 해답을 줄지도 모른다는 사실을 다시 떠올린다. 이윽고 문이 열렸다. 그곳에 킴이 서 있다. 청미니스커트와 검은색 짧은 소매 티셔츠 차림으로, 맨발에 머리는 뒤로 넘겨 하나로 묶었고 유행하는 검은 테 독서용 안경을 쓰고 있다. 그녀가 소피에게 인사를 건넨다. "안녕하세요."

"안녕하세요." 소피가 마주 인사한다. "어, 저는 소피라고 해요. 일주일 전에 메이폴 하우스에 있는 관사로 이사를 왔어요. 그 집 뜰에는 숲으로 난 문이 있어요. 제 이야기가 이상하게 들리실 거예요. 그곳 울타리에 누군가 못으로 박아둔 표지판이 있지 뭐예요. '이곳을 파보시오'라고 적힌. 그래서 모종삽을 구해 그곳을 파다가 뭔가를 찾았어요. 반지요. 보석상 주인이 말하길 이걸 잭 앨리스터라는 사람이 샀다고 하더라고요. 그때 여기 주소를 적어뒀어요. 여기 반지요." 소피가 핸드백에서 반지를 꺼내 킴에게 건넨다.

킴이 소피를 보며 눈을 깜박이더니 소피의 손에 있는 상자로 천천히 시선을 내렸다. 그녀가 상자 뚜껑을 여는 순간 다이아몬드가 빛을 받아 반짝이고, 킴의 얼굴에는 보석의 빛이 어른거린다. 킴이 얼른 뚜껑을 닫고 말한다. "죄송하지만, 이걸 어디서 찾으셨다고요?"

소피가 다시 자초지종을 설명했다. "저는 그 반지를 맨턴으로 가져갔어요. 혹시 누구 반지인지 알아낼 수 있을까 해서요. 상자에 상점 이름이 있었거든요. 그 보석상 주인이 기록을 남겼더라고요. 이 반지를 잭 앨리스터라는 사람이 샀다고 확인해줬어요. 2017년 6월에요. 거주지가 이 주소였어요. 보세요." 소피는 휴대전화를 킴 쪽으로 돌려서 장부에 자필로 적힌 기록을 찍은 사진을 보여준다. 더는 덧붙일 말이 없다. 무슨 말을 더 한다면 그녀가 알아야 할 것보다 더 많이 안다는 인상을 줄지도 모른다.

킴의 얼굴이 피가 빠져나간 것처럼 하얗게 질렸다. 뒤에서 들리는 TV 소리가 갑자기 커진다. "소리 낮춰, 노아." 그녀가 어깨 너머로 소리친다.

"싫어." 고집스러운 대답이 들렸다.

킴은 요즘 노아가 말을 안 듣는 경우가 잦아진다고 생각하다가 문을 뒤로 닫는다. 소피는 킴을 따라 두 사람이 앉을 수 있는 정원으로 갔다.

"이 반지는." 킴이 반지 상자를 다시 열며 말한다. "내 딸의 남자친구가 딸에게 주려고 산 거예요. 청혼을 하려고요. 잭이 청혼하려고 했던 밤에 딸이랑 그 애 둘 다 사라졌죠. 그리고 이렇게 시간이 흐르는 동안 나는 계속 이 반지에 대해 생각했어요. 그런데 우리가 애들을 찾으려 이 잡듯이 뒤진 그 숲의 메이폴 하우스 부지에 묻혀 있는 걸 당신이 찾았다니……. 거기에 화살표가 있었다고 하셨나요?"

"네." 소피가 고개를 끄덕인다. "사진을 찍어뒀어요. 아무래도 너무 이상하더라고요. 보세요."

소피는 사진 앨범을 뒤져 땅을 파기 전에 찍어둔 사진을 보여준다.

킴은 빨려들듯 그 사진을 응시했다. "이 마분지는 새것 같네요. 그곳에 오랫동안 있었던 것처럼은 보이지 않아요."

"제 생각도 그래요. 그걸 보자마자 그런 생각이 들었어요. 처음에는 보물찾기를 하다가 미처 치우지 못한 거라고 생각했어요. 여름 동안 메이폴 하우스에서 진행한 입주 강좌 프로그램으로 말이에요. 그래서 내버려뒀죠. 그런데 이제는 모르겠어요. 아무리 생각해도 누가 일부러 거기 두고 간 것 같아요. 제가 찾을 수 있도록요."

킴이 소피를 쳐다본다. "왜 그랬을까요?"

"모르죠. 저와 제 파트너인 손이 이사 온 날이었어요. 그 사람은 메이폴에 새로 부임한 교장이에요. 그 마분지는 정원 울타리에 고정돼 있었고 저는……." 소피는 자신이 너무 많이 안다는 인상을 주지 않으려면 이쯤에서 물러나야 한다는 사실을 깨닫는다. "음, 저도 어떻게 생각해야 할지 모르겠어요."

"이걸 경찰에 가지고 가야겠어요." 킴이 멍하니 말한다. "수사를 재개해야 해요. 숲을 다시 수색해야겠어요. 그리고 그 표지판." 그녀가 소피의 휴대전화를 가리키며 묻는다. "그 마분지 표지판요. 아직도 거기 있어요? 그대로 두셨나요?"

"네. 그대로 있어요. 손도 대지 않았어요."

"다행이에요. 정말 다행이에요. 그건……." 갑자기 킴이 울음을 터트린다. 소피는 자신도 모르게 한쪽 팔로 그녀를 안는다.

"죄송해요. 갑자기 찾아와 놀래드릴 생각은 아니었어요. 저도 뭐가 뭔지 몰라서……."

"아니에요." 킴이 코를 훌쩍인다. "당신 탓이 아니에요. 걱정하지 마세요. 그리고 이 일, 이건 대단한 진전이에요. 정말로요. 경찰은 지난 몇 달 동안 아무것도 하지 않았어요. 실마리가 다 떨어졌다, 더 이상 소득이 없다, 그러면서요. 기본적으로 손을 놓은 거죠. 그런데 이런 일이 벌어지다니 놀라워요. 정말 고마워요." 그녀가 인사를 한다. "시간을 내서 이 반지를 찾고 우리를 찾아줘서 고마워요. 반지를 돌려주려고요."

집 안에서 아이의 목소리가 다급하게 울린다. "할미! 할미! 빨리 와!"

"손자예요." 킴이 일어서며 말한다. "노아라고 해요. 미운 네 살로 확실히 진입한 것 같아요. 저 아이를 죽을 만큼 사랑하지만, 솔직히 말해 다음 주부터 다닐 어린이집에 얼른 보내고 싶네요."

킴은 반지를 손에 꼭 쥔 채 현관으로 걸어간다. 그러다 소피를 돌아보며 묻는다. "왜 당신이 익숙하죠? 우리가 만난 적이 있나요?"

"월요일에 펍에서 제게 카푸치노를 내려주셨잖아요."

"어머, 맞아요. 그랬죠." 킴이 반지 상자를 흔들어 보이며 미소를 짓는다. "정말 고마워요. 얼마나 고마운지 말로는 다 할 수가 없어요. 정말로요."

킴은 마침내 집으로 들어간다. 잠시 후 열린 창문으로 그녀가 손자에게 하는 말이 소피의 귀에도 들린다. "이것 좀 보렴. 어떤 친절한 숙녀가 이걸 찾아주셨어. 네 아빠가 네 엄마에게 주려고 산 반지란다. 그런데 네 아빠는 이걸 줄 기회가 없었어. 어떻게 생각하니? 예쁘지 않니?"

제20장

2017년 2월

그 학기에 탈룰라는 학교에 갈 때마다 스칼렛의 모피코트를 찾아 캠퍼스 구석구석을 샅샅이 눈으로 훑고, 께느른하게 말끝을 끄는 그녀의 목소리를 찾아 귀를 쫑긋 세우고, 언제나 그녀 주위를 에워싸고 있는 에너지를 느껴보려고 감각을 벼린다. 하지만 아무런 소득이 없다. 스칼렛의 강렬한 활력은 어디에도 보이지 않고, 그 뒤를 따르던 모든 것도 사라져 버렸다. 한때는 온갖 가능성으로 짜릿하게만 느껴졌던 날들이 이제 생기를 잃고 구질구질하게만 느껴진다. 탈룰라는 다시 어깨에 삶의 무게를 짊어진 공붓벌레 십 대 엄마가 된다.

그런데 그녀의 어깨를 짓누르는 무게는 노아가 아니다.

그 무게의 정체는 잭이다.

그는 노아에게 정말 잘해준다. 잭은 한밤중에 일어나야 하거나, 몸부림을 치는 아기와 한 침대를 쓰거나, 기저귀를 갈아주거나, 유모차를 밀면서 공원을 끝도 없이 뱅뱅 돌 때도 절대 화를 내지 않는다. 잭은 기꺼이 아이와 앉아서 천 그림책을 몇 번이고 넘겨주며 같은 말을 하고 또 한다. 그는 노아를 목욕시키고, 수건으로 닦아주고,

옷을 입혀주고, 이유식을 만들고, 한 입 한 입 떠먹이고, 다 먹이면 뒷정리를 하고, 아이가 누우려고 하지 않으면 안아주, 낮잠을 재울 때면 아기침대 옆에서 언제까지고 앉아서 노래를 불러주고, 간지럽히고, 사랑해주고, 사랑해주고, 사랑해준다.

그런데 잭은 아들을 애지중지할 때와 똑같은 강도의 사랑을 탈룰라에게도 보여준다. 탈룰라는 그런 사랑을 원치 않는다. 잭을 사랑하지만 한 사람의 남자로서가 아니라 아이의 아버지로서 사랑한다. 탈룰라는 잭이 육아를 도와주고, 느긋하게 슈퍼마켓을 돌며 쇼핑을 할 때 카트를 밀고, 쇼핑이 다 끝나면 계산을 해주기를 원할 뿐이다. 포옹이나 우정이나 감정적 친밀감은 그에게 원하는 것이 아니다. 그녀는 잭이 항상 '그곳'에 있는 것도 원치 않는다. 그런데 그는 항상 '거기'에 있다. 탈룰라가 주방으로 가면 그도 주방으로 온다. 노아가 낮잠을 자는 중이라 잠시 누워야겠다고 생각하면 그도 옆에 따라 눕는다. 탈룰라가 과제를 하느라 제 방 책상에 앉아 있으면 그는 침대에 누워 친구들에게 문자를 보낸다. 가끔 단 몇 분만이라도 그를 피하려고 정원에 숨어 있으면 집 안에서 잭의 애처로운 목소리가 들린다. "룰! 룰! 지금 어디야?"

그러면 탈룰라는 눈을 돌리며 이렇게 말한다. "여기 잠깐 나왔어."

그러면 그가 유난을 떨며 그녀를 집 안으로 데리고 들어가 차 한 잔을 건네며 다 마실 때까지 옆에 앉아 그녀가 말하고 싶지 않은 것들을 꼬치꼬치 캐묻는다. 아니면 원하지도 않는데 그녀를 안아준다. 그러면 그녀는 속내를 드러내지 않으려고 애를 쓴다. 당장이라도 그를 밀어내고, '제발, 제발 제발 나를 단 5분만이라도 혼자 있게 해줄 수 없어?'라고 말하고 싶은 욕구 말이다.

그나마 일요일이면 잭이 친구들과 축구하러 공원으로 가서 탈룰라는 혼자만의 시간을 누릴 수 있다. 엄마와 함께 아침으로 토스트를 먹고 노아와 놀아주다 보면 그제야 아늑하고 편안한 기분이 든다.

2월의 첫 일요일, 탈룰라는 잭이 집을 나설 때까지 기다렸다가 주방으로 내려갔다.

"잘 잤니?" 엄마가 그녀의 머리를 감싸며 정수리에 뽀뽀를 한다.

"좋은 아침이에요." 탈룰라는 엄마를 살짝 안으며 인사를 하고 몸을 숙여 노아에게 입을 맞춘다. 노아는 유아용 의자에 앉아 있다. "컨디션은 어때요?"

"나는 괜찮아. 너는?"

"좋아요." 탈룰라는 이렇게 대답하지만, 그녀조차 자신의 목소리에서 새어 나오는 의구심을 모른 척할 수가 없다.

"피곤해 보이는데. 잠을 설쳤니?"

"아뇨. 잘 잤어요. 딱 한 번 일어났는데, 잭이 노아를 달래서 금세 다시 재웠어요."

그 말에 엄마는 미소를 짓는다. 탈룰라 생각에 엄마는 잭과 이 집에서 함께 지내는 생활을 일종의 실험으로 보고 있다. 한 걸음 떨어져서 낙관적인 관심을 가지고 지켜보는 중이다.

느닷없이 탈룰라는 입을 열고 전부 털어놓고 싶은 마음이 간절해진다. 지난 몇 주 동안 꼭꼭 숨겨놨던 속내를 몽땅 다 말이다. 잭에게 통제당하는 것 같아 숨이 막힐 지경이라고 엄마에게 말하고 싶다. 잭이 자꾸 대학을 다니는 대신 가정학습으로 바꾸라고 한다고,

하교하면 그가 늘 이상한 표정을 짓는다고, 뭔가를 의심하는지 아니면 묻고 싶은 게 있는데 차마 입이 떨어지지 않는지 고개를 살짝 옆으로 틀고 눈을 가늘게 뜬다고 말이다. 잭은 탈룰라가 욕실 문을 잠그고 목욕을 하면 싫어한다고, 가끔은 그녀가 목욕하는 동안 변기에 앉아 그녀가 너무 오래 목욕한다는 듯 발을 초조하게 떨거나 휴대전화를 보며 시간을 보낸다고 엄마에게 말하고 싶다. 가끔 숨이 안 쉬어지는 것 같다고, 그냥 '숨을 쉴 수가 없다'고 엄마에게 털어놓고 싶다.

하지만 이런 이야기를 엄마에게 다 털어놓으면 어떤 일이 일어날까? 엄마가 탈룰라의 편을 들어준다면 집안 분위기는 얼어붙고 실험은 실패로 끝날 것이다. 그러면 노아는 아빠 없는 아이로 자라게 되겠지. 이 실험이 계속되게 만드는 건 실험에 대한 엄마의 믿음뿐이다.

"잭이 축구하는 걸 구경하러 가든가. 날씨도 좋잖아. 노아는 내가 봐줄게. 가봐." 엄마가 계속 말한다. "네가 가면 잭이 얼마나 좋아할지 생각해봐. 경기 끝나면 같이 한잔하러 가도 되겠네, 덕스에 말이야."

탈룰라가 억지로 미소를 지으며 고개를 흔든다. "고맙지만 됐어요. 엄마랑 집에서 노닥거리는 게 좋아요."

엄마가 영 미덥지 않다는 눈빛으로 그녀를 본다. "정말?"

"네. 우리 둘이서 보내는 시간이 그리워요."

"잭이 함께 살기 시작한 후로, 그런 뜻이야?"

"그렇죠."

"너 혹시……."

탈룰라가 고개를 가로젓는다. "아뇨. 저는 괜찮아요. 잭이 사람을 좀 귀찮게 하는 타입이잖아요."

엄마가 눈을 가늘게 뜨고 그녀를 보더니 말했다. "내가 봐도 그런 면이 좀 있어. 그런데 그 애의 집안 분위기를 생각해보면, 너와 둘이서 이렇게 많은 사랑에 둘러싸여 사는 게 엄청난 변화일 거야. 기다려보면 잭도 적응을 하지 않을까?"

"그렇죠." 탈룰라는 빵을 또 한 조각 자르며 아까와 똑같이 대답한다.

"너만의 공간이 필요하니?"

"아뇨. 괜찮아요. 엄마 말대로 곧 적응되겠죠. 그리고 잭은 노아에게 너무 잘해주잖아요." 탈룰라는 아기를 돌아보며 활짝 웃었다. "그렇지? 네 아빠는 정말 대단하지? 세상에서 제일 좋은 아빠지?" 그러자 노아가 미소를 지으며 양손으로 의자에 달린 식판을 탕탕 친다. 창으로 쏟아져 들어오는 햇살을 받으며 잠시 셋이서 웃으며 주방에 함께 있자 탈룰라는 잠깐이지만 만사가 평온하다고, 모든 일이 잘 풀려가는 것만 같다고 생각한다.

이튿날 탈룰라는 점심시간에 학교에서 나오다가 저 앞에 서 있는 잭을 봤다. 그는 주 현관 맞은편에 있는 작은 잡목림 그늘에서 기다리고 있다. 탈룰라가 그를 잠깐 보고는 휴대전화로 시간을 확인한다. 1시 15분. 잭이 직장에 있어야 할 시간이다. 잭은 맨턴 교외에 있는 건축 자재 판매장에서 일하는데, 월요일 근무 시간은 정오부터 오후 8시까지다.

그는 탈룰라가 다가오는 모습을 보더니 몸을 곧추세우고 머리를 까닥해 이리로 오라는 몸짓을 했다. 탈룰라는 자신이 다가가자 잭

다크 플레이스의 비밀

이 주위를 둘러보는 모습을 놓치지 않는다. 그의 시선은 탈룰라의 등 뒤와 주위를 향해 있다. 그녀가 누군가와 함께 있다고 짐작하기라도 한 것처럼 말이다.

"놀랐지." 잭이 탈룰라가 길을 건너오자 말한다.

"여기서 뭐해?" 탈룰라가 묻는다. 그녀는 잭이 끌어당겨 포옹을 해도 저항하지 않았다.

"병가를 냈어. 음, 솔직히 말하면 오전엔 정말 몸이 안 좋았어. 그런데 점점 괜찮아지더라고. 그래서 여기 와서 너를 집에 데리고 가야겠다고 생각했어." 잭이 미소를 짓자 탈룰라는 그의 두 눈을 들여다본다. 어린 시절부터 늘 들여다봤던 바로 그 눈을. 검은 속눈썹, 회색 눈동자에 부드러운 피부, 왼쪽 입꼬리 바로 옆에 있는 작은 보조개. 잭은 세상에서 제일 미남은 아니지만 잘생겼다. 선하고 상냥한 느낌의 얼굴이다. 하지만 지금은 표정이 어딘지 달라졌다. 두 사람이 헤어진 후 나타난 뭔가가 그의 얼굴에 자리를 잡았다. 강렬한 금속성의 눈빛. 그는 마치 전장에서 돌아온 군인이나 독방에서 풀려난 죄수 같다. 도저히 입에 담을 수 없는 것들을 목격했고, 그것들이 머릿속에 도사리고 있는 것 같다.

"그랬구나. 고마워."

"친구들과 같이 나올 줄 알았어."

탈룰라가 고개를 가로젓는다.

"그 여자애는? 너랑 같이 사진 찍은 애."

"무슨 여자애?" 그녀는 잭이 누구를 말하는지 잘 알지만 시치미를 뗀다.

"한쪽 팔로 너를 안고 있던 애. 크리스마스 디스코 파티에서."

"아하, 스칼렛. 그 애는 학교를 관뒀어."

잭은 고개를 끄덕이지만 탈룰라의 눈에서 기만의 증거가 드러나길 기다리기라도 하듯 그녀의 눈을 가만히 본다.

그 순간 한 무리의 사회복지학과 학생들이 건물에서 나온다. 탈룰라는 그들을 잘 모르지만, 그들은 호기심 어린 눈빛으로 그녀를 힐끔거린다. 그들 중 한 명이 우물쭈물하며 손을 든다. 탈룰라도 손을 든다.

"저 애들은 누구야?"

"나랑 같은 수업 듣는 애들." 탈룰라가 대답한다. 그러고는 휴대전화를 본다. "6분 후면 버스가 와. 지금 가야 해."

잭은 탈룰라의 뒤를 따르지 않으려는 것처럼 잠시 서 있다. 그의 시선은 여전히 길을 건너가는 학생들 무리에 꽂혀 있다.

"어서 가자니까." 탈룰라가 재촉한다.

그가 천천히 그들에게서 시선을 떼더니 탈룰라의 눈을 마주본다.

"나는 네가 이런 거 하지 말았으면 좋겠어." 약간 무겁게 느껴지는 침묵 후에 잭이 말했다.

"뭘?"

"대학. 내가 돈을 충분히 벌어서 너와 노아를 돌볼 수 있으면 좋겠어. 그러면 네가 일을 하지 않아도 될 테니까."

탈룰라는 숨을 들이쉬었다가 천천히 내쉰다. "나도 노아를 돌보고 싶어. 아이를 키우는 비용을 부담하고 싶고. 나는 경력을 원해."

"그래. 하지만 룰스, 사회복지사라니. 그 일이 얼마나 고단할지 아니? 얼마나 힘들지는? 네가 몇 시간이나 근무해야 하는지는? 또집으로 가져올 일거리는? 이왕이면 좀 더 쉬운 일자리를 구할 수

다크 플레이스의 비밀

있잖아. 이 동네에서 할 수 있는 일 말이야."

탈룰라가 발걸음을 멈추고 고개를 돌려 그를 본다. "잭. 나는 A 레벨 시험에 세 과목이나 합격했어. 그런데 왜 판매원 일을 해야 하니?"

"그게 더 편할 테니까. 집 근처에서 일할 수도 있고."

"맨턴이 세상 반대편에 있는 곳도 아니잖아."

"그건 그렇지. 하지만 주중에 우리 둘 다 노아에게서 멀리 떨어져 있는 게 싫어. 아이한테 좋지 않아."

"그 시간에는 엄마가 봐주시잖아!" 탈룰라가 발끈 화를 내며 따졌다.

"나도 알아. 하지만 우리가 함께 있는 게 더 좋을 거야."

"노아는 할머니를 좋아해."

이번에는 잭이 멈춰 서서 탈룰라의 팔뚝을 세게 감싸 쥐며 그녀를 끌어당겼다. 탈룰라는 잭의 회색 눈동자에 나타난 차가운 금속성 눈빛을 알아본다. "나는 그저……." 그 눈빛은 서서히 사라진다. "나는 우리, 우리 셋이 늘 함께 있기를 원해. 그게 다야."

그녀는 잭의 손을 뿌리치고 더 속도를 내 걷는다. "어서 와. 버스 소리가 들려. 뛰어야 해."

두 사람은 버스 문이 닫히려는 순간 아슬아슬하게 버스에 탔다. 그리고 잠시 가만히 앉아 거친 숨을 몰아쉰다. 탈룰라는 창밖을 내다보며 팔뚝의 보드라운 살결을 문지른다. 잭이 거칠게 움켜쥔 곳이 아직도 아팠다.

다음 일요일 잭이 축구를 하러 나가자, 탈룰라는 엄마에게 괜찮으면 잠시 나갔다 오겠다고 한다.

"물론이지. 걱정 마. 잭이 축구하는 걸 보러 갈 거니?"

"아뇨." 그녀가 어깨를 으쓱한다. "그냥 바람 좀 쐬려고요. 클로이 집에 갈 수도 있고요."

그녀는 클로이의 집에 가지 않을 것이다. 크리스마스 파티에서 탈룰라가 클로이를 혼자 두고 스칼렛과 어울린 이후로는 말도 제대로 한 적이 없다.

"자전거 좀 빌려도 돼요?"

"물론이지. 하지만 조심해. 알았지? 헬멧도 쓰고."

탈룰라는 노아와 엄마에게 다녀오겠다고 입을 맞췄다. 그러고는 엄마의 자전거를 끌고 길옆으로 나가 도로로 올라갔다. 탈룰라는 열세 살 이후로 자전거를 타지 않았다. 하지만 선택의 여지가 없다.

처음에는 살짝 위태로웠지만 공원을 가로지른 후에는 순조롭게 맨턴으로 가는 도로를 탄다. 그녀는 로터리에 도착하기 직전 작은 갈림길에서 우회전해 업플레이 폴드를 향해, 다크 플레이스를 향해 달린다.

제21장

2017년 6월

세 시간 반 후 경찰 수색팀이 숲 반대편에서 모습을 드러냈다. 킴은 공원 벤치에서 벌떡 일어나 메이폴 하우스 쪽으로 난 맞은편 도로를 향해 달린다. 형사들이 차에서 내리자 메그와 사이먼도 공원 반대편에서 침울한 분위기로 걸어온다. 두 사람은 스완 앤드 덕스의 바깥 테라스에서 술을 마시며 시간을 죽이던 중이었다.

킴은 일단 뒤로 물러나 형사들과 수색팀이 합류하도록 내버려둔다. 경관들은 뒤쪽을 가리키고, 어깨를 으쓱하고, 고개를 흔든다. 무슨 이야기를 하는지 들어보려고 좀 더 다가가지만, 너무 무서워서 들을 엄두도 나지 않는 말들이 띄엄띄엄 들릴 뿐이다.

"어떻게 됐어요? 새로운 소식 있어요?" 메그가 옆에 다가와 묻는다. 숨결에서 포도주 냄새가 진동한다.

킴이 고개를 흔들며 손가락을 입에 가져간다. "일단 들어보려고요."

"그냥 가서 물어보면 되잖아요?" 메그가 혀를 차더니 그들에게 다가간다. "새로운 소식 있어요?"

킴이 고개를 돌려 곁눈으로 사이먼을 힐끔 본다. 그도 곁눈으로 킴을 본다. 그녀는 문득 불편한 감정이 치밀어 올라 얼른 그에게서 떨어져 메그에게 다가갔다.

"아무것도 없대요. 아무것도 못 찾았대요. 말 그대로." 메그는 이로써 두 아이가 무슨 변을 당했다는 생각이 킴의 착각이라 입증됐다는 듯 차가운 눈빛으로 킴을 노려봤다.

킴은 맥코이 형사를 본다. "정말 유감입니다. 아무런 흔적도 없습니다. 개도 찾아낸 게 전혀 없고요."

"숲을 전부 다 수색하셨나요? 학교 뒤로 펼쳐진 숲도요. 거기도 입구가 있어요. 아이들이 그쪽으로 왔다면요?"

"제가 장담합니다, 녹스 씨. 한 군데도 빠짐없이 훑었습니다. 탈룰라든 잭이든 이 숲 근방에 있었던 것 같지는 않습니다. 정말 유감입니다."

킴은 심장이 철렁했다. "그렇다면 이제 어떻게 되나요?"

"물론 수사는 계속 진행할 겁니다. 수색견을 데리고 마을을 돌아보고 공원도 샅샅이 조사하고요. 아시다시피 CCTV에는 아무것도 찍히지 않았지만요. 다크 플레이스와 업플레이 폴드 근처에서 증거를 수집했습니다. 계속 조사를 해봐야 할 타이어 자국 같은 것들요. 학생들과 다시 이야기해볼 거고요. 금요일 밤에 그 저택에 있었던 사람들 말입니다. 수색영장을 발부받아 자크 씨의 집을 수색하고 감시카메라에 찍힌 영상도 확인해보려 합니다만, 영장이 나올지는 잘 모르겠어요. 저택 CCTV부터 시작해서 군의 경계에 이르기까지 혹시 두 사람이 찍혀 있는지 확인할 겁니다. 탈룰라의 선생님들, 그리고 잭의 직장동료들과도 내일 만나 이야기할 예정이고요. 아직 추적해보지 않은 단서가 열 개도 넘게 남아 있고, 계속 보완수사를 할 단서도 많이 있습니다." 그가 힘을 내라는 듯 킴에게 조심스럽게 미소를 짓는다. "경찰은 이 사건에 전력을 기울이고 있습니다, 녹스 씨. 믿음을 잃지 마세요."

킴은 억지로 웃었다. 분노와 두려움과 공포로 속이 뒤틀린다. 누구도 딸이 있는 곳을 알려줄 수 없다는 분노, 아무도 그걸 알려줄 수 없으리라는 두려움, 그리고 잭이 정말로 탈룰라를 해쳤다는 사실을 알게 되면 어떻게 하나 하는 공포.

메그가 요란하게 한숨을 쉬며 끼어들었다. "지금으로서는 이 이상은 바랄 수 없을 것 같아요. 그렇잖아요. 며칠 정도는 그냥 기다려볼 수도 있잖아요."

킴의 가슴속에 맺혀 있던 응어리가 더욱 단단해진다. 그녀는 더 이상 참지 못하고 메그를 돌아보며 말한다. "대체 왜 그러는 거예요? 빌어먹을, 대체 왜 이러는 거냐고요? 우리 애들이 사라진 지 벌써 '사흘'이나 지났다고요. 사흘요! 그런데 당신은 쯧쯧거리고 고작 한숨이나 쉬면서 이 상황이 무척 불편한 것처럼 굴기만 하네요. 그래요, 당신을 저 뒤편에서, 당신 집 뒤뜰에서 끌어내서 '정말 미안'해요. '그냥 있어도 되는 당신'을 방해해서 정말 미안해 죽겠다고요. 그런데 대체 당신이 그냥 있는 하루는 어떤 거예요, 메그? 뭘 하기는 해요? 왜 이렇게 묻냐고요? 나는 당신이 절대 하지 않는 걸 하나 알거든요. 우리 아이들에게 신경 쓰는 거요. 유일한 손자는 말할 것도 없고요."

킴은 구구절절한 비난을 뱉어내고서 그만 비틀거렸다. 그녀를 부축하는 맥코이 형사의 손이 느껴지지만 거칠게 뿌리친다. "괜찮아요. 집에 가볼게요." 그녀는 계속 몸을 떨며 말했다. "고마워요, 형사님. 뭔가 알게 되면 연락주세요."

그 말을 끝으로 킴은 경관들과 수색견들, 말 많은 이웃들, 입을 다물지 못하는 메그와 얼굴을 반쯤 가린 채 징그러운 시선을 보내는 사이먼을 뒤로하고 걸어 나와 차를 타고 집으로 간다. 엔진을 끈 채 얼굴을 운전대에 파묻고는 가만히 앉아 있는데 눈물이 하염없이 흘러내린다. 입에서는 연신 탈룰라를 부르는 소리가 새어 나온다.

제22장

2018년 9월

이튿날 소피는 하릴없이 학교를 빙빙 돌아다녔다. 이론적으로 이 시간은 그녀가 일에서 잠시 숨을 돌리는 휴식이자 새로운 생각의 움을 틔워 한창 매달리고 있는 플롯을 해결할 기회여야 한다. 그러나 지나가는 사람들의 얼굴을 모종의 희망을 품고 바라볼 때마다 자신이 리엄을 찾고 있다는 사실을 깨닫고 만다.

그녀는 파트너가 근무하는 학교를 돌아다니며 젊고 잘생긴 남자를 찾아다니는 이유가 탈룰라 머레이와 잭 앨리스터, 스칼렛 자크에 대한 미스터리를 머릿속에서 밀어낼 수 있다면 그만큼 일에 집중할 공간이 늘어나기 때문이라고 합리화한다. 하지만 리엄을 닮은 사람이 본관을 나서는 모습을 보자마자 숨이 헉하고 막힌다. 게다가 다가가 보니 그가 정말 리엄이라는 사실을 확인하는 순간 심장이 쿵쾅거리고 두 볼에 화색이 돌기까지 한다. 그녀는 평정을 가장하기 위해 의식적으로 숨고르기까지 한 후에 비로소 경쾌한 목소리로 리엄에게 인사를 건넨다. "리엄! 잘 지냈어요? 만나서 반가워요."

그도 소피를 바로 알아보고 인사한다. "소피. 맞으시죠?"

"네. 어떻게 지내요?"

"그럭저럭요. 지금 학생에게 줄 책을 가지러 제 방으로 가던 길이었어요."

변명하는 듯한 말투였다. 소피는 리엄을 만날 생각이긴 했지만, 문득 자신이 교장의 '아내' 입장이라 권위를 가진 인물로 비칠 수 있다는 사실을 그가 떠올렸을지도 모른다고 걱정을 했다.

소피는 손을 내저으며 그의 해명에 대답한다. "그렇군요. 나는 일하기 싫어서 꾀를 부리느라 빈둥거리는 중이에요."

"집중을 못 해서 고생하신다고 말씀하신 기억이 나요. 정확히 어떤 일을 하세요?"

"나는 소설가예요." 그렇게 대답하자 그의 얼굴이 환해진다.

"와. 대단한데요. 출판도 하세요? 출판을 하지 않으신다면 굳이 '소설가'라고 하지는 않으셨을 것 같아서요. 그냥 '나는 소설을 쓰고 있어요'라고 하셨겠죠."

소피가 웃음을 터트렸다. "그 말대로예요. 내가 소설가라고 하면 출판을 했냐고 물어보는 사람이 얼마나 많은지 알면 놀랄걸요. 맞아요, 내 소설은 출판돼 팔리고 있어요. 그리고 아마 당신이 덴마크나 스웨덴, 노르웨이 사람이 아니라면 내 이름은 못 들어봤을 거예요. 아, 또 베트남인이 아니라면요. 내 소설이 거기에서도 많이 팔렸거든요."

리엄이 놀라워하며 고개를 저었다. "와, 믿기지 않을 정도로 멋지네요. 정말 가슴이 뛸 것 같아요. 내가 쓴 작품이 다른 나라 말로 출간이 되고, 다른 나라에서 수많은 사람이 내 소설을 읽는다고 생각하면요. 어떤 소설을 쓰세요?"

"이 바닥에서 '코지 미스터리'라고 부르는 장르예요."

그가 고개를 끄덕인다. "저도 들어봤어요. 폭력이 없는 범죄소설, 그런 종류죠?"

"맞아요. 그런 종류예요."

"읽어보고 싶어요. 어떤 이름으로 책을 쓰세요?"

"P. J. 폭스요. 시리즈물인데 〈리틀 히더 그린 탐정사무소〉라고 불러요. 당신 취향에······."

"잠깐만요." 그가 바지 주머니에서 휴대전화를 꺼내며 말했다. "적어두려고요. 한 번만 더 말씀해주시겠어요?"

소피는 제목을 다시 알려주고 그가 휴대전화에 힘겹게 글자를 입력하는 모습을 지켜봤다. 그는 또래 젊은이들처럼 엄지손가락 두 개로 재빨리 글씨를 입력하는 게 아니라 엄지 하나로 스크린을 터치한다. 그녀는 미소를 억지로 참았다.

"다 됐어요. 읽어보게 두 권 정도 주문하려고요."

소피는 미소를 짓다가 그가 어서 가봐야 한다는 티를 내고 있다는 걸 알아차렸다.

"있잖아요. 가기 전에, 수요일 밤에 나눈 이야기 기억해요? 메이폴 하우스에 대해서라면 당신이 세계 최고 전문가라고 했잖아요."

리엄이 미소를 짓더니 눈을 가늘게 뜨고 묻는다. "제 발로 덫으로 걸어 들어가는 기분이 드는 건 왜일까요?"

소피가 웃음을 터트렸다. "덫이 아니에요, 약속해요. 그저 저 숲에 대해서 뭘 아는지 궁금해서요."

"저 숲이요?"

"그래요. 이상하게 들릴 거예요. 실은 내가 숲에서 뭘 좀 찾아냈어요. 관사 바로 뒤에서요. 정말 흥미진진한데, 실종된 십 대들과 관련이 있어요. 그런데 누군가 그 물건을 그곳에 일부러 두고 갔을지 모른다는 생각이 드는 거예요. 내가 찾을 수 있게. 아니면 숀일 수도 있고요. 혹시 뭐 아는 거 없어요?"

리엄이 그녀를 보더니 숲으로 시선을 돌린다. 어딘지 어두운 그림자가 그의 얼굴을 잠시 스치고 지나가는 것 같다. "네, 좋아요. 나중에 괜찮으세요? 일단 저는 4시에 일이 끝나요. 댁으로 가도 될까요?"

"물론이죠." 숀은 적어도 6시는 돼야 퇴근하기 때문에 소피는 선선히 대답했다. "4시에 와요. 그때 봐요."

소피는 지난 이틀간 다크 플레이스에 대해 더 많은 정보를 찾아냈다. 그 저택은 위키피디아뿐 아니라 건축학적으로 유명하거나 역사적인 흥밋거리가 있는 건물을 다루는 온라인 문서에 수없이 등장했다. 소피는 맨턴 근교에 사는 현지 역사가가 쓴 글을 찾아냈다. 그 역사가의 설명에 따르면 다크 플레이스는 "엉망진창인 케이크처럼, 각종 건축 양식과 시대가 뒤죽박죽으로 뒤엉켜 있지만 부분의 합보다 훨씬 더 영롱하게 보이는 건물"이다. 그는 그 건물에 관한 다양한 이야기를 위키피디아보다 한결 더 현란한 언어로 다시 들려주는데, 등장인물들에게서는 생동감이 넘쳐났다. 청부살인 업자가 짐승을 잡으려고 놓은 덫에 걸리는 순간은 읽기 고통스러울 만큼 디테일이 생생했다. 무더위가 한창이었고, 덫은 그늘이라고는 없는 곳에 놓여 있어 그 남자는 뜨거운 태양에 그을리고 태워지면서 피부에 물집이 잡혔다. 그래서 닷새 후 시신이 발견됐을 때에는 흡사 "통으로 구운 돼지의 피부" 같았다고 한다. 그는 글의 말미에서 가장 최근에 그곳에 살았던 사람들에 대해 간략하게 언급한다.

최근에 다크 플레이스는 개인 소유로, 채널 제도 출신 가족의 거주지가 됐다. 건축계획신청서를 보면 그들은 중앙에 있는 조지 양식의 부속 건물 후면에 유리로 된 건물을 증축했고 뒤쪽에 수영장을 설치했다. 수영장에 딸린 별도의 풀 하우스는 주위 건물과 잘 어울리며 복구한 팔라디오풍 기둥들로 경계가 지어져 있다. 이 기둥들은 제일 처음에 세워졌던 저택의 일부인데, 복수심에 불타는 연인이 그 저택을 불태웠다는 이야기가 전해진다. 한 번도 진화를 멈춘 적이 없으며 자신과 그곳에 사는 사람들에 관한 일화를 늘 찾아내려고 했던 저택에 맞춤한 증축이었다.

거기다 그 글에는 소피의 관심을 확실히 끌어당긴 문장이 하나 있었다. 반쯤 읽어내려 갔을 즈음 그가 무심하게 툭 던진 문장이었다.

오래전부터 다크 플레이스와 그 저택 근처의 숲을 연결하는, 영국 내전 중에 판 비밀 터널이 있다는 소문이 떠돌고 있다. 하지만 오랜 세월 동안 이 저택에 살던 사람들이 온갖 노력을 기울였음에도 불구하고 이 터널로 들어가는 입구나 출구에 대한 증거는 발견되지 않았다.

그 문장을 읽는 동안 소피는 등줄기가 서늘해졌다.
시간을 확인해보니 어느새 4시가 코앞이었다. 소피는 휴대전화

카메라로 얼굴을 살펴보곤 마스카라를 다시 칠하고 색깔이 있는 립밤을 바른다. 잠시 후 노크 소리가 들렸다.

"저예요, 리엄."

소피는 목이 살짝 깊게 파인 여름 드레스 위에 걸친 카디건 앞섶을 당겨 매무새를 다듬은 후 문을 열었다.

"왔어요? 이렇게 시간을 내줘서 고마워요."

리엄이 긴장한 듯 미소를 짓는다. "솔직히 말씀드리면 제가 큰 도움이 되지는 못할 것 같아요. 그래도 기꺼이 노력은 해보겠습니다. 이쪽인가요?" 그는 소피를 따라 뒤뜰로 나갔고, 그녀는 리엄을 위해 뒷문을 잡아준 후 표지판을 보려고 돌아섰다.

리엄이 한참 표지판을 보다 말문을 연다. "이상하네요. 직접 하셨어요?" 그가 땅을 파는 시늉을 한다.

"네. 내가 했어요. 그리고 찾았죠…… 이걸." 소피가 휴대전화의 사진 앨범을 스크롤해 그 반지의 사진을 보여준다. 그러고는 어떤 본능적인 반응이 나타나진 않는지 리엄의 얼굴을 찬찬히 뜯어봤지만, 아무것도 드러나지 않았다. "반지군요." 그가 한참 후에 말한다.

"네, 그래요. 그리고 반지 주인을 알아냈어요."

"정말요?"

이번에도 리엄은 반지나 반지의 주인, 반지에 얽힌 이야기를 안다고 짐작할 만한 변화는 조금도 드러내지 않는다.

"그렇다니까요. 그걸 판 보석점을 알아내 직접 가서 2017년 6월에 잭 앨리스터라는 사람이 이걸 사 갔다는 사실을 확인했어요."

소피는 비로소 그의 얼굴에 스쳐 지나가는 작은 흥분을 포착한다.

"가게 주인이 내게 그 사람의 주소를 알려줬어요. 어제 그 집을 찾아가서 그곳에 사는 여자분에게 반지를 돌려줬어요. 킴 녹스. 탈룰라의 엄마." 소피는 다음 질문을 던지기 전에 한숨 기다린다. 엉뚱한 소리를 해서 그가 입을 다물게 만들고 싶지 않았다. "무슨 일이…… 무슨 일이 있었죠? 그러니까 그날 밤 말이에요. 그 사건에 대한 당신의 의견은 어때요?"

리엄이 한숨을 쉬며 바닥을 쳐다본다. 잠시 후 그가 고개를 들고 묻는다. "시간이 얼마나 있으세요?"

제23장

리엄이 메이폴 하우스에 다닌 지 1년이 넘었을 즈음, 스칼렛 자크가 학기 중간에 느닷없이 나타났다. 스칼렛은 리엄처럼 기숙사에서 지내지 않았다. 건지섬에서 이 지역으로 막 이사 온 그녀는 근처에서 통학을 했다.

스칼렛은 그해 봄 학기 개학 날 방한용 귀마개를 하고 미니스커트를 입고 구내식당에 나타났다. 그때만 해도 옷차림은 평범한 여학생이었다. 검은 머리카락을 두 줄로 땋고 앞머리를 내렸으며 눈썹에는 피어싱을 하나 했다. 학교 복도는 따뜻했지만 얇은 양모 스웨터를 입고 커다란 녹색 목도리를 목에 칭칭 감은 채 몸을 부르르 떨던 모습이 마치 바구니에서 튀어나온 독사 같았다.

리엄은 스칼렛이 진열대에서 음식을 골라 집는 모습을 눈여겨봤다. 롤빵과 햄, 콘플레이크 한 그릇, 핫초코, 삶은 달걀 하나였다. 아침 쟁반에 음식을 얼마나 담는지 보면 누가 신입생인지 알 수 있다. 스칼렛은 접시를 앞으로 들고 팔꿈치는 아기 새 날개처럼 옆으로 내밀고는 주위를 두리번거리며 잠시 서 있었다. 리엄은 그녀가 몸을 한 번 더 부르르 떤 후 라디에이터 옆에 있는 빈자리로 향해 분홍색 손톱으로 달걀을 까는 모습을 잠시 지켜봤다.

리엄은 그 이후 며칠간 스칼렛을 보지 못했다. 두 번째로 봤을 때 그녀는 사람들에게 에워싸여 처음과는 완전히 달라진 지위를 누리고 있었다. 몸을 떨지도 않고, 얼굴을 반이나 덮은 목도리 위로 불안하게 주위를 두리번거리지도 않는 여왕벌이었다. 일주일도 지나지 않아 그녀는 사랑스러운 아이에서 감히 접근할 수 없는 사람이 돼버렸다.

리엄은 그때 A 레벨 시험을 준비 중이었다. 재수였다. 그가 알기로 스칼렛은 GCSE 시험을 막 치르고 처음으로 A 레벨 시험을 준비 중이었다. 겨울 동안 리엄은 스칼렛을 꽤 공공연히 따라다녔다. 그는 농부였고 시골 출신이었다. 그런 배경을 가졌는데 좋아하는 소녀가 생겼다면 그녀가 자신의 마음을 알아주기를 바라면서 가만히 앉아 있어봐야 의미가 없다. 스칼렛은 처음에는 리엄의 매력에 저항하는 것처럼 보였다. 그는 확실히 스칼렛이 평소 사귀는 타입과는 달랐다. 그는 너무나 건전하고, 말쑥하고, 충분히 영리하진 않지만, 충분히 이상하지도 않았다. "네 문제가 뭔지 아니, 리엄 베일리?" 스칼렛은 어느 날 밤 학교 매점에서 그에게 이렇게 말했다. "너는 심하게 잘생겼어. 나는 그걸 감당할 수가 없어."

그 말에 리엄은 허공을 향해 주먹을 날렸다. "좋았어!" 왜냐하면 너무 잘생겼다는 사실은 넘을 수 있는 장애물이었기 때문이다.

두 사람은 학교가 거의 텅 비고 스칼렛의 친구들이 대부분 집으로 돌아간 2월 봄방학 중에 처음으로 키스했다. 스칼렛은 리엄을 승마학교에 초대했다. 두 사람은 그날 말을 타고 나갔다. 스칼렛은 엄마에게서 빌린 것 같은 남색 점퍼와 누비코트를 입고 엄마의 헬멧을 쓰고 있었는데, 그러고 있으니 설핏 고향의 여자아이들처럼 보였다. 입 맞출 때 스칼렛의 두 볼은 발그레하게 물들었다. 둘을 에워싼 공기는 그들의 숨결로 반짝반짝 빛이 났다. 바로 그 순간 리엄은 자신이 난생처음 미칠 듯한 사랑에 제대로 빠졌다는 사실을 깨달았다.

짧은 방학이 끝나 스칼렛의 친구들이 메이폴로 돌아오자 리엄은 자신이 스칼렛의 남자친구로 대접받지 못하리라 내심 짐작했다. 하지만 그러기는커녕, 그는 스칼렛 패거리의 핵심 구성원들에게 환영을 받았다.

미미. 제이든. 로키. 루.

그들은 모두 미술을 전공하며 면면이 화려하고 강렬한 분위기라 리엄과는 천지 차이였다. 그들은 리엄을 마스코트처럼, 애완 곰처럼 다루었다. 그들은 리엄을 놀리며 장난을 치고 그가 마이클 부블레처럼 생겼다며 '붑스*'라는 별명으로 불렀지만, 실은 그는 눈곱만큼도 마이클 부블레와 닮지 않았다. 그들은 리엄의 고향 사투리를 흉내 내고 짝짓기를 하는 양과 사촌끼리 결혼하는 풍습으로 농담을 하기도 했지만 리엄은 아무렇지도 않았다. 왜냐하면 그의 유머 감각과도 통했기 때문이다. 리엄은 사람들을 놀리고 약을 올리는 걸 좋아했다. 스칼렛의 추종자들은 스칼렛이 있을 때만 함께 어울리기 때문에 그는 그들을 "그루피"라고 불렀다. 그들은 스칼렛 없이는 절

---

* 여성의 가슴을 이르는 속어.

대 어울리지 않았다. 가끔 그중 한 명이 혼자 휴대전화를 들여다보며 캠퍼스 주위를 배회할 때 "뭐 해?"라고 물어보면 분명 이렇게 대답할 것이다.

"스칼렛을 기다리고 있어."

그 1년간, 스칼렛은 완전히 변했다. 가끔 승마를 즐기고 머리를 땋는 소녀에서 위조 신분증으로 소호에서 문신을 새기고 A급 마약을 해보는 소녀로 말이다. 그녀는 검은 머리를 자르고 탈색을 했다. 입술과 코, 혀에 피어싱을 했다(리엄은 혀에 한 피어싱이 너무 싫어서 그게 반짝이는 모습을 볼 때마다 혐오감에 속이 뒤틀리는 것 같았다). 더는 여성스러운 옷을 입지 않았고, 브롱크스에 사는 열두 살짜리 소년처럼 입기 시작했다. 리엄은 그래도 상관없었다. 둘이서만 있을 때면 그녀는 평범하고 단순한 스칼렛일 뿐이었다. 달걀을 까는 모습을 본 순간 리엄이 사랑에 빠진 그 소녀 말이다.

두 사람은 스칼렛이 메이폴 하우스를 다닌 1년 반 동안 줄곧 연인이었다. 리엄은 성격이 원만하고 서글서글해서 스칼렛과 그녀의 기분, 그녀의 괴상한 친구들을 더욱 돋보이게 했다. 그는 옆 마을에 있는 스칼렛의 집, 다크 플레이스에서 같이 살기도 했다. 그 집의 황홀함에 대해서는 말로 다 설명할 수가 없다. 리엄은 지금까지 교외에 지어진 눈이 번쩍 뜨일 만한 저택을 많이 봤지만 스칼렛의 집만큼 아름다운 곳은 없었다. 그 시절 저택은 끊임없이 리모델링이 진행 중이라, 진입로에는 건축업자들이 몰고 온 승합차가 서 있고 드릴 소리며 쿵쿵거리는 공사 소리가 울렸다. 벽에는 탁한 색조로 칠했다가 다시 덧칠하는 중인 사각형 구획들이 있고 사방에 벽지 샘플과 고가의 타일 상자가 놓여 있었다.

집을 꾸미는 일은 스칼렛의 엄마인 조스의 몫이었다. 조스는 사람들이 스칼렛의 엄마를 상상할 때 떠올리는 모습 그대로였다. 목소리가 크고, 오만불손하고, 자기도취 성향도 강했다. 스칼렛의 아빠는 그녀와 사귀는 동안 한두 번밖에 못 봤다. 마틴 자크는 런던에서 일했고 블룸즈버리에 개인 아파트가 있었다. 그는 매우 말랐고 데면데면한 성격이었다. 은색에 가까운 머리카락은 풍성했고 거의 언제나 볼이 경련하듯 씰룩거렸다.

그리고 스칼렛의 오빠로 리엄과 나이가 더 가까운 렉스가 있었다. 근사한 청년으로 리엄과 성격도 잘 맞았다. 자기애로 충만하고 가끔 언성을 높이는 모습을 보면 그 어머니에 그 아들이었다.

자크 가족은 리엄을 좋아했다. 그가 그 가족의 일원인 것처럼, 흡사 가구라도 되는 것처럼 느끼게 대해줬다. 조스는 늘 그에게 시킬 일거리가 있었다. 물이 새는 배관을 조여야 하거나, 배선을 새로 해야 하는 전기 주전자가 있다거나, 정비를 받기 위해 정비소로 끌고 가야 할 차가 있었다. 그리고 리엄은 솜씨 좋은 청년, 러닝머신을 다시 작동시키거나 풀밭에서 여우를 몰아내는 방법을 잘 알아서 믿고 맡길 수 있는 청년의 역할을 기꺼이 수행했다.

그러다 모든 것이 변했다. 스칼렛은 2016년 6월 A 레벨 시험을 전부 치른 후 여름 내내 가족끼리 요트 여행을 떠나게 됐다. 리엄도 함께 가자는 초대를 받았지만, 아빠가 허리를 다치셨기 때문에 집으로 돌아가야 했다. 스칼렛이 여행에서 돌아오고 리엄이 코츠월드에서 돌아온 무렵에는 둘이서 함께 보낸 시간이 거의 없었다. 그러다가 스칼렛은 맨틴 칼리지에서 미술을 전공하게 됐다. 그동안 리엄은 여전히 메이폴 하우스를 지키며 A 레벨 시험에 다시 도전했다. 함께 점심을 먹지도 않고, 강의가 없는 시간에 리엄의 기숙사 방에 몰래 숨어 들어가 섹스를 하거나 TV를 보는 시간도 없고, 서로 마주칠 기회는 전혀 없다 보니 함께 있을 때 느꼈던 편안함과 친밀감은 어느새 사라졌다. 그러다가 1학기가 끝나갈 무렵인 2016년 크리스마스 직전, 스칼렛은 리엄을 데리고 스완 앤드 덕스로 가서 맥주와 피시 앤드 칩스를 사 주며 친구 사이로 지내는 게 최선이라고 말했다. 리엄은 어깨를 으쓱하며 대답했다. "그래. 조만간 이렇게 될 것 같았어."

"그래서 마음이 아파?" 스칼렛이 눈을 휘둥그레 뜨고 아랫입술을 깨문 채 물었다.

"그래. 아파."

"미안해."

"미안해할 필요 없어. 너는 어리고 앞날이 창창하잖아. 이해해."

"마음 바꿔도 돼?"

그가 웃음을 터트렸다. "지금부터 15분 안에 바꾼다면. 그 후에는 잊어."

그녀는 리엄의 어깨에 머리를 기대더니 잠시 후 고개를 들고 그를 바라보며 말했다. "나, 네가 없으면 무단결석을 밥 먹듯이 할 것 같아. 갈팡질팡하게 될 거야. 어쩌면…… 모르겠어, 끔찍한 짓을 저지를지도 몰라."

"바보 같은 소리 마."

"아니. 진심이야. 내가 그나마 사람 행세를 하며 사는 건 네 덕분이야. 너는 반석 같은 존재거든. 그런 네게서 떨어져 나가려는 거야. 이제 무슨 일이 벌어질지 모르겠어."

"나는 아무데도 가지 않아. 바로 저기 있을 거야." 리엄은 펍의 창문을 지나 공원을 가로질러 메이폴 하우스를 손가락으로 가리켰다.

"그래. 하지만……." 말꼬리를 흐리는 스칼렛의 얼굴에 스쳐 지나가는 어두운 기색을 그는 얼핏 봤다.

"하지만 뭐? 뭐가 문제야?"

"아무것도 아니야. 아무 문제없어." 그녀는 어색한 미소를 억지로 지었다. 두 사람은 잠시 포옹을 했다. 리엄은 스칼렛의 체취를 들이마시며 눈물을 터트리지 않으려고, 그녀가 그를 죽일 수도 있다는 사실을 드러내지 않으려고 죽을힘을 다해 참았다.

리엄은 크리스마스 연휴를 보내기 위해 집으로 돌아갔다. 말수가 확 줄었지만 가족 중 누구도 알아차리지 못했다. 집안 분위기가 전혀 조용하지 않았기 때문이다. 리엄은 남자 형제 세 명과 여자 형제 한 명이 있는데, 명절을 맞아 조카들도 와 있었다. 새끼를 낳을 예정인 소들과 고쳐야 할 울타리, 옮겨야 할 건초도 기다리고 있었다. 리엄이 1월에 메이폴 하우스에 돌아왔을 즈음에는 스칼렛과의 관계도 거의 정리가 됐다.

하지만 완전히는 아니었다.

그는 1월 후반에 마지막 A 레벨 시험을 봤다. 그리고 드디어 메이폴 하우스를 떠나 집으로 돌아가 아버지의 농장 일을 도울 수 있게 됐다. 하지만 집으로 떠나는 날 스칼렛에게서 전화를 한 통 받았다.

"네가 필요해, 붑스." 스칼렛이 말했다.

전화 속 목소리는 스칼렛 같지 않았다. 어딘지 달랐다. 공허하고 겁에 질린 것 같았다.

"무슨 일인데?" 그가 되물었다.

"전화로는 말 못 해. 지금 여기로 올 수 있어? 우리 집으로. 제발."

리엄은 방을 둘러봤다. 짐은 반쯤 쌌고 책장은 다 비웠다. 그는 인생에서 이번 챕터를 정리하고 다음 챕터로 넘어가려는 준비를 하는 중이었다. 오후 6시에 고향으로 출발할 계획이었는데 벌써 3시가 다 된 시각이었다. 그는 한숨을 쉬며 어깨를 축 늘어트리고 대답했다. "알았어. 가야지. 곧 갈게. 한 두 시간쯤 후에."

"안 돼. 지금 와. 제발. 지금 당장!"

그가 다시 한숨을 쉬었다.

"알았어. 10분 안에 갈게."

"그래서 무슨 일이었죠? 스칼렛이 원하는 게 뭐였어요?" 소피가 물었다.

"제 생각엔 신경쇠약이 심하게 온 것 같았어요. 아기처럼 몸을 말고 누워서 부들부들 떨고 있었죠. 그 애 엄마는 스칼렛이 관심을 끌려고 그러는 거라고 말했어요." 리엄이 어깨를 으쓱한다. "그랬을지도 모르죠. 하지만 그냥 두고 갈 순 없다는 건 알겠더라고요. 스칼렛에게는 여전히 내가 필요하다는 것도요. 그래서 아버지에게 아직은 못 돌아간다고 말씀드리고 한동안 스칼렛의 집에서 지냈어요. 얼마 후 여기 학교에 보조강사 자리가 났어요. 몇 주 정도라면 그 일을 해도 괜찮을 것 같았어요. 스칼렛 근처에 머무르려면요. 그리고, 보세요. 저는 아직도 여기에 있어요. 1년이 넘도록." 그가 한숨을 쉰다.

"왜죠? 왜 스칼렛이 떠났을 때 집으로 돌아가지 않았어요?"

"저는 그저." 그가 얼굴을 찡그린다. "스칼렛이 돌아오지 않을 줄은 몰랐어요. 여름에만 집을 비울 거라고 생각했거든요. 그런데 여름이 가고 9월이 돼도 돌아오지 않더라고요. 그때는 크리스마스가 오면 돌아오겠거니 했는데 오지 않았죠. 2018년이 되니 스칼렛은 내 메시지에 전혀 답장하지 않고 전화도 받지 않았어요. 그래서 그 애 마음이 완전히 떠났구나 싶더라고요. 끝난 거죠. 그런데 저는 이곳이 좋았어요. 그래서 계속 머무른 거예요."

"그런데 그 풀 파티 말이에요." 소피가 너무 강하게 밀어붙인다는 인상을 주지 않으려고 무심한 척하며 질문했다. "그날 밤 무슨 일이 있었죠?"

리엄이 고개를 들어 소피를 보더니 한숨을 쉰다. "젠장. 누가 알겠어요. 제가 아는 거라곤 걔네가 집까지 따라온 이유를 전혀 모르겠다는 사실뿐이에요. 그 남자애, 잭 말이에요. 솔직히 그 애는 좀 어두운 구석이 있더라고요. 저는 잭과 그 여자애 사이에서 어딘지 수상쩍은 느낌을 계속 받았어요. 펍에서 그 여자애는 스칼렛의 집에 가고 싶어 하지 않는 기색이 역력했어요. 아마 잭이 가자고 했을 거예요. 그런데 막상 스칼렛의 집에 와서는 그곳이 자기들이 있을 곳이 아니라고 생각하는 것 같았어요. 사람들과 어울리고 싶어 하지 않았어요. 남자애는 딱 봐도 뭔가 꽁해 있는 것 같았어요. 질투 같은 거겠죠."

"질투요? 뭘요?"

리엄이 눈을 깜박이다가 숨을 헉 들이쉰다. "모르겠어요. 으리으리한 저택이나 특권이나 뭐 그런 거겠죠. 어쨌든 분위기가 어색했어요. 그러다가 친구인 렉시, 그 애가 여기 학교에 살거든요. 케리앤 선생님의 딸인데 아시죠?"

소피가 고개를 끄덕였다.

"렉시가 학교로 돌아갈 거라고 했어요. 저도 이만 가야겠다 싶어서 같이 가기로 했죠. 그 김에 렉시가 둘한테 마을까지 태워주겠다고 했더니 여자애는 '네, 그래주시면 감사하죠.'라고 했어요. 그런데 남자애가 싫다는 거예요. 계속 있을 거라고 했죠. 보니까 남자애가 여자애의 의자를 끌어당기는 듯했어요. 그때는 그 여자애가 진심으로 안쓰러웠어요. 이 이야기는 당시에 경찰에게 다 했어요. 제 생각에 그 여자애의 어머니, 킴 말이에요. 그분은 잭이 뭔가를 저질러서 불상사가 일어났다고 생각하시는 것 같았어요. 잭과 모종의 관계가 있는 변고가 있었을 거라고요. 잭이 그분의 딸을 죽였다, 그리고 종적을 감췄다 이런 식으로요. 하지만 그런 일이 있었다면 어떻게 아무런 증거가 없을 수 있죠? 늘 그 부분에서 뭘 어떻게 생각해야 할지 모르겠어요. 두 사람은 분명히 그곳에 있었는데, 다음 순간 사라졌어요. 피 한 방울도 없이, 죽음의 냄새도 없이요. 사지육신이 멀쩡한 두 사람이 그냥 사라져버린 거예요. 말이 안 되잖아요. 그렇죠?"

리엄이 소피의 휴대전화로 시선을 돌려 다시 그 반지 사진을 바라본다.

"그런데 이제." 그가 손가락으로 사진을 확대하며 말한다. "그 모든 게 다시 시작되겠군요."

제24장

2017년 2월

탈룰라의 시선은 정교한 문양의 연철대문을 통과해 길게 뻗은 진입로를 지나 작은 언덕배기 정상에 있는 스칼렛의 집으로 향한다. 앞으로 족히 1마일은 더 가야 할 것 같다. 그녀는 대문 옆에 난 좁은 행인용 통로로 자전거를 끌고 들어간 후 다시 올라타 달렸다.

스스로도 지금 무슨 짓을 하는 건지, 왜 이러는지 잘 모르겠다. 탈룰라는 자신의 인생이라는 벽에 난 문이 모두 사라진 것만 같다. 어떻게든 단 1분이라도 그 벽에 난 작은 틈을 찾아내야 할 것 같다. 숨을 쉴 수 있게 말이다.

저택이 가까워질수록 그녀는 연신 숨을 들이쉬며 속으로 감탄을 연발한다. 이곳은 마법이 현실이 된 곳이었다. 꿈에서나 볼 수 있는, 다음 날 눈을 뜨면 꿈이었다는 사실에 허망해지고 서글퍼질 것만 같은 마법 같은 저택. 그녀는 자전거를 벽에 기대 세운 채 바닥에 깔린 하얀 조약돌을 자박자박 밟으며 저택 정문으로 갔다.

스칼렛에게 전화해 그녀가 외출한 척하거나 어딘가로 몸을 숨길 기회를 줘야 할지 잠시 망설였다. 그러나 잭이 축구를 마치고 돌아올 때까지 겨우 1시간밖에 남지 않았다. 여기까지 왔으니 얼굴만이라도 보고 싶었다. 그녀는 초인종을 누른 뒤 목청을 가다듬고 머리를 정리했다. 잠시 후 "잠깐만요!" 하는 여자 목소리가 들린다. 그 애의 목소리다. 스칼렛 말이다. 그녀가 곧 문을 열어줄 것이다. 탈룰라는 어느새 자신이 숨을 참고 있다는 사실을 깨닫는다. 마침내 문이 열리고 스칼렛의 시선이 탈룰라에게 닿는 찰나의 순간, 누구도 선뜻 입을 열지 않는다. 마침내 탈룰라가 입을 열고 이제 가봐야 한다고 말하려 하는데 스칼렛이 고개를 살짝 흔들더니 눈을 깜박이며 말한다. "세상에. 버스에서 만난 탈룰라잖아."

커다란 개가 어슬렁거리며 시야에 들어왔다. 스칼렛의 자화상에 등장한 바로 그 개인데 정말 거대했다.

"안녕." 탈룰라가 인사를 건넨다. "불쑥 찾아와서 미안해. 실은 얼마 전에 미미와 잠시 이야기를 했는데, 널 보면 안부 전하고 연락하라고 해달라는 부탁을 받았거든. 그러다가 얼마 전에 너를 마을에서 봤는데 말을 걸기도 전에 네가 차를 타고 가버렸어. 난 마트 여직원이랑 아는 사이인데 걔가 네가 어디 사는지 말해줬어. 그래서…… 여기 와서 직접 미미의 부탁을 전하면 어떨까 싶더라. 그렇게 된 거야."

"너 이메일 보냈지, 그렇지?"

"그래, 마을에서 너를 본 후에."

"내가 답장을 안 했어."

"괜찮아. 아무 문제없어. 네가 답장할 거라고 기대도 안 했어."

"여기는 어떻게 왔니?"

탈룰라가 자전거로 고개를 돌린다. "어, 자전거로."

개가 스칼렛을 지나쳐 탈룰라 바로 옆에 서서 요란하게 헐떡거린다.

"개를 쓰다듬어도 될까?"

"물론 되지. 못 살아. 해줘. 그 녀석은 모르는 사람이 쓰다듬어주는 낙으로 사니까. 완전 헤퍼."

탈룰라는 개의 두툼한 털 속으로 손을 집어넣고 미소를 짓는다.

"기억나. 개를 좋아한다며. 한 마리 키우고 싶다고 했지. 그래서 키우고 있니?" 스칼렛이 묻는다.

탈룰라가 고개를 가로저으며 쪼그리고 앉아 가까이서 개를 들여다본다. "이름이 뭐야?" 그녀는 축 늘어진 개의 턱살을 움켜쥔다.

"토비."

"그렇구나, 토비처럼 생겼어."

이제는 더 할 말이 없는 것 같다. 탈룰라가 몸을 펴고 말한다. "어쨌든, 전부 다 사실이야. 미미가 다들 네 걱정을 하니까 그만 머저리같이 굴고 모두에게 어떻게 지내는지 알려달래."

탈룰라는 자신이 방금 전한 말에 스칼렛이 어떻게 반응하는지 잠시 눈치를 살핀다. 스칼렛은 전보다 더 살이 빠진 것 같다. 마구잡이로 자란 머리 뿌리 부분은 놀랄 정도로 검다. 옷차림도 학교에서보다 훨씬 얌전하다. 여기저기 찢어진 청바지와 '건지 요트 클럽'이라는 로고가 새겨진 낡은 티셔츠. "들어올래?" 스칼렛이 묻는다.

"어, 응. 그래. 너만 괜찮다면."

"나야 괜찮지."

"오래는 못 있어. 2시까지는 집에 가야 하거든. 그래서……."

"차 한 잔 마시자. 모두들 외출해서 집이 조용해."

탈룰라는 스칼렛의 뒤를 따라 유리 상자처럼 생긴 독특한 주방으로 들어갔다. 먹구름이 하늘을 뒤덮은 날인데도 눈이 부실 정도로 밝았다. 할로겐 전등 불빛이 매끈한 조리대와 선반 표면에 반사돼 반짝거린다. 거대한 미닫이문 옆에 섬세한 나무 식탁과 회색 벨벳을 씌운 의자들이 놓여 있다. 미닫이문을 열자 햇빛이 쏟아지는 테라스가 나오고 그 너머에는 덮개가 덮인 수영장이 있다. 머리 위엔 빨간 구슬이 줄줄이 달린 샹들리에가 있고 벽에는 추상화가 걸려 있다. 주방 반대편 끝에는 L자 형의 선명한 푸른색 소파와 무척 큰 플라즈마 스크린이 걸린 작은 응접실이 있다.

탈룰라의 뒤를 바짝 따라오던 개는 그녀가 소파에 앉자 발치에 털썩 엎드린다.

"토비는 제 가족보다 이 집을 찾는 손님을 더 좋아해. 눈물 나는 현실이야." 스칼렛이 전기 주전자에 물을 채우고 스위치를 누른다.

탈룰라가 미소를 짓는다. "토비는 정말 귀여워. 너는 운이 좋구나." 순간 침묵이 흐른다. "혹시 미미와 다른 아이들에게 전해줄 이야기는 없어?"

등을 돌리고 있던 스칼렛이 한숨을 쉰다. "나는 미미와 어울리고 싶지 않아. 루와도. 아니면 다른 누구와도. 그러니 전할 말 없어. 날 봤다는 말도 하지 마."

"음, 너희 싸웠니?"

"아니. 그냥……." 스칼렛이 우유병을 꺼내며 묻는다. "우유 넣어?"

탈룰라가 고개를 끄덕인다.

"좀 복잡해. 그 이야기는 하지 않는 편이 좋겠어."

스칼렛이 차를 다 끓인 후 머그잔에 따라 식탁으로 가져온다.

"그런데 학교는 어때?"

탈룰라가 어깨를 으쓱한다. "지겨워."

"전에 무슨 공부를 한다고 했지?"

"사회학이랑 사회복지."

"그럼 사회복지 분야에서 일을 하고 싶은 거네?"

"그래. 그럴 계획이야."

"가치 있는 일이지. 넌 확실히 정말 훌륭한 사람이야."

탈룰라가 어색한 듯 웃는다. "너는? 너는 뭐가 되고 싶어?"

"죽고 싶어, 대체로." 스칼렛이 음울한 어조로 대답한다. "그래. 죽으면 좋을 거야." 그러더니 금세 밝은 목소리로 이렇게 말한다. "뭔가 엄청난 거 보고 싶지 않니?"

"어, 그래. 그러지 뭐." 탈룰라는 엉겁결에 대답한 후 찻잔을 내려놓고 일어섰다. 개도 덩달아 느릿느릿 일어난다.

"있지. 진지하게 말하는 건데 이 이야기 아무에게도 하면 안 돼. 이건 말 그대로 정신이 아득해지는 일이야. 이 일을 아는 사람은 세상에서 나뿐이야. 잠시 후면 너는 이 일에 대해 아는 두 번째 사람이 되는 거야. 너를 믿어도 되지?"

탈룰라가 고개를 끄덕인다. "응, 물론이지."

스칼렛의 시선이 잠시 탈룰라에게 머물러 그 대답의 진정성을 가늠한다. 그러더니 그녀가 미소를 지으며 말한다. "어서 와. 이쪽이야."

두 사람은 집을 일주하듯 통과한다. 아지트 같은 작은 방들, 피아노 방, 구두를 보관하는 방을 지나 복도를 따라가니 서재와 식당,

가족 응접실과 손님용 응접실이 나온다. 그곳을 모두 통과한 두 사람이 도착한 곳은 스칼렛이 '튜더 윙'이라고 부르는 구역의 한구석으로 들어가는 작은 문이다. 문을 열자 나온 작은 방에 있는 거라곤 새까맣게 옻칠을 한 책상과 붉은 벨벳 갓이 달린 놋쇠 스탠드, 통나무 벽에 걸린 현대회화 한 점이 다다. 그리고 걸쇠가 달린 나무문이 있다.

"자." 스칼렛이 그 문을 열고 위쪽을 바라보며 말한다. "여기가 탑의 방으로 올라가는 계단이야." 문 너머에는 아주 작고 매우 폭이 좁은 나선 돌계단이 있다. 마치 대성당 같은 오래된 건축물을 찾은 관광객들이 구경하려고 줄을 서 있을 법한 계단 같다.

"와우." 탈룰라가 감탄한다.

"대단하지? 하지만 정말 엄청난 건 따로 있어. 바로 이거야."

스칼렛이 무릎을 꿇고 앉아 청바지 뒷주머니에서 괴상하게 생긴 도구를 꺼낸다. 아주 오래돼 보이고 녹도 살짝 슬었는데, 기다란 손잡이가 있고 손잡이 아래쪽에는 납작한 발바닥 같은 돌출부가 달려 있다. 스칼렛은 그 돌출부를 첫 번째 계단 아래쪽으로 밀어 넣고 레버처럼 사용해 계단을 들어 올린다. 그리고 조심스럽게 돌판을 꺼내 뒤에 내려놓는다. 구멍에서 싸늘한 냉기가 훅 올라와 탈룰라는 몸이 살짝 떨린다.

"내가 이 책을 찾았어." 스칼렛이 한 손을 계단에 난 구멍으로 집어넣으며 말한다. "이 집에 대한 역사책. 읽어보니까 비밀 터널에 관한 내용이 나오는 거야. 일종의 탈출 터널이지. 이 튜더 윙은 영국 내전이 발발한 1643년에 지어졌거든. 건물주가 여길 지은 건축가에게 가족이 몸을 숨기거나 도주해야 할 때를 대비해 비밀 터널

다크 플레이스의 비밀

을 만들라고 주문을 했대. 그런데." 스칼렛이 그 구멍 안에서 뭔가를 잡으려고 애를 쓰는 듯 얼굴을 찡그린다. "이 저택이 반쯤 타버리는 바람에 설계도가 타버렸어. 이 집을 다크 플레이스라고 부르는 것도 다 그 화재 때문이야. 불이 난 후에 주위에 서 있던 나무들이 전부 새까맣게 타버렸거든. 그 후 저택은 방치돼 있었지. 그러다가 70년 후에 런던에 살던 정말 멋진 젊은 부부가 여길 사들였어. 오늘날로 말하자면 힙스터들이겠지. 부부는 이 저택을 새로 짓고 싶었어. 나름의 개성을 품고 있는 건물로. 그래서 이 저택에 조지 윙을 증축했지. 당시에는 그 건축 양식이 초초현대적이었어. 어쨌든 이 부부는 터널이 어디 있는지 오랫동안 찾았지만 도저히 알아내지 못했고, 끝내 아무 소득도 없이 나이가 들자 런던으로 돌아갔어. 그래서 1800년대 이후로 사람들은 그 터널이 전설일 뿐이라고 믿게 됐어. 애초에 그런 게 존재하지도 않았다고 말이야.

그런데 2017년 초에 스칼렛 자크라는 소녀가 등장했어. 그 아가씨는 백수였지. 불명예스럽게 학교를 떠났거든. 그녀는 우울했고 못 견디게 지루했어. 그래서 이 터널을 찾아내는 걸 사명으로 여기게 된 거야. 수많은 날을 소득 없이 흘려보내다 어느 날 갑자기 그녀는 묘수를 떠올렸어. 혹시?" 스칼렛이 살짝 숨을 헐떡이며 구멍 속에 있는 물건을 힘껏 끌어당겼다. 그러자 돌판이 완전히 들어 올려졌다. 스칼렛은 그 돌판을 들어낸 후 첫 번째로 빼낸 돌판 옆에 내려놓는다. "혹시 그 건축가가 지하 터널 입구를 설치할 최적의 장소로 계단 바로 밑을 골랐다면 어떨까? 그리고 그 괴상하게 생긴 금속 물건이, 그러니까 우리가 처음 이사 온 날 이후로 내내 나무 계단 고리에 걸려 있던 그 물건이 지하로 내려가는 문을 여는 열쇠는 아닐까?" 그녀가 뒤로 기대며 얼굴을 가리는 머리카락을 뒤로 넘겼다. "짜잔!" 스칼렛이 한쪽 팔로 그 구멍을 훑듯이 흔들며 탈룰라에게 말한다. "그 아가씨의 생각이 옳았어!"

탈룰라는 입이 다물어지지 않는다. 그녀는 구멍 안을 들여다보다가 다시 고개를 들어 스칼렛을 본다. "하느님 맙소사." 그녀가 속삭인다. 개는 들어낸 돌판에 코를 대고 킁킁거리더니 공기의 냄새를 맡으며 구멍 안을 본다.

"직접 내려가서 둘러보지 않을래?" 스칼렛이 휴대전화 손전등 기능을 켜며 권한다.

"잘 모르겠어. 이제 정말 가봐야 해. 그리고 나는 거미공포증이 있어. 좀 심해. 아마 공황발작이 올 거야."

"그냥 내려가서 계단 아래에 있는 방만 둘러봐. 거긴 거미가 없어. 장담해. 그리고 정말 시원해. 어서 와봐."

그 순간 탈룰라의 무의식으로 어떤 이미지가 스쳐 지나간다. 그녀는 거미가 바글거리는 터널에 있다. 고개를 들어 스칼렛을 보니 마녀처럼 깔깔 웃으며 돌 뚜껑을 다시 제자리로 갖다 놓는 중이었다.

탈룰라는 이곳에 온다는 말을 아무에게도 하지 않았다. 이 집에는 그녀와 스칼렛 둘밖에 없다. 이곳에 있는 탈룰라의 흔적이라고는 스칼렛이 손쉽게 없애버릴 수 있는 엄마의 자전거뿐이다. 스칼렛이 이 터널에 탈룰라를 넣고 입구를 막아버리면 아무도 그녀의 소리를 듣지 못하고, 무슨 일이 벌어졌는지 알지 못할 것이다.

탈룰라는 미대 건물에 걸려 있던 스칼렛의 자화상을 떠올린다. 핏방울이 떨어져 있던 케이크 나이프와 권총, 접시에서 펄떡펄떡 뛰고 있던 심장. 탈룰라는 자신이 이 소녀에 대해 아는 게 거의 없다는 사실을 떠올린다. 스칼렛 자크는 누구일까? 어떤 사람일까?

탈룰라가 스칼렛의 얼굴을 다시 본다. 그곳에는 대학에서 만난 멋진 소녀, 모두가 그렇게 되고 싶어 하는 소녀가 있다. 그 소녀가 장난스러운 미소를 지으며 탈룰라를 바라보며 말한다. "어서 오라니까. 잡아먹지 않아." 마침내 탈룰라는 축축한 벽돌을 짚은 채 지하로 난 계단을 내려가며 그 소녀의 뒤를 따라 구멍으로 들어간다.

제25장

2017년 6월

7월이 코앞이다. 노아도 곧 생후 13개월이 될 터였다. 도로변에 있는 부동산 사무실에서 파트타임으로 일하던 킴은 일을 그만뒀다. 라이언도 로도스섬으로 가려 했던 여름휴가를 취소했다. 부엌 벽에 붙은 달력을 무심코 보던 킴의 눈에 자신이 표시해둔 7월 17일이 들어온다. '종강일, 탈룰라.' 그녀가 흐느끼기 시작한다.

경찰은 마침내 자크가※의 집을 수색할 영장을 발부받았지만 아무 단서도 찾아내지 못했다. 그날 밤 보안 시스템이 작동하지 않았고 감시 카메라도 전부 꺼져 있었기 때문이다. "전부 내 실수예요." 조스 자크가 말했다. "지시사항을 한 번도 제대로 따른 적이 없거든요. 그것 때문에 마틴이 늘 돌아버리려고 하죠."

몇 주 후 스칼렛과 그녀의 가족은 채널 아일랜드에 있는 집으로 돌아가 돌아오지 않았다.

7월이 막바지에 다다르자 킴은 8월에 가기로 한 포르투갈 여행을 취소한다. 숙소가 유아 방이 딸린 가족 친화적인 작은 리조트라서 그녀와 탈룰라는 그곳 사진을 보면서 계획을 세웠다. 노아가 그곳에서 친구를 사귀고, 어쩌면 걸음마를 떼고, 지퍼가 달린 수영복에 모자를 쓰고 양팔에는 튜브를 끼고 첨벙거리는 모습을 상상했었다. 전화를 받은 여직원은 킴이 상황을 설명하자 깊이 공감하며 전액을 환불해줬다. 킴은 전화를 끊은 후 30분 동안 펑펑 울었다.

킴의 전남편 짐은 종종 킴의 집에 와서 며칠이건 머물렀다. 직장을 쉴 수 있는 만큼, 혹은 본인 어머니가 당신을 두고 어디를 다녀오도록 허락해주는 만큼 말이다. 그런 후에 다시 글래스고로 돌아간다. 사실 킴은 그가 아예 오지 않는 게 나을 것 같다. 상황에 아무런 도움이나 위안이 되지 않고 현실적인 지원도 없는데 군식구만 늘어나 식비와 빨아야 할 침구만 늘기 때문이다.

8월 초 그가 또 킴을 찾아온다. 킴은 전남편이 평소와 좀 다르다는 사실을 알아차린다. 뭔가를 벗어던진 듯도 하고 긴장한 듯도 하다.

"방금 그 여자를 만났어. 그 엄마라는 여자."

"메그?"

"그래. 그 여자가 내게 뭐라고 했는지 알아?"

킴은 시선을 내렸다. 그녀는 경찰이 숲을 수색한 날 이후로 어떻게든 메그와 사이먼과 마주치지 않으려고 애를 썼다. 두 사람이 보이면 길 맞은편으로 가거나 방향을 틀거나 가게에서 나가곤 했다.

"맙소사, 말하지 마."

"탈룰라와 잭이 야반도주를 했다지 뭐야. 둘이서 길게 신혼여행을 떠났다나. '그렇게 어린 애들이 아기를 키우다니 얼마나 부담이 컸겠어요. 도망갔다는 소식을 들어도 전혀 놀랍지 않아요.' 이러더라니까."

킴이 한숨을 쉬며 고개를 절레절레 젓는다. "그래서 당신은 뭐라고 했어?"

"그 여자보고 미쳤냐고 했지. 제정신인지 검사 좀 받아보라고 했어."

"사이먼도 같이 있었어?"

"응."

"그 사람은 또 뭐래?"

"별말 없던데."

"둘이 사라진 후로 아무도 두 아이의 은행 계좌를 쓰지 않았다는 이야기도 했어?"

"그럼. 그 여자는 애들이 현금을 쓰고 있을 거래."

"어련하겠어. 당연히 그러겠지. 그 애들은 아마 지금쯤 빌어먹을 리츠칼튼 호텔의 신혼부부용 스위트룸에 있을 거야."

"정말 화가 나." 짐이 분통을 터트린다. "그 사람들이 이 상황을 이렇게 가볍게 받아들인다는 사실이 화가 나서 견딜 수가 없어. 그 사람들 아들이 어쩌면…… 알잖아……." 그러더니 그가 울음을 터트린다.

탈룰라가 실종된 후 처음으로 킴은 마침내 자신과 짐이 같은 곳에 있다고 느낀다. 공포와 분노와 울분을 한마음으로 나눌 수 있는 곳 말이다. 킴이 두 팔을 벌리자 짐이 그 품에 안긴다. 그렇게 두 사람은 한참 서로를 부둥켜안고 있다. 헤어지고 10년이 넘도록 이렇게 서로의 몸이 닿은 적은 처음이다. 그 순간 킴은 짐이 여기 있어서 다행이라는 생각이 든다. 이 슬픔을 함께 나눌 수 있고, 지옥의 한구석에서 그녀와 함께 버텨주고, 그녀를 지탱해주는 누군가가 있어서 다행이라고 느낀다. 하지만 짐의 볼이 그녀의 볼을 스치고 그의 사타구니가 허벅지에 너무 가깝게 다가오고 입술이 느닷없이 포개지자 킴은 그를 거칠게 밀쳐낸다. 어찌나 세게 밀었는지 그는 균형을 잃을 뻔한다. 짐은 잠시 킴을 응시하고, 그녀도 숨을 거칠게 쉬며 짐의 시선을 되받아친다. 이윽고 그녀는 전남편이 바닥에 던져둔 재킷과 가방을 들고 현관문을 열고 나가는 모습을 지켜본다.

이윽고 9월이 되자 '탈룰라 개강일'이라 메모해둔 날짜가 킴의 눈에 들어온다. 너무나 먹먹해서 눈물조차 나오지 않았다.

노아는 어느새 15개월이 됐고 아장아장 걷고 말도 한다. 라이언은 로지라는 여자친구가 생겨 그녀와 제 방에만 처박혀 있다. 킴은 모아둔 돈이 다 떨어져서 하는 수 없이 은행에서 대출을 받았다.

맥코이 경위가 종종 새로 들어온 소식을 알려주지만, 차라리 흘러간 소식이라고 불러야 할 것 같다. 그와 이야기를 하면 할수록 경찰에게 수사를 계속할 만한 단서가 아무것도 없다는 사실만 명백해질 뿐이었다. 다크 플레이스 진입로에 찍힌 타이어 자국은 렉시 멀리건이 몰고 온 차의 바큇자국이었다. 업필드 커먼과 그 주변으로 들고나는 큰 도로의 CCTV 영상에도 그들의 모습은 전혀 나오지 않았다. 잭의 직장동료들은 그가 좋은 청년이었다고 증언한다. 탈룰라의 대학 동기들은 그녀가 좋은 친구였다고 증언한다. 어찌된 일인지 모르겠다는 표정과 무기력하게 절레절레 젓는 고개뿐이다. 그들에게 무슨 일이 일어났는지 아무도 설명하지 못했다.

킴은 그 여름밤 스칼렛의 집 한구석의 작은 방에서 잭이 탈룰라의 팔을 움켜쥐는 모습과 잭의 재킷 주머니에서 반짝이던 반지의 이미지를 머릿속에서 몰아낼 수가 없다. 그녀는 가끔 딸의 방으로

가 정체된 수사의 흐름을 뚫어줄 만한 것을 찾고 또 찾는다. 하지만 아무것도 찾지 못하고 시간만 흘렀다.

시간은 돌고 돌아 다시 6월이 찾아오고, 노아는 세 살이 돼 처음으로 미용실에서 머리를 잘랐다. 탈룰라가 실종된 지 1년이 되던 날 킴은 실종된 딸에 대해 더 많은 사람에게 알리고, 더 많은 사람이 그들에게 관심을 기울이도록 마을을 통과하는 촛불 행진을 이끌었다. 메그와 사이먼은 아기를 낳은 딸들 곁에 살기 위해 그 근처로 이사를 갔고, 인사를 하러 오지도 않았다. 킴은 세인트 브라이즈 교회에서 운영하는 어린이집에 노아를 일주일에 나흘 맡기기 시작한다. 그리고 점심시간에 스완 앤드 덕스에서 일하게 됐다. 은행 대출금은 전부 상환했다. 라이언은 로지와 헤어졌고 메이벨이라는 새 여자친구를 사귄 뒤 맨턴에 있는 그녀의 원룸 아파트에 들어가 살고 있다. 이게 킴의 요즘 일상이다. 펍에서 점심 근무를 하고, 노아를 어린이집에 맡겼다가 데려오고, 장을 보고, 요리를 하고, 먹고 먹인다. 노아를 봐줄 사람이 없어서 금요일 밤에 하던 외출도 끊었다. 그녀는 혼자 포도주를 홀짝이며 실패한 성형수술과 엉덩이 교체 수술을 받은 개에 대한 프로그램을 본다.

여전히 변한 것은 아무것도 없다.

아무 일도 일어나지 않는다. 탈룰라가 사라진 지 15개월이 흐를 때까지.

그러던 9월 초의 어느 아침 킴의 집에 어떤 여자가 찾아온다. 은은한 금발 머리에 예쁘장한 여름 원피스를 입고 있는 눈부시게 매혹적인 여자의 이름은 소피였다. 그녀는 메이폴 하우스에서 반지를 발견했다. 그 반지는 잭의 것이었으며 누구든 땅을 파보라고, 반지를 찾아보라고 등을 떠미는 듯한 화살표가 그곳에 남아 있었다.

오랜 기다림 끝에 마침내 누군가는 뭔가를 알고 있다는 증거가 나타났다. 탈룰라의 이야기가 아직 끝나지 않았다는 증거.

그 여자가 떠난 후 킴은 휴대전화를 들고 주소록을 뒤져 지난 몇 달 동안 한 번도 통화하지 않은 사람에게 전화를 건다.

"안녕하세요, 돔. 킴이에요." (언제부터인가 그녀는 그를 맥코이 경위라고 부르지 않게 됐고, 그도 그녀를 녹스 씨라고 부르지 않게 됐다.) "사건에 진전이 있어요."

제26장

2018년 9월

"음, 소피. 맥코이 형사님이라는 분이 당신을 만나러 오셨는데? 안내처에."

전화를 건 사람은 숀이다. 그의 목소리는 어딘지 혼란스럽고 멍한 것 같다.

"어머나, 맞아. 나를 만나러 오셨을 거야."

순간 침묵이 내려앉자 그녀는 뭐든 설명을 해야 한다는 사실을 깨닫는다. "내가 그걸 땅에서 찾았거든. 숲에서. 그런데 실종사건과 관련이 있더라고."

"그거라고?"

"알잖아. '이곳을 파보시오'라고 적힌 표지판이 우리 정원 울타리에 붙어 있었다고 했지? 그래서 파봤어. 거기 약혼반지가 있었어."

"아하. 그랬군. 나한테는 말한 적 없어."

"맞아. 그 반지의 주인이 누구인지는 오늘 오전에 알아냈거든. 그때 당신이 근무 중이어서……."

"알았어. 아무튼." 그가 말허리를 끊는다. "내가 어떻게 하면 될까……."

다크 플레이스의 비밀

"내가 그쪽으로 갈까?" 소피는 살짝 숨을 몰아쉬며 묻는다.

"어디 보자. 그래. 두 사람이 이야기를 나눌 만한 방을 알아보라고 할게."

그때 숀이 전화를 끊는다. 살짝 급작스럽게 전화를 끊는 행동에 소피는 둘이 사귄 후 처음으로 그가 성마른 태도로 말했다는 사실을 깨닫는다.

맥코이 경위는 놀랄 정도로 매력적이다. 구릿빛으로 탄 피부에 햇볕에 바랜 갈색 머리를 한 그는 짙은 감색 정장에 빳빳한 연푸른색 셔츠를 받쳐 입었다.

그는 안내처 사무실 바로 뒤에 있는 작은 회의실에 앉아 있다. 회의실 문에는 유리창이 나 있어서 소피는 누군가의 머리가 불쑥 올라왔다 사라지는 것을 알아차렸다. 학교에 경찰이 찾아왔다는 사실은 십 대들의 뒤틀린 에너지의 발산을 촉발할 것이다. 경찰이 만나러 온 사람이 새로 부임한 교장의 여자친구라는 사실은 훨씬 더 논란을 부추길 테고.

소피가 들어가자 맥코이 경위가 일어나 그녀와 악수를 나눈다.

"주중에 불쑥 찾아와서 죄송합니다."

"저는 상관없어요. 여기서 근무하지 않으니까요. 그러니까, 아시다시피……."

"음." 그가 다시 앉는다. "제가 무슨 이야기를 하러 왔는지 이미 아시겠죠."

"반지요?"

맥코이 경위가 메모를 확인한다. "네. 그 반지요. 숲에서 찾으셨다고요? 직접 찾으셨나요?"

"네."

"정확히 언제였죠?"

"며칠 전이었어요. 저는 반지 상자를 일단 서랍에 넣어뒀어요. 어떻게 해야 할지 모르겠더라고요. 그런데 자꾸 신경이 쓰여서, 꺼내 닦아봤더니 보석상 이름이 찍혀 있었어요. 그래서 그 가게에 찾아가 반지 주인이 누군지 알아보고 곧장 돌려주려고 그 주소로 갔어요. 그런데 주인은 그곳에 더는 살지 않더군요. 그 집에 사는 여성분, 킴 말이에요. 그분은 반지 주인이 실종자라고 하시던데요?"

"맞습니다. 그는 여자친구와 함께 2017년 6월 16일에 실종됐습니다. 그날 밤 그가 여자친구에게 청혼할 계획이었다는 주장이 있었죠. 그러니 이렇게 시간이 흐른 후 갑자기 그 반지가 나타난 건 대단한 진척입니다. 무엇보다 반지를 찾은 덕분에 사건을 재수사하게 됐죠."

소피는 처음 듣는 이야기가 아니라는 사실을 숨기기 위해 조금 과장되게 고개를 끄덕인다.

"그럴 것 같았어요."

"그런데, 소피 씨가 메모에 적힌 지시대로 반지를 찾았다는 이야기를 녹스 씨가 하시더군요."

"그렇죠. 표지판이 있었거든요. 정원 울타리에 박혀 있었어요. 화살표도 있었고요. 원하시면 보여드릴까요? 아직도 거기 있어요. 저는 건드리지도 않았어요."

"네, 물론입니다." 형사는 펜과 수첩을 재킷 주머니에 집어넣고 일어선다.

소피는 그를 안내해 학교를 지나 관사로 들어간다. "우리가 여기 처음 이사 온 날 그 표지판을 봤어요. 저는 사람들이 보물찾기 같은 놀이를 하다가 흘리고 간 건 줄 알았죠." 그녀는 뒷문 걸쇠를 풀고 왼손으로 울타리를 가리킨다. "처음에는 그게 그렇게 중요한 거라고는 상상도 못 했어요."

맥코이 경위가 울타리를 내려다보더니 고개를 들고 뭔가를 묻는 듯한 표정으로 소피를 바라본다.

소피도 울타리를 쳐다봤다.

표지판이 사라지고 없었다.

제27장

2017년 2월

잭이 돌아온 지 30초 만에 탈룰라도 집에 왔다.

그는 제일 아래 계단에 앉아 운동화 끈을 풀고 있다. 목에는 수건을 둘렀고 머리는 땀에 젖어 반짝거린다. 그가 기묘한 눈빛으로 그녀를 본다.

"왔네." 탈룰라가 아무렇지도 않게 말한다.

"어디 갔었어?"

"자전거 타러."

그가 눈을 가늘게 뜨며 그녀를 바라본다. "자전거를 타?"

"그래. 자전거. 그럼 뭐겠어?"

"자전거도 없잖아."

"엄마에게 빌렸어."

"노아는 어쩌고?"

"노아가 왜?"

"애를 두고 갔어?"

"그래. 엄마에게 맡기고 다녀왔어. 엄마가 잠깐 나가서 운동 좀 하고 오라고 해서. 두통이 있었어."

잭이 운동화를 마저 벗어 먼저 벗은 짝 옆에 나란히 둔다. "어디 갔었는데?"

"그냥 여기저기." 탈룰라는 코트를 벗어 걸고 엄마를 부른다. 엄마의 목소리를 따라 거실로 들어가니 엄마가 노아를 다리에 앉힌 채 소파에 앉아 있다.

탈룰라는 엄마에게서 노아를 받아 한 바퀴 돌린 후 아이의 볼에 요란하게 입을 맞추고 꼭 안는다. "내 귀여운 아기, 잘 있었어?" 스칼렛의 집에서 돌아와 품에 노아를 안자 말로 설명할 수 없는 안도감이 몰려온다. 탈룰라의 피부에는 여전히 지하 터널의 축축한 벽을 만진 기억이 스멀스멀 기어 다닌다. 그녀는 그 구멍에서 올라와 환한 햇빛 속으로 돌아온 후에도 연신 상상의 거미줄을 얼굴과 머리에서 뜯어냈다.

"이렇게 근사한 걸 본 적 있니?" 스칼렛은 휴대전화 불빛에 눈을 반짝이며 이렇게 말했다. 탈룰라는 맨살이 드러난 팔뚝을 문지르며 말했다. "너무 으스스해."

"그렇긴 해. 하지만 생각해봐. 우리는 300년, 아니면 400년 만에 처음으로 이곳에 내려온 사람일지 몰라. 이곳에 발을 들인 마지막 사람은 머리 가리개를 쓰고 있었을 거야. 셰익스피어 시대 사람처럼 말하고."

"반대편 끝까지 가봤어?"

"아니. 미쳤니." 스칼렛이 고개를 세게 젓는다. "거기 뭐가 있는지 누가 알겠어. 빌어먹을 마왕이 있을지도 몰라!" 그녀는 몸을 부르르 떨더니 맨투맨 소매를 손까지 끌어내렸다. 탈룰라도 몸을 떨면서 바로 옆에서 헉헉대는 토비의 부드러운 털 속으로 양손을 집어넣었다.

잠시 후 스칼렛도 토비의 털 속으로 손을 집어넣었다. 그녀의 손
가락이 탈룰라의 손가락과 만나 서로 얽혀들었다. 그 감각에 탈룰
라는 숨을 헉 들이쉬었다. 고개를 들다가 그녀를 바라보는 스칼렛
과 눈이 마주쳤다. 스칼렛의 입꼬리에서는 부드러운 미소가 춤췄다.

탈룰라는 머릿속에서 시커먼 터널의 이미지와 스칼렛의 손가락
이 그녀의 손가락을 감싸던 느낌을 몰아내려고 애쓰며 열심히 페
달을 밟아 집으로 돌아왔다. 그때 둘 사이에는 다소 불쾌할 정도로
충격적인 에너지가 격발했다. 그건 그녀가 지금까지 자기 자신이
라 여겼던 사람과는 너무나 동떨어진 무언가를 암시해서, 마치 상
처를 입은 것처럼 느껴질 지경이었다.

노아를 무릎에 앉히고 정수리에 입술을 댄 채 아기 냄새를 마음
껏 들이마시니 비로소 집에 왔다는 느낌이 난다. 엄마가 묻는다.
"자전거는 재미있었니?"

"네. 몸을 움직이니까 좋더라고요."

그때 잭이 들어온다.

"축구는 어땠어?" 탈룰라는 자전거 이야기는 더 하고 싶지 않아
대화를 돌렸다.

"끝내줬지. 우리가 박살을 내줬어. 4대 0." 잭은 탈룰라 옆에 털썩
앉더니 그녀의 목덜미에 손을 얹으며 대답한다. 경기장과 남자와
갓 흘린 땀 냄새가 난다. 탈룰라는 그가 가까이 있다는 사실이며 피
부에 닿는 손의 촉감, 남자의 체취에 구역질이 난다. "샤워 안 해?"

"냄새 나?" 그가 팔을 들어 올리고 겨드랑이 냄새를 맡는다.

탈룰라는 억지 미소를 지으며 대답한다. "물론 아니지. 하지만 다

　　　　　　　　　　　　　　　　다크 플레이스의 비밀

른 사람들 땀이 온몸에 묻었을 거 아냐."

그가 마주 미소 지으며 목덜미를 감싼 손에 살짝 힘을 주더니 일어선다. "무슨 말인지 알아들었어."

잭이 거실을 나간 후 맨발로 계단을 올라가는 소리가 들리자 엄마가 탈룰라를 돌아보며 말한다. "정말 좋은 애야. 네가 저 애를 다시 받아들여서 얼마나 기쁜지 몰라."

탈룰라가 어색하게 미소를 지으며 생각한다. '엄마는 잭이 방금 계단에서 저를 바라보던 표정을 못 봤잖아요. 엄마가 곁에 없을 때 잭이 저를 어떤 식으로 바라보는지 엄마는 몰라요. 돌처럼 딱딱해지는 그의 목소리도, 레이저처럼 나를 뚫어져라 보는 그 눈빛도. 엄마는 정말 아무것도 몰라요.'

월요일 아침 스칼렛이 버스 정류장에서 기다리고 있다.

"안녕, B에서 만난 T." 그녀는 옆으로 살짝 비켜 앉아 탈룰라가 앉을 공간을 만들어주며 인사를 건넨다. "즐거운 월요일이야. 그런데 너 피곤해 보인다."

"여기서 뭐 하니? 학교 다시 나가려고?"

"그럴 리가. 너를 보려고 왔어."

탈룰라의 눈이 휘둥그레진다. "왜?"

스칼렛이 탈룰라의 팔짱을 끼더니 그녀의 어깨에 머리를 기댄다. "왜냐하면 네가 보고 싶었으니까."

탈룰라가 심드렁하게 웃는다. "그렇구나." 그녀는 자신들을 지켜보는 시선을 상상하며 길 맞은편 집으로 시선을 던진다.

스칼렛이 머리를 들더니 팔짱을 낀 팔을 빼고 모피코트 주머니에 손을 집어넣는다. 그녀가 눈을 가늘게 뜨고 탈룰라를 바라보며 묻는다. "나를 좋아해?"

"물론 좋아하지."

"아니, 너도 내가 너를 좋아하듯 나를 좋아하느냐고."

"무슨 뜻인지 모르겠어."

스칼렛이 한숨을 쉬고 두 볼에 바람을 넣어 빵빵하게 부풀린다. "됐어. 빌어먹게 심심했어. 빌어먹게 심심했다고."

"학교에 다시 다니지 그래?"

"그럴 일은 없어." 스칼렛이 대답한다.

"왜? 네 작품을 봤어. 정말 재능 있더라. 대체 무슨 일이야? 왜 그만둔 거야?"

스칼렛이 한숨을 쉬며 고개를 푹 숙이더니 다시 든다. "이런저런 일이 있었어."

그때 버스 소리에 두 사람이 고개를 돌린다.

"나도 너랑 갈래." 스칼렛이 일어서며 말한다. "친구해줄게."

탈룰라는 다시 집이 있는 공원 맞은편으로 시선을 던진다. 누군가 지켜보는 듯한 기분이 강하게 든다.

버스에서 두 사람은 뒷좌석에 앉았다. 스칼렛은 탈룰라에게 딱 붙어 앉는다. 탈룰라는 창가 자리다. 스칼렛은 풍경이며 버스의 냄새가 무척 구리다는 이야기, 탈룰라의 운동화(뉴룩에서 19.99파운드에 샀다)가 마음에 든다는 이야기, 너무 지루하다는 이야기, 오빠가 너무 그립고 엄마가 너무 밉다는 이야기, 가슴이 더 컸으면 좋겠다는 이야기, 이도 코도 더 컸으면 좋겠다는 이야기, 런던에 살았으면

다크 플레이스의 비밀

좋겠다는 이야기, 자신의 목소리가 싫고, 그림을 그리던 시절이 그립고, 강아지를 갖고 싶고, 온갖 음식을 곁들인 선데이로스트°를 먹고 싶다는 이야기를 조금은 과장된 톤으로 쉴 새 없이 늘어놨다. 탈룰라는 연신 고개를 끄덕이고 미소를 짓지만, 속으로는 이런 생각이 든다. '이런 이야기를 왜 내게 하는 거야? 왜 이렇게 나한테 가깝게 앉은 걸까?'

마침내 로터리를 지나 맨턴에 점점 가까워지자 스칼렛은 수다를 멈추고 창에서 눈을 돌려 반대편을 바라본다. 탈룰라는 그녀가 무슨 말을 할지 잠시 기다렸다. 스칼렛은 고양이 같다. 배를 간질이면 잠시 가만히 있다가 느닷없이 할퀴고 도망치는 그런 고양이.

탈룰라가 스칼렛의 팔을 살며시 만지며 물었다. "괜찮아?"

스칼렛이 어깨를 으쓱하는 순간 탈룰라는 그녀의 얼굴에 번진 눈물 자국을 알아챘다.

스칼렛이 살짝 갈라진 목소리로 말한다. "열등생의 전형이자 우라지게 부자인 여자애가 멍청한 위기를 겪고 있어. 그냥 무시해. 그게 최선이야."

"남자친구랑은 어떻게 됐어?" 탈룰라가 혹시 그녀가 실연이라도 당했나 싶어서 물어본다. "메이폴에 다닌다는 그 사람 말이야."

스칼렛이 고개를 가로젓는다. "우리는 끝났어. 크리스마스 직전에."

"오, 유감이야."

° 영국에서 보통 일요일에 먹는 고기 요리. 소고기 구이와 그레이비소소, 채소와 요크셔푸딩이 정석 차림이다.

"아니야. 정말로 괜찮아. 내가 끝냈거든. 너무 오래 끌었어. 나는 그 애를 사랑하지 않았어. 하지만 걘 온갖 방식으로 나를 행복하게 만들어줬지. 나를 안전하게 지켜줬고. 지금 이게 진짜 나야. 어디로 튈지 모르는, 언제 일어날지 모르는 자동차 충돌 사고 비슷하지. 나는 약간 ADHD 성향이어서 차분한 사람이 곁에 있어야 해. 내가 어떻게 행동해야 할지 상기시켜주는 사람. 리엄은 그런 점에서 정말 좋았어." 그녀가 한숨을 쉰다. "그 애가 그리워."

"다시 합칠 수는 없어?"

스칼렛이 고개를 흔든다. "없어. 나는 옳은 결정을 했어. 그 애를 자유롭게 풀어준 거야. 너는 어때? 남자친구 있어?"

"어, 응. 그렇다고 할 수 있어. 1년 전에 헤어졌는데 다시 합쳤어. 새해 직후에."

"뭣 때문에 다시 합치기로 했어?"

탈룰라가 이야기를 꺼내려다 입을 다문다. 아들을 낳아 엄마가 됐다는 현재의 삶을 설명하는 말들이 혀끝에서 입 밖으로 쏟아져 나갈 때를 기다린다. 그런데 차마 그 말을 꺼낼 엄두가 나지 않았다. 일단 그 말을 해버리면 그녀는 버스에서 만난 탈룰라가 아니라 십 대 엄마 탈룰라가 돼버릴 테니까 말이다.

"모르겠어. 나도 슬슬 실수였다는 생각이 들기 시작해."

스칼렛이 한쪽 눈썹을 추켜올린다. "오, 젠장."

"그래. 나도 알아. 마지막으로 함께 한 후 그 애가 변했어. 좀 더……." 그녀는 정확한 표현을 찾기 위해 그를 묘사할 말을 열 개도 넘게 마음속으로 떠올렸다. "날 통제하려고 해."

스칼렛이 소리 내어 숨을 들이쉬더니 고개를 흔들었다. "말도 안 돼. 통제하려고 드는 남자라니 최악이야. 넌 거기서 벗어나야 해. 하루빨리 벗어나야 한다고.”

탈룰라는 해야 할 말을 하지 못한 채 창문으로 눈을 돌렸다. 그렇게 간단한 일이 아니라고, 자신들은 지금 동거 중이라고, 두 사람 사이에 아이가 있다고 말이다.

“맞아.” 그녀가 중얼거린다. “네 말이 맞아.”

“그 여자애 누구야? 오늘 아침에 버스 정류장에 있던 애.”

잭이 작업복을 입은 채 침대에 누워 있다. 지금은 직장에 있어야 할 시간이기에 탈룰라는 펄쩍 뛸 정도로 놀란다.

“세상에, 잭. 여기서 지금 뭐하는 거야?”

“머리가 아파서 조퇴했어.”

탈룰라가 눈을 가늘게 뜨며 그를 노려본다. “두통약을 먹어볼 수는 없었어?”

“가지고 있는 약이 없었어.” 그는 일어나 앉더니 양팔로 두 무릎을 감싼다. “그 여자애 맞지? 크리스마스 파티 때 찍은 사진 속 여자애.”

“맞아. 이 근처에 살아.”

“이제 대학을 안 다닌다고 말했던 것 같은데.”

탈룰라가 눈을 깜박거린다. 그 이야기를 어떻게 기억하는 걸까? “맞아. 학교는 관뒀어. 그냥 맨턴에 갈 일이 있었대.”

“성격이 꽤 솔직한 것 같더라.”

탈룰라는 어깨를 으쓱한다.

“좀 이상해. 잘 모르는 여자애인데 네 휴대전화에는 네가 그 애와 같이 찍은 사진이 있잖아. 버스 정류장에서는 가장 친한 친구라도 되는 것처럼 너를 껴안고."

"원래 그런 성격이야." 탈룰라는 과제물 폴더를 꺼내며 대답한다. 노아가 엄마 방에서 낮잠을 자고 있어서 조용한 이 시간에 과제를 마칠 계획이었다. "좀 외향적이야."

"그런데 그 애는 어디 살아? 그 외향적인 여자애."

"몰라." 탈룰라는 마지막 음절을 발음하며 침을 꿀꺽 삼켰다. "이 근처 어디야. 그것밖에 몰라."

잭이 고개를 끄덕이더니 침대에서 천천히 일어난다. 그는 탈룰라를 향해 두 발자국 다가오더니 그녀를 일으켜 세운다. 그녀의 눈을 내려다보며 손가락으로 그녀의 턱을 집어 들어 올린다. 그의 두 눈이 탈룰라의 얼굴을 꼼꼼하게 살펴본다. "너 변했어."

탈룰라는 그의 손가락을 턱에서 밀쳐내고 고개를 돌렸다. "아니. 변하지 않았어."

잭은 그녀의 팔을 잡아 앞으로 당겼다. "나를 무시하고 그냥 가지 마. 네게 말을 하는 중이잖아."

탈룰라는 잭의 말에서 느껴지는 기세에 눌려 고개를 살짝 뒤로 젖혔다. "과제해야 해. 이럴 시간 없어."

"이럴 시간? 네 말은 '우리'겠지. 너는 우리를 위해 낼 시간이 없잖아."

"맞아, 없어." 탈룰라는 심장이 점점 거세게 뛰는 것을 느끼며 반박했다. "나는 우리를 위해 낼 시간이 없어. 노아에게 할애할 시간은 있어. 대학에 갈 시간도 있고. 그래, 우리를 위한 시간은 없어. 네 말이 맞아."

그 순간 묵직한 침묵이 흐른다. 잭이 한쪽 발에서 다른 쪽 발로 무게중심을 옮긴다. "무슨 말을 하려는 거야, 룰라?"

"무슨 말을 하려는 게 아니야. 네가 나한테는 우리를 위해 낼 시간이 없다고 말하기에 내가 그 말이 맞는다고 한 거야. 나는 시간이 없어. 절대 없을 거야."

"하지만 네가 우리 관계를 정말 원했다면 시간을 만들어야지. 도대체 왜 이러는 거야? 우리 관계를 계속 유지하고 싶은 거야? 아니면 뭐야? 룰라, 나는 일을 하고 있어. 가족을 먹여 살리려고 일을 해. 매일. 그리고 노아를 돌봐. 하루 종일, 일주일 내내. 그런데도 너를 위해 쓸 시간은 여전히 있어. 우리를 위해. 그런데 너는 왜 없는 거야?"

"몰라. 나도 모르겠어."

다시금 침묵이 찾아온다. 잭이 한숨을 쉬며 그녀를 자신에게 끌어당겼다. 어찌나 세게 끌어안는지 탈룰라는 흉곽이 짓눌리고 폐가 쪼그라들어 숨이 목구멍 한가운데 턱 걸린 것만 같다.

제28장

2018년 9월

경찰이 숲에 다시 출입금지 띠를 둘러쳤다. 비닐 띠가 늦여름 미풍에 펄럭거리는 모습을 보자 킴은 1년 전, 연무가 끼고 사람의 진을 빼놓는 듯했던 그 한여름 주말의 열기 속으로 다시 돌아간 것만 같다. 두 팔에 느껴졌던 노아의 체중이며 등줄기를 타고 흐르는 땀방울, 업플레이 폴드에 있는 자크가 저택에서 본 눈부신 백색의 찬란함, 코발트블루 색이었던 수영장, 메그와 사이먼의 텅 빈 두 눈, 그들의 숨결에서 느껴지던 점심의 로제 와인의 텁텁한 냄새, 잔뜩 흥분해 컴컴한 숲속으로 달려가던 수색견들의 소리가 되살아난다. 그녀는 숲이 보이자 몸을 부르르 떨지만 맥코이 경위가 수사용 차량에서 내리는 모습을 보자 몸을 곧게 펴고 미소를 짓는다.

"안녕하세요." 그녀가 인사한다.

"만나서 반가워요, 킴. 여기에 이렇게 또 모였네요."

"그러게요."

그가 킴을 안내해 주차된 차에서 좀 떨어진 커다란 나무 그림자 속으로 데려간다. "그 표지판이 없어졌어요. 오늘 아침에 벡 씨와 함께 보러 갔는데 누가 떼어 갔더라고요. 못은 그대로 박혀 있는데 표지판만 사라졌어요. 그런데 천만다행으로 벡 씨가 표지판의 사진을 찍어둘 생각을 했더라고요. 그래서 분석을 위해 그 사진을 보냈어요. 벡 씨는 추리소설을 쓴다나 봐요. 그래서 사진을 찍어둘 생각을 했겠죠."

킴이 한쪽 눈썹을 추켜올린다. "정말요?"

"네. 놀랍죠. 그런 타입으로는 보이지 않잖아요. 애거사 크리스티 같은 타입은 아니잖아요?"

킴이 미소를 짓는다. "맞아요, 그런 스타일은 아니죠."

"아무튼 필적 분석을 위해 사진을 보냈어요. 누군가가 우리를 그 사건으로 다시 데려가려고 적극적으로 움직인 것 같아요. 새 교장이 부임했다는 사실을 알았던 누군가겠죠. 약혼반지가 발견되기를 바랐던 누군가. 아마도 우리와 게임을 하고 싶어 하는 누군가일 거예요."

"그 사람은 왜 이런 걸 원하는 걸까요?"

맥코이 경위가 한숨을 쉬었다. "사람들은 온갖 짓을 다 하고 싶어 하니까요, 킴. 당신이나 나 같은 사람들이 절대 하지 않을 짓을 하는 사람들이 없다면 나는 백수가 되겠죠. 현재로서는, 지금까지 그림자 속에 몸을 숨기고 있었지만 내내 뭔가를 알고 있었던 누군가의 소행이라고 짐작하고 있어요. 탈룰라와 잭에게 무슨 일이 있었는지 아는 누군가. 그런데 무슨 이유로 침묵이 점점 지겨워진 거죠. 아무도 잡히지 않았다는 사실이 지겨웠겠죠."

킴은 그가 '잡힌다'라는 표현을 썼다는 사실에 움찔했다. 그 말은 누군가 딸에게 무슨 짓을 저질렀다는 인상을 준다. 딸이 죽었다는 인상을. 탈룰라가 흐릿한 미소를 지은 채 갓 돌이 지난 아들에게 작별 키스를 하고 집을 나서 한낮의 열기가 은은하게 남은 한여름 밤으로 들어간 후 15개월이 지나도록 킴은 한 번도, 단 한 번도 더 험한 일이 일어날 가능성에 대해서는 상상하지 않았다.

"하필 학교의 보안 카메라가 여기까지 설치돼 있지 않아요. 카메라가 미치는 범위는 거주 구역 경계에서 끝나고요. 백 씨와 그레이 씨가 사는 관사는 앞문에는 카메라가 있지만 뒷문에는 없어요. 보안 카메라에 찍힌 영상을 살펴보긴 하겠지만 마분지에 표지판, 못, 망치를 들고 사악한 분위기를 풍기며 학교를 지나가는 사람의 모습을 찾아내기란 건초더미에서 바늘 찾기일 거예요. 하지만." 그가 희망적인 미소를 지으며 어깨를 으쓱한다. "누가 알겠어요."

킴이 눈을 살짝 감으며 미소를 짓는다.

"괜찮아요?"

"아뇨. 속이 거북해요."

"그럴 거예요." 그가 손을 뻗어 그녀의 팔을 어루만진다. "하지만 이제 시작이에요, 킴. 어쩌면 이번 일이 전환점이 될지 몰라요. 작은 희망의 불씨 말이에요."

"네. 그럴지도 모르죠."

킴은 집으로 돌아가자마자 라이언에게 전화를 걸어 숲에서 진행된 경찰의 수사에 대해 상세히 들려준다. 점심시간이지만 배가 고프지 않았다. 그녀는 노아가 제일 좋아하는 시리얼을 손바닥에 올려놓고 각설탕을 먹는 망아지처럼 먹는다. 어린이집에서 노아를 데리고 올 때까지는 아직 세 시간이 남아 있다. 돔은 새로운 소식이 들어오면 저녁 일찍 연락을 주겠다고 했다. 스완 앤드 덕스의 다음 근무일은 내일이다. 지난주만 해도 킴은 근무시간 사이에 쉬는 시간이 들어가 있으면 좋겠다고, 어서 쉬는 날이 됐으면 좋겠다고 빌었다. 그런데 지금은 차라리 일이라도 하고 싶었다. 메이폴 하우스 뒤편에서 벌어지는 고통스러운 사건들로부터 잠시나마 벗어날 수 있도록 말이다.

그녀는 노트북을 열고 검색창에 '스칼렛 자크'라는 이름을 쳤다. 이번이 처음은 아니다. 인터넷에는 아무런 정보도 뜨지 않았다. 인스타그램 계정도, 페이스북 페이지도, 트위터 계정도 존재하지 않았다.

이번에는 '조스 자크'라는 이름을 검색하지만 결과는 마찬가지다. 아무리 기억을 더듬어도 스칼렛 오빠의 이름은 기억나지 않는다. 한 손에 맥주를 든 채 그녀에게 문을 열어준 잘생긴 젊은이 말이다.

지난 2년 동안 수시로 그랬듯이 미미의 번호로도 전화를 걸어본다. 탈룰라와 잭이 행방을 감춘 직후, 경찰과 킴이 미미와 이야기를 나눈 후 킴의 전화에 남은 번호였다. 그리고 매번 그렇듯이, 사용되지 않는 번호라는 설명이 흘러나온다. 킴은 한숨을 쉬고 양손으로 머리를 쓸어 넘긴다. 핵심적인 인물들, 그날 밤 그곳에 있었고 뭔가를 알지도 모르는 사람들이 전부 사라졌다. 남아 있는 사람은 스칼렛의 전 남자친구인 리엄과 가끔 마을로 왔다가 훌쩍 떠나는 렉시 멀리건뿐이다.

문득 이게 우연일 리 없다는 생각이 든다. 그들이 전부 사라지고, 집이며 SNS 계정이며 대학과 친구를 모두 버린 일이 우연일 리 없다. 그런데 새로운 상황이 벌어졌다. 수사에 새로운 동력을 불어넣으려고 계획한 누군가가 지금까지 행방이 묘연했던 반지를 일부러 세상에 내보냈다. 대체 왜? 왜 지금일까? 그리고 누구일까?

계속 그 생각에 빠져 있다 보니 부드러운 서부 사투리를 쓰던 리엄이라는 착한 청년이 떠오른다. 그가 아직도 이곳에 있다는 사실에 신경이 쓰인다. 이곳을 떠날 가장 확실한 이유가 있는데 말이다. 리엄은 보조강사를 하면서 여전히 이 마을에, 메이폴 하우스에 있다. 그는 새 교장이 곧 부임한다는 사실을 알았을 것이다. 교장 사택 뒷문에 있는 숲 입구에 대해서도 알 것이다. 잭과 탈룰라가 실종된 밤 그도 그곳에 있었다. 혹시 그가 반지를 발견했을까? 잭이 떨어트린 반지를 주워서 어떤 이유에선지 간직한 건 아닐까?

아니면 혹시……? 아니다. 그렇게 착한 청년이 그럴 리 없다. 그는 잭이나 탈룰라에게 해를 끼칠 이유가 없다. 하지만 그가 사건이 누구의 짓인지 안다면 어떨까. 비밀을 지키는 데 신물이 난 거라면 말이다.

그녀는 휴대전화를 열어 돔에게 문자를 보낸다.

리엄 베일리와 꼭 다시 이야기를 해봐요.

잠시 후 돔의 답장이 도착한다.

좋은 생각이에요.

제29장

2018년 9월

숲 입구에서 경찰들이 분주하게 움직이고 있다. 부엌에 난 창으로 형광 조끼를 입은 경관이 레트리버와 하얀 스프링어 스패니얼의 목줄을 쥔 모습이 보인다. 개들도 형광 조끼를 입고 있다. 소피는 현관이 열리고 닫히는 소리에 몸을 돌리며 소리친다. "누구세요?"

숀이 지치고 걱정스러운 표정을 한 채 부엌으로 들어왔다.

"젠장, 소프. 무슨 일을 벌인 거야?"

"그 반지. 실종된 남자애 거였어. 작년에 이 마을에서 사라진 십 대 커플에 대해서 이야기해준 적 있잖아. 그 남자애가 맨턴에 있는 보석상에서 반지를 샀어. 그날 밤에 청혼을 하려고 말이야. 그런데 두 사람이 갑자기 사라졌고, 그 반지도 행방이 묘연했는데 지금……." 말이 마구 쏟아져 나온다. 까닭 모를 죄책감이 느껴진다.

"우리가 그 반지를 찾아내기를 누가 바랐다는 거야?"

숀이 순식간에 그런 결론에 다다랐다는 사실이 의외였기에 소피는 그를 보며 눈만 깜박였다. "맞아. 적어도 그렇게 보여."

그가 냉장고를 열어 햄 한 덩이를 꺼내더니 샌드위치를 만들기 시작했다. "하나 먹을래?"

"아니. 좀 있다가. 경찰이 다 가고 나면."

"맙소사. 이런 일은 절대 피하고 싶어. 새로운 직장에서 새 학기가 시작됐는데 숲에서 죽은 빌어먹을 십 대들이라니." 숀이 탄식한다.

"경찰이 시체를 발견할까?" 소피가 숨을 헉 들이쉰다.

"아닐걸. 두 사람이 막 실종됐을 때 경찰이 그 숲을 두 번이나 철저히 수색했잖아. 그런데 지금은 아직 아무것도 못 찾았는데 언론이 사건을 덥석 물어버렸어. 이제 각다귀 떼처럼 몰려오는 언론을 상대해야 할 판이야." 그가 다시 탄식했다.

"그래서 내가 미워?" 소피가 묻는다.

"당신이 왜 밉겠어. 단지 왜 내게 반지에 대해서 미리 알려주지 않았는지 궁금해. 반지를 찾았다는 말은 왜 안 했어? 반지를 그 엄마에게 가져갈 거라는 이야기는 왜 또 안 했고?"

숀이 두툼한 흰 빵에 버터를 펴 발랐다. 소피는 그의 잔뜩 경직된 근육과 하얗게 튀어나온 손의 관절을 본다. 지난여름 런던에서 마지막 몇 주를 함께 보낸, 구릿빛으로 피부를 태우고 티셔츠에 반바지를 입고 있던 남자가 떠오른다. 언제든지 미소를 지을 준비가 돼있고, 자신의 행운이 믿기지 않는다는 듯한 눈빛을 하고 있던 남자 말이다. 새로운 생활을 시작한 지 일주일도 지나지 않았는데, 그 남자는 어디로 사라졌을까.

"당신은 그런 것 말고도 신경 써야 할 중요한 일들이 많다고 생각했어. 여기 생활이 좀 지겨웠나 봐. 수수께끼를 따라가면 재미있을 것 같았어. 그런데 일이 생각했던 것보다 너무 커져버렸어. 당신에게 폐가 됐다면 정말 미안해. 진심이야. 곧 잠잠해질 거야."

"흠." 숀이 버터 통 뚜껑을 닫은 후 냉장고에 다시 넣으며 말했다. "아닐 거야. 경찰이 교직원 중 한 명과 면담을 하겠다고 요청했어."

소피의 심장이 살짝 뛰기 시작한다. "어느……? 그러니까 누구?"

"리엄 베일리. 특수 보조강사야. 당신도 등록 파티에서 만났을 텐데? 그 애들이 실종된 날 같이 있었거든. 그래서 말인데, 이 상황이 한동안 지속될 것 같아."

"하지만 그 십 대들에게 무슨 일이 생겼는지 알 수 있다면 그만한 가치가 있잖아, 안 그래?"

숀은 샌드위치를 한입 베어 문 채 다리를 꼬고는 조리대에 기대 바닥을 뚫어져라 본다.

"미안해." 소피가 사과했다.

숀이 바닥에서 눈을 들더니 그녀와 눈을 맞춘다. 어느새 표정이 풀어져 있다. 그가 미소를 짓는다. "그러지 마. 당신 잘못이 아니잖아. 당신 말이 옳아. 경찰이 그 십 대들의 운명을 알아낸다면 당신은 좋은 일을 한 거야. 나는 그저 내게도 언질을 줬으면 했어. 그게 다야. 기억해. 우리는 이제 한 팀이야. 당신과 나. 우리는 함께하잖아. 응?"

소피는 그의 기분이 풀어진 걸 기뻐하며 미소를 짓는다. "맞아. 나도 알아. 사랑해."

숀이 잠시 그녀를 바라보더니 다음 순간 말한다. "나도 당신을 사랑해."

잠시 후 그가 접시를 식기세척기에 넣고 신분증을 다시 챙기고는 말한다. "그 보조강사가 어떻게 됐는지 알려줘. 리엄 말이야. 그럴 거지?"

그날 오후 소피는 여기저기 떠도는 사건에 대한 소식을 모으려고 캠퍼스를 돌아다녔다. 구내 관리인과 케리앤 멀리건이 숲에서 벌어지는 수색 작업을 감독하고, 학생들은 수업과 수업 사이에 천천히 이동하며 그 모습을 힐끔힐끔 본다. 학교에 극적인 분위기가 퍼져 나가는 모습을 보자 맥박이 거세게 뛰는 것 같다. 그녀는 땅을 파헤치면서 모종삽의 거친 나무 손잡이에 올렸던 손과 여기저기 흙을 파헤친 손가락, 뭔가 흉측한 것을 찾을지도 모른다는 공포를 느꼈던 순간을 떠올린다. 그 순간 얼마나 외로웠는지도. 인생에서 보면 얼마나 짧은 한순간인가. 그런데 그 짧고 외로웠던 순간이 어쩌다 보니 점점 커져서 여기까지 오다니 얼마나 기묘한 일인지. 형사와 수색견이 나타났고 이제는 언론이 취재 경쟁을 하러 몰려올지 모른다.

3시가 돼 가자 소피는 드디어 허기를 느낀다. 하지만 냉장고에 든 건강한 음식은 먹고 싶지 않았다. 그녀는 학교 바로 밖에 있는 자판기로 향해 솔트 앤 비네거 감자칩과 밀크 초콜릿 바의 버튼을 누른다. 그걸 챙겨 홀 뒤쪽에 있는 회랑으로 갔다. 그러고는 파티 날 저녁 리엄 베일리의 발을 보며 앉아 있었던 그 벤치에 앉았다.

바로 그때 숨어 있는 구름 뒤에서 해가 얼굴을 드러내자 눈이 부셔 얼른 감는다. 다시 눈을 뜨자 그 앞에 리엄이 서 있는 게 아닌가. 그녀는 화들짝 놀랐다.

"죄송합니다. 제가 오는 걸 보신 줄 알았어요."

공공장소에서 눈을 감고 있는 모습을 들켜 당혹스러운 마음을 소피는 웃음으로 무마하려 한다. "괜찮아요. 어때요?"

그가 어깨를 으쓱하며 말한다. "별로 안 좋아요. 경찰한테 벌써 세 번째로 심문을 받았거든요. 그 사람들은 묻혀 있던 반지가 저와 관계가 있다고 생각하는 것 같아요." 리엄이 황당하다는 듯 고개를 내젓는다.

소피는 자리를 내주며 그에게 앉으라고 손짓을 한다. 그는 고개를 들어 학교 창문을 보더니 다시 그녀를 본다. "수업에 가봐야 해요, 정말로요. 벌써 강의 하나를 빼먹었거든요."

"잠깐이면 돼요. 경찰이 무슨 질문을 하던가요?"

"그냥 전과 같은 질문이요. 그날 밤 거기 누가 있었느냐, 몇 시에 그곳을 떠났느냐, 무엇을 봤느냐, 무엇을 못 봤느냐. 벌써 백 번은 대답했던 질문들이었어요. 경찰이 제게 반지를 보여주면서 전에도 본 적이 있는지 묻더라고요. 그래서 반지 사진을 소피가 보여주셨다고 말했어요."

소피가 깜짝 놀란다. "그렇게 말했어요?"

"네. 백 퍼센트 사실만 말하고 싶었거든요. '이 반지를 전에 본 적이 있느냐'라고 묻기에 있다고 말할 수밖에 없었어요. 괜찮을 거예요. 경찰은 별로 중요하게 생각하지 않는 것 같았어요. 어쨌든 그걸로 끝일 거예요. 별일 없으면 경찰도 더는 내게 질문을 하지 않겠죠. 소피에게도 아무렇지 않게 할 수 있는 말이니 경찰도 시간낭비만 할 거예요." 그가 볼을 빵빵하게 부풀리더니 숨을 후 내쉰다. "이제 정말 가봐야 해요. 점심 맛있게 드세요." 그가 감자칩과 초콜릿바를 보며 말한다.

"리엄, 가기 전에 이것만 이야기해줘요. 자크 가족요. 그 사람들 짓일 수도 있다고 생각해봤어요? 그 사람들이 실종과 관련이 있을

지도 모른다고 말이에요."

"물론 생각해봤죠. 유일하게 말이 되는 가설이잖아요."

"그런데 그 가족이 두 사람을 해칠 이유가 뭘까요? 어떻게 들키지 않고 빠져나갔을까요? 그 반지는요? 반지는 어떻게 된 거죠? 누가 그 반지를 거기에 뒀을까요? 그리고 왜요?"

리엄이 천천히 고개를 젓는다. "정말 가봐야 해요. 나중에 만날까요? 다른 때에?"

"그래요. 그러면 좋겠어요."

그가 그녀를 향해 고개를 까닥한 후 얼른 자리를 뜨다가 돌아서서 이렇게 말한다. "아차, 이 이야기를 해드리려고 했는데! 소피의 책을 주문했어요. 시리즈 전부 다요. 어제 도착했어요. 오늘 밤에 1권부터 읽으려고요."

"정말 고마워요. 그럴 필요는 없는데."

"알아요. 하지만 그러고 싶었어요."

그는 다시 머리를 까닥한 후 강의실로 돌아간다.

그날 저녁 8시, 숀이 퇴근할 무렵에는 경찰도 수색 작업을 끝냈고 학교도 다시 평화로운 분위기로 돌아간 것 같다.

해가 지자 늦여름 기운이 남은 낮은 순식간에 가을로 바뀌었다. 소피는 남는 침실에서 마침내 미뤄왔던 이삿짐 정리를 하는 중이다. 그녀는 이런 자발적인 정리가 숀이 새로 부임한 곳에서 보낸 첫 며칠을 필요 이상으로 힘겹게 만든 것에 대한 무언의 사과나 다름없다고 생각한다.

숀의 쌍둥이가 주말에 올 예정이니 아이들을 위해서라도 이곳을 집처럼 보이게 만들어야 했다. 숀이 계단 위로 소피를 부르자 그녀가 소리쳐 대답한다. "아이들 방에 있어. 금방 내려갈게."

그런데 계단 위로 올라오는 소리가 들리기 무섭게 숀이 방에 나타난다. 그는 소피가 침대에 깔아둔 깨끗한 시트를 보았다. 루이셤에서 살 때 그가 아이들 방에 깐 침구와 같은 종류였다. 벽에는 예쁜 그림을 걸었고 침대 끄트머리엔 수건을 개놨다. 침대 옆에는 스탠드가 있고 바닥에는 양털 러그를 깔았다. 소피가 꾸민 아이들 방을 본 숀의 표정이 부드러워진다.

"오, 세상에, 소프. 정말 고마워. 아이들 방을 꾸며야 한다고 계속 생각하고 있었어. 내가 하려고 했는데…… 내가……. 그런데 언제 그럴 시간이 생길지 모르겠더라고. 정말 고마워. 굳이 당신이 할 필요는 없었는데."

"별일 아니야. 지금은 이 집에 홀딱 빠져 있잖아. 일에 집중도 안 되고. 차라리 아무 생각 없이 집중할 일이 있는 게 좋아."

"펍에 갈까?" 숀이 소피를 끌어당기며 묻는다. "저녁 먹으러?"

소피는 점심으로 먹은 감자칩과 초콜릿 바를 떠올린다. 이곳에서 잠시 벗어나 단둘이서 시간을 가지며 즐기는 제대로 된 식사와 한 잔의 술이 간절하다.

"잠깐만 기다려. 따뜻하게 입고 올게."

"이곳이 그 아이들이 왔던 곳이야." 소피는 바의 왼쪽에 있는 작은 라운지에 마련된 테이블에 앉으며 숀에게 말했다. "잭과 탈룰라. 둘은 메이폴 하우스 출신의 다른 아이들과 함께 여기 있었어. 그러다가 그중 한 여학생이 사는 집으로 모두 몰려갔고. 리엄 베일리도 그 애들과 함께 있었어. 케리앤의 딸도."

숀이 고개를 끄덕였다. "이제야 전체적인 그림이 그려지는 것 같아. 은근히 심란한 이야기네."

"피터 두디와 그 사건에 대해 이야기해봤어?"

"응, 아까 경찰이 학교에 왔을 때 통화했어. 이 상황을 무시하려는 것 같아. 심드렁하다고 할까. 그 사람에겐 다시 불을 붙이고 싶은 주제가 아닌 건 확실해."

"그 사람도 학교 관계자였잖아, 그때만 해도. 사건과 학교의 연관성에 대해 알았을까?"

"그럼. 당시만 해도 아주 큰 역할을 했어. 그 사람이 언론을 상대했거든. 홍보 쪽 일을 하며 학부모들을 만족시켰지. 학교와 우리 학생들, 그 가족은 사건과 아무 관계도 없어. 사건에 연루된 학생들은 그 커플이 실종됐을 무렵에는 모두 학교를 떠났거든. 리엄과 렉시는 그날 밤 뭔가가 일어나기도 전에 돌아왔고. 또 숲은 학교의 땅이 아니야. 그러니 피터가 아는 한 사건은 우리 학교와는 아무런 관계도 없어. 또 그 사람은 그런 상황이 계속 유지되기를 바랄 거야."

"그러면 전 교장은 어때? 그분은 여기 있었잖아?"

"맞아. 한창 떠들썩할 때 여기 교장이었지. 모든 면에서 악몽이었을 거야."

그때 웨이터가 다가온다. 소피가 전에 커피를 마시려고 왔을 때 킴과 함께 바 뒤에 있던 청년이었다. 그는 환하게 웃으며 말한다. "안녕하세요! 즐거운 시간을 보내고 계신가요?"

소피가 그에게 미소로 화답하며 대답한다. "그럼요, 고맙습니다. 당신은요?"

"지쳐 나가떨어지기 일보 직전이죠. 메뉴는 보셨나요?"

"아뇨." 두 사람이 미안한 말투로 대답했다.

"포도주를 주문할 수 있을까요?" 숀이 묻는다.

"그럼요. 누가 손님을 나무라겠어요. 오늘 정말 대단했잖아요. 사방에 경찰들이 바글바글했으니. 또 말이에요."

"경찰이 여기도 왔었어요?"

"그럼요. 지난여름에 이 마을에서 커플이 실종된 사건 아시죠? 그 사건을 다시 수사하고 있어요. 좋은 점이 있다면 그 잘생긴 형사가 돌아왔다는 사실 정도일까요." 웨이터가 하얀 치아를 드러내며 웃는다. "죄송합니다. 그나저나 포도주 주문하신다고요?"

두 사람은 포도주를 주문한다. 이윽고 웨이터가 바 뒤로 돌아갈 때까지 잠시 기다렸던 숀이 소피를 보며 말한다. "이런, 당신 신났는데. 비둘기들 사이로 들어간 고양이 같잖아. 이제 타이거와 수지*라면 뭘 할까?"

소피가 숀의 농담에 미소를 지으며 어깨를 으쓱한다. 사실 그녀는 타이거와 수지가 뭘 할지 벌써 다 생각해뒀다. 그들은 잭과 탈룰라가 실종됐을 당시 이 학교를 운영했던 여자를 찾아가 이야기를 나눠볼 것이다.

그들은 야신타 크로프트를 만나러 갈 것이다.

● 소피의 추리소설에 나오는 주인공들.

제30장

2017년 2월

그날 저녁 스칼렛은 탈룰라에게 문자를 보냈다. 소파에 잭과 나란히 앉아 있는데 휴대전화 수신음이 나자 탈룰라는 휴대전화 화면을 훔쳐보는 잭의 시선을 느낀다. 그녀는 스칼렛의 이름을 보자마자 급히 휴대전화를 꺼버린다.

"누구야?"

"아무도 아니야. 클로이."

"클로이는 왜 문자를 보냈는데?"

"몰라. 사람들 뒷말이나 하고 싶나 보지."

탈룰라는 그가 지금 꼭 하고 싶은 질문이 있어 속이 부글부글 끓는 걸 알 수 있었다. 하지만 엄마가 곁에 있다. 이럴 때면 잭은 더할 나위 없이 상냥하고 유쾌하게 군다.

탈룰라는 잭이 방을 나가기까지 20분이나 기다린 뒤에야 간신히 문자를 확인한다. 휴대전화를 소파에 올려놓고 켠다. 그래야 잭이 돌아오더라도 들키지 않게 얼른 소파 틈으로 밀어 넣을 수 있기 때문이다.

어이 B에서 만난 T. 금요일에 학교 끝나고 우리 집에 올 수 있니?

다크 플레이스의 비밀

그날 밤은 엄마가 집에 없을 거야. 하룻밤 자고 갈래?

심장이 흉곽에서 튀어나올 것처럼 펄떡거리는 바람에 탈룰라는 얼른 휴대전화를 끈다. 스칼렛은 탈룰라가 평범한 열여덟 살 소녀라고 믿고 있다. 제 삶의 속도에 맞춰 오갈 수 있고 젊어지고 있는 책임 따위는 없다고 말이다. 탈룰라는 이 다른 세계의 탈룰라에 대해 상상하기 시작한다. 젊어진 책임 따위는 없는 또 다른 자신 말이다. 어느새 그녀는 다른 세상의 탈룰라라면 이런 생각을 할 거라 상상한다. '음, 어차피 다음 날은 학교도 안 가잖아. 스칼렛에게 놀러 가도 되겠네. 같이 술도 몇 잔 하고 늦게까지 놀다가 번쩍번쩍한 넓은 주방에서 숙취에 시달리며 시리얼이나 같이 먹을까.' 불현듯 다른 세상의 탈룰라의 삶이 세상 그 무엇보다 간절하게 느껴진다. 그녀는 고개를 돌려 거실 문을 보며 잭이 오지 않는지 확인한다. 그가 오는 기척이 없자 탈룰라는 최대한 빨리 문자를 보낸다.

잘하면. 그래. 시간을 내볼게.

그 주 내내 탈룰라는 클로이가 등장하는 이야기를 꾸며냈다. 엄마에게 클로이가 학교에서 따돌림을 당하고 있다고 말한다. 클로이는 자신의 엄마에게는 지금 상황을 이야기할 수 없다. 왜냐하면 그랬다가는 그녀의 엄마가 상황을 더 악화시킬 수 있기 때문이다. 클로이는 자살충동에도 시달리고 있다. 요즘 계속 손목을 긋는 이야기를 했다.

엄마는 다른 사람에게, 학교의 누구에게라도 상황을 알려야 한다고 말한다. 탈룰라는 클로이가 학교에 이 상황을 절대로 알리고 싶어 하지 않으며 다른 사람이 학교에 대신 이야기해주는 것도 원하지 않는다고 한다.

드디어 금요일 오후 4시경, 탈룰라는 엄마에게 방금 클로이한테 전화를 받았는데 몹시 힘들어한다고 알린다. 그녀가 탈룰라가 곁에 있어주길 바라서 당장 찾아가봐야 한다고 말이다. "노아 좀 봐주실 수 있어요? 잭이 퇴근할 때까지만요. 괜찮죠?"

엄마는 힘줘 고개를 끄덕인다. "그럼, 되고말고. 혹시 내 도움이 필요하면 당장 연락해야 해. 그 애가 혹시라도 바보 같은 짓을 하려고 하면 꼭 전화해, 알겠지."

엄마는 탈룰라의 볼을 만지며 말한다. "너는 정말 마음씨가 고와. 좋은 친구구나. 네가 자랑스러워."

탈룰라는 엄마에게 너무 미안해서 먹은 게 전부 올라올 것만 같다. 그녀는 속마음이 드러나기 전에 얼른 집을 나선다. 노아에게 작별 인사도 하지 않고 말이다. 마을을 벗어나는 길에는 클로이 집 앞에 잠시 멈추어 선다. 혹시 누군가 보고 있다면 나중에라도 '오, 그럼요. 클로이네 집 앞에서 탈룰라를 봤어요.'라고 말할 수 있도록 말이다. 재킷 주머니에는 여벌의 속옷과 칫솔, 현금카드가 들어 있다.

탈룰라는 1~2분가량 기다려보다가 다시 페달을 밟는다. 잭은 1시간쯤 후에 이 길을 따라 버스를 타고 집으로 돌아갈 것이다. 그래서 모자를 푹 눌러쓰고 도로 가장자리에 붙은 인도 중에서 가장 바깥쪽을 벗어나지 않는다. 큰길에서 벗어나서야 안도의 한숨을 쉬고 다크 플레이스 정문을 향해 페달을 밟는다. 그리고 스칼렛에게 문자를 보낸다.

도착했어. 문 앞이야.

"너 예쁘다." 스칼렛이 이렇게 말하며 대신 자전거를 끌고 가 눈에 띄지 않도록 차고 뒤에 둔다.

"아냐. 곧장 여기로 오느라 거울도 한 번 못 봤다고."

"나한테는 시력 좋은 눈이 두 개나 있어서 앞이 아주 잘 보여."

탈룰라가 웃으며 스칼렛을 따라 집으로 들어간다. 토비가 복도에서 두 사람을 맞이하더니 두 사람을 따라 응접실로 들어간다.

"학교는 어땠어?" 스칼렛이 묻는다.

"오늘은 안 갔어. 일주일에 세 번만 가거든."

"왜?"

"시간표를 그렇게 짰어." 탈룰라는 이렇게만 대답하며 혼자 아기를 키워야 하는 상황을 고려해 학과장과 머리를 맞대고 시간표를 짰다는 이야기는 그냥 덮어둔다.

"그러면 나머지 시간에는 집에서 공부해?"

"응."

"그거 대단하다. 네 방이 따로 있어?"

"응." 거짓말은 아니다. 엄밀히 말해 그곳은 탈룰라의 방이다. 어쩌다 보니 남자친구와 8개월이 된 아들과 함께 쓰게 됐을 뿐.

"너희 집은 어떻게 생겼어?"

"글쎄…… 모르겠어. 그냥 집이야. 알잖아. 문 하나에 창문이 여러 개 있고 계단과 방이 몇 개 있지. 우리 집은 이런 정도는……." 탈룰라는 한 팔로 호를 그리며 자신들이 앉아 있는 독특한 유리 공간을 가리켰다.

"그래, 알아. 이런 정도는 아니겠지."

"예전에 살던 집은 어떻게 생겼어? 건지에 있는 집."

"그곳도 엄청 화려해. 절벽 가장자리에 있어. 바다를 굽어보고 있지. 아직 우리 소유야."

"와우." 탈룰라는 이런 근사한 저택을 하나도 아니고 둘이나 가지고 있다는 사실이 믿어지지 않는다는 듯 고개를 절레절레 흔들며 감탄한다.

"게다가 블룸즈버리에는 아빠의 아파트가 있어."

"런던에 아파트를 가지고 계신다고?"

"그래. 대영박물관이 보이는 펜트하우스. 정말 근사한 곳이지."

탈룰라가 다시 고개를 흔든다. "그렇게 부자로 사는 건 어떤 느낌이야?"

스칼렛이 미소를 지으며 일어섰다. "좋은 것 같아. 하지만 있지, 너와 함께 살고 싶어 하는 아빠와 너를 좋아하는 엄마, 가끔은 가족과 같이 있는 것보다 더 재미있는 일이 있어도 늘 가족 곁을 지키는 오빠가 있는 것도 좋을 거야. 그냥 평범한 가족이면 좋겠어. 구글박스에 있는 가족 이미지처럼. 알지?" 그녀는 뒤에 있는 술장을 가리키며 권했다. "럼주 마실래? 술을 마시기엔 너무 이른가?"

탈룰라는 벽에 걸린 대형 시계로 시간을 확인했다. 5시. 지금쯤 잭은 퇴근을 하고 있으리라. 45분가량 지나면 그가 집에 도착할 테고, 엄마는 탈룰라가 어디에 있는지 이야기해줄 것이다. 그러면 잭은 그녀와 통화하려 들 것이다. 탈룰라는 그의 전화를 무시한 후 나중에 문자로 거짓말을 해야 한다. 그러니 그때까지는 맑은 정신을 유지해야 했다.

"6시가 더 좋겠어."

스칼렛이 미소를 짓는다. "넌 내게 좋은 영향을 미치는 것 같아.

네가 그럴 거라는 예감이 들어. 차 마실래?"

"좋지."

하늘이 서서히 어두워지기 시작한다. 탈룰라는 저택 뒤의 나무 우듬지가 서서히 멍이 들듯 푸르러지는 모습을 지켜본다. 밤이 자신이 선택을 마무리지어주는 것만 같다.

"자고 갈 거야?" 스칼렛이 그녀의 마음을 읽은 것처럼 물었다.

"아직은 모르겠어. 아마도 그럴 것 같지만."

"아마도?" 스칼렛은 놀리듯 되묻는다.

"그래, 아마도." 탈룰라는 미소를 짓다가 자신이 지금까지 한 번도 해보지 않은 행동을 지금 하고 있다는 데 생각이 미쳤다. 그녀는 추파를 던지는 중이다. 탈룰라는 잠시 그 사실에 놀라며 스칼렛의 몸이 이루는 윤곽과 그 몸 여기저기가 튀어나온 각도, 꾀죄죄한 맨투맨 소매 아래로 길게 뻗은 하얀 손목, 피부를 팽팽하게 밀어붙이는 연골과 뼈의 선을 지켜본다. 스칼렛이 신고 있는 스포츠 양말의 털실 방울이며 조깅 팬츠의 무릎에 붙어 있는 개털을 본다. 스칼렛의 탈색한 머리카락이 틀어 올린 머리채에서 반쯤 흘러내린 모습을 본다. 스칼렛의 턱선에 난 커다란 반점을 보고, 그녀의 건조한 입술을 보며 립밤을 발라야겠다고 기억해둔다. 탈룰라는 너무 마르고 너무 꾀죄죄하고, 오늘 아침 아니면 이번 주 내내 샤워도 하지 않았을 것 같은 소녀를 바라본다. 혼자 있을 때는 럼주를 마시고, 관계에서 숨이 막힐 것 같으면 우정을 끊어버리고, 자신에게 너무 과분한 남자친구와 헤어지는 소녀가 보인다. 망각의 가장자리에 있기에 의지할 사람을 찾고 있을지 모르는 소녀가 보인다. 탈룰라는 그 사람이 바로 자신이라는 사실을 그냥 안다.

"음." 스칼렛이 수도꼭지로 주전자를 가져가 물을 채우며 말한다. "내가 어떻게 하면 널 설득할 수 있는지 고민 좀 해봐야겠네."

"네 어머니는 어디 가셨어?"

"런던에서 아빠와 데이트 중. 아빠 주위에 누군가 어슬렁거린다고 의심할 때마다 불쑥 찾아가거든. 알지."

"그러니까 바람을 피우실까 봐?"

"그래. 뭐 그런 거지."

"아버님이 정말 그러서?"

"바람을 피우냐고?" 스칼렛이 어깨를 으쓱한다. "알 게 뭐야. 아마도. 아빠는 돈 많은 늙은 남자니까." 그녀가 코를 킁킁거리며 주전자를 인덕션에 내려놓는다. "알 게 뭐야. 나는 신경 안 써. 그런 건 늙은이들 문제야."

두 사람은 머그잔을 가지고 앉았다. 스칼렛이 소노스 스피커로 음악을 재생한다. 둘은 한동안 지금까지 살아온 이야기며 부모, 인생의 계획 등에 대해 수다를 떤다. 어느새 밖은 완전히 어두워졌다. 그때 진동음이 울리자 탈룰라가 화들짝 놀란다.

엎어 놓은 휴대전화를 뒤집어 화면을 보니 잭의 이름이 떠 있다. 그녀는 전화를 끊고 다시 뒤집어놓는다.

"누구야?"

"아무도 아니야."

잠시 후 다시 진동음이 울렸다. 이번에는 전화를 집어 들며 말한다. "미안한데, 전화를 받아야 할 것 같아."

잭의 문자가 와 있다.

*클로이는 네가 신경 쓸 문제가 아니야. 사마리아 사람들*에나 전화하라고 해. 네가 필요해. 노아도 네가 필요해.*

탈룰라는 잠시 생각을 정리한 후 답장했다.

나는 내가 있어야 할 만큼 여기 있을 거야. 여기서 자고 갈지도 몰라. 문자 또 보내지 마.

전화를 내려놓자마자 다시 벨이 울렸다. 탈룰라는 전화를 끊고 아예 무음으로 돌렸다. 온몸에서 아드레날린이 뿜어져 나온다. 그녀는 심장이 평소처럼 뛰도록 숨을 한껏 들이마신다.

"문제 있어?" 스칼렛이 묻는다.

"아무것도 아니야."

탈룰라는 벽에 걸린 커다란 시계를 다시 본다. 시곗바늘은 5시 51분을 가리키고 있다.

"럼주 마실 시간인가?" 그녀가 스칼렛을 향해 한쪽 눈썹을 추켜올린다.

스칼렛이 벌떡 일어나 술장으로 가며 말한다. "좋고말고."

이튿날 탈룰라는 두툼한 크림색 커튼을 뚫고 들어온 이른 아침의 옅은 햇살에 잠을 깬다. 휴대전화를 보니 7시 15분이다. 왼쪽에 놓인 베개에 스칼렛의 발 한쪽이 올려져 있다. 부드럽고 하얀 피부, 전문가의 손길로 완벽하게 손질하고 검은색으로 칠한 발톱은 탈룰라가 열심히 머릿속에 그려본 스칼렛의 어설프고 거친 이미지가 거짓임을 보여준다. 탈룰라는 그 완벽한 발톱을 보며 자신이 맨턴역

● 전화 상담을 해주는 영국의 자선단체.

근처에 있는 화려한 네일숍에 있는 모습을 상상해본다. 벽은 분홍색이고 반짝거리는 쿠션이 곳곳에 놓여 있다. 그녀는 한 손에 휴대전화를 든 채 마스크를 쓴 직원을 향해 한쪽 발을 쭉 뻗어 가죽 의자 위에 올려놨다. 탈룰라는 지금껏 한 번도 손톱이나 발톱 손질을 받아본 적이 없다. 생각만으로도 몹시 민망했다.

침대에서 몸을 일으켜 앉자 숙취가 슬슬 온몸으로 퍼져 나간다. 그녀는 휴대전화에 와 있는 문자를 확인했다. 잭에게 온 문자가 열세 개. 굳이 읽지는 않는다. 그리고 새벽 2시에 엄마가 보낸 문자가 한 통.

그냥 궁금해서 연락해보는 거야. 클로이한테 아무 일 없길 바라. 잭이 네가 거기서 자고 온다고 했다고 알려줬어. 노아는 잘 있어. 사랑해, 엄마.

그녀는 스칼렛의 이불을 살며시 걷어내며 거대한 킹사이즈 침대에서 미끄러져 내려간다. 한쪽 발이 부드러운 양가죽에 닿는다. 스칼렛의 머리는 이불의 반대편 끝에 파묻혀 있어서 푸른 머리카락이 한 줌 삐져나와 있다. 한 줄기 기억이 탈룰라의 머릿속으로 터져 나온다. 푸른 머리카락을 파고드는 그녀의 손가락, 스칼렛의 입술에 닿은 그녀의 입술, 스칼렛의 손.

탈룰라는 머리를 세게 흔든다. 정말로 세게.

아니야, 그녀가 생각한다. 아니야, 아니야, 아니야.

그런 일은 일어나지 않았다.

자신의 머리가 장난을 치는 것이다.

그녀는 스칼렛을 다시 바라본다. 이불을 덮고 반대 방향으로 누워 있는 형체를 말이다. 왜 거꾸로 자고 있을까?

바로 그 순간 머릿속으로 지난밤 스칼렛의 손을 밀어내고, 그녀의 입술에서 몸을 떼고, 그녀의 머리카락을 파고드는 손을 뿌리치며 "아냐, 이런 건 내가 아니야."라고 말하는 기억이 떠오른다.

스칼렛이 몸을 뒤로 떼더니 그녀의 눈을 빤히 바라보며 이렇게 말했다. "그래? 그러면 너는 어떤 사람인데, 버스에서 만난 탈룰라?"

탈룰라는 머리를 저으며 말했다. "나는 나야."

스칼렛이 본인의 얇은 입술에 손가락을 하나 갖다 대더니 방금까지 탈룰라의 입술이 닿아 있었던 그곳까지 훑었다. 그리고 한숨을 쉬며 말했다. "좋아. 맘대로 해. 타이밍이 전부니까."

탈룰라는 스칼렛이 무슨 뜻으로 그런 말을 하는지 이해가 되지 않았다. 하지만 스칼렛에게 택시를 불러 달라고, 집으로 돌아가겠다고 한 것은 기억났다. 그러자 스칼렛이 이렇게 대꾸했다. "바보 같은 소리 하지 마. 지금 새벽 2시야. 자고 가." 그녀는 손을 자기 가슴에 갖다 대더니 이렇게 말했다. "우리 서로 거꾸로 자자. 좋지?"

탈룰라는 한숨을 쉬며 벗어 놓은 청바지와 휴대전화를 집어 살금살금 그 방에서 나간다. 눈처럼 하얀 대리석 욕실로 들어가 엄마에게 문자를 보낸다.

방금 일어났어요. 아무 일 없어요. 30분 후에 도착할 거예요. 노아는 어때요?

엄마가 즉각 답장을 보낸다.

잘 있지. 방금 아침을 먹였어. 서두르지 마. 필요한 만큼 거기 있어. 와도 되겠다 싶을 때 와.

탈룰라는 하트 이모지를 연속 세 번 보낸다. 그러고는 답답한 심정으로 잭의 문자를 확인한다.

이게 뭐 하는 짓이야?

날 위해서 쓸 시간은 없다더니 그 애한테 쓸 시간은 있니?

노아가 네가 없어서 울고 있어.

엄마에게 전화해.

이렇게까지 할 필요는 없잖아.

젠장, 까불지 말고 집에 와, 농담 아니니까.

너 지금 무슨 짓거리를 하는 거야?

좆까, 탈룰라, 좆까라고…….

문자 사이사이에 노아의 울음소리가 음성메시지로 들어와 있다. 아들의 울음소리 사이사이로 잭이 아이를 달래며 소곤거리는 말소리가 들린다. *괜찮아, 우리 아기. 괜찮아. 엄마는 지금 너보다 더 소중하게 여기는 사람과 함께 있어. 하지만 걱정하지 마, 우리 아기. 아빠는 네 곁에 있으니까. 아빠는 너를 사랑하니까. 절대 잊으면 안 돼…….*

탈룰라는 욕실 밖에서 나는 마룻바닥이 삐걱거리는 소리에 그쪽으로 고개를 돌리며 서둘러 휴대전화를 끈다.

"룰라?"

"여기 있어."

"너 괜찮니?"

"괜찮아. 화장실 좀 쓰고 있어."

"아기 울음소리가 들린 것 같아서."

"그게 무슨 소리야." 탈룰라는 차분하게 대꾸했다.

밖이 잠시 조용하다 싶더니 바닥이 삐걱거리는 소리가 다시 들린

다크 플레이스의 비밀

다. 잠시 후 스칼렛이 말한다. "그러게. 무슨 소린지."

두 사람은 탈룰라가 상상했던 모습 그대로 함께 아침을 먹는다. 맨다리를 내놓고 헐렁한 티셔츠를 입고, 아이라이너는 다 번진 데다 입 냄새는 텁텁하다. 금방이라도 눈이 펑펑 쏟아질 듯 하늘은 흐릿한 회색이다. 주방에 있으니 몸이 으슬으슬 춥다. 스칼렛은 탈룰라가 몸을 오들오들 떠는 모습을 보더니 인조 모피코트를 던져준다.

지난밤 바로 이곳에서 스칼렛은 탈룰라에게 입을 맞췄다. 바로 이곳에서. 탈룰라는 지난밤 스칼렛이 미끄러지듯 다가와 한 손을 그녀의 얼굴에 올린 채 "네가 얼마나 아름다운지 너는 모르지?"라고 말했을 때 앉아 있었던 의자로 손을 뻗어 가죽 좌석을 살며시 만진다.

그녀는 자신에게 무슨 일이 벌어지고 있는지 깨닫는 순간 온몸을 관통한 짜릿한 기분을 떠올린다.

"나는 아니야……" 탈룰라가 나지막하게 말했다. 그 말소리는 마치 숨을 헉 들이쉬는 소리처럼 들렸다.

"아니라니 뭐가?"

탈룰라는 대답하지 않았다. 대답할 수 없었으니까. 자신이 어떤 사람인지 스스로도 알 수 없었다. 그녀가 아는 건 스칼렛과 함께 있을 때면 자신이 되고 싶은 사람이 될 수 있을 것만 같다는 막연한 느낌뿐이다.

정신을 차리니 스칼렛이 그녀를 보며 환하게 웃고 있다. "맙소사. 너 정말 귀엽다."

탈룰라가 미소를 지으며 대꾸한다. "너는 정말 이상해." 그러더니 얼굴에서 미소를 지우며 물었다. "혹시…… 있잖아, 너 동성애자야?"

"딱지들." 스칼렛이 부러 연극조로 말한다. "지겨워. 그런 바보 같은 딱지들은."

"음, 그러면 내가 첫 번째 여자친구니?"

"그래. 네가 첫 번째 여자야. 아." 그녀는 갑자기 손으로 자기 볼을 감싸며 말한다. "다른 여자애들하고는 달라."

"정말?"

"그래. 정말. 그런데 너는 정말 오랫동안 내 첫 번째 여자일 거야. 아주, 아주 오랫동안."

휴대전화 진동음이 울렸다. 탈룰라는 멍하니 휴대전화를 바라본다. 또 잭에게서 도착한 문자이리라.

빌어먹을 탈룰라.

다시 진동음이 울린다. 이번에는 사진이다. 노아의 사진. 잭의 얼굴이 아이의 얼굴에 바짝 붙어 있는데, 그는 몹시 화난 듯하다.

순간 탈룰라는 공포에 사로잡혔다. 잭이 노아를 해칠 것만 같다. 그녀는 벌떡 일어섰다가 다시 앉는다. 아니야. 그녀가 생각한다. 그럴 리 없어. 잭은 노아를 해치지 않을 거야. 단지 나를 조종하기 위해 노아를 이용할 뿐이야.

"너 괜찮니?"

"응. 저…… 남자친구가."

"너를 슬프게 하는구나?"

"좀 그래."

"그 애 없이 내 삶을 꾸려나갈 수는 없어?"

"그 비슷한 상황이야."

스칼렛이 눈을 굴린다. "남자들이란. 걔네는 완전 루저들이야." 그녀는 연한 회색 눈으로 탈룰라의 눈을 빤히 보며 말한다. "네가 뭘 하든 그 남자가 너를 갖고 놀게 하지 마. 알았어? 네 입장을 굽히지 마. 굳세게 버텨."

탈룰라가 고개를 끄덕인다. 그녀는 벌써 그것만이 자신의 길이라 마음을 정했다.

"지금 걔한테 가면 걔가 이기는 거야. 그러면 걘 다음에는 전보다 더 쉽게 너를 조종할 수 있겠지. 알겠어?"

탈룰라가 고개를 끄덕인다.

"좋아. 잘하는 거야."

스칼렛의 입에서 그 말이 나오는 순간, 탈룰라는 몸속에서 뭔가가 부글부글 끓어오르는 것만 같다. 뜨겁고 출렁거리며 날것의 시뻘건 뭔가가 사타구니에서 치밀어 올라와 심장을 거쳐 두 팔과 두 다리로 퍼져 나간다. 그녀는 벌떡 일어나 스칼렛을 향해 걸어간다. 그러고는 맨살을 드러낸 스칼렛의 다리 위로 걸터앉더니 입을 맞춘다.

제31장

2018년 9월

이튿날 소피는 늘 머리를 했던 데프트포드의 미용사에게 전화를 걸어 그날 오후로 예약을 잡는다.

"오늘 런던에 다녀올게." 그녀가 숀에게 말한다. "덴마크 출장 가기 전에 머리를 해야 해."

"덴마크 출장?"

"응, 말했잖아. 기억 안 나? 다음 주 월요일이야. 1박 2일 일정."

그가 멍하니 고개를 끄덕인다. "이 마을 미용실에 가면 안 돼?"

"절대 안 돼. 게다가 나는 런던에 가고 싶어. 점심 약속이 잡힐 수도 있고. 가서 할 일 다 해야지."

"알았어."

30분 후에 그녀가 방금 한 말이 뭔지 숀에게 물어보면 하나도 기억하지 못할 것 같다.

"오늘 경찰은 뭘 할까? 학교에 다시 찾아올까?"

"모르겠어. 학교에 가보면 알게 되겠지."

숀은 거울을 보며 넥타이를 똑바로 맞춘다. 그가 넥타이를 매고 정장을 입은 모습을 처음 봤을 때 소피는 흥분을 느꼈다. 가슴 털에 뒤섞인 희끗희끗한 털들이며 세련된 가죽 구두, 그를 아빠라고 부르는 작은 사람들을 볼 때도. 소피는 친구들과 한잔하러 나가면 이렇게 말하곤 했다. "마침내 어른인 남자를 사귀게 돼서 정말 좋아. 알잖아, 진짜 남자." 그러면 친구들은 열렬하게 고개를 끄덕이며 그녀의 행운을 축하해줬다. 그런데 소피를 든든하게 받쳐주는 성숙함은 슬슬 다른 것으로 굳어지기 시작했다. 일종의 고집스러움으로. 넥타이는 점점 더 곧고 단단하게 매듭지어지는 것 같다. 숀의 턱선은 더욱 경직되고, 그의 포옹은 점점 짧아지고 언제나 느닷없다.

소피가 그에게 다가가 볼에 입을 맞춘다. 숀이 깜짝 놀라 그녀를 본다.

"근사한 주말을 보낼 거야. 아이들과 함께. 그렇지?"

"그러고 싶어." 숀이 말한다. "정말 그러고 싶어."

메이폴 하우스의 전임 교장인 야신타 크로프트는 쉽게 찾을 수 있었다. 그녀는 현재 핌리코에 있는 대형 사립여학교 교장이다. 야신타는 노트북 화면 속, 학교 언론 홍보물 제일 상단에서 소피를 향해 활짝 웃고 있다. 나이를 짐작할 수 없는 금발 머리에 크림색 블라우스를 입고 목에는 금목걸이를 했다.

미용실에서 머리를 하고 나오니 정오가 됐다. 소피는 데프트포드에서 기차를 타고 런던브릿지로 가 지하철로 갈아탄다. 런던 지하철의 푸근한 단조로운 소음이며 기름을 먹은 금속과 돌고 도는 승객들의 숨에서 나는 친숙한 냄새, 좌석에 흩어져 있는 무가지, 앞뒤로 부드럽게 흔들리는 진동이 그녀를 감싼다. 그녀는 눈을 감고 그 모든 것을 들이마신다.

핌리코에서 내린 소피는 구글 맵스를 보며 야신타가 근무 중인 학교를 찾아간다. 그 학교는 거울처럼 똑같이 생긴 곡선 계단이 양쪽에서 올라와 정문에서 만나는 자코뱅 양식의 건물에 들어서 있다.

그녀는 야신타에게 편지나 이메일을 보내지 않았다. 보내 봐야 비서나 조수가 먼저 볼 테고, 십중팔구 그 사건은 경찰에게 맡기는 편이 최선이라는 답장만 받을 것이기 때문이다. 그래서 소피는 이렇게 직접 벨을 눌러 입학안내처의 젊은 여직원에게 입학설명서를 받고 싶다고 말하는 꼼수를 쓰기로 했다.

소피는 안내처 직원에게 수양딸인 픽시에 대해 자세히 들려준다. 픽시는 다음 달이면 아빠와 새엄마와 함께 살기 위해 뉴욕에서 런던으로 올 예정이다. 픽시는 매우 영리하고 창의적이며, 언어에 특출한 재능이 있으며 변호사가 되고 싶어 한다. 소피는 학교에 대해 꼼꼼하게 질문한다. 새로 부임한 교장 선생님에 대해 묻자 직원의 얼굴이 환하게 밝아진다. 그녀는 야신타가 훌륭한 교사로 이곳을 완전히 새로운 곳으로 탈바꿈시켰으며, 모든 학생의 사랑을 받고 영감이 넘치며 교육에 열의를 지니고 있다고 칭찬한다. 그녀의 설명이 끝나자 소피가 말한다. "어머나, 정말 훌륭하신 분 같아요. 혹시 직접 만나볼 수 있을까요?"

"아뇨, 그건 안 될 거예요. 오후 내내 회의가 있으시거든요."

"이해해요. 내 오빠도 교장이에요. 업필드 커먼에 있는 학교죠. 오빠도 늘 어찌나 바쁜지."

"업필드 커먼이요?" 직원이 되묻는다.

"네. 서리 힐즈에 있는. 혹시 아세요?"

다크 플레이스의 비밀

"아뇨, 잘 모르지만 야신타 선생님이 예전에 계셨던 곳 같은데요. 이곳에 오시기 직전요. 그 학교 이름이 뭐죠?"

"메이폴 하우스에요."

직원이 손뼉을 치며 말한다. "맞아요! 메이폴 하우스. 그곳에서 교편을 잡으셨었어요. 대단한 우연의 일치네요. 오빠가 지금 그곳에 계신다고요?"

"네. 막 부임했어요. 와, 정말 신기하네요."

소피는 자신이 꾸며낸 이야기가 어디로 흘러갈지 종잡을 수가 없다. 계획하지도 않은 이야기가 술술 풀려가려는 찰나, 직원이 소피의 어깨 너머를 보고 눈을 빛내더니 엉거주춤하게 일어나며 소리쳤다. "어머, 교장 선생님!"

소피가 고개를 돌리자 검은색 터틀넥 스웨터와 붉은색 타탄 무늬 바지를 받쳐 입은 자그마한 체구의 여성이 뒤쪽 홀을 걸어오는 모습이 보였다. 그녀는 안내처 여직원을 향해 의아한 듯 미소를 짓는다. "앨리스, 무슨 일이에요?"

"죄송해요, 바쁘신 건 알지만 이분이 수양딸의 진학용 입학설명서를 받고 싶어 하셔서요. 이야기를 나누다 보니 이분의 오빠 되시는 분이 교장 선생님이 예전에 계셨던 학교에서 교장을 맡고 계신다는 거예요."

야신타의 눈이 가늘어지더니 호기심 어린 눈빛으로 소피를 바라본다. "예전 학교? 죄송하지만 성함이 어떻게 되시죠?"

"수지에요. 수지 비츠."

"야신타 크로프트에요. 만나서 반갑습니다, 수지. 오빠분이 메이폴 하우스에 계신다는 거죠, 그렇죠?"

"네. 이번 학기에 부임했어요. 가자마자 골치 아픈 일에 휘말렸지 뭐예요. 학기가 시작한 지 며칠 되지도 않아서 경찰이 온 학교를 뒤집었다나 봐요."

소피는 야신타가 어떻게 반응하는지 유심히 살폈다. 눈꺼풀이 경련을 일으키고 광대뼈 아래 근육이 살짝 뒤틀린다. "정말요?" 야신타는 슬그머니 소피를 안내처에서 조용히 이야기할 만한 곳으로 데리고 간다.

"네. 어떤 아이들이 작년에 학교 근처에서 실종됐는데, 경찰이 학교 용지에서 새로운 증거를 찾았대요. 작년에 그곳에 계셨으면 그 사건에 대해 아시겠군요?"

소피는 마지막으로 야신타에게 놀라운 소식을 알려주고 질문을 훌쩍 던졌다. 그녀는 지금 거의 완전히 수지 비츠에 빙의해 있다.

야신타의 자그마한 얼굴이 다시 경련을 일으킨다. "십 대 커플인가요?"

"그럴 거예요. 오빠가 자세히 이야기하지는 않았거든요."

"어린 애들이었어요. 둘 사이엔 아기도 있었죠. 끔찍했어요." 야신타가 고개를 흔든다. "내가 아는 한 그 커플은 흔적도 없이 사라졌어요. 그 후에 소문이 돌았죠." 그녀는 다시 고개를 내저으며 한 손으로 목을 감싼다. "온갖 소문이 나고, 음모론은 또 얼마나 많았는지. 운도 없게도, 그 커플이 실종되기 전에 갔던 집의 딸이 메이폴 하우스에 다닌 적이 있었거든요. 오빠 되시는 분이 이 사실을 아시는지는 모르겠지만요. 그 집에는 예전에 메이폴에 다녔던 학생 둘과 그곳 보조강사, 상담교사의 딸도 있었어요. 사건 당시에는 그 아이들이 우리의 책임은 전혀 아니었지만, 학교로서는 한동안 골치가 아팠죠. 결국 그 사건은 내가 메이폴을 떠나게 된 여러 이유 중 하나가 됐고요." 그녀가 한숨을 쉰다. "그 사건을 다시 끄집어내 수사하다니, 오빠분도 안되셨어요. 그런데 경찰이 뭘 찾아냈나요?"

"학교 뒤에 있는 숲에서 뭘 찾았다고요. 반지라나요?"

"반지요?" 야신타가 눈썹을 추켜올렸다. "이상하네요. 나는 당신이 말하려고 한 증거가……." 그녀가 입을 다문다.

소피가 질문하는 듯한 표정으로 그녀를 본다.

"아무것도 아니에요. 왜 반지 하나 때문에 그 사건을 다시 수면 위로 끌어올리게 된 건지 이해가 안 되네요." 야신타의 시선이 뒤쪽 벽에 걸린 시계로 향했다. "죄송하지만 이제 가봐야겠어요. 오빠분이 새 학교에서 순조롭게 근무하시기를 진심으로 바라요."

소피는 미소를 지으며 야신타에게 감사 인사를 했다. 그러자 야신타는 안내처의 앨리스에게 손을 흔들며 그 자리를 뜬다.

소피가 미닫이 유리문으로 발길을 옮기자 앨리스가 그녀를 불렀다.

"비츠 부인, 입학설명서 가져가셔야죠. 픽시 입학용이요."

소피가 몸을 돌려 반짝반짝 광이 나는 책자를 받는다. "고마워요. 이걸 잊을 뻔했다니 믿을 수가 없네요!"

소피는 건물 모퉁이를 돌며 숨을 크게 내쉰 후 복스홀 브릿지 로드로 접어들었다. 마침 보이는 재활용 쓰레기통에 입학설명서를 버렸다. 아직 하루는 한참이나 남았다. 서둘러서 돌아갈 필요는 없기에 친구인 몰리에게 문자로 점심을 함께 먹을 수 있을지 물어본다. 몰리는 즉시 된다고 답장한다.

몇 분 후 활기 넘치는 피스타치오 색감의 식당의 가죽 소파에 미끄러지듯 앉자 소피는 자신으로부터 모든 것이 떨어져 나가는 듯한 묘한 느낌에 사로잡혔다. 모두로부터 외떨어져 있다는 일종의 소외감부터 시작해 숲 옆 시골집 침실에서 들보가 드러난 천장을 보며 잠을 청할 때면 찾아오는 한밤의 고요함, 버스 정류장 뒤의 작은 장미 관목, 스완 앤드 덕스의 바 뒤에서 유리잔을 닦던 킴 녹스의 서글픈 얼굴, 숀의 성마른 태도, 한 치의 흐트러짐 없는 그의 넥타이, 요 며칠 통 볼 수 없는 그의 미소까지.

그녀는 문득 자신이 런던을 떠난 적 없는 것 같다는 생각이 든다. 시골에서의 생활은 아예 존재하지도 않는 것 같다. 몰리와 자신과 포도주 한 잔, 두 사람을 자꾸 훔쳐보는 맞은편의 사업가 세 사람이 진짜 현실인 것 같다. 점심이 끝나갈 무렵 소피는 자신이 돌아가야 할 곳이 더 이상 데프트포드에 있는 아파트가 아니라는 현실이 너무나 낯설게 느껴진다. 이제 곧 빅토리아역에서 천천히 달리는 기차를 타고 45분간 런던이 점점 멀어지는 모습을 지켜봐야 한다는 사실에 충격을 받았다.

"있잖아." 벗어놓은 재킷을 다시 입고 레스토랑을 나설 준비를 하다가 소피가 몰리에게 불쑥 말했다. "런던이 너무 그리워."

"옆집 뜰의 잔디가 더 푸르게 보이는 법이야. 나는 이 나라 어디에서든 살 수 있어. 잘생긴 교장 선생님과 함께라면. 게다가 집세를 안 내도 되잖아."

소피가 어색하게 미소를 짓는다. "알아. 다만…… 좀 길을 잃은 것처럼 막막해."

"너는 너만의 길을 찾아낼 거야. 거기로 이사한 지 고작 2주밖에 안 됐잖아. 곧 적응할 거야, 소프. 너는 유연한 사람이잖아. 늘 그랬어." 몰리가 그녀를 격려한다.

소피와 몰리는 2시 30분 무렵 레스토랑을 나와 헤어졌다. 소피는 잠시 그 자리에 못 박힌 듯 꼼짝하지 않으며 길 맞은편 빅토리아역을 물끄러미 본다. 아직은 돌아갈 마음이 들지 않았다. 소피는 지하철을 타고 옥스퍼드 서커스로 가 행인이 넘쳐 짜증이 팍팍 솟는 거리를 한 시간가량 돌아다닌다. 정처 없이 자라 매장이며 갭 매장을 돌고 셀프리지 백화점에 들어갔다가 별다른 구경도 하지 않고 나왔다. 머릿속은 온갖 것들로 뒤죽박죽이면서 동시에 텅 빈 듯하다. 문득 업필드 커먼으로 돌아가고 싶지 않다는 생각이 뇌리를 스쳤다. 그리고 그런 생각을 떠올렸다는 사실에 등줄기에 한기가 스친다.

그녀는 걷고 또 걷는다. 스타벅스에 들어가 진한 차를 시켜 잠시 앉았고, 서점에서 책을 살펴보고 소설 D-F 섹션에 꽂힌 책등을 확인했다. P. J. 폭스라고 적힌 책은 달랑 한 권뿐이라 한숨이 절로 났다. 서점에 재고가 없다면 팔고 싶어도 팔 수 없는 게 당연하지 않는가. 그녀는 마블 아치 부근의 대형 프라이마크 매장을 여기저기 돌아다니다가 개당 7파운드인 레이스 팬티 세 장을 사서 나왔다.

이제 4시 반이다. 여전히 집으로는 발길이 떨어지지 않는다.

구불구불한 메이페어 뒷골목을 따라가 파크 레인으로 나오는 동안 그녀의 생각은 저절로 야신타 크로프트에게로 되돌아갔다. 대화 중간에 야신타 크로프트가 입을 다물었다. 소피가 반지에 대해 이야기했을 때였다. 그녀는 무슨 말에 그런 반응을 보인 걸까? 숲에서 뭔가를 파낼 것 같다고 한 말과 관계가 있을까?

소피는 야신타의 학교 대표번호를 구글에서 검색해 전화를 건다. 놀랍게도 야신타에게 바로 연결이 됐다. 잠시 후 온화하지만 전문 직업인의 느낌이 확 풍기는 목소리가 소피에게 인사를 건넸다.

"당신이 다시 전화할 것 같았어요." 그녀는 이렇게 덧붙인다.

제32장

2018년 9월

전화가 울린다. 킴은 싱크대 가장자리에 올려뒀던 전화를 들고 발신자를 확인했다. 메그다. 처음엔 '무슨 바람이 불어서 전화했지?' 하고 생각하다가, 바로 현재 상황이 떠올랐다. 그녀는 수신 버튼을 누른다.

"킴. 나 메그에요."

"안녕하세요. 돔과 이야기했나 보네요."

"네, 어제 전화가 왔어요. 무슨 일이에요?"

"반지에 대해서 이야기 안 하던가요?"

"했어요. 반지가 발견돼서 그 잘난 숲을 또 수색했다고 했죠. 그게 다예요. 더 밝혀진 사실은 없나요?"

킴이 한숨을 쉰다. "없어요. 경찰이 리엄과 다시 이야기했고, 케리앤의 딸과도 이야기했어요. 표지판에 적힌 글씨의 필체 분석 결과도 받았어요."

"지문이 있어요? 반지에? 다른 건 못 찾았어요?"

"경찰이 가지고 있어요. 지문도 찾아보겠죠. 하지만 그 반지를 찾은 여자가 보석상 이름을 찾아보려고 반지 상자를 썼었대요. 그러니 상자에 지문이 남아 있을 가능성은 거의 없어요."

메그가 수화기를 막고 무슨 말을 웅얼거리더니 물었다. "그건 그렇고, 많이 놀랐죠?"

킴은 살짝 놀랐다. 이런 소소한 이야기를 나눌 거라곤 기대도 하지 않았기 때문이다. "나는 괜찮아요. 물론 좀 놀라기는 했지만요."

"그래요. 좀 이상해요, 그렇죠?"

킴은 일부러 말을 선뜻 하지 않고 기다렸다. 메그가 손자의 안부를 물을 기회를 주기 위해서다. 하지만 메그는 그 기회를 잡지 않고 말했다.

"어쨌든, 상황을 계속 알려줘요. 무슨 일이 일어났는지 마침내 알게 되는 날이 온다니 믿어지지 않아요."

"나도 그래요." 킴이 맞장구를 친다. 문득 메그의 어조가 부드러워졌다는 사실을 깨달은 킴이 묻는다. "요즘 어떻게 지내요? 별일 없어요?"

메그의 긴 한숨 소리가 들린다. "아뇨. 힘들어요. 하지만 사는 게 원래 그렇잖아요. 얘, 너는 언니 바지를 입어. 어서 해."

"혹시 무슨 생각이 있어요? 가설이라도 말이에요. 무슨 일이 있었는지에 대해서요. 당신은 항상 애들이 자기들끼리 도망쳤을 거라고 생각했잖아요. 그렇죠?"

킴은 조심스럽게 질문을 던졌다.

"네, 그렇게 생각했어요. 솔직히 아직도 그런 생각을 완전히 버리지는 못했어요. 사실 유일하게 말이 되는 가설이잖아요."

"맞아요." 킴이 조심스럽게 말을 보탠다. "엄마와 아빠가 아들을 버려둔 채 함께 석양 속으로 걸어갈 수도 있다고 생각할 사람들도 있다는 거 알아요. 어떤 사람들은 정말 그렇게 하니까요. 하지만 탈룰라는 아니에요. 잭도 아니고요. 잭은 노아라면 껌벅 죽었어요. 탈룰라에게 청혼할 계획이었고요. 세 사람이 함께 살 집을 구하려고 열심히 저축도 했어요. 그래요, 메그. 두 사람이 타인의 눈을 피해 자신들만 행복하게 어딘가에서 살 수도 있다고 생각하기는 쉽겠죠. 그렇다고 그게 말이 된다고는 할 수 없어요. 왜냐하면 말이 안 되니까요."

"나도 가끔 의문이……." 메그가 말을 시작하다가 입을 다문다. "모르겠어요. 그 아이의 아빠가 정말 잭인지 의문이 든 적 없어요?"

킴은 그 순간 머릿속에서 뭔가가 뚝 부러지는 것 같다. 그녀는 아무 대꾸도 하지 않는다. 아무 말도 떠올릴 수 없기 때문이다.

"이건 그냥 가설일 뿐이에요. 하지만 설명이 되잖아요."

"설명이 되다니 뭐가요?"

"그날 밤 무슨 일이 일어났는지 말이에요. 잭이 혹시 자신이 노아의 아버지가 아니라는 사실을 알게 돼서 둘이 싸웠을지 몰라요. 잭은 그 사실이 너무 수치스러워서 그대로 떠난 거죠. 집으로 돌아오기에는 너무 부끄러워서. 그날 컴컴한 길에서 탈룰라에게 불상사가 일어났을 거예요. 아니면 그 애도 창피하니까 차마 집으로 못 왔을 수도 있고. 이해가 되죠?"

킴은 무슨 말을 하려다가 다시 입을 닫는다.

메그가 말을 잇는다. "왜 이런 말을 하느냐면, 노아가 잭을 닮았다는 생각이 한 번도 들지 않았기 때문이에요. 보통 아기는 아빠를 닮잖아요, 아닌가요? 그런데 노아는 조금도 그렇지 않았어요. 다른 손자손녀들과 달리 노아한테는 얘가 우리 핏줄이구나 싶은 느낌이

들지 않더라고요. 그래서 나는⋯⋯."

킴은 휴대전화 액정을 쿡 찔러 전화를 끊었다. 마치 가까이하면 화상이라도 입을 것처럼 전화기를 싱크대에 던지듯 내려놓고 뒤로 물러나 아일랜드 식탁에 몸을 기댄다.

그랬어. 그녀는 생각한다. 바로 그거였어. 마침내 속내를 드러냈군. 메그는 노아가 잭의 아이라고 믿지 않았다. 탈룰라가 다른 남자와 잤다가 임신했으면서, 잭에게 보살핌을 받기 위해 잭이 친부인 것처럼 그를 홀렸다고 생각해온 것이다. 실제로는 잭이 가족이 되고 싶다고 반년이나 손이 발이 되도록 빌었는데 말이다. 그뿐만 아니라 메그는 잭과 탈룰라의 실종이 별개의 사건이라고 생각했다. 불쌍하고, 무기력하고, 오쟁이 진 잭이 탈룰라를 칠흑 같은 어둠 속에 두고 떠났는데, 탈룰라는 어쩌다 죽임을 당했거나 아이를 두고 도망을 쳤다고 말이다.

킴이 주방을 둘러본다. 상상도 할 수 없는 이야기 속으로 말려든 지난 순간들의 유령이 둥둥 떠 있다. 유아용 의자에 앉은 자그마한 노아, 발그레하게 화색이 도는 두 볼, 기뻐서 쟁반을 통통 내리치던 통통한 주먹. 탈룰라가 그 모습을 휴대전화에 담으며 어찌나 신나게 웃었던지 눈물이 날 정도였다. 세 사람을 이어주던 티 한 점 없이 순수했던 뜨거운 사랑. 그 사랑이 킴의 작은 주방을 구석구석 채우던 모습. 그런데 탈룰라는 이제 없고, 고집불통 노아는 휴대전화든 TV든 화면에만 매달리고 어린이집에서 돌아오면 최선을 다해 킴의 짜증을 돋우는 아이로 자랐다. 어머니가 실종된 그날 밤 이후 남은 것들로 할머니인 킴이 만들어준 세상에 혐오감을 드러내고 싶어서 야유를 보내는 아이로 말이다. 킴은 너무 외롭다. 그녀의 세상

다크 플레이스의 비밀

이 너무나 작은 것처럼 느껴진다. 모든 것을 되돌리고 싶다. 전부.

킴은 고개를 푹 숙인 채 눈물이 마를 때까지 흐느낀다.

제33장

2017년 3월

3월 초, 스칼렛이 맨턴 칼리지로 되돌아왔다. 탈룰라는 스칼렛의 엄마가 검은색 테슬라에서 딸을 내려주는 모습을 지켜본다. 윤기 나는 검은색 머리를 선글라스로 넘겨 고정하고 번쩍거리는 보석 반지를 낀 사람이 운전하는 차 조수석에서 후드를 푹 쓰고 어깨를 축 늘어뜨린 채 나오는 모습을 보니 절대 다른 사람이라 착각할 수가 없었다. 문이 쾅 닫히고 테슬라가 멀어져간다. 그때 스칼렛과 탈룰라의 눈이 마주쳤다.

"안녕."

탈룰라는 스칼렛을 보는 순간 배 속이 요동치는 것 같다. 스칼렛의 집에서 하룻밤을 보낸 후로 열흘이 지났다. 그 열흘 동안 그녀는 스칼렛의 전화, 문자, 스냅챗, 음성메시지를 계속 피해왔다. 스칼렛은 무슨 의미인지 모를 춤을 추고, 간청하고, 키스하고, 팡팡 뛰고, 빙빙 돌고, 포옹하는 사람들의 gif 동영상을 쉴 새 없이 보냈지만 그 것도 다 무시했다. 스칼렛이 슬픈 표정으로 찍은 셀프사진이며 '좋은 사람들은 다 어디로 갔어?'라는 말풍선이 달린 토비의 사진들도 무시했다. 그동안 내내 휴대전화를 무음으로 해뒀으니, 잭은 무슨 일이 벌어지고 있는지 짐작도 못 할 것이다.

"어, 잘 지냈어?"

"우리 엄마야. 학교에 다시 나가지 않으면 할머니와 같이 살게 보내버린다고 하지 뭐야. 그래서 엄마가 학교에 전화했고 내가 여기 온 거야."

탈룰라는 그 자리에 서서 발을 이리저리 움직인다. 추위가 기승을 부리는 아침이다. 게다가 얼음장처럼 차가운 빗방울이 툭툭 떨어졌다. 그녀는 손을 코트 주머니에 집어넣으며 말한다. "답장하지 않아서 미안해."

스칼렛은 어깨만 으쓱할 뿐 아무 대꾸도 하지 않는다.

"잭 때문이었어. 알지. 걔가 항상 곁에 있거든."

"일요일에 오면 되잖아. 잭이 축구하러 나가면."

요란하고 시끄러운 스칼렛답지 않게 그녀의 목소리가 어딘지 불안정하게 흔들렸다.

"금요일 밤에 외박한 것 때문에 아직도 뚱해 있어." 탈룰라는 자신의 입에서 나오는 그 말을 듣는 것조차 싫다. 그런 말을 해야 하는 자신이 처량하게 느껴진다.

"무슨 상관이야? 잭이 무슨 생각을 하든 무슨 상관이냐고. 너는 열여덟 살이야, 탈룰라. 늙은 유부녀가 아니라고. 걔한테 너는 상관하지 않는다고 말해. 꺼지라고 하라고."

"못 해."

"왜 못 해? 무슨 일이 벌어질 것 같은데?"

"아무것도." 탈룰라는 손목을 낚아채던 잭의 손아귀며 가끔 그녀의 머리를 조금 더 힘을 줘 잡아당기는 그의 모습을 떠올리며 대답한다. "아무것도 일어나지 않아."

그들은 학교를 향해 함께 걷기 시작한다. 한동안 누구도 입을 열지 않았다. 이윽고 스칼렛이 말문을 연다. "그러면 너랑 나는 뭐니?"

탈룰라는 주위에 자신의 말소리가 들리지는 않는지 사방을 확인하고 말한다.

"모르겠어. 나는……. 우리 사이에 대해 어떻게 느껴야 할지 모르겠어. 어떻게 생각해야 할지 모르겠다고."

"그렇게 도망쳐서는 아무것도 해결되지 않아."

"알아. 단지…… 시간이 필요해. 이런 상황은 처음이야."

스칼렛의 표정이 부드러워진다. "실은 거짓말했어. 엄마가 나를 학교로 되돌려 보낸 거 아니야. 내가 다시 나가겠다고 했어."

탈룰라는 궁금하다는 눈빛으로 스칼렛을 바라본다.

"생각해봤는데, 학교에 다시 나오면 너랑 놀 수 있겠더라. 네게 이래라저래라 하는 방울 달린 잭 없이."

탈룰라는 웃음을 터트렸다. 방울 달린 잭이라니. "이제 가봐야 해. 벌써 늦었어."

"점심시간에 보자. 구내식당이면 될까?"

탈룰라는 두 사람이 점심시간에 만날 거라고, 두 사람이 가까운 사이가 될 거라고 외치는 스칼렛의 반짝거리는 눈을 보자 지난 한 주 동안 굳게 다져온 결심에 서서히 금이 가는 걸 느꼈다.

"스칼렛." 스칼렛이 돌아서서 발걸음을 옮기려는 순간 탈룰라가 그녀를 불러 세웠다.

"응?"

탈룰라는 거의 속삭이다시피 목소리를 낮추더니 한 손으로 자신과 스칼렛을 가리키며 묻는다. "이거 비밀이지, 그렇지? 우리 둘 사이의? 다른 사람은 모르지?"

스칼렛이 고개를 끄덕이곤 손가락 두 개를 나란히 세워 얼굴 옆에 든다. "스카우트의 명예를 걸고, 너와 나만의 비밀. 다른 사람은 아무도 모를 거야." 그러더니 탈룰라를 향해 손 키스를 날리고는 입모양으로 '있다 보자'고 한 후 그 자리를 떠난다.

그로부터 몇 주 동안, 탈룰라와 스칼렛은 둘만의 일과를 만들었다. 스칼렛은 엄마가 요가 수업을 들으러 가는 길에 차를 얻어 타고 월요일마다 학교에 온다. 탈룰라와는 학교 밖에서 만나 함께 걸어간다. 수요일과 목요일에는 업필드 커먼에 있는 버스 정류장에서 만나 뒷좌석에 자리를 잡고 끝도 없이 이야기를 나누고 나눈다. 점심시간이 되면 때때로 구내식당을 찾는데, 탈룰라는 그곳에서 스칼렛의 말 없는 새 친구 역할을 했다. 다른 친구들인 미미와 루, 제이든, 로키는 그녀가 그곳에 없는 사람인 것처럼 자기들끼리 이야기한다. 하지만 탈룰라는 그들을 탓하지 않았다. 어차피 그녀는 눈에 띄거나 스칼렛의 삶에서 어떤 식으로든 중요한 사람으로 여겨지지 않으려고 최대한 조심하고 있기 때문이다.

탈룰라와 스칼렛의 수업이 일찍 끝나고 잭이 늦게까지 근무하는 월요일이면 수업이 끝난 오후 길모퉁이에서 만나 번화가에 있는 자그마하고 재미있는 찻집으로 간다. 그곳 손님은 모두 노부인들로, 대학생은 절대 오지 않는다. 두 사람은 가정식 당근 케이크 조각과 차를 주문한 후 늘 제일 안쪽에 있는 칸막이 석에 앉는다. 그곳에서는 서로의 눈을 들여다보고 손을 만지작거리고 테이블 아래로 서로의 다리를 쥐며 놀아도 다른 손님의 눈에 띄지 않는다. 설령 그러는 모습을 누가 본다고 해도 소문을 퍼트릴 리도 없었다. 그 찻집의 어느 누가 두 사람을 알겠는가.

잭이 축구를 하러 가고 스칼렛의 엄마가 친구를 만나 수영하러 가는 일요일이면 탈룰라는 자전거로 시골길을 달렸다. 그럴 때면 그녀의 심장은 기대감과 긴장감, 흥분, 기쁨으로 터질 것만 같다. 스칼렛은 다크 플레이스 정문까지 나와 그녀를 기다리고 있다. 몸이 후끈 달아오른 둘은 정신없이 자전거를 끌고 저택으로 가 스칼렛 방의 침대로 돌진한다. 탈룰라는 일주일 내내 자신을 땅에 붙잡고 있던 닻이 스르르 녹아 그들이 만나는 황금의 장소로 흘러드는 듯한 기분에 사로잡힌다. 두 사람은 서로의 귓전에 따스한 숨결을 뿜어내며 부드러운 입술로 온갖 이야기를 속삭인다. 둘의 몸이 꼭 포개지면 서로는 서로로 바깥세상을 차단한다. 가야 할 시간이 되면 탈룰라는 몸을 씻고 싶지 않아서, 그녀의 살에 아름다운 얼룩처럼 남은 스칼렛의 손길을 씻어내고 싶지 않아서 스칼렛의 입술과 스칼렛의 침구, 스칼렛이 숙모에게 생일마다 선물 받는 구식 프랑스 향수 냄새를 간직한 채 남자친구와 아기가 기다리는 집으로 돌아간다. 그리고 아무도 알아차리지 못한다. 잭조차 자전거 타기가 탈룰라의 새 취미라고 받아들인다. 시골길을 자전거로 달려 건강해지고 출산 후 생긴 뱃살을 빼려는 것이라 여긴다. 그가 맡는 냄새는 탈룰라가 운동으로 흘린 땀이라고 생각한다. 두 볼의 홍조는 시골 공기를 실컷 마셨기 때문이라고 생각한다.

탈룰라는 겨울이 가고 봄이 오는 요 몇 주 동안 자신이 다시 활짝 피어나고 성장한다고 느낀다. 삶이 그녀에게 기쁨의 두 원천을 선사한다. 그녀의 아기, 그리고 비밀 여자친구. 낮이 점점 길어지고 밤이 점점 따스해지자, 노아는 점점 자라 포옹을 하는 법도 알게 된다. 스칼렛은 머리를 라일락색으로 염색하고 발 옆면에 탈룰라의 머리글자로 문신을 새겼다.

tm

누가 물어보면 트레이드마크의 약어라고 할 거야. 스칼렛은 이렇게 말한다.

하지만 잭은 여전히 탈룰라의 삶 속에 있고 그는 기쁨의 원천이 아니다.

그는 어떻게든 더 많이 저축해 세 사람이 따로 나가 살 수 있도록 건축자재상에서 추가근무를 하고 있다. 그는 엑셀 파일을 만들어 매일 저녁 탈룰라에게 함께 그걸 보자고 한다.

"이것 봐. 내가 다음 달에 승진을 해서 통로 보조관리자가 되면 일주일에 추가로 68파운드를 더 벌 수 있어. 거기에 야근도 하고, 엄마가 2,000파운드를 빌려주시겠대. 그러면 이번 여름까지 계좌에 13,559파운드를 모을 수 있어. 그럼 공동소유로 집을 장만할 수 있어. 내가 봐둔 집들이 있어. 리게이트 외곽이야. 봐봐." 새로운 탭을 열자 그가 봐둔 집들에 대한 상세한 정보가 정리돼 있다. 하나같이 노아가 밖에서 놀 작은 뜰도 없고, 이 집과 엄마, 맨턴, 스칼렛으로부터 멀리 떨어진 상자 같은 볼품없는 집들이다. 탈룰라는 고개를 연신 끄덕이고 미소를 지으며 "정말 예쁘네."라며 맞장구를 치지만 마음속으로는 계속 '안 돼, 싫어, 싫다고!'라고 외친다. 싫어, 나는 너와 함께 저곳에서 살고 싶지 않아.

대신 그녀는 잭이 없는 세상이 어떤 모습일지 상상하며 그가 없는 세상을 그려본다. 노아와 스칼렛을 위해서만 존재하며 다른 사람을 위해서는 존재할 필요가 없는 그 세상의 외형은 얼마나 부드럽고 완벽할까.

3월 말에 탈룰라는 열아홉 살이 된다. 잭도 열아홉 살이 됐다. 두 사람은 함께 생일 파티(탈룰라가 절대 이사 가고 싶지 않은 아파트, 그녀가 절대 살고 싶지 않은 삶을 살기 위해 돈을 모으느라 친구들은 부르지 않고 조촐하게 가족끼리만 모여서 하는)를 연다. 잭은 최종적으로 고른 아파트들 중 하나를 구경하기 위해 토요일 아침에 시간을 잡았다.

그는 씻고 옷을 입는 내내 흥분을 주체하지 못한다.

"열아홉 살이야. 열아홉 살에 벌써 내 첫 집을 장만하다니. 대단하잖아!"

탈룰라의 엄마가 두 사람을 건설현장까지 데려다준다. 그들은 A25 도로를 따라 줄지어 선, 반쯤 지어진 아파트들을 창문으로 들여다본다. 시커먼 벽돌에 나무처럼 보이게 만든 거무죽죽한 플라스틱 마감재로 마감을 했다. 나무 울타리로 에워싼 뜰 주위로 아파트 동들이 둘러서 있다. 갓 심은 잔디는 그물로 덮여 있다. 사무실에 있던 직원이 그들을 부산스럽게 맞이한다. 두 사람의 나이가 어리고 노아가 귀엽다고 감탄하더니 '두 사람이 처음으로 사는 내 집'이라는 사실에 흥분을 금치 못했다.

그녀는 탈룰라 일행에게 집을 보여준다. 집들은 모두 얼음장처럼 춥고 페인트와 합판 접착제 냄새가 진동하며 말을 할 때마다 소리가 울린다. 한 집은 A25 도로를, 다음 집은 중앙 정원을, 마지막 집은 살풍경한 리게이트 변두리 지역을 마주 보고 있다. 부엌은 번쩍거리고 온통 하얗다. 부유한 사람들이 사는 집의 고급스럽고 넓은 주방을 모방했지만 크기는 10분의 1이다. 욕조 주변은 아파트 마감재와 색을 맞추려는 듯 거무죽죽한 타일로 마감했다. 모든 곳이 최첨단이고 현대적이다. 어딜 보나 탈룰라가 절대 살고 싶지 않은 느낌이다. 하지만 엄마는 마음에 드는지 연신 감탄했다. 그녀 주위로 잭과 판매원, 엄마가 집안배치와 가능성을 놓고 열띤 대화를 이어나갔다. 노아 방의 위치며 벽을 칠할 색, 주변 환경, 길 건너 상가 구역에 새로 생길 슈퍼마켓 같은 이야기 말이다. 그러자 탈룰라는 자신이 무기력하게 이런 일이 일어나도록 내버려둔다는 사실에 무섭고 머리가 멍해졌다. 자신은 이제 열아홉 살이고, 스칼렛 자크와 사랑에 빠졌는데 죽어버리면 좋을 남자와 함께 삭막한 건물에서 아파트를 보고 있다는 사실에 분노가 치밀어 올랐다.

돌아가는 길에 그녀는 뒷좌석에 앉아 잠이 든 노아의 손을 쥔다. 조수석에 앉은 잭은 엄마와 수다를 떠는 중이다. 잠시 후 엄마가 탈룰라를 돌아보며 말한다. "얘, 네 생각은 어떠니?"

"괜찮았어요."

"어느 집이 제일 마음에 들어?"

"뜰로 난 집." 그녀는 의무적으로 대답했다. 왜냐하면 그 집이 가장 잭의 마음에 든 집이고, 그렇게 대답하면 자신을 대화에 끌어들이려 하지 않으리란 걸 알기 때문이다.

그날 밤 침대에서 잠이 든 잭과 노아 사이에 끼여 따뜻하지만 비좁게 누운 탈룰라는 다음 날 스칼렛을 만나면 노아에 대해 털어놓기로 마음을 먹는다. 자신이 한 아이의 어머니라고, 아기를 낳았다고, 스칼렛이 손끝으로 몇 번이나 훑었던 튼살 흔적은 '과거 비만의 흔적'이 아니라 노아가 배 속에서 8파운드 2온스까지 자랐기 때문이라고 말할 것이다. 그리고 이제 비밀 여자친구가 아니라 진짜 여자친구가 돼 달라고 말할 것이다. 엄마에게도, 잭에게도 스칼렛과의 관계를 말할 것이다. 자신의 삶이 도로변의 아파트와 통제광 남자친구와 온갖 비밀로 좌우되게 내버려두지 않을 것이다. 제 손으로 운명을 개척하고 정체성을 인정받을 것이다. 모두에게 진실하고 현실적이고 정직한 사람이 될 것이다. 순수하며 가장 자신의 모습과 가까운 자아를 찾을 것이다.

다음 주말 잭이 축구공이 든 가방을 메고 집을 나서는 모습을 침실 창문으로 확인한 후, 탈룰라는 후다닥 내려가 노아와 엄마에게 입을 맞추고 집 옆에 세워둔 자전거를 꺼낸다. 헬멧의 끈을 조인 후 열심히 페달을 밟아 다크 플레이스로 달렸다.

하지만 정문에 도착해보니 못 보던 자전거가 세워져 있다. 그것도 그녀가 항상 자전거를 대놓던 곳에 말이다. 주위를 둘러보니 인기척은 느껴지지 않는다. 그녀는 정원사나 청소업체 직원, 수영장에서 나뭇잎을 걷어내러 온 사람일지 모른다고 생각한다. 힘껏 페달을 밟은데다 이제 곧 스칼렛을 만난다는 기대감에 심장이 터질 것만 같다. 문이 열리고 스칼렛이 나온다. 잠옷 차림에 라일락색으로 물들인 머리는 대충 묶었다. 그런데 젊은 남자와 함께다. 남자는 청바지에 목까지 올라오는 지퍼가 달린 감색 스웨터 차림이다.

스칼렛이 탈룰라를 보더니 그 남자를 보고, 다시 탈룰라를 보며 소개를 한다. "룰스, 얘는 리엄이야. 리엄, 얘는 룰스."

탈룰라는 의아한 표정으로 스칼렛을 본다. 스칼렛이 목에 난 자국을 손으로 가린다. 브래지어도 하지 않았다. 탈룰라는 묘한 표정으로 자신을 보는 리엄을 가만히 지켜보다 인사를 건넸다. "만나서 반갑습니다."

그는 맨발이고 신발은 어디에도 보이지 않는다.

"지난밤에 리엄이 들렸어." 여전히 손으로 목을 감싼 채 스칼렛이 말한다. "내가 정신적으로 좀 힘들었어. 마침 엄마도 외출을 하셨고. 그래서 리엄이…… 우리가…….."

"내가 먼저 자고 가겠다고 했어요. 우리가 술을 좀 마셔서…….." 리엄이 끼어든다.

"그래. 그러는 편이 안전하니까. 그래서 여기서 잤어."

"맞아요. 이제 가려고요. 신발을 어디 뒀는지만 기억나면요." 그는 신발을 찾아 복도를 돌아다니기 시작했다. 탈룰라의 시선이 스칼렛에게로 향한다.

"이게 다 무슨 일이야?"

스칼렛이 어깨를 으쓱한다. "나는 너한테 전화를 하면 안 되잖아. 그래서 리엄에게 했어."

탈룰라가 목을 감싸고 있는 스칼렛의 손가락을 하나씩 떼어내자 키스마크가 벌겋게 남아 있다.

스칼렛이 다시 재빨리 손가락으로 그 부분을 가린다. "지난밤은 좀 엉망진창이었어. 섹스는 안 했어. 우리는 그저…… 알잖아…….."

탈룰라는 무슨 말을 하려고 입을 열다가 갈색 가죽 등산화 한 켤레를 들고 다시 나타난 리엄을 보고 곧장 입을 다물었다. 혈관 속으로 눈물이 흐르는 것 같았다. 소리를 지르고 토하고 싶었다. 두 사람은 리엄이 집을 나설 때까지 누구도 먼저 말하지 않는다. 탈룰라는 리엄이 몸을 숙여 스칼렛의 볼에 살짝 입을 맞추는 모습을 지켜본다. 그러자 스칼렛은 목청을 가다듬고 어색하게 웃으며 인사를 했다. "와줘서 고마워. 너는 내 별이야."

"잘 있어요, 탈룰라. 만나서 반가워요." 리엄이 인사한다.

"네." 탈룰라가 높은 목소리로 딱딱하게 말한다. "저도요."

마침내 그가 떠나고 복도에는 탈룰라와 스칼렛 둘만 남는다. 스칼렛이 다가와 탈룰라를 만지자 탈룰라가 움찔한다.

스칼렛이 혀를 찬다. "맹세해. 아무 일도 없었어. 이건 그저, 알잖아. 리엄하고 난 함께 보낸 역사가 있으니까. 우리가 과음을 했어. 바보같이 좀 노닥거린 것뿐이야."

탈룰라는 아무 말도 떠오르지 않는다. 그래서 팔짱을 낀 채 바닥만 본다.

"탈룰라, 기분 풀어. 너도 누굴 비난할 입장은 아니잖아. 너는 빌어먹을 남자친구와 동거 중이잖아. 그 남자와 섹스를 하지 않는다는 말은 하지 마. 하는 거 다 아니까."

탈룰라는 먼저 섹스를 해버리면 상황이 훨씬 안 좋은 순간에 잭이 그녀에게 요구하지 않으리라는 사실을 알기에 잭에게 먼저 섹스하자고 제안하는 불쾌한 순간을 떠올린다. 탈룰라는 이렇게 말할 것이다. "어서, 엄마가 노아를 연못으로 데리고 나가셨어. 5분밖에 없어. 그러니까 서둘러." 그러면 잭은 정말 서두를 테고 탈룰라는 그가 들러붙지 않고 섹스 따위는 생각하지 않아도 되는 2주의 시간을 벌 수 있다. 그랬다. 그녀는 잭과 섹스를 했다. 하지만 그건 섹스가 아니었다. 일요일 아침마다 스칼렛과 800수의 면 시트를 깐 킹사이즈 침대에서 보낸 시간과는 비교도 할 수 없었다.

"그건 달라." 탈룰라가 항변한다.

"아니, 다르지 않아. 그건 위안이고 습관이야. 그들을 옆에 붙잡아두는 방법이지. 왜냐하면 우리는 그들을 옆에 붙잡아둬야 하니까."

"우와."

"룰스, 내 말이 사실이라고 생각하잖아. 너의 잭, 걔는 뭐에 쓸모가 있니? 걔가 너한테 주는 게 있다는 말은 너는 절대 걔랑 끝내지 않을 거라는 뜻이야. 너는 여전히 걔랑 잘 거라는 뜻이지. 얻는 게 분명히 있을 테니까."

"그런 건 없어. 잭은 내게 아무것도 주지 않아."

"그렇다면 왜 걔랑 같이 살려고 하는 건데?"

"나는 그런 걸 원하지 않아. 그 애가 떠나주면 좋겠어. 하지만 우리는 어릴 때부터 늘 함께였어. 내가 사귄 유일한 남자야……." 탈룰라는 눈물이 차올라 잠시 말을 멈췄다. "내가 그 애와 같이 자는 건 그래야만 하기 때문이야. 네가 상상도 못 할 이유로. 그런데 너는 뭐니? 지난밤 리엄과 무슨 짓을 했든 넌 그럴 필요가 없었어. 너희는 사귀는 사이도 아니잖아. 네가 그를 사랑하지 않는다는 건 그도 알아. 끝난 관계라고. 그런데 왜 그런 거야?"

스칼렛이 한숨을 쉬며 탈룰라를 부드러운 눈빛으로 바라본다. "그냥…… 왜냐하면."

"왜냐하면?"

"있지, 나는 실은…… 사람들의 우선순위를 정할 수는 있지만 절대 그들을 '제한'하지 않아."

"제한한다고?"

"그래. 이를테면 너는 내 우선순위야. 지금까지의 내 인생에서 백 퍼센트 가장 중요한 사람이야. 하지만 그렇다고 해서 그게 내 인생에 다른 사람이 없으리라는 뜻은 아니야. 그 사람들은 너만큼 중요하지는 않아. 네게 느끼는 대로 그들을 느끼지도 않아. 하지만 그 사람들은 그곳에 있어. 나는 그 사람들을 외면하지 않을 거야."

"그러니까 너는 일부일처제를 따르지 않는다는 거야?"

"그런 식으로 표현하고 싶다면 그렇게 해. 하지만 제발 부탁이야. 그런 건 좀 잊어." 스칼렛이 정문을 가리켰다. "다시 시작하자. 어서. 주방에 피칸 데니쉬 빵이 있어. 어제 사 온 거야. 아직 맛있어. 제발. 네가 너무 보고 싶었어……."

유리 주방에 놓인 푸른색 소파에 앉아 무릎담요를 덮은 채 피칸 데니쉬의 아이싱을 핥아먹고 침대로 가 스칼렛의 몸 중 각진 곳을 찾아내고 토비와 함께 앉아서 토비의 어떤 부분을 제일 좋아하는지에 대해 이야기하는 모습을 떠올리자, 탈룰라는 이 세상에서 원하는 거라곤 그런 것밖에 없는 것 같다. 하지만 오늘은 그런 일을 하려고 온 게 아니었다. 탈룰라는 오늘 스칼렛에게 자신을, 자신의 본모습을 완전히 드러내려고 왔다. 그런데 지금, 탈룰라는 자신이 절대 스칼렛의 백 퍼센트가 될 수 없으리라는 사실을 깨달았다. 스칼렛에게는 언제나 다른 사람들이 자리 잡을 수 있는 친밀한 틈과 공간이 있으리라는 걸 말이다. 그건 탈룰라가 자신이나 노아, 미래를 위해 원하는 게 아니다. 자신은 스칼렛에게 있어 인생의 경험에 지나지 않았다. 리엄이 그녀의 경험이었던 것처럼 말이다. 아니면 실험이었을까. 마음에 들지 말지 알아보기 위해 한번 해보는 것. 그래서 훗날, 어렸을 때 부유한 농장 소년을 시도해보다가 지겨워져서 사회복지사가 되려고 공부하는 마을 소녀를 시도해본 경험으로 누구와 일생을 함께 보내고 싶은지 정할 수 있도록 말이다. 탈룰라가 지겨워지면 또 다른 누군가 혹은 뭔가가 나타날 테지.

그래서 탈룰라는 눈물이 가득 고인 눈으로 그녀를 바라보며 말했다. "아니. 나는 돌아갈래. 이 일은 다 잊어. 나는 그보다 더 가치가 있는 사람이야."

탈룰라는 문을 쾅 닫고는 자전거에 올라탄다. 스칼렛을 향해 던진 마지막 말을 떠올렸다. 그 말이 과연 진실인지 스스로도 고민하면서, 눈물이 앞을 가리는데도 미친 듯이 자전거의 페달을 밟는다.

제34장

2018년 9월

소피는 빅토리아역에서 모퉁이를 돌면 나오는 작은 와인바에서 저녁 6시에 야신타 크로프트와 만난다. 마침 지금 어디 있는지 묻는 숀의 문자가 도착한다. 막 답장을 하려는데 야신타가 눈에 들어왔다.

"오래는 못 있어요." 야신타가 어깨에 메고 있던 커다란 가죽가방을 테이블에 올려놓으며 말했다.

"저도요. 기차가 30분 후면 출발하거든요."

"그렇군요. 그럼 먼저 포도주부터 할까요."

그녀는 웨이트리스를 불러 프렌치 뭔가 하는 포도주를 작은 잔으로 두 잔 시켰다. 그러고는 소피를 돌아보며 본론으로 들어간다. "자, 수지 비츠 씨. 당신에 대해 검색해봤어요. 그런데 알아낸 사실들이 잘 들어맞지 않더라고요."

"오."

"나는 P. J. 폭스라는 작가가 쓴 시리즈에 나오는 가공의 탐정인 당신이 현실에 나타났다고 생각하지 않아요. 당신이 진짜 P. J. 폭스겠죠. 1984년 런던 남동부 히더 그린에서 태어난 소피 벡으로도 알려져 있고요." 그녀가 신랄한 미소를 지으며 단숨에 말했다.

"맞아요. 죄송해요. 저는…….."

"이봐요, 나는 사립학교에서 일해요. 그런 내가 못 봤거나 겪어보지 못한 일이 있을 것 같아요? 대체 왜 거짓말을 한 거예요?"

"일을 더 크게 벌이고 싶지 않았어요. 실은 메이폴의 새 교장은 제 오빠가 아니라 남자친구예요. 그리고 그곳에서 반지를 찾은 사람이 저였어요. 그 반지를 실종된 여자애의 엄마에게 가져간 사람도 저였고요."

야신타는 잔 너머로 소피를 흥미롭게 바라보며 포도주를 한 모금 가득 마셨다. "음, 잘 들어요. 아마추어 탐정이 된 추리소설가와 매일 수다를 떨지는 않지만, 아쉽게도 당신이 이미 아는 것 외에는 달리 더 덧붙일 말이 없어요. 그런데 나는 당신이 학교 뒤에 있는 숲에서 뭔가를 찾았다고 말하는 순간 반지가 아니라 다른 걸 말할 줄 알았어요."

"네?"

"그 숲엔 분명히 터널이 있어요." 야신타가 말을 잇는다. "스칼렛 자크가 살았던 저택과 이어지는 터널요."

"저도 그 터널에 대해 읽었어요. 영국 내전 당시 만들었다던데요?"

"맞아요. 그 일이 벌어졌을 때 나는 계속 궁금하더라고요. 터널 말이에요. 경찰에게도 터널 이야기를 했어요. 경찰이 그걸 찾으려고 숲을 뒤지기도 했고요. 하지만 스칼렛의 가족은 물론이고 그들 전에 살던 가족도 터널의 입구를 못 찾았어요. 그전에는 한참이나 빈집이었고요. 경찰은 그 집의 역사를 잘 아는 학자까지 데려와 입구를 찾으려고 했지만 아무 소득도 거두지 못했어요. 그걸로 끝이었죠. 그렇지만 나는 아직도 생각해요, 지금까지도요…… 내가 보기에 그 가족, 자크 가족 말이에요. 잘은 모르지만 몹시 자기중심적인 사람들이었어요. 전부 다요."

"어떤 면에서요?"

"스칼렛이라는 여학생은 실종사건이 일어났을 당시엔 메이폴의 재학생이 아니었어요. 그 사건이 일어나기 2년 전에 다녔죠. 상당히 예뻤어요. 하지만 그만큼 망가진 소녀라고 늘 생각했어요. 그 학생은 남을 조종하는 데 능했어요. 주위 사람들이 자신은 스칼렛에게 꼭 필요한 사람이라고 믿게 만들었어요. 형편없이 망가진 스칼렛을 지탱할 수 있는 사람은 자기라고 믿게 만들어서요. 그런데 실은 자기가 무슨 짓을 하는지 정확히 알고 있는 것 같았어요. 그 엄마는 정말 끔찍한 여자죠. 내용물은 없고 모든 게 허울일 뿐이에요. 그 아버지는 딱 한 번 만난 게 다예요. 스칼렛의 첫 면접 때였죠. 면접 시간 중 반은 전화를 받느라 코빼기도 비치지 않았죠. 아주 데면데면하고 차가웠죠. 온 가족이 유빙 같았어요. 주위를 둥둥 떠다니지만 절대 만나는 법은 없죠. 그래서 그 커플이 실종됐을 때 두 사람이 마지막으로 목격된 장소가 스칼렛의 집이었다는 말을 들어도 전혀 놀랍지 않았어요."

"하지만 그 외에는 접점이 없었잖아요. 제가 읽은 자료를 보면 그 커플은 그날 우연히 메이폴 아이들을 만났다고 돼 있었거든요."

"음, 꼭 그렇지도 않아요. 스칼렛과 실종된 여학생은 맨턴 칼리지를 같이 다녔어요."

"다른 아이들 말이 두 사람은 서로 잘 몰랐다던데요."

다크 플레이스의 비밀

"그건 완전히 사실이라고 할 수 없어요. 맨턴 칼리지에 루비라는 여학생이 있었어요. 예전에 메이폴도 다녔죠. 루비는 그날 밤 풀 파티에 없었어요. 그런데 경찰에게 둘 사이에 뭔가가 더 있는 것 같다고 증언했어요. 실종된 여학생 이름이 뭐였죠?"

"탈룰라."

"맞아요. 그런 이름이었죠. 탈룰라. 루비는 스칼렛과 탈룰라 사이에 뭔가가 있다고 생각했어요. 스칼렛은 분명 양성애자고, 그녀와 루비는 어렸을 때 그렇고 그런 사이였어요. 대학에서 멀지 않은 곳에 있는 케이크 가게 주인이 그해 상반기에 탈룰라를 자신의 가게에서 몇 번이나 봤다고 증언했는데, 인상착의가 스칼렛에 들어맞는 소녀와 함께 왔다더군요. 그런데 스칼렛은 그 사실을 부인했어요. 대학에는 자신과 비슷한 여학생들이 수도 없이 많다면서요." 야신타가 잔을 입으로 가져가다 말한다. "그리고 스칼렛의 남자친구가 있죠. 리엄. 리엄을 만났나요?"

"네. 물론 만났어요." 소피는 그의 이름이 불쑥 나오자 얼굴을 살짝 붉히며 대답한다.

"음, 그날 밤에 그 애도 그곳에 있었죠. 그 애는 탈룰라를 그전에는 한 번도 본 적 없다고 했어요. 하지만." 야신타가 한숨을 쉰다. "잘 모르겠어요. 나는 늘 그가 뭔가를 감추고 있다고 생각했어요. 어떤 식이든 스칼렛을 보호해주고 있는 것 아닌가 하는 생각이 늘 들었거든요. 리엄은 스칼렛을 너무나 사랑했으니까요. 미치도록 사랑했어요. 스칼렛이 헤어지자고 하자 완전히 무너졌죠. 교사로서 우리는 그런 걸 잘 알아요. 그리고 염려를 하죠. 알겠죠?"

"리엄이 그 이야기를 내게 해줬는데, 자신은 그렇게 끝났지만 괜찮았다고 했어요."

"거짓말이에요. 나는 그때 그 학교에 있었어요. 그가 폐인처럼 학교를 배회하고 다니는 모습을 다 봤죠."

야신타가 포도주잔의 받침대 부분을 손가락으로 훑는다. "그 해는 내 인생에서 최악의 해였을 거예요. 스트레스가 엄청났죠. 남편이 바람을 피우고 있다는 사실을 알게 돼 별거에 들어갔고, 그는 4월의 어느 오후에 산책을 간다고 나가더니 다시는 돌아오지 않았어요. 우리는 이혼 절차를 진행하는 중이었고, 그는 주말에만 그곳에서 지냈어요. 그런데 그 사람이 좀처럼 돌아오지 않더라고요. 처음에는 걱정도 되지 않았어요. 간다는 말도 없이 아파트로 돌아갔다고 생각했거든요. 그런데 그날 밤에 우리 아들이 건 전화를 받지 않았어요. 다음 날 밤에도요. 아들이 보낸 문자에도 전혀 답장을 보내지 않고, 개에 대해서 묻지도 않았어요. 결국 경찰에 실종신고를 했죠. 경찰이 개들을 풀어서 숲을 뒤졌지만 아무것도 찾지 못했어요. 나는 그 사람이 내 삶에서 더는 어떤 자리도 차지하지 않는다는 사실을 받아들여야만 했어요. 그는 사라지고 싶었던 거죠. 다른 여자, 오직 그 여자에게로." 그녀가 무겁게 한숨을 쉬더니 말을 잇는다. "그러더니 그 커플의 실종사건까지 일어나니 정말 너무 힘들지 뭐예요. 끔찍한 한 해였어요. 내 인생에서 최악의 해. 떠날 수밖에 없더군요."

소피는 8시 직전에 집에 도착한다. 숀은 그녀가 도착하기 직전에 퇴근해 주방 선반에서 물잔을 찾느라 쩔쩔매고 있다. 그녀는 숀의 뒤로 다가가 팔로 허리를 감싸 안으며 견갑골 아래에 얼굴을 파묻

다크 플레이스의 비밀

고 입을 맞췄다. "나 왔어."

"그런 것 같네. 런던은 어땠어?" 그는 그녀를 마주 안아 주지도 않은 채 대답한다.

"좋았어." 소피가 그에게서 몸을 떼며 말한다. "나의 아름다운 머리를 봐줘."

그가 몸을 돌려 드라이로 말았는데도 여전히 바깥으로 뻗친 머리의 끄트머리를 만진다. "정말 예뻐. 좋았다니 다행이네."

소피는 그날을 어떻게 보냈는지 말하지 않았다. 그에게 다 이야기하고 싶지만 어쩐지 그가 용납하지 않으리라는 예감이 강하게 들었기 때문이다.

"여기저기 돌아다니니까 정말 좋았어."

"당신 괜찮아?" 숀이 묻는다.

"응, 괜찮아."

"내 말은, 이 생활 말이야. 우리 둘이 사는 생활. 이곳으로 옮겨온 것. 전부 다 괜찮아?"

"그게…… 잘 모르겠어. 그러니까……."

그가 말을 끊는다. "이 생활을 후회하는 거야? 나와 이곳에서 함께 지내는 생활을?"

"아니야. 후회하지 않아." 그녀가 강한 어조로 말한다.

그제야 숀의 얼굴이 안도감으로 부드러워진다. "다행이다."

"나는 내가 무슨 일을 하려는지 알고 있었어. 그러니 괜찮아. 정말이야. 당신이 내 걱정은 하지 말고 일에 집중해주면 좋겠어. 제발." 소피가 말한다.

숀이 숨을 내쉬며 소피를 당겨 품에 안는다. 하지만 그의 가슴속에는 여전히 후회와 죄책감과 두려움이 남아 있다. 왜냐하면 방금 나눈 대화에도 불구하고 두 사람 모두 마음속 깊은 곳에서는 이 생활이 지속되지 않으리라는 사실을 이미 알기 때문이다. 각자의 집과 각자의 친구, 머리 아프게 열심히 생각하지 않아도 어떻게 하는지 잘 알고 있는 일에 대한 낭만이 있는 런던에서 두 사람을 하나로 묶어줬던 것이 이곳에는 존재하지 않는다는 사실을 알고 있다. 황홀했던 섹스와 여름과 영국의 시골에 대한 낭만적인 이미지와 잘 손질된 부지와 외국 공주님들에 대한 환상에 휩쓸려 이곳으로 훌쩍 뛰어들었지만, 지금은 둘 다 당황하고 있다는 사실을 알고 있다.

그때 숀의 휴대전화가 울린다. 그가 얼른 다가가 발신인을 확인한다. 그는 어떤 때에도 전화를 무시하지 않는다. 아이들과 따로 살기 때문이다. 그래서 소피는 이를 전적으로 이해하고 있다. "케리앤이야. 집으로 와달라고 하는데. 급한 일이래."

"나도 가도 될까?"

소피는 숀의 얼굴에 슬쩍 스쳐 지나가는 망설임을 놓치지 않는다. 그는 안 된다고 할 것이다. 하지만 방금 나눈 가벼운 대화 덕분이었는지 그는 고개를 끄덕이며 말했다. "물론."

하늘이 막 어두워지기 시작해 기숙사동으로 걸어가는 자갈길에 어둠이 내려앉았다. 가을 들어 처음으로 쌀쌀한 저녁이다. 맨다리에 얇은 카디건을 걸친 소피는 살짝 몸을 떤다.

케리앤은 건물 문 앞에서 팔짱을 낀 채 숀을 기다리고 있다. 숀과 소피가 가까이 다가오자 안도하는 기색이 역력해진다. "쉬시는 데 방해해서 정말 죄송해요. 하지만 이걸 꼭 보셔야 해요."

그녀는 두 사람을 이끌고 건물의 앞으로 돌아간다. 발코니가 저 너머 숲을 향해 나 있고 넓은 테라스가 세 사람이 선 곳 바로 위에 달려 있다. 케리앤이 화단을 가리킨다. "내가 본 게 아니에요. 렉시가 먼저 봤어요. 점심때 플로리다에서 돌아왔거든요. 테라스에서 전자담배를 피우고 있는데 여기 있더라고 하지 뭐예요. 렉시는 건드리지 않았어요. 천만다행으로 요즘 일어난 일에 대해서 미리 이야기했기 때문에 보자마자 뭔지 알아차렸어요."

화단 너머로 손질하지 않은 풀밭이 있고 그 너머로 넓은 자갈길이 이어져 있다. 자갈길 너머에는 숲으로 들어가는 두 번째 문이 있다. 그런데 그냥은 눈에 잘 띄지 않지만 위쪽 발코니에서는 잘 보일 듯한 곳에, 나무줄기에 못 박힌 마분지가 있다. 마분지에는 검은색 매직으로 '이곳을 파보시오'라는 글자가 적혀 있고, 아래쪽 땅을 가리키는 화살표가 그려져 있다.

제35장

2018년 9월

노아는 킴이 침대에 눕히자마자 곯아떨어졌다. 노아는 저녁 내내 심통을 부렸다. 킴은 자신의 두 아이도 이 나이에 이랬는지 통 기억이 나지 않았다. 그녀의 기억은 세세한 부분이 뒤죽박죽돼 있었다. 그녀는 두 아이 중 한 명이 마트에서 늘 떼를 썼으며 그 아이가 탈룰라라고 기억하고 있지만 지난 14개월 동안 그런 의심은 다 사라지고 말았다. 왜냐하면 탈룰라가 잘못한 일은 도무지 기억하지 못하게 됐기 때문이다. 그녀는 학교에서 열리는 크리스마스 파티에 가기 전, 자기 방에서 얼굴을 살짝 들어 올린 탈룰라의 눈꺼풀에 아이라인을 그려준 이후로는 기억이 없다. 빛나는 투명한 피부와 살짝 말려 올라간 코끝, 장미 꽃송이 같은 분홍색 입술, 딸과 자신 단둘만의 비밀처럼 느껴졌던 거의 눈에 드러나지 않는 아름다움. 킴은 이렇게 차분하고 영롱한 소녀가 마트에서 울며 떼를 쓰는 두 살 아이와 같은 사람이라는 사실을 이해할 수 없다. 두 사람이 같은 사람일 리 없다. 그러므로 킴은 마트에서의 일이 실제로는 일어나지 않았거나 라이언이었거나 다른 사람의 아이라 생각해버린다. 탈룰라일 리가 없다고 말이다.

하지만 손자를 볼 때는 그런 망령 같은 베일을 늘어뜨리지 않는다. 킴은 노아를 사랑하지만 노아는 함께 살기 매우, 매우 힘든 아이라고도 생각한다. 그녀는 아이를 하나 더 낳을 생각이 없었다. 그런 기회는 있었다. 짐과 헤어지고 1년쯤 지났을 무렵 남자를 사귀게 됐다. 그는 킴과 아이를 갖고 싶다고 말했다. 당시 킴은 삼십 대 초반이었고 라이언이 막 초등학교를 졸업할 무렵이었다. 그러므로 아이를 낳으려면 지금이 적기라는 생각이 들었다. 그렇지만 또 수면을 빼앗기는 밤이며 육아 고민, 엄마로만 살아야 하는 또 다른 18년을 떠올리자 자신이 없어졌다. 그 당시 킴은 두 아이가 장성한 지금의 나이, 꼭 마흔의 자신을 상상하며 그때를 고대하곤 했다. 그래서 아기를 가지자고 한 남자친구에게 거절 의사를 밝혔다. 두 사람은 사귀기는 하되 거리를 두게 됐고, 어느 날 남자는 그 이상을 원한다는 사실을 깨닫고 떠났다. 그게 끝이었다. 킴은 자신의 의사로 세 번째 아이를 갖지 않기로 결정했다. 그런데 지금 세 번째 아이를 키우는 신세가 됐고, 아이는 늘 뚱해 있고 분노를 터트린다. 그 결과 킴은 늘 피곤에 절어 있다. 늘.

하지만 지금 노아는 잠들어 있고 두 사람은 함께 다른 날로 이어지는 다리를 건넜다. 노아를 향한 사랑은 그녀가 배 아파 낳은 두 아이를 향한 사랑만큼 단단하고 완전하다. 특히 지금 바로 곁에 있지만 잠들어 있어 앞으로 12시간을 온전히 홀로 누릴 수 있을 때는 더욱 그렇다.

킴은 포도주를 따 작은 잔에 따랐다. 차가운 키스 같은 한 모금이 배 속 깊은 곳까지 내려가는 느낌은 즉각적이고 쾌락적이다. 그녀는 다시 한 모금을 마시고 페이스북으로 들어가 한동안 글이나 읽어보자고 생각한다. 그런데 화면에 뜬 푸른 아이콘을 클릭하려는 순간 전화가 걸려와 아이콘이 사라진다.

돔 맥코이.

그녀는 목청을 가다듬고 전화를 받는다.

"킴. 나예요. 돔. 수사에 진척이 있었어요. 메이폴 하우스에서요. 지금 올 수 있어요?"

킴이 숨을 훅 들이쉰다. "방금 애를 재웠어요. 혼자고요. 당장은 아이를 봐달라고 부탁할 만한 사람이 없어요. 그냥 전화로 이야기 해줄 수 있어요?"

순간 침묵이 내려앉더니 다음 순간 그가 말한다. "알았어요, 킴. 5분만 줘요. 아니 10분. 갈게요. 기다려요."

10분이 18분이 돼갈 즈음에야 비로소 돔의 그림자가 현관에 달린 유리창에 비쳤다. 그녀는 그가 초인종을 누르기도 전에 문을 열어주고 얼른 거실로 안내했다. 그를 기다리는 동안 킴은 포도주를 병에 다시 붓고 병을 냉장고에 넣었다.

"어때요?" 돔이 킴에게 수사 진척상황을 알려주러 올 때마다 앉는 푸른 안락의자에 앉으며 인사를 건넨다.

"피곤해요. 알다시피."

"그렇겠죠. 십분 이해해요."

그의 손가락에서는 어느새 결혼반지가 사라졌다. 킴은 그 사실을 반년 전에 처음 알아차렸다. 살도 빠졌다. 킴은 희소식을 들려주기를 간절히 기대하며 그를 뚫어져라 본다.

"케리앤 멀리건에게서 한 시간 전에 전화가 왔어요. 딸이 발코니에서 땅에 있는 뭔가를 봤다고요. 그게 뭔지 확인하러 갔다니 이걸 발견했어요." 그는 휴대전화를 킴 쪽으로 돌려서 사진을 보여준다. 일주일 전 교장의 여자친구가 숲에서 봤다는 마분지 표지판과 똑같이 생긴 물건이 찍혀 있다.

"대체 이게 뭐예요?"

돔은 휴대전화를 자신 쪽으로 돌려 화면을 왼쪽으로 밀더니 다시 그녀가 볼 수 있도록 보여준다. 그녀는 휴대폰 속 이미지를 한참 들여다본다. 글씨가 적혀 있는 지퍼백에 울퉁불퉁한 물체가 들어 있는 사진이다. 킴은 뭐가 뭔지 알 수가 없다.

"이게 뭐죠?" 킴이 묻는다.

"당신이 그 해답을 우리에게 알려줄 수 있기를 바랐어요."

킴은 화면에 손끝을 대고 사진을 확대한다. 그 물체는 구부러진 끄트머리가 U자 형태로 된 금속 연장처럼 생겼는데, 전체적으로는 작은 정원 삽처럼 보인다. "뭔지 모르겠어요. 전혀요."

그녀는 돔의 얼굴에 실망감이 스쳐 지나가는 모습을 본다. "분석을 보낼 거예요. 그러면 이 물건의 정체에 대해 어느 정도 감을 잡을 수 있겠죠. 그동안 우리는 반지와 반지 상자에 남은 지문을 조사한 결과를 기다리고 있었어요. 그런데 킴, 지문 결과는 그다지 희망적이지 않을 거예요. 필적 분석은 곧 도착해요. 그러면 내일 아침에 제일 먼저 결과를 알아보려고 해요. 아직은 조사할 단서들이 많이 있어요."

그가 킴에게 미소를 지었다. 돔이 애써 활기찬 모습을 보여주려 한다는 걸 그녀는 안다. 딸을 잃어버린 당사자인 킴만큼 그도 수사가 순조롭게 풀리기를 기대하고 있지만, 사실 그렇게 진행되지 않으리라는 것도 안다. 이 사건을 해결하지 못하고 있기에 돔도 마음 깊이 힘들어했다는 사실 또한 안다.

그녀는 애써 미소를 지으며 대답한다. "고마워요, 돔. 모든 게 다요."

"내가 할 만한 일이 더 있으면 좋겠어요. 아무리 해도 충분하지 않을 것 같아요. 하지만 이런 단서라도." 그가 휴대전화를 주머니에 넣으며 말한다. "없는 것보다 낫겠죠. 누군가는 뭔가를 알고 있어요. 누군가는 그들이 아는 걸 우리에게 알려주고 싶어 하고요. 그러니 눈을 크게 뜨고 귀를 쫑긋 세우고 있어요, 킴. 정신 바짝 차리고요. 누구에게 무슨 말이라도 듣거나 누가 이상한 걸 봤다고 하면 즉시 알려줘요. 알았죠?"

돔이 진지한 눈빛으로 킴을 바라보자 그녀가 미소를 짓는다. 아주 잠깐이지만 "포도주가 있는데, 시간 있어요?"라고 묻고 싶은 마음이 강하게 든다. 하지만 다음 순간 당연히 그는 시간이 없고, 그는 한창 일하던 중이었고, 집까지 운전해야 하며, 개인적인 삶과 재워야 할 아이들이 있다는 사실을 떠올린다. 또한 여기까지 오기 위해 그가 상응하는 뭔가를 해야 했으며, 지치고 슬픔에 빠진 여자와 포도주를 마시느라 머무르고 싶지는 않을 거라는 생각도 든다. 그래서 킴은 자리에서 일어나 그를 문까지 배웅했다.

"다시 연락할게요. 내일 아침 제일 먼저요. 잘 지내요, 킴."

"알았어요." 문의 가장자리를 꼭 쥐는데 문득 그녀 곁을 지켜주는 다른 누군가가 간절했다. 그녀와 노아, 이 집, 그 모든 해답 없는 질문들이 아닌 다른 것이 간절하게 그립다. 마침내 문을 닫고 그를 보내자마자 킴은 터져 나오려는 눈물을 애써 참는다.

다크 플레이스의 비밀

제36장

2017년 5월

낮은 지루한 학교생활로 어영부영 보내고, 저녁은 소파 옆 테이블에서 반짝거리는 베이비 모니터를 지켜보며 잭 옆자리에 박힌 쐐기처럼 앉아 어영부영 보내는 동안에도 봄은 꾸준히 여름을 향해 나아간다. 노아는 발육단계상 몸에 비해 머리가 커서, 모두들 버블헤드 피규어 같다고 농담을 한다. 노아가 차 뒷좌석에서 잠이 들면 커다란 머리 뒤에 쿠션을 대줘야 한다.

저번에 보고 온 아파트는 은행에서 주택담보대출을 거절하는 바람에 무산되고, 잭은 울분을 삼키며 다시 엑셀 파일과 은행 보고서에 매달렸다. 그는 지금 어떻게든 집을 장만하는 일밖에 눈에 보이지 않는 것 같다. 열아홉 살에 집주인이 되는 게 자신을 승리자라고 느끼게 만들어줄 거라 여기는 것 같다. 두 사람은 잭이 일찍 퇴근하고, 킴은 직장에 있고, 라이언은 학교에 있고, 노아는 낮잠을 자는 수요일 오후면 섹스를 한다. 둘의 섹스는 늘 똑같은 시간에 똑같은 동작을 연속해 대충 10분 안에 해치우는 일과가 됐다. 잭이 베개에 얼굴을 처박은 채 절정의 황홀경을 조용히 음미하는 동안, 탈룰라는 욕실로 달려가 거울에 비친 벌거벗은 자신을 바라보며 얼룩덜룩

한 피부에 텅 빈 눈을 한, 자신을 바라보는 여자가 누구인지 질문한다. 한편으로는 이번에도 해치웠다는 안도감을 느낀다. 이로써 일주일 동안 그녀의 몸은 온전히 그녀의 것이라고 느낀다.

일주일이 가고 또 일주일이 가면서 낮은 점점 길어진다. 기말고사가 다가오자 탈룰라는 잭과 소파에 앉아 있는 시간을 줄여 복습하는 시간을 늘렸다. 그러자 잭은 말도 안 되는 구실로 방을 들락날락하며 그녀를 방해한다.

학교에 가면 그녀는 거의 매일 스칼렛과 마주치지만, 둘은 서로를 무시하는 법을 익혔다. 그러다 보니 가끔은 스칼렛과 있었던 일이 실제로 일어난 일이 아니라 꿈이었다고 믿을 지경이었다. 스칼렛의 친구들은 처음부터 탈룰라를 스칼렛 세계의 일부로 받아들이지 않았으며 탈룰라가 거기 더는 없다는 사실도 기쁘게 받아들인다. 그들은 학교에서 스쳐 지나가면 탈룰라에게 손을 흔들며 "안녕, 룰스."라고 인사를 건넨다. 탈룰라도 "안녕" 하고 인사를 한다. 하지만 점심시간에 탈룰라는 함께 사회복지 수업을 듣는 친구들과 어울리거나 혼자 있는다. 탈룰라가 스칼렛의 목에서 그녀의 전 남자친구 잇자국을 본 일요일 아침 이후로, 두 사람은 단 한마디도 하지 않았다. 스칼렛은 그 후 며칠 동안 왓츠앱과 스냅스로 메시지와 문자를 보냈지만 탈룰라는 보자마자 삭제하다가 결국 그녀를 차단했다.

하지만 시간이 얼마나 흐르든, 아무리 타인인 양 능숙하게 행세하든 그런 것은 전혀 중요하지 않다. 왜냐하면 스칼렛을 원하는 감정은 두 사람이 함께였을 때만큼 생생하고 날것이며 현실이기 때문이다. 탈룰라는 스칼렛과 함께했던 일요일 아침을, 비밀 만남을 계

다크 플레이스의 비밀

속했던 노부인들의 케이크 가게에서 테이블 아래로 그녀를 만지던 스칼렛의 손길을 떠올리면 정말로 몸이 아프고 통증이 느껴진다. 눈을 감으면 스칼렛의 침실에 피워놨던 향초의 향기와 피부에 닿은 입술의 열기, 집으로 돌아온 후 몇 시간이 흘러도 사라지지 않던 피부의 붉은 자국들이 회상장면처럼 획획 지나간다. 그 모든 것을 다시 갖고 싶다. 하지만 그럴 수 없다. 탈룰라는 엄마니까. 키워야 할 아이가 있고 그에 따르는 책임이 있다. 게다가 현재 연인이 자전거를 타고 달려오는데도 헤어진 애인이 키스마크를 만들게 내버려두는 행동이 문제없다고 생각하는 누군가에게는 그 어떤 것도 맡길 수 없다. 그녀는 노아에게 안정된 토대를 만들어줘야 한다. 스칼렛은 소중한 사람이지만 안정과는 거리가 멀다.

그러던 어느 화창한 화요일 아침, 탈룰라가 노아를 유모차에 태우고 연못으로 가는데 익숙한 형체가 공원을 가로지른다. 화요일은 스칼렛이 하루 종일 학교에 있는 날이다. 이 공원에 있을 리가 없다. 탈룰라를 똑바로 바라보며 공원을 가로질러 올 리가 없다.

탈룰라는 너무 놀라 이성을 잃을 것만 같다. 유모차를 반대로 돌려 집으로 가야 한다고 생각하지만 스칼렛은 발걸음을 더욱 재촉해 곧장 탈룰라를 향해 왔다. 당혹감에 깊이 주름이 잡힌 스칼렛의 이마며 탈룰라와 유모차를 오가는 시선도 보인다.

탈룰라는 고개를 푹 숙인 채 숨을 깊이 들이쉬고 스칼렛을 향해 공원의 중앙으로 걸었다.

"세상에, 네 애니?"

"그래. 노아야. 내 아이."

스칼렛이 믿을 수 없다는 듯 탈룰라를 바라본다. 그러더니 쪼그리고 앉아 유모차 안으로 손을 뻗었다. 그 순간 스칼렛이 노아를 낚아채 꼬집고 해코지를 할 것만 같아 심장이 철렁했다. 하지만 스칼렛은 노아에게 인사를 할 뿐이다.

"안녕, 예쁜아." 그녀는 손가락으로 노아의 볼을 쓰다듬는다. 노아는 눈을 휘둥그레 떴지만 놀란 것 같지는 않다. 스칼렛의 시선이 다시 탈룰라에게 향했다. "맙소사. 너무 귀엽다."

"고마워."

스칼렛이 신경질적으로 웃는다. "세상에, 룰스. 너 엄마구나."

탈룰라가 한숨을 쉬며 고개를 끄덕였다.

"제기랄, 왜 말을 안 했니?"

"욕은." 탈룰라는 이런 말을 하는 스스로가 미웠지만, 아이를 앞에 두고 있으니 말 하나하나가 비수가 돼 꽂히는 것 같아 말하지 않을 수가 없다. "욕은 하지 말아줄래?"

스칼렛이 양손으로 자신의 입을 막았다. "젠장. 아차, 미안."

"괜찮아. 애가 이제 슬슬 말하려고 배우는 단계에 접어들고 있어서 그래. 처음 하는 말이 욕이면 너무 속이 상할 것 같아서. 이해하지?"

스칼렛이 고개를 끄덕이며 미소를 짓는다. "맙소사. 물론이지." 그녀는 다시 일어서서 괴상하게 생긴 누비 블루종 주머니에 양손을 집어넣었다. 짧게 자른 머리가 지저분해 보였다. 입 주위로 뾰루지가 나 있다. 하지만 탈룰라는 여전히 숨이 멎을 정도로 그녀에게 매혹된다.

"왜 말 안 했니?"

탈룰라가 어깨를 으쓱한다. "정말 모르겠어."

다크 플레이스의 비밀

"이래서 네가 그 루저에게 발목을 잡힌 거구나. 이제 알겠어."

탈룰라는 괜히 편을 들고 싶다. "루저는 아니야."

스칼렛이 어깨를 으쓱한다. "뭐든."

그들은 가만히 서로를 바라본다. 노아가 옹알거리며 발길질을 했다. "연못에 데려가는 길이야." 탈룰라가 말했다. 그녀는 '너도 같이 갈래'라고 덧붙이지 않았다. 그래도 스칼렛은 그 뒤를 따랐다.

"믿을 수가 없어, 룰스. 헤어진 남자친구한테 키스했다고 나를 차버렸으면서, 너는 애를 숨겨놓고 있었다니. 빌어먹을."

탈룰라가 엄한 눈초리로 그녀를 보자 스칼렛이 사과한다. "이런, 미안해. 알았어. 그런데 도저히…… 그러니까 네가 애 엄마라는 사실을 학교에서 아무도 몰라. 이해가 안 돼. 어떻게 이런 이야기를 안 할 수가 있어?"

"엄밀히 말해서 그건 사실이 아니야. 내가 미혼모라는 사실을 아는 사람은 학교에 수도 없이 많아. 그 사람들이 네가 말을 걸 생각조차 없는 사람들일 뿐이지."

스칼렛이 혀를 끌끌 차며 말한다. "오, 그래. 이렇게 나를 악당으로 만드는구나. 언제나 내가 문제지, 그렇지? 다른 사람은 절대 나쁘지 않아. 그렇지만 그게 무슨 상관이야. 여기서 중요한 건, 네가 내게 엄청난 비밀을 숨기고 있었고 나는 네게 아무것도 숨기지 않았다는 거야. 나는 언제나 네게 전적으로 정직했어. 그 마지막 일요일조차도. 나는 리엄을 미리 쫓아내서 너희 둘이 마주치지 않게 할 수도 있었어. 하지만 그러지 않았어. 내가 한 짓이 미심쩍게 보일지라도 너를 속이고 싶지 않았으니까. 네게는 거짓말을 할 수가 없었어. 나는 기본적으로 거짓말을 못해. 그게 내 가장 큰 문제점이지.

그런데 와, 이런." 그녀가 유모차를 가리켰다. "그러니까 와, 말이 안
나오네."

탈룰라는 연못 가장자리에 도착하자 유모차의 제동장치를 걸었
다. 그리고 몸을 숙여 노아의 끈을 풀어준다. "그건 같은 문제가 아
니야. 절대 같지 않아." 탈룰라는 유모차에서 오래된 빵을 꺼내 조
금 뜯어냈다. 노아가 그걸 낚아채 연못으로 던지려 하지만 스칼렛
의 얼굴에 맞았다. 스칼렛은 그 빵조각을 노아에게 다시 쥐여 주며
말한다. "친구, 다시 해봐."

스칼렛은 노아의 손을 살며시 쥐고 제대로 던지도록 도와준다.
빵조각이 연못에 퐁 떨어지자 축하해준다. "하이파이브 해야지!"
그녀가 노아의 손에 제 손을 갖다 대자 아이가 경이에 찬 눈빛으로
스칼렛을 본다.

"내가 아기들을 얼마나 좋아하는지 알지, 룰라. 정말 좋아한다고
했잖아. 네가 왜 이랬는지 도무지 이해가 안 돼."

탈룰라가 또 빵을 꺼낸 뒤 찢어 노아의 손에 쥐여 준다. "네 말이
맞아. 말했어야 했어. 하지만 말하지 않았지. 왜냐하면 네가……."
탈룰라는 자신의 감정을 제대로 전할 말을 찾기 위해 잠시 입을 다
문다. "나는 나도 너와 같은 사람이라고 네가 생각해주길 원했어.
자유로운 영혼이라고."

"하지만 너는 빌어먹을 남자친구가 있잖아! 그보다 더 자유롭지
않은 영혼이 어디에 있어?"

"그래. 하지만 남자친구는 영원하지 않아. 아이는 영원해. 내가
어디에 가든 아이도 가. 내가 뭘 하든 나는 그 애의 엄마야. 하루 종
일 매일 같이. 남은 인생 내내. 이게 운명이야."

"제기랄, 룰라. 인생이 운명이야. 인생의 모든 게 다 운명이야. 너와 우리가 만들었어. 내 인생에 일어난 일 중에 가장 중요한 일이라고 생각했던 이 놀랍고 황홀한 관계 말이야. 버스에서 그날, 너를 처음 본 순간부터 나는 알았어. 앞으로 무슨 일이 일어날지 낱낱이 알았어. 우리가 함께할 운명이라고 말이야. 그리고 우리는 함께했고, 너는 나를 빌……." 그녀가 노아를 보더니 말을 멈춘다. "너는 나를 정말 행복하게 만들어줬어. 리엄과 한 짓이 잘못이라는 건 알아. 하지만 네 인생에 잭이 있는 한, 네가 우리 사이에 비밀을 만드는 한." 스칼렛이 한 손으로 둘 사이를 가리키며 말한다. "이건 진짜가 아니라고 생각했어."

노아가 다시 던진 빵이 무사히 연못에 떨어지고 오리들이 후다닥 다가오는 모습을 보며 두 사람은 손뼉을 친다. 스칼렛이 한 손을 내밀어 노아의 뒤통수를 감싸 쥔다. "맙소사. 이 아이는 정말 소중해. 정말 소중하다고."

탈룰라는 문득 온몸으로 전해지는 생생한 감정을 느꼈다. 즐거움이 솟구치면서도 두려움이 엄습했다. 노아를 자신에게 살짝 끌어당기자 스칼렛이 노아의 머리에서 손을 뗀다.

"우리는 할 수 있어. 할 수 있다고. 너는 내가 얼굴은 반반하지만 멍청하다고 생각하지? 일부러 그렇게 보이도록 행동했던 건 인정해. 사람들이 나를 과소평가하면 그들을 다루기가 더 수월하거든. 하지만 나는 멍청하지 않아, 룰스. 나는 내 인생을 살았고, 많은 일이 일어났어, 안 좋은 일들. 나는 성장하고 배웠어. 그리고…… 그리고…… 성숙했어. 나는 아이도 잘 볼 수 있어. 너와 함께라면. 하지만 문제가 있어……. 너는 우리에 대해 솔직해질 준비가 돼 있어?"

탈룰라가 의아한 눈빛으로 그녀를 바라본다. "사람들에게 말한다고?"

스칼렛이 고개를 끄덕였다.

탈룰라가 수면으로, 물에 젖은 빵을 먹으려 까닥거리는 오리들의 수그린 머리로 시선을 돌린다. 그녀는 자신의 인생에 등장한 다양한 사람들에게 자신의 본모습을 밝히는 순간을 그려본다. 엄마는 괜찮을 것이다. 라이언은 놀라겠지만 상관하지 않을 것이다. 학교에서 만난 꽤 많은 사람도 받아들여줄 것이다. 하지만 이 사실을 털어놓는 장면이 도저히 상상되지 않는 사람이 단 한 명 있다.

"잭한테는 도저히 말 못 해. 나를 죽일 거야."

"너를 죽여?" 스칼렛의 눈이 휘둥그레졌다.

"그래. 죽일 거야."

"진심이야?"

탈룰라는 눈을 감았다. 잭의 얼굴이 떠오른다. 뭔가 기분이 상했을 때 턱에 힘이 들어가는 모습이며 짜증이 났을 때 주먹으로 물건을 내리치는 모습, 콧구멍이 벌렁거리고, 마음에 들지 않는 대상을 유심히 바라보며 고개를 비뚜름하게 드는 모습이 떠오른다. 그를 위해서 낼 시간이 없다고 했을 때 그녀의 손목을 잡은 손에 얼마나 힘이 들어갔는지를 떠올린다. 그를 버리고 여자에게 간다고 하면 그 힘이 열 배는 강해질 거라는 생각이 든다. 잭은 생각이 자유분방하지 않다. 그는 정치적 올바름을 이해할 기회가 없었다. 그는 자기 어머니의 아들이다. 편협하고, 자기중심적이고, 음흉하고, 약간 인종차별주의자고, 약간 동성애를 혐오하고, 약간 가부장적인 사람. 열네 살에 사랑에 빠진다면 이런 모습은 아무런 문제가 되지 않는

다크 플레이스의 비밀

다. 하지만 은밀하게 싹이 터 표면으로 올라오기까지, 아이에서 어른이 되는 시간이면 충분하다. 지금도 이런 성향이 노골적으로 드러나지는 않지만 탈룰라는 잭을 잘 안다. 그런 것들이 잭 속에 웅크리고 있다는 사실을 알 정도로는 말이다. 만약 탈룰라가 스칼렛과 사랑에 빠졌다는 사실을 알게 되면 그는 굴욕감을 느낄 것이며, 그 굴욕감은 분노가 되리라는 것을 짐작할 만큼은 안다. 그는 강하고 언제라도 그녀를 해칠 수 있으리라 예상할 만큼은 그를 잘 안다.

"그래." 탈룰라가 눈을 뜨며 말한다. "그 사람이라면 그럴 거야."

"맙소사, 룰라. 그 사람이 너를 때렸니?"

그녀가 고개를 흔든다. "그렇지는 않아."

"그렇지는 않다고?"

"아냐. 그런 적 없어."

스칼렛이 손가락으로 짧은 머리를 훑어 내리더니 머리카락을 잡아당긴다. 그러고는 두 걸음 걸어갔다가 다시 되돌아온다. "맙소사, 이건 좋지 않아. 그를 사랑하기는 하니?"

"전에는 그랬지."

"그럼 지금은?"

탈룰라가 어깨를 으쓱하며 코를 훌쩍인다. "이제는 아니야. 정말 아니야."

"그러면 남은 평생을 그 사람과 같이 살고 싶어?"

탈룰라가 고개를 세게 흔든다. 어느새 눈물이 차오른다. 이 순간만은 울고 싶지 않다. 그녀는 갈라진 목소리로 대답한다. "아니, 싫어."

"빌어먹을, 탈룰라, 그러면 이 상황을 정리해야 해. 그를 없애야

한다고. 이런 식으로는 네 인생을 살 수 없잖아. 이렇게 겁먹은 채
로 인생을 살 수는 없어."

"하지만 잭을 어떻게 없애겠어? 어떻게?"

3부

제37장

2017년 5월

다음 주 수요일 오후, 탈룰라는 평소 같으면 노아를 재우고 잭과 섹스할 시간에 아이를 데리고 마을로 산책하러 나갔다. 휴대전화는 무음으로 돌리고 이어폰으로 음악을 듣는다. 잭이 텅 빈 집으로 돌아오는 이미지가 머릿속을 더럽히지 않도록 볼륨을 높였다.

그녀는 유모차를 밀고 협동조합 마트로 가 혹시 케지아가 있는지 살펴봤다. 케지아는 베이커리 통로에서 밀가루를 선반에 채우고 있었다. 탈룰라가 케지아를 부르자 그녀의 시선이 탈룰라에게 향했다가 다시 유모차로 향한다. 노아를 보자마자 양손으로 입을 가리고 소리를 한껏 죽인 채 꺄꺄거린다. "세상에, 룰라. 아기가 너무너무 귀여워."

탈룰라는 미소를 짓는다. 누군가 노아를 보고 예쁘다고 할 때마다 늘 그러듯 몸속에 소용돌이가 이는 것 같다. "고마워. 아기가 자고 있어서 미안. 애를 보여주러 온다고 했잖아."

"이제 몇 개월이야?"

"11개월."

"세상에. 벌써 그렇게 됐구나! 네가 임신한 걸 5분 전에 본 것 같은데."

"잭은 어때?"

"잘 지내."

"아직도 같이 있어?"

"그렇지." 그녀가 심드렁하게 웃는다.

"힘들겠다, 아이를 키우려면. 그렇지?"

"가끔 그럴 때가 있지. 아무래도 같이 사니까. 그런데 물어볼 게 있어. 여자애들이 모인다고 이야기했었잖아. 동창생들."

케지아의 얼굴이 환해진다. "기억하지! 그렇지 않아도 내일 만나기로 했어. 덕스에서. 너도 올래?"

"그래. 갈게." 탈룰라는 계획이 착착 맞아들어 간다는 생각에 환하게 웃었다. "재미있을 것 같아. 시간은 언제야?"

"7시 정도? 아니면 시간 될 때 와. 가까운 애들끼리 모이는 자리니까." 케지아가 어딘가 아픈 듯한 표정을 짓는다. 노아를 볼 때마다. 마치 아기의 사랑스러움이 끔찍한 병충해라도 되는 듯이.

"다행이네. 그럼 그때 봐!"

탈룰라는 마트에서 나와 한 시간 넘게 산책하다 엄마와 라이언이 돌아오기 30분 전에야 집으로 향했다. 그러면 언쟁이 시작되더라도 금세 흐지부지될 것이다. 막다른 골목에 가까워지자 기대감에 심장이 뛰기 시작한다. "나 왔어." 그녀가 소리쳤다.

노아가 아직 잠들어 있어 복도에 유모차를 세워둔 후 거실 문을 열고 안을 빼꼼 본다.

잭이 휴대전화를 손에 들고 소파에 앉아 있다가 음울한 눈빛으로 그녀를 본다. "제기랄, 어디 갔었어?"

다크 플레이스의 비밀

"노아랑 산책 다녀왔어. 날씨가 너무 좋아서. 복습은 다 했거든."

"백 번은 전화했어. 왜 전화를 안 받아?"

그녀는 후드 주머니에서 전화를 꺼내 힐끔 본다. "젠장. 미안해. 무음으로 돼 있었어."

"젠장. 미안해. 무음으로 돼 있었어." 잭이 탈룰라의 말투를 흉내 낸다. "어떤 엄마가 말도 없이 나가면서 전화를 무음으로 해둬?"

"어, 나겠지." 그녀는 가벼운 말투로 말하지만, 흉곽 안의 심장은 미친 듯이 뛰고 있다.

"어디에 있는지 알 길이 없잖아. 둘이 어디서 죽었을지도 모르는데."

"우리는 안 죽었어. 그러니까 괜찮아."

잭이 고개를 흔든다. "믿을 수가 없네. 도대체 믿을 수가 없어. 거기다 오늘은 수요일이야. '우리'의 수요일이라고."

"아, 그렇지. 깜박했네. 정말 미안해."

"아니, 너는 미안하지 않아. 좆도 미안하지 않다고. 보면 알아."

"미안하다니까. 정말이야. 공부를 끝냈는데 바깥 날씨는 너무 화창하고 노아가 낮잠을 안 자고 자꾸 칭얼거렸어. 그래서 잠시 나가서 산책이라도 하면 좋겠다 싶어서. 수요일인 건 잊었다니까."

"수요일인 건 잊었다고. 또 시작이네. 마침내 우리 마음이 하나가 됐다고 생각했는데. 마침내 네가 우리를 진지하게 받아들인다고 생각했는데. 예상했어야 했어. 너한테는 이게 다 농담이지? 이거 말이야." 잭이 자신과 탈룰라를 가리킨다. "나랑 너. 그냥 게임이야. 이제 좀 괜찮아지겠구나 싶을 때면 너는 노아와 내게서 더 멀어지는 것 같아. 너 말고는 아무도 상관하지 않는 것처럼 말이야."

탈룰라는 터져 나오는 분노를 애써 가라앉힌다. 노아로부터 멀어지는 건 상상도 할 수 없을 만큼 끔찍한 일이다. 그녀가 고개를 살짝 들고 말한다. "그렇게 생각하든가."

"그렇게 생각하든가?"

"그래. 너는 나에 대해, 내가 어떤 사람인지, 내가 뭘 원하고 원하지 않는지 마음대로 다 정해버렸어. 그러니 굳이 말싸움하고 싶지 않아." 그녀가 한숨을 쉰다. "차나 한 잔 해야겠다. 뭐 먹을래?"

잭이 단호하게 고개를 젓는다. 분노로 볼 근육이 불끈거렸다.

"아 참, 방금 케지아를 우연히 만났어. 나랑 초등학교 동창. 걔가 날 여자 동창들 모임에 초대해줬어. 반창회 같은 거야. 내일 밤 덕스에서 한대. 너는 노아랑 같이 있을 거지?"

거실에서는 탁한 침묵밖에 들리지 않는다. 탈룰라는 가만히 숨을 참는다.

잠시 후 잭이 주방 문가에 서서 주먹을 쥐었다 폈다 한다. "못 들었어. 케지아 누구?"

"케지아 위트모어. 초등학교를 같이 다녔어. 지금은 협동조합 마트에서 일하고."

"좋아. 그런데 이건 확실히 하자. 난 너랑 거의 5년을 알았는데 걔에 대해 전에는 한 번도 못 들었어. 그런데 지금 같이 술을 마시러 가겠다는 거야?"

"그래. 내일 저녁에."

"술값은 어떻게 낼 건데?"

탈룰라가 어깨를 으쓱한다. "몰라. 엄마가 용돈을 주시겠지."

"내가 어떻게 사는지 봐. 하루도 안 쉬고 죽도록 일하면서 쓸데없는 데는 한 푼도 쓰지 않아. 단 한 푼도. 혼자 벌어서 어떻게든 살 곳을 마련하려고 고생하는데, 너는 케지아라는 년하고 술집을 가겠다고?"

"너한테 열심히 일하라고 부탁한 적 없어. 돈 한 푼 안 쓰면서 살기를 바라지도 않아. 네가 놀러 나가면 안 된다고 말한 적도 없어. 솔직히 집을 사는 것도 원하지 않아. 난 여기서 엄마랑 사는 게 좋으니까."

탈룰라는 잭을 잠깐 쳐다본다. 힘이 꽉 들어간 그의 턱이 슬슬 움직였다.

"뭐라고?"

"나는 이 집에서 나가기 싫어. 여기서 살고 싶어. 엄마랑."

"젠장. 너는 아직도 애야, 탈룰라. 어른이 되지 않았다고. 너는 즐기면서 하고 싶은 거나 하고 술집에 가고 엄마와 노닥거리는 게 인생이라고 생각하겠지. 하지만 아니야. 우리에게는 아이가 있어. 져야 할 책임이 있다고. 그러니까 지금부터는 어른이 돼야 한다고."

잭이 탈룰라에게 바짝 다가선다. 얼굴에서 뿜어져 나오는 열기가 느껴졌다.

"이제 이 집에서 나가 주면 좋겠어."

불꽃이 튀는 듯한 긴장이 감돈다.

"뭐?"

"헤어지는 게 낫겠어. 너랑은 더는 같이 있고 싶지 않아."

탈룰라는 바닥을 쳐다본다. 잭의 분노가 주위의 공기와 결합하는 게 느껴진다.

다시 침묵이 감돌고, 그녀는 가만히 기다린다. 얻어맞고 비명을 지르게 되길 기다린다. 잭의 분노가 폭발하기를 기다린다. 하지만 그런 순간은 오지 않는다. 잠시 후 잭의 긴장이 서서히 풀어지고 어깨가 내려가더니 거실을 나가는 기척이 느껴졌다. 복도로 나가 보니 그가 유모차에서 잠든 노아를 굽어보며 무슨 말을 속삭이고 있다. 오싹한 한기가 탈룰라의 등줄기를 훑고 내려간다. 조금 더 다가가 그를 지켜봤다. 어떻게든 노아를 잭에게서 보호하려고 몸이 잔뜩 긴장한다. 잭이 유모차의 어깨띠를 풀고 노아를 안아 어깨로 들어 올린다. 노아는 뒤척이지도 않고 깊이 잠에 빠져 있다. 아이의 커다란 머리가 살며시 잭의 목덜미로 떨어지자 그가 아이의 정수리에 입을 맞춘다.

그가 아이의 머리 너머로 탈룰라의 눈을 쏘아보며 결의에 찬 음성으로 말한다. "나는 어디에도 가지 않아, 탈룰라. 죽어도 가지 않는다고."

제38장

2018년 9월

소피는 관사 현관에서 이어지는 복도에 놓아둔 책상에 앉아 있다. 두 사람이 이사 왔을 때 어디선가 올라오던 석유 냄새가 마침내 희미해지기 시작하자, 그녀는 학교를 들고 나는 사람들이 창문으로 보이는 이 자리로 작업구역을 옮겼다. 지난밤 숀은 형사들이 기숙사 건물 앞 화단에 묻혀 있던 걸 찾아냈다고 말해줬다. 파낸 물건은 일종의 레버로, 손잡이가 달렸고 끝부분이 구부러진 매우 오래된 금속 물체라고 한다. 그게 무엇인지, 왜 혹은 누가 거기 파묻었는지는 아무도 모른다. 완전한 수수께끼였다.

소피의 마음을 어지럽히는 수수께끼는 하나 더 있다.

케리앤의 딸 렉시 멀리건이 그 표지판을 발견했다. 플로리다에서 돌아온 지 고작 몇 시간 만에. 그녀는 테라스에 전자담배를 피우러 나갔다가 그걸 목격했다고 주장했다. 소피는 오늘 일찍 기숙사 건물 주위를 산책하러 나갔다가 고개를 들어 케리앤 멀리건의 테라스를 살펴봤다. 그런데 테라스는 표지판이 발견된 화단을 내려다보기에는 너무 낮게 달려 있었다. 소피는 뭔가 이유가 있어서 렉시가 거짓말을 했다는 사실을 금세 알 수 있었다.

그녀는 노트북을 켜고 렉시 멀리건을 검색한다. 인스타그램 계정은 @lexiegoes다. 사진 속 렉시는 현실과는 완전히 다르다. 현실에서 그녀는 매력적이기는 해도 이목구비가 조금 평면적이고 섬세함이 부족해 보인다. 그런데 사진들 속 그녀는 모델 같다. 어느 사진에서 렉시는 하트 모양 수영장을 배경으로, 플로리다 숙소의 발코니에서 검은색 장미 무늬 새틴 드레스 차림으로 다리를 꼬고 앉아칵테일을 마시고 있다. 그 사진에 쓰인 글을 보니 알 듯 모를 듯 호텔을 홍보하는 내용이다. 호텔과 그 모회사와 관련된 해시태그가잔뜩 붙어 있었다. 화면 제일 상단을 보니 렉시의 팔로워는 72,000명이다. 소피는 렉시가 홍보 대가로 그 호텔 숙박권을 받았으리라짐작한다. 그렇게 팔로워가 많으니(소피의 팔로워는 812명이다) 홍보해주는 회사로부터 무료이용권과 사례금도 잔뜩 받았으리라. 이렇게 훌륭한 경력을 쌓은 성인 여성이 어째서 아직도 엄마의 아파트에 얹혀사는지 문득 궁금해졌다.

이런 생각을 하다가 창밖으로 시선을 돌리니 마침 캠퍼스를 걸어가는 렉시가 눈에 들어왔다. 검은색 후드티에 레깅스를 입고 머리는 양쪽으로 땋았다. 협동조합 마트에서 파는 듯한 여행가방을 든그녀는 인스타그램에 올려놓은 사진 속 아가씨와 백만 광년은 떨어져 있는 것 같다. 소피는 렉시가 기숙사 건물로 걸어가는 모습을 지켜본다. 잠시 후 케리앤의 테라스 문이 열리더니 그녀가 머그잔을들고 나왔다. 렉시의 시선은 캠퍼스를 지나 그 너머 숲으로 향한다.잠시 숲을 보던 그녀가 몸을 돌려 안으로 들어갔다.

렉시에게는 어딘가 불안한 구석이 있다. 범죄의 냄새가 풍기는것 같다. 소피는 다시 렉시의 인스타그램을 살핀다. 스크롤을 내리

다크 플레이스의 비밀

고 또 내리니 그녀의 여정은 쿠바에서 콜롬비아로, 퀘벡을 지나 생 바르텔레미로, 코펜하겐, 벨파스트, 헤브리디스 제도, 베이징, 네팔, 리버풀, 모스크바로 이어진다. 그녀가 세계를 누비고 다니는 모습을 보니 머리가 핑핑 돌 것 같다. 계속 스크롤을 내리던 소피는 익숙한 풍경을 알아본다. 렉시가 메이폴 하우스의 아름다운 정문 앞에 서 있다. 그녀 뒤로 스테인드글라스에서 뿜어져 나온 빛이 타일 바닥에 영롱한 빛 웅덩이를 만들었다. 그녀는 무릎까지 내려오는 인조 모피코트에 북슬북슬한 녹색 양모 모자를 쓰고 있다. 옆으로 한 쌍의 거대한 계단이 보인다. 그 사진에 달린 글에는 "홈 스위트 홈"이라 적혀 있다.

소피는 그 순간 화들짝 놀랐다. 사진에 달린 댓글을 확인해보니, 렉시의 팔로워들은 이 정문이 그녀의 집으로 들어가는 문이라고 생각하고 있었다. 이곳이 렉시의 집이라고 말이다. 렉시는 그 오해를 바로잡지 않았다. 팔로워들이 이 학교 건물이 그녀의 집이라고 믿도록 그냥 내버려뒀다.

소피는 @kerryannemulligan 계정이 단 댓글을 읽는다.

엄마는 네가 돌아와서 정말 기쁘단다.

케리앤의 댓글은 렉시가 이 조지 양식 저택에 산다는 환상을 뒷받침하는 것처럼 보였다.

렉시의 인스타그램을 좀 더 깊이 파봐야겠다고 생각한 순간 뒷문을 두드리는 소리가 들렸다. 그녀는 노트북을 덮고 뒷문으로 갔다.

"안녕하세요, 소피. 저예요, 리엄."

"여기는 무슨 일이에요? 잠시만 기다려요."

소피는 옷매무새를 다듬고 머리를 정돈한 뒤 문을 열고 미소로 리엄을 맞는다.

그는 소설책을 한 권 들고 서 있다.

소피의 소설이었다. 아직 보조교사였던 시절에 쓴 시리즈의 첫 권. 과연 이 책을 읽을 사람이 있을까 하고 생각하면서 쓴 책이었다. 그런데 이제 리엄이라는 선하고 잘생긴 청년이 강인한 두 손으로 그 책을 들고 있다. 그녀의 말들이 그의 머릿속에 들어 있을 것이다.

"불쑥 찾아와서 정말 죄송해요." 리엄의 말소리에 이어지던 잡생각이 툭 끊긴다. "이 책을 지난밤에 다 읽었거든요. 너무 좋아요. 진심으로 마음에 들었어요. 혹시 시간이 괜찮으시다면, 책에 대해서 한 가지 질문을 하고 싶은데요. 바쁘시면 나중에 다시 찾아뵐게요."

그녀는 잠시 리엄을 바라보다가 고개를 살짝 저으며 말한다. "고마워요. 나는 그런…… 미안해요. 어서 들어와요."

리엄이 소피를 따라 주방으로 들어오더니 손바닥으로 책등을 두 번 탁탁 친다. "오래 걸리지는 않을 거예요. 그냥, 어…… 궁금한 점이 하나 있어서요. 수지 비츠. 이 인물이 사모님인가요?"

소피는 눈을 깜박인다. 그녀가 기대했던 질문이 아니다.

"이니셜이 똑같잖아요. 수지는 금발에 삼십 대고 런던 남부 출신이면서 전직 교사이기도 하고요."

"수지의 모델은 내가 아니에요. 오히려 제 친한 친구와 더 가깝죠. 아니면 내게는 없는 언니나 여동생이거나. 굳이 비슷한 점을 찾자면, 내 성격이나 개인적인 의견을 더 많이 담은 인물은 타이거예요."

"정말요?" 리엄의 얼굴이 환하게 밝아진다. "정말 흥미롭네요. 왜

다크 플레이스의 비밀

냐하면 저는 책 속 장면을 상상할 때 사모님에 관한 책을 읽는 것 같았거든요. 수지의 행동에서 사모님의 행동이 보였어요. 심지어 신발까지요."

"내 신발이요?"

두 사람은 동시에 소피의 발을 본다. 그녀는 평소에 늘 신는 흰색 운동화를 신고 있다.

"수지의 신발에 대해서는 한 번도 묘사를 안 하셨잖아요. 그래서 저는 흰색 운동화를 신고 있다고 상상했어요. 왜냐하면 사모님이 늘 그걸 신으시니까요."

소피는 무슨 말을 해야 할지 몰라 말문이 막힌다. "내가 수지의 신발에 대해 설명하지 않았다고요?"

"네. 한 번도요."

그녀는 살짝 당황했다. "그 점을 지적해주다니 고마워요. 다음에 수지의 옷차림을 묘사할 때는 신발에 대한 내용도 꼭 넣을게요. 당신을 위해서."

"정말요?"

"네. 정말요."

"와. 그럼 어떤 책에 들어갈까요? 지금 쓰고 계신 책인가요?"

소피는 고개를 슬쩍 돌려 책상 위 노트북을 본다. "이론적으로는 그렇죠. 그런데 사실 이곳으로 이사 온 후 단 한 글자도 못 썼어요. 아무리 쓰려고 해도 안 되네요."

"슬럼프인가요?"

"음, 그런 건 아니고요. 슬럼프는 정말 심각한 심리적 증상이에요. 몇 년이나 이어지기도 하고요. 영원히 해결되지 않기도 하는데,

그건 정말 비극적이죠."

"그럼 왜 글이 안 써지는 것 같으세요?"

"이유야 많죠. 사실 그 반지를 찾은 게 가장 큰 이유 같아요. 또 다른 문제들도 있고요."

리엄이 고개를 끄덕인다. "그 일은 솔직히 으스스하죠, 그렇죠?" 그가 다시 책등을 톡톡 두드리며 몸의 중심을 이리저리 옮긴다. 어딘지 불안해 보인다. "결국 모든 일이 명백히 드러날 것 같아요. 경찰이 다음엔 뭘 찾아낼지 궁금해요. 어쩌면 방금 제가 말한 것처럼 누군가가 찾아주길 바라서 깜짝 선물을 파묻어놓은 사람이 있을 거예요."

"부활절 달걀처럼요."

"네. 그런 거요. 저는 단지……." 그는 책을 두드리다 말고 목덜미를 문지른다. "이해가 안 돼요. 그 애들에게 무슨 일이 있었는지 안다면 왜 경찰에 가서 사실대로 말하지 않는 걸까요?"

"그 사람이 사건에 관련됐을 수도 있으니까요?"

소피는 리엄이 살짝 움찔하는 것을 놓치지 않는다. "그런 이야기를 들으니 무섭네요. 그건 그렇고." 그가 감정을 추스르며 말한다. "이제 가봐야겠어요. 아까 말씀드린 걸 묻고 싶었을 뿐이니까요. 수지 비츠에 대해서. 신발이요." 리엄이 책등을 한 번 더 치더니 돌아서서 뒷문으로 향한다.

그가 돌아간 후 소피는 리엄이 자기 방에서 그 책을 읽는 모습을 잠시 상상해본다. 책의 내용을 떠올리려 했지만 도무지 기억이 나지 않았다. 결국 그녀는 이삿짐 상자를 뒤진 끝에 마침내 찾던 책을 발견했다. 시리즈의 첫 권. 그녀는 눈으로 내용을 대략 훑으며 페이지를 팔랑팔랑 넘겼다. 바로 그때 그게 눈에 들어온다. 이 집에 온 이후 계속 소피의 무의식을 맴돌며 그녀를 괴롭혔던 그것. 소피는 책을 납작하게 펼친 후 그 부분을 읽기 시작한다.

수지는 삐걱거리는 문을 열어 머리를 빼꼼 내밀고 번화가를 이쪽저쪽 살펴본다. 사위는 막 어두워지기 시작했다. 물에 젖은 보도가 가로등 불빛을 받아 따스한 호박색으로 빛나고 있다. 모피코트 앞섶을 여미고 밤거리로 돌아가려는데 왼쪽 화단에 뭔가가 설핏 보였다. 나무 울타리에 상자 덮개 부분이 못으로 박혀 있었다. 누군가가 거기 검은 매직으로 '이곳을 파보시오'라고 적고 아래쪽 땅을 향해 화살표를 그려놓았다……

제39장

2017년 5월

잭이 침대 끄트머리에 앉아 펍에 갈 준비를 하는 탈룰라를 지켜 보고 있다.

"이건 바보 같은 짓이야."

"나를 지켜보는 짓 좀 그만해." "빌어먹을, 농담 아냐. 네가 안 가 도 그 인간들은 알아차리지도 못할걸. 신경도 안 쓸 거라고."

"네가 그걸 어떻게 알아?"

"사람들은 원래 그러니까. 다들 자기가 젠장할 우주의 중심이라 고 생각해. 그러다가 뭔가 아쉬운 게 있으면 다른 사람들을 찾지. 아무도 신경도 안 써."

"네가 일요일 오전에 축구장에 나타나지 않아도 아무도 모를 거 라고 생각해?"

"그건 달라. 팀이잖아. 팀에 들어가려면 등번호가 필요해. 네가 그 좆같은 펍에 가는데 무슨 번호가 필요한데?"

탈룰라는 대꾸하지 않고 귀고리를 끼우는 데 집중한다. 평소에 끼는 귀에 붙은 은귀고리가 아니라 귀 위쪽과 귓불을 잇는 스타일 의 화려한 체인 귀고리다. 스칼렛이 하고 다니는 것과 비슷하다.

다크 플레이스의 비밀

"그건 또 뭐야?"

그녀는 거울에 비친 잭을 황당한 표정으로 쳐다본다. "노아 목욕시킬 시간 아니야? 벌써 늦었어."

"집에 있지도 않을 거면서 우리가 언제 뭘 하든 이래라 저래라 할 자격은 없다고 생각하는데."

"내가 외출 좀 한다고 그렇게까지 야단법석을 떨다니 어이가 없다."

"중요한 건 네 외출이 아니야. 네가 집을 비우는 시간이 좆같은 거지. 게다가 돈까지 써대잖아. 나는 어떻게든 돈을 모으려 하는데."

탈룰라는 몸을 돌려 잭을 노려본다. "말했다시피, 나는 여기서 나갈 생각 없어. 아파트를 사고 싶지도 않고. 나는 여기 있을 거야."

"그래, 난 네가 뭘 원하든 말든 관심 없어. 너 때문이 아니니까. 노아 때문이야."

"노아도 도로에 붙은 상자 같은 집에선 살고 싶지 않을 거야. 그 애도 여기 있고 싶어 해. 살기 좋은 곳이니까. 자연도 펼쳐져 있고, 공원 맞은편에 어린이집도 있잖아. 할머니도 있고 삼촌도 있어. 네 엄마도 있고."

잠시 정적이 흐른다. 잭이 눈을 가늘게 뜬 채 탈룰라를 본다. "우리 엄마가 노아가 내 자식일 리 없다고 생각하는 거 알아?"

탈룰라가 얼어붙는다.

"엄마는 네가 돈 때문에 나를 이용한다고 생각해. 그런데 그거 알아? 생각해보니까 엄마 말에도 일리가 있어. 너는 몇 달 동안 내가 근처에도 못 오게 했잖아. 내내 내게서 거리를 유지……."

"임신했을 때 네가 나를 차버렸으니까." 탈룰라는 이를 악물고 그

3부

의 말을 끊었다.

"내가 왜 그랬을까?"

"내가 어떻게 알아. 네가 말해봐."

"왜냐하면 너를 믿지 않았기 때문이야. 내가 어떻게 믿겠어? 네가 진짜 임신을 했는지, 그냥 나를 덫에 빠트리려고 하는 건지 내가 어떻게 아느냐고. 우리는 피임에 엄청 신경 썼잖아. 얼마나 조심했는지 아는데 그런 일이 덜컥 일어났다는 걸 믿기가 쉽겠어? 너는 매번 A 레벨 시험공부를 해야 한다고, 너무 바빠서 만날 수 없다고 했지. 그동안 네가 딴 놈을 만나고 다녔다고 해도 놀랄 일은 아니겠더라고. 그러다 그놈 애를 가진 거겠지. 왜냐하면 나일 리가 없으니까."

"세상에, 내가 다른 남자의 아이를 가졌다고 생각해서 나를 찼다고?"

"그래. 그랬어."

"하느님 맙소사."

"하지만 나중에 아기를 데리고 외출한 너를 봤어. 너는 너무 행복하고 예뻐 보였어. 그리고 아기는 지금껏 내가 본 아기들 가운데 가장 예뻤어. 그래서……." 그의 목소리가 갈라졌다. "내 아이가 아니라면 이런 생각이 들까 싶은 거야. 다른 남자의 아이라면 내가 알 수 있을 것 같았어. 그런데 노아를 볼 때마다 점점 더 사랑에 빠지게 됐어. 나랑은 하나도 안 닮았지만 그래도 나는 내 애라고 장담할 수 있어. 알지? 바로 여기로." 잭이 주먹으로 가슴을 두드린다. "내 아이야. 우리 엄마가 틀렸어. 왜냐하면 내 아이니까. 그렇지? 노아는 내 아이지?"

잭이 눈물을 글썽거린다. 절박하고 가여워 보였다. 순간 탈룰라의 심장은 그를 향한 동정 어린 사랑으로 가득 찼다. 그녀는 어느새 잭의 목을 안고 귀에 대고 속삭였다. "세상에, 당연히 네 아이야. 당연히 네 아이라고. 네 아이 맞아. 내가 말하는데 네 아이야."

그러자 잭이 양팔로 그녀를 안으며 세게 끌어당긴다. 그의 눈물이 탈룰라의 볼을 적셨다. "제발, 룰스. 오늘 밤은 가지 마. 그냥 집에 있어. 내가 얼른 포도주를 사올게. 도리토스도. 단둘이서 이렇게만 있자. 제발."

탈룰라는 케지아와 동네 친구들을 떠올린다. 이제 막 인생을 시작했고, 소소하지만 안정된 직업이 있으며, 남자친구와 아기가 곧 찾아올 인생이기라도 하듯 그 둘을 기다리고 있는 낯선 친구들. 탈룰라를 동물원의 원숭이를 보듯 바라보는 친구들의 시선이며 출산과 동거가 어쩌다 보니 우연히 처하게 된 상황이 아니라 최종 목표라도 되는 것처럼 늘어놓을 대화도 떠올린다. 스완 앤드 덕스에 쪼르르 앉아 싸구려 포도주를 홀짝이며 재미있지도 않은 일에 요란하게 웃음을 터트리는 모습을 그려본다. 그리고 이번에는 잭과 포도주를 마시는 모습을 그려본다. 날선 말만 주고받던 몇 주 만에 드물게 상냥함과 포근함이 찾아온 시간이 될 테니 이참에 위태위태한 잭에게 엄마 집으로 돌아가라고, 탈룰라의 집에 들어오기 전처럼 원만한 공동 부모로 돌아가자고 설득해보자는 생각이 든다. 오늘 밤 두 사람이 서로를 잘 대한다면, 어쩌면 아무도 화내지 않고 모두 원하는 것을 손에 넣을 수 있을지도 모른다는 생각이 든다. 두 사람이 원하는 것은 다른 무엇이 아니라 노아다. 잭이 노아만으로도 충분하다는 사실을 기꺼이 인정하게 된다면, 탈룰라가 필요하지 않다는 걸 깨닫고 셋으로 이뤄진 가족을 꾸리려 애쓰지 않을 것이다. 언젠가는 행복한 가족을 위해 억지로 잭을 견디는 여자가 아니라 잭의 본모습 그대로를 사랑하며 그와 함께 할 미래를 꿈꾸는, 일주일에 한 번보다 더 자주 섹스를 하고 싶어 하는 여자(그리고 여자에게 끌리지 않는)도 나타날 것이다.

그런 생각에 탈룰라는 잭의 얼굴에 머리를 대고 고개를 끄덕인다. "좋아, 그렇게 해. 케지아에게 바로 문자를 보낼게. 집에 있지 뭐. 그러자."

제40장

2018년 9월

이튿날 아침 소피는 숀이 일어나 출근 준비를 하는데도 계속 침대에 누워 있다. 그녀는 지난밤 잠을 설쳤다. 오늘 저녁에 올 쌍둥이들 생각에 긴장한 탓이었다. 숀의 전처인 피파가 아이들을 데려올 예정이다. 어색한 순간도 있겠지만 어떻게든 잘 넘길 것이다. 쌍둥이는 아마 잘 지낼 것이다. 아이들은 늘 생기 넘치고 꼬인 데 없이 시원시원하다. 하지만 지금까지 탈룰라와 잭의 실종을 둘러싼 수수께끼로만 머릿속이 꽉 차 있었는데 이틀 밤낮 동안 아이들을 계속 신경 쓰며 엄마 역할을 해야 한다는 생각에 스트레스를 받는다. 하필 주말 내내 비가 온다고 해서 애들이 좋아할 만한 즐거운 일들은 시작도 못 하게 생겼다. 할 만한 거라곤 집에 틀어박히거나 광장 건너편 펍에서 점심을 먹는 정도다. 하지만 잠을 설친 진짜 이유는 전날 불쑥 찾아온 리엄 덕분에 자신의 책에서 문제의 단락을 찾아냈다는 소름 끼치는 사실 때문이었다.

리엄이 돌아간 후 소피는 인스타그램을 뒤져 그의 계정을 찾아냈다. 프로필은 그의 얼굴이었지만 계정명은 @BoobsBailey였다. 올린 포스트는 스무 개에서 서른 개 정도로 극히 적었다. 그런데 그중 하나가 그녀의 관심을 끌었다. 2017년 6월에 찍은 사진이었다. 스완 앤드 덕스 뒤에 있는 작은 정원을 배경으로 리엄과 스칼렛, 렉시가 찍혀 있었다. 셋은 서로 옆 사람의 허리에 팔을 둘렀고, 스칼렛은 혀를 쏙 내밀고 있었다. 혀에 박힌 은피어스가 햇빛을 받아 반짝였다. 리엄은 그 사진에 "미녀들"이라는 코멘트를 달았다.

리엄과 렉시는 친구처럼 보였다. 그리고 둘은 소피의 책을 읽었다.

그 사진에는 '좋아요'가 일곱 개 찍혀 있었다. 소피는 '좋아요'를 누른 사람을 하나하나 확인해봤다. 그중 하나는 케리앤 멀리건이었고 또 한 명은 @AmeliaDisparu아멜리아 디스파루라는 이용자였다. 그 계정으로 들어가 보니 금발머리에 요정 같은 얼굴을 한 아가씨의 사진이 있었다. 그녀는 소개에 자신을 '깡마른, 미니, 빌어먹을 낯선 곳에서 길을 잃은'이라고 적어뒀다.

그녀가 올린 사진은 몇 장 되지 않는데 전부 묘하게 추상적인 풍경 사진이었고, 마지막으로 글을 올린 날짜는 2017년 6월이었다. 소피는 심장이 마구 뛰기 시작했다. 수영장 물이 어둡게 일렁이는 모습, 핫핑크색 플라밍고인 듯한 형체, 불붙인 담배를 동그랗게 감싼 손, 옹기종기 모여 숄 같은 걸 함께 쓴 사람들의 흐릿한 윤곽. 사진을 클릭해 확대해봤지만 배경에 찍힌 사람들이 누구인지는 알아볼 수 없었다. 그 사진에는 달린 코멘트나 '좋아요', 댓글이 없었다. 그저 사진 하나만 맥락도 의미도 없이 걸려 있었다. 하지만 소피는 확신할 수 있었다. 그 사진의 배경은 다크 플레이스다. 이 사진은 그들이 실종된 날 밤을 구성하는 감질 나는 조각일지도 몰랐다.

그러나 다음 순간 소피는 메일함을 열고 쏟아지는 업무를 처리하느라 수수께끼의 추적을 잠시 미뤄야 했다. 한숨 돌리자 이번에는 손이 퇴근했다. 어딘지 맞아 들어가지 않는 정보 조각들과 핵심 인물들에 대한 불편한 느낌, 해답이 없는 질문들로 머릿속이 어수선했다. 간신히 잠이 들면 수영장과 플라밍고 튜브, 기묘하게 생긴 금속 레버, 리엄 베일리가 꿈속을 어지럽혔다. 그는 소피의 운동화에 분홍색 형광펜으로 뭔가를 끼적이며 다리털 좀 밀라고 잔소리를 했다.

지금 소피는 침대에 일어나 앉아 멍하니 휴대전화만 들여다보고 있다. 10시에는 주문한 음식이 배달돼 올 것이다. 쌍둥이가 먹을 건강한 음식과 음식 재료, 포도주, 주전부리 약간(쌍둥이는 아마 그걸 보고 감탄하며 초콜릿 쌀 케이크는 처음 본다고 할 것이다), 시리얼에 먹을 우유. 그것만 처리하면 오늘 하루는 자유다. 그녀는 덴마크 출장을 위해 짐을 싸야 했다. 월요일 아침에 일찍 떠날 예정이라, 새벽 4시 반에 개트윅 공항으로 그녀를 데려갈 차도 예약했다. 아이들은 일요일 저녁 일찌감치 돌아갈 예정이다. 소피는 오늘 하루를 요령껏 활용해 메일 수신함을 정리하고, 여행 준비를 마치고, 아이들의 도착을 대비해 긴장도 풀어둬야 했다.

그런데도 몸속에서 이상한 선율의 음악이 자꾸 재생되는 것만 같은 기분이었다. 말 그대로, 그리고 비유적으로 수수께끼를 계속 파봐야 할 것만 같다. 소피는 '아멜리아 디스파루'를 검색한다. 그날 밤 리엄과 렉시, 스칼렛의 엄마를 제외하면 다크 플레이스에 있었던 유일한 사람이 미미 로디스였다. 스칼렛과 그녀의 가족처럼 미미도 온라인에서 자신의 존재를 지워버렸다. 디스파루는 불어로 '사라진'이라는 뜻이다. 소피의 짐작에 '미미'는 아멜리아의 애칭일 것 같다.

검색엔진이 미미 멜리아라는 사용자의 유튜브 계정을 보여준다. 화면이 바뀌는 순간 소피는 침대에서 똑바로 일어나 앉는다.

연한 금발에 요정 같은 얼굴을 한, 바로 그 아가씨가 떴다. 그녀는 침실 같은 곳에서 카메라 앵글을 조정하더니 말을 시작했다. "안녕, 친구들. 내 채널에 온 걸 환영해요. 나는 아멜리아라고 해요. 미미라고도 하고요. 아니면 부르고 싶은 대로 불러요. 인제 와서 누가 신경이나 쓰겠어요. 나는 오늘 만성 소화 장애를 앓고 있는 내 투병 생활에 대해서 이야기하려고 해요. 여러분 중 몇몇은 이미 알겠지만, 나는 지난 15개월 동안 또 다른 투병도 해 왔어요. 작년 여름에 일어난 어떤 사건 때문에 발생한 외상후 스트레스 장애요. 나는 아주 가까운 사람을 위해 지금까지 그 사건에 대해 입을 꾹 다물고 있었어요. 그런데 최근에 그 사람이 내가 생각했던 그런 사람이 아니고……." 미미가 잠시 말을 끊는다. 그녀의 시선이 화면 아래 어딘가로 향한다. 그녀의 드러난 두 팔은 가늘고 핏기가 하나도 없다.

미미가 다시 카메라를 응시하며 한숨을 쉬고 말한다. "많은 이야기를 할 수는 없어요. 사실 할 수 있는 말도 없어요. 하지만." 그녀는 극적인 효과를 위해 다시 말을 멈춘다. "입에 담아서는 안 되는 그게 마침내, 마침내, 마침내 쏟아져 나올 것 같아요. 그러니까 기다려요. 그게 정말로 쏟아져 나올 때까지 기다려요." 그녀는 양손을 나란히 들어 주먹을 쥐더니 서로 맞부딪힌다. "피유." 그녀가 말한다. "피유."

영상이 끝났다. 소피는 너무 놀라 입을 살짝 벌린 채 가만히 앉아 있었다. 화면을 다시 보니 영상을 올린 날짜는 바로 어제다.

소피는 이 아가씨가 잭과 탈룰라가 실종된 밤 그곳에 있었던 미미가 맞는지 장담할 수 없다. 하지만 이 아가씨는 리엄과 렉시, 스칼렛이 스완 앤드 덕스에서 찍은 사진에 '좋아요'를 눌렀으며 지금은 1년쯤 전에 일어난 사건에 대해 이야기하고 있다. 게다가 누군가가 그 이야기를 터놓고 하지 못하게 해서 PTSD까지 생겼다지 않는가.

소피는 휴대전화를 끄고 침대에서 튀어나와 씻으러 간다.

20분 후 그녀는 킴 녹스의 집 앞에 있다.

킴이 한 손에 마스카라 브러시를 들고 나온다. 킴의 손자가 소리 지르는 모습이 보였다. 그녀가 고개를 돌리며 한숨을 쉬더니 다시 소피를 본다. "미안해요. 아마존 택배가 온 줄 알았어요."

"이렇게 일찍 찾아와서 죄송해요, 킴. 바쁘신 줄 알겠어요. 그런데 꼭 보여드리고 싶은 게 있어서요. 서둘러서요. 잠시 시간 있으실까요?"

"네, 그럼요. 들어오세요. 정신이 없어서 미안해요. 아침이다 보니. 아이가 있어요?"

"없어요. 남자친구의 아이들은 있지만요. 없다고는 할 수 없겠네요. 그렇지 않아도 이번 주말에 여기 와서 자고 갈 거예요. 그러니 저도 곧 정신이 없어질 것 같아요."

킴의 집은 아늑하고 예뻤다. 회색과 청록색, 연한 핑크색이 부드러운 채도로 칠해져 있고 조명엔 구릿빛이 감돈다. 하지만 집은 난장판이었다. 바닥에 신발과 장난감, 텅 빈 상자들이 나뒹굴었다. TV 소리가 쾅쾅 울리는데, 아이의 소리는 그보다 더 컸다. 아이는 부엌에서 유아용 의자에 앉아 플라스틱 숟가락으로 시리얼을 먹고 있다.

"노아, 서둘러. 어서 밥 다 먹어야지. 10분 후에는 출발해야 해."

"어린이집 싫어." 아이가 숟가락을 식탁에 던지자 우유가 사방으로 튀었다. 킴은 엎어진 우유를 닦더니 아이가 먹던 시리얼 그릇을 빼앗아 식기세척기로 가져갔다.

"안 돼!" 아이가 더 크게 소리친다. "안 돼. 돌려줘!"

"알았어. 하지만 착하게 빨리 다 먹겠다고 약속해. 알겠니?"

아이가 고개를 끄덕이자 킴이 시리얼 그릇을 아이 앞에 내려놓았다. 아이는 그러자마자 그릇을 일부러 식탁 가장자리로 민다. 킴은 떨어지기 직전에 그릇을 잡아 아이 앞에서 치워버린 후 말한다. "이게 너의 마지막 기회였어. 이제 주스를 다 마셔. 그리고 갈 준비해."

"싫어. 안 갈 거야!" 아이가 고함을 질렀다.

"바쁘시면 나중에 다시 올게요."

킴이 한숨을 쉰다. "무슨 일인지 그냥 말해주시면 안 될까요?"

"제가 SNS를 좀 뒤져봤어요." 소피는 우물쭈물하며 이야기를 시작했다. "그날 밤 다크 플레이스에 있었던 애들 계정을 찾아보려고요. 그러다가 유튜브 채널을 찾았는데, 계정주가 어떤 아가씨였어요. 이름이 아멜리아고 애칭이 미미래요. 혹시 그 미미가 아닐까요?"

"미미? 미미 로디스 말이에요?"

"네. 그 아가씨가 바로 어제 새 영상을 올렸는데 내용이 좀 이상해요. 그 영상을 보고 미미가 맞는지 확인해주셨으면 해요. 미미가 맞는다면 말이죠."

"잠깐만요. 일단 애를 데리고 나갈 준비를 해야 해서, 잠시만 밖에서 기다려줄래요? 집 앞에 계시면 얼른 나갈게요. 같이 어린이집까지 가면서 이야기해요. 시간 있어요?"

"네. 그럼요. 아주 많아요. 그럼 얼른 나오세요."

소피가 집에서 나온다. 킴의 손자가 고래고래 지르는 소리에 아직도 귀가 먹먹했다. 공원 가장자리에서 몇 분가량 기다리자 킴이 유모차에 엉엉 우는 아이를 태우고 나왔다.

아이의 울음소리가 점점 잦아들자 소피가 아이를 슬쩍 보고 묻는다. "이제 괜찮나요?"

"네. 결국에는. 착하게 굴면 상을 주거든요. 그렇지 노아? 우리가 무지개 꼭대기까지 가면 상으로 뭘 받지요?"

"레고랜드!"

"맞아요. 우리는 레고랜드에 갈 거예요. 우리는 사다리를 얼마만큼 올라갔죠?"

"반만큼."

"맞아요. 반만큼 올라갔어요. 그러니까 우리는 앞으로도 계속 착하게 굴어야 해요. 특히 아침에는. 그러려면 어린이집에 지각을 하지 말아야겠죠, 그렇죠?"

"네!" 아이가 고개를 끄덕인다. "네. 그러면…… 레고랜드!"

그들은 공원을 가로질러 오리 연못을 빙 돌아가려는 참이다. 소피는 휴대전화를 켜 영상을 전체화면으로 설정한 뒤 킴과 함께 걸어가며 영상을 본다. "그 아가씨인가요? 미미 로디스?"

"백 퍼센트 확신은 못 하겠어요. 그 애를 본 건 두 번뿐이거든요. 경찰서에서요. 그때는 빨강머리였을 거예요. 금발이 아니라. 그런데 맞아요. 그 애가 맞는 것 같아요."

"나도 봐?" 노아가 물었다.

킴이 한숨을 쉬며 소피에게 말한다. "괜찮아요? 이 아이는 뭐든 직접 봐야 직성이 풀려요. 뭐든지."

소피가 휴대전화를 노아에게 준다. 아이는 그걸 받아들고 영상의 여자를 본다.

"슬퍼 보여. 슬픈 사람 같아." 아이가 말했다.

"그래, 아마 그럴 거야." 킴이 답한다.

잠시 후 두 사람은 작은 초등학교 앞에 와 있다. 스완 앤드 덕스의 뒤쪽을 감싸듯 지나가는 작은 도로에 자리 잡은 학교다. 회색과 푸른색 옷을 입은 자그마한 아이들이 우르르 문으로 들어가는 모습을 보니 소피는 초등학교 교사 시절이 문득 떠올라 감회가 새롭다. 학교 정문 맞은편에 말뚝 울타리로 둘러싸인 작은 조립식 건물, 어린이집이 서 있다. 두 사람은 노아를 정문으로 데려가 젊은 아가씨에게 맡긴 후 서로 마주 보고 선다.

"커피 한 잔 할까요? 덕스에서." 킴이 묻는다.

"좋죠."

두 사람은 자리를 잡고 앉아 그 영상을 다시 처음부터 끝까지 본다.

"아무리 봐도 그 애가 맞아요. 이 영상 링크를 보내줄 수 있어요? 담당 형사에게 보내면 될 것 같아요."

"물론이죠. 전화번호가 어떻게 되세요?"

소피가 왓츠앱으로 킴에게 링크를 보낸 뒤 수신함에 링크가 제대로 들어가는지 확인하고 휴대전화를 내려놓는다.

"이 사건에 관심이 있군요?" 킴이 커피잔을 빙빙 돌리며 말한다.

"그렇죠. '이곳을 파보시오' 표지판을 본 순간부터 호기심이 발동했어요. 제가 추리소설을 쓰잖아요. 그래서 그런 것들을 보면 뭔가 있다는 감 같은 걸 잘 느껴요. 아시죠? 그런데 마침 케리앤에게 실종사건에 대해 듣고 나니……"

"케리앤이라고요? 케리앤 멀리건이요?"

"네." 소피는 그 이야기를 들려준 케리앤의 믿음을 배반했다는 사실을 깨닫고 잠시 말을 멈춘다. "그런 이야기를 하다니, 케리앤이 조금 경솔했을 수도 있어요. 하지만 제가 추리소설을 쓴다고 하니까 지난여름에 경찰이 두 차례나 그 숲을 수색했다고 지나가듯 말해줬어요. 그래서 숲에서 본 표지판이 관계가 있을지도 모른다는 생각이 들더라고요……. 탈룰라와 말이에요. 그리고 나머지는 다 아시죠? 그런데 한 가지 신경 쓰이는 일이 있어요. 좀 이상한 이야기인데요."

컵을 돌리던 킴이 우뚝 멈춘다.

"경찰이 찾아낸 이상한 물건 아시죠? 기숙사 건물 앞에 있는 화단에서 말이에요. 물론 제가 틀렸을 수도 있지만, 각도상 케리앤의 집 테라스에서 그 표지판이 보일 리 없다는 생각이 들어서요. 혹시 다른 사람의 방에 갔다가 그걸 본 게 아닐까 하는 생각을 지울 수가 없어요."

"예를 들면 누구요?"

"리엄 베일리? 어쩌면요." 소피는 리엄과 렉시, 스칼렛이 덕스 뒤 정원에서 찍은 사진을 보여준다. "보세요. 둘은 친구예요. 저는 그때는 미처 몰랐어요. 어쩌면 렉시가 리엄의 방에 갔고, 자기 집이 아니라 그곳에서 표지판을 본 건 아닐까요. 제 생각에는……." 그녀는 잠시 말을 멈춘다. 왜냐하면 정말로 뭘 어떻게 생각해야 할지 갈피를 잡을 수가 없기 때문이다. "어쩌면 킴이 이 사실에 대해 형사님에게 이야기를 해봐도 되지 않을까요? 경찰이 스스로 생각해내지 못할 경우에 대비해서요. 물론 경찰이라면 당연히 알아차리겠지만요. 그래야만 해요."

킴이 다시 고개를 끄덕이더니 말문을 연다. "그 사람은 왜 내게 이러는 걸까요?"

목소리에 드러난 감정이 너무 생생해 소피가 움찔한다.

"왜 자신이 아는 사실을 내게 곧장 말해주지 않는 거죠? 왜 그렇게 잔인한 걸까요? 이 아가씨, 미미 말이에요. 미미는 분명 이 마을에 사는 누군가에게 이곳 이야기를 들었을 거예요. 그게 아니라면 그녀가 여기서 일어난 일에 대해 어떻게 알 수 있겠어요. 그 사람이 분명 단서를 놓아둔 사람일 거예요. 이건 말이 안 돼요. 그날 밤 그 저택에 있었던 사람들 가운데 반은 흔적도 없이 사라졌고, 나머지 반은 여전히 여기에 남아 있는데 알 수 없는 이유로 우리 모두를 속이고 있죠. 이 상황을 도무지 이해할 수가 없어요."

"킴, 괜찮아요?" 킴의 목소리가 점점 커지자 바 뒤의 여자가 큰 소리로 묻는다.

킴이 한숨을 쉰다. "나는 괜찮아요." 그녀는 휴대전화를 챙겨 핸드백에 집어넣는다. "돔에게 이 영상을 알려줘야겠어요. 무슨 말을 하는지 들어봐야죠."

"돔?"

"담당 형사요."

다크 플레이스의 비밀

"아하." 소피가 미소를 짓는다. "진짜 형사요."

킴도 따라 웃는다. "맞아요. 진짜 형사죠. 미안한데, 내가 독서를 안 하거든요. 사실 열아홉 살 때 탈룰라가 태어난 이후로는 책을 한 권도 안 읽었어요. 그러지 않았다면 당신이 어떤 책을 쓰는지 물어봤을 텐데요. 어차피 못 들어봤을 거예요."

소피는 킴에게 어제 자신의 책에서 찾은 마분지 표지판 단락에 대해, 리엄과 렉시가 둘 다 읽은 그 책에 대해, 어제 굳이 집까지 찾아온 리엄이 계속 책등을 두드리던 그 책에 대해 털어놓을지 말지 잠시 망설이다가 결국 하지 않기로 한다.

"네. 못 들어보셨을 거예요." 소피가 괜찮다고 말하듯 미소 짓는다.

제41장

2017년 5월

스칼렛이 미대 건물에서 탈룰라를 향해 다가왔다. 가슴에 작은 포트폴리오를 꼭 대고 있는데, 마치 무슨 임무라도 수행하러 가는 것 같다.

탈룰라는 몸을 돌려 그늘로 얼른 들어갔지만 너무 늦었다. 이미 들켰다. 스칼렛이 성큼성큼 다가오더니 그녀의 팔을 낚아채 오솔길로 이끈다.

"그래서 해치웠어? 끝냈냐고? 어떻게 됐어? 너 괜찮니?"

탈룰라는 고개를 숙여 발만 바라봤다.

"나는 괜찮아. 노력하고 있어. 나도 내가 뭘 하는지 잘 알아."

스칼렛이 못 믿겠다는 눈빛으로 탈룰라를 빤히 살펴본다. "맙소사. 너 겁먹었어, 그렇지? 젠장, 탈룰라, 무슨 일이야."

"난…… 잘 모르겠어. 잭한테 헤어지고 싶다고 말할 생각이었어. 그래서 더는 같이 살고 싶지 않다고, 같이 새집으로 이사하고 싶지 않다고, 같이 있고 싶지 않다고 말했어. 나는 잭이 고래고래 소리라도 지를 줄 알았어. 그런데 아니었어. 잭이……." 탈룰라가 그 기억에 몸서리를 친다. "노아를 들어 올려서 안는 거야. 이렇게 자기 얼

다크 플레이스의 비밀

굴에 갖다 대면서. 그러더니 자기는 죽어도 아무데도 가지 않을 거래. 그 말이…… 협박처럼 들렸어. 알겠어? 내가 그를 쫓아내면 노아를 해치겠다는 것처럼. 그래서 일단 거기서 멈췄어. 그를 더 압박하고 싶지 않았다고. 그런데 지난밤에…….” 탈룰라는 숨을 들이쉰다. “펍으로 외출하려고 했어. 그런데 그가 울면서 노아가 자신의 아이가 아닐까봐 너무 무서웠다고, 노아를 너무 사랑한다고 말하는 거야. 결국 나는 펍에 가지 않았고 집에 머물렀어. 그리고 이야기를 했지. 밤새도록. 나는 잭에게 내 감정을 말했어. 그와 더는 커플로 남고 싶지 않다고, 하지만 노아는 함께 키우고 싶다고 했어. 그랬더니 내 말을 진지하게 받아들이더라고!”

“그래서, 나간대?”

“아직은 아니야. 잭은 아파트를 사려고 해. 우리가 거기서 같이 살지 않더라도. 어차피 잭 혼자 노아를 보기 위해서라도 집을 구해야 하거든. 왜냐하면 잭은 자기 부모님 집으로 들어가서 살 생각이 없으니까. 이해가 되는 게 잭의 엄마는 정말 고약한 사람이고 아빠는 쓰레기라 걔 탓할 수가 없어. 그래서 집을 구할 때까지만 우리 집에서 살기로 했어.”

“산다고…… 네 침대에?”

“하지만 괜찮아. 우리 사이에 쿠션을 둘 거니까. 그리고 그렇게 오래 걸리지도 않을 거야. 잭은 이미 저축해 둔 돈이 꽤 있거든. 몇 주면 해결될 거야.”

“그러면 너희의 수요일 오후는 어떻게 되는 거야?”

“안 해. 다시는 그러지 않을 거야. 전적으로 정신적인 관계고, 우리는 순전히 공동 부모로만 지낼 거야. 앞으로 몇 주면 돼. 그러면 그가 나갈 거야."

"그러고 나면?"

탈룰라가 의아한 눈빛으로 스칼렛을 본다.

"그러고 나면 어떻게 되는 거야? 그 인간이 집을 나가면? 너와 나, 알지? 우리는……?"

탈룰라가 한숨을 쉰다. "그렇게 무슨 일이든 딱 잘라서 넘어갈 순 없어. 그리고 너는 양성애자잖아. 여전히 남자애들과 시시덕거리고. 나는 키워야 할 아이가 있어. 그런 내가 너와 그렇고 그런 사이가 된다는 건 대단히 심각한 문제야. 나는 네가 우리를, 노아까지 합쳐서 우리를 감당할 수 있을 거라고 생각하지 않아."

탈룰라가 퍼부은 말에 스칼렛이 흠칫하더니 다시 냉정을 되찾는다. "네 말이 맞아. 나는 머저리지. 늘 머저리였어. 하지만 나도 변할 수 있어." 스칼렛이 잔뜩 꾸민 목소리로 이렇게 말하자 탈룰라의 얼굴에 미소가 퍼진다. 다음 순간 스칼렛은 진지하게 말한다. "나는 머저리야, 룰스. 하지만 노력해볼 수는 있어. 진심으로. 나도 스무 살이잖아. 더는 꼬맹이가 아니라고. 내게 기회를 한 번 더 줄 수는 없어? 제발."

그때 길 저쪽에서 사람들의 목소리가 들리자 탈룰라가 얼른 몸을 뒤로 뺐다. "모르겠어. 지금은 생각을 또렷하게 할 수가 없어. 당장은 잭 문제부터 해결해야 해. 내 집에서 그 애를 내보내고 내 인생을 되찾고 싶어. 그러면 제대로 생각할 수 있을 거야. 지금은 안 돼. 정말 못하겠어. 미안해."

스칼렛이 고개를 끄덕인다. "알아들었어. 그러는 게 좋겠다. 하지만 나는 너를 기다릴 거야. 맹세해. 수녀처럼 너만 기다릴 거야. 농

다크 플레이스의 비밀

담이 아니야, 룰스. 그러니까 그 애가 너를 조종하게 내버려두지만 마. 알았지? 그 애의 꼬임에 넘어가서 계속 같이 사는 실수는 하지 마. 왜냐하면 그 애라면 분명히 그렇게 할 거니까."

"그러지 않을 거야, 장담해. 나는 알 수 있어. 그 애는 진심이야."

스칼렛이 눈을 가늘게 뜨고 탈룰라를 바라본다. 그 눈빛이 회의적이다.

"맹세한다니까."

스칼렛이 딱 한 번 고개를 끄덕이더니 오른손 손끝으로 탈룰라의 볼을 쓸어내린다. 그러고는 탈룰라를 두고 몸을 돌려 가버린다. 탈룰라의 피부에 이름을 알 수 없는 두려움의 흔적만 남긴 채.

제42장

2018년 9월

"여보세요, 돔. 나예요." 킴이 말한다. "혹시 내가 보낸 링크를 확인해볼 여유가 있나 궁금해서요. 유튜브에 올라온 그 아가씨 영상 말이에요."

"아뇨, 못 봤어요. 정말 미안해요. 지금 확인하고 연락할게요. 우리가 진짜 큰 수확을 거뒀어요. 마틴 자크의 꼬리를 잡았거든요. 스칼렛 아버지요. 그의 개인 비서와 연락이 됐어요. 나머지 가족들의 행방도 추적하고 있고요. 그들은 건지섬에 있었다는데, 2주 동안 본 사람이 없어요. 하지만 나를 믿어요, 킴. 우리는 할 수 있는 건 다 하고 있어요. 사건은 움직이고 있어요. 몇몇 경우엔 고통스러울 만큼 느리긴 해도 장담할 수 있어요. 요즘은 뭔가를 추진하려면 정부 때문에 시간이 상당히 오래 걸리거든요. 훨씬 더 오래 걸리기도 해요, 미해결 사건의 경우엔……."

그러다가 뼈들이 얼음장처럼 차가워지면, 피가 한 방울도 빠짐없이 말라붙어버리면, 누군가를 구하기에 너무 늦어버리면? 킴은 생각한다.

"킴, 당신을 위해 있는 힘껏 밀어붙이고 있어요. 내가 할 수 있는 건 이것뿐이니까요. 나는 온통 그 생각뿐이에요. 맹세해요."

그의 음성에서 배어 나오는 감정이 들리는 것 같다. 그 감정이 그녀의 정신과 공명한다. 킴은 그 감정을 애써 삼키며 말했다. "물론이죠, 돔. 당신이 노력하는 거 알아요. 알고말고요. 나는 다만……."

"그래요, 나도 알아요."

두 사람이 주고받는 대화에는 절망과 상실감, 좌절감, 길을 잃은 희망의 에너지가 만들어낸 열기가 숨어 있다. "고마워요, 돔. 당신이 해준 모든 일에 감사해요."

"그건 내 즐거움이에요, 킴. 언제나요."

그가 전화를 끊자 킴은 잠시 부엌 창문으로 정원 끝에 선 나무를 본다. 그녀는 아주 멀리 떨어진 어딘가에서 카메라를 바라보며 이야기하는 깡마르고 슬퍼 보이는 소녀를 떠올린다. 메이폴 하우스에서 일어나고 있는 일에 대해 뭔가를 알고 있는 소녀 말이다. 그러자 그 무더웠던 6월 오후, 땀 흘리며 다크 플레이스로 걸어가는 자신의 모습과 노아를 태운 유모차를 힘겹게 밀고 따라오는 라이언의 모습이 선명하게 떠오른다. 뒤이어 스칼렛의 어깨에서 주르륵 흘러내리던 물방울과 맥주를 들고 있던 잘생긴 그 집 아들, 하얀 선드레스를 입은 불안해 보이는 그 엄마, 스칼렛이 킴의 눈을 좀처럼 바라보지 못하던 모습이 차례차례 떠오른다. 스칼렛이 탈룰라의 이름을 말하던 순간도 떠오른다. '룰라.'

스칼렛의 태도는 쌀쌀맞고 데면데면했지만, 탈룰라의 이름을 말할 때만큼은 목소리에서 풍부하고 깊은 감정이 느껴졌다. 탈룰라가 클로이의 집에서 자고 오겠다고 한 밤 실제로는 어디에 갔을지가 다시 궁금해진다. 잭이 축구하러 가고 탈룰라가 자전거를 타고 교외를 달린다고 나갔던 그 모든 일요일 아침도 떠오른다. 돌아올 때면 탈룰라가 얼마나 환하게 빛났는지, 볼의 홍조가 얼마나 아름다웠는지 기억난다. 그녀가 뭔가 비밀을 품고 있는 것처럼 보였던 것도 기억한다. 탈룰라에게 한 번은 이렇게 묻기도 했다. "대체 자전거로 어디 가는 거니? 돌아올 때마다 마법의 장소에 다녀온 것처럼 보여."

탈룰라는 미소를 지으며 대답했다. "저 뒷길을 한 번 돌았어요. 거기는 차가 안 다니잖아요. 끝내줘요."

"그리고 어디 들르니? 탐험이라도 하는 거야?"

"네. 들러서 탐험을 해요."

그때 딸의 목소리는 감정으로 충만해 있었다. 스칼렛이 탈룰라의 이름을 말할 때 그녀의 목소리에서 느낀 것과 똑같은 충만함이었다. 또 다른 기억이 불쑥 떠오른다. 스칼렛이 숨기듯 발을 손으로 감싸 쥐는 순간 스칼렛의 발에서 작은 문신을 봤는데, TM이었다. 킴은 그 문신을 봤지만 동시에 보지 못했다. 왜냐하면 킴이 그때껏 이름도 몰랐던 소녀가 발에 딸의 이니셜을 새겼고 그 순간 일부러 문신을 손으로 가렸다고 생각할 이유가 전혀 없었기 때문이다. 그러니 보긴 했어도 보지 못한 상태와 다름이 없었지만, 그 기억은 태양의 흑점처럼 그 자리에 내내 잠들어 있었다.

킴은 왓츠앱에서 소피의 번호를 찾아 빠르게 메시지를 찍는다.

"나예요, 킴. 지금 바빠요? 이야기할 게 있어요."

대답은 즉시 날아왔다. "전혀요. 이야기할 수 있어요."

제43장

2017년 6월

탈룰라와 잭이 포도주를 마시며 이야기를 나눈 밤 이후 며칠간, 둘 사이는 순조로웠다. 잭은 감정을 가라앉히고 유해졌다. 그는 가족을 위해 저녁을 요리하고, 노아를 씻기고 놀아주고, 재정계획을 짤 때도 탈룰라를 끌어들이지 않는다. 그녀가 공부할 수 있게 배려하고 귀찮게 굴지도 않았다. 밤이면 같은 침대를 쓰지만 둘 사이에 노아를 눕힌다. 육체적으로 친밀감을 드러내려 하지 않았다. 아침마다 조용히 출근 준비를 하고 저녁마다 조용히 퇴근한다. 모든 게 순조롭다.

어느새 6월에 접어들어 노아가 한 살이 된 직후, 탈룰라는 스칼렛에게 함께 집으로 돌아갈 수 있도록 학교가 끝나면 기다려달라는 문자를 받았다. 두 사람은 학교 밖 인도에서 만났다. 스칼렛은 기말고사를 반 정도 끝냈고 이틀간 꼬박 정물화 작업 중이었다.

"아티초크랑 뼈." 스칼렛이 버스 정류장을 향해 걸어가며 설명했다. "농담 아니야. 아티초크랑 뼈를 눈이 빠지게 보느라 이틀을 썼다니까."

"그건 뭘 상징하는데?"

"상징은 무슨. 그냥 집을 나섰다가 주웠어. 뼈는 토비 거야. 그런데 둘 다 보고 있으면 분위기가 끝내줘. 검은색 벨벳에 올려뒀더니 뭐랄까. 네덜란드 거장의……."

"마지막 시험은 언제야?"

"다음 주 수요일. 그리고 목요일까지 포트폴리오를 제출하고, 그다음 날은 금요일이니까 펍에 놀러가서 진탕 먹고 마실 거야."

"누구랑 가는데?"

"늘 가는 애들이지. 리엄도 올지 몰라." 그녀가 탈룰라를 보며 반응을 살핀다.

탈룰라는 그저 어깨만 으쓱한다. "상관없어. 나랑 무슨 상관이야."

"그렇지, 그냥 노는 거야. 친구로서. 왜냐하면 우리는 좋은 친구 사이니까. 그날 밤 일은 정말 바보 같았어. 그냥 어리석은 일이었어. 왜냐하면 내가 어리석은 사람이니까."

"스카, 괜찮아. 변명할 필요 없어."

"그래도 할래. 해명해야 해. 무슨 일이 있었건 내 자신에게 해명을 해야 해. 나는 항상 먼저 저지르고 나중에 생각하는 타입이잖아. 무슨 짓을 하건 결과를 철저하게 생각하지 않아. 봐." 그녀는 숨을 들이쉬더니 탈룰라를 바라본다. "내가 늘 사치스러운 삶을 살았고 나쁜 일은 한 번도 겪어본 적 없다고 생각하는 거 알아. 하지만 나도 끔찍한 일을 겪었어. 정말 끔찍한 일. 우리가 처음 만난 직후에. 나는 그 일 때문에 학교를 관뒀어. 한동안 누구와도 마주할 자신이 없었거든."

탈룰라는 무슨 말을 하는지 모르겠다는 표정으로 스칼렛을 보며

다크 플레이스의 비밀

그녀의 이야기가 계속되길 기다렸다.

스칼렛이 한숨을 쉬며 말한다. "버스에서 내려서 펍에 안 갈래? 전부 다 말해줄게."

둘은 스완 앤드 덕스로 들어가 탈룰라가 마실 다이어트 코크와 스칼렛이 마실 럼주 한 샷을 탄 핫초코를 들고 조용한 구석에 자리 잡는다. 여름 햇살이 창으로 환하게 들어오고 손님은 거의 없다. 남자 손님 한 명이 바에 앉아 있는데, 그 발치에 비글이 누워 있다. 스칼렛이 그 개를 가리키며 말한다. "저 개가 좋은 개야."

"자." 탈룰라가 말한다. "난 네 과거에 대한 고백을 들을 준비가 돼 있어."

스칼렛이 살짝 몸을 뒤척인다. "이 이야기를 네게 털어놓다니, 믿을 수가 없어. 넌 지금보다 나를 훨씬 더 미워하게 될 거야."

"난 널 미워하지 않아."

"지금부터 하는 이야기를 절대 다른 사람에게 하지 않겠다고 약속해."

"맹세해."

"진심이야. 절대로 안 돼."

"절대."

스칼렛이 천천히 눈을 깜박이며 감정을 가라앉혔다. "지난여름 초였어. 방학이 시작됐을 즈음 나는 꽤 외로웠어. 리엄이 농장으로 돌아갔거든. 엄마는 런던을 오갔고. 나는 너무 지겹고 정말 외로웠어. 그러던 어느 날 학교로 갔어." 그녀가 광장 맞은편의 메이폴 하우스를 가리킨다. "렉시 멀리건한테 '안녕, 잘 지내?'라고 말이라도 할 작정이었어. 같이 이야기할 사람이 정말 간절했거든. 개를 데리고 숲으로 들어갔지. 정말 끝내주는 날씨였어. 슬립 원피스를 입었는데 너무 더워서 그늘로 걷는데도 땀이 줄줄 흐르더라. 근데 반대편에서 어떤 남자가 오는 거야. 살짝 겁이 나서 침이나 질질 흘리는 개가 아니라 로트와일러를 키울 걸 그랬다고 생각했지. 옷도 좀 더 입고 왔어야 했다고 후회했고. 그때 남자가 개를 데리고 더 다가왔어. 얼굴을 보니 아는 사람이더라고. 그제야 크로프트 씨라는 사실이 기억났어."

"크로프트 씨?"

"아내가 야신타 크로프트야. 메이폴 하우스 교장. 너도 알지? 키가 아주 작아. 호르몬 대체요법을 받는 폴리포켓*처럼 생겼어."

탈룰라가 고개를 흔든다.

"아마 너도 보면 알 거야. 어쨌든 그 여자가 가이 크로프트의 아내였어. 가이는 키가 크고 대머리에 말수가 없는 남자야. 웹디자이너라 집에서 일해서 육아를 담당하지. 그날 이전에는 그 사람을 제대로 본 적도 없었어. 그 사람을 알아본 건 그 개 때문이었어. 검은색 래브라도. 이름이 넬슨이야. 세상에서 가장 사랑스러운 개야."

슬쩍 휴대전화를 보니 4시가 다 돼 간다. 탈룰라는 평소 4시 15분경이면 집에 도착했다. 스칼렛이 개 이야기를 하는 동안, 탈룰라는 자신이 누릴 수 있는 자유의 창이 점점 작아진다는 느낌이 든다.

"어쨌든 토비가 넬슨에게 인사하려고 나를 끌고 가는 바람에, 개

● 1990년대 여자아이들에게 선풍적인 인기를 끈 장난감. 미니어처 집과 손가락 한마디 크기의 플라스틱 사람 인형이 포함돼 있는데, 원조 폴리포켓에 포함된 여자아이 인형은 여러 버전으로 판매되었다.

다크 플레이스의 비밀

들끼리 수다 떠는 동안 나와 크로프트 씨도 이야기를 시작했어. 야신타가 몇 주간 아들을 데리고 런던 집으로 가서 집에 자기 혼자 있다고 했어. 그도 곧 런던으로 가 가족과 합류할 예정인데, 당장 끝내야 할 일감이 있다 어쩌고저쩌고. 그런데 말하는 동안 그 사람이 계속 내 가슴을 힐끔거리는 거야. 원래 그런 상황은 막 징그럽게 느껴져야 하는데, 무슨 이유인지 흥분되더라고."

탈룰라가 콜라 잔을 테이블에 내려놓으며 기침했다. "제발 그만해. 더 듣고 싶지 않아."

"알아, 미안해. 징그럽지. 하지만 조금만 더 참아줘. 이야기가 더 끔찍해져."

"스칼렛, 더 참을 수 있을지 모르겠어."

"우리는 얼마나 지루한지에 대해 이야기했어. 그러면서 생각했지. 당신과 섹스하고 싶어. 그때가 배란기였는지도 모르겠어. 어쨌든 나는 그 사람을 보고 생각했어. 어서 해. 지금이야. 그리고……."

탈룰라가 손을 내려놓고 눈을 감는다. "정말이야. 못 듣겠어."

"제발. 난 이야기해야만 해. 이건 중요한 얘기야."

탈룰라가 다시 한숨을 쉰다. "그럼 계속해."

"그 사람도 내 기분을 느꼈다고 장담할 수 있어. 그 사람 마흔 줄이잖아. 게다가 대머리라고. 잘생기지도 않았어. 내가 학교로 가는 길이라고 했더니 그 사람이 나랑 같이 가겠다는 거야. 우리는 가는 내내 이야기했어. 성적 긴장감이 점점 고조되는 가운데, 우리는 숲 뒤쪽으로 나와서 관사 뒷문이 보이는 곳까지 갔어. 그런데 그 사람이 그러는 거야. '들어가서 물 한 잔 할래?'라고. 그래서 그렇게 된 거야."

탈룰라가 질색하는 표정을 짓는다.

스칼렛이 말을 잇는다. "우리는 그달 내내 섹스를 했어. 한 달 동안 내가 한 거라곤 그것뿐이었지. 개를 데리고 숲으로 가서 사택 뒷문을 두드리면 그가 나를 안으로 들여보냈고, 우리는 섹스를 했지. 그러곤 그곳을 떠났어. 정말 대단했지. 지저분한 짓거리야. 그런데 황홀했어. 사실 섹스는 곰곰이 생각해보면 괴상하고 멍청한 짓 같잖아. 남자가 하는 짓과 여자가 하는 짓, 그런 짓을 하는 목적을 생각해봐. 어떻게 하는지 너무 오래 생각하면 결국 다시는 섹스하고 싶지 않아질걸. 너무 징그러우니까. 하지만 그게 문제였어. 그도 나도 아무것도 생각하지 않았지. 우리는 그저 심심했고 외로웠고 몸이 달아 있었어. 다른 식으로는 설명이 안 돼. 지금 생각해보면 내가 한 짓이지만 이해가 안 돼. 그때 내가 무슨 생각이었는지도 모르겠어. 휴가지의 뒤틀린 로맨스 같은 거였어. 몇 주 후에 그 사람은 런던으로 갔고, 나는 오빠와 엄마랑 요트 여행을 떠났어. 9월이 되자 리엄이 학교로 돌아왔고 나는 맨턴에 다니게 됐어. 가이와 나는 관계를 끝내고 각자의 삶을 살기로 했지. 한동안은 괜찮았어. 그 사람은 내 주위에 얼씬도 하지 않았고. 그런데 내가 너를 처음 만난 날, 그 사람이 협동조합 마트에 나타났어. 나도 거기 있었는데 시선이 마주치는 바람에 별 의미 없는 잡담을 했어. 나는 당황스러워서 얼른 그 자리를 떴지. 그런데 그 사람이 자기 성기 사진을 내게 보냈어."

탈룰라는 숨을 헉 들이쉬며 양손으로 입을 가렸다. "세상에."

"나는 그 사진을 보자마자 삭제했어. 그리고 '그만해요'라고 문자를 보냈지. 대문자로. 그랬더니 다시는 그런 사진을 보내지 않더라.

그러던 어느 날 밤, 아마 술에 취했을 거야. 사랑과 미움 사이에 있는 모든 것이라느니 뭐니 하면서 내게 쉴 새 없이 문자며 성기 사진을 보내는 거야. 내가 보고 싶고 나 없이는 살 수가 없대. 나는 그가 보낸 건 싹 다 삭제하고 답장도 보내지 않았어. 그리고 맨턴에서 크리스마스 파티가 열린 밤, 나는 너를 만나고 도저히 제대로 생각을 할 수가 없었어. 네가 내 혼을 쏙 빼놨고, 수신함에는 크로프트가 보내는 쓰레기가 가득했어. 그래서 메이폴 하우스나 마을 근처로는 절대 가고 싶지 않았어. 모두와 모든 것과 떨어져서 지내고 싶었어. 그래서 이틀 후에 리엄과 끝냈고, 크리스마스가 찾아왔어. 나는 가족과 함께 조용히 지냈지. 사람들의 관심을 끌지 않으려고 조심하면서. 1월에 학교로 돌아가기로 했어. 새 출발을 하려고. 맑은 머리로 말이야.

그러던 어느 날이었어. 아마 크리스마스와 새해 사이의 어중간한 시기였을 거야. 나는 토비를 데리고 숲으로 들어갔어. 에어팟을 꽂고 있었지. 이른 오후였는데 벌써 주위가 어두웠어. 그래도 집과 가까운 곳이니 안전하다고 생각했는데 갑자기." 스칼렛은 입을 다문 채 테이블을 내려다보기만 했다. "누군가 뒤에서 다가오더니 손으로 내 입을 막았어. 그리고 나를 질질 끌고 갔어. 심장마비로 죽는 줄 알았지 뭐야. 그 사람이었어. 가이 크로프트. 나를 보고 웃었어. 귀여운 장난이라도 되는 것처럼. 그 사람이 나보고 에어팟을 빼라고 하더니 숲속에서 십 대 여학생의 입을 손으로 틀어막는 일이 평범한 일이라고 설득하려는 거야. 그래서 내가 에어팟을 빼고 물었어. 무슨 개소리예요? 그랬더니 그 사람이 자기 아내를 떠날 거라는 거야. 내가 그랬지. 뭐라고요? 그 사람이 말했어. 야신타를 떠날 거야. 우리는 끝났어. 내가 아파트를 하나 장만했어. 나와 함께 가자. 나는 웃으면서 말했지. 나는 열여덟 살이고 학생이에요. 엄마랑 같이 산다고요. 누구와도 아무데도 못 가요. 내 말이 건방지게 들렸나 봐. 잘 모르겠어. 어쨌든 말도 안 되는 헛소리잖아. 그런데 갑자기 그 사람이 울기 시작하는 거야. 그 소리에 토비가 낑낑거리기 시작했어. 토비는 사람들이 울면 꼭 그러거든. 나는 그걸 보고 웃음이 터졌어. 다 큰 남자가 징징거리고 세인트버나드가 낑낑거리는 게 너무 웃기잖아. 그런데 그 사람이 나를 노려보더라고. '닥쳐'라고 말하는 표정이었어. 그리고 내게 키스했어. 거칠고 애절하게. 나는 최면에 걸린 것처럼 각성 상태가 돼버렸어. 설명을 잘 못 하겠는데, 몸만 움직이는 상태였어. 프로그램된 대로 움직이는 인형처럼. 일어날 일은 일어나야지 하는 생각이 들었어. 그냥 일어나버리라고. 강간을 당하는 일만은 막아야겠다고 생각한 것 같아. 왜냐하면 강간당하는 상황은 견딜 수가 없었거든. 그래서 머릿속에서 이 상황은 섹스라고 생각해버렸어. 그런데 잠시 후에……." 스칼렛이 말을 멈추고 숨을 후 쉰다. 탈룰라는 목으로부터 치솟는 오열이 들리는 것만 같다. "잠시 후에 그 사람이 나를 빤히 보는 거야. 헐떡거리면서. 그 사람이 그랬어. 자기는 이제 간다고. 나는 고개를 끄덕였고 그 사람은 갔어. 그 사람은 겁에 질려서 정신이 확 돌아버린 것 같았어. 우리가 한 이 괴상한 짓거리는 회색 지대에 있었어. 행위에 대한 동의가 정확히 어느 지점에 있었는지 너무 모호했고 딱 잘라 말하기 불가능했어. 아니면 애초에 동의가 있었는지조차 모르겠어. 그 사람도 알고 나도 알았지만, 아무도 인정하지 않았어. 그래서 그는 가버렸지. 그 후로 다시는 그 사람을 못 봤어."

탈룰라는 무슨 말을 해야 할지 알 수가 없다. "너무 끔찍해. 너 괜찮니?"

스칼렛이 핫초코를 휘휘 저으며 어깨를 으쓱했다. "몰라. 다만 그 후로 내 본모습이 그대로 드러난 것 같은 기분이 들었어. 내가 누구인지, 무엇인지 알 수가 없었지. 다음 날 눈을 뜨면 정상으로 돌아갈 거라고 생각했지만 그런 일은 일어나지 않았어. 어느 누구에게도 말할 수 없었지. 마침내 어느 날 밤 정신이 뚝 부러졌고, 신경쇠약으로 발작이라도 일으킬 것만 같아서 리엄에게 전화해 제발 와달라고 매달렸어. 다 털어놓을 작정이었지. 하지만 그 애가 오니까 그냥 그 애의 품에 매달린 채 위로를 받고 싶다는 생각밖에 들지 않았어. 눈을 감을 때마다 내 입을 틀어막던 가이의 손이 느껴져. 내 몸을 짓누르는 그 사람이 느껴져. 토비를 볼 때마다 이런 생각이 들어. 너도 거기 있었잖아. 너는 다 봤잖아. 뭘 봤니? 무슨 생각을 해? 그 사람이 나를 강간했니? 나는 피해자야? 아니면 창녀?"

스칼렛이 손등으로 눈물을 훔쳤다. 그녀는 한숨을 쉬고 핫초코를 마셨다.

탈룰라는 스칼렛의 팔에 손을 얹고 말했다. "악몽 같아."

스칼렛이 애써 고개를 끄덕인다. "맞아. 바로 그거야. 정확해. 그곳, 그 어둠, 그 의외성. 그 후 그가 감쪽같이 사라진 결말까지. 아무도 그 사람에 대해 말하지 않았어. 마치 그 사람이 실제로 존재하지 않았던 것처럼. 그가 내 상상의 일부인 것처럼. 사람을 불안하게 만드는 악몽 같았어. 꿈 후로도 며칠씩 끈질기게 머릿속에 남아 있는. 나는 완전히 길을 잃고 헤맸지. 몇 주 후 어느 일요일 아침, 네가 문 앞에 서 있었던 바로 그 순간까지. 버스에서 만난 탈룰라, 네가 나를 구했어."

스칼렛이 말을 멈춘다. 탈룰라는 그녀를 호기심 어린 눈빛으로 바라본다. 기분이 묘하지만 스칼렛은 아직 해야 할 이야기가 남아 있는 것 같다. 짐을 완전히 다 내려놓지 못한 것처럼 말이다.

"그래서 그게 다야?"

스칼렛이 애써 고개를 끄덕인다. "그게 다야."

탈룰라는 거의 4시 반이 다 돼서야 펍을 나섰다. 마음이 편치 않았다. 그녀는 휴대전화를 주머니에 넣고 공원을 가로지르기 시작했다. 공원을 지나면서 메이폴 하우스를 본다. 그곳 어딘가에 스칼렛이 지난여름 난잡한 정사를 벌인 남자의 아내인 야신타 크로프트가 있다. 그때 그녀의 남자친구였던 리엄 베일리가 있다. 그리고 여기 자신이 있다. 마을에 사는 십 대 미혼모로 처음으로 동성 연인과 사랑을 하는 탈룰라 머레이. 그리고 저기에는 그녀의 아이의 아빠인 잭 앨리스터가 있고, 어딘가에는 아내와 아이들보다 자신의 어머니를 더 사랑하는 탈룰라의 아빠가 있다. 탈룰라는 마을을 벗어나는 길을 쳐다본다. 그리고 저쪽에는 다섯 아이의 부모이며 그들 중 누구도 제대로 사랑해준 적 없는 메그와 사이먼 앨리스터가 있다. 그리고 저쪽, 마을을 지나면 숲이 나온다. 스칼렛이 아버지뻘인 남자에게 강간을 당했거나 당하지 않았던, 문명이 반만 미친 어둑한 세계. 이 세상 그 어디에도 해답은 없다. 끝까지 또렷하게 뻗은 길은 어디에도 없다. 유일하게 또렷하고 솔직하고 단순한 것은 노아뿐이라고, 탈룰라는 집으로 걸어가며 생각한다.

그녀는 집이 가까워지자 한시라도 빨리 노아를 품에 안고 싶은

다크 플레이스의 비밀

마음에 발걸음을 재촉한다. 집에 거의 다 갔을 즈음 버스 소리가 들린다. 익숙한 형체가 내려 왼쪽으로 돌아선다. 잭이다. 벌써 집에 와 있을 줄 알았는데 퇴근이 늦었다. 그래서 연락이 없었나 보다. 탈룰라는 발걸음을 재촉해 잭을 따라잡는다. 잭이 재킷 주머니에 작은 쇼핑백처럼 보이는 물건을 급히 집어넣는다. 탈룰라는 그 모습을 못 본 척하고 미소를 지으며 그에게 다가간다. 잭은 어떤 생각에 완전히 사로잡힌 것처럼 보였다. 그래서 그녀가 학교가 아니라 엉뚱한 방향에서 평소보다 늦은 시간에 귀가한다는 사실에 생각이 미치지 않은 것 같다.

"오늘은 늦네." 그녀가 말한다.

"응. 퇴근하고 시내에 갔었어. 휴대전화 충전기 사러."

두 사람은 차가 지나가도록 기다렸다가 길을 건넜다. 잭은 집으로 들어가자마자 곧장 거실로 들어간다. 그가 노아에게 말을 거는 소리가 들렸다. 탈룰라는 재빨리 잭의 재킷 주머니에 손을 넣어 물건을 꺼낸다. 짙은 녹색 비닐 쇼핑백에는 〈메이슨 앤드 선 파인 주얼리〉라는 글자가 인쇄돼 있다. 쇼핑백 안을 들여다보니 같은 로고가 찍힌 자그마한 검은 상자가 있었다. 상자를 열어보려는 찰나 복도에서 인기척이 느껴져 얼른 상자를 다시 집어넣고 보니 엄마였다.

"별일 없니? 왜 이렇게 늦었어?"

탈룰라는 애써 미소를 짓는다. "별일 없어요. 시험이 늦게 시작한 데다 시간이 좀 걸렸어요." 그녀는 다시 미소를 지으며 잭의 재킷에서 슬쩍 물러난다. 이제 그 옷은 그녀를 불태울 방사능 입자를 퍼트리는 것만 같다. 그녀는 노아가 잭의 품에 안겨 있는 거실로 발걸음을 옮긴다. 탈룰라는 상자를 열지 않아도 그 안에 무엇이 들었는지 안다. 순간 숨이 잘 쉬어지지 않는 것 같다. 왜냐하면 그 상자의 내용물이 무엇을 의미하는지 잘 알기 때문이다. 탈룰라는 잭이 그녀를 절대 떠나지 않을 것이며, 집을 나갈 계획을 세우는 시늉만 하고 있었다는 걸 이제야 알았다. 잭이 그녀의 생각을 따르는 척한 건 그녀를 계속 곁에 붙잡아두면서 시간을 벌기 위해서였다. 이제야 알 것 같았다.

노아는 탈룰라를 보자마자 미소를 함빡 지으며 엄마를 향해 두 팔을 내밀었다. 잭에게서 노아를 받아들자 잭이 팔을 벌려 마치 자신들은 한 가족이라는 듯, 가족으로 만들고 말겠다는 듯 두 사람을 품에 안는다. 탈룰라는 움찔하지 않으려고 노력한다.

제44장

2018년 9월

소피의 집 초인종이 울린다. 요즘에는 좀처럼 듣기 힘든 소리를 내는 구식 초인종인데다 엄청나게 요란해서 그녀는 화들짝 놀란다.

킴이 문 앞에 서 있다.

소피는 놀란 가슴을 달래며 문가에 서서 말했다. "초인종 소리가 들릴 때마다 너무 놀라서요. 죄송해요. 어서 들어오세요."

킴은 소피를 따라 주방으로 들어갔다. "톰과 이야기를 했어요. 아직 아멜리아의 영상을 보진 않았더라고요. 너무 힘이 빠져요. 경찰이 최선을 다한다는 건 알지만, 시간이 흐를수록 수사속도는 점점 더 느려지는 것 같아요. 그래서 생각해봤는데, 소피가 이 상황을 다른 각도에서 볼 수는 없을까요? 당신이 미미의 영상을 찾았잖아요. 추리소설 작가이기도 하고요." 킴이 울상을 짓듯 웃는다. "모르겠어요. 내가 머릿속에서 끼워 맞춰보려고 하는 자잘한 조각들이 좀 있거든요. 번쩍 떠오르는 생각들."

"예를 들면요?"

"그 애들이 실종된 날, 탈룰라의 대학 친구네 집에 이야기를 들어

보러 갔었어요. 클로이라고 하는데, 마을에서 나가는 길 근처에 살아요. 나는 그 애와 탈룰라가 아주 친한 친구라고 생각했어요. 클로이가 자살하려 들 것 같다면서 탈룰라가 그 애 집에서 자고 온 날도 있었거든요. 그래서 누구에게 물어볼지 생각했을 때 제일 먼저 클로이가 떠올랐어요. 사실 탈룰라는 친구가 많지 않았어요. 노아 옆에 붙어 있느라 바빴고, 어느 정도는 늘 잭과 붙어 있기도 했고요. 그래서 탈룰라가 사라진 다음 날 클로이를 찾아갔는데, 클로이는 자기랑 탈룰라는 더 이상 친구 사이도 아닐뿐더러 탈룰라가 와서 자고 간 적은 한 번도 없다고 했어요. 그리고 1년 전에 크리스마스 파티에서 스칼렛 자크라는 애와 함께 사라진 적이 있다고 하는 거예요. 그런데 스칼렛은 애들이 실종된 날 전에는 탈룰라와 잘 몰랐다고 딱 잘라 말했거든요. 그리고 당신에게 전화하기 직전에 뭔가 기억이 났어요. 당시에는 전혀 주의를 기울이지 않았었어요. 그날 자크가 사람들도 만나러 갔는데, 스칼렛이 막 풀에서 나와서 수건을 몸에 감고 앉아 있었어요. 그런데 바로 여기에." 킴이 발 옆부분을 가리켰다. "문신이 하나 있었어요. TM이라는 머리글자요."

소피가 그게 무슨 뜻이냐는 듯한 표정으로 킴을 쳐다봤다.

"TM. 탈룰라 머레이. 그 사실을 떠올리는 순간 머리가 빙빙 돌면서 모든 사실을 다시 되짚어보게 됐어요. 완전히 다른 각도로 상황을 봤죠. 탈룰라와 스칼렛이 연인 사이였다면 어떨까요? 잭이 그 사실을 알게 됐다면요? 그날 밤 스칼렛의 집에서 결국 사달이 났다면요? 혹시⋯⋯." 킴이 잠시 말을 멈춘다. "뭐든 말이에요. 뭔가 벌어지고 있어요. 경찰이 화단에서 찾은 레버, 나는 그게 이 사건과 모종의 관계가 있을 거라고 확신해요. 경찰이 자크 가족을 추적하고 있다는 것도 알고, 온갖 일이 벌어지고 있다는 것도 알아요. 아주 조금만 더 가면 될 것 같은데 이 이상 돈을 밀어붙일 수가 없어요. 나는 이 상황에 대해 의논할 상대가 절실해요. 그럴 만한 사람이 아무도 없어요. 친구도 많고 아들도 있지만, 진짜 도움이 될 사람은 없어요. 나와 함께 머리를 맞대고 이 일을 파고들고 싶어 하는 사람이요. 그래서 당신이 나와 같이 팀을 짜면 어떨까 하고 생각했어요. 이상하게 들리리란 건 알지만……."

"아니에요." 소피가 느닷없이 끼어든다. "절대 아니에요. 전혀 이상하게 들리지 않아요. 오히려 제안해주셔서 고마워요. 솔직히 말해서 저도 도와드리고 싶었지만, 저를 남의 불행을 찾아다니는 변태라고 생각하실까 봐 나서지 못했어요."

킴이 미소 지었다. "나를 도와주면 정말 고마울 거예요. 진심이에요. 당신은 SNS 같은 걸 잘 아는 것 같으니 그쪽을 뒤져보면 뭘 좀 찾을 수 있지 않을까요? 경찰보다 먼저 자크 가족을 찾아낼 수도 있을 거예요."

소피가 고개를 끄덕였다. "맞아요." 심장이 흥분으로 서서히 빠르게 달리기 시작한다. 그녀는 식탁에 앉아 노트북을 열었다. "그 사람들을 한번 찾아볼까요."

킴과 소피는 식탁에 나란히 앉아 유튜브에서 미미의 영상을 다시 찾아봤다. 댓글란에 새로 올라온 글이 없는지 확인하니 세 개의 댓글이 달려 있었다. 마지막 댓글을 본 순간 둘의 몸에는 소름이 돋았다. '체리'라는 사람이 단 댓글의 내용은 이러했다.

당장 영상 내려.

제45장

2017년 6월

그로부터 며칠간, 육체적 애정을 드러내는 사소한 몸짓이 점점 늘어났다.

잭은 그녀의 머리카락을 귀 뒤로 넘겨주기도 하고, 목덜미를 손가락으로 훑거나, 밤에 잘 때 노아에게 팔을 걸치다 탈룰라의 몸까지 안는 모양새가 되기도 했다. 성적인 뉘앙스는 없다. 게다가 어찌나 스치듯 그러는지 하지 말라고 할 기회도 번번이 놓쳤다. 그런 순간을 가끔 볼 때면 엄마의 얼굴에 따뜻한 미소가 스친다는 사실을 탈룰라는 안다. 엄마는 딸이 애정과 배려심이 넘치는 남자를 만났으니 행복하다고 생각하는 게 틀림없다. 하지만 잭이 그렇게 접촉해 올 때마다 탈룰라는 소름이 돋았다. 잭의 손을 매몰차게 때리며 꺼지라고 소리치고 싶다. 그러는 와중에도 그의 재킷 주머니에 들어 있던 작은 검은 상자에 대한 기억이 은근하게 울리는 경고처럼 그녀의 의식을 계속 지배했다. 탈룰라는 잭이 결정적인 순간을 위해 착착 준비한다는 느낌을 받았다. 그가 목청을 가다듬거나 탈룰라를 부를 때마다 그녀는 그가 청혼할까봐 겁에 질린다.

그러던 화창한 6월 오후, 노트북을 들여다보고 있던 잭이 고개를 들어 탈룰라를 바라보며 운을 뗐다. "생각해봤는데, 내가 아파트에 너무 집착한 것 같아. 한 푼이라도 더 모으겠다고 너무 동동거렸어. 열심히 살았으니 돈을 좀 쓰면서 기분 좀 내도 좋을 것 같아." 그가 미소를 짓는다. 어조는 가볍고 장난스럽다. "저녁에 펍 갈까? 둘이서만. 내가 쏠게."

"지금은 안 돼. 아직 시험이 남아서 공부해야 해."

잭이 눈을 부릅뜨더니 똑바로 앉았다. "시험이 언제 끝나는데?"

"다음 주 금요일."

"그럼 그때 가자. 우리끼리. 어머님께 노아 좀 봐달라고 미리 말씀드릴게. 예약도 하고."

탈룰라는 심장이 철렁한다. 올 것이 왔다. 그녀는 가볍게 대꾸했다. "내게 돈 쓰지 마. 그날 저녁이면 난 기진맥진할 거야. 같이 있어봐야 재미도 없을걸. 네 친구들과 가면 어때?"

그가 고개를 가로젓는다. "말도 안 돼! 싫어, 너랑 나만 가. 이건 데이트야."

잭이 똑바로 앉아 맞은편의 탈룰라를 본다. 그녀의 시선에서 기어이 속내가 드러난 것 같다. "억지로 붙잡지는 않을게. 별거 아니잖아. 그냥 나가서 즐거운 저녁을 보내고 오자는 거야. 우리는 그럴 자격이 있으니까. 괜찮지?"

탈룰라는 이런 제안을 거절하는 데 쓸 에너지가 없다. 그래서 고개를 끄덕이며 억지로 미소를 짓는다. 목적지에 도달하려면 다리를 건너는 수밖에 없다. 이 제안을 받아들이면 적어도 언제 어느 순간 청혼을 받을지 몰라 신경이 바짝 곤두선 채 살지는 않아도 된다. 숨 쉴 공간을 확보하고 미리 준비할 시간을 벌 수 있다. 그러자 잭이 그녀의 양손에 입을 맞춘 후 다시 놓아준다. "나는 나갈 테니 공부해. 노아 음료는 내가 준비할게."

탈룰라가 고개를 끄덕인다. "그래, 그렇게 해줘. 고마워."

그가 문을 조용히 닫고 나가는 순간, 평소 물건을 험하게 쓰는 잭이 그답지 않게 행동했다는 사실에 탈룰라는 오히려 뼛속까지 한기가 든다.

이튿날 탈룰라는 점심시간에 스칼렛을 미대 건물 뒤편 오솔길로 데려가 말한다. "잭이 내게 청혼하려는 것 같아."

"뭐라고?"

"그 애가 반지를 샀어. 재킷 주머니에서 봤어. 다음 주에는 나와 데이트를 하고 싶어 해. 지금 나한테 엄청 다정하고 상냥하고 배려심 있게 굴거든."

"빌어먹을. 룰라, 어떻게 할 거야? 제발 거절할 거라고 해."

"당연히 거절할 거야. 그런데 거절하고 나면 어떻게 해? 걘 거절당하면 완전히 돌아버릴 텐데. 내게서 노아를 빼앗겠다고 협박할 거야. 내 인생을 지옥으로 만들 거라고. 지금 잘해주는 건 내가 청혼을 받아들이게 하기 위해서야. 내가 거절하면 그 애는 그걸 빌미로 돌아버릴 거라고."

"그런 건 중요하지 않아." 스칼렛이 탈룰라의 팔을 잡으며 말한다. "그 인간이 무슨 말을 하건, 무슨 생각을 하건, 무슨 반응을 보이건 중요하지 않아. 너는 그 인간에게 아무것도 빚진 게 없어. 노아는 네 아이야. 네 운명은 네 것이고. 그 인간은 거절은 말 그대로 거절이라는 사실을 받아들이고, 다 잊고 앞으로 나가야 해."

탈룰라는 고개를 끄덕인다. 하지만 스칼렛의 말에 전적으로 동의하지는 않았다. 노아는 그녀의 아이이지만 잭의 아이이기도 하다. 잭은 남자아이라면 곁에 있어야 할 아버지의 표본이다. 스킨십을 좋아하고, 애정이 넘치고, 근면하고, 충직하고, 믿고 의지할 만해서 좋은 역할모델이 될 것이다. 잭 때문에 숨이 막힐 때면, 탈룰라는 차라리 그가 형편없는 젊은 아빠들처럼 굴면 얼마나 좋을까 하고 생각했다. 아무 여자에게나 씨를 뿌리고 여자를 버리는 남자들, 아이의 생일을 걸핏하면 잊고 아이를 보러 오기로 한 날 나타나지 않는 아빠들 말이다. 그랬다면 주저 없이 잭에게서 노아를 빼앗을 수 있을 텐데. 잭과 노아가 억지로 떨어져서 살게 된다고 해도 죄책감을 느끼지 않을 텐데.

"걔가 다 잊고 앞으로 나갈 수 없다면? 내 거절을 대답으로 받아들이지 않으면? 난동을 부리면? 노아가 나를 절대 용서하지 않으면? 내가 후회하면 어쩌지?"

"후회?" 스칼렛이 믿을 수 없다는 듯이 그 말을 되풀이한다. "어떻게 사랑하지 않는 남자와 결혼하지 않기로 한 걸 후회할 수 있어? 그것도 집구석에 너를 가둬두려는 남자와 말이야. 너 미쳤니?"

탈룰라가 고개를 흔든다. "아냐. 하지만…… 모르겠어. 제대로 된 가정을 꾸릴 기회를 손에 넣고 싶어 하는 여자들이 얼마나 많은지 생각해봐. 그 무엇보다 가족을 우선할 준비가 된 남자를 기꺼이 사랑할 여자들 말이야. 그런데 내가 그걸 거절한다면 그런 사람들의 꿈을 거절하는 거나 마찬가지야."

"그래. 그렇지만 네 꿈은 아니잖아. 젠장, 네 꿈이 아니라고. 탈룰라." 스칼렛이 그녀를 강렬한 눈빛으로 쳐다본다. "네가 원하는 게 뭐야? 인생의 목표가 뭐냐고. 대학을 졸업하고 아이를 어린이집에 보내면 네가 어디에 있을 것 같니?"

탈룰라는 프라이팬 속 당밀처럼 점점 부풀어 올라 금방이라도 활활 타오를 것만 같다. 그녀는 언제나 스칼렛이 방금 던진 질문들의 해답을 무서워하며 피해 다니기만 했다. 평생을 수동적으로 살았다. 학창시절 선생님들은 생활기록부에 그녀가 수업에 좀 더 적극적으로 참여하면 좋겠다거나, 수업 시간에 목소리를 더 듣고 싶다고 썼다. 그녀는 초등학교에서 정말 싫어하는 아이들과 친구 그룹에 포함됐지만 싫은 티를 내지 않았다. 그러다가 한창 힘들고 혼란스러운 나이에 잭을 만났다. 당시에 또래 여자아이들은 토요일 밤에 놀 계획이 어그러지거나, 남자친구가 빨리빨리 문자에 답장하지 않거나, 친구들이 등 뒤에서 험담하는 일로 스트레스를 받았다. 쉽사리 헤어질 리 없는 남자친구가 있었기에 탈룰라는 별 고민도 생각도 하지 않고 매일의 공부를 견디고, 사춘기도 견디며 한 발 한 발 차근차근 내디딜 수 있었다. 그런 생활은 그녀가 생리를 건너뛰었다는 사실을 깨닫고 인터넷으로 임신테스트기를 사 두 줄이 나타난 걸 보고 다급히 한 번 더 테스트한 후 '역시나'라고 생각한 순간 끝이 났다. 나는 임신했어. 그녀는 속으로 예정일을 계산해봤다. 그랬더니 마지막 A 레벨 시험일 훨씬 뒤였다. 탈룰라는 그때 아이를 낳아야겠다고 생각했다. 왜냐하면 그녀는 그런 사람이기 때문이다. 엄마는 혁명과 강과 영화 스타의 이름을 따 그녀를 탈룰라라고 불렀지만, 그녀는 그 이름에 부응하는 삶을 살지 못했다. 탈룰라는 한 번도 뭔가를 적극적으로 하지 않았다. 하지만 스칼렛의 집에서 하룻밤을 보낸 뒤 주방에서 그녀에게 훌쩍 다가가 입을 맞춘 순간만큼은 아니었다. 탈룰라가 살면서 적극적으로 뭔가를 한 건 그때가 유일했다.

"모르겠어." 탈룰라의 목소리는 사과하듯 나지막하다.

"나를 원하니?" 스칼렛이 물었다.

탈룰라가 고개를 끄덕였다. 하지만 차마 '그래'라고 소리내 말하진 못한다.

"또 뭘 원해?"

"노아."

"그리고?"

"모르겠어. 나는 그저…… 자유로워지고 싶어."

"그래. 그거야. 그게 바로 네가 원하는 거야. 자유. 너는 열아홉 살이고 아름다워. 좋은 사람이지. 너는 자유를 원해. 엄마라는 사실이 네게서 자유를 빼앗아선 안 돼. 나와 함께한다고 해서 네가 자유를 잃어서는 안 돼. 그 무엇도 네게서 자유를 빼앗아선 안 돼. 지금 네가 절대로 원하지 않는 건 손가락에 끼워진 반지야. 너는 그에게서 벗어나야 해. 이번이 완벽한 기회일지도 몰라. 그가 청혼하게 해. 너는 거절하고. 이 상황은 일종의 '절대 물러날 수 없는 상황'이야. 출구는 한 방향뿐이지. 그 인간이 맘대로 하게 해. 그리고 거절하는 거야. 그러면 네 인생을 시작할 수 있어."

탈룰라는 스칼렛의 말을 들으며 점점 더 세게 고개를 끄덕인다. 전기가 온몸을 훑듯 존재 곳곳에 힘이 치솟아, 스칼렛의 말이 끝나자마자 그녀를 벽으로 밀어붙여 진하게 키스했다. 잠시 후 그녀는 숨을 헐떡이며 몸을 떼 스칼렛을 본다. 스칼렛의 눈 뒤에서 춤추는 빛 조각이며 경이에 차 밝아진 그녀의 얼굴을 본다. 피부에 닿는 숨결의 열기를 느낀다. 그 무엇으로도 가늠할 수 없는 스칼렛의 아름다움에 황홀함을 느끼며 그녀를 사랑한다고 생각한다. 나는 스칼렛을 사랑해. 스칼렛을 사랑해.

"나는." 탈룰라는 스칼렛의 얼굴을 손끝으로 훑어 내리며 말한다. "잭이 존재하지 않으면 좋겠어. 그냥, 알잖아. 그냥 사라져버리면 좋겠어."

다크 플레이스의 비밀

제46장

2018년 9월

킴은 소피가 정신없이 인터넷의 바다를 돌아다니는 걸 지켜본다. 소피의 손끝이 키보드를 가볍게 두드리며 '체리'라는 사람의 행방을 좇는다.

"체리는 스칼렛일 거예요, 그렇죠?" 소피가 말한다.

킴은 멍한 표정으로 그녀를 본다.

"둘 다 붉은색이잖아요."

"아하." 킴은 이제야 감을 잡았다. "이 이야기를 돔에게 전해야 해요."

소피가 한숨을 쉬었다. "모르겠어요. 경찰은 전문적인 기술로 스칼렛과 그 가족을 추적하고 있을 거예요. 일단 이 단서를 따라가 보면 어떨까요. 그 사람들을 방해하지 말고요."

킴은 본능적으로 소피의 말이 옳다고 느끼고 고개를 끄덕였다.

소피는 주요 인물들의 인스타그램 계정을 다시 살펴본다. 리엄과 렉시, 미미, 스칼렛. 그리고 그들의 계정에 댓글을 달았거나 좋아요를 누른 사람들의 인스타그램 계정을 살핀다. 그녀는 계속 '체리'라고 중얼거리며 계정을 훑다가 갑자기 뚝 멈췄다. "이것 좀 보세요.

이거요!"

소피가 킴 쪽으로 노트북을 돌리며 뭔가를 가리켰다.

"이건 누구 계정이에요?" 킴이 묻는다.

"루비 레이놀즈요. 루. 스칼렛 자크와 함께 어울리던 애들 중 한 명이에요. 이 사진들을 보면 루비는 여전히 이 부근에 살고 있어요. 보세요." 소피는 짧은 원피스에 낡은 가죽 재킷을 입은 검은 머리 소녀가 나무 옆에 선 사진을 클릭한다. "사진에 나온 곳이 이 근처 공원 아니에요?"

킴이 사진을 좀 더 자세히 살펴보면서 말한다. "맞아요. 오리 연못 바로 왼쪽이에요."

"고작 열흘 전에 올린 사진이에요. 그리고 이걸 보세요." 소피가 손가락으로 화면을 찌른다. "체리잭이라는 사람이 이 사진에 좋아요를 눌렀어요. 체리잭. 스칼렛 자크."

체리잭의 프로필 사진은 줄기에 달린 두 개의 체리를 향해 쑥 내민, 피어싱이 박혀 있는 혀다. "스칼렛도 혀에 피어싱을 했어요." 그녀가 숨도 쉬지 않고 말한다. "피어싱한 혀를 리엄 베일리의 계정에 올라온 사진에서도 봤어요."

소피가 체리잭의 프로필 사진을 클릭하자 계정이 떴다. 놀랍게도 비공개 계정이 아니었다. "팔로워가 없네요. 이상하네." 그녀는 스크롤을 내리며 올려놓은 사진을 하나씩 클릭했다. 체리잭은 배에서 사는 것 같다. 사진들은 구체적인 뭔가는 보여주지 않는다. 망망대해에 지는 해와 포말이 이는 파도, 사진 찍는 사람의 손바닥에 잡힌 돌고래 주둥이, 커다란 발을 종아리에 올린 개와 함께 크림색 가죽 위로 죽 뻗은 구릿빛 다리.

킴이 다리 사진을 좀 더 유심히 살펴본다. "이걸 확대할 수 있어요?"

소피가 사진을 확대하자 그걸 뚫어져라 보더니 킴이 말한다. "여기요. 발을 보세요. 보여요? 시커먼 얼룩이요."

"이게 혹시?"

"그래요. 그 부분에 문신이 있었어요. TM 문신요. 세상에, 이 사람이 스칼렛이에요. 스칼렛 자크라고요! 이 사진을 언제 올렸어요?"

소피가 재빨리 마우스를 움직였다. 가장 최근 사진은 바로 어제 올라왔다. 가장 오래된 사진도 고작 한 달 전의 것이다.

킴이 화면에서 몸을 떼며 한숨을 내쉰다. 스칼렛 자크는 요트 생활을 하고 있다. 개를 데리고 발톱 손질까지 완벽하게 하면서 예쁜 사진을 인스타그램에 올리고 있다. 그녀는 치밀어 오르는 분노를 애써 삼켰다.

두 사람은 다시 화면으로 돌아간다. 소피는 체리잭의 사진을 순서대로 클릭한다. 좋아요를 누른 사람이 몇 명 없어서 그들의 프로필을 차례대로 클릭해본다. "이 중에 얼굴을 아는 사람이 있으세요?" 그녀가 킴에게 묻는다.

"없어요."

하지만 스크롤이 두 사람 모두 아는 이름에 닿는 순간 둘은 그대로 얼어붙는다.

@lexiegoes렉시고즈.

제47장

2017년 6월

탈룰라가 화장대에 앉아 있다. 잭은 아직 퇴근 전이다. 한 시간 후면 집에 도착할 것이다. 노아는 어서 준비하라며 탈룰라를 위층으로 보낸 엄마와 함께 아래층에 있다. "여유 있게 제대로 준비해. 너희 둘이 외출하는 것도 정말 오랜만이잖니."

이번 학기 시험은 전부 끝났다. 2주 후면 여름 학기도 끝나고 기나긴 자유시간이 기다린다. 오늘 밤 잭이 그녀에게 청혼하면 탈룰라는 거절할 것이다. 그러면 마침내 너무 오래 끌고 온 십 대의 사랑을 확실히 끝낼 수 있을 것이다. 그랬으면 좋겠다. 엄마가 노아에게 불러주는 노래를 들으니 절로 미소가 나온다. 탈룰라는 예전의 이 집을 되찾고 싶다. 자신의 방을 되찾고 싶다. 그녀와 엄마와 동생, 노아의 집으로 되돌리고 싶다. 그리고 언젠가는 어떤 수를 쓰든 스칼렛을 자신의 인생으로 들이고 싶다. 당장은 무리지만. 업필드 커먼에도 동성애자들이 있다. 스완 앤드 덕스를 지나면 바로 나오는 작은 주택에 함께 살며 주말마다 베들링턴 테리어를 산책시키는 메이폴 하우스의 남자 교사들. 탈룰라와 학교를 같이 다닌, 너무 멋있어서 늘 친구가 되고 싶었던 지아는 요즘 마을회관에서 마음챙김

강좌를 진행하는 연상의 여자와 손을 잡고 마을을 산책한다. 탈룰라가 사는 곳을 고려하면 동성애 자체는 큰 논란이 아닐 것이다. 하지만 탈룰라 자신의 존재를 고려하면 충분히 논란이 될 터였다. 그녀는 아직 자신의 성적 정체성을 공개할 수 있을지 자신이 없다. 그녀는 지나가다 다시 자신을 돌아보는 사람들의 시선이나 떡 벌린 입, 자신이 모두가 쳐다보는 보도기사라도 된 것처럼 느껴지는 걸 견딜 자신도 없다. 남에게 알리게 된다면 서서히 알려져서, 실제로는 아무도 알아차리지 못하게 해야 한다.

하지만 지금은 저녁의 펍 외출부터 해결해야 했다. 이제 와 생각해보니 이 외출에 자신의 미래가 달려 있다. 자신의 운명의 갈림길이 될 밤이기도 하다. 탈룰라는 한숨을 쉬며 마스카라 브러시를 꺼냈다. 그녀는 예뻐 보이고 싶다. 물론 잭 때문이 아니라 끔찍한 일이 일어날 때를 대비해, 잭이 이성을 잃을 때를 대비해, 그녀가 도움을 필요로 할 때를 대비해 펍에 와 계속 지켜보겠다고 말해준 스칼렛에게 보여주기 위해서다. 탈룰라는 마스카라를 두 번이나 칠하고 머리를 손질했다. 스칼렛은 탈룰라의 머릿결이 부럽다고 말하곤 했다. 스칼렛의 머리카락은 몇 년이나 탈색하고 염색을 한 탓에 숱이 많이 줄었고 손상도 심하다. 그녀는 탈룰라의 머리를 훑어 내리며 말한다. "어떻게 이렇게 아름답게 머리가 자랄 수 있니?" 탈룰라는 미소를 지으며 답한다. "좋은 유전자 덕인가 봐. 엄마가 머릿결이 좋아. 아빠도 그렇고."

"네 아기도?"

"내 아기도. 그래, 우리 집에는 머릿결이 좋은 사람이 많아."

"너는 행운아야. 단 1분이라도 내가 돼서 이런 머리카락을 달고 산다고 상상해봐." 스칼렛이 자신의 머리카락을 잡아당기며 앓는 소리를 낸다. 탈룰라는 그녀에게 이렇게 말한다. "그런 건 중요하지 않아. 그저 머리카락일 뿐이잖아. 너는 어느 방에 있건 여전히 그곳에서 제일 아름다운 소녀야. 너도 알잖아." 스칼렛이 대답한다. "나는 아름답지 않아. 엄마가 아름답지. 안타깝게도 나는 아빠 판박이야."

언젠가 탈룰라가 이렇게 말한 적이 있다. "내가 네 부모님을 만날 수 있을까?" 그러자 스칼렛이 고개를 끄덕이며 말했다. "물론 만나야지."

"내가 네게 적합한 상대라고 생각하실까? 두 분은 너랑 비슷한 사람들이 더 익숙하실 것 같거든. 부유한 사람들."

"우리 부모님은 자기 자신과 각자의 애처로운 삶에 푹 빠져 있어서 내가 집에 빌어먹을 망아지를 데리고 와도 알아차리지 못할 거야. 정말이야. 두 분은 내가 뭘 해도 알아차리지 못해. 네 엄마는 어떠실까?" 스칼렛이 묻는다. "내가 그분을 만날 수 있을까?"

탈룰라가 고개를 끄덕였다. "그럼. 백 퍼센트 확실히. 우리 엄마는 화끈해. 그리고 오직 내 행복만을 원하셔. 그러니 네가 나를 행복하게 해준다면 엄마는 너를 좋아하실 거야."

그때의 대화는 살짝 공상처럼 느껴졌다. 태양이 환하게 빛나는 들판에서 오래오래 행복하게 살 수 있기까지 넘어야 할 산이 무수히 많은 것 같았다. 하지만 어느새 여기까지 왔다. 모든 것이 변하는 밤.

탈룰라는 머리를 빗어 두 갈래로 나눠 땋았다. 그녀는 배를 가려주는 가볍고 하늘거리는 모슬린 여름 상의와 짧게 자른 청반바지를

다크 플레이스의 비밀

고른다.

그녀는 전신거울에 비친 자신을 살펴본다. 거울 속 소녀가 그녀를 본다.

그녀는 강인한 여성이다. 레즈비언이다. 어머니다. 미래의 사회복지사이다. 그녀는 언제나 자신의 본모습이라고 생각했던 것 이상의 존재다. 훨씬 더 대단한 존재. 탈룰라는 배를 누르고 하늘거리는 여름옷을 톡톡 두드리면서 오늘 밤이 끝나면 시작될, 자유롭고 원하는 것은 뭐든 할 수 있는 새로운 삶을 상상한다. 이 모든 일이 지금 이곳에서 시작된다고.

탈룰라는 아래층으로 내려가 노아와 엄마와 함께 앉아서 잭이 일터에서 돌아오길 기다린다.

제48장

2018년 9월

킴과 소피는 학교를 가로질러 기숙사 건물로 간다. 소피는 겨드랑이에 노트북을 끼고 있다. 킴이 케리앤 멀리건의 아파트 번호를 누르자 여자 목소리가 대답했다.

"안녕, 렉시. 나야. 킴. 들어가도 될까? 금방이면 되는데."

"어, 네. 그럼요."

잠금장치가 열리자 두 사람은 문을 밀어서 열고 엘리베이터로 향한다.

"내가 이야기해야 할까요?" 킴이 소피에게 묻는다.

"네. 꼭 킴이 하셔야 해요."

렉시가 아파트 현관에서 두 사람을 맞이했다. 맨발에 후드티와 무늬 레깅스를 입고 있다. 그녀는 킴과 소피를 번갈아 보더니 의아한 표정으로 다시 킴을 본다. "안녕하세요." 렉시는 두 사람을 거실로 안내한다. 소파 침대가 펼쳐져 있고 여행가방에서 흘러나온 옷들이 옆 바닥에 놓여 있다. "죄송해요. 아직 짐을 다 못 풀었어요. 제가 방랑자처럼 살잖아요. 소지품을 여행가방에 넣고 지내는 생활에 익숙해요. 식탁으로 가시죠."

다크 플레이스의 비밀

그들은 작은 식탁 앞에 쪼르르 놓인 의자에 앉는다. 렉시가 킴을 돌아보며 말한다. "별일 없으시죠?"

소피는 격려하는 눈빛으로 킴을 바라본다.

"아니." 킴이 대답한다. "꼭 그렇지는 않아. 지금까지 일어난 일들이 혼란스러워. 표지판이니 땅에서 파낸 물건들과 관련된 일 말이야. 그런 일들이 일어나니까 지난 일들까지 다시 기억에서 끄집어내게 되더라고. 탈룰라가 사라진 이후로 머릿속에 늘 빙빙 돌던 이야기들 말이야. 어제 소피가 그날 밤 그 저택에 있었던 아가씨가 올린 비디오 영상을 찾았어. 미미 말이야. 미미 기억하지?"

렉시가 고개를 끄덕이더니 말했다. "네. 좀 알죠. 지금은 저도 기억이 희미해요. 그래도 그곳에 다른 여자애가 있었던 건 기억해요."

"이 미미라는 아가씨가 올린 영상을 보면, 그 아가씨는 지금 이곳에서 벌어지고 있는 일을 아는 것 같아. 그게 좀 이상해. 여기서 무슨 일이 일어나는지 아는 사람은 실제로 여기 사는 사람들뿐이잖아. 그렇다면 이 마을에 사는 누군가가 미미와 연락한 건 아닐까? 아니면 지금까지 내내 연락하고 있었을지도 모르지."

소피는 킴의 말을 듣고 렉시의 얼굴에 뭔가가 스쳐 지나가는 걸 눈치챘다. 하지만 너무 순식간이라 정확히 어떤 감정인지는 알 수 없었다.

"아무튼." 킴이 말을 잇는다. "그래서 이런저런 생각을 하다가 소피를 만나러 갔어. 우리는 그 일과 관련된 SNS를 다시 살펴봤지. 이번에는 미미라는 아가씨에서부터 시작해서 짚어나가다가, 체리잭이라는 아가씨의 인스타그램 계정까지 찾아갔어."

이번에는 렉시의 얼굴에 놀라고 당황한 표정이 좀 더 확연하게 스친다. 하지만 그 표정도 순식간에 사라진다. 그녀가 머리를 보일락 말락 흔들더니 말한다. "그렇군요. 그래서요?"

"이 아가씨가 스칼렛 자크인 것 같아. 요트를 타고 있어. 한 번 봐." 킴이 화면을 돌려 렉시에게 보여준다. "지난달에 올린 이 포스트에 네가 좋아요를 눌렀더라. 네 계정으로."

다시 침묵이 흘렀다. 렉시의 당혹스러움이 고스란히 느껴지는 것 같다.

"너지, 그렇지? 렉시고즈. 맞지?"

"음, 그건 제 계정이 맞아요. 하지만 그런 포스트에 좋아요를 누른 기억은 없어요. 이 체리잭이라는 사람이 누군지도 모르겠어요. 그 사람이 스칼렛이라는 건 어떻게 아셨어요?"

"우선 이름 때문이야. 체리 잭과 스칼렛 자크. 그리고 개가 있지. 이렇게 발이 큼직한 개는 많지 않아. 자크 가족이 아주 커다란 개를 키웠잖아, 그렇지? 그리고 이거⋯⋯." 킴이 사진에서 발 부분을 확대한다. "이 문신. 탈룰라가 실종된 다음 날, 스칼렛의 발에서 이 문신을 내가 직접 봤어."

"정말로." 렉시가 끼어든다. "킴, 저는 이 계정을 팔로우하지도 않아요. 보세요." 렉시가 휴대전화를 열어 자신의 인스타그램 계정을 보여준다. "보세요. 저는 거의 아무도 팔로우하지 않아요. 그리고 팔로우하는 사람들 중에 체리잭은 없어요. 어쩌다가 제 계정으로 그 사진에 좋아요가 찍혔는지 모르겠어요."

소피는 렉시를 지긋이 쳐다본다. 렉시는 깜박 속아 넘어갈 정도로 진솔해 보였다. 하지만 이 렉시는 동시에 자신이 거대한 조지 양식 저택에 살고 있다고 팔로워들이 믿게 내버려두는 그 렉시이고,

다크 플레이스의 비밀

자신의 테라스에서는 절대 보일 리 없는 두 번째 표지판을 봤다고 경찰에 증언한 렉시이기도 하다.

"다른 사람의 글에 '좋아요'를 찍으려면 굳이 그 계정을 팔로우하지 않아도 돼요." 소피가 분위기를 가늠하며 말한다. "그런 계정이 거기에 있다는 것만 알면 되죠."

"다른 사람이 네 계정으로 로그인하기도 하니?" 킴이 물었다.

렉시가 어깨를 으쓱한다. "음, 엄마가 하시죠. 제가 여행할 때나 SNS를 할 형편이 아닐 때 가끔 제 글에 달린 댓글에 답글을 달아달라고 엄마에게 부탁하거든요."

"케리앤?"

"네." 렉시는 소피와 킴을 번갈아 보더니 다시 소피를 본다. "우리 엄마가 그런 건 확실히 아니에요."

"음, 어머님은 스칼렛과 친하셨잖아요. 케리앤이 스칼렛을 아꼈다고 리엄에게 들었어요." 소피가 말한다.

"글쎄요. 하지만 엄마가 스칼렛이 지금 어디에 있는지 아실 리가 없어요. 인스타그램에서 그 애를 찾으셨을 리도 없고요."

"왜죠?" 소피가 가볍게 되물었다.

"좀 이상하잖아요. 엄마가 왜 그 애와 아직까지 연락하시겠어요?"

소피가 한숨을 쉰다. "모르겠네요. 내가 스칼렛에 대해 들은 이야기들로 판단해볼 때, 그 아가씨는 매우 카리스마가 있었어요. 추종자들도 많았죠. 늘 그녀를 따라다니는 친구들도 있었고요. 리엄도 있죠. 전 교장이었던 야신타 크로프트는 스칼렛이 사람들을 조종한다고 했어요. 그리고 탈룰라와 스칼렛은 스칼렛이 말한 것과는 달리 서로 모르는 사이가 아니었던 것 같아요. 그러니까 어머님도 스칼렛과 계속 연락하셨을 가능성이 있어요. 남몰래."

렉시는 소피가 말을 마치기도 전에 벌써 고개를 흔든다. "아니에요. 아니라고요. 두 분은 완전히 잘못 짚으셨어요. 완전히요."

소피가 그녀를 보며 서글픈 미소를 지었다. "렉시, 당신은 여기서 지내는 시간이 많지 않아요. 어머님은 거의 늘 혼자 지내시잖아요. 혼자 지내실 때 뭘 하시는지 누가 알겠어요? 또 어머님은 몹시 다정하신 분이잖아요. 그러니 아직까지 스칼렛과 연락하신다고 해도 전혀 놀랍지는 않아요."

이번에는 렉시도 반박하지 않았다. "그래서, 이제 뭘 어쩌시려고요? 엄마에게 물어보실 건가요?"

소피와 킴이 눈빛을 교환한다. 킴이 고개를 끄덕이며 말했다. "그래. 네 엄마와 잠깐 이야기할 거야."

"엄마는 아무것도 모르세요. 정말이에요." 렉시가 말한다.

소피가 노트북을 닫고 돌아가려는데, 렉시의 여행가방에서 비죽 튀어나온 물건이 그녀의 시선을 사로잡는다.

소피의 책이다.

제49장

2017년 6월

"오늘 정말 예쁘다." 잭이 부엌으로 들어오며 말했다. "어머님 따님이 정말 끝내줘요." 그가 킴에게 환히 웃으며 말하자 킴이 너그러운 눈빛으로 딸을 보며 말한다. "음, 내가 본 사람 중에 최고로 예쁘지."

잭이 탈룰라에게 다가와 볼에 살며시 입을 맞춘다. 그러더니 노아를 번쩍 안아들어 아이가 웃음을 참지 못할 때까지 빙빙 돌렸다. 그가 뿜어내는 에너지는 최고조였다. 그 활기찬 에너지는 거의 모두에게 전염되지만, 탈룰라는 예외다. "샤워하고 올게. 오래 안 걸릴 거야." 잭이 노아를 탈룰라에게 안기며 말했다.

"오늘 누가 기분이 아주 좋은 것 같아." 엄마가 탈룰라에게 말한다.

"응. 그러네."

"잭이 기분 좋아하니까 좋네. 요즘 그 애가 딴 데 정신이 팔린 것 같았잖니. 그 아파트에."

탈룰라는 고개를 끄덕였지만 아무 말도 하지 않는다.

"오늘 무슨 특별한 일이라도 있어?"

"아뇨." 그녀가 심드렁하게 대답했다. "없어요. 요즘 돈을 모으느라 고생했잖아요. 그래서 잠시 여유를 부리고 싶은가 봐요."

"너희는 그럴 자격이 있어. 정말 장해. 성실하고 이타적이잖니. 가끔은 너희를 우선하고 나가서 즐길 때도 됐어."

"노아를 재우는 건 괜찮겠어요? 요즘 잠투정이 심하잖아요."

"괜찮을 거야. 최악의 사태가 오면 늦게까지 깨어 있지 뭐. 내가 보모 역할을 하는 것도 오랜만이잖니. 힘들어도 상관없어. 그저 너희가 근사하고, 편안하고, 이왕이면 흥분되는……." 엄마가 탈룰라에게 장난스러운 표정을 지어 보인다. "밤을 보내면 좋겠어. 노아나 나처럼 재미없는 건 절대 생각하지 마. 알겠지?"

탈룰라는 엄마가 굳이 '이왕이면 흥분되는'이라는 표현을 쓰면서 묘한 표정을 짓자 마음이 싱숭생숭했다. 엄마가 뭘 아시나? 잭이 이야기를 했나? 아니면 혹시 엄마에게 허락을 청한 건 아닐까? 그런 생각만으로도 기겁할 것 같았다.

하지만 웃으며 대답한다. "알았어요. 엄마나 아들에 대해서는 일절 생각하지 않을게요."

엄마가 다시 너그러운 미소를 지었다. "착한 딸이야. 내일 숙취가 있으면 일어나지 말고 그냥 누워 있어. 아침은 내가 만들어줄 테니까. 알겠지?"

탈룰라는 고개를 끄덕이곤 노아를 유아용 의자에 앉힌 뒤 엄마를 향해 두 팔을 뻗었다. "저 좀 안아주실래요?" 엄마는 미소를 지으며 말한다. "물론이지." 그렇게 한여름 햇살이 쏟아지고, 위층에서 잭이 샤워하며 노래를 부르고, 노아가 천 그림책을 질겅질겅 씹으며 호기심 어린 눈빛으로 마치 이 밤이 자신의 운명을 바꾸리란 사실을 아는 것처럼 두 사람을 바라보는 가운데, 모녀는 부엌에서 포옹한다. 운명에 생각이 미치는 순간 탈룰라는 볼을 타고 흘러내리는 눈물을 느낀다. 그녀는 엄마에게 들키지 않으려고 얼른 눈물을 닦는다.

제50장

2018년 9월

오후 4시다. 킴은 두 시간 전에 메이폴 하우스를 나가 노아를 데리러 어린이집으로 갔다. 소피는 휴대전화를 챙겨 학교로 다시 발길을 옮겼다. 수업이 전부 끝나 좁은 길이 십 대들로 북적였다. 소피는 스칼렛을 따르는 아이들로 붐비는 길을 상상해본다. 키가 크고 호리호리한 체형에 미니 원피스를 입고 불투명 스타킹에 투박한 부츠를 신은 스칼렛과 그녀를 흠모해 뒤를 따르는 무리를 그려본다.

그다음엔 햇빛을 받아 금색으로 타오르는 탈색한 머리에 개와 함께 앉아, 이따금 알쏭달쏭한 사진을 올려 한 줌밖에 안 되는 사람들에게 자신이 살아 있다고 알리는 요트의 스칼렛을 상상한다. 그렇다면 탈룰라는 어떻게 됐을까? 잭은? 그리고 야신타 크로프트의 남편은 어떻게 됐을까.

여기저기 걸어 다니며 소피의 생각은 더욱 깊어졌다. 학생들이 미소를 지으며 그녀에게 인사를 건넨다. 소피도 멍하니 인사한다. 그들이 누군지는 모르겠지만, 학생들은 그녀가 그레이 선생님의 여자친구라는 걸 안다. 그리고 이제는 아마 그녀가 책을 출판한 작가

다크 플레이스의 비밀

라는 사실도 알 것이다. 그녀는 이곳에서 덧없지만 이전보다 좀 더 높은 사회적 지위를 누리고 있다. 그렇지만 이런 상황이 조금은 어색한 것도 사실이다.

그녀는 벤치에 앉아 구글에서 '체리잭'을 검색한다. 버진아일랜드에서 생산되는 체리향 럼주 관련 문서가 수십 개 뜬다. 그 외에도 체리잭이라는 이름을 쓰는 사용자들의 SNS 계정이 최소 여섯 개는 올라온다. 구글 이미지로 들어가니 럼주와 럼주를 베이스로 하는 칵테일, 잭 체리라는 이름을 가진 소년들 사진이 끝도 없이 올라온다. 하지만 스칼렛 자크와 비슷한 사람의 사진은 전혀 없다.

소피는 다가오는 인기척을 느끼고 고개를 들었다. 리엄이다. "최적임자가 왔네."

"제가요?" 그가 되묻는다.

"그래요. 혹시 바쁘지 않으면 이야기 좀 할 수 있을까요?"

"물론이죠. 여기서요? 아니면 다른 곳?"

"어디든 상관없어요."

"괜찮으면 제 방으로 가시겠어요? 가던 길이었거든요. 시원한 맥주도 있고요."

"더할 나위 없네요."

리엄의 방은 케리앤의 방과 전혀 다르다. 한쪽에 침대가 있고 다른 쪽에 소파가 있는 사각형 상자 같다. 작은 발코니로 곧장 나가는 미닫이문이 있고 안쪽에 작은 주방이 있다.

"아늑하네요." 소피는 본능적으로 서가의 책들을 훑어보며 말했다.

"네. 작지만 충분히 커요. 이쪽으로 오세요." 그가 소파 팔걸이에서 서류를 치운 후 소피에게 자리를 권한다. 향긋한 냄새가 나고 깔

끔하게 정돈된 방은 그의 인생으로 잡다하게 채워져 있는 것 같지만, 다시 보면 매우 조직적인 방식으로 정리된 듯하다.

"오늘 하루는 어떻게 보내셨어요?"

"좀 묘했어요. 대부분의 시간을 킴 녹스와 함께 보냈죠. 알죠, 탈룰라의 엄마. 우리는 인터넷에서 스칼렛 자크를 찾으려고 해봤어요."

리엄이 냉장고에서 맥주를 두 개 꺼내더니 하나를 소피에게 건넸다. 소피는 다시 리엄의 방을 둘러봤다. 흥미를 끄는 그림 몇 점이 걸려 있는데, 그중 가장 힘이 넘치는 건 커다란 초상화다. 개를 옆에 두고 왕좌에 앉은 젊은 여자처럼 보이는 대상을 무질서하게 그렸다. 거기까지 깨닫자 갑자기 조각이 제자리를 찾아갔다. 소피가 그 그림을 가리키며 물었다. "이 그림은……?"

"스칼렛이에요. 자화상이죠. 내게 줬어요."

"자세히 봐도 괜찮을까요?"

"물론이죠. 마음껏 보세요."

그녀는 맥주를 커피 테이블에 놓아두고 그림으로 다가갔다. 다가갈수록 디테일이 점점 더 드러난다. 스칼렛과 개는 둘 다 왕관을 쓰고 있다. 스칼렛은 살짝 고압적인 느낌으로, 양손을 쩍 벌린 무릎 위에 올렸다. 손가락마다 금속성 빛이 나는 물감으로 표현한 커다란 금반지가 끼워져 있다. 배경에 있는 탁자에는 접시 위에서 펄떡이는 심장, 피가 뚝뚝 떨어지는 케이크 등 잡다한 물건들이 놓여 있다.

"와우. 이 그림은 음…… 기묘하네요."

"네. 그렇죠." 리엄이 어깨를 으쓱한다.

"무슨 의미예요? 예를 들면 심장. 이 심장이 뭘 상징한다고 생각해요?"

"스칼렛은 이 그림에 대해 아무것도 설명해주지 않았어요. 그냥 어느 날 그 그림을 들고 나타나서는 받아주면 좋겠다고 해서 그러 겠다고 했죠. 이 방에 정말 잘 어울릴 것 같았거든요. 게다가 그녀의 일부를 이곳에 두는 것도 좋았고요." 그가 살짝 말꼬리를 흐린다.

"있잖아요." 소피가 조심스럽게 이야기를 시작했다. "지난주에 야신타 크로프트를 만나서 스칼렛에 대해 이야기를 나눴어요. 그녀는 스칼렛과 헤어진 후 당신이 실의에 빠졌다고 하셨어요."

그가 딱 한 번 고개를 끄덕이고는 맥주를 한 모금 마셨다. "그랬을 거예요. 어떤 면에서는요. 스칼렛 같은 여자는 자주 찾아오지 않잖아요. 특히 저 같은 남자한테는. 그녀는 무슨 일을 하든 흥분을 느끼게 만드는 재주가 있었어요. 내가 특별한 사람이 된 것처럼 느끼게 해줬죠. 그녀가 나를 선택했으니 특별했죠. 그런데." 그가 한숨을 쉬더니 다시 말을 잇는다. "어쩔 수 없죠. 이제는 정말 끝났어요."

"혹시 다른 사람이 있지는 않았어요?"

"아뇨. 정말 없어요. 저는 데이트 사이트에도 가입했어요. 그러니 다른 사람을 찾지 않는 건 아니에요. 하지만 그렇다고 해서 그걸 엄청 중요하게 여기는 것도 아니에요. 아시겠어요?"

"그렇다면 당신과 렉시는요?"

리엄이 고개를 들어 소피를 본다. 황당하다는 표정이다. "렉시 멀리건요? 아니에요. 우리는 아주 좋은 친구 사이에요. 그런 쪽은 아니죠. 실은 렉시가 적어도 이성애자는 아니라고 확신하는걸요. 한동안 스칼렛에게 푹 빠져 있었거든요. 아무튼 렉시는 아니에요. 저뿐이었어요."

"경찰이 두 번째 표지판을 찾은 후 여기 왔을 때 말이에요." 소피가 조심스레 물었다. "렉시가 그날 저녁 여기 왔었나요?"

"여기요? 그러니까 제 방에요?"

"네. 이 방이요."

"아뇨. 그런 적 없어요. 렉시가 이 방에 온 적은 한 번도 없어요."

"혹시 발코니에 나가 봐도 될까요?"

"그럼요. 잠그지 않았어요."

소피는 문을 밀어서 열고 발코니 가장자리로 나갔다. 머리를 내밀어 화단을 내려다보고, 발끝으로 서서 앞으로 몸을 훨씬 더 숙여서도 화단을 살펴본다. 이 각도와 이 높이에서도 '이곳을 파보시오' 표지판이 박혀 있었던 지점은 보이지 않았다. 몸을 돌려 머리 위를 보니 그 위로는 발코니가 없다. 집 발코니에서 그 표지판을 봤다는 렉시의 증언은 명백히 거짓이다. 사실 어디서 봤다고 하든 상관없었을지도 모른다. 렉시는 표지판이 있다는 걸 알았다. 그걸 봤기 때문이 아니라 그녀 케리앤이 그곳에 표지판을 뒀기 때문에.

소피는 소파로 돌아오다 벽에 걸린 또 다른 그림에 시선을 빼앗긴다. 스칼렛의 자화상보다는 조금 더 작지만, 붓놀림이며 거칠고 노골적인 색감이 자화상과 똑같았다. 그림의 소재는 석조 나선 계단인데, 녹아내리는 밀랍처럼 화려한 무지개 색조가 모두 뒤섞여 계단 한 칸에서 다른 칸으로 흘러내리듯 그려져 있다. 계단이 향하는 탑 꼭대기에 난 원형 창문에서 밝은 황금색 빛의 장대가 쏟아져 내려와 돌바닥을 관통하며 연기 기둥과 반짝이는 불꽃을 만든다. 그 구멍 바로 옆에도 칼이 놓여 있는데, 피처럼 보이는 것이 묻어 있다.

"대체 이게 뭐예요?"

다크 플레이스의 비밀

리엄이 어깨를 으쓱한다. "스칼렛의 또 다른 그림이죠. 신경쇠약이 극심했을 때 그렸어요. 스칼렛은 이 그림을 잘 관리하기 위해 제가 필요하다고 했어요. 후세를 위해서요."

"뭘 그린 거죠?"

"스칼렛의 집에 있는 계단이에요. 아주 오래된 구역에 있죠. 꼭대기에 작은 방이 있는 탑으로 가는 계단이에요. 스칼렛의 가족들은 그 작은 방을 전혀 사용하지 않았어요. 너무 작아서 어떤 가구도 넣을 수가 없었거든요."

소피는 그림을 유심히 들여다보며 좀 더 많은 의미를 읽어내려 한다. "스칼렛에게 그 방에 대해 다른 이야기는 못 들었어요?"

그녀는 더 가까이 다가가 세부적인 요소를 살펴본다. 마지막 계단 주위로 사각형의 빛이 작은 틈으로 새어 나온다. 나이프의 피는 이 구멍으로 똑똑 떨어져 사라진다. 나이프를 보자마자 소피는 그게 칼이 아니라는 사실을 깨달았다. 그건 U자형으로 끄트머리가 휘어진 물건이었다. 칼이 아니라 레버. 순간 심장이 멎을 듯했고, 그다음 순간에는 두 배로 빠르게 뛰기 시작했다.

"혹시 이 그림 사진을 찍어도 될까요?"

"그럼요. 그 그림이 일종의 단서라고 생각하세요?" 리엄이 묻는다.

"그래요." 소피는 무심한 듯 대답했지만, 실은 온 신경이 곤두설 정도로 열렬한 어떤 직감을 느꼈다. "아마 그런 것 같아요."

제51장

2017년 6월

공원을 가로질러 펍으로 향하는데 잭과 탈룰라 위로 환한 햇살이 반짝인다. 이야기를 나누는데 잭이 그녀의 손을 잡았다. 잭은 짖을 수 없는 구조견을 입양한 동료 직원과 지난주에 공공기물 파손죄로 자식이 체포당한 또 다른 직장동료 이야기를 했다. 뉴포레스트에 있는 이동식 주택을 누나의 친구에게 일주일가량 빌릴 수 있으니, 빌리게 되면 여름휴가를 거기서 보낼 수 있다는 말도 한다. 탈룰라는 고개를 끄덕이고 미소를 지으며 적당한 말로 맞장구를 쳐준다. 지금 잭의 기분을 맞춰줘서 잃을 건 하나도 없기 때문이다. 이 저녁이 끝날 즈음이면 다시는 두 사람이 손을 잡거나 이런 식으로 이야기할 일이 없을 것이다. 이 밤이 끝날 즈음이면 언제까지나 굳건히 서 있을 단단한 벽이 둘 사이에 생길 것이다. 그게 그녀가 아는 잭의 방식이다. 절대 깨지지 않는 그만의 방식. 그러니 태양이 환히 빛나고 마실 포도주가 있고 시험도 다 끝났으며 오랜만에 저녁 외출을 하는 지금 굳이 툴툴거리며 문제가 있는 티를 낼 이유가 없지 않은가.

펍 앞의 뜰은 사람들로 북적거린다. 스완 앤드 덕스는 특별한 일

다크 플레이스의 비밀

이 있을 때 찾을 만한 곳이라 인근의 크고 작은 마을에서 사람들이 모여든다. 6월의 화창한 금요일 밤에는 더욱 그렇다.

실내는 좀 덜 소란스럽다. 바텐더가 두 사람에게 테이블을 손짓하자 탈룰라는 헉하고 놀란다. 테이블에는 얼음통에 차갑게 식힌 샴페인 한 병과 샴페인 잔이 둘 놓여 있었다.

"짠!" 잭이 테이블로 탈룰라를 안내하며 말한다.

탈룰라가 자신이 앉을 의자를 빼려 하자 잭이 그녀를 위해 의자를 빼준다.

그녀가 미소 지으며 말한다. "고마워. 정말 놀랐어."

"네가 이런 대접도 못 받으면 안 되지."

탈룰라가 그를 바라본다. 부드러운 미소가 잭의 얼굴을 푸근하게 감쌌다. 막 전학 왔던, 사랑스럽고 혼란에 빠져 있던 소년을 다시 보는 느낌에 굳은 결심이 스르르 풀어지려 했다.

"우리 둘 다 대접받을 자격이 있어. 벌써 1년이잖아."

"그래. 정말 1년이 지났네." 그가 고개를 돌려 샴페인병을 잡는다. "이걸 망치지 말아야 할 텐데." 잭이 코르크 마개를 천천히 병에서 빼자 탈룰라가 만약을 대비해 잔을 병목에 갖다 댔다. 하지만 코르크는 '퐁' 하는 소리와 함께 문제없이 빠져나왔다. 잭이 차례로 샴페인을 따른 뒤 자신의 잔을 탈룰라의 잔에 갖다 대며 말한다. "우리를 위해. 잭과 탈룰라, 그리고 이 세상에서 최고의 남자인 노아를 위해 건배."

탈룰라가 잔을 잭의 잔에 쨍하고 부딪힌다. 그녀는 잭이 눈을 맞추려 하거나 어떤 식으로건 그녀가 그의 감정에 상응하는 뭔가를 보여주기를 기대하지 않고 곧장 앞에 놓인 메뉴판으로 관심을 돌려

쥐서 감사할 따름이다. "뭐든 시키고 싶은 건 다 시켜. 가격은 문제가 안 돼. 원하는 건 다 시켜."

메뉴를 훑다 보니 브로콜리와 필라프를 곁들인 35파운드짜리 농어 요리가 눈에 들어온다. 그녀가 침을 꿀꺽 삼키며 말한다. "와, 농어는 안 먹을래."

"시켜." 잭이 말한다. "정말이라니까. 먹고 싶은 건 다 시켜."

"나는 농어를 좋아하지도 않아."

잭은 애정 어린 표정으로 그녀를 보더니 집을 나선 후 몇 번이나 그랬던 것처럼 바지 주머니로 손을 옮긴다. 탈룰라는 그 모습을 놓치지 않는다. 거기 반지가 있다고 생각하니 입이 바짝 마른다. *난 지금 왜 이런 짓을 하고 있지? 왜 일이 이 지경까지 되도록 내버려둔 거야?* 탈룰라는 잭에게 수치를 안겨주고 그를 으스러뜨릴 작정이다. 샴페인 건배와 기사도로 시작된 한여름의 황금빛 밤은 곧 견딜 수 없을 만큼 잔인하게 파괴될 것이다. 하지만 그녀는 이내 자신을 다잡는다. *아니야, 아니라고. 이 밤은 현실이 아니야. 오늘 밤은 신기루에 불과해.* 그녀는 스칼렛의 집에서 보냈던 밤을 다시 떠올린다. 그날 밤 잭이 미친 듯이 보낸 폭력적인 문자와 영상들을, 노아를 자기 얼굴에 바짝 붙이며 아이를 이용해 그녀를 압박하고, 겁주고, 자신의 의지를 따르게 하려 했던 일을 다시 떠올렸다. 그가 손가락을 그녀의 턱 아래로 가져갔던 순간을 떠올린다. 보드라운 살을 손가락으로 있는 힘껏 찌르며 억지로 얼굴을 들어 눈을 노려보지 않았던가. 대학을 포기하라고, 친구들을 포기하라고, 집에만 있으라고, 돈을 모으라고, 좋은 엄마가 되라고 강요하는 잭을 떠올린다. 그가 어떤 식으로 그녀의 마음을 조종해 그녀의 집으로 들어와 살면서 침대를 차지하게 됐는지를 떠올렸다. 어떻게 잭을 자신의 삶으로 받아들이게 됐는지를 떠올렸다. 상처받지 않는 결별은 불가능하다. 애매한 부분이 있어서는 안 된다. 이런 일에 적대감과 고통 외에 다른 것이 들어설 여지란 있을 수 없다. 왜냐하면 잭은 상대를 조종하고 통제하려 드는 성격이기 때문이다. 그러므로 탈룰라는 그에게 지금도, 그리고 앞으로도 절대 조종되지 않겠다는 점을 확실히 보여줘야 했다. 잭이 샴페인을 따라주고 온갖 상찬을 퍼부어도, 세상에서 가장 비싼 생선을 먹여준다고 해도 이 결심을 바꾸지 않을 것이다.

탈룰라는 마음을 가다듬고 다시 메뉴를 본다.

갑자기 입구가 소란해졌다. 시끄러운 말소리와 요란한 웃음소리가 들렸다. 고개를 들어보니 미미와 루, 제이든, 로키가 가게로 들어오고 스칼렛과 리엄이 그 뒤를 따라왔다. 백의 얼굴에 불쾌한 표정이 스쳤다. 그는 메이폴 하우스에 다니는 상류층 아이들을 증오한다. "평화로운 저녁은 끝났군."

그들은 우르르 바로 몰려갔다. 스칼렛의 뜨거운 눈빛이 느껴지는 것 같다. 하지만 탈룰라의 시선은 메뉴에 못 박혀 있다. 눈앞으로 의미 모를 말들이 떠돌아다닌다. 카넬리니˚, 쥐˚˚, 앤초비˚˚˚, 리가토니˚˚˚˚, 초리조˚˚˚˚˚. 그녀는 무슨 뜻인지도 잘 모르겠다. 그저 스칼렛이 지금 바에 있고, 그녀를 보고 있다는 것밖에 모르겠다. 그때 휴

˚ 콩 종류 중 하나.
˚˚ 주로 육즙으로 만든 묽은 소스.
˚˚˚ 멸치의 일종.
˚˚˚˚ 바깥면에 줄무늬가 있는 파스타.
˚˚˚˚˚ 양념을 많이 한 스페인이나 남미의 소시지.

대전화에서 진동음이 울린다.

아직 안 했어?

응.

내 도움이 필요할 때를 대비해서 왔어.

알았어.

"누구야?" 잭이 묻는다.

"엄마. 오늘 노아에게 어떤 잠옷을 입힐지 물어보셔."

잭이 미소를 짓고는 묻는다. "시푸드 플래터 시켜서 나눠 먹을래?"

"거기에 뭐가 나오는데?"

"왕새우, 훈제 연어, 조개, 병조림 새우, 그리고 캐비어."

탈룰라가 가격을 확인했다. "정말 이걸 주문하려고?"

"그래. 말했잖아. 오늘은 고급스러운 음식을 먹을 거라고."

"좋아, 네가 그렇게 말한다면. 네 마음이니까. 그런데 난 캐비어를 별로 좋아하지 않아……."

잭이 웃음을 터트리며 말한다. "걱정 마. 네 캐비어까지 내가 먹을 테니까."

그 말에 탈룰라가 웃으며 샴페인을 들이켰다. 스칼렛과 그녀의 친구들은 여전히 바에서 복잡한 주문을 장황하게 하면서 캐시백까지 요청해 시끄럽고 짜증스럽게 굴고 있다. 탈룰라는 스칼렛과 재빨리 눈을 마주쳤다. 그녀가 자신의 얼굴이 붉게 달아올랐다는 사실을 깨닫고 얼른 시선을 피하며 말한다. "튀긴 음식도 좀 주문할까?"

"좋지. 세 번 구운 칩, 프렌치프라이, 아니면 트뤼프 칩. 하나씩 다 먹어볼까?"

"그래." 탈룰라는 자신이 무슨 말을 하는지도 모른 채 대답했다. 그녀는 트뤼프 칩이 뭔지도 모른다.

"아주 좋아." 잭이 미소를 지으며 팔짱을 꼈다.

탈룰라의 자리에서 스칼렛의 말소리가 들렸다. "바베이도스산 럼주 있어요?" 그녀가 묻는다. "마운틴 게이요."

"아니. 바카르디˚밖에 없는데. 크라켄˚˚도 있고⋯⋯." "크라켄도 좋아요. 그런데 마운트 게이는 꼭 갖다놓으세요. 어, 이게 최고인 것 같아요."

탈룰라는 스칼렛이 유난히 부잣집 딸처럼 말한다고 생각한다. 상류층의 태도가 너무나 자연스럽다. 저런 모습을 보면 탈룰라와 둘만 있을 때 보여주는 스칼렛의 모습은 상상조차 하기 힘들다.

"제기랄. 저 인간들 좀 봐. 자기들이 뭐라고 생각하는 거야?" 잭이 스칼렛의 말을 소리죽여 흉내 낸다. *"어, 이게 최고인 것 같아요."*

탈룰라가 고개를 끄덕이며 말했다. "알아. 정말 짜증스럽지. 쟤들도 나랑 같은 대학에 다녀. 전부 미술 전공이야. 몇 명은 메이폴 하우스에도 다녔어."

"알 만하네. 주문하고 올게. 더 마시고 싶은 거 있어?"

탈룰라는 샴페인 잔을 톡톡 두드리며 말한다. "이거면 돼. 고마워."

잭이 미소 지은 후 바로 걸어가자 탈룰라는 숨도 쉬지 못하고 그를 지켜봤다. 잭은 스칼렛에게서 고작 몇 인치 떨어져 있다. 한편

˚ 서인도 제도의 쌉쌀한 럼 혹은 그 럼으로 만든 칵테일.
˚˚ 미국에서 생산되는 가향 럼.

스칼렛은 잭에게 등을 돌린 채 현금카드로 카드 리더기 화면을 톡톡 치고 있다. 그녀는 기다렸다가 바텐더에게 영수증을 받았다. "고마워요." 그러고는 음료를 집어 들고 돌아선다. 이제 그녀는 잭 방향으로 서 있다. 탈룰라는 그 모습에 숨조차 쉴 수 없다.

"실례." 잭이 스칼렛이 지나가도록 비키며 고개를 오른쪽으로 까닥한다.

스칼렛이 억지로 웃으며 말한다. "별말씀을."

탈룰라의 테이블을 지나가던 스칼렛이 그녀의 눈을 의미심장하게 쳐다봤다. 그녀가 주먹으로 자신의 가슴뼈를 건드리며 눈을 깜박인다. 탈룰라는 고개를 까닥한 후 얼른 시선을 돌렸다. 아드레날린이 몸 구석구석으로 퍼진다. 그녀는 샴페인을 꿀꺽 삼켜 심장이 미친 듯 뛰는 끔찍한 감각을 애써 잊어보려 한다. 그때 휴대전화가 울렸다. 스칼렛이다.

너 괜찮아?

아니. 토할 것 같아.

너는 할 수 있어. 내가 여기 있어.

탈룰라는 하트를 찍어 전송한 후 전화를 끄고 전화기가 아예 보이지 않도록 메뉴 아래로 집어넣는다.

잭이 돌아와 의자에 앉는다. "저기 그 여자애가 있어. 네 셀프사진에 찍힌."

탈룰라는 부러 당황스러운 표정을 짓는다. 하지만 그가 속는 것 같지는 않다. "어떤 여자?"

"럼주에 대해서 떠든 여자 말이야. 그때 버스 정류장에서 너랑 같이 있던 여자야."

다크 플레이스의 비밀

"아하, 맞아. 스칼렛이야."

"그런데 왜 와서 아는 척 안 해?"

탈룰라가 어깨를 으쓱한다. "날 못 봤나 보지."

잭은 얼음통에서 샴페인병을 들어 다시 잔을 채웠다. 분위기가 어느새 심상치 않은 쪽으로 변했다. 낙관주의로 환하게 빛나는 잭이라는 태양에 먹구름 하나가 흘러왔다.

"그래, 그런가 보네."

두 사람은 잠시 노아에 대해 이야기한다. 잭의 누나가 첫애를 가졌는데 아무래도 쌍둥이 같다는 이야기로 흘러간다. 대화가 이어지긴 하지만 잭의 정신은 다른 곳에 가 있는 것 같다. 그리고 그곳이 어디인지도 알 것 같다. 그는 머릿속으로 스칼렛과 나눈 짧은 대화를 곰곰이 되씹고 있을 것이다. 잭은 눈치가 아주 빠르니, 스칼렛에게서 어떤 낌새를 알아차렸을 것이다. 지금쯤이면 탈룰라에게서도 뭔가를 알아차릴 것이다. 그러면 그는 뭔가가 잘못되고 있다는 사실은 알아차릴 테지만, 정확히 무엇이 문제인지는 알지 못할 것이다.

마침내 주문한 음식이 나왔다. 그 모습이 꽤 장관이다. 하얀 접시에는 청동 스탠드가 놓였는데, 음식은 빛나는 목걸이 같은 샘파이어˚와 붉은 루비 같은 석류알로 장식돼 있다.

두 사람은 감탄사를 연발하며 포크와 나이프를 꺼내 접시에 놓인 해산물을 먹기 시작했다. 하지만 탈룰라는 식욕이 없어 새우 한 마리의 껍질을 벗기는데도 한참이 걸린다.

˚ 유럽 해안가의 바위틈에서 자라는 미나릿과 식물.

"너 괜찮아?" 잭이 묻는다.

"응." 그녀가 대답한다. "괜찮아."

"요즘 통 먹지를 않잖아."

"껍질을 까는 게 성가셔서 그래."

"그럼 칩을 먹어." 그가 기름진 칩이 담긴 그릇을 밀어주자 탈룰라가 몇 개를 집어먹는다.

"더 먹어." 잭의 목소리에 다시 날이 섰다. 제안이 아니라 명령이다. 그녀는 칩을 두 개 더 집었다가 다시 내려놓는다.

휴대전화가 진동하자 몸을 살짝 돌려 확인한다. 이번에도 스칼렛이다. 탈룰라는 첫 몇 단어만 확인하고 열어보지는 않는다.

내가 필요하니? 내가……

잭이 의아한 눈초리로 그녀를 본다.

"또 엄마야."

"이번에는 또 무슨 일이신데?"

"저녁 시간 재미있게 보내고 있냐고."

"그래서? 우리는 재미있게 보내고 있는 거야?"

그 질문을 이해하기까지 잠시 시간이 걸려서, 탈룰라는 곧장 대답하지 못한다. "그래. 즐거운 시간을 보내고 있지." 그녀가 샴페인 잔을 잭에게 내밀며 말한다. "건배."

탈룰라는 이 저녁이 서서히 무너지는 걸 느꼈다. 이제는 사소한 잡담도 더 할 수 없을 것이다. 잭과 그녀는 말없이 앉아 있거나 '그 애들'에 대해 이야기할 것이다. 그중 어느 쪽이 됐든 이 저녁은 파국으로 끝날 터였다.

탈룰라가 새우를 잭에게 내밀며 말한다. "날 위해 껍질 좀 까 줘.

그래줄 거지? 내가 하긴 좀 귀찮아서 말이야." 그녀는 자신이 지을
수 있는 최고의 미소를 짓는다. 그가 사랑스럽다는 듯 눈을 굴리며
새우를 받아든다. 따뜻한 분위기가 겨우 다시 살아날 것 같다. 하지
만 다시 진동음이 들리자 그가 혀를 찬다. "젠장."

"엄마일 거야. 아까 내가 답장을 안 보냈잖아."

"그럼 어서 보내." 잭이 새우 머리를 비틀어 뜯으며 짜증스럽게
말한다.

탈룰라는 휴대전화를 켜 스칼렛의 문자를 연다. 그리고 재빨리
답장을 보낸다.

잭의 기분이 별로야. 오늘은 안 될 것 같아.

스칼렛의 답장이 도착한다. *플랜 B?*

탈룰라가 심호흡을 한 후 답장을 찍는다. *그래. 플랜 B.*

제52장

2017년 6월

스칼렛이 바로 성큼성큼 걸어간다. 탈룰라는 무심한 표정을 지으려 하지만 잘되지 않는다. 그녀가 탈룰라를 빤히 바라보자 잭이 스칼렛을 본다. 그러더니 깜짝 놀라는 시늉을 하며 탈룰라를 다시 본다. 그는 이제야 퍼즐 조각이 맞아 들어간다는 표정을 짓는다.

"무슨 일이야?" 잭이 탈룰라에게 묻는다.

"뭐가?"

"너랑 저 여자 말이야."

"몰라. 아무것도 아니야."

스칼렛이 두 사람을 향해 다가왔다. 그녀는 다른 테이블에서 의자를 끌어와 앉더니 칩을 하나 들고 마요네즈에 찍어 입에 넣는다. "안녕, 룰라. 어떻게 지내니?"

"잘 지내. 아까 아는 척 안 해서 미안해. 친구들과 같이 와 있는 것 같아서 방해하기 싫었어."

"오, 괜찮아. 이해해." 스칼렛이 칩을 하나 더 집으며 유쾌하게 대답했다. 그녀가 해산물 접시와 샴페인이 꽂힌 얼음통을 향해 손짓한다. "오늘 특별한 날인가 봐?"

"그런 건 아니야. 요즘 통 놀러 나오질 못했거든."

"아하, 잘됐네." 그녀가 세 번째 칩을 들더니 코로 가져간다. "이거 트뤼프 칩이야?" 잭이 뻣뻣하게 고개를 끄덕이자 스칼렛이 말한다. "맛있겠네." 그러고는 칩을 먹는다. "아직 그쪽 이름을 못 들었는데." 그녀가 잭에게 말한다.

"잭." 그의 얼굴이 분노로 씰룩거렸다.

스칼렛은 겉으로는 서글서글하게 행동하고 있다. 하지만 탈룰라는 그녀에게서 뿜어져 나오는 광적인 기운을 느낀다.

"탈룰라와는 대학에서 아는 사이지?" 잭이 물었다.

"그래. 정말 좋은 탈룰라."

"탈룰라는 네 이야기를 한 번도 하지 않던데."

"정말 무례하네!" 스칼렛이 일부러 뾰로통한 표정을 짓고는 트뤼프 칩을 하나 더 집었다.

"그런데도 너랑 같이 찍은 사진을 저장해뒀더라고."

"아하." 스칼렛이 눈을 크게 뜬다. "스토커 경고!"

"그냥 셀프 사진이야. 크리스마스 파티에서 찍은 거. 그게 다야."

"무슨 셀프 사진?"

"넌 그런 사진을 찍은 기억이 없어?" 잭이 되묻는다.

"그런 것 같네. 내가 그때 얼굴이 말이 아니었거든. 그나저나," 스칼렛이 말한다. "둘이서 낭만적인 저녁을 보내는 중이니 더 방해하지 않고 가볼게. 만나서 반가웠어, 룰라. 만나서 반가워, 잭."

"가지 마. 그냥 있어." 탈룰라가 만류한다.

"어." 그녀가 탈룰라에게 미소 짓는다. "그럼 그러지 뭐."

잭이 무슨 말을 하려고 하는데 바로 그때 스칼렛을 찾던 미미가 다가왔다. "어머, 여기 있었구나. 네가 어디로 갔는지 다들 궁금해했어."

"미안. 샛길로 빠져서 탈룰라와 남자친구가 주문한 맛있는 칩을 먹고 있었어. 너도 이쪽으로 올래?"

순식간에 스칼렛의 동행이 탈룰라의 테이블로 몰려든다. 칩과 새우는 금세 몽땅 사라진다. 누군가 바로 가서 모두가 마실 테킬라를 가져왔다. 제이든과 리엄이 축구에 대한 열띤 대화에 잭을 끌어들이고, 탈룰라는 스칼렛과 이야기한다. 루비와 미미는 대학의 이상한 강사들에 대해 수다를 떤다. 웨이터가 그들 사이를 뚫고 간신히 빈 그릇을 모으며 음식을 더 주문할지 물었다. 그러자 누군가가 끈적거리는 토피 푸딩을 주문하고, 또 누군가는 칩을 더 가져오라고 한다. 탈룰라는 음식 값을 누가 내는지, 정확히 무슨 일이 벌어지는 건지 몰라 난감하다. 다만 어딘가에서 불이 붙고 있으며, 그걸 진화하기에는 너무 늦었다는 느낌이 든다.

추가로 주문한 칩과 끈적거리는 토피 푸딩, 테킬라가 나왔다. 푸딩에 딸려 나온 숟가락은 다섯 개다. 그때 제이든에게 문자가 왔다. "그 친구가 밖에 와 있대. 금방 다녀올게." 그렇게만 말해도 누구를 말하는지 다들 아는 듯하다. 두 사람이 그에게 지갑에서 10파운드 지폐를 꺼내 건넨다. 잠시 후 돌아온 제이든이 테이블 아래로 친구들에게 알약을 건넨다.

탈룰라는 잭이 제이든에게서 알약을 받아 삼키는 걸 보며 내심 놀랐다. 탈룰라가 알기로 잭은 부모님의 집에서 살 때 뒤뜰에서 누나와 함께 대마초를 잠깐 피운 것을 제외하면 지금껏 약에는 전혀 손대지 않았다. 탈룰라는 눈을 마주치기 위해 잭을 계속 보려 하지만, 그는 일부러 그녀를 무시한다. 그제야 탈룰라는 잭이 그녀와 스칼렛이 일부러 유도한 상황과 맞서 싸우는 대신 나름의 계획을 밀어붙이고 있다는 사실을 깨닫는다. 탈룰라를 불안하게 만들고, 그녀의 자신감을 흔들고, 그녀를 붙잡는 것. 잭은 스칼렛과 그 패거리를 싫어한다. 그가 그들을 싫어한다는 사실을 탈룰라도 안다. 그런데도 잭은 그 아이들과 어울리며 그들의 농담에 웃고 약을 받아먹는다.

누군가 테이블 아래로 손을 건드리는 느낌에 고개를 드니 스칼렛이 탈룰라를 보고 있다. "너 주려고 반으로 쪼갰어. 할래?"

탈룰라가 고개를 가로젓는다.

"반의 반은?"

"나중에 봐서."

스칼렛이 작은 덩어리를 건네주자 탈룰라가 그것을 받아 꽉 쥔다.

밤은 어느새 이질적이고 긴박한 분위기로 변했다. 탈룰라는 잭과 스칼렛, 양쪽에서 진행하는 게임에 휘말리고 말았다. 한편 그녀의 가슴은 노아를 향한 그리움에 아프기까지 하다. 10시가 다 됐으니 노아는 잠자기 전 목욕과 따뜻한 분유, 열린 창문으로 들어오는 후텁지근한 여름밤 공기의 열로 머리가 젖어선 아기침대에 누워 주먹을 꼭 쥔 채 잠들어 있으리라.

테이블 아래로 맨다리를 감싸 쥐고 훑으며 올라오는 스칼렛의 손길이 또다시 느껴져 탈룰라는 헉 하고 놀란다.

"늦어서 이만 가봐야 할 것 같아." 그녀는 더는 이 상황을 두고 볼 수가 없다. 마음이 바뀌었다. 그냥 잭과 함께 집으로 돌아가 아기를 바라보며 서 있고 싶다. 그렇게 서서는 노아가 얼마나 사랑스러운

지, 이런 아이를 낳았다니 얼마나 운이 좋은지 소곤소곤 이야기하고 싶다. 헤어지는 건 다른 날 해도 된다. 오늘은 아니다. 지금은 아니다.

"안 돼." 스칼렛이 탈룰라의 팔을 잡아끌어 앉히며 말한다. 그녀가 겁먹은 눈빛으로 탈룰라를 바라보며 애원한다. "좀 더 있어, 제발. 한 잔만 더 해. 괜찮지?"

탈룰라가 한숨을 쉬자 누군가 테킬라를 한 잔 권하기에 그녀는 받아 마셨다. 다시 그 자리를 뜨려는데 또 누군가가 그들의 테이블에 합류한다. 자신들보다 몇 살 더 많아 보이는 여자인데, 마을에서 본 적 있는 듯하다. 그녀가 도착하자 스칼렛이 "렉시!" 하고 소리치며 그녀를 얼싸안는다. 그리고 탈룰라에게 소개한다. "렉시는 케리앤 선생님의 딸이야. 알지, 메이폴의 상담 선생님. 렉시는 세상에서 제일 좋은 엄마도 가졌지만, 세상에서 제일 좋은 직업도 가졌어. 탈룰라에게 뭘 하는지 말해 줘, 렉스."

렉시가 사람 좋은 표정을 지으며 말한다. "나는 여행 블로거예요."

"그렇다니까. 렉시는 호텔에서 무료상품만 뜯어먹으려고 하는 사기꾼 같은 머저리 여행 블로거가 아니야. 진짜 제대로 된 블로거지. 인스타그램에 팔로워가 수천 명이고 제트족처럼 끝내주게 살아. 지금은 어디에서 온 거야?" 스칼렛이 묻는다.

"페루."

"페루! 너무 끝내줘서 어처구니가 없네."

스칼렛과 렉시가 나누는 이야기에 빠져든 탈룰라는 집으로 돌아갈 생각을 접고 누군가 권한 테킬라를 또 한 잔 마셨다. 여전히 손에 쥐고 있던 알약 조각도 같이 삼킨다. 마지막 주문 시간을 알리는 종이 울리자 스칼렛이 일어선다. "풀 파티 하러 갈 사람?" 그녀가 큰 소리로 말한다.

탈룰라가 잭을 보자 잭도 그녀를 본다. 잭의 얼굴에서 고약한 속셈이 느껴진다. "나도 끼워줘." 잭이 눈동자가 확대된 채 웃으며 말한다.

"탈룰라, 가자. 우리도 풀 파티에 가보자."

제53장

2018년 9월

소피가 양손을 앞으로 맞잡은 채 현관에 서 있다. 머리는 단정하게 빗질했고 리엄의 집에서 마신 맥주 냄새를 없애려고 이도 닦았다. 피파가 양손에 하나씩 아이의 손을 잡고 자갈이 깔린 진입로를 걸어온다. 쌍둥이는 각자 작은 여행가방을 끌고 왔다.

"안녕하세요! 안녕! 안녕! 잘 오셨어요." 소피가 인사를 건넨다.

저녁 6시였다. 숀은 늦어질 것 같다며 소피에게 전화해 입이 닳도록 사과했고, 아이들이 올 때 대신 집을 지켜달라고 부탁했다. 그녀는 깊은 한숨을 억지로 참으며 말했다. "물론 내가 있어야지. 문제없어."

"최대한 빨리 갈게. 약속해."

"괜찮아. 처리할 일은 다 처리하고 와."

"고마워, 달링." 숀이 대답하자 소피는 살짝 놀랐다. 그는 지금까지 한 번도 그녀를 '달링'이라고 부른 적이 없었기 때문이다. 그는 그녀를 늘 소프라고 불렀다. 베이비라고 부른 적도 있다. 소피에게 달링은 순수한 열정이 다 식어버린 아내를 부를 때나 쓰는 표현이라는 이미지였다. 달링은 친구의 부모님이 서로를 부르는 호칭이었다. 구식 호칭.

소피는 피파와 아이들에게 다가가 두 아이를 꼭 안아줬다. 아이들은 갭의 후드티를 입고 왔다. 잭은 녹색, 릴리는 베이비 핑크. 쌍둥이도 그녀를 꼭 안아주자 안도감이 솟아나는 것 같다. 아이들을 마지막으로 본 지 꽤 돼서, 그때만 해도 소피를 마음에 들어 했다는 걸 아이들이 잊어버렸을까 봐 걱정스러웠기 때문이다.

"들어오세요. 들어와."

"여기가 정말 아빠 집이에요?" 잭이 물었다.

"그런 셈이지." 소피가 문을 잡아주며 대답한다. "엄밀히 말하면 학교 재산이야. 하지만 학교에서 근무하는 동안에는 교장 선생님이 살 수 있도록 빌려줘."

"그러면 런던에서 살았던 집은 여전히 아빠 집이에요?" 릴리가 핑크색 여행가방을 끌고 부엌으로 가며 묻는다.

"응. 너희 아빠는 진짜 집이 따로 있고, 나도 전에 살던 아파트가 있어. 우리는 한동안 이 시골집을 빌린 거야."

"멋지다." 잭이 말한다. 잭은 대체로 싫어하는 것이 없다.

"거미가 많을 것 같아요." 릴리가 말한다. 릴리는 항상 흠잡을 꼬투리를 찾아낸다.

"걱정하지 마." 소피가 아이들의 여행가방을 똑바로 세우며 말했다. "내가 구석구석 깨끗이 청소했어. 눈곱만한 벌레도 못 찾을걸."

"다른 건 상관없어요. 거미만 싫어요. 그런데 이게 무슨 냄새예요?" 릴리가 묻는다.

"무슨 냄새?"

"뭘 태운 냄새 같아요."

다크 플레이스의 비밀

"실은 나도 몰라. 다 뺀 줄 알았는데 어느새 익숙해졌나 봐. 미안해. 여기가 오래된 집이라 그런 것 같아." 소피가 피파를 돌아본다. "차 한 잔 드릴까요?"

피파는 이곳까지 오느라 피곤한지 한숨을 푹 쉰다. "아뇨. 괜찮아요. 그런데 8시 반에 N5에서 저녁 약속이 있거든요. 빠듯하게 맞춰 갈 것 같아요. 이런 짓을 언제까지 정기적으로 할 수 있을지 장담을 못 하겠어요. 숀이 학교 안에 사는데도 시간에 맞춰서 못 온다면 이 아이들을 어떻게 2주에 한 번씩 주말마다 N1에서 오가게 하려는 거죠? 벌써 재앙의 냄새가 나요."

피파는 휴대전화를 확인하더니 말한다. "맙소사. 구글 맵이 거기까지 2시간 5분 걸린대요. 숀이 차로 1시간 반이면 충분하다고 장담을 하더니." 그녀는 한숨을 쉬고 윤기가 자르르 흐르는 밤색 머리를 쓸어내린다. "그럼 얘들아, 소피 아줌마 말씀 잘 들어야 한다. 아빠도. 무조건 시키는 대로 하는 거야."

"아이들 방 보실래요?" 소피가 물었다.

"아뇨. 안 봐도 될 것 같아요. 당신이 아이들 방을 엄청 잘 꾸며뒀다고 숀에게 들었거든요. 숀이 그런 거라면 그런 거예요."

소피는 피파의 말에서 소중한 두 아이를 소피에게 믿고 맡길 수 있겠다는 속내를 읽은 것 같아 자그마한 기쁨을 느낀다.

피파는 몸을 숙여 아이들에게 입을 맞추고, 소피의 볼에도 가볍게 입 맞춘 후 온 길을 되짚어 주차장 쪽으로 발걸음을 재촉했다.

그녀가 사라지자 소피는 안도의 한숨을 내쉰다. 그녀는 지난 며칠 동안 피파와 만나야 한다는 사실에 마음이 무거웠다는 걸 깨달았다. 이제 모든 일을 다 해치웠고 아이들도 곁에 있으니, 쇠사슬을 풀듯이 걱정근심을 벗어던질 수 있다.

"자, 얘들아." 그녀가 부엌으로 가며 말한다. "배고픈 사람?"

숀은 30분 후에 집으로 왔다. 그때부터 한 시간가량 조용했던 집은 재회의 기쁨으로 떠들썩해진다. 아이들이 다리 위에 자리 잡는 순간 숀에게서 무거웠던 분위기가 사라진다. 소피가 치킨 라자냐를 오븐에 넣고(릴리는 소나 양, 돼지는 먹지 않으려 하지만 닭은 얼굴이 무섭게 생겨서 먹어도 괜찮다고 한다) 포도주병을 딴다. 얼마 후 숀은 쌍둥이에게 목욕물을 받아주고 잠옷을 제대로 입는지 지켜본다. 아이들은 곧 맨발에 아직 덜 마른 머리, 발그레한 볼을 하고 후다닥 계단을 뛰어 내려왔다. 소피가 TV에서 같이 볼 영화를 찾자 모두 소파에 끼여 앉아 영화를 본다. 하지만 소피는 리엄의 방에서 본 나선계단 그림 외에는 그 무엇에도 집중하지 못한다. 술이라도 취한 것처럼 영화 속 화면이 소피의 의식의 기둥 사이를 빙글빙글 돌아다닌다.

그녀는 휴대전화를 집어 들고 켠다. 낮에 찍은 사진을 열어 손끝으로 확대한 후 이미지를 이리저리 돌리면서 알아볼 만한 게 있는지 찾아본다. 머릿속에서 소설 줄거리를 짤 때 그러듯이 마음속으로 등장인물들과 시간선, 단서들을 늘어놓은 후 그것들이 논리적인 서사가 이루도록 배치한다.

다음 순간 소피의 등줄기로 한기가 스쳐 지나간다. 그녀는 자신이 무엇을 손에 넣었는지 비로소 깨달았다. 적어도 문제를 해결할 열쇠는 손에 넣었다. 모든 것을 활짝 열어줄 수 있는 은유의 멍키 스패너를 말이다. 그녀가 헉 하고 숨을 들이쉰다. 그 소리가 생각보

다크 플레이스의 비밀

다 컸는지, 숀과 쌍둥이가 동시에 고개를 돌리고 무슨 일이냐는 듯한 눈빛으로 소피를 바라본다.

"괜찮아?" 숀이 묻는다.

"웅. 나는 그저…… 새 책에 대한 발상이 하나 떠올랐어. 이야기를 끌고 나갈 방법. 어……." 소피가 벌떡 일어난다. "일을 좀 해야할 것 같은데 괜찮을까? 금방 끝날 거야."

소피는 잰걸음으로 거실을 나가 노트북을 연다. 그녀는 다크 플레이스의 비밀 터널에 대해 조사해둔 글들 중 하나를 재빠르게 훑어 내리면서 "그림이나 미닫이 책꽂이, 심지어는 장식을 위해 만든 붙박이 설치물 뒤에 감춰진 위장된 문"으로 수많은 비밀 터널에 들어갈 수 있다는 사실을 확인한다. 그리고 중세에 지어진 건물과 성의 석조 나선 계단을 그린 그림을 잔뜩 찾아낸다. 그 그림 속 계단들은 스칼렛의 그림처럼 위가 아니라 대체로 아래를 향해 있다. 다크 플레이스의 건축가는 올라가는 것뿐만 아니라 내려가는 나선 계단도 설계하지 않았을까? 혹시 눈에 뻔히 보이는 계단의 제일 아래칸에 놓인 돌판을 통해 비밀 터널로 들어갈 수 있지는 않을까? 스칼렛의 그림에 그려진 괴상한 금속 도구가 실은 비밀 돌판을 들어올리기 위해 만들어진 건 아닐까?

소피는 계단이 가득한 화면의 스크린샷을 뜬 후 스칼렛의 그림 사진과 함께 왓츠앱으로 킴에게 보냈다.

이거 경찰이 화단에서 찾은 도구랑 비슷한 것 같지 않으세요? 그리고 그림 속에 그려진 도구를 가리키는 화살표를 넣었다. 그러고는 읽었다는 표시가 나타나길 기다렸다. 킴은 메시지를 받자마자 바로 글을 입력했다.

그런 것 같아요. 아무도 이게 뭔지 알아내지 못했잖아요.

그게 무엇을 의미하는지 깨닫자 한기가 소피의 등줄기를 타고 내려갔다. 그림에 있는 사각형 빛을 보세요. 계단 제일 아래에 있는.

킴이 답장을 보낸다. 알았어요.

이건 스칼렛이 그린 그림이에요. 분명히 다크 플레이스에 있는 돌계단일 거예요.

킴이 입을 헤 벌린 이모지로 답한다.

곧이어 메시지가 들어온다. 이걸 톰에게 보내도 될까요?

소피가 메시지를 보낸다. 얼마든지요.

숀과 소피는 9시 반에 쌍둥이들을 재운 후 저녁을 먹으면서 남긴 포도주를 다 비우고 침실로 향한다. 소피는 숀이 잠옷으로 입는 티셔츠와 면바지로 갈아입는 모습을 본다. 그 티셔츠와 바지를 입는 행위는 오늘 밤은 섹스하지 않으리라는 암묵적인 신호다. 그편이 소피도 좋다. 놀랍도록 길고 긴장된 하루였다. 그녀의 머리는 섹스와는 아무런 관계도 없는 것들로 가득 차 있다. 먼지로 뒤덮인 비밀 터널, 실종된 십 대들, 슬픔에 찬 엄마, 유튜브 영상 속 PTSD로 고생하는 겁에 질린 듯한 소녀. 소피는 머리를 풀고 잠옷으로 갈아입은 후 감사한 기분으로 이불 속에 파고든다.

"일은 좀 했어?" 숀이 묻는다.

소피는 숀에게는 말해야 한다고 생각한다. 무슨 일이 일어나고 있으며 누구와 대화를 나눴는지 말해야 한다고, 리엄의 방에서 본 그림과 킴과 나눈 대화에 대해 이야기해야 한다고 말이다. 하지만 입이 떨어지지 않는다. 이번 주말은 쌍둥이를 위한 시간이 돼야 한다. 그는 3주간 아이들을 만나지 못했다. 이렇게 오랫동안 아이들을 만나지 못한 건 이번이 처음이었다. 애초에 이 학교로 옮긴 유일한 이유는 피파가 아이들에게 받게 해주고 싶어 하는 교육의 학비를 벌기 위해서였다. 숀의 경력과는 조금도 관계없는 결정이었다. 경력을 위해서라면 그는 이런 겉만 번지르르한 수험 준비학교가 아니라 대학입시를 준비하는 런던 도심지의 공립학교 교장직을 고를 것이다. 숀은 이 선택을 위해 너무나 많은 것을 희생했다. 소피는 그를 따라올 필요가 없었다. 이곳에 온 것은 그녀의 선택이었다. 숀은 그녀를 꼬드기거나 설득하지 않았다.

그리고 마침내 오늘 아이들이 그를 찾아왔다. 그러므로 이번 주말은 절대적으로 완벽해야 했다. 일이나 탐정 일이 끼어들지 않는 온전한 이틀이어야 했다. 넷은 평범한 가족들처럼 오로지 건전한 교외의 즐거움을 실컷 만끽할 것이다.

그래서 소피는 고개를 끄덕이며 말했다. "응. 좀 썼어."

숀이 미소를 지으며 말한다. "그거 다행이네. 이제부터 술술 풀릴 거야."

"응. 그러기를 바라."

휴대전화가 진동음을 울린다. 확인해보니 킴이다.

돔이 당장 다크 플레이스를 수색할 영장을 발부받을 수 있을 거래요. 이르면 내일 아침이요. 정말 고마워요. 당신은 진짜 대단한 사람이에요.

소피가 답장을 입력한다. *별말씀을요. 도움이 돼서 기뻐요.*

"누구야?" 숀이 묻는다.

"가족 왓츠앱."

휴대전화를 끄고 눈을 감자 소피의 머릿속은 어느새 빙글빙글 돌아서 시커멓고 고운 잠의 모래 속으로 내려가는 계단으로 가득 찬다.

제54장

2017년 6월

렉시의 차를 타고 가던 스칼렛이 라디오 볼륨을 높이고 창문을 연다. 리엄과 미미와 함께 뒷좌석에 앉은 탈룰라는 잭의 다리 위에 비좁게 끼어 앉았다. 머리가 빙빙 돌 것 같다. 지난 몇 달 동안 마신 술을 다 합쳐도 포도주 반병을 넘지 않았다. 열네 살 이후로는 기분 전환 약물도 먹지 않았다. 허벅지 뒤쪽 살에 잭의 주머니에 든 반지 상자가 배긴다. 창문 밖으로 머리를 내밀고 따뜻한 여름 공기를 빨아들이듯 마셨다. 나무가 휙휙 지나가고 반대 방향에서 다가오는 불빛을 향해 불빛이 질주한다. 하늘은 여태껏 한낮이 마지막으로 보여준 짙은 회색 조각을 붙잡고 있다.

스칼렛은 잭에게 전부 털어놓을 작정이었다. 그게 플랜 B였다. 그녀와 탈룰라가 사랑하는 사이라고 말할 계획이었다. 그러면 잭이 도저히 믿을 수 없다는 듯 눈을 휘둥그레 뜨고 탈룰라를 바라보며 물을 것이다. *"뭐라고?"* 그러면 탈룰라는 이렇게 대답할 것이다. *"다 사실이야. 몇 주 전부터 네게 말하려고 했어. 그렇지만 적당한 때를 찾을 수가 없었어."* 그러면 잭은 그곳을 나가버리거나 토하거나 싸움을 걸거나 고함을 지르거나 울부짖거나 분노를 하거나, 어쨌든 뭐라도 반응을 보일 터였다. 그러면 마침내 끝이었다. 고통스럽고 무섭겠지만 다시는 되돌릴 수 없는 순간이기도 했다.

그런데 도무지 무슨 영문인지, 스칼렛은 자신의 집에서 풀 파티를 하자며 모두를 끌고 집으로 가면서 고통의 순간을 자꾸 미루고 있다. 탈룰라는 아까 펍에서 문자를 보냈다. *너 뭐 하는 거야?*

스칼렛은 이렇게 답장했다. *생각대로 진행 중.* 그러고는 테이블 너머로 음모를 꾸미는 듯한 표정을 지었다.

그들을 태운 차는 다크 플레이스의 정문을 통과해 집을 향해 기나긴 진입로를 달려갔다. 확연히 구분되는 세 가지 형태의 건물 윤곽이 눈에 들어온다. 탈룰라는 눈을 깜박거려 그 셋을 하나로 합쳐 보려 하지만 소용이 없다.

렉시가 차를 세우자 꽉 끼여 타고 온 일행은 굴러 나오듯 차에서 내렸다. 스칼렛은 일행을 풀 테라스로 안내한 뒤 곧장 풀 하우스로 들어가 정원 조명을 밝히고 음악을 튼다. 그리고 잠시 후 냉장고에서 꺼낸 차가운 맥주를 손에 가득 안고 돌아온다. 잭이 선베드 끄트머리에 걸터앉자 탈룰라도 그 뒤에 앉았다. 스칼렛이 오디오에서 나오는 음악을 큰 소리로 따라 부르자 리엄도 따라 한다. 렉시와 미미는 전화하는 중이다.

스칼렛이 탈룰라에게 맥주를 건넸다. "건배." 그녀가 춤을 추며 맥주병을 내밀었다. "그리고 너도 건배, 잭. 마침내 이렇게 만나서 기뻐."

잭이 스칼렛의 병에 자신의 맥주병을 부딪치며 말한다. "나도." 하지만 탈룰라는 떨어져 있는데도 그에게서 발산되는 혐오의 기운을 느낀다.

스칼렛이 춤을 추며 리엄과 미미에게 가 두 사람과 건배했다. 잠시 후 그녀가 맥주를 내려놓고 티셔츠를 벗는다. 셔츠 안에 끈나시를 입고 있다. 이어 반바지의 단추를 풀고 바지에서 쏙 빠져나온다. 아래에는 평범한 검은색 팬티를 입고 있다. 다음 순간 스칼렛이 수영장으로 뛰어든다.

그녀가 수영장 바닥에서 위로 솟아올랐다. 물로 된 렌즈가 왜곡돼 그녀의 몸이 실제보다 훨씬 더 길고 가늘게 보였다. 잠시 후 스칼렛이 수영장 끝으로 가 몸을 위로 끌어올리더니 탈룰라와 잭에게 묻는다. "너희도 들어올래?"

탈룰라가 대꾸한다. "아니. 머리가 젖는 게 싫어."

"그러지 말고, 룰라. 네가 머리를 적시는 걸 얼마나 좋아하는지 다 알아."

그 순간 잭의 어깨가 움찔한다. 그는 맥주병을 입으로 가져가 꿀꺽꿀꺽 들이켠다.

탈룰라가 신경질적으로 웃는다. "농담 아냐. 아침에 감고 드라이로 말리고, 말고, 별짓을 다 했다고. 내일 그 짓을 다시 하고 싶진 않아."

"오, 룰라. 징징거리지 말고 들어와!" 스칼렛이 두 손으로 물을 떠 탈룰라에게 던지자 그 물이 잭에게까지 튀었다. 그러자 잭이 벌떡 일어서서 소리친다. "젠장! 조심해!"

"이렇게 된 거 그냥 왕창 젖는 게 낫겠다. 어서 들어와, 잭. 네 여자친구에게 어떻게 하는 건지 보여줘."

잭이 단추를 풀고 셔츠를 벗더니 그 아래에 입고 있던 흰색 티셔츠마저 벗는다. 탈룰라는 그의 피부 아래로 꿈틀거리는 힘줄이 보이는 것만 같다. 이윽고 바지까지 벗자 그는 몸에 딱 달라붙는 팬티만 입고 있어 알몸이나 다름없는 상태가 된다.

그가 탈룰라를 돌아보며 말한다. "너도 들어가자. 네 친구 말대로 해."

그들 주변의 공기가 너무 텁텁하고 무거워서 탈룰라는 숨이 턱 턱 막혔다. 이 불길한 공기는 스칼렛과 잭 사이의 공간에서 만들어 져 점점 주위로 퍼져 나간다. 탈룰라가 고개를 끄덕이더니 반바지 를 벗었다. 미미와 리엄, 렉시까지 있어서 차마 상의까지는 벗지 않 았다. 그녀는 머리를 하나로 틀어 묶고는 곧장 물속으로 뛰어든다. 물이 피부를 세차게 쓸고 지나가자 나풀거리던 블라우스가 면으로 만든 해파리처럼 부풀어 오른다. 탈룰라가 소리를 지르는데 어느새 앞으로 다가온 스칼렛이 순식간에 그녀의 입술을 훔치고는 다시 물 속으로 들어갔다. 탈룰라가 몸을 돌려 잭을 찾으니 그는 물속에서 불쑥 나오며 머리를 흔들어 물을 턴다. 그의 머리카락에서 날아가 는 수정 같은 물방울이 빛을 받아 반짝거린다. 이제 탈룰라는 잭과 스칼렛 사이에 끼인 형국이다. 두 사람 사이의 분위기가 너무 유독 해서 숨이 막힐 것 같다.

탈룰라는 이번에도 자신도 모르게 노아를 떠올린다. 작은 몸에서 느끼는 익숙함과 온기, 품에 안을 때 몸에 닿는 아기의 감촉, 밤에 잠이 든 아기의 숨결 냄새까지. 문득 아무도 필요 없다는 생각이 든 다. 스칼렛도 잭도 누구도. 그녀는 그저 혼자가 되고 싶다.

그녀는 계단으로 수영해 가 수영장 밖으로 나왔다. 그러자 이번 에는 미미와 리엄이 물속으로 풍덩 뛰어든다. 탈룰라는 풀하우스로 가 완벽하게 정리된 검은색 수건 하나를 꺼내 몸을 감싸고 의자에 앉아 잠시 수영장 속의 친구들을 지켜본다. 쿵쿵 울리는 음악 사이로 까까 비명을 지르는 소리가 들린다. 소리가 나는 곳을 보니 잭이 스칼렛을 어깨 위에 태우고 리엄의 어깨 위에 앉은 미미와 함께 튜브 망치로 싸움을 벌이기 시작했다. 탈룰라는 불편한 마음으로 그 모습을 지켜본다.

그녀는 머리를 살짝 흔들어 물기를 털어낸다. 그 몸짓은 그녀의 연인과 그녀의 동거인이 젖은 속옷을 입은 채 뒤엉킨 모습을 지켜볼 때 느낀 부당한 느낌을 털어버리려는 시도이기도 하다. 그때 잭이 고개를 살짝 돌려 탈룰라를 바라본다. 그녀를 바라보는 잭의 표정은 얼음장처럼 차갑다. 그녀는 애써 미소를 짓지만 한기에 몸을 부르르 떤다. "다시 옷을 입어야겠어." 탈룰라는 벗어놓은 반바지와 잭의 옷가지, 휴대전화, 핸드백을 챙겨서 스칼렛의 집으로 들어간다.

주방 옆에는 작은 방이 있는데, 스칼렛은 그 방을 아지트라고 불렀다. 서가가 늘어선 그 방에는 은은한 조명이 흐른다. 작은 붉은색 소파 두 개가 호두나무로 만든 커다란 커피 테이블을 사이에 두고 마주 보고 있다. 테이블에는 신기한 장식품이며 광택이 나는 커다란 양장본 책 몇 권이 있다. 탈룰라는 거기로 들어가 문을 닫은 후 젖은 상의를 벗고 잭의 남방을 입는다. 물에 젖은 속옷도 벗고 바지를 입었다. 검은 수건을 젖은 머리에 감아 터번처럼 틀어 올린다. 탈룰라는 이곳에 있고 싶다. 따뜻하고 안전하니까. 저녁 내내 그녀를 괴롭힌 이질적인 느낌과 공기 중에 떠도는 무시무시한 기운을 이 방이 막아주는 것 같다. 휴대전화를 켜니 벌써 새벽 1시가 다 돼 간다. 엄마에게 문자를 보낼까 하다가 지금쯤이면 이미 잠자리에 들었을 것 같아 다시 전화를 껐다. 탈룰라는 작고 붉은 소파에 앉아 커다란 책을 하나 들고 책장을 팔랑팔랑 넘기기 시작한다. 하지만 글자와 이미지가 흐릿하게 보여, 아까보다 조금 깨긴 했어도 아직 술기운이 많이 남았다는 생각이 들었다.

"여기 있네." 문가에서 낮은 목소리가 들린다. 잭이다. 셔츠와 바지 차림의 그는 젖은 머리카락을 쓸어 넘겼다. "너는 뭐가 문제야?"

그가 문을 닫고 미끄러지듯 들어와 탈룰라의 앞을 막고 선다. 머리 바로 위에 달린 할로겐 전등 불빛이 잭의 얼굴에 불길한 그림자를 드리운다.

"그런 거 없어. 몸도 말리고 따뜻하게 있고 싶어서 잠시 들어온 거야."

"나를 헌신짝처럼 내팽개치고?"

"잭. 여기에 오자고 한 건 너야. 나는 두 시간 전에 집에 가고 싶다고 했어. 기억 안 나?"

"그래, 기억해. 하지만 나는 네가 나 때문에 집에 가고 싶다고 말하는 거라 생각했어. 네 잘난 친구들 앞에서 나 때문에 네 체면이 구겨지는 건 싫었거든."

"나는 오고 싶지 않았어. 집에 가고 싶었다고. 지금도 집에 가고 싶어. 바로 택시를 부를게."

탈룰라가 일어선다. 그러자 잭이 그녀 앞으로 성큼 다가오며 말한다. "안 돼. 안 된다고. 너는 아무데도 못 가. 아직은."

잭이 바짝 다가오자 염소 냄새와 후끈한 그의 숨결이 느껴진다.

"집에 가고 싶다고."

탈룰라는 잭을 피해 앞으로 가려 하지만 그가 두 팔을 세게 잡는다. "내가 오늘 밤 뭘 하려고 했는지 알기나 해, 룰라? 무슨 계획이 있었는지 아냐고?" 잭이 그녀의 팔 하나를 놓더니 다른 손으로 바지 주머니에 손을 집어넣어 작은 검은 상자를 꺼낸다. 상자를 그녀의 가슴뼈에 너무 세게 짓누르는 바람에 벌써 멍이 든 것 같다.

"아야. 아프잖아."

"열어." 잭이 으르렁거린다.

탈룰라는 숨을 깊이 들이쉬며 상자를 연다. 그리고 은은한 할로겐 조명 불빛을 받아 반짝이는 자그마한 다이아몬드에 시선을 고정한 채 공포를 느낀다. 역시 그랬다는 생각만 들 뿐이다. 짐작대로였다. 이 저녁이 마지막 1분까지 무시무시했던 이유.

탈룰라는 상자를 다시 닫아 잭에게 돌려주며 말한다. "어차피 거절했을 거야."

어찌나 단호하게 말했는지 그녀는 숨조차 쉬기 어렵다.

잭이 살짝 비틀거린다. "그렇구나. 그랬어."

탈룰라는 마침내 다 끝났다고 생각한다. 다 해결됐다고 말이다. 잭과의 여정은 완전히 끝났고, 그 마지막은 이렇게 단순하다고 말이다. 하지만 잭은 망연자실해 사실을 수용하는 듯하다가 당혹해하고, 너무나 순식간에 불같이 분노한다.

"그 여자구나, 그렇지?"

"누구?"

"그 여자애. 스칼렛. 그 여자가 펍에 들어온 순간부터 너는 안절부절못했어. 그래서 내가 여기 온 거야. 무슨 일인지 알아내려고. 대체 무슨 일이 벌어지고 있는 거야?"

그 순간 탈룰라의 마음속에서 쇄도하듯 뭔가가 치밀어 오른다. "우리는 함께할 거야." 그녀가 불쑥 말해버린다.

그 말을 이해하지 못한 잭의 얼굴이 순간 흉하게 뒤틀린다. "뭐라고?"

"나랑 스칼렛. 우리는 서로 사귀고 있어."

됐다. 다 됐다. 마침내 말했다. 다 끝났다. 탈룰라는 거칠게 숨을 내쉬며 그의 반응을 기다린다.

"너 그러니까, 그거……." 잭은 이해할 수 없는 뭔가를 설명할 만한 단어를 금방 찾아내지 못한다. "너랑 그 여자? 그러니까……."

"섹스해. 맞아."

"세상에." 잭이 살짝 비틀거리며 신음 소리를 낸다. "오, 하느님. 그럴 줄 알았어. 빌어먹을 네 휴대전화 사진을 보자마자 알았다고. 너무 뻔해. 그때 섹스한 거야? 너와 그 여자가?"

"맙소사, 아니야. 그때는 개랑 겨우 두 번째로 이야기한 날이었어."

"하지만 그날 밤에 시작됐지?"

"아니야, 아니라고. 그렇게 오래되지 않았어. 너와 나 사이에 불화가 시작된 이후야."

"무슨 불화? 우리에게 무슨 문제가 있었다는 거야?"

탈룰라는 눈을 깜박거리며 잭을 쳐다본다. 일부러 둔한 척하는 건지 아니면 진심으로 둘의 관계를 새로 써 그걸 믿고 있는 건지 분간할 수가 없다.

"젠장, 룰라. 젠장. 그 여자하고? 다른 사람 다 놔두고. 그 여자는 얼굴도 별로잖아. 말 그대로 못났어."

"그렇지 않아. 스칼렛은 아름다워."

잭이 자신의 머리를 와락 움켜쥔다. "이건…… 이건 미친 짓이야, 룰라. 이런 모습은 네가 아니야. 너는 빌어먹을 동성애자가 아니라

다크 플레이스의 비밀

고. 그건 그 여자지. 그 여자가 네게 이런 짓을 한 거야. 그 빌어먹을 년이 너를 꼬신 거라고. 모르겠어? 그 년이 너를 꼬신 거라니까."

그가 방안을 서성거리자 탈룰라는 잭이 이제 흥분을 가라앉히고 마음을 바꾸라고 그녀를 회유할지 아니면 그녀를 죽이려 들지 감도 잡을 수 없다. 그런데 잭은 그중 어떤 반응도 보이지 않았다. 그는 몸을 곧추세우고 탈룰라를 똑바로 보며 말했다. "이제 끝장이라는 거 너도 알겠지? 너는 더 이상 노아의 엄마가 될 수 없어. 이제부터는 아냐. 이 세상의 어떤 법정도 너 같은 인간에게 양육권을 주지 않아. 이 세상의 어떤 법정도. 나는 지금 집으로 돌아가서 노아를 데려갈 거야. 그리고 너는 노아를 다시는 못 볼 거야. 알겠어? 다시는 노아를 못 볼 거라고."

잭이 돌아서며 반지를 그녀에게 집어 던졌다. 탈룰라는 산산이 조각난 두려움과 분노의 파편들로 머리가 가득 차는 것 같다. 안 돼. 그녀의 몸을 이루는 원자 하나하나가 소리친다. 안 돼. 내 아이를 데려갈 순 없어. *안 돼. 내 아이를 데려갈 순 없어.* 탈룰라는 잭을 뒤따라 나가며 소리를 지르고 양팔을 뻗어 그를 잡아끌려 한다. 그가 하려는 짓을 막고 가려는 곳으로 가지 못하게 막으려 한다. 방을 막 나서는데 문가에 스칼렛이 젖은 속옷 차림으로 뭔가를 들고 서 있다. 사람들이 옹기종기 모여 있는 모습을 닮은 청동 덩어리다. 스칼렛이 그 청동 조각상을 머리 뒤로 들어 올리더니 잭의 정수리가 있는 앞쪽으로 힘껏 휘둘렀다. 탈룰라의 눈앞에서 청동 조각상이 잭의 뒤통수를 때린다. 분노에 찬 스칼렛의 고함과 고통에 찬 잭의 비명이 들렸다. 탈룰라는 잭이 완벽한 아치를 그리며 쓰러져 얼굴부터 하얀 화강암 바닥에 처박히는 모습을 멍하니 지켜본다.

제55장

2018년 9월

이튿날 아침은 일찌감치 시작된다. 숀이 쌍둥이를 데리고 있을 때면 늘 그렇다. 잭이 먼저 두 사람의 침대로 와 침대 옆 테이블에 놓인 숀의 휴대전화를 몰래 가져가려다 들켜 엎치락뒤치락 몸싸움하는 시늉을 했다. 잠시 후 들어온 릴리의 고운 갈색 머리는 엉망으로 뒤엉켰다. 그걸 보니 오늘 외출하려면 빗질에만 20분을 투자해야 할 것 같다는 생각이 든다. 커튼 틈으로 밖을 보니 일기예보대로 눅눅하고 흐린 날이 될 듯했다. 소피는 숀을 돌아보며 말한다. "보아하니 오늘은 워터파크에 가야 할 것 같아." 그러자 숀도 창밖을 내다보더니 한숨을 쉬며 말했다. "그럴 것 같네."

신난 아이들이 아래층으로 달려 내려갔고, 넷은 소피가 모두를 위해 준비한 특별 아침을 먹는다. 두툼한 미국식 팬케이크와 누텔라, 코코팝스 시리얼이다. 소피는 커다란 잔으로 커피를, 숀은 작은 잔으로 에스프레소를 마신다. 아이들은 재잘거리면서 아침을 먹고 시리얼을 바닥으로 떨어뜨린다. 그러면서 집에서 키우는 개 베티가 흘린 시리얼을 진공청소기처럼 얼른 먹어버릴 거라고 한다. 비가 조용히 창문을 때린다. 소피는 잠시 넷이 한 가족이 된 것 같다. 아

다크 플레이스의 비밀

이들이 도착한 뒤 줄곧 이런 느낌을 기다리고 있었던 것처럼 말이다. 사우스런던이 아주 먼 곳처럼 느껴졌다. 그 순간 소피는 이곳에서의 생활도 결국에는 해낼 수 있다는 자신이 생겼다. 둘에게 필요한 건 아이들을 만나는 일이었다. 이 학교로 옮겨온 후 성마르고 조급해 보였던 숀에게서 그런 기색이 어느새 자취를 감췄다. 바짝 자른 머리카락도 그동안 길어서 인상이 부드러워졌다. 쌍둥이가 짜증을 낼 때조차 그의 얼굴에선 미소가 사라지지 않는다.

소피가 휴대전화를 집어 들고 맨턴에 있는 레저 센터 개관시간을 검색하는데 킴이 보낸 메시지가 온다.

경찰이 영장을 받았어요. 곧 다크 플레이스로 갈 거예요. 속이 울렁거려요.

소피가 헉하고 숨을 들이쉬고는 얼른 답장을 보낸다.

세상에, 정말 빠르네요. 경찰이 진척상황을 언제 알려줄까요?

지금 인원을 짜고 있어요. 아마 두 시간 후? 숨을 못 쉬겠어요.

오, 킴. 제가 할 만한 일이 있을까요?

전송 버튼을 누르는 순간 소피는 말을 잘못했다는 사실을 깨닫는다.

와줄 수 있어요? 혹시 바쁘지 않으면요.

소피가 휴대전화에서 눈을 든다. 릴리와 잭은 두 번째로 구운 팬케이크들이 데워지기를 기다리며 토스터를 옆에서 지켜보고 있고, 숀은 그릇을 식기세척기에 넣고 있다. 모두 여전히 잠옷 차림이고 하루를 시작할 준비는 제각각이다. 온전히 네 사람만의 시간이 돼야 하는 하루 말이다. 그녀가 한숨을 쉬며 답장을 찍는다. *제 파트너의 아이들이 와 있어요. 다 같이 맨턴의 수영장으로 놀러 가려고*

해요.

소피는 잠시 손을 멈춘다. 내용이 너무 가혹하게 들릴 것 같다. 킴은 잠시 후면 딸이 죽었다는 소식을 들을지도 모른다. 그런데 수영장이라니. 제정신이야?

그녀는 얼른 한 줄을 덧붙이다. *하지만 당장 출발할 건 아니에요. 그러니까 잠깐 들를 여유는 있어요.*

정말 고마워요. 킴이 답장을 보낸다. *지금은 도저히 혼자서 못 견디겠어요.*

소피는 30분 후 킴의 집에 도착한다. 지금 왜, 그리고 어딜 다녀오려는 건지 가능한 한 짧게 설명하자 숀은 살짝 혼란스러워 보였다.

"한 시간 후에 돌아올게. 더 일찍 올 수도 있어."

"그 여자분과는 어떻게 알게 된 사이야?"

"반지로." 소피가 가볍게 대답했다. "내가 숲에서 찾은 반지 말이야. 그래서 킴과 함께 사건을 좀 조사했어."

"음, 너무 오래 있지는 마. 알았지?"

"수영장 갈 시간에 딱 맞춰서 돌아올 테니 걱정하지 마."

소피에게 문을 열어준 킴의 얼굴에는 그늘이 졌다. 화장도 하지 않았고 윤기가 흐르던 머리도 어깨 위로 칙칙하게 늘어져 있다.

아동 방송 소리가 거실에서 터져 나온다. 소피가 거실을 지나가는데 역시나 노아의 뒤통수가 보인다. 킴이 그녀를 주방으로 안내하고 의자를 빼준다.

"차 마실래요?"

"네. 주세요."

킴이 주전자 물을 받으며 한숨을 쉰다.

"소식 더 없어요?"

"아직 없어요. 최악의 상황이 일어날 것 같은 느낌이 자꾸 들어요. 못 견디겠어요."

킴의 어깨가 유난히 작게, 뼈가 뾰족하게 튀어나와 보인다. 소피는 신체접촉으로 그녀에게 위안을 주고 싶지만, 그 정도로 킴과 친하지는 않다.

"결국 일어날 거예요." 킴이 말한다. "그 탑에서 돌판을 열 테고 경찰이 그 안으로 내려가겠죠. 그러면 경찰은 분명히 뭔가를 찾아낼 거예요. 그건 내 세상을 완전히 박살낼 것일지도 몰라요. 그런데 나는 아직 그 상황에 대한 마음의 준비가 안 됐어요. 과연 그럴 날이 오기나 할지 모르겠어요. 어서 일어났으면 좋겠다가도 절대 일어나지 않으면 좋겠어요. 알아야 한다고 생각하면서도 몰랐으면 좋겠어요. 그 애가 그 아래에 있으면 어떡하죠? 내 사랑하는 딸이. 그 애가 거기 있으면 어떻게 해요? 거미가 우글거리는 데 말이에요. 그 애한테는 거미공포증이 있어요. 거미라면 질색을 하죠. 거미를 보면 실제로 숨을 못 쉬고, 몸을 부들부들 떨 정도예요. 누가 내 딸을 거미와 함께 가뒀다면 어떻게 하죠? 그 어둠 속에 혼자. 그 생각을 하면 도저히 견딜 수가 없어요. 그 아이가 거기 혼자 있다는 생각을……."

킴이 기어이 울음을 터트리자 소피가 일어나서 두 팔로 그녀를 안아주며 달랬다. "킴, 정말 유감이에요. 지금 정말 힘드실 거예요. 너무 힘드실 거예요." 주전자가 끓어 스위치가 꺼지지만 킴은 차를 내리지 않는다. 대신 의자에 무너지듯 앉아 벽에 걸린 시계를 바라본다. 시계는 10시 1분에서 10시 2분으로 넘어간다.

그때 휴대전화가 울린다. 휴대전화의 화면에는 '돔'이라는 이름이 찍혀 있다.

킴이 노아를 뒷좌석 카시트에 앉히고 안전띠를 채워주는 동안 소피는 조수석에 앉는다. 그녀는 휴대전화를 꺼내 손에게 메시지를 보낸다.

"킴과 함께 다크 플레이스로 가는 중이야. 경찰이 뭔가를 찾았나 봐."

그들이 마을을 거의 벗어날 즈음 마침내 손이 메시지를 확인한다. 그는 곧장 답장을 보낸다. *오, 맙소사. 끔찍한 일이 아니길 바라. 당신이 연락할 때까지 우리는 집에서 기다릴게.*

킴은 마을 외곽의 시골길을 흔들림 없이 달리다가 다크 플레이스로 난 좁은 길에서 속도를 바짝 올린다. 형광 복장을 입은 여성 경관이 저택으로 들어가는 대문에 서 있다. 킴이 창문을 내리고 말한다. "맥코이 경위님이 오라고 하셨어요. 나는 탈룰라 머레이의 엄마예요."

경관이 그녀를 들여보내자 킴은 군데군데 웅덩이가 팬 진입로를 운전해 경찰차와 경찰 표식이 없는 차들에 에워싸인 집 앞으로 간다. 또 다른 경관이 다가오자 킴은 다시 차창을 내리고 신원을 밝혔다. 그러자 경관은 무전기로 누군가와 이야기한 후 차에서 잠시 기다리라고 했다.

저택 현관이 활짝 열렸다. 우아한 대리석 복도와 크림색 석조 계

다크 플레이스의 비밀

단이 중앙을 빙 돌아 위층의 유리 난간으로 이어진다. 중앙에는 현대적인 분위기의 거대한 샹들리에가 걸려 있다. 벽마다 추상화가 걸렸고, 계단 토대 부분에는 1960년대 가죽 라운지체어가 낮은 커피 테이블을 사이에 두고 마주 본다. 신구가 완벽하게 조화를 이룬 탁월한 취향이 엿보였다. 하지만 이렇게 아름다운 저택은 1년 넘게 방치돼 있었고, 비로소 그 이유가 만방에 드러나기 일보 직전이다.

잠시 후 현관에서 돔이 나타나자 킴은 차에서 급히 내려 그에게 다가간다. 소피도 따라가고 싶었지만 노아가 차에 있어서 같이 갈 수가 없었다. 하는 수 없이 차 문을 열어서 왔다 갔다 하며 반은 차에 있고 반은 밖에 있다. 돔이 킴에게 무슨 이야기를 하고 킴이 그대로 무릎을 꿇듯 주저앉는다. 돔과 다른 남자가 각각 팔꿈치 아래쪽으로 손을 넣어 그녀를 부축해 세운다. 돔이 그녀를 품에 꼭 안았다.

소피가 고개를 돌려 노아를 본다. "네 할머니가 괜찮으신지 보고 올게, 괜찮지? 금방 올게. 여기서 잠깐만 기다려. 착한 아이처럼. 알았지?"

노아가 그녀를 보더니 혀를 쏙 내밀고 야유를 보낸다. 소피는 살짝 놀랐다. 아이가 그렇게 야유하는 모습은 처음 봤기 때문이다. 그녀 안의 초등학교 교사는 그런 행동에 야단을 쳐야 한다고 생각하지만, 소피는 이를 무시하고 저택 정문으로 걸어갔다.

그녀가 킴의 작은 등에 살며시 손을 올리고 묻는다. "킴? 무슨 일이에요?"

킴은 너무 헉헉거리느라 제대로 말할 수 있는 상황이 아니어서 돔이 대신 설명한다. "방금 터널에 들어갔는데 그곳에 사람의 유해가 있었어요."

소피의 눈앞에서 베일이 스르르 걷히며 살짝 욕지기가 느껴진다. "신원을 추측할 수 있나요?"

"아뇨. 아직은. 하지만 킴, 시신은 남성이에요."

킴이 흐느낀다. 꺽꺽 소리가 났다.

"그리고 이것도 찾았어요." 돔이 봉인한 투명 지퍼백을 들어서 보여준다. "이게 뭔지 알겠어요, 킴?"

소피가 그 비닐에 담긴 물건을 본다. 무늬 같은 그림이 찍혀 있는 휴대전화다. 그녀는 자신의 손 아래에서 킴의 어깨가 무너져 내리는 것을 느낀다. 킴에게서 난생처음 듣는 소리가 난다. 반쯤은 밴시*의 울음소리 같고 반쯤은 야생 개가 으르렁거리는 듯한 소리다. 킴이 자갈이 깔린 진입로에 무릎을 꿇으며 소리를 지른다. "아니야, 아니야, 아니야, 아니야, 아니야, 아니야, 내 아이가 아니야. 아니야, 아니야, 아니야, 아니야, 내 사랑스러운 아이가 아니야."

그 순간 킴의 차 뒷좌석에 타고 있던 노아가 소리를 지르며 울기 시작했다. 축축한 공기는 어느새 두 사람의 입에서 동시에 터져 나오는 날것의 비명으로 가득 찬다. 다른 모든 사람은 완벽하게 침묵으로 빠져든다.

● 울음소리로 가족의 죽음을 알린다는 유령.

다크 플레이스의 비밀

제56장

2017년 6월

"잭?"

탈룰라가 그의 어깨를 흔든다.

"잭?"

그의 몸은 이상하게 뻣뻣하고 잘 움직이지 않는다. 마치 볼 베어링을 뺐다가 다시 끼운 것처럼 움직임이 버벅거린다.

"잭?" 탈룰라가 귀에 대고 작게 그를 부른다. "오, 젠장. 잭."

그녀는 기괴한 각도로 돌아간 잭의 얼굴에 자신의 얼굴을 댄 채 입과 코에서 숨이 나오는지 확인한다. 아무것도 느껴지지 않는다. 등을 대고 그를 눕히려고 해보지만 너무 무겁다. 잭의 뺨 아래 타일에 작은 피 웅덩이가 보인다. 귀에서 피가 줄줄 흘러내린다.

"오, 하느님. 스칼렛, 대체 무슨 짓을 한 거야?"

스칼렛이 실망스러운 표정으로 탈룰라를 본다. "쟤가 네게서 아이를 빼앗으려고 했어, 룰라! 네 아이를 뺏어 가려고 했다고!"

"그래. 하지만 이럴 필요는 없었잖아!" 탈룰라가 스칼렛과 잭을 차례로 보더니 다시 스칼렛에게로 시선을 돌렸다. "스칼렛, 잭이 죽었어."

"네가 그 애가 없어지면 좋겠다고 내게 말했잖아, 룰라. 그 말을 내게 한 사람은 너였어. 기억해? 그 애가 사라지면 좋겠다고 말했잖아. 그러면 더 쉬울 거라고. 나는 저 애가 아기에 대해서 말하는 걸 들었어. 너를 위협하는 소리도 들었고. 그래서⋯⋯."

두 사람은 부엌 타일을 걸어오는 소리에 고개를 든다. 발소리의 주인공은 토비다. 개는 호기심에 찬 눈빛으로 둘을 보더니 잭의 시신을 향해 토닥토닥 걸어온다. 토비가 잭의 발 냄새를 맡더니 주저앉아 탈룰라를 바라본다. 그 뒤로 또 다른 형체가 나타났다. 연한 분홍색 수면안대를 이마로 반쯤 올린 채 실크 가운으로 자그마한 몸을 감싼 중년 여성이다.

그녀는 눈앞에 펼쳐진 광경에 눈살을 찌푸린다. 그러더니 안대를 벗으며 말했다. "음악소리 좀 줄이라고 말하려고 내려왔어. 그런데 이게 무슨 일이니?"

탈룰라는 아무 말도 나오지 않아 고개를 가로젓는다.

"오, 세상에." 그녀가 잭의 시신으로 다가간다. "이 사람 누구니? 너는 누구야? 이 사람 누구니, 스칼렛?" 여자의 시선이 스칼렛이 손에 든 물체로 향한다. 그녀의 말투는 서글프고 어딘지 연극조로 느껴진다. "내 피펀 아니지?"

탈룰라가 다시 고개를 흔든다. *피펀?*

여자가 잭의 얼굴로 몸을 숙이더니 다시 묻는다. "대체 이 사람이 누군지 내게 말해줄 사람 없니?" 그녀가 두 손가락으로 잭의 목 아래쪽을 짚고 그의 눈을 들여다본다.

"그 사람은⋯⋯ 잭이에요." 탈룰라가 말한다. "제 남자친구예요."

"그러면 너는?"

다크 플레이스의 비밀

"탈룰라. 저는 탈룰라예요."

"하느님 맙소사. 이 사람 죽었어." 그녀가 말한다. "무슨 일이 일어났는지 아무나 말 좀 해봐."

"몰라요." 스칼렛이 제 엄마가 '피핀'이라고 부른, 손에 쥐고 있는 괴상한 금속 물체에서 시선을 떼고 생기가 빠져나간 잭을 보더니 다시 그 물체를 본다. "몰라요. 잭이…… 잭이 노아를 빼앗으려고 했어요. 그래서……."

"노아가 누군데?" 스칼렛의 엄마가 한숨을 쉬며 묻는다.

스칼렛이 대답한다. "노아는 룰라의 아기예요. 잭이 노아를 룰라에게서 뺏어 가려고 했어요. 그래서……." 그녀가 다시 피핀을 보더니 입을 꾹 다문다.

탈룰라의 머릿속에는 방금 일어난 일에 대한 기억을 편집해버린 듯 검은 사각형이 생겼다. 잭이 부엌으로 그녀를 뒤쫓아 온 것은 기억난다. 개가 부엌으로 터벅터벅 들어와 잭의 발가락에 코를 대고 킁킁거린 것도 기억난다. 그 사이에 뭔가가 벌어졌다. 끔찍한 일이. 그 일이 머릿속에서 번개처럼 스치고 지나간다. "오." 탈룰라가 작고 작은 목소리로 말한다. "오." 그녀는 양손으로 입을 막고 몸을 흔들기 시작한다.

"좋아, 알았어. 이제 정신 차리고 잘 생각해보자." 스칼렛의 엄마가 말한다. "지금 시간이……." 그녀는 고개를 돌려 벽에 붙은 커다란 금속 시계를 본다. "새벽 2시를 막 지났네. 여기 또 누가 있니?"

"미미뿐이에요. 리엄과 렉시는 벌써 갔어요."

"미미는 어디에 있어?"

"몰라요. 몇 분 전에 안으로 들어왔어요. 전화를 충전하러 간다고 했는데."

"그러면 일단 우리뿐이네. 그리고 이 사람, 이 잭이라는 사람. 이 사람이 너를 해치려고 했니?"

탈룰라가 고개를 흔든다. "아뇨. 잭은 집으로 가려고 했어요."

"예전에 널 폭행한 적이 있어?"

"아뇨. 제게 그런 적은 한 번도 없어요."

"그러면 스칼렛. 이 사람이 너를 해치려고 했니?"

스칼렛이 뚱한 표정으로 고개를 흔든다.

"그러면 저 사람이 너를 해칠 거라 생각했어?"

그녀가 다시 고개를 흔든다.

"그러면 저 사람이 네 친구한테서 아기를 뺏어 갈 거라고 말했기 때문에 네가 뒤에서 머리를 쳤다고?"

"응."

"이 사람은 왜 네 아기를 데려가려고 했는데?" 이번에는 탈룰라에게 묻는다.

"왜냐하면…… 내가 털어놨기 때문이에요." 탈룰라가 스칼렛을 보자 그녀가 고개를 딱 한 번 끄덕인다. "내가 스칼렛을 사랑한다고 털어놨기 때문이에요."

탈룰라는 자신의 발언이 미친 영향이 스칼렛의 어머니 얼굴에 나타나기를 기다렸다. 하지만 아무것도 나타나지 않았다. 그녀의 얼굴은 미동도 하지 않았고, 어떤 반응도 보이지 않았다. 대신 그녀는 한숨을 쉬며 말했다. "알았어. 그래서 저 사람이 화가 났구나. 상처를 받았고. 약간 혐오스러웠을 수도 있겠지. 그가 네 아기를 데려가겠다고 했고 나가려는 참이었는데 그때……." 세 사람의 시선이 다시 바닥에 쓰러진 시체로 향한다.

잠시 아무도 입을 열지 않는다. 다음 순간 스칼렛의 엄마가 한숨을 쉬며 말한다. "이게 무슨 난장판이야. 너희 둘이 여기 있다는 사실을 누가 아니?" 그녀가 탈룰라에게 물었다.

탈룰라는 생각을 정리하려고 한다. "아무도 몰라요. 엄마는 제가 친구 집에 있다는 건 아세요. 하지만 누구 집인지는 알리지 않았어요."

"그럼 네 친구들은, 스칼렛?"

"음, 그 애들은 다 알아요. 전부 펍에 갔었거든요. 리엄과 렉시도 알아요. 여기 같이 있었거든요. 또 미미. 또 다른 사람들도 알 거예요."

"알았어. 그러니까 정리를 하자면, 이 사람이 집으로 돌아가지 않으면 사람들이 무슨 일이 생겼다고 알아차릴 거라는 말이네."

탈룰라는 고개를 끄덕이며 엄마를 떠올리고, 노아를 떠올리고, 자신의 침대를 떠올리고, 지금 원하는 것은 노아와 엄마와 침대뿐이라고 생각한다.

"네 어머니는 네가 몇 시에 귀가한다고 알고 계시니?" 스칼렛의 엄마가 탈룰라에게 묻는다.

"모르겠어요. 시간을 정하진 않았어요."

"좋아. 그러면 우리끼리 입을 맞출 수 있는 시간이 적어도 몇 시간은 있겠구나."

"경찰을 부르지 않으실 건가요?" 탈룰라가 묻는다.

"뭐라고? 아니. 이건 살인이야. 스칼렛이 감옥에 가게 될 거라고. 아마 너도. 그러면 넌 네 아기가 자라는 모습을 다시는 못 볼 거야.

이건 재앙이야. 절대적으로 재앙이라고." 그녀가 양손을 허리에 짚고 주위를 둘러본다. "미미. 미미는 어떻게 해야 하지? 그 애는 지금 어디 있니?"

"말했잖아요. 몰라요. 휴대전화를 충전하러 집안으로 들어왔어요."

"그럼 가서 찾아봐." 스칼렛의 엄마가 돌아보지도 않고 딸에게 지시한다. 그러더니 유리잔에 물을 받아 진통제 두 알을 먹는다. "으으. 머리 아파."

스칼렛이 고개를 끄덕인 후 미미를 찾으러 갔다. 잠시간 그곳에는 탈룰라와 스칼렛의 엄마, 개뿐이다. "스칼렛이 옆에 있으면 인생이 지겹질 않아. 그건 확실해." 스칼렛의 엄마가 말한다. "하느님 맙소사. 하나를 해결하면 다음이 있고 또 그다음이 있어. 그 애가 태어난 순간부터 계속! 렉스를 낳고 어찌나 정신없었던지, 딸을 가진 걸 알고 얼마나 흥분했는지 몰라. 나는 딸을 낳으면 만들기 놀이나 하고 서로 머리를 꾸며주면서 조용한 오후를 보낼 줄 알았어. 그런데 아니더라. 따지자면 렉스보다 훨씬 힘들었어. 언제나 밖으로 나가고 싶어 하고, 달리고 싶어 하고, 시키는 건 절대로 안 하려고 하고, 늘 조잘거리고 싶어 했지. 오, 맙소사. 어찌나 조잘거리는지." 그녀는 고운 손을 광대뼈에 대더니 이마를 문질렀다. "악몽 같은 애야. 그러더니 십 대가 됐어. 그 애는 열세 살에 처녀성을 잃었고, 열세 살에. 남자에게 미쳐 있었지. 그러더니 이번에는 여자애들에게 미쳤어. 더 많은 남자애, 더 많은 여자애. 가는 학교마다 정학을 당해서 갈 수 있는 곳이 없었어. 걘 신경도 안 썼어. 그게 문제야. 나도 십 대 때 이런저런 규칙을 많이 깨봤지만, 그 결과에는 신경을 썼거든. 그런데 스칼렛은 절대 그런 법이 없어. 그런 애를 데리고 뭘 할 수 있겠니?"

스칼렛이 돌아온다. "미미는 내 침대에서 완전히 기절했어."

"그럼 그 애는 그냥 내버려둬. 이제 중요한 일부터 순서대로 처리하자. 우리는 저 남자를 없애야 해." 스칼렛의 엄마가 말했다.

탈룰라가 고개를 흔든다. 거의 혼이 나갈 지경이지만 잭이 물건이나 다름없는 상태가 됐다는 사실을 받아들일 수가 없다. 그의 옆 바닥에 놓여 있는 괴상하게 생긴 청동 조각상 피핀과 다르지 않은 물건, 없애버려야 할 것이 됐다는 사실 말이다. 뭔가 잘못된 것 같다. 그녀는 아주 잠깐 다 토해버릴 것 같은 어질어질한 감정들과 싸우며 그걸 구분해보려고 한다. 그러다가 이 상황에서 해결책은 단하나뿐이고, 그게 스칼렛의 엄마가 한 제안이라는 사실을 깨닫자 쓰러질 것 같다.

스칼렛과 그녀의 엄마가 눈빛을 교환하며 보일락 말락 고개를 끄덕인다. "터널?" 스칼렛의 엄마가 말한다.

"응. 터널." 스칼렛이 대답한다.

제57장

2018년 9월

경찰은 킴과 소피에게 일단 돌아가라고 한 후 다크 플레이스에서 시체 운반용 자루를 가지고 나온다. 노아는 악을 쓰고 울다가 지쳐서 잠이 들었고, 지금은 뒷좌석에서 조용히 코를 골고 있다.

킴은 운전대를 꽉 붙잡고 있다. "그 사람들. 그 여자. 그 여자애. 그럴 줄 알았어요. 여기 왔을 때 알겠더라고요. 다 나쁜 사람들이었어요. 본능적으로 느꼈어요. 알죠, 그 저택. 거기 뭔가 사악한 게 있었어요. 그렇게 완벽한 여름 낮이었는데 말이에요. 내 예감이 맞았던 거예요! 수영장에서 자기들끼리 깔깔거리고, 맥주를 마시고, 구역질이 나요. 왜 그랬을까요? 대체 왜요? 그 뒤로도 몇 주 동안 그곳에서 아무렇지도 않게 살았잖아요. 그 아래에…… 그걸 두고." 킴이 다시 울음을 터트린다.

"차를 옆으로 댈까요?" 소피가 부드러운 어조로 권한다. "잠시만요."

킴이 고개를 끄덕이더니 신호를 보내고 길가에 차를 댄다. 그녀는 운전대에 얼굴을 박고 잠시 운다. 얼마 후 감정을 가라앉힌 그녀가 다시 도로로 차를 들어가 마을로 차를 몬다.

다크 플레이스의 비밀

킴의 집에서 소피가 숀에게 메시지를 보낸다.

*경찰이 시신을 발견했어. 남자야. 탈룰라의 휴대전화도 찾았어.
다른 소식이 있을 때까지 킴과 함께 기다리고 있으려고. 연락할게.*

숀이 알았어.라는 간단한 답장과 함께 키스 이모지를 보낸다.

킴은 부엌에 앉아 노아에게 뭘 먹이고, 소피는 거실에 앉아 선반
에 놓여 있고 벽에 걸려 있는 사진 액자들을 둘러본다. 평범하고 어
떻게 봐도 행복해 보이기만 하는 가족이다. 탈룰라는 예쁘장하게
생겼지만 주위에 녹아들기를 좋아하는 스타일의 소녀처럼 보인다.
칭찬이나 유난함을 좋아하지 않으며 정해진 일과와 평범함, 단순한
음식을 좋아하는 소녀 같다. 혹시라도 사람들에게 오해를 살까 봐
파격적인 패션이나 화장을 시도하지도 않는 소녀. 그런데 어쩌다
자크 가족 같은 자기중심적이고 자유분방한 사람들에게 휘말렸을
까? 어떻게 그렇게 됐을까? 언제 그렇게 됐을까? 그리고 그 만남은
어쩌다가 사람들이 짐작하는 것 같은 결말을 맞게 됐을까?

소피는 새로 들어온 메시지가 없는지 휴대전화를 열어 확인해본
다. 혹시 미미가 새로운 영상을 올렸는지 확인해보려고 유튜브로
들어갔는데 영상이 사라지고 없다. 아예 계정 자체가 사라졌다. 미
미는 망망대해에 떠 있는 요트에서 불가해한 힘으로 어떻게든 그녀
를 조종하는 스칼렛 자크에 의해 자취를 감추게 됐을 것이다.

제58장

2017년 6월

계단의 돌판을 터널로 내려가는 계단에 다시 끼운다. 스칼렛이 낡은 레버로 돌판을 제자리에 고정했다. 세 사람은 모두 땀에 젖었고 지저분하다. 그들은 일어서서 손이며 다리를 문질렀다. 작고 눅눅한 탑 속의 공기는 오래된 알코올과 땀, 두려움의 냄새로 탁하다.

개가 작은 방으로 들어오는 문 앞에서 작게 낑낑거리며 불안하게 기다리고 있다. 토비는 사람들의 뒤를 따라 부엌으로 들어간다. 그 부엌 바닥 한가운데 작은 피 웅덩이가 있다. 스칼렛의 엄마가 종이 행주로 피를 다 닦고 표백제를 살포한 후 피를 닦은 휴지를 싱크대에서 태워버린다. 남은 재는 배수구로 흘려보내고 표백제를 더 뿌려 싱크대를 청소했다.

새벽 3시가 거의 다 됐다. 여닫이문에 달린 유리에 수영장의 LED 램프 불빛이 반사된다. 램프들은 천천히 연분홍에서 진분홍으로 바뀌었다가 다시 보라색으로 바뀌고, 끝에 가서는 파란색이 된다.

탈룰라는 커다란 가죽 소파 끄트머리에 털썩 앉아서 아주 작은 목소리로 말한다. "이제 집에 가도 돼요?"

"안 되지." 스칼렛의 엄마가 즉시 단호하게 말했다. "안 돼. 너는 지금 엄청나게 충격을 받은 상태야. 그러니 지금 집에 가면 네 어머니가 다 알게 될 거야. 우리가 이 문제를 확실히 해결할 때까지는 아무데도 보내줄 수 없어. 알겠니?"

탈룰라는 그녀를 빤히 바라본다. 반대할 이유가 천 개나 의식의 수면으로 솟아오르지만 지금은 너무 피곤하다. 정말 지쳐서 그저 자고 싶을 뿐이다. 그녀는 스칼렛의 엄마가 핫초코를 끓이는 모습을 멍한 표정으로 지켜본다. "맙소사." 그녀가 중얼거렸다. "내일 렉스가 집에 오면 뭐가 필요하지? 그리고 다음 주는 마요르카. 사는 게 뭔지." 그녀가 나무 숟가락으로 천천히 핫초코를 저으며 말한다. "사는 게 뭔지."

스칼렛의 엄마가 핫초코를 머그잔에 따라 두 사람에게 한 잔씩 준다.

"자. 마셔."

핫초코는 맛있고, 진하고, 부드럽게 넘어가지만 어딘지 묘하게 화학물질 같은 맛이 난다.

"럼을 좀 넣었어. 속이 좀 편해지라고. 둘 다 그래야 해. 너무 지쳤잖니. 아드레날린이 치솟았잖아. 그러면 노화도 빨리 와. 기적의 호르몬이지만 너희에겐 끔찍하지. 결국……."

탈룰라는 스칼렛의 엄마가 말할 때 입이 움직이는 모양을 가만히 지켜본다. 그런데 뭔가 연결이 어긋나면서 단어와 입이 만들어내는 형태가 맞아떨어지지 않는다. 말소리마저 DJ의 덱에서처럼 기묘하게 늘어지기 시작하더니 점점 느려져 형태가 무너졌다. 그리고 눈, 눈이 너무 무겁다. 너무 무거워서 감아버리고 싶은데 한편으론 계속 뜨고 있고 싶다. 왜냐하면 계속 깨어 있어야 하기 때문이다. 하지만 도저히 버틸 수가 없다. 잠시 후 방안의 모든 불빛이 망막 안쪽으로 점점 모여든다. 그리고…….

눈을 뜨니 사방이 캄캄하고 춥다. 탈룰라는 온몸이 통증과 고통으로 노래하고 입이 너무 건조해서 처음에는 이 뒤에서 혀를 뗄 수도 없다. 눈이 어둠에 익숙해지자 작은 유리병에 든 양초의 불빛이 펄럭이는 게 보였다. 커다란 플라스틱 물통의 윤곽이 보여 뚜껑을 열고 다급하게 들이켰다. 탈룰라는 모피 담요에 싸여 있고 베개도 있다. 초콜릿과 값비싸 보이는 비스킷, 두루마리 휴지, 양동이 하나가 놓여 있다. 터널 저쪽에는 땅에서 솟은 혹 같은 형체가 있다. 탈룰라는 그 형체가 잭이며 자신은 집 아래에 내려와 있다는 사실을 알아차렸다. 그녀의 머리 위는 단단한 암반이다. 그러니까 탈룰라는 이곳에 남자친구의 시체와 함께 갇힌 것이다.

성냥 한 상자와 상자에 든 더 많은 양초가 있다. 탈룰라의 휴대전화도 있다. 그녀는 휴대전화를 켜지만, 이 터널에서는 신호가 잡히지 않는다. 게다가 남은 배터리는 16퍼센트밖에 되지 않는다.

탈룰라는 휴대전화를 내려놓는다. 바로 그때 뭔가가 맨살이 드러난 발목을 가로질러 가는 느낌이 든다. 다리 쪽을 보니 피부 위에 거미 한 마리가 앉아 있다. 모든 튀어나온 부분과 모든 다리와 빙글빙글 꼬여 있는 에너지가 보인다. 탈룰라는 그 순간 펄쩍 뛰어 오르며 비명을 지르고 지르고 또 지른다.

다크 플레이스의 비밀

제59장

2018년 9월

아침이 서서히 흘러 점심시간에 가까워지자 킴이 말했다. "이제 가봐요, 소피. 나는 이제 괜찮아요. 라이언이 곧 올 거예요."

"라이언요?"

"내 아들요. 오전 내내 전화를 했어요. 무음으로 해뒀다지 뭐예요. 어쨌든 곧 도착할 거예요. 그러니 이제 가도 돼요. 나는 괜찮을 거예요."

소피는 킴의 아들이 도착하기를 기다린다. 몇 분 후 도착한 라이언은 곧장 엄마의 품으로 달려가 엉엉 울기 시작했다. 소피는 조용히 문을 닫고 나와 메이폴 하우스 뒤쪽으로 발걸음을 재촉했다.

광장을 가로지르는 형체도 학교를 향해 걸어가고 있다. 자세히 보니 렉시다. 협동조합 마트에서 오는 길인 듯 쇼핑백을 들고 있다. 소피는 발걸음을 늦추고 렉시가 그녀를 따라잡을 때까지 기다렸다가 짐짓 미소 지으며 인사한다.

"경찰이 뭔가를 찾았어요. 다크 플레이스에 있는 비밀 터널에서요."

렉시가 입을 떡 벌리고 눈을 휘둥그레 뜬다. "오, 맙소사. 그 남자를요?"

"그 남자라니 누구요?"

"그 남자애요. 잭."

"왜 그렇게 생각해요?" 소피가 조심스럽게 물었다.

"그렇게 시간이 흐른 후에 경찰이 다시 거기 간다면 당연히 뭔가를 찾았겠죠. 그곳이 두 사람이 마지막으로 목격된 곳이니까요……."

"두 사람? 그런데 렉시는 방금 '그 남자'라고 말했잖아요. 그 남자애. 마치……." 소피는 말을 멈추고는 숨을 헉 들이쉰다. "렉시. 내 말을 오해하지 말고 들어요. 뭘 암시하는 말을 하려는 게 아니에요. 약속해요. 하지만…… 어제 당신 여행가방에서 내 책 한 권을 봤어요. 당신은 그 책에 탐정이 마분지를 찾아내는 대목이 있다는 걸 알죠. 실제로 일어난 일과 똑같아요. 너무 기묘한 우연의 일치 같아요. '이곳을 파보시오' 표지판 말이에요. 혹시 그것과 관계가 있어요?"

그들 뒤로 교회 종이 울렸다. 딱 한 번. 소피의 질문은 절개된 상처를 벌리는 죔쇠처럼 둘 사이에 의미심장하고 생생하게 걸려 있다.

렉시는 처음에는 대답하지 않는다. 그러나 잠시 후 보일락 말락 고개를 끄덕였다.

제60장

2017년 6월

탈룰라는 터널로 내려온 지 얼마나 됐는지 모른다. 배터리가 다 닳기 전에 마지막으로 휴대전화를 켜서 확인해보니 토요일 밤 10시 48분이었다. 그리고 그 이후로 최소 여섯 시간이 흐른 것 같다. 그렇게 계산하면 지금은 일요일 새벽인 듯하다. 스칼렛의 엄마가 준 약을 탄 핫초코를 마신 지 꼬박 하루가 지났다. 무슨 일이건 일어난 후로 스물네 시간. 잭의 죽음을 의미하는 그 일. 잭이 노아를 데리러 가려고 한 후에 일어난 그 일.

탈룰라는 눈을 감고 또다시 그 순간으로 되돌아가려고 정신을 집중하려 하지만 도무지 끝이 나지 않는다. 그 일을 저지른 사람이 스칼렛이라는 건 확실하다. 스칼렛의 손에 들려 있는 금속 덩어리가 보였다. 그 후 온몸으로 아드레날린이 솟구쳐 흐르고 흉곽 안의 심장이 쿵쿵 뛰었다. 하지만 바로 직전에 무슨 일이 있었는지는 모르겠다.

그녀는 모피 담요를 목까지 끌어올려 온몸을 덮고 있다. 이 담요로 일종의 거미 방지복을 만들었다. 하지만 여전히 피부 위로 작은 발이 슬금슬금 돌아다니는 듯한 기분이 든다. 담요가 덮이지 않은 곳에 거미가 느껴진다. 이를테면 눈과 콧구멍 같은 곳 말이다. 귀 속으로 기어들어가는 중일지도 모른다. 몇 시간 전부터 볼일이 보고 싶지만 필사적으로 참고 있다. 너무 무서워서 자신이 만든 고치에서 나가는 건 꿈도 꿀 수 없다. 목이 타지만 물도 마시고 싶지 않다. 가지러 가야 하기 때문이다. 대신 비스킷을 먹었다. 몇 시간 동안 꼼짝도 하지 않아서 온몸의 관절이 비명을 지른다.

그녀는 자신이 아직 살아 있으므로, 음식과 물과 양초와 담요와 함께 방치돼 있으므로 조만간 누군가 구해주러 올 거라고, 이곳에는 일시적으로 버려진 거라고 추측한다. 물론 확신할 수는 없다. 일이 틀어지거나 결국 이곳에서 죽어갈 것이라는 생각은 너무 끔찍해서 그녀의 머리가 제대로 받아들이지 못한다.

다시 한 시간이 흐른다. 더 흘렀을지도 모른다. 볼일을 보고 싶은 욕구는 어느새 사라졌다. 그녀는 자신의 몸이 어떻게든 방광의 내용물을 스펀지처럼 다 흡수해버렸다고 상상했다. 용기를 내 담요에서 한쪽 팔을 내밀어 양초를 들어 올린다. 그리고 터널 저쪽, 땅의 혹처럼 불쑥 튀어나온 것 같은 잭의 시신을 비춰본다. 벽마다 일정 간격을 두고 등이 달려 있다. 잠깐이지만 탈룰라는 정말 오래된 등이라고 감탄했다. 불을 밝힌 등이 도망자들을 안전한 곳까지 인도하는 모습을 상상한다. 이 터널이 얼마나 길게 이어져 있는지 궁금하다. 끝까지 가면 출구가 나올지도 궁금하다. 하지만 출구를 찾으려면 이 담요에서 나가야 한다. 탈룰라는 이 담요에서 절대로 나가고 싶지 않다. 사방에 거미가 있으므로.

탈룰라의 머리 위로 빛이 나타난다. 스칼렛이 계단 위에 앉아 있었다. 머리 위 방에 나 있는 입구에서 최대한 가깝고 터널 바닥을 기어 다니는 거미와 잭의 시신으로부터 가장 멀리 떨어진 곳이다. 시간이 얼마나 더 흘렀는지 모른다. 두 번째 양초가 다 탈 만큼의 시간이다. 비스킷을 다 먹을 정도의 시간. 물이 다 떨어질 만큼의 시간. 잠을 두 번 잘 만큼의 시간. 돌 입구가 삐걱하는 소리에 고개를 돌리고 위를 본다.

"쉬!"

스칼렛이다. 탈룰라가 그 틈으로 새어 들어오는 빛에 적응해 얼굴을 알아보기까지 잠시 시간이 걸렸다.

"조용히. 너 괜찮니?" 스칼렛이 물었다.

탈룰라는 대답하려 하지만 말이 나오지 않아 고개만 흔들었다.

"우리는 이곳을 떠날 거야. 하루 정도만 더 버티면 될 것 같아. 사방에 경찰이 깔렸지만, 우리에게는 더 볼일이 없는 게 확실해. 그러면……."

"노아는 어때?" 탈룰라가 쉰 목소리로 묻는다.

"노아는 괜찮아. 내가 봤어. 네 엄마도 괜찮을 거야. 잘 들어, 탈룰라. 곧 괜찮아질 거야. 알았지? 조금만 더 버텨줘. 너를 위해 피칸 데니쉬를 가져왔어. 네가 제일 좋아하는 거." 스칼렛이 종이행주로 감싼 뭔가를 틈을 통해 건네자 탈룰라가 그걸 받는다. "물이 더 필요해? 또 필요한 건 더 없어?"

"나가고 싶어." 탈룰라가 애원한다. 여전히 쉬고 갈라졌진 목소리지만 점점 힘이 들어간다. "여기서 당장 나가고 싶어……. 나는 여기서 있을 수가 없어. 스카, 제발. 보내줘. 나는 도저히……."

스칼렛은 손가락을 입에 대더니 고개를 돌려 뒤를 힐끔 본다.

"쉬." 그녀는 탈룰라를 다시 조용히 시킨 뒤 돌판을 다시 제자리에 끼웠다.

다시 어둠이 찾아온다.

제61장

2018년 9월

아멜리아 부 로디스와 진행한 경찰 신문 녹취록

2018년 9월 12일

맨턴 경찰서

참석자 : 도미니크 맥코이 경위, 아아샤 버트 경감

맥코이 경위DM 아멜리아. 아니면 미미가 더 편한가요?

아멜리아 로디스AR 미미. 그렇게 불러주세요.

DM 좋아요, 미미. 이렇게 와줘서 고마워요, 자유의사로.

AR 오래전부터 다 털어놓고 싶었어요. 몇 달 전부터. 아니 훨씬 더 오래전부터요. 하지만…… 너무 무서웠어요.

DM 무섭다니 뭐가요, 미미?

AR 무서웠어요……. 말하기 어려워요. 어떻게 설명해야 할지 모르겠어요. 스칼렛이요. 그 애에게는 그런…… 힘이 있어요.

DM 그게 무슨 의미인지 구체적으로 설명해줄 수 있어요?

AR 제 말은…… 모르겠어요. 그 애가 없으면 제가 아무것도 아닌 존재가 될 것 같아요. 그 애는 그렇게 생각하게 만들어요. 뭐랄까, 스칼렛과 함께 있으면 대단하고 신나요. 하지만 그 애의 기분을 망치는 짓을 한다거나 하면 나를 쫓아버릴 것 같은 위협이 늘 느껴져요. 그러니까 절대 스칼렛을 거스르고 싶지 않은 거예요.

DM 스칼렛 자크와는 언제 처음 만났죠?

AR 메이폴에 입학한 첫 학기 초예요. 저는 열여섯 살이었어요. 우리는 미술 A 레벨 시험을 준비했어요. 직물 디자인도요. 그래서 같이 수업을 들을 일이 많았어요.

DM 그러면 그전에도 스칼렛을 알았나요?

AR (침묵)

DM 네, 아니요로 대답해줄래요? 기록을 위해서요.

AR 아뇨. 그전에는 한 번도 본 적이 없어요. 하지만 우리는 보자마자 죽이 맞았어요. 그 애는 같이 있으면 신이 났거든요. 모두 그 애와 친구가 되고 싶어 했어요. 그런데 그런 애가 나를 선택해준 거예요. 일단 스칼렛에게 선택되면 영원히 스칼렛의 사람이에요. 말하자면 그런 기분이 든다는 거죠. 그래서 루비, 제이든, 로키와 저까지 우리는 모두 그녀를 따라 맨턴으로 갔어요. 다른 대학으로 갈 수도 있었어요. 특히 제이든과 로키는요. 두 사람은 천재 같거든요. 제이든은 로열 칼리지에 들어갈 수 있었고, 로키는 런던패션칼리지에 이미 합격했어요. 정말 재능이 뛰어났죠. 그런데 맨턴으로 갔어요. 스칼렛이 그 학교로 갔으니까요. 이야기를 들어도 믿기지 않으실 거예요. 특히 그때 일을 되돌아보면요. 하지만 스칼렛은 사람들이 그렇게 느끼게 만들어요. 스칼렛이 없으면 내 삶도 의미가 없다고 말이에요. 그렇다고 스칼렛이 뭘 어떻게 하는 건 아니에요. 절대 나쁜 짓은 하지 않았어요. 그냥 그렇게 느끼게 만드는데…… 설명을 잘 못하겠어요. 정말 이상해요. 그 애한테 제가 꼭 필요할 것만 같아요. 그런데 실은 반대로 제가 그 애를 더 필요로 한 거예요.

DM 그렇다면 2017년 6월 16일 저녁으로 되돌아가봅시다. 정확히 무슨 일이 있었는지 당신이 생각하는 대로 말해줄 수 있어요?

AR 어, 펍에서부터요?

DM 그래요. 거기서부터 시작해요.

AR 음, 기말고사가 끝난 날이었어요. 금요일이었죠. 우리는 스완 앤드 덕스에 모였어요. 신나고 평범한 저녁이었어요. 친구들이 다 모였고 스칼렛의 전 남자친구인 리엄도 왔어요. 우리는 야외석에 자리를 잡고 술을 몇 잔씩 마셨어요. 그런데 스칼렛이 잠시 돌아보고 오겠다며 펍 안으로 들어가더니 통 오질 않는 거예요. 그래서 찾으러 가봤더니 그 애들과 함께 앉아 있었어요. 탈룰라와 그 애 남자친구요. 분위기가 정말 묘했어요. 긴장이 감돌았죠.

DM 당신이 아는 한 스칼렛과 탈룰라 사이에 뭔가가 있었나요?

AR 그런 느낌이었어요. 네. 우리는 그 이야기, 그러니까 두 사람의 우정에 대해서 자주 이야기했어요. 좀 이상했거든요. 못된 말은 하고 싶지 않지만, 탈룰라는 우리와는 전혀 다르잖아요. 아시죠? 그 애는 말수도 없고 옷도 평범하게 입거든요. 착하긴 한데 왜 스칼렛이 그 애와 어울리려고 하는지 이해를 못 했어요. 그런데 어느 날 루비가 학교에서 뭘 봤다는 거예요. 주위에 보는 눈이 없다고 생각했는지 둘이 손을 꼭 잡고 있었대요. 그 후로 우리는 둘 사이에 뭔가가 진행 중이거나 이미 시작됐다고 짐작했어요. 그런데 스칼렛은 아무 말도 하지 않았고, 우리도 그 외에는 아무것도 못 봤어요. 그러니까…….

DM 그래서 그 펍에서?

AR 네. 우리는 탈룰라네 자리로 몰려가서 술을 꽤 마셨어요. 잠시 후에 제이든과 로키와 루는 돌아갔어요. 루의 아빠가 데리러 오셨는데 두 사람은 루와 함께 살았거든요. 그래서 우리만 남았어요. 잠시 후에 리엄과 렉시가 합류했고, 렉시가 우리를 스카의 집으로 태워줬어요.

AR (침묵)

DM 계속해요.

AR 네. 죄송해요. 그래서…… 우리는 스카의 집으로 갔고 맥주를 마시고 담배도 좀 피우고 수영장에서 놀았어요. 잠시 후에 잭과 탈룰라가 집으로 들어갔고, 그 후에 저도 들어갔어요. 휴대전화를 충전하려고요. 그때 주방 옆에 있는 작은 방에서 말소리가 들렸어요. 미닫이문이 살짝 열려 있어서 들여다보니 잭이 탈룰라를 거칠게 밀쳤어요. 두 사람은 말다툼 중이었죠. 잭이 탈룰라에게 청혼하려 했다고 말하는 것 같았어요. 그런데 그가 탈룰라에게 반지를 던졌어요. 저는 거기까지만 보고 돌아서서 휴대전화를 충전하러 갔죠. 그런데 주방에는 안드로이드 충전기가 없는 거예요. 스칼렛의 방에 둔 제 핸드백에 충전기가 있어서 그걸 가지러 올라갔어요. 충전기를 찾는데 시간이 좀 걸렸고, 마침내 충전기를 찾아 내려오는데, 계단에서 듣고 말았어요…….

AR (침묵)

DM 괜찮아요? 좀 쉴까요?

AR 아뇨. 괜찮아요. 탈룰라가 소리를 지르고 있었어요. '무슨 짓을 한 거야?' 그러자 스칼렛이 '네가 이걸 원했잖아. 그가 죽기를 원했잖아.' 하고 대답했어요. 저는 그때 주방에 거의 다 왔었지만 들어가진 않았어요. 왜 그랬는지 모르겠어요. 하지만 그러니까…… 스칼렛 때문이었어요. 뭔가 끔찍한 일이 벌어졌는데, 제가 그걸 봤다는 걸 스칼렛이 알까봐 무서웠어요. 스칼렛이 무서웠어요. 그래서 다시 계단을 올라가서 옷이며 가방을 챙겨서 도망가려고 했어요. 그런데 그때 스칼렛이 올라오는 소리가 들렸어요. 저는 얼른 침대로 올라가서 이불을 뒤집어쓰고 자는 척했어요. 그렇게 몇 시간을 누워서 사이렌 소리든 뭐든 들리기를 기다렸어요. 아니면 스칼렛이 올라와서 무슨 일인지 알려주기를 기다렸죠. 뭐든 일어나기를 계속 기다렸어요. 그런데 아무 일도 일어나지 않았어요. 조용했죠. 아무 일도 일어나지 않은 것처럼요. 동이 터오는 걸 보니 아침 6시 무렵이었어요. 저는 물건을 전부 가방에 쑤셔 넣고 아래층으로 내려가 주방으로 들어갔어요. 주방은 텅 비어 있었고, 주방 옆 작은 방을 봤더니 거기 소파에서 스칼렛이 곯아떨어져 있더라고요. 깨우려고 했는데 죽은 듯이 잠들어선 힘껏 흔들었는데도 눈을 뜨지 않았어요. 그때 검은색 작은 상자를 봤어요. 반지 상자요. 바닥에 떨어져 있더라고요. 잭이 탈룰라에게 던진 거였어요. 저는 그걸 집어 들어 가방에 넣었어요. 이유는 모르겠어요. 그저…….

AR (침묵)

DM 괜찮아요. 계속해요.

AR 그러면 안 된다는 거 알아요. 하지만 스칼렛을 지키고 싶었어요. 전날 밤에 무슨 짓을 했는지는 몰라도 그 반지가 증거가 될 것 같았어요. 사건의. 어떤 종류인지는 모르지만요. 저는…… 정말, 정말 죄송해요. 경찰에 그 반지를 넘겨야 했는데. 주방에서 들은 걸 다 이야기해야 했어요. 그래야 했어요. 그러지 않은 건 정말 나쁜 짓이에요. 저도 알아요. 정말 알아요.

DM 그래서 그 반지를 챙겨서 어떻게 했죠?

AR 그 집을 나왔어요. 진입로를 걸어서 내려갔죠. 정문 앞까지 엄마가 데리러 와서 집으로 같이 갔어요. 그게 끝이에요.

DM 스칼렛한테서 다시 연락을 받았나요? 그 집을 떠난 후에?

AR 네. 점심쯤에 전화했더라고요. 막 일어났다면서 어디냐고 물었어요. 집이라고 했죠. 그랬더니 몇 분 후에 다시 전화가 왔어요. 탈룰라가 집에 오지 않아서 그 애 엄마가 저와 이야기를 하고 싶어 하신댔어요. 제 전화번호를 알려줘도 괜찮겠냐고 했어요. 그래서 저는…… 저는 해야 할 질문을 하지 않았어요. 아무 질문도 하지 않았어요. 그냥 그러라고 했어요. 그 애가 저보고 괜찮은지 물었고, 저는 좀 피곤하다고 했어요. 그게 끝이었어요. 그게 그 일에 대해서 스카와 나눈 유일한 대화였죠. 다른 일에 대해서도 마찬가지였고요. 그 후로 다시는 이야기를 하지 않았거든요. 저는 그해 여름을 런던에 있는 아빠 집에서 보냈어요. 그런데 9월에 맨턴으로 다시 와보니 스칼렛과 그 애 가족이 떠나고 없었어요.

DM 그러면 여름 내내 스칼렛과는 연락하지 않았나요?

AR 네. 한 번도요. 그 애도 제게 전화하지 않았어요. 저도 그랬고요.

DM 함께 어울리는 다른 친구들은요?

AR 음, 연락은 주고받았지만 그날 저녁에 대해서는 아무 말도 하지 않았어요. 그날 일은 아무도 말하지 않았어요. 이런 이야기를 들으면 이상하다고 느끼시겠죠.

DM 그러면 미미, 아까 증언하기를 몇 주 전에 그 반지를 렉시에게 줬다고 했죠? 그 일에 관해 이야기해줄 수 있어요?

AR 네. 그럴게요. 그러니까…… 저는 여름 내내 그 반지를 가지고 있었어요. 그런데 반지를 어떻게든 처리하고 싶었어요. 그리고 나서서 제가 들은 걸 이야기하고 싶었어요. 아니 제가 들었다고 생각되는 이야기를요. 왜냐하면, 아시잖아요. 그때 전 취해 있었잖아요. 약도 좀 했고요. 제가 보고 들고 한 것들은 전부 붕 떠 있었어요. 그저 번쩍번쩍하는 느낌이었죠. 저는 그날밤에 무슨 일이 있었든 증거 같은 걸 경찰이 찾아낼 거라고 줄곧 생각했어요. 아니면 스칼렛이 돌아오거나, 탈룰라가 돌아오거나, 잭이라도 돌아올 거라고요. 그러니까 다 제 상상일 수도 있잖아요. 저는 제가 뭔가 조처하거나 개입하지 않아도 일이 저절로 다 해결될 줄 알았어요. 그런데 몇 달이 흘러도 아무 일도 일어나지 않더라고요. 탈룰라의 엄마는 두 사람이 사라진 지 1년이 되는 날 밤에 촛불 행진을 하고요. 뭘 아는 사람이 아무도 없었어요. 한 번은 맨턴에서 그분을 봤는데, 탈룰라의 아기를 유모차에 태우고 밀고 가고 계셨어요. 너무 슬프고 실의에 빠지신 것처럼 보여서 양심의 가책을 받았어요. 그 후로 저는…… 저는 지옥이었어요. 진짜 지옥이요. 그래서 지난달에 렉시를 보러 갔어요. 마침내 렉시한테 그날 밤에 문틈으로 본 잭과 탈룰라가 싸운 이야기며 잭이 그녀에게 반지를 던진 이야기를 다 털어놨어요. 그 후에 들은 말도 했어요. 탈룰라가 '무슨 짓을 한 거야?'라고 하니까 스칼렛이 '네가 그 애가 죽기를 바랐잖아'라고 소리친 이야기요. 그랬더니 렉시 말이…….

AR (침묵)

DM 천천히 해요. 괜찮으니까.

AR (운다)

AR 렉시 말이…… 스칼렛에게 소식을 들었는데, 걘 엄마랑 오빠랑 함께 요트에서 지낸다고 했다는 거예요. 렉시 말로는 스칼렛의 엄마가 1년 동안 세계 일주를 하자고 했대요. 절대 이름이나 신분을 밝히면 안 된다고 했고요. 스칼렛의 아빠와 관계가 있다나요. 아빠가 폭력을 휘둘렀대요. 그런데 저는 그 말이 믿기지 않았어요. 그러니까 그 아빠는 그 가족과 함께 있지도 않았거든요. 그리고 두 사람은 여전히 실종 상태였어요. 탈룰라와 잭이요. 모든 일에 커다랗게 구멍이 뚫려 있는 것 같았어요. 그래서 그 반지를 지난달에 렉시에게 줬어요. 플로리다로 떠나기 직전에요. 렉시가 자기가 다 해결하겠다고 했어요.

제62장

2017년 6월

탈룰라는 잠에서 깨어났다. 어찌나 깊이 잠들었는지 기억나는 게 아무것도 없다. 감은 눈꺼풀로 빛이 스며들고 부드러운 표면이 느껴졌다. 조용히 헐떡이는 소리와 쩝쩝거리는 소리에 잠에서 깨 천천히 눈을 뜨니 토비의 얼굴이 눈에 들어온다. 눈이 빛에 서서히 적응하니 스칼렛의 집, 그 작은 방이었다. 문이 살짝 열려 있어서 문 너머의 소리가 들렸다. 잔잔한 웃음소리.

탈룰라는 일어나 앉으려 했지만 몸이 결박된 것을 깨닫고 멈춘다. 발 쪽을 보니 두 발이 비닐 끈으로 묶여 있다. 양손도 손목이 결박돼 있다.

"여기요!" 그녀가 소리쳤다. 목소리가 잔뜩 쉬었다.

주방에서 들리던 소리가 순식간에 조용해진다.

"여기요!"

주방 바닥을 걸어오는 소리가 들리더니 스칼렛이 나타났다. 검은색 조깅 팬츠와 커다란 리바이스 티셔츠를 입고 있다.

"일어났구나. 엄마! 탈룰라가 깼어."

스칼렛이 탈룰라에게 다가와 그녀의 머리와 토비 사이로 소파에 걸터앉는다. 그녀가 탈룰라의 얼굴에 한 손을 내려놓고 볼을 토닥인다. "기분은 좀 어때?"

"무슨 일이야? 나를 왜 이렇게 묶어놨어?"

"네 안전을 위해서야." 스칼렛의 엄마가 문가에 나타난다. 그녀는 옥색 면 원피스를 입고 검은 머그잔을 들고 있다. 머리는 뒤로 넘겨 단단히 묶었다.

"제가 왜 위험한데요?"

스칼렛의 엄마가 한숨을 쉰다. "우리는 너를 이곳에서 데리고 나가야 해. 경찰은 이제 갔어. 하지만 곧 돌아올 거야. 그들은 너와 잭이 함께 사라졌다고 생각해. 그러니까 계속 그렇게 생각하게 해야지."

"하지만……." 탈룰라의 머릿속에서 똑똑 하는 소리가 들린다. 시야는 가장자리부터 회색으로 변해가는 것 같다. "안 돼요. 집에 가야 해요. 아기를 봐야 해요."

"탈룰라." 스칼렛이 말한다. "지금 집에 가면 너는 다시는 아기를 볼 수 없어. 그 점을 이해해야 해. 지금 집에 가면 경찰이 네게 잭에 대해 끝도 없이 질문할 거야. 그러면 너는 그 사람이 어떻게 됐는지 결국 말하고 말겠지. 넌 뭐라고 할 거니?"

"잭이…… 나는……."

탈룰라는 말을 멈추고 생각의 실을 한데 모으려고 한다. 하지만 한 줄기로 모은 생각은 금방 풀어진다. "떠났다고 할 거야."

"그건 명백한 거짓말이야. 너는 경찰에게 거짓말을 하고 싶니?"

"상관없어. 나는 집에 가고 싶어."

"안 돼." 스칼렛의 엄마가 말한다. "그럴 수는 없어. 금요일 밤에 이곳에서 끔찍한 일이 일어났어. 정말 끔찍한 일. 나는 네가 감정이 격해져서, 두려워서 그런 행동을 했다는 건 알아. 그건 엄마의 본능이니까. 하지만 잭이 죽은 게 사실이라는 게 문제야. 네가 그 사람을 죽였잖아."

"아니에요. 아니라고요. 내가 아니에요. 나는……." 탈룰라는 그동안 며칠이 지났든 그 일이 일어난 순간을 세세한 부분까지 다시 기억해보려고 했다. 그런데 기억을 떠올릴 때마다 사건의 양상이 다르게 보인다. 하지만 그때마다 그녀는 안다. 그녀의 담즙에, 내장에, 존재의 핵심에 범인이 자신이 아니라는, 그 일을 저지른 사람이 따로 있다는 사실이 있다.

그렇지만 그 사실을 다른 사람에게 어떻게 증명할 수 있을까?

"나는 잭을 죽이지 않았어요." 탈룰라가 말한다. "내가 하지 않았어요."

"음, 상황이 좀 혼란스러워. 아무도 맨정신이 아니었잖아. 맑은 정신인 사람이 아무도 없었어. 그런데 조각상은 네 지문 천지야. 그가 죽기를 바라는 동기가 있는 사람은 너뿐이고. 그래서 생각해봤어. 적어도 이렇게 가정해보자고. 너는 유력한 용의자야. 지금 네가 있어야 할 가장 안전한 장소는 집에서 멀리, 아주 멀리 떨어진 곳이야."

"얼마 동안요?" 탈룰라가 묻는다.

"음. 경찰이 잭의 실종에 대해 다른 가설을 떠올릴 때까지겠지, 아마."

"만약 그런 가설을 찾아내지 못하면요?"

"찾아낼 거야. 당연히 그렇게 될 거야. 우리는 여기서 잠깐 피해 있기만 하면 돼. 차는 이미 준비됐고, 렉스가 마틴의 비행기를 준비해 공항에서 기다리고 있을 거야. 우리는 일단 건지섬으로 갈 예정이야. 그런데 탈룰라, 행동을 조심해야 해. 알겠니? 너는 렉스의 여자친구인 세라피나로 비행기를 탈 거야. 너희 둘은 꽤 닮았거든. 그냥 렉스의 여자친구 역할을 하면 돼. 그러면 네가 알아채기도 전에 다시 너를 여기로 데리고 와줄 테니까."

제63장

리엄 존 베일리와 진행한 경찰 신문 녹취록

2018년 9월 12일

맨턴 경찰서

참석자 : 도미니크 맥코이 경위, 아아샤 버트 경감

DM 우리와 다시 이야기하는 데 동의해줘서 고맙네, 리엄. 더는 할 말이 남아 있을 리 없다고 생각할 거야. 하지만 오늘 사건에 상당한 진척이 있었어. 아주 상당한 진척이. 그래서 우리 경찰은 몇 가지 세부사항을 다시 검토해보면 좋겠다고 생각하게 됐어.

LB 알겠습니다.

DM 스칼렛과의 관계는 2017년 6월 16일에 풀 파티가 벌어졌을 당시 이미 끝난 상태였다고 했지?

LB 네. 우리는 그저 친구 사이였어요.

DM 그런데도 지난 몇 년에 걸쳐서 가끔 자크 가족의 집에서 지냈군.

LB 네. 마지막으로 제가 그 집에서 지낸 건 지난 2월이었어요. 단 2주였고요.

DM 그때는 집으로, 가족에게로 돌아가기로 했던 때였지?

LB 네. 저는 그해 1월 말에 A 레벨 재시를 마쳐서 메이폴 하우스에서 집으로 돌아가려던 참이었어요. 그런데 스칼렛이 집으로 좀 와달라고 하더군요. 신경쇠약이 극심해서 제 도움이 필요했어요. 그래서 결국 그 집에서 스칼렛과 함께 지내게 됐습니다. 바로 그즈음에 전임 교장 선생님이신 야신타 크로프트 선생님이 학교에서 일해볼 생각이 없냐고 하셨어요. 생각해봤더니 이곳에 좀 더 머물러도 좋을 것 같았어요. 스칼렛을 위해서요. 그래서 그 제안을 받아들였고 학교로 돌아갔어요.

DM 그러면 그 그림은 언제 스칼렛에게 받았나?

LB 어떤 그림이요?

DM 자화상 말이야.

LB 제가 메이폴 하우스의 제 숙소로 돌아갈 때 스칼렛이 제게 줬어요.

DM 그리고 나선계단을 그린 그림도 있었지?

LB 네. 스칼렛이 그 무렵에 그 그림도 줬어요. 둘 다 집들이 선물이었죠.

DM 아는 게 있었나? 그 나선계단 그림에 대해서 말이야.

LB 아무것도 몰랐어요. 나선계단은 제가 그 집에서 제일 좋아하는 곳이었어요. 거기서 풍기는 고색창연한 느낌을 좋아했죠.

DM 그리고 (기록을 위해 나는 리엄 베일리에게 해당 그림의 세부사항을 보여줍니다.) 그림에 등장하는 이 물건이 혹시 뭔지 아나?

LB 이 금속 물체요?

DM 그래.

LB 칼 아닌가요? 아니면 케이크용 칼일까요?

DM 그럼 이 물건을 실제로 본 적은 없나? 자크 가족의 집에서 말이야.

LB 아뇨. 한 번도 못 봤어요.

DM (기록을 위해 나는 지금 리엄 베일리에게 증거번호 DP7694, 메이폴 하우스의 화단에서 발견한 금속 레버를 보여주고 있습니다.) 리엄, 이 물건을 전에 본 적 있나?

LB 아뇨.

DM 혹시 이 물건의 용도가 뭔지 짐작 가는 바는 없고?

LB 전혀 없습니다.

DM 고맙네, 리엄. 지금은 이 정도로 하지.

제64장

2017년 가을

건지섬의 저택은 서리주의 저택과 비슷하다. 취향은 근사하고, 투명하고, 안락하고, 우아하다. 그 저택보다 더 많은 낮은 테이블이 있고, 테이블 위에는 더 많은 금속 조각품이 놓여 있다. 퍼스펙스 받침대 위에는 더 많은 청동 조각상이 있다. 추상화도 더 많이 걸려 있다. 거대한 샹들리에와 조명도 더 많다. 가장 큰 차이점은 창으로 보이는 풍경이다. 푸른 잉크처럼 내내 푸르다가 가끔 파스텔 톤의 청록색으로 변하기도 하고, 가끔은 포말이 일기도 하고, 가끔은 대리석처럼 잔잔하고 매끈한 물. 탈룰라의 방 벽에는 만발한 벚꽃이 그려져 있고, 창마다 두툼한 안감을 댄 분홍색 커튼이 달려 있으며, 화장대에는 아스트라칸 모피로 마감한 연분홍색 의자가 딸려 있다. 방에는 욕실도 딸려 있다. 세면대처럼 생긴 넓은 돌판이 있고, 그 위에 옆으로 길쭉한 청동 수도꼭지가 달렸다. 수도꼭지에서는 물이 가느다란 틈으로 나오듯 넓게 퍼져 나온다. 욕실에는 눈물 모양 욕조가 있다. 욕조의 수도꼭지도 물이 나오는 부분이 납작하다. 커다란 샤워실 바닥에는 황금색 모자이크 타일이 깔려 있다. 그들은 방 안으로 부드러운 타월과 유기농 음식, 샴페인 잔, 난초가 그려진 물

다크 플레이스의 비밀

병을 넣어준다. 창문으로 밖을 살펴보니 이 저택을 제외하면 근처에는 인가가 전혀 없다. 그리고 저택은 절벽 위에 서 있다. 그 어디에서도 멀리, 멀리, 멀리 떨어져 있다.

스칼렛은 온갖 사치품이며 진미를 가지고 왔다. 헤어 제품이며 스킨케어 제품, 치즈 플래터, 인형 등등. 포옹 시간에는 토비를 데려온다. 휴대전화를 가지고 와서 틱톡에 올라온 웃기는 영상도 함께 본다. 탈룰라에게는 꼭 전화기를 사주겠다고 약속한다. 하지만 매번 약속만 할 뿐 한 번도 지키지 않는다.

그녀는 바깥세상이 돌아가는 이야기도 해줬다. 경찰은 탈룰라를 찾고 있는 것 같다. 그들은 잭의 시체를 찾았고 조각상에서 탈룰라의 지문을 확인했으며 증인도 확보했다. 증인은 미미인데 현장을 목격했다. 스칼렛은 자기 아빠인 마틴 자크가 그 증거를 무효로 만들기 위해 법률 전문가들로 팀을 짜고 있다고도 알려줬다. 그녀의 아빠는 힘 있는 사람들을 알고 있는데, 그 사람들은 경찰의 증거를 없앨 수 있다고 한다. 우연히 분실된 것처럼 만들 수 있다고 말이다. "그러니까 아빠에게 몇 주만 더 시간을 줘, 룰스." 스칼렛이 말한다. "몇 주만 더 있으면 우리는 집으로 갈 수 있을 거야. 그때까지 우리가 널 돌봐줄게. 너를 안전하게 지켜줄게."

몇 주가 지나면서 들리는 소식은 점점 줄어들었다. 탈룰라는 스칼렛에게 애원한다. 이제 경찰은 상관없다고, 모든 비난을 받고, 법정에 서고, 감옥에 가도 상관없다고 한다. 자신이 유죄인지 무죄인지도 관심 없고 그저 집으로 돌아가 노아를 보고 싶다고 스칼렛에게 매달린다. 그녀는 그 집에서 빠져나가려 한다. 하지만 조스와 렉스가 나타나 그녀를 방으로 끌고 들어간다.

탈룰라는 며칠째 그 방에서 나가지 않았다. 아마 며칠보다 더 됐을 것이다. 그녀가 보내는 날들은 가장자리가 너덜거리고 형체가 일그러진 것 같다. 스칼렛은 여전히 음식과 마실 것, 간식을 갖다주러 오지만 탈룰라는 더는 바깥세상의 소식을 묻지 않는다. 왜냐하면 이제 관심이 없기 때문이다. 지금은 자고 싶기만 하다. 스칼렛이 그녀를 안고 사랑한다고 말하면 탈룰라는 그 품에서 몸을 비튼다. 과거에 잭의 품에서 그랬듯이. 그녀는 늘 입맛이 쓰다. 머리카락은 깨끗한데도 왜인지 머리 뿌리 쪽이 근질거린다. 팔의 피부는 비늘처럼 벗겨져서 노상 그걸 잡아 뜯고 긁어댄다. 하루 중 대부분은 잠에 취해 있다. 자지 않을 때는 뭔가가 일어나고 있는 일종의 연옥에 있다. 하지만 무슨 일이 일어났는지 금방 잊어버린다. 탈룰라의 뇌는 필사적으로 그 일의 끄트머리를 붙잡아 끌어내리고 간직해두려 하지만, 항상 너무 늦어서 기억은 다 사라져버린다. 가끔 벽의 벚꽃이 꾸물거리며 움직이는 모습도 보인다.

드물게 정신이 맑아지는 순간이면, 탈룰라는 잭의 죽음을 모호하게 덮어버린 머릿속 검은 사각형이 나타나기 직전의 순간을 다시 짚어본다. 그러면 모든 일이 다 자신의 책임인 것 같다. 달리 행동할 기회는 수없이 많았다. 새해 전야에 잭과 섹스를 한 순간부터 그가 스칼렛의 집 주방 바닥에 얼굴을 처박으며 쓰러질 때까지, 탈룰라는 다르게 행동하고 자신과 노아를 위해 더 나은 삶을 만들 기회가 계속 있었다. 그런데 그럴 때마다 그 기회를 날려버렸다.

그 결과 그녀는 지금 이곳, 벚꽃 무늬 벽에 창문은 전부 자물쇠가 채워진 분홍색 방에 있다. 언젠가 자신도 점점 약해지리란 걸, 스칼렛이 주는 보살핌은 뒤틀리고 잘못됐다는 걸, 스칼렛은 사랑할 줄 전혀 모르는 사람에게 사랑하는 법을 배웠다는 걸, 스칼렛이 좋다고 생각하는 건 사실 전부 잘못됐다는 걸 탈룰라는 안다. 그리고 이 괴상한 커다란 검은 수영장에서 둥둥 떠 있을 만큼만, 숨을 쉴 만큼만, 엄마와 노아에게로 돌려보내줄 만큼만 버티면 된다는 걸 안다. 딱 그만큼만.

제65장

알렉산드라 로즈 멀리건과 진행한 경찰 신문 녹취록

2018년 9월 12일

맨턴 경찰서

참석자 : 도미니크 맥코이 경위, 아아샤 버트 경감

DM 안녕하세요, 렉시.

LM 안녕하세요.

DM 우리는 방금 미미 로디스와 이야기했어요. 스칼렛 자크가 현재 어머니와 함께 어딘가에서 요트 생활을 하고 있다는 것도 알고 있고요.

LM 네. 적어도 제가 아는 한은 그래요. 그 애가 해준 말을 바탕으로요.

DM 그리고 그 여행의 자세한 사항에 대해서는 입을 다물라는 말을 들었죠? 스칼렛의 어머니가 자신의 남편이 행사하는 가정폭력으로부터 몸을 숨기려 하는 중이라고요.

LM 네. 그렇게 말했어요. 스칼렛이 비밀 인스타그램 계정을 제게 알려줬어요. 저는 가끔 그 계정으로 들어가서 그 애가 새 소식을 올렸는지 확인했고요. 하지만 소식이라고 할 만한 건 거의 없었어요. 스칼렛이 어디에 있는지 짐작할 만한 건요. 대체로 바다 사진에 자신의 기분을 적은 글이 다였거든요. 그러다가 몇 주 전에 미미가 찾아왔어요. 미미는 극심한 스트레스를 받는 상태였고 몹시 불안해했어요. 미미가 저한테 스칼렛의 집에서 들은 이야기를 말해줬어요. 잭과 탈룰라가 심하게 다퉜고, 탈룰라가 자신과 스칼렛이 사랑하는 사이라고 잭에게 밝혔더니 잭이 이성을 잃고 반지를 탈룰라에게 던졌다고 하더군요.

DM 그날 밤에 대해서 또 무슨 이야기를 하던가요?

LM 그것뿐이었어요. 그게 다예요.

DM 주방 문에서 새어 나오는 이야기를 들었다고 하지 않았나요? 스칼렛이 탈룰라에게 하는 말을 들었다고?

LM (긴 침묵)

LM 음, 맞아요. 네. 말했어요.

DM 그 이야기를 듣고 어떤 생각이 들었나요?

LM 어쩌면 무슨 일에 스칼렛이 어떻게든 관련이 됐을지 모른다는 생각이 들었어요. 잭과 탈룰라에게 일어난 일 말이에요. 아버지의 폭력을 피해 요트 여행을 하고 있다는 말도 거짓이 아닐까 싶었어요. 그 반지를 경찰에 가져가서 미미에게 들은 이야기를 말해야 했다는 건 저도 알아요. 하지만 저는…… 설명을 못하겠네요. 저는 플로리다 출장을 앞두고 있었어요. 예약도 다 끝냈고 경비 지불도 다 했죠. 게다가 여행 일정이 복잡해서 묵을 호텔도 다섯 곳이고 그 외에도 신경 쓸 일이 많았어요. 그런 시점에서 경찰의 수사에 휘말려서 일정을 취소해야 할지도 모르는 위험을 감수하고 싶지 않았어요. 엄마에게 반지를 드리고 내가 출발한 후에 경찰에 가져가라고 해볼까도 생각해봤어요. 하지만 그랬다가 엄마의 일에 폐를 끼치게 될지도 모른다는 생각이 들었어요. 엄마를 끌어들이기는 싫었어요. 엄마에게 일은 인생이자 엄마의 세상이거든요. 그렇다고 제가 돌아올 때까지 내버려두는 것도 싫었어요. 저는 누가 누구에게 찾아가 이야기할 필요도 없이 완전한 남이 이 문제를 해결해주면 좋겠다 싶었어요. 그런데 엄마가 새로 부임하는 교장 선생님의 여자친구가 추리소설 작가라고 했어요. 저는 책을 아주 좋아해서 그분의 책을 주문했어요. 순전히 호기심이었죠. 그런데 그 책에 누가 사건의 단서를 화단에 숨겨놓고 마분지에 '이곳을 파보시오'라고 써서 옆에 놓아두는 대목이 있는 거예요. 이거면 되겠다 싶었어요. 그래서 플로리다로 출발하는 전날 밤 반지를 가지고 가서 교장 관사에 있는 정원 화단에 묻으려고 했어요. 그 책에서 단서를 화단에 묻은 것처럼요. 그런데 막상 가보니 문에 자물쇠가 채워져 있어서 화단에는 들어갈 수가 없었어요. 그래서 하는 수 없이 뒷문 옆에 묻었죠. 그렇게 해두면 그분이 꼭 찾아낼 것 같았어요.

DM 그리고 그 요트요. 스칼렛과 그녀의 엄마가 요트에 있죠? 그 요트가 정확히 어디에 있나요?

LM 저는 전혀 몰라요. 인스타그램에 올라온 사진을 보여드릴 수는 있어요. 그 사진으로 찾아내실 수 있지 않을까요?

DM 좋아요. 보여줘요.

DM (기록을 위해, 렉시 멀리건이 자신의 스마트폰으로 사진을 찾고 있습니다.)

LM 여기요. 이게 가장 최근 사진이에요. 며칠 전이네요.

DM (기록을 위해, 해당 사진에는 크림색 가죽 표면에 올린 발 한쪽과 요트 혹은 보트의 뱃머리, 개의 앞발이 찍혀 있습니다.)

DM 분석을 위해서 이 사진이 필요해요. 당장이요. 사진 전부 다요. (분석을 위해 휴대전화를 가져가는 소리가 들린다.)

DM (기록을 위해서, 나는 멀리건 양에게 증거물품 DP7694번, 메이폴 하우스의 화단에 묻혀 있던 금속 레버를 보여주고 있습니다.) 렉시, 이 물건이 뭔지 알아요?

LM 모르겠어요.

DM 이 물건을 전에 본 적 있나요?

LM 아뇨. 한 번도 본 적 없어요.

DM 렉시, 우리는 두 번째로 나온 표지판을 분석해서 첫 번째 표지판을 찍은 사진과 비교해봤어요. 두 개는 정확히 일치했어요. 필체가 똑같았죠. 필체가 똑같은 별개의 두 사람이 몇 주의 시간차를 두고 두 개의 물건을 한 학교 안에 묻는다는 생각을 한다는 건 불가능해 보이지 않나요? 이 물건이 어쩌다가 그곳에서 발견됐는지 짐작이 되면 말해줄래요?

LM 정말 없어요. 맹세해요. 반지를 묻은 사람은 제가 맞아요. 그건 제 필체고요. 제가 표지판을 만들었으니까요. 하지만 저는 두 번째 표지판과는 아무 상관이 없어요. 정말이에요.

DM 또 한 가지 신경이 쓰이는 부분이 있어요, 렉시. 당신은 화단에 있는 표지판을 어머님 댁의 테라스에서 봤다고 했죠. 하지만 당신이 목격했다고 주장하는 그 시각에 그 아파트 테라스에서 표지판을 볼 수 있는 방법은 없어요. 테라스가 낮아서 보이지 않거든요. 방금 주장한 것처럼 당신이 그곳에 묻혀 있는 물건과 아무 관계가 없다면 어떻게 그날 저녁에 그 표지판을 볼 수 있었는지 말해줄래요?

LM (한숨)

LM 저는 정원에 있었어요.

DM 화단 근처요?

LM 네. 화단 근처요.

DM 표지판을 꽂기 위해서?

LM 아뇨. 그런 짓은 하지 않았어요. 아까부터 말씀드렸잖아요. 저는 그곳에 그 표지판을 꽂아두지 않았어요.

DM 그렇다면 그곳에서 뭘 하고 있었죠?

LM 누군가를 찾고 있었어요.

DM 누구요?

LM 거기서 일하는 교사 한 명이요. 그 선생님을 테라스에서 봤어요. 그래서 그녀를 찾으려고 내려갔던 거예요. 그러다가 그곳에서 표지판을 봤고요.

DM 그러면 왜 테라스에서 그걸 봤다고 했죠? 그때 정원에 있었다는 사실을 숨긴 이유가 뭡니까?

LM 모르겠어요. 그러고 싶지 않아서…… 누구를 보호하려고요.

DM 누구요?

다크 플레이스의 비밀

LM 그 선생님. 그 사람과 저요……. 아시잖아요. 우리는 사귀는 사이에요. 그 사람은 유부녀고요. 그래서 좀…… 예민해요. 그 사람을 이 일에 끌어들이고 싶지 않았어요. 제가 아예 정원에 간 적도 없는 척해야 쉽게 넘어갈 것 같았어요.

DM 렉시, 오늘 아침에 경찰이 자크 가족의 집 지하에 있는 터널에서 잭 앨리스터의 시체를 찾았다는 사실을 알죠? 이 레버는 시체가 발견된 비밀 터널의 문을 여는 도구였어요.

LM (숨을 헉 들이쉬는 소리)

DM 탈룰라 머레이의 휴대전화도 그 터널에서 발견됐어요.

LM 세상에.

DM 그러니까 렉시, 이 레버에 대해 뭔가 아는 게 있다면 혹은 이게 왜 그곳 화단에, 그러니까 당신이 친구와 만나는 곳에서 그렇게 가까운 곳에 묻혀 있었는지 짐작되는 게 있다면, 혹은 당신이 화단 근처에서 누군가를 봤다면 지금이야말로 우리에게 다 털어놔야 할 때에요.

LM 저는 몰라요. 맹세해요. 저는 그 표지판을 거기에 갖다놓지 않았어요. 그 물체가 뭔지도 모르고, 왜 거기에 묻혀 있게 됐는지도 몰라요. 거기에 대해선 아무것도 몰라요.

제66장

2018년 9월

어느 날 탈룰라는 또 다른 깊은 잠에서 깨어난다. 너무 깊어서 죽음 같은 잠. 이제는 이 잠을 스칼렛 엄마의 욕실 선반에 빼곡하게 들어찬 뭔가가 불러왔다는 사실을 안다. 또 한 번 잠에서 깨어보니 어둡고 고요한 공간에 혼자다. 그곳에서 뼛속을 드나드는 깊고 차가운 물이 리드미컬하게 출렁인다.

둥근 창문으로 끈적이는 시멘트 같은 해수의 벽이 보인다. 손목이 결박됐다는 느낌이 든다. 발도 뭔가에 묶여 있다. 이제 탈룰라는 안다. 자신은 안전을 위해 보살핌을 받고 있는 게 절대 아니다. 그녀는 보호받는 게 아니다. 스칼렛이 자기 아빠가 경찰 수사를 막기 위해 애쓰고 있다고 한 말이 전부 거짓임을 안다. 이 악몽이 최악의 결말로 다가가려 한다는 것도 안다. 엄마와 아들과 집에서 가장 멀리 떨어진 지점으로 끌려가 모두에게서 멀어지고, 멀리 보내지고, 사라지리라는 사실을 안다.

제67장

2018년 9월

킴은 집에 있을 수 없어 뒤뜰에 나와 앉아 있다. 라이언은 노아의 주의를 다른 곳으로 돌리며 함께 집에 남아 있다.

벌써 2시가 다 돼 간다. 경찰이 자크 가족의 집 지하 터널에서 시체를 찾은 지 네 시간이 지났다. 킴은 휴대전화를 보고 끄고 켜기를 반복한다. 전화가 잘 연결되는지, 신호가 잘 잡히는지, 돔의 전화를 방해하는 문제는 혹시 없는지 확인하고 또 확인한다.

그때 마침내 연락이 온다. 그녀는 벨소리가 두 번째 음으로 넘어가기도 전에 전화를 받는다. "여보세요."

"킴, 잘 들어요. 경찰이 자크 가족의 행방을 찾아낸 것 같아요. 인터폴과 공조해서 해상 수색을 시작했어요. 헬리콥터를 급파할 거예요. 이 이야기는 전에 하지 않았는데, 경찰이 그 터널에서 찾아낸 게 또 있어요, 킴. 수면제인 조피클론이 대량 들어간 빵 부스러기를 찾았어요. 기다란 검은 모발도 찾았고요. 탈룰라의 전화뿐만 아니라 빈 물병과 양초, 깔개도 있었어요. 맨턴 공항 기록에 따르면 자크 가족은 전용기로 6월 30일에 건지섬으로 떠났어요. 탑승자는 조슬린과 스칼렛, 렉스였어요. 그리고 렉스의 여자친구 세라피나 골

드버그도요. 그런데 세라피나는 그해 여름엔 비행기로 건지섬에 간 적이 없다고 주장하고 있어요. 그래서 우리는 자크 가족이 탈룰라도 함께 데려갔을 가능성을 조사하고 있어요, 킴. 지금 그 가족은 요트를 타고 있어요. 8월 말에 건지 요트 클럽에서 조슬린 자크가 전세를 낸 요트죠. 그러니 탈룰라가 그들과 함께 있을 가능성이 있어요. 현재 건지 경찰이 그곳에 있는 자크 가족의 집을 수색할 영장을 청구했어요."

"알았어요." 킴이 간신히 숨을 쉬면서 대답한다. "그러면 나는 이제 뭘 해야 하죠?"

"그냥 차분하게 기다려요, 킴. 차분하게요. 경찰은 수사에 최대한 속도를 내고 있어요. 이 사건의 바퀴가 드디어 돌기 시작했어요. 마침내. 그러니 조금만 더 기다려요."

제68장

2018년 9월

하루하루가 흘러간다. 창문 밖에 있는 바다를 건너와 닿는 빛의 성질이 회색에서 황금색으로, 그리고 흰색으로 변했다. 날은 점점 더 더워져서 밤에도 머리 위 에어컨이 윙윙 돌아간다. 스칼렛이 왔다 간다. 그녀는 가끔 개를 데려온다. 탈룰라는 개의 목을 끌어안고 개의 몸에서 짭조름한 냄새를 맡는다.

"나도 노력하고 있어." 스칼렛이 말한다. "우리가 집으로 돌아가도록. 너를 집에 보내주려고. 이것도 곧 끝날 거야. 곧."

탈룰라는 자신이 먹는 음식과 마시는 음료수 모두에 잠을 부르는 약이 들어가 있다는 사실을 안다. 하지만 아무래도 상관없다. 그녀는 약이 불러오는 잠과 그것이 불러주는 달콤한 자장가, 아무런 고통도 없이 꿈에 취할 수 있는 잠을 갈망한다. 스칼렛이 그녀가 갈망하는 걸 가지고 오는 데 시간이 너무 오래 걸리면 그녀는 미칠 것만 같다. 온몸이 갈기갈기 찢기고, 창자가 옆으로 저며지고, 머리에 유리 조각이 사정없이 박히는 것 같다. 마침내 스칼렛의 손에서 음료를 낚아채 마신다. 허겁지겁 마시느라 사레가 들 뻔했다.

그러던 어느 날, 탈룰라는 약물로 만들어진 또 다른 꿈에서 빠져

나와 억지로 눈꺼풀을 들어 올려 머리 위의 황금색 합판을 본다. 바로 그때 전에 들린 적 없는 소리가 들렸다. 전기톱 소리처럼, 깊고 묵직한 음성의 남자가 포효하는 소리처럼, 엔진이 힘차게 돌아가는 트럭처럼 흔들림 없이 꾸준하게 들리는 윙윙 소리. 그 소리는 빙빙 맴도는 것 같다. 탈룰라는 안와 속에서 말라붙어버린 안구들이 빙글빙글 도는 것 같다. 그녀는 잠자리에 들 시간에 스칼렛이 언제나 놓아두는 물병을 향해 손을 뻗어 물을 벌컥벌컥 들이켰다. 소음은 점점 더 커지고 끈질겨진다. 요트가 흔들리며 요동치기 시작하고, 뚜껑을 닫으려 하자 물병에서 물이 출렁 튀어나왔다. 사람의 목소리가 들리는 듯도 한데, 그 소리는 물속에서 나는 것같이, 묘하게 육체로부터 분리된 것같이 느껴진다.

"스칼렛!" 물론 나무를 덧댄 작은 관 같은 이곳에서 밖까지 들릴 리 없다는 걸 잘 알지만 그래도 소리쳐 불러본다. "스칼렛!"

엔진이 귀가 찢어지는 금속성의 비명을 지르며 갑자기 멈췄다. 요트에 정적이 내려앉았다. 그녀는 마침내 바깥에서 들리는 말소리를 알아들을 수 있다.

사람들이 말하고 있다. "국방부에서 나왔습니다. 이제부터 여러분의 선박에 승선합니다. 양손을 들고 갑판에 서 계십시오."

잠시 후 머리 위에서 쿵쿵거리는 발소리와 다급한 목소리, 고함이 들리더니 그녀가 있는 선실의 문을 누가 발로 차서 열었다. 그곳에는 해군 제복에 모자를 쓰고 총까지 든 남자들이 있다. 현실일 리 없는 아드레날린이 뿜어져 나오는 마네킹 같은 육체들. 남자들이 다가오자 그녀는 몸을 뒤로 빼며 웅크렸다. 그들이 묻는다. "탈룰라 머레이 씨입니까?"

그녀는 고개를 끄덕인다.

탈룰라는 경찰이 자신을 속박에서 풀어주면 걸을 수 있으리라 상상했다. 마침내 이 작은 나무 방에서 나갈 때에는 그녀가 한참 동안 쓰지 않았던 두 다리가 몸을 든든히 지탱해주리라 생각했다. 하지만 당연히 다리에는 그런 능력이 없다. 탈룰라는 다리에 힘이 풀려 자그마한 목각 꼭두각시처럼 풀썩 쓰러졌다. 그러자 경관이 그녀를 안아 들었다.

"지금 어디로 가는 거예요?" 그녀가 가느다란 목소리로 물었다.

"안전한 곳으로 호송할 겁니다, 탈룰라."

외국 억양이 느껴진다. 어디 억양인지는 잘 모르겠다.

"우리는 어디에 있어요?"

"대서양 한가운데에 있습니다."

"나는 집으로 가나요?"

"네. 그렇습니다. 집으로 갈 겁니다. 하지만 먼저 병원으로 가서 검진부터 해봐야 합니다. 건강이 많이 상했거든요."

요트 갑판으로 나가니 먹다 남은 음식이 보인다. 헬리콥터 프로펠러가 일으킨 강력한 바람에 사방으로 날아간 샐러드 그릇, 포도주잔, 냅킨들. 그녀가 비좁고 컴컴한 나무 방에 결박돼 지내는 동안, 나머지 사람들은 이 위 태양 아래서 샐러드를 먹고 포도주를 마시고 있었다는 게 믿기지가 않는다. 요트 반대편에 옹기종기 모인 사람들이 보였다. 스칼렛과 조스, 렉스다. 그들은 탈룰라를 보더니 얼른 시선을 피한다.

탈룰라는 다른 경관이 자크 가족에게 다가가 두 팔을 거칠게 등 뒤로 돌리고 금속 수갑을 손목에 채우는 모습을 지켜본다. 개가 그들의 발치에 앉아 있다. 두툼한 털이 사방으로 휘날렸다.

"저 개는 이제 어떻게 되죠?" 그녀는 갑자기 토비가 홀로 남겨질까 걱정스러워 묻는다.

"개도 같이 갈 겁니다. 걱정하지 마세요."

그녀가 팔로 눈을 가린다. 프로펠러의 소음과 환한 태양이 고통스럽다. "어디로 가는 거예요?"

"그냥 쉬세요, 탈룰라. 그냥 쉬어요."

어느새 탈룰라는 자신을 구조한 경관과 함께 호이스트°에 묶인다. 그녀는 이제 번쩍거리는 하얀 요트 위에 떠 있다. 아래를 내려다보니 갑판에 옹기종기 모인 자크 가족이 점점 더 작아진다.

그녀는 스칼렛이 고개를 들어 입 모양으로 '사랑해' 하고 말하는 모습을 본다. 하지만 한때 스칼렛을 사랑했던 사람은 영원히 사라졌다는 사실을 그녀는 안다. 탈룰라는 눈을 감고 고개를 돌린다.

° 구조되는 사람을 헬리콥터로 끌어올리는 장비.

다크 플레이스의 비밀

제69장

2018년 9월

비행기가 활주로에 완전히 멈춰 서자 소피는 머리 위 선반을 열고 기내용 가방과 재킷을 꺼냈다. 수하물 찾는 곳으로 나가니 덴마크 출판사 대표가 나와 있다. 대표는 소피 나이대의 여성으로, 붉은 머리를 틀어 올리고 꽃무늬 원피스 위에 기다란 푸른 부클레 직물* 코트를 입고 있다. 두 사람은 짧게 포옹한다. 둘은 예전에 두 번 만난 사이다. 게다가 소피가 지난번에 코펜하겐에 왔을 때에는 함께 술을 마시고 대표의 외도에 대한 시시콜콜한 이야기까지 들으며 특별한 친밀함을 나눈 적이 있었다. 하지만 1년 만에 다시 만나니 그때의 친밀함은 사라지고 모든 과정을 새로 시작해야 할 것 같다. 두 사람은 다시 한 번 작가와 출판사 대표, 즉 재능과 그 재능을 관리하는 사람의 관계로 돌아왔다. 화기애애하고 따뜻하지만 아직 친구는 아닌 단계다.

소피는 곧장 호텔로 향한다. 호텔에는 햇빛에 바랜 색깔의 벨벳 의자와 금속 기둥을 타고 오르내리는 유리 엘리베이터가 있다. 여

---

* 표면에 동글동글하게 실이 엉킨 것 같은 입체 무늬가 있는 직물.

기저귀에 대형 선인장이 놓여 있고 오디오에서는 체인스모커스의 노래가 흘러나온다. 소피는 아름다운 객실에서 여행가방을 열어 세면도구 파우치를 꺼낸다.

그녀는 욕실에서 이를 닦으며 거울 속 자신의 모습을 본다. 자명종 소리가 컴컴한 꿈속을 침입해 오는 바람에 새벽 4시에 일어났다. 잠은 두 시간밖에 자지 못했다. 이른 시간에 비행한 탓인지 얼굴이 창백하다. 하지만 20분 후에는 회의장으로 출발해야 한다. 일단 그곳에 도착하면 출판사 대표가 이런저런 물건들과 함께 캔버스 가방에 넣어 건넨 일정표에 소상하게 적힌 대로 각종 인터뷰와 이벤트로 바쁠 것이다.

침실에 둔 휴대전화가 울리자 소피는 욕실에서 나와 전화를 받는다. 킴이 보낸 메시지다.

경찰이 탈룰라를 찾았어요. 지금 집에 오고 있어요.

소피가 눈을 깜박거린다. 그녀는 침대 끄트머리에 털썩 주저앉아 숨을 들이쉬며 전화기를 꼭 끌어안는다. 다음 순간 그녀는 느닷없이 자신도 모르게 흐느끼기 시작한다.

"안녕하세요, 소피. 질문해도 될까요?"

소피는 스태프에게서 건네받은 마이크를 꼭 쥔 독자에게 격려하듯 미소를 짓는다.

"저는 당신 책의 열렬한 팬이에요. 지금 〈리틀 히더 그린 탐정사무소〉 시리즈는 6권까지 나왔잖아요. 혹시 다음 책을 집필 중이신가요? 혹시 그렇다면 어떤 내용인지 살짝 힌트를 주실 수 있을까요? 그게 아니라면 P. J. 폭스의 신작은 뭔가요?"

　　　　　　　　　　　　　　　　다크 플레이스의 비밀

처음에는 기습 질문이라고 생각했지만, 다시 생각해보니 어떻게 대답하면 좋을지 알 것 같다. 소피는 미소를 지으며 마이크를 입으로 가져간다. "정말 좋은 질문을 해주셨어요." 그녀가 말문을 열었다. "몇 주 전이었다면 그 질문에 아주 간단히 대답해드릴 수 있었어요. 몇 주 전까지만 해도 저는 히더 그린과 아주 가까운 런던 남동부에 있는, 수지 비트의 아파트와 매우 흡사한 작고 아담한 아파트에서 혼자 살고 있었거든요. 남자친구가 생겼는데 교사예요. 저도 일 관계로 그 사람을 만났어요. 항상 그런 식으로 남자친구를 사귀는 수지 비트처럼요." 관객들이 웃음을 터트린다. "그런데 웃기는 게 뭔지 아세요? 저는 그걸 깨닫지도 못했었어요. 왜 이런 이야기를 하느냐면, 2주 전에 런던에서 다른 곳으로 이사했거든요." 그녀는 갑자기 복받치는 감정을 느끼며 잠시 말을 멈췄다. "저는 잘 되리라는 막연한 희망을 품고 어딘가에서 보이지 않는 시계가 똑딱거리는 느낌에 떠밀려 남자친구와 함께 교외에서 새로운 삶을 시작하게 됐어요. 저는 그림처럼 아름다운 영국 시골 마을에 있는 비싼 기숙학교 교장 선생님의 사모님이 돼버렸답니다." 웅성웅성하며 청중 사이에서 웃음이 터져 나왔다. "저는 이 변화가 모든 것을 어찌나 획기적으로 바꿔버릴지 상상도 못 했어요. 얼마나 변했냐면, 제 안전지대였던 런던에서 백만 마일은 떨어져서 수지로 돌아가지도 못하고, 글도 쓰지 못한 채 시골에 발이 묶인 걸로도 모자라 실제 범죄에 휘말렸어요. 이 이야기를 더 듣고 싶으세요?"

웅성거리는 소리가 점점 커진다. 소피가 고개를 끄덕이며 다리를 다시 꼰다. 그녀는 사회자를 돌아보며 물었다. "괜찮을까요? 우리 시간 있어요?" 사회자가 고개를 끄덕이며 말했다. "궁금해 죽겠어요. 시간에 신경 쓰지 말고 이야기를 들려주세요."

"음, 사건은 우리가 그 집으로 이사한 첫날, 제가 울타리에 못으로 박아놓은 마분지 표지판을 찾으면서 시작됐어요. 그 표지판에는 '이곳을 파보시오'라고 적혀 있었죠."

소피는 청중 중 누군가가 이 발언의 의미를 알아차리기를 기대하며 잠시 말을 멈췄다. 첫 질문을 한 아가씨가 제일 먼저 알아차린다. "혹시 히더 그린 시리즈 첫 권에 나오는 대목인가요?"

"맞아요." 소피가 얼른 대답한다. "히더 그린 시리즈 제1권과 똑같았어요."

실내에 즐거운 기운이 동심원처럼 퍼져 나가자 소피가 계속 이야기한다. "그래서 저는 모종삽을 가져왔어요. 그곳을 파봤더니……."

차츰차츰 이야기를 풀어 나가자 모든 게 자리를 찾아간다는 느낌이 든다. 소피 자신이 깨진 화병이었는데, 그 조각들을 본드로 붙여 원래 모습으로 되돌리는 것처럼 말이다. 그녀는 더는 업필드 커먼에 살지 못하리라는 걸 안다. 숀이 자신이 사랑하는 일을 하기 위해 메이폴 하우스를 떠나야만 한다는 것도 안다. 그녀는 메이폴로 오기로 한 결정이 수많은 면에서 자신과 숀 모두에게 실수였다는 사실을 안다. 하지만 이것 또한 가장 특별한 방식으로 이뤄진 운명이기도 했다. 댄스의 스텝처럼 운명이 이루어지는 방식이었다. 탈룰라 머레이는 마침내 무사히 발견됐다. 소피는 지금 쓰는 책 이후로는 리틀 히더 그린 탐정사무소 시리즈를 더 이상 쓰고 싶지 않다는 사실도 깨달았다. 그 책이 시리즈의 마지막 권이 될 것이다. 그녀는 이제 더는 자신의 이야기가 아니라, 세상의 어느 한구석만이 아니라 더 넓은 세상을 써야 한다는 사실도 안다. 이제 곧 서른다섯 살이며 앞으로 나아갈 때라는 걸 안다.

손과 함께이든 아니든.

이야기가 점점 끝으로 달려가자 어떤 독자가 물었다. "그래서요? 다음은 어떻게 되죠? 터널 속의 시신은 누구였나요? 그 가족은 어떻게 되고요? 그 여자를 납치했던 사람들 말이에요."

소피가 말했다. "제가 집에 도착하면 아마 그 질문의 해답을 알 수 있을 것 같아요."

그녀는 탁자에 마이크를 내려놓고 손뼉을 치는 청중을 향해 미소를 짓는다.

제70장

타임즈
2018년 9월 14일

대서양의 요트에 억류돼 있던 실종된 엄마 발견

작년 6월 남자친구와 함께 풀 파티에 간 이후로 실종 상태였던 젊은 엄마 탈룰라 머레이(20세)가 육지에서 100마일 떨어진 대서양 해상의 전세 요트에서 무사히 발견됐다. 그녀는 헤지펀드 매니저인 마틴 자크의 배우자인 조슬린 자크(48세)와 그녀의 아들 렉스 자크 (23세), 딸 스칼렛(20세)에 의해 그 요트에 억류돼 있었던 것으로 보인다.

자크 가족은 서리주 맨턴 근처의 업플레이 폴드에 있는 가족 소유 저택 아래의 터널에서 머레이의 남자친구인 잭 앨리스터의 유해가 발견된 후 당국의 추적을 받고 있는 상태였다. 요트의 행방은 스칼렛 자크가 인스타그램 개인 계정에 올린 사진들에 찍힌 사람들을 분석해 추적했다고 알려졌다. 자크 가족 세 사람은 현재 구금 중이며, 탈룰라 머레이는 버뮤다의 국군병원에 입원해 심각한 탈수와 약물의존증을 치료받고 있다.

머레이의 가족은 이 소식을 전해 들었으며, 머레이는 오늘 늦게 퇴원해 즉시 영국으로 수송돼 두 살 된 아들 노아를 비롯해 가족과 상봉할 것으로 보인다.

잭 앨리스터를 살해한 동기나 탈룰라 머레이를 납치한 동기는 아직 알려지지 않았다.

제71장

2018년 9월

킴은 값비싼 헤어 컨디셔너를 용기에서 손끝으로 한가득 퍼내 머리에 발랐다. 머리끝까지 고르게 펴 바른 후 2분가량 기다렸다가 씻어낸다.

잠시 후에는 몇 달 동안 입지 않았던 옷들을 하나하나 살피면서 무슨 옷을 입을지 고른다. 지난 15개월 동안 너무나 낯설어 보여서 마치 다른 시대에 입었던 것 같았던 옷, 긍정적인 색상에 낙천적인 무늬의 옷, 다른 여자의 옷처럼 보였던 옷장에 가득한 옷들 말이다. 그녀는 앞쪽에 단추가 쪼르르 달린 티 드레스를 꺼냈다. 탈룰라가 실종된 지 1년이 되던 날 촛불 행진을 할 때 입었던 원피스다. 그녀는 그 원피스에 로즈핑크색 카디건을 걸치고 워커를 신는다. 드라이어로 머리를 말리고 눈꺼풀에 아이라인을 그렸다.

탈룰라가 군 기지로 후송되려면 아직 다섯 시간이나 남았다. 기나긴 다섯 시간. 하지만 딸 없이 살았던 15개월과 비교하면 다섯 시간은 아무것도 아니다.

전남편도 오는 중이다. 그는 금방이라도 도착할 것이다. 라이언은 그곳으로 바로 오기로 했다. 노아는 평소처럼 일과를 지키기 위

다크 플레이스의 비밀

해 어린이집에 보냈다. 덕분에 킴은 차분하게 준비할 여유가 생겼다. 그녀는 두 시간 후에 손자를 데리러 갈 것이다.

"엄마." 아이가 며칠 전부터 떠들었다. "엄마가 집에 온다."

이기적일지도 모르지만, 킴은 딸을 혼자서 맞이하고 싶다. 오로지 그녀만 꽃을 들고 서서 두근대는 가슴을 안고 숨을 죽인 채 기다리고 싶다. 이윽고 비행기 문이 열리면 딸이 그곳으로 나와 계단을 내려와서 자신의 품에 안기면 좋겠다. 하지만 그럴 수 없다는 사실을 안다. 그녀는 부엌에 앉아 곧 도착한다는 짐의 문자를 기다린다.

메그. 킴은 메그를 떠올릴 수가 없다. 메그에게 말을 하거나 그녀를 보거나 그녀의 이름을 입에 담을 수조차 없다. 그녀는 메그의 전화나 문자를 계속 기다렸다. 그녀가 불쑥 문가에 나타나지는 않을지 상상도 했다. 하지만 그녀에게선 아무런 연락도 없다. 킴은 잭의 죽음을 생각할 때마다 내장을 단단히 조이는 코르셋을 찬 것처럼 고통을 느낀다. 가끔 그 생각을 할 때마다 숨도 쉬어지지 않았다. 가여운 아이. 그곳에 홀로 남겨졌다니.

그 여자애가 원흉이었다. 스칼렛이 범인이었다. 스칼렛의 엄마는 처음에는 경찰에게 잭이 어디에 있는지 모른다고 잡아뗐다. 그녀와 아이들과 탈룰라는 즉흥적으로 1년간 휴가를 즐기고 있었다고 했다. "세간의 이목을 피해서." 킴은 돔에게 이 이야기를 전해듣고는 주먹으로 벽을 세게 쳤다. 경찰이 조슬린 자크에게 집 아래 터널에서 잭의 시체를 찾았다고 전하자, 그녀는 진술을 바꿔서 경찰에게 잭을 죽인 사람이 탈룰라라고 했다. 탈룰라가 청동 조각상으로 잭의 뒤통수를 쳐서 죽였기에 그녀를 보호해주려고 했다는 것이다.

처음에는 스칼렛도 엄마와 입을 맞춰 진술했다. 기나긴 하루하고도 한나절 동안, 킴은 딸이 평생 감옥에 갇힐지 모른다는 생각에 계속 구역질을 했다.

그런데 어제 스칼렛이 느닷없이 단숨에 자백했다. 마치 그간의 주장이 벗어던지고 싶은 갑옷이라도 되는 것처럼 말이다. 그녀는 잭이 탈룰라를 괴롭혔다고, 탈룰라를 조종하고 해치려 했다고 털어놨다. 경찰에게 자백한 내용에 따르면 스칼렛은 잭이 탈룰라에게서 아기를 빼앗겠다고 위협하는 소리를 들었고, 탈룰라를 보호하기 위해 앞뒤 가리지 않고 본능적으로 행동했다. 스칼렛은 경찰에게 그 모든 게 탈룰라를 향한 사랑 때문에 한 일이었다고 말했다. 킴은 그 말이 사실이라고 확신한다. 그녀도 누군가 탈룰라에게서 노아를 뺏겠다고 위협했다면 그를 죽였을 거라고 마음 깊은 곳에서는 공감했다.

아무튼 그녀가 들은 사건의 전모는 이러했다. 그게 사실인지 누가 알겠는가. 딸의 머리글자를 살에 새긴 그 소녀, 스칼렛 자크는 앞으로 어떻게 될까. 킴은 스칼렛을 알지도 못한다. 그녀는 그 소녀를 딱 한 번 봤을 뿐이다. 그때 스칼렛은 킴이 집에 돌아오지 않은 딸에 대해 묻자 뚱하고 거들먹거리는 어조로 대답했다. 킴은 스칼렛 자크를 모른다. 알아야 할 필요도 없다. 그녀는 그렇게 어리고 탈룰라를 사랑한다고 주장하는 스칼렛이 가엾다는 생각도 들지 않는다. 그녀가 앞으로 어떻게 될지 관심도 생기지 않는다.

그냥 그럴 수가 없다.

탈룰라는 병원에 이송됐을 당시 심각한 아편중독 증세를 보였다. 킴은 약물중독을 끊고 재활하기 위해 시간이 꽤 필요할 거라는 말을 들었다. 탈룰라가 15개월 전 6월 저녁에 작별 인사를 하고 집을 나설 때와는 외모가 상당히 달라졌다는 말도 들었다. 하지만 탈룰라가 건강을 회복하고 집으로 돌아가 엄마와 아들을 다시 만나기 위해 필사적으로 노력하고 있다는 말도 들었다.

비행기가 내리는 곳에 온 가족이 일렬로 서 있다. 킴과 라이언, 지미, 제일 좋은 바지와 셔츠를 입고 킴에게 안겨 있는 노아. 따뜻한 바람이 그들을 휘감아 돌며 지나간다. 그녀는 흘러내리는 머리카락을 계속 귀 뒤로 넘겼다. 사람들이 항공기 문 아래쪽에 바퀴가 달린 계단을 갖다 댄다. 문이 열린다. 남자가 나온다. 다시 남자가 나타난다. 킴은 숨을 깊이 들이쉬고 다시 내쉰다. 배에 힘을 단단히 주고 머리카락을 마지막으로 귀 뒤로 넘기자 커다란 갈색 개가 나오더니 마침내 그 옆에 탈룰라가 있다.

킴이 달린다.

에필로그

2018년 9월

리엄이 선글라스를 벗어서 셔츠 주머니에 넣는다. 그는 창문마다 커튼을 쳐 어떤 화창한 햇살도 힘을 쓰지 못하는 저택을 올려다보더니 커다란 푸른 화분 앞에 쪼그리고 앉았다. 쥐며느리 한 마리가 은신처에서 허둥지둥 도망 나온다. 그는 거기 감춰둔 물건을 집어 들고 현관으로 발걸음을 옮겼다.

안으로 들어가니 집은 시원하고 소리가 울린다. 모든 것이 자크 가족이 떠날 때와 그대로지만, 단 하나 달라진 게 있다. 정적. 아무도 살지 않는 집에서 멈춰버린 숨. 리엄은 자신이 이 집에서 보낸 순간의 메아리를 느낀다. 하얀 벽에서 튀어나온 웃음소리며 주방 냉장고에서 꺼낸 포도주병이 아런하게 쨍하고 부딪치며 내는 소리, 개가 커다란 발로 돌바닥을 또각또각 걷는 소리, 언제나 묘하게 늙은 숙녀의 향을 떠올리게 하는 스칼렛의 향수 냄새. 그것들은 모두 이곳에 떠돌고 있지만, 꿈결처럼 소리를 죽이고 있다. 사라진 매혹의 세계에 사는 작은 유령.

하지만 이 저택의 공기 중에는 피 냄새가 섞여 있다. 암류暗流처럼 흐르는 자극적이고 유독한 죽음의 향기. 이 방 저 방으로 돌아다니자 온갖 장면이 머릿속에서 주마등처럼 스쳐 지나간다. 스칼렛에게 전화를 받은 1월 말 그날 밤의 뜨거운 기억. 그녀의 음성에서 전해지는 필사적인 느낌.

"붑스, 네가 필요해. 일이 있었어. 제발 당장 와줘."

물론 그는 당장 달려갔다. 스칼렛에게 갈 때는 단 한순간도 허비하지 않았다. 스칼렛은 그가 살아가게 하는 힘이자 살아가는 의미였다. 그는 스칼렛 이전에는 아무것도 아니었으며, 그녀와 헤어지면 다시 아무것도 아닌 상태로 돌아갈 것이다. 그녀가 필요할 때 그는 살아난다. 상자에서 꺼내는 꼭두각시 인형처럼.

도착해보니 스칼렛은 수영장 옆 일광욕 의자에서 양팔로 온몸을 감싼 채 천천히 몸을 흔들고 있었다.

"있잖아, 나 강간당한 것 같아."

그녀는 누구에게, 언제, 어떻게, 어디에서는 말해주지 않았다. 그냥 그렇게만 말했다.

나 강간당한 것 같아.

리엄은 자신의 부드러운 중심이 단단해지는 기분이 들었다. 그의 육체를 구성하는 모든 요소는 살인을 준비하기 시작했다. 필요하다면 맨손으로라도.

그는 그날 밤 그곳에 머물렀다. 스칼렛이 다 말해주기를 옆에서 기다리고 또 기다렸다. 그의 아버지는 계속 그에게 전화로 어서 농장으로 돌아오라고 했다. 그의 도움이 꼭 필요하다고 말이다. 하지만 스칼렛에게 그가 더 필요했다. 그러므로 가족에게 절연을 당할지도 모른다는 위협뿐 아니라 그 무엇도 그를 스칼렛의 곁에서 끌어낼 수 없었다. 몇 주 동안 리엄은 길에서 마주치는 모든 남자를

다크 플레이스의 비밀

눈여겨봤다. 모든 학생과 교사, 협동조합 마트의 남자, 교구 교회의 목사까지. 그자는 누구였을까. 그는 미치도록 알고 싶었다. 누가 그런 짓을 이 소녀에게 했을까? 너희 중 감히 누가 스칼렛에게 상처를 입히고 산산이 부숴버리려 한 것일까. 그는 그 몇 주간 언제라도 터트릴 수 있는 상태로 자신의 폭력성을 꾹 눌러뒀다.

2월에 그는 야신타가 제안한 보조교사 일을 받아들였고, 숲의 전경이 보이는 발코니가 달린 숙소로 들어갔다. 그리고 6주 후 발코니에서 그 남자를 봤다. 저 멀리 서 있는 나이 든 남자. 좀 더 자세히 보니 마흔 줄의 대머리 남자였다.

교장의 남편 가이 크로프트.

그는 2주 전, 간통을 저질러 부부가 갈라서기로 했다는 무성한 소문을 뒤로하고 관사에서 떠난 상태였다. 한때는 래브라도 레트리버를 학교 용지에서 산책시키는 그의 모습을 종종 볼 수 있었지만, 요즘 들어 보이지 않더니 지금 돌아온 것이다. 관사 뒤쪽에서 숲으로 들어가는 중이었는데, 발걸음에서 광기에 가까운 다급함이 느껴졌다.

리엄은 급히 숙소에서 빠져나와 그를 따라 숲으로 들어갔다. 숲을 거의 다 빠져나갔을 즈음 그는 가이 크로프트가 다크 플레이스 뒷문 걸쇠를 여는 모습을 봤다. 그는 몸을 숨긴 채 그가 스칼렛에게 하는 말을 들었다.

"들여보내줘. 제발. 들여보내달라고. 나는 그 여자를 떠났어. 이제 문제없어. 그 여자를 떠났어. 너를 위해서."

"그 여자를 떠나라고 한 적 없어요. 말했잖아요. 다 끝났어요."

"아니야, 아니야. 네가 그랬잖아. 네가 유부남과는 사귀고 싶지 않다고 말했잖아. 이제 나는 유부남이 아니야. 봐. 나는 자유야."

"맙소사, 가이. 제발 꺼져요."

"나는 아무데도 가지 않을 거야, 스칼렛. 너를 위해 모든 걸 포기했어."

다음 순간 리엄은 가이 크로프트가 스칼렛의 어깨에 손을 내려 놓더니 그녀를 집이 있는 방향으로 밀어붙이는 모습을 목격했다. 가이의 손길은 거칠지도 부드럽지도 않았다. 오로지 확고했다. "전부." 그가 다시 말했다. 가이는 손을 다시 앞으로 뻗으며 한 걸음을 내디뎠다. 스칼렛의 말소리가 들렸다. "내게서 손 떼, 가이. 그 더러운 손 좀 떼라고."

리엄은 앞으로 달려갔다. 서 있던 땅에 발이 미끄러진 자국이 생길 정도로 순식간에 그 문으로 돌진했다. 가이의 어깨에 양손을 얹은 후 있는 힘껏 뒤로 잡아당겨 스칼렛에게서 떨어지게 했다. 그런 후 그를 뒤로 휙 밀어버렸다. 가이가 땅바닥으로 벌러덩 자빠지자 성큼성큼 다가가 그의 머리와 턱을 주먹으로 강타했다. 까칠하게 자란 수염이 주먹의 관절을 쓸었고, 콸콸 흘러나오는 피는 끈적였으며, 상처 주변의 살은 축 늘어졌고, 목이 받쳐주던 머리는 힘없이 툭 떨어졌다. 그제야 그는 살코기 덩어리를 두드리는 것처럼 자신이 더는 저항하지 않는 남자를 정신없이 때리고 있다는 사실을 깨달았다. 그때 비로소 스칼렛의 목소리가 귀에 들어왔다. "안 돼, 안 돼, 안 돼! 리엄, 그만해!" 그의 옷에 닿는 손길, 그의 셔츠를 잡아당기는 손아귀. 머리 위 청명한 푸른 하늘을 무리 지어 느긋하게 날아가던 칼새 무리. 귓속에서 쿵쿵 솟구치던 피. 가슴에서부터 헉헉대던 숨. 그의 다리 사이에 누운 시신.

리엄은 스칼렛이 부탁한 일이면 뭐든 하던 때가 있었다. 하지만 그건 스칼렛이 가족에게서도 외면당한 그를 이곳에 홀로 버려두기 전이었다. 그가 스칼렛을 위해 했던 그 모든 희생 때문에 그의 인생이 산산조각 나기 전이었다. 그녀가 잘 있으라는 말 한마디 없이 그를 이곳에 두고 가기 전이기도 했다.

그런데 이틀 전 심하게 혼란스러운 전화가 한 통 걸려왔다. 심하게 울리긴 했지만 1년 만에 처음으로 듣는 스칼렛의 목소리였다.

"붑스, 풀 파티가 있던 날 사건이 터졌어. 끔찍한 사건. 정말이야. 아주 끔찍했어. 미미가 다 알아. 그래서 렉스에게 이야기했어. 렉스는 분명히 케리앤에게 말할 거야. 그러면 케리앤은 탈룰라의 엄마에게 말할 테고, 곧 모두가 알게 될 거야. 네가 문제를 해결해주면 좋겠어. 같은 자리에 있어. 그것 말이야. 네가 처리한 그것이 있는 바로 거기. 레버는 정문 옆 커다란 파란 화분 아래에 있어. 제발, 붑스. 그걸 전부 다 없애버려. 둘 다 없애. 완전히. 그리고 문을 잠근 후에 레버도 없애버려. 런던이든 어디든 가져가서 쓰레기통에 버리든지, 아무튼 어떻게든 처리해. 흔적은 남기지 말고. 붑스, 제발. 나는 지금 아무도 모르는 곳에 있어. 엄마가 미쳐버리려고 해. 완전히 미쳐서 내게 약을 먹여. 여기서 죽을 것 같아서 무서워 죽겠어. 집으로 가고 싶을 뿐이야. 제발 내가 안전하게 집으로 돌아갈 수 있게 해줘. 제발."

이제 리엄은 주방을 지나 저택 안쪽 복도로 들어가 건물의 오래된 구역으로 들어간다. 그는 탑 바깥의 작은 방으로 들어가 잠시 멈춰 선 후 걸쇠를 비틀어 열고 안으로 들어갔다. 탑 안은 어둡고 시원하다. 피부에 닿는 공기는 7월답지 않다. 그는 뒷주머니에서 오래된 레버를 꺼냈다. 지난 4월 그 충격적인 날 이 터널을 열었을 때 쓴 바로 그 레버다. 그는 돌판을 들어내고 터널 입구로 들어간다.

그는 첫 번째 시신을 넘어갔다. 그리고 휴대전화의 손전등 기능을 켠 후 터널을 따라 거의 1마일을 걸어간다. 거기까지 들어가면 터널이 끝나 더는 나아갈 수 없다. 머리 위 돌판 위에 무엇이 있는지 모르지만 틈새로 흐릿한 빛이 조금씩 새어 들어왔다. 리엄은 메고 간 가방에서 석유가 든 병을 꺼내 푹 꺼진 것 같은 가이 크로프트의 시체 위에 기름을 붓는다. 그리고 불을 붙인 성냥을 떨어트린다. 그는 불길이 가이 크로프트의 부서져가는 뼈들을 핥아가는 모습을 지켜본다. 무시무시한 열기가 올라오자 뒤로 물러났다. 불길이 잦아들자 금속 레버로 재를 쿡쿡 쑤셨다. 그 속에서 아직도 멀쩡한 손가락뼈와 턱뼈, 해진 천과 숯처럼 타버린 가죽 조각들이 보였다. 그는 타고 남은 것에 다시 기름을 붓고 성냥불을 떨어트린다.

리엄은 가이 크로프트가 재로 변해가는 과정을 보면서도 그에 대해 아무런 감정도 들지 않았다. 그가 속에 파묻어놓은 감정은 주먹과 같다. 그리고 그 감정들은 모두 스칼렛을 위한 것이다. 전부. 사람들을 거울처럼 이용하고 그 거울에서 자신을 더 나은 모습으로 보는 스칼렛. 자신의 입맛대로 사람들을 띄웠다가 내팽개치는 스칼렛. 리엄이 스스로 그녀와 끝낼 때까지 기다린 스칼렛. 그가 마침내 감정을 정리하고 집으로 돌아가 자신의 삶을 살 결심을 할 때까지 기다렸다가 그를 다시 끌어들인 스칼렛. 그를 애착담요로, 걸터앉을 넓적다리로, 자신의 진짜 모습이 아니라 보여주고 싶은 모습으로 봐줄 사람으로 이용하는 스칼렛. 이제 스칼렛의 본모습이 무엇인지 리엄은 안다. 그릇이다.

그는 스칼렛이 자신을 노리개로, 그녀가 끔찍하게 아끼는 개와 다르지 않은 애완견으로 사용하도록 내버려뒀다. 심지어 스칼렛이 그에게 지독한 별명(붑스)을 붙여도 내버려뒀다. 그는 붑스라고 불리는 게 너무나 싫었지만 그렇게 불리도록 내버려뒀다. 그는 스칼렛과 그녀의 지독한 엄마가 그를 관리인으로, 배관공으로, 기사로 부려먹도록 내버려뒀다. 어느 무더웠던 여름 아침, 스칼렛의 엄마가 정원사가 아파서 오지 못했는데 슬슬 악취가 나기 시작한다며 정원에서 개똥을 치워달라고 했을 때 느낀 붉고 뜨거운 분노가 다시 그를 꿰뚫고 지나간다.

스칼렛을 위해 가이 크로프트를 죽인 후 두 사람은 침대로 가 섹스를 했다. 어찌나 날것이며 순수했던지 그는 그만 눈물을 터트리고 말았다.

"사랑해, 붑스." 스칼렛이 리엄의 몸을 감싸며 말했다. "내가 널 영원히 사랑할 거라는 거 알지, 그렇지?"

그러나 이튿날 아침 초인종이 울리자 그녀가 말했다. "젠장, 붑스. 너 가야겠다. 어서. 당장 가야 해. 탈룰라야. 일찍 왔어. 어서 옷 입어. 서둘러!" 그는 고분고분한 꼭두각시처럼 스칼렛이 시키는 대로 일어나 옷을 걸쳐 입고 떠났다. 리엄은 스칼렛을 위해 사람을 죽였다. 하지만 그녀는 작별 인사조차 없이 다음 날 아침 그를 헌신짝처럼 버렸다. 그러고는 손바닥 뒤집듯이 탈룰라의 꽁무니를 쫓았다. 그리고 지금, 또 시작이다. 1년간 연락도 없다가 느닷없이 그가 필요하다고 한다.

제발, 붑스, 제발.

리엄은 분통을 터트리며 가이 크로프트의 유해를 다시 쿡쿡 찌른다. 덩어리들이 불에 타 더 작은 잔해와 먼지로 변하자 미리 챙겨온 작은 붓으로 그걸 살살 쓸어 은박지 위에 모아 꾸러미처럼 뭉쳐서 메고 있던 가방에 집어넣었다. 내일 해가 질 무렵 공원 중앙의 연못으로 가져가 오리들이 지켜보는 가운데 고여 있는 물속으로 유해를 버릴 것이다. 그는 휴대전화 불빛으로 터널 바닥을 비추다가 몸을 숙이고 어금니처럼 생긴 것을 주워 얼른 바지 주머니에 넣는다.

마침내 그 자리를 뜨려는 순간, 위에서 사람들의 발자국 같은 소리가 들렸다. 머리 위 돌판 주위에 생긴 틈을 통해 입을 틀어막고 말하는 듯한 목소리가 들린다.

"어떻게 생각해, 소피? 상상돼? 여기서 사는 생활이? 교장의 아내가 되는 게?"

질문에 대답하는 여자 목소리가 들린다. "그래, 상상돼. 일종의 모험이 될 것 같아."

리엄은 몸을 돌려 터널을 따라 입구로 발걸음을 재촉했다. 입구에 다가가며 그곳에 놓여 있는 잭 앨리스터의 시신을 힐끔 내려다본다. 스칼렛이 그가 당연히 없앨 것이라 믿고 있는 시신. 하지만 그는 그 시신을 넘어간다.

잠시 후 그는 계단을 올라가 다크 플레이스로 들어간 후 돌판으로 입구를 덮고 레버를 뒷주머니에 집어넣는다.

다크 플레이스의 비밀
그녀가 사라진 밤

1판 1쇄 인쇄 2022년 6월 22일
1판 1쇄 발행 2022년 7월 8일

지은이 리사 주얼
옮긴이 이경아
펴낸이 김기옥

문학팀 김세화 | 마케팅 김주현
경영지원 고광현, 김형식, 임민진

표지디자인 곰곰사무소 | 본문디자인 고은주
인쇄·제본 (주)민언프린텍

펴낸곳 한스미디어(한즈미디어(주))
주소 (04037) 서울시 마포구 양화로 11길 13(서교동, 강원빌딩 5층)
전화 02-707-0337 | 팩스 02-707-0198 | 홈페이지 www.hansmedia.com
출판신고번호 제313-2003-227호 | 신고일자 2003년 6월 25일

ISBN 979-11-6007-810-7

한스미디어 소설 카페 http://cafe.naver.com/ragno | 트위터 @hans_media
페이스북 www.facebook.com/hansmediabooks | 인스타그램 @hansmystery